张培忠 蒋述卓／总主编

纪德君／主编

第二卷
近代

广东文学通史

人民文学出版社

图书在版编目（CIP）数据

广东文学通史. 第二卷，近代/张培忠，蒋述卓总主编；纪德君主编. —北京：人民文学出版社，2023
ISBN 978-7-02-017985-5

Ⅰ.①广… Ⅱ.①张…②蒋…③纪… Ⅲ.①地方文学史—广东—近代 Ⅳ.①I209.965

中国国家版本馆 CIP 数据核字（2023）第 077307 号

责任编辑　付如初
装帧设计　李思安
责任印制　宋佳月

出版发行　人民文学出版社
社　　址　北京市朝内大街 166 号
邮政编码　100705

印　　刷　涿州市京南印刷厂
经　　销　全国新华书店等

字　　数　503 千字
开　　本　710 毫米×1000 毫米　1/16
印　　张　31　插页 1
版　　次　2023 年 5 月北京第 1 版
印　　次　2023 年 5 月第 1 次印刷

书　　号　978-7-02-017985-5
定　　价　98.00 元

如有印装质量问题，请与本社图书销售中心调换。电话：010-65233595

第二卷 近代

编委会（以姓氏笔画为序）

江　冰　　刘晓明　　刘　春　　纪德君　　张培忠　　陈　希
陈　志　　陈　昆　　陈永正　　陈春声　　陈剑晖　　陈桥生
苏　毅　　林　岗　　贺仲明　　饶芃子　　郭小东　　黄天骥
黄仕忠　　黄伟宗　　黄修己　　黄树森　　康保成　　彭玉平
谢有顺　　蒋述卓　　程国赋　　戴伟华

学术顾问

陈春声　　黄天骥　　刘斯奋　　陈永正

总主编

张培忠　　蒋述卓

执行主编

彭玉平　　林　岗　　陈剑晖

本卷主编

纪德君

本卷撰写人员

纪德君　　闵定庆　　耿淑艳　　周丹杰

·**本书由霍英东基金会资助出版**

总　序

一

广东称粤,北枕五岭,南临南海。粤在岭之南,故又属岭南。发源于云贵高原和岭南山脉南侧的西江、东江和北江,汇流于旧称番禺的广州,形成了约六万平方公里的低矮丘陵和冲积平原,今称粤港澳大湾区。由于岭南山脉的天然屏障作用,广东与黄河、长江流域的经济与文化融合长期受到阻隔。荒古以来虽有路可通,然须穿过崎岖陡峭的山间丛莽,甚为不便。春秋战国时期的史籍记载,岭南不与,踪迹难觅,被视为化外炎荒之地,社会发展程度与中原相去甚远,或处于部落社会的阶段。待到秦灭六国混一中原之后又七年(前214)秦征南越,新建南海、桂林、象三郡,岭南才归并中原版图,由此粤地社会和文化的发展跃上了崭新的台阶。自古以来,广东形成了多方言、不同民系的人民共同生活的格局。珠三角和粤西以广府民系为主,粤东以潮汕民系为主,粤东北以客家民系为主。这三大民系构成了活跃于这片岭南土地的三大方言区。三大民系加上粤北与粤西地区的壮、瑶、畲等少数民族,构成了广东丰富而多样的人民生活。

将广东人文地理环境与社会生产力发展联系在一起观察,就可以发现其优劣并存。大约以元明之际的十四世纪为分界线,之前五岭为屏障,之后海疆为通途。中国海疆辽阔,而广东海岸线为各省之冠,达四千余公里,且以广东距南洋、西洋近且便利,于是全球大航海时代到来之时,那种便利甚至独占鳌头的地理位置优势就逐渐突显了出来。然而在大航海到来之前的内河航运时代,广东面临南海的位置优势却无从发挥。其时陆路交通占据绝对重要的位置,而海路交通的重要性几乎可以忽略不计。于是跨越五岭的陆路是广东唯一的通道。唐前以联通漓江与湘江的湘桂走廊为主,其后则以溯北江而上跨越大庾岭连通赣江的通道为主。宋代余靖《韶州真水馆记》:"凡广东西之通道有三:出零陵下漓水者由桂州;出豫章下真水者由韶州;出桂阳下武水者亦由韶州。无虑之官峤南自京都沿汴绝淮,由堰道入漕渠溯大江渡梅岭下真水至南海之东西者,唯岭道九十里为马上之役,余皆篙工楫人之劳。全家坐而至万里,故之峤南虽三道,下真水者十七八焉。"[①]路途崎岖且遥远,更兼必须水陆转运,越岭的不便就成为制约广东社会经济文化发展的重要因素。然而元明之际造船与航海技术的积累臻于成熟,与东南亚、阿拉伯乃至西洋的航海贸易迎来了大发展,造就了大繁荣。于是广东的经济文化发展一脱旧貌,换了新颜,巨大的地理位置优势逐渐显露出来。广州成为朝廷与外洋贸易的重要口岸。明代是口岸之一,清代则是全国唯一的外洋贸易口岸。不仅民间财富由此而迅速积累,更重要的是,广州口岸事实上变成了中国与外洋世界发生关联的枢纽。至明清两朝,广东的经济文化发展程度除稍逊于富庶的江南外,与全国大多数地方相比已经位居前列,曾经存在的南北经济文化差异消弭殆尽,尤其是垄断外洋贸易的十三行时代,广州富甲一方,全国其他城市并无其匹。大体上,广东的经济和文化发展至明清时期,已经实现了与华夏中原的全国一盘棋。外洋贸易与海外拓殖不仅提升了经济发展的程度,累积了财富,它还对文化发展产生了深远影响。

　　1582年利玛窦在澳门舍舟登岸,昭示了西风东渐的大戏在广东揭幕开启。由此而形成的文化风暴日后在广东上空积聚,广东顺理成章做了西洋文化在中国登陆的桥头堡。果然又过了两个半世纪,英国列强挟坚船利炮,从珠江口虎门敲开了清朝的大门。五口通商,丧权辱国。中国从此进入半封建半殖民的状态,中国人民也开始反抗列强、反抗腐朽垂死的封建统治的浴血奋斗。这部历史既是中国人民可歌可泣的奋斗史,又是中国文化悲壮的裂变史,它的第一页毫无疑问写在了广东大地上。西洋的力量及文化登陆了广东这个桥头堡,又从这个桥头堡源源不断地向全国四面八方辐射。中国人民的反抗勇气和新文明进步的文化科学技术使得这片土壤孕育出一批又一批开眼看世界的中国人。他们带着新的思想、新的观念和新的救国方案,从广东出发,开枝散叶,撒播全国各地。新文明的种子从此在中国大地茁壮成长。我们不知道广东在中国社会大转型时代的这种角色算不算命中注定,但时代和历史既然赋予了广东这样的角色,广东儿女也只有不辱使命。岭南粤地这两千多年的变迁史,从比岭北远为迟滞、未开化和落后的状态,短时间一跃而成为全国经济文化发展的领风骚之地,它在全国格局之内独特的位置肯定是我们观察这部广东文化演变史必不可缺的窗口。

---

① (宋)余靖:《韶州真水馆记》,《武溪集》卷五,北京:商务印书馆1946年影印本。

迈越两千年绵延不绝,广东文学史在这个独特的地理人文空间展开。一方面广东文学与岭北中原的文学演变纽带相连,息息相关。它是全国大格局中的一部分,另一方面它又带有自身演变发展的脉络和特点。以水系为喻,它是全国的一条支流。这条支流既不是任何其他山脉丘陵发育出来的支流,也不是总汇的干流,但这条支流终究要汇流到干流中去。广东文学史终究是中国文学史的一部分。故此,一部区域文学史的价值便不在于将它写成显微版的全国文学史。把区域的文学材料按照国家文学史的模式来放大书写,不是我们的目标。我们的期待和目标是运用这些区域文学材料来描绘和辨识这条支流的轮廓面貌和它的特点。于是全国和地方这两种不同的视角必然会汇聚于地方文学材料的论述。正如清初屈大均《广东新语自序》写到他著作的目标时说:"不出乎广东之内,有以见乎广东之外。"①就像一滴水可以照见太阳一样,以一滴水见一滴水不是我们的目标,照见这一滴水和蕴含在它之内的普遍性才是我们所追求的。同样的道理,《广东文学通史》采用的文学材料固然不出乎广东,但通史写作所追求的却是——"有以见乎广东之外"。

通史分为五卷:古代卷、近代卷、现代卷、当代上卷和当代下卷。考虑到广东文学演变发展的自身特点和文学材料逐渐繁复增多的事实,故有此划分。从整体看,从古至今广东文学史经历了类似三级跳这样的演变发展历程。每一跃都是一大步。虽然这样的跳跃在时间上难以截然断定划分,前步与后步的连接混沌而模糊,但我们依然可以清晰地看到那条划分不同演变历程的轨迹。这种三级跳现象,不仅与时间因素有关,也与它特定时空在全国文学格局之内所处的位置有关。这三级跳是我们对广东文学演变史走过的轨迹和性质的认知。第一跃发生在古代时期,广东文学完成了从接纳受容华夏中原文学的滋润哺育到自成一格的历程。以元明易代为界,之前以接纳受容岭北南渐的中原文学为主调,之后则带着对地域文化的认同和自豪,卓然自立而自成格调。第二跃发生在近代时期,这是一个中国社会政治和文化大转折的时期。广东以其人才辈出,以其新颖观念独领风骚,反哺中原,充当了全国文学及其观念大转变的推动者和领先者的角色。第三跃发生在现当代时期,广东文学带着不无先锋的敏锐和成熟稳健的步伐,加入全国文学的大合唱。时而领唱,先声夺人;时而和声,同鸣共奏。正是在这样一个有声有色的文学发展历程里,形成了广东文学的地域特质。这种地域特质随时代社会的发展而逐渐沉淀,累积为可供清晰辨识的岭南特性。

---

① (清)屈大均:《广东新语自序》,《广东新语》上册,北京:中华书局1985年版。

二

珠江自西而东横穿广州,北岸的越秀、荔湾两区从未称"河北",独南岸的海珠区至今俗称"河南"。得名来自东汉番禺人杨孚,他被誉为"岭南诗祖",是岭南北上中州为官又留下诗的第一人。相传他辞官南归之际,携回洛阳松柏,树植于珠江南岸今下渡头村的大宅前,借此睹物思昔,铭记宦游的美好岁月。因之珠江南岸地就俗称"河南"。① 这个历史细节透露出长久以来岭南人对开化文明程度远在自己之上的中原的向往。这与韩愈被贬潮州为官不足一载而获"三启南云"的美誉,如出一辙。封闭的环境和后进的文化有时导致"夜郎自大"的狭隘,但岭南人恰好相反,地理的阻隔与文化发展的迟滞,却孕育了岭南人虚怀向化的开阔心胸。用三百多年前番禺人屈大均的话说:"粤处炎荒,去古帝皇都会最远,固声教不能先及者也。乃其士君子向学之初,即知颂法孔子,服习春秋。"②岭南人正是以此胸怀受容来自岭北的文化南渐,于是文化学术和文学的南渐,相当长时期内成了广东文学史演变的主调。

在并不复杂的早期广东文学发展史中,唐代张九龄出现前,粤地作家寥寥可数,分量更是不登大雅之堂,大量的是逾岭南来的文人和作家。他们的南来,事出有因。或者奉遣为官,驻守地方;或者贬谪流放,异地为人;或者躲避战火,流寓居粤。这些中原人物当中,不乏名重当时文化学术界的显赫角色、称雄一时的大文士。东汉《易》学大家虞翻贬徙期间,传道讲学;东汉牟子在交州期间写出渗透岭南精神的佛学名作《理惑论》;写下道教名著《抱朴子》的葛洪,在罗浮山亲尝百草,炼丹修道;山水诗的始祖东晋名士谢灵运,流放并殒命于广州。他的世袭雅名"康乐"留痕于今。中山大学校园称康乐园,周边有康乐村。进入超过一个半世纪的南朝时期,中原南北对峙,兵燹丧乱。这份南渐士人的名单不可避免地拉得更长,举其中大者,如写出《南越志》的沈怀远,贡献《海赋》的张融,写下最早一首吟咏岭南风物诗《三枫亭饮水赋诗》的范云,著《神灭论》的范缜,诗人阴铿、沈伯阳,还有写下《贞女峡赋》的江总等,皆是文坛一时之雄。他们为文学的南渐播下种苗、树立样板,做出了不可磨灭的贡献。

广东古代文学发展历程不是平稳均衡地逐渐积累前行的,而是更像波浪一

---

① (清)屈大均:《广东新语》上册,北京:中华书局1985年版,第42—43页。
② (清)屈大均:《广东新语》上册,北京:中华书局1985年版,第321页。

样小高潮小低潮叠加那样逐渐推进。这现象颇值得关注。由于古代一治一乱局面的交替出现,丛莽崎岖、交通阻隔的岭南,反倒成了中原战乱之时可以避乱偏安的好地方。大庾岭下的南雄珠玑巷,见证了历代移民迁徙入粤的传奇。广东珠三角地区民间皆以为自身家族发源于山西洪洞大槐树,随之散迁各地,最后汇迁至珠玑巷,在珠玑巷盘整再南迁至珠三角落地生根。传说真假参半,但道出了岭南人源于历代南迁的历史事实和以中原为祖根的深厚情感。人口的大规模迁徙是造就广东文化学术渐次演进的基础。例如南朝时期,尤其至梁陈之际,发生侯景之乱,江左富庶之地生灵涂炭,经济文化遭受严重破坏,导致大批门阀士族、文人和流民南迁入粤。其中之有地位者依附当时广州刺史萧勃以及欧阳頠、欧阳纥父子,由此广州更成为一时文化学术的中心。又如唐末五代十国时期,中原丧乱,南海王刘䶮割据称帝,是为南汉国。与中原兵戈不息不同,南汉小朝廷偏安一隅,"五十年来,岭表无事"①,带来了活跃的商业贸易,史称"刘䶮总百越之众,通珠贝之利"②。又雅好艺文风骚,常与文士谈论诗赋,"每逢群臣文字奏进,必厚颁赏赉"③。期间效仿中原王朝开科取士,一时文人荟萃,艺事盛于岭表。还有一种情形就是朝代更迭,广东或成为朝廷残部最后的抵抗之地,由此引发大批官宦、士人和民夫过岭南来。如宋元之际,南宋政权且战且退,抵抗至珠江口崖山一役,悲壮告终。明清之际,南明小朝廷且战且逃,其中永历帝就在肇庆登基。战乱一面是生灵的涂炭,但另一面又是民族精神的激发。如文天祥诗《过零丁洋》,脍炙人口,且千古不可磨灭。

通观广东文学史,南宋之后,每当易代,由宋入元,由元入明,由明入清,广东文学即勃发大生机。为人称道的诗人佳作,往往出现在兵凶战危、国家多难的时期。如宋元之际的袁玘、张镇孙、赵必𤩪;元明之际的孙蕡;明清之际的"岭南三家"屈大均、陈恭尹、梁佩兰。他们的诗作郁勃沉雄、精悍激扬,是元明清广东文学的高峰,代表了其时广东文学的最高水准。有此成就,与他们论诗自有手眼密不可分。屈大均以易道论写诗之当求变化,曾说:"《易》以变化为道,诗亦然。"④陈恭尹反对盲目崇古拟古,提倡:"只写性情流纸上,莫将唐宋滞胸中。"⑤后人以雄直概论岭

---

① (宋)路振:《九国志》卷九《邵廷琄》,《九国志》(下),上海:上海进步书局影印本。
② (宋)王钦若编纂:《册府元龟》卷二百一十九《僭伪部》总序,《册府元龟》(第3册),北京:中华书局1960年版。
③ (清)梁廷枏:《南汉书》,林梓宗校点,卷十一,广州:广东人民出版社1981年版。
④ (清)屈大均:《粤游杂咏序》,欧初、王贯忱主编:《屈大均全集》第三册,北京:人民文学出版社1996年版,第79页。
⑤ (清)陈恭尹:《次韵答徐紫凝》,陈荆鸿笺释,陈永正补订,李永新点校合编:《陈恭尹诗笺校》下册,广州:广东人民出版社2015年版,第1083页。

南诗风。盖雄直诗风的形成,既与岭南民风耿介亢直、地域文化认同强固深厚有关,又与易代之际家国遭难,故土兵燹涂炭而激发出浩然的民族大义密不可分。正如清初山东新城人王士禛论有明一代粤诗,广东"人才最盛,正以僻在岭海,不为中原江左习气熏染,故尚存古风耳"①。江苏阳湖人洪亮吉称道"岭南三家"诗:"尚得昔贤雄直气,岭南犹似胜江南"②,亦可为此下一注脚。此前粤诗坛未受辞藻绮丽之风熏习,遭逢家国危难之际,乡邦意识、家国情怀化作淋漓元气喷薄而出,铸成与江南诗人完全不同的诗风格调,为明清诗史刻下了鲜明的岭南印记。

　　明前广东文学以人的成长为喻,虽时见英姿,但尚未长成堂堂汉子,处于接纳受容岭北中原文学为主的时期。屈大均认为,广东文坛"始燃于汉,炽于唐于宋,至有明乃照于四方焉"③。炽于唐宋,若限于广东尚可成立,但以全国格局来说,似乎有过。唐宋年代的广东文坛,难以说"炽",更像皓月当空,只有几点暗亮的星辰,点缀于文坛。至于后句"至有明乃照于四方焉",就毫无夸张,符合事实。清人陈遇夫《岭海诗见序》:"有明三百年,吾粤诗最盛,比于中州,殆过之无不及者。"④地域文学的成熟是存在客观标杆的,它体现在诗人诗作里面。这就是对地域文化的认同和洋溢在字里行间的乡邦自豪感。有此认同和情感,才能自具面目,自有眼光,自成风格。屈大均用"照于四方",陈遇夫用"比于中州,殆过之无不及"来形容有明之后的广东诗坛,说的当不仅是诗人诗作的数量。两人都意识到,自明之后粤诗已经具备自身的素质,不再泯然众人,即使置于全国诗坛格局之中,粤诗一样能有过人之处,能照于他人。致使粤诗自元明之际达到如此境界的内在要素,不仅在于诗歌语言和修辞艺术,亦在于岭南文化自身已经生长到成熟的状态,于是能以自身的面目出现在华夏中原一体的诗歌舞台。

　　从诗赋对景物的写照中较易看出作者地域认同的有无和成熟程度。疏离、静观和蕴含深情,写出来的句子是不同的。粤地诗赋从南北朝至元明之际,作者的写景很明显看出从景物的疏离感到满怀欣喜赞赏之情的变化过程。试比较谢灵运、余靖与孙蕡同是写景物的诗赋,看看地域认同感是如何随着文学的发展逐

---

① （清）王士禛:《池北偶谈》上册,北京:中华书局1982年版,第251页。
② （清）洪亮吉:《道中无事,偶作论诗截句二十首》其五。《更生斋诗》卷二,刘德权点校:《洪亮吉集》（第3册）,北京:中华书局2001年版,第1244页。
③ （清）屈大均:《广东新语》上册,北京:中华书局1985年版,第316页。
④ （清）陈遇夫:《岭海诗见序》,《涉需堂集》,光绪六年（1880）刻本,第7a—7b页。

渐生长的。南朝诗人谢灵运《岭表赋》前三句："若乃长山款跨,外内乖隔。下无伏流,上无夷迹。麋鹿望冈而旋归,鸿雁睹峰而返翮。"①仅此三句,岭南的蛮荒可畏跃然纸上。当然如此景物,与他贬谪流放的沮丧心情也是高度配合的。是由疏离的感情看出蛮荒的景象,还是由蛮荒的景象衬托出疏离的情感,大概互为因果吧。总之,在大诗人谢灵运眼里,这是陌生而疏离的土地。他只是被命运抛掷到这里而已。此地并非乡邦,并无挂碍。宋代余靖五言诗《山馆》所写是家乡景色:②"野馆萧条晚,凭轩对竹扉。树藏秋色老,禽带夕阳归。远岫穿云翠,畲田得雨肥。渊明谁送酒?残菊绕庭菲。"③"野馆"和"畲田",衬托出荒凉而人迹罕至,但所在山馆并非无可取之处。深秋景致,飞鸟带着斜阳余晖返归巢穴,足供凭轩独赏。然余靖诗的重点不是景致如何,而是以此景色荒远表露自身清高绝俗的品格。这是古代中原诗人每当呈现其林泉高致时的一般套路。我们太熟悉那个为庄老传统塑造出来的诗中之"我"。这并非有什么不妥,但从入乎广东之内的眼光看,显然还缺少些什么。待到元明之际的诗人孙蕡出来才弥补了这个缺陷。孙蕡的《广州歌》里洋溢着信心满满的乡邦自豪感:"广州富庶天下闻,四时风气长如春。长城百雉白云里,城下一带春江水。""崟峨大舶映云日,贾家千家万家室。春风列屋艳神仙,夜月满江闻管弦。"④此诗当写于明初,孙蕡回忆元末广州盛况。历经易代的浩劫,繁华不再。如同杜甫回忆开元盛世,或有夸张之辞,但问题不在于是否夸张,而在于诗中流露出的地域认同感和自豪感。广州建城两千年,珠江从广州城下东流,亘古不变,然而要有粤诗人赞美它为"春江水",却不是一蹴而就,必得经历漫长的演变。当广东古代文学完成了这个地方文化认同的蜕变,它就进入了明清星汉灿烂般发展的时期。

三

来到近代,中国社会在西风西潮和列强敲门的强烈冲击下,不可避免进入从农耕生产方式向现代生产方式的漫长转型阶段。这种根本性、全盘性的社会转

---

① (宋)谢灵运:《岭表赋》,(清)严可均辑,苑育新审订:《全宋文》,北京:商务印书馆1999年版,第287页。
② 诗语有"畲田",为刀耕火种需要轮耕之田。诗人家乡粤北始兴县,较为符合所写。
③ (宋)余靖:《山馆》,《武溪集》卷一,北京:商务印书馆1946年影印本。
④ (明)孙蕡:《广州歌》,梁守中点校:《南园前五先生诗》,广州:中山大学出版社1990年版,第48页。

型引起了政治、经济、文化等一系列急剧转变。这些转变有时表现为渐进式的变法,有时表现为暴力革命。身处动荡潮流里的那几代人,其实并未能从认知上把握社会转型的实质意味,他们只是感知到局势与"天不变,道亦不变"的过往大不同了。用李鸿章流传甚广的表述:"此三千余年一大变局也。"①他的话说于1872年,即同治十一年,可实际的大变局早在三十多年前朝廷吞下战败的苦果之时就已开启,清廷荒腔走板的应对可以为证。作为识见在群僚之上的大员,李鸿章此言虽警醒一时,但已经算不上对天下大势有深切洞明的认识,可见晚清大变局的时代,明察先机,洞识大势是多么不容易的事情。既然不能指望肉食者引领国家应对大变局来临的挑战,那么身处南疆前沿而得风气之先,与西潮有最为广泛接触的诸"岭海下士"②在思想文化和文学变革上,乘势走进晚清大变局时代舞台的中央,扮演引领全国潮流的角色就是顺理成章的事情。

从人文地理的视角看,晚清政治文化舞台分别活跃着三地的官员和士大夫:首先是湖湘人物,曾国藩、左宗棠为代表;其次江南文士,李善兰、王韬为代表;然后是粤人,康梁为代表。曾左一流人物,主要承袭清初王船山所提倡的儒家"经世致用"观念,意图寻出政治和文化的切实方法,在凝固僵化之世振衰起敝。同光年间洋务自强虽鼓舞一时,然究其实他们思想文化的新意不多。甲午战败湖湘人物便逐渐式微。而随着五口通商,传教士将上海作为深入中国腹地的大本营,使之成为西学新潮的重镇,由此吸引了那些科举无门或志不在仕途的知识人汇聚沪上,切磋新学。他们和传教士合作,翻译西书、传播科学,有强烈的启蒙和变革意识。但阴差阳错,因为未从科举正途出身,只是中西之间的边缘人,名既不正,言便不彰。秉大才而得小用,是这批江南籍口岸知识人的普遍命运。例如王韬实在不满守旧因循的官场气氛,一腔热血,在朝廷眼皮底下的上海无从施展,于同治末年跑到香港,自办《循环日报》,评论时政、提倡变革,成就一时的舆论。

环顾同光年间的中国,上海和广东是两个距离西学新潮最近的地方,上海甚至比广东更有文化渊源深厚的优势。由此看来,执这股日渐浩荡的文化变革潮流的牛耳,江南文士和粤籍人物皆有可能。然而历史给出的答案众所周知,晚清改良和革命的大旗皆由粤籍人物树立,江南人物的贡献要等到民国初年新文化

---

① (清)李鸿章:《筹议制造轮船未可裁撤折》,唐小轩主编:《李鸿章全集》(第2册),吉林:时代文艺出版社1998年版,第874页。

② 康有为自称用语。康有为:《敬谢天恩并统筹全局折》,陈永正编注:《康有为诗文选》,广州:广东人民出版社1983年版,第558页。

运动之时才拔头筹。粤籍人物在清末思想文化舞台上成为倡导变革的时代领先者,一时风头无两,显然包含值得细察的人文地理含义。首先广东比上海离京师更远,不受朝廷猜忌而得来的施展空间自然就比上海为大,有道是"山高皇帝远"。上述王韬的例子可以印证这一点。其次广东接触西洋时长面宽,尤其民间对外来文化的了解度和接受度,均比江南广泛而深厚,可以说广东的"群众基础"胜过江南。

中国国土虽辽阔,但有如此优势的地方却并不多。这长处不仅在近代史上发挥作用,在现当代史上同样持续地起作用。同治年间派学童留学美国一事,最能说明广东长期面向外洋航海、商贸、文化往来所形成开放的社会基础和民间心态,在国家需要改弦更张的时代自然而然就会比与外洋接触历史短暂的地方能够"先行一步"。同治九年(1870)起,清朝前后派出120名学童赴美,是为中国官派留学之始。学童之中,粤籍84人,超过总数的2/3。苏浙籍是29人,而徽闽鲁合共7人。① 过埠留洋为破天荒之举,国人视为畏途,学童家人需与官府签"生死状"才可允准。招生的大本营设在上海,却在广东招到最多学童;而且首批两位带队的官员容闳与陈兰彬恰好均为粤籍。朝廷留美的"壮举"原定15年,仅进行4年即半途而废。力主裁撤的新任监督吴子登冥顽不化,是山西籍。人文地理的因素显然在其中起了作用。大变局的年代,眼光决定了格局,而格局却是漫长生活经验累积的结果。学童赴美一事透露出新的时代需要和新的人生机会,在广东比其他地方更多地被意识到、关注到和捕捉到。这揭示了其时的社会文化氛围正在发生深刻的裂变,粤人不知不觉走在了全国的前面。

需要变革的初始时刻,变革的旗号往往比变革的实际措施来得重要。因为变革的措施是在变革气氛中试错进行的,正所谓"摸着石头过河"。但这样做要有一个前提:变革必须取得作为旗帜的正当性。在晚清站出来为变法树立正当性的第一人毫无疑问是康有为。鸦片战争前一年,龚自珍于时局悲愤无奈中,寄望于天公重抖擞,再降人才。② 他的愿望应验在约半个世纪之后的康有为身上。康有为一面从儒家正统的学术文化脉络中搬出孔子,将孔子塑造成古已有之的改制家;另一面用"公羊三世说"与西来学说之一的进化论嫁接,创出人道三世之变的历史观——由据乱世入小康、由小康入大同的天下通义,从而为变法开出正当性。康有为的石破天惊之论无意中为日后浩荡的思想文化变革潮流打开了第

---

① 章开沅、余子侠主编:《中国人留学史》,北京:社会科学文献出版社2013年版,第40页。
② (清)龚自珍:《己亥杂诗》,《龚自珍全集》,上海:上海人民出版社1975年版,第521页。

一道闸门。钱基博论康有为《孔子改制考》的意义时说,"数千年共认神圣不可侵犯之经典,于是根本发生疑问,引起学者之怀疑批评,而国人之学术思想,于是发生一大变化"①。实际的变法虽然流血告终,但思想文化变革的大门一旦开启,洪流便从此不可阻挡。

梁启超亡命日本之后,自办《清议报》《新民丛报》。他自认为"新思想界之陈涉",要掀起思想文化启蒙的潮流。梁启超把"新民"作为启蒙的总纲,在这个宏伟的启蒙构想之下,文学修辞的巨大力量自然在这个设想中得到重视和运用。恰好梁启超是文坛巨擘、舆论骄子。梁比乃师康有为晚生十五年,却比康早四年得中举人。八岁学文,九岁即能日缀千言。在横滨,梁一人办两报。白天应付琐事,夜晚奋笔疾书可达万言是寻常事。他自道"夙不喜桐城古文",多年报刊为文的实践,使他自创出思想新锐、饱含情感而又文气疏朗、平易畅达的"新文体"。新文体的成功向其时天下宗奉的桐城古文发起了强烈的挑战。梁氏的报章文字是晚清文体和语言的一次解放。梁启超事后自陈:"自解放,务为平易畅达,时杂俚语、韵语及外国语法,纵笔所至不检束,学者竞效之,号'新文体'。老辈则痛恨,诋为野狐。然其文条理明晰,笔锋常带感情,对于读者,别有一种魔力焉。"②晚清文坛除了桐城为代表的古文派外,康有为、谭嗣同等维新人物都写出了个性鲜明的风格,但不得不说他们的新民意识逊于梁启超。梁之所以能达到"自通都大邑,下至僻壤穷陬,无不知有新会梁氏者"③的风靡境地,在于他能笔锋自带激情,把启蒙意识和文章修辞依据时代的节拍融汇一炉。

梁启超能文能诗,虽不以诗名世,但清末"诗界革命"四个大字却出自梁的手笔。他通过推崇晚清诗坛公认成就最高的黄遵宪树立"诗界革命"的大旗。梁启超贡献诗革新的观念,黄遵宪贡献诗革新的实践。这两位广东人合成了"同光体"流行的晚清诗坛之外新气象的双璧。当然,我们不能把黄遵宪自道"新派诗"的实践看成是"诗界革命"的直接成果。黄遵宪诗心博大,诗才甚高。他随着出使海外经历的累积,见闻日广、体悟日深而自觉摸索旧诗的出路。他尝试过多途径革新旧诗的写法:比如偏向"我手写我口"的歌行体诗;"以旧格调运新理想"④,即所谓旧瓶装新酒,不用生硬翻译词描摹外海事物的古体诗;大量用典,旧瓶装旧酒,传递出使海外而产生的复杂经验和体悟的近体诗。黄遵宪的"新派

---

① 钱基博:《现代中国文学史》,上海:上海古籍出版社2011年版,第241页。
② 梁启超:《清代学术概论》,朱维铮校订,北京:中华书局2011年版,第128页。
③ 胡思敬:《戊戌履霜录》卷四《党人列传》,南昌退庐1913年仲夏刊本。
④ 何藻翔编纂:《岭南诗存》,"何氏至乐楼丛书"第四十种1997年版。

诗"存在多个探索的向度,梁启超誉之为"独辟境界,卓然自立于二十世纪诗界中"①,是名副其实的。"诗界革命"之外,梁启超还创办《新小说》杂志,倡议"小说界革命"。他著名的文章《小说与群治之关系》就发表在该刊的创刊号上。梁还效仿日本政治小说,撰写了五回(未完)展望六十年后中国盛况的《新中国未来记》。此外,梁启超还是晚清"戏剧界改良"的首倡者。由于康梁师徒的努力,彻底扭转了晚清思想和文学沉闷守旧的精神氛围。他们之所以站立时代的潮头,独领风骚,大约有两个原因:第一他们成长在与西洋接触根基最为深厚的广东,变革的潮流领会得更早。文明开化的诉求,不仅应该是国家政治的大目标,也是他们个体人生的小目标;第二他们既有天下兴亡的胸怀又循正途出世,身负功名,与支配中国社会的士大夫同体共运,故有公信力。讲到对变法的见解,康梁早不及王韬;系统周详不及《盛世危言》的作者香山人郑观应。但王郑二人的公信力、号召力远远不逮康梁。王依附于传教士,郑商人出身。他们处于士大夫主导的社会的边缘,地位不如康梁,欲扭转观念、传播新知,当然做不到像康梁那样一呼百应了。

广东作家对晚清文坛的贡献是多方面的。文数康有为、梁启超;诗数黄遵宪、丘逢甲;谴责小说数吴趼人《二十年目睹之怪现状》;文言小说数苏曼殊《断鸿零雁记》;革命派小说数黄世仲《洪秀全演义》。他们作品的思想性和艺术性放在那个时代同类型作品中都在最前列的位置。他们的写作表现出如下鲜明特点:其一,思想新锐,追步时代新潮,其中不乏惊世骇俗、振聋发聩之论;其二,以救世的观念统合为文赋诗,使创作呼应时代社会变革的需求,罕写无病呻吟之作;其三,心态开放,不固守、不排外,拥抱有益的外来文学艺术,并以此为创新艺术的法门。在晚清全国文坛的格局里,广东籍作家的文学贡献确实当得起"无出其右"四字。这里面的道理其实并不复杂:非常之世有待于非常之人,而非常之人产出于非常之地。广东在近代社会大转型时代,恰好处于其他区域无法比拟的非常之地,因此才有了一时文学人才勃起的兴盛局面。

四

广东作家在清末文坛大放异彩,来到新文学运动时期却忽然偃旗息鼓。《新

---

① 梁启超著,郭绍虞、罗根泽主编:《饮冰室诗话》,北京:人民文学出版社1959年版,第24页。

青年》同人中没有广东人物的身影,新文学第一个十年文学史上能见到的作家也罕见广东籍。他们似乎从再一次思想文化观念变革的浪潮中集体隐身了。这是怎么回事儿？其实道理就隐藏在清末民初文坛人物的代际更替和年轻一代海外留学目的地的变化中。引导清末思想文化变革如康梁等人物,他们的西学新知大都得自于与传教士相关而设在上海的翻译机构,如墨海书馆、江南制造局翻译馆和傅兰雅创办的科普杂志《格致汇编》等出版物,但他们没有海外留学经历,不通外文。然而紧接着登上思想文化变革舞台的下一代就完全不一样了,清末民初持续的官派和民间自费留学造就了对西学有更健全认识的一代人。可惜在这波留学大潮中广东的运气似乎欠佳。首先是清末自甲午战败开启了"以日为师"的时期,张之洞《劝学篇》推崇"游学之国,西洋不如东洋"①,特别是庚子事变之后,绝大多数留学生选择去了日本。于是苏浙沪鲁以及长江沿线城市由此占了先机,广东反而偏远有隔、便捷不如。其次清末留学特别依赖地方大员的推动,像张之洞、端方主政两江、两湖期间均大力推动官派和民间出洋留学,而那时广东则缺乏此种思想开明、办事干练的官员。以留日高潮期1904年一份留日生分省统计为例:湖南363人,四川321人,江苏280人,浙江191人,广东175人。②即便是1909年庚款留学欧美的人数,广东也不及江苏和四川。③ 与留学目的地和人数密切相关的另一问题是,中国思想文化变革酝酿和相互交锋的舞台也由戊戌前的国内转移到戊戌后的国外,尤其是日本——关于保皇改良与排满革命之间的大论战发生在日本,周氏兄弟译介欧洲最新文艺思潮和翻译实践也是在日本,胡适的白话诗探讨和尝试则发生在北美校园里。这些思想观念变革在海外的酝酿既然鲜少广东人物参与,那由其中先觉者归国后发动的新文化运动也少见粤人身影便是可以理解的事情了。

  然而广东却以自己的步伐重回思想文化变革的前线,并为全国文坛贡献新鲜活泼的文学经验。经过新文化运动洗礼,年轻一代精神面貌焕然一新,轰轰烈烈的救亡运动在全国掀起,广东成为国民革命的策源地。自1923年中共三大在广州召开,确定国共合作、共同推动打倒列强除军阀的国民革命后,全国的格局里就形成了以上海为舆论中心,而广东为实行根据地的局面。农民运动首先从广东海陆丰兴起。当国民党右翼背叛革命后,海陆丰农民在共产党领导下发动多次起义,建立政权。从严酷战争环境中走出来的海陆丰作家丘东平,笔下带着

---

① （清）张之洞:《劝学篇》外篇《游学第二》,上海:上海书店出版社2002年版,第39页。
② 章开沅、余子侠主编:《中国人留学史》,北京:社会科学文献出版社2013年版,第89页。
③ 章开沅、余子侠主编:《中国人留学史》,北京:社会科学文献出版社2013年版,第120页。

战争的血腥和人性深度，为左翼文学书写吹来一股清新的气息。郭沫若读了他出道的新作说："在他的作品中发现了一个新世代的先影。"①我们知道，现代文学史经历了一个从"文学革命"到"革命文学"的转变。转变的背景是大革命失败，一些受大革命感召但实则并未深度参与，尤其未经历严酷战争淬炼的作家深感人生的幻灭，树立"革命文学"的旗号只为积聚火种。这些左翼作家写出来的"革命文学"，大多停留在革命加恋爱或"打打！杀杀！血血！"的层次。生活积累既缺乏，对革命的理解又不深，此类革命文学的实绩实际上是缺乏说服力的。与此相对，丘东平成长于"炸弹满空、血肉横飞"的战争环境，他笔下的人物粗粝，状物叙事生活气息浓郁，所写战争与人性笔笔到肉，字字见血，是同时代左翼作家里的翘楚。广东大革命的气氛浓重，奋笔为旗的作家涌现不少。"左联五烈士"有两位是潮汕籍：洪灵菲与冯铿；"左联"最后一任党团书记戴平万也是潮汕人。今天可以查到在册的"左联"作家有280人，其中广东籍有31人。大部分加入"左联"的广东籍作家能传承前辈的血性和真性情。人的才情固有不同，但他们皆是"以血打稿子，以墨写在纸上"。特别是全民抗战兴起之后，延安革命文艺进入了探索革命激情与民族形式怎样结合的新阶段，来自广东的作家冼星海、阮章竞等人带着自己成长地域的艺术经验，加入延安文艺激情奋发的大合唱。我们在冼星海《民族解放交响曲》里分明见得岭南民间"狮子舞""龙船舞"的激昂旋律的影子；阮章竞《漳河水》等新诗语言则尽显民谣本色，追求节奏感、音乐美，叙写人物景致形象鲜活，这与他早年在中山乡村做画匠学徒，习得民谣小调的经历密不可分。

　　文学演变到了现代，中西的融会汇通也进入了更成熟的阶段。如果晚清、"五四"的中西文学汇通处于"拿来主义"的阶段，视启蒙救亡需要什么就大声疾呼引进什么的状态，那"五四"过后如何借鉴西方文学至少又增加了一种方式：在诗人写作实践里有意识地将西方文学要素融合进汉语的表达形式。这时的西方文学已经不是"拿来"的对象，而是已经作为诗人精神世界的一部分交融在诗人的感知世界里。待笔之于书时，其诗其文已是不中不西又亦中亦西了。能达到这种融合境界的诗人多属留洋饱学之士，刚好现代广东产生了两位这方面的诗人。前者李金发，后者梁宗岱。李诗才有限，固然不算现代诗史第一流大家，但他却是象征主义新诗的鼻祖。李本无意做诗人，怎奈留法期间人生孤独、精神苦闷，原本旧文学的根底不错，又读了一堆波德莱尔等颓废派文学，于是借笔抒写

---

① 郭沫若：《东平的眉目》，见罗飞编：《丘东平文存》，银川：宁夏人民出版社2009年版。

自家苦闷，遂为早期新诗的百花园添了一株异葩。梁宗岱则诗才横溢，辩才无碍。他的翻译要比他的诗文来得更受世人称道。尤其是《莎士比亚十四行诗》的翻译，将传统旧诗的节奏、韵味乃至意象融进译文，西诗译出了中诗的味道，被誉为"中国翻译史上的丰碑"。

自延安时代以来，文艺探索革命和建设的大主题与民间形式、民间习俗和方言相融合已经成为大潮流，这个潮流一直延续到新中国成立后十七年时期。如山西有山药蛋派，河北有荷花淀派等。地域特色的文学呈现蓬勃发展的生机，广东也在此潮流下名家辈出，尤其长篇小说领域，名作迭出。即使放在全国，它们也毫不逊色。广东作家贡献了最有地域特色的文学作品，广东文学由此也进入了一个难得的兴盛时期。这个广东文学史上的小高潮在这个时期出现是有缘由的。广府民俗与其他地域最为不同的是它的方言。而方言写作晚清就大行其道，但那是生搬粤语发音硬套汉字的方言写作，不仅异乡人无从释读，就是识字略少的本地人也无所措手足，照此旧套路写作显然是行不通的。这个时期广东作家的贡献正在于他们在如何借用方言习语与通行表达相结合的方面，探索出了具体的途径，走出了各自的路子。换言之，通行语与方言表达之间分寸拿捏得恰到好处，成为这方面的一代经典。黄谷柳的《虾球传》、欧阳山的《三家巷》和陈残云的《香飘四季》是其中的佼佼者。三部长篇由于表达意图和题材的不同，呈现出的方言和地域文化特色既有共同之处，也有各自不同的优长。尤其是它们的不同，体现了作家艺术探索的艰难努力以及达到的境界。比如黄谷柳擅长采撷市井乃至黑道粤语词略加改造而活用，写人状物地道贴切，语言与人物事件密接无缝，场景的真实感扑面而来。欧阳山则致力于化用活用粤语词，将它们嫁接在流畅的通行语里面，创造出有诗化色彩又有地域文化特点的语言表达。《三家巷》语言优美流畅，极富南国气息，与人物性格、情感匹配得天衣无缝。《香飘四季》是农村题材，长期蹲守乡村深入生活让作者走进了南国水乡民俗的广阔天地，用水乡人的语言把他们的生活表现得活灵活现。这三位作家的努力代表了二十世纪五六十年代方言和富有地域特色的广东小说的高度。另外该时期广东文学除了诗稍弱外，散文和批评也涌现大家。秦牧耕耘散文一生，形成语言凝练优美、知识丰富而且立意高远的风格。他以散文为主而兼擅杂文，抒情与理致两道并行。如《花城》等散文集在全国享有盛誉，与散文家杨朔并称"南秦北杨"。批评家萧殷亦获得该时期全国性的声誉，新中国成立初兼主《文艺报》，极大地帮助了新晋作家王蒙等人的成长；六十年代主持《作品》，做到"每稿必读，每信必复"，做作家的知音，是当之无愧的广东批评界的先驱，著有《萧殷自选集》。十七年时期全国文坛生气蓬勃,作家探索呈现多样化面貌,广东作家以自身的擅长,挖掘地域文化特色,形成鲜明的集体风格,是全国文坛交响曲强有力的音符。

七十年代末,笼罩中国的迷雾散去,万象更新。思想解放、改革开放吹来强劲东风,将广东经济文化发展又推到了全国的最前沿。国家首先设立的四个经济特区有三个在广东,再一次突显了广东面临新一轮经济文化变革时的地理和文化的优势。社会大转折的关键时期广东棋先一着的机运再一次降临到这片得天独厚的岭南沃土。当然这一次棋先一着不似清末康梁振臂一呼天下景从。因为思想解放和改革开放是当代中国有序的思想和社会变革。广东文学所以能领先一步,完全离不开全国改革开放的精神氛围。没有中央统一布置和支持的一系列经济、文化的变革措施,广东文学也无法实现这一时期的突破。比如改革开放蓬勃发展的八十年代,全国各地乡土青年纷纷南下广东沿海经济带打工,由此催生在全国文坛独秀一方的文学新景观——打工文学。广东出现了《佛山文艺》《江门文艺》和深圳的《大鹏湾》三大打工文学刊发阵地。前者九十年代中期的发行量达五十万份,而《大鹏湾》光在珠三角地区的发行量也达十二三万份。流水线上的劳动者拿起了笔,抒写着新生活的悲欢,在火热的年代创造了属于自己的文学奇观。进入九十年代,科技突飞猛进,网络构筑的虚拟空间又成为可以驰骋的写作新天地,广东因此又成为全国网络文学最早的温床。全国第一部在虚拟空间上线的网络小说在广东出现,随后网络写作如雨后春笋般涌现,至今广东都是最为活跃的网络写作大省,为此还创办了全国唯一的《网络文学评论》杂志。改革开放催生了新的社会现象,文学如何表现,一时成为问题。如市民发家致富成了"万元户",如何定位这类草根人物,正面乎?反面乎?新中国文学史尚无先例可循。章以武的《雅马哈鱼档》开了头炮。他用诙谐的喜剧笔法,回避了社会尚存的价值歧见,将靠自己双手勤劳致富的鱼档老板写成了新时代的"草莽英雄",实质上给予了正面的价值肯定,从而引领了改革开放时代文学创作的新潮流。与此有异曲同工之妙的还有作家陈国凯的《大风起兮》,正面叙写深圳蛇口工业区的改革历程。题材虽不是先着,但他用风俗化、人情化和诙谐的笔法来处理向来严肃的题材,把时代的惊涛化为舒缓的对话,也算写得别开生面。这一时期广东文坛最重要的收获当数刘斯奋的历史小说《白门柳》三部曲。这部历十四年伏案写就、叙写明清易代之际江浙才子佳人沧桑悲欢的小说,看似题材远离现实,实际渗透着改开时代特有的现代精神。明清易代题材多供时人寄托所谓兴亡遗恨,供人逐味其中的所谓风流韵事,但刘斯奋则关注其中的先觉者对专制弊政的批判,发掘远去时代民主意识的思想火花;也因为作者拥有现代思想意识的武装,才能看出才子佳人缠绵悱恻背后的性别不平等,赞美自强女性并对不幸者寄予同情。本来,岭南人写江南非所长,然刘斯奋反其道而行之,以深厚的历史知识和古诗文涵养融化、提升和改进当代白话文,使小说的语言之美跻身一流文学的行列。岭南人笔下的江南比江南人的江南别具一格,另有韵味。

改革开放以来广东经历了空前规模的人口流动。当代广东既是历史悠久的岭南,也是全国各地语言文化汇聚一堂的大熔炉,岭南文化正在经历着新的建构。人口迁徙自然包括全国各地作家和写作人的南迁入粤,作家籍贯在区域文学构成中的意义也由此逐渐衰减,"好汉不问来处"的观念日渐普遍。由人口迁徙带来的地域文化融合,既给创作带来寻找突破路向的不确定性,也孕育着一旦融合成新形态便喷薄而出的可能性。新的文学前景当然是可以期待的。新时代以来我们看见好些更积极乐观的变化。比如70后、80后甚至更年轻的新晋作家,带着更现代的意识和更丰富的表现手法走向写作的大舞台;广东作协也用比以往更大的力度扶持作家创作。2020年创刊了《粤港澳大湾区文学评论》,整体上提升了"粤派批评"在全国的影响力。古与今的融合,岭南文化与全国其他地域文化的融合,正在如火如荼地进行中。我们有足够乐观的理由相信,经由这两大融合产生的广东文学一定能开创更美好的未来。

五

粗线条勾勒过广东文学演变史的轮廓后,地域文学史研究的核心问题就自然呈现出来:产生于这片岭南大地的文学究竟渗透着什么样的文学精神?由其历史文化演变熔铸出来的广东文学究竟有什么样的文学气质?换言之,它存在怎样的岭南特色?这特色是怎样表现出来的?这些问题其实不是新问题,但却是地域文学研究必须触碰和探究的核心。它们曾被岭南文化研究的前辈不同程度地关注过、探讨过,趁此机会在这里也添补一些见解。

广东文学如果不算长达超过千年的萌芽孕育期,能呈现自身文学主体性的历史并不长,比起中原和江南可以说瞠乎其后。然而当人们深入广东文学脉搏跳动的内部,就会发现它成长的特殊之处。广东文学多焕发于国家危难、兵凶战危之世,而少彪炳于太平安逸、歌舞升平之时。以全国文学的变迁来说,普遍的情况是乱世不乏诗人的悲吟,治世也有升平的颂声。广东文学的演变与这个一般的节奏是不大合拍的。可能地处僻远,文教的根底又远逊于中原和江南,所以太平岁月较之汉唐盛世诗人声沉音哑,追步不上,而独国难当头危亡之际才得以发扬蹈厉,激扬文字。危难之时的文学精彩,全在诗人、作家及其创作中充盈的浩然大义,这种精神气质构成为古今历代广东文学的鲜明特色。所谓浩然大义实质就是民族大义和爱国情怀,它抒发自岭南诗人、作家的心声,表现于岭南大地。无以名之,姑称之为"岭南大义"。它在不同历史时期存在不同的表现形态。明清时期岭南诗雄直的诗风,散文质朴的文风,其底色底蕴正是易代之际忠君爱国的情感使然;降及晚清康梁登高振臂,期望由文学入手一扫颓风,其舆论主张和笔锋常带感情的文风,莫不渗透着忧国忧民之情;现代左翼文学运动兴起,广东作家又以笔为旗,叙写战争年代惨烈的对敌斗争,乃至为此献出生命,更显舍身成仁的大义;改革开放时期,广东作家有胆气先人一步,突破艺术创作的条条框框,自擅胜场。总而言之,广东诗人、作家的优秀者其人其文无不以渗透这种"岭南大义"为其根本气质和精神品格。我们这样分析,并无任何自褒自扬广东诗人、作家之意,也无暗示其他地域作家不如岭南的意思,而是意图通过揭示广东文学的文学精神真义所在,透视出它与岭南历史演变进程之间的关系。在广东文学的演变史上,它确实较多地与国家的危难发生深度的关联,而较少地与盛世太平发生关联。中原汉唐盛世的时候,岭南文教才开始萌发,雍容风雅的气度自然无从效法。等到文教扎根,诗人从容发而为词章的时候,却是为国家危难所刺激。古代时期朝代更迭的战乱自不待言,晚清更是天崩地裂式的危机,这刺激事实上极大地助力于广东文学更上台阶。古人有"多难兴邦"之论,在岭南则是"多难兴文"。明末"广东三忠"之一,东莞人张家玉曾说:"我辈做人,正于患难处做好题目,正于患难处见好文章。譬之雪里梅花,愈香愈瘦,愈瘦愈香。譬之霜林松叶,愈茂愈寒,愈寒愈茂。"①张家玉的话道出了岭南优秀作家的人生和写作态度。因历史之故广东作家多感于国家危难之"物"而少感于国家升平之"物",故起兴歌咏抒写之诗文,多具浩然大义,风格雄直精悍。正所谓独特的文学演变历程造就了独特的文学品质。

广东文学另一个特色是它兼容并包的特色。岭南文化及其性格形成于北来迁徙入粤的移居史,形成于中原文化的南渐史。历代各地人口迁入层累地沉淀为岭南人开放包容的民性:虚怀,但不盲从权威;有定见,但不排外。自古以来,广府、潮汕和客家三大方言一面相互交流、相互影响,另一面又各自发展出如广

---

① (明)张家玉:《与杨司农书》,杨宝霖点校:《张家玉集》,广州:广东高等教育出版社1992年版,第87页。

府的粤剧、潮汕的潮剧、嘉应的汉剧等民间艺术形式。此种地域方言文化的并生助益广东作家免于固步自封而兼采众长,尤其是晚清以来产生了一个从未遇见的更为广阔的文学天地,先是照单拿来,后是借鉴创新。对那些见所未见的文学艺术形式和修辞手法,在自己的生活世界里当作自家东西就这样圆融无间地加以运用。广东文坛从来都是广纳各方人与物。南来北往,自西徂东,在这片土地上鲜有阻挡与排斥。这与岭南文化的开放性和包容性是一致的。当然,有容乃大是中国文化传统的信念,包容性也是中国文化的根本特性。这里探讨的广东文学的开放性、包容性在根本上与中国文化的这一特性是一致的,但广东文学所表现出来的岭南开放性和包容性更多地源于与中原多少有些差异的地域生活经验和历史。广东文化最底层的底色当是百越先民的文化,其文化沉淀至今依然略有留痕。秦征南越之后,中原文化南渐成为主流,为岭南奠定深厚农耕文化的基础。然而广东又是航海发达的地方,成熟早、规模大。其人其地的文化性格不可避免打上深深的航海文化的印记。在岭南文化的演变史上,虽然以农耕文化为主干,但多重来源构成的杂多性也占有相当地位。正因为如此,它的地域文化具有相当程度的可辨识性。刘斯奋将孕育成长于岭南的文化性格概括为"不拘一格,不定一尊,不守一隅"①,十分精当。我们很难说这"三不"所构成的岭南文化性格到底是百越文化、中原农耕文化,还是海洋文化。只能说这"三不"所体现的就是岭南的开放性与包容性。岭南文学和文化的开放和包容的品质并非停留在语辞的表面,而是深嵌于岭南成长的历史里。全国沿海岸线各地,航海活动开展甚早,但标志着海洋文化成熟的海神却最早出现在广东。同为中国的海神,南海神比妈祖神树立更早。南海神庙始建于隋代广州黄埔,天后宫要到宋代才出现于福建莆田。盖岭南先民此种面向陌生海洋的开放勇闯心态是为其生活经验所促使,不得不历风险,不得不摆脱农耕一隅的束缚,由心态开放而见识增长,由见识增长而容人所长,最终成此开放包容的怀抱。

　　与广东文学和岭南文化的开放包容品质相联系的另一种品质,毫无疑问就是它们创新求变的特质。创新求变绝不仅仅是一种主观的欲求,更重要的它是环境的产物。仅有此欲求而环境不支持,创出来的"新",求出来的"变",很可能缺乏价值与意义,只是一时臆想的产物。创新求变作为地域文化的品质,很重要的一点,是它实质上为环境所催生,为环境所成就。从这种观点看,开放包容和

---

① 刘斯奋:《互联网时代做与众不同的"独一个"》,《刘斯奋集》,广州:广东人民出版社2018年版,第322页。

创新求变其实是一体两面的。有开放包容的气度与生活方式,有机会接触各式各样的新鲜事物,才能从中选择、为我所用,创造出前所未有的新东西。广东文学自晚清以降,屡屡表现出强大的创新求变的能力。无论观念还是艺术形式和手法,或者全国领先,或者站在前列。这与其一贯的开放包容营造出来的思维方式、文化气氛和生活经验存在密切相关。如果合并考虑其他艺术形式乃至民间工艺,广东清代以来所创造的多个全国第一,那简直不胜枚举。如晚清十三行时期图案中西合璧的外销瓷、西洋画法与民俗风相结合的通草画;清末民初又有引入透视原理和油画技术的水墨画——岭南画派;民乐加西洋乐器合成的广东音乐;引入西洋教堂彩绘玻璃马赛克元素的中式园林——岭南园林等。至于引进西方文艺表现形式的多个第一人,也出现在广东,如油画第一人、摄影第一人、电影第一人等等。广东文艺家的创新与古代在单一传统之下"穷则变"是有所不同的。它不是走在原本轨道上的"穷",而是拜有幸遇见一个更大世界所赐,所以是未穷而变。广东文艺家的创新更多地出于周遭环境和自身的生活经验,由此才实现了脚踏实地的创新。正如康有为诗句所说,"新世瑰奇异境生,更搜欧亚造新声"[①]。文艺家能意识到生活的世界已经是与以往不同的"新世",才能在艺术的天地里想象出别开生面的"异境";要先知晓世上存在欧亚"新声",才能在创作的时候主动去搜求有用的文艺元素和表现手法。岭南的地理环境与历史为文艺的创新求变营造了远远优胜于其他地域的文化条件和精神氛围。这用"得天独厚"来形容都不为过。广东文艺能在创新求变方面表现出色,并形成稳定的精神特质,同样是植根于它的历史文化土壤之中。铭记历史,面向未来,因而也是广东文学发展的必由之路。

---

① 康有为:《与菽园论诗兼寄任公、孺博、曼宣》三首之二,陈永正编注:《康有为诗文选》,广州:广东人民出版社1983年版,第331页。

目　　录

绪论 ………………………………………………………………………… 1
　一、广东近代文学的演变历程 ………………………………………… 1
　二、广东近代文学的精神风貌 ………………………………………… 6

第一编　徘徊于新、旧文学之间

概述 ………………………………………………………………………… 3
第一章　传统诗文创作的持续发展 ……………………………………… 5
　第一节　鸦片战争时期的诗文创作 …………………………………… 5
　第二节　太平天国领袖的诗文革新 …………………………………… 11
　第三节　道、咸以降诗词创作的新变 ………………………………… 17
　第四节　"新文体"建设的初步成效 ………………………………… 25
第二章　传统小说教化功用的强化 ……………………………………… 33
　第一节　传统小说的衍变 ……………………………………………… 33
　第二节　圣谕宣讲小说的流行 ………………………………………… 42
　第三节　邵彬儒和《俗话倾谈》《俗话爽心》……………………… 52
第三章　戏曲的嬗递与说唱的发展 ……………………………………… 61
　第一节　李文茂起义及其影响 ………………………………………… 61
　第二节　"到处扬名不等闲"的广府本地班 ………………………… 67
　第三节　潮、汉、琼剧的蓬勃发展 …………………………………… 76
　第四节　晚清广东民间曲艺的发展 …………………………………… 83

1

第二编　维新启蒙与文学革新

概述	97
第四章　诗歌革新的先行者：黄遵宪	100
第一节　黄遵宪的生平事迹	100
第二节　趋于"今"与"俗"的诗学观	104
第三节　"多纪时事"的"诗史"之作	107
第四节　寄托遥深的"新世界诗"	114
第五节　客家文化视野下的诗歌"通俗化"尝试	122
第五章　维新派的诗文创作	128
第一节　康有为的"新学"之文	128
第二节　康有为的"海外书写"	137
第三节　"粤两生"的诗词创作	146
第四节　"报章体"的繁兴	155
第六章　"诗界健者"：丘逢甲	161
第一节　丘逢甲的生平	161
第二节　"雅正遒劲"的诗学观	165
第三节　"台湾书写"的双重艺术想象	170
第四节　开辟诗中"新世界"	175
第七章　梁启超与近代文学革新运动	183
第一节　梁启超的生平与著述	183
第二节　"诗界革命"与梁启超的诗歌探索	185
第三节　"文界革命"与梁启超的"新文体"建设	193
第四节　"小说界革命"与梁启超的"新小说"实践	201
第五节　梁启超对近代文学的贡献	209
第八章　新民救国思潮下的小说著译	212
第一节　近代小说变革的前奏	212
第二节　域外小说的译介与启示	222
第三节　新小说的勃兴	229
第四节　政治小说《瑞士建国志》《东欧女豪杰》	234
第九章　"新小说"的巨擘：吴趼人	240

  第一节　生平创作与小说观念 ……………………………………… 240
  第二节　借古鉴今的《痛史》等 …………………………………… 243
  第三节　《二十年目睹之怪现状》及其他 ………………………… 246
  第四节　别开生面的言情小说 ……………………………………… 256
  第五节　科幻奇谈《新石头记》 …………………………………… 263
  第六节　吴趼人小说的贡献 ………………………………………… 267
第十章　戏曲改良与说唱启蒙 …………………………………………… 271
  第一节　粤剧城市化与商业化的初步交织 ………………………… 271
  第二节　革命家、报刊同人的粤剧创作 …………………………… 277
  第三节　粤调说唱与思想启蒙 ……………………………………… 288

第三编　民主革命与革命派文学

概述 …………………………………………………………………………… 295
第十一章　民主革命派的诗文创作 ……………………………………… 297
  第一节　孙中山与"革命文学"的勃兴 …………………………… 297
  第二节　革命派作家的诗文创作 …………………………………… 305
  第三节　广东籍南社诗人的艺术追求 ……………………………… 313
第十二章　民主革命与小说转向 ………………………………………… 318
  第一节　资产阶级革命派小说的崛起 ……………………………… 318
  第二节　短篇小说的现代性 ………………………………………… 327
  第三节　梁纪佩及其时事小说 ……………………………………… 339
第十三章　民主革命派小说家黄世仲 …………………………………… 347
  第一节　生平与创作活动 …………………………………………… 347
  第二节　为太平天国正名的《洪秀全演义》 ……………………… 349
  第三节　黄世仲的近事小说创作 …………………………………… 356
  第四节　黄世仲小说的贡献 ………………………………………… 367
第十四章　浪漫主义文学先驱苏曼殊 …………………………………… 372
  第一节　生平与创作活动 …………………………………………… 372
  第二节　苏曼殊与欧洲浪漫主义文学 ……………………………… 373
  第三节　苏曼殊诗歌的浪漫抒情 …………………………………… 375
  第四节　苏曼殊小说的诗意叙事 …………………………………… 379

第五节　苏曼殊文学的影响 ············· 385
第十五章　戏曲说唱与革命运动 ············· 388
　　第一节　志士班与广东戏剧改良 ············· 388
　　第二节　粤剧本地班的发展蜕变 ············· 395
　　第三节　广东其他戏曲的因革 ············· 404
　　第四节　宣传民主革命的说唱文学 ············· 411

结语 ············· 421

广东近代文学大事记 ············· 429
参考文献 ············· 444
敢为人先唱大风
　　——《广东文学通史》后记 ············· 447

绪　　论

"日之将夕,悲风骤至。"①近代中国内忧外患不断袭来,民族的生存危机、封建专制的腐朽、传统文化的衰弱等交织成一片末世气象,广东近代文学就是在这样的历史背景下发展的。如果说在晚清以前,广东文化还处于一种追随中国主流文化的边缘位置,对中国社会文化的变迁影响不大,广东文学也只是作为中国古代文学的一个分支而显得无足轻重的话,那么到了清末民初,由于时代的沧桑巨变,广东地区得风气之先,主动接受外来文化的影响,积极倡导维新与革命,一时主导了中国社会政治文化变革的风潮,而广东文学也义不容辞地充当了开启民智、促进社会变革的急先锋。据广东各地方志、《艺文志》及《中国文学家大辞典》《中国近代文学辞典》统计,广东近代作家超过600人,熠熠生辉于中国近代文学的星空之中。作家们紧扣时代脉搏,深深地扎根于近代社会土壤,呼喊出变革图存、民族自强的时代心声,不仅推出了中国第一批"睁眼看世界"的文学作品,而且以其独创性和超前性,一新天下耳目,带动了全国范围内的文学变革,从根本上扭转了广东文学长期"不在天下风气之内"的不利局面,使其从边缘走向了中心,成为反映时代文化与文学巨变的风向标,在中国传统文学近代化的过程中发挥了导夫先路的重要作用。

一、广东近代文学的演变历程

为什么中国近代史的序幕是从广东拉开的?这显然与历史上广东的对外贸易密切相关。广东自古就是海上丝绸之路的发祥地。汉唐以来,中国的丝绸、陶瓷和茶叶等主要就是由此走向世界的。到了宋元时期,广东对外贸易日趋繁兴,如宋洪适《师吴堂记》说:"岭以南,广为一都会。大贾自占城、真腊、三佛齐、阇婆涉海而至,岁数十柁,凡西南群夷之珍,犀象珠香流离之属,禹不能名。"②元杨翮《送王庭训赴惠州照

---

① 龚自珍:《龚自珍全集》第一辑《尊隐》,上海:上海古籍出版社1999年版,第87页。
② 洪适:《盘洲文集》卷三一《师吴堂记》,上海:上海古籍出版社1987年版,第457页。

磨序》也指出:"岭南诸郡近南海,海外真腊、占城、流求诸国蕃舶岁至,象犀、珠玑、金贝、名香、宝布,诸凡瑰奇珍异之物宝于中州者,咸萃于是。"①逮至明清时期,中国政府虽然基本实行闭关自守的政策,但是广东沿海商民迫于生计,从未停止过与亚欧诸国进行海上贸易,甚至还主动下南洋、过爪哇,漂洋过海谋发展。清姚延启在《上赵观察论粤俗书》中说:"粤地边民,素食于洋,巨室大贾,惟视洋舶之大小,利则有百万之息,不利则人舶俱漂,此逐利轻生,风俗所由成也。"②这种敢于漂洋过海、逐利轻生的冒险、进取精神,与内地基于农耕经济而产生的安土重迁、和平自守的文化心态适成鲜明对比。清后期英国人约翰·汤姆森也指出,从广东移民东南亚诸岛国的商人,"几乎与所有能经营外国货的岛屿建立了联系,其代理人遍及苏门答腊、爪哇、婆罗洲,甚至到达印度支那大陆。他们用本国产品和当地人进行物物交换,由此建立了经常性的社会联系,同时也成为了商业的纽带。就这样,很多来自东方的产品,通过这些中国中间商,或直接通过他们的代理人远销欧洲和美洲。"③即使后来清朝一度实行闭关锁国政策,但仍保留广州作为唯一一处对外通商口岸,并设立了"十三行"作为对外开展商业贸易的重要门户。清代广东作家就留下了不少吟咏十三行的诗歌,特别是嘉庆时还出现了一部专门描写十三行洋商生活的小说《蜃楼志》,透露了广东社会近代变革的征兆。实际上,早在鸦片战争前,西方列强的商船与战舰久已穿梭在广东的珠江口了,而西方的器物文明也源源不断地经由广州传输到内地。吴趼人在《发财秘诀》第一回中曾说:"小子自己便是广东人,也深信我广东是得风气之先的。"而他所谓的"得风气之先",也就是广东人率先与海外各国通商谋利。只是后来英国人觉得总是从中国购买茶叶、丝绸和陶瓷等,而自己的商品却在中国打不开销路,于是便采用倾销鸦片的罪恶手段改变贸易逆差,因此导致鸦片在广东乃至内地逐渐泛滥成灾,白银大量外流,随之出现林则徐虎门销烟,结果引爆了第一次鸦片战争。

鸦片战争的爆发,不仅标志着中国近代史的开端,也由此开启了广东文学的近代历程。1839年春,林则徐奉命来广州查禁鸦片走私时,出于了解英国以及其他西方国家的需要,主持编译了《四洲志》。之后,魏源编纂《海国图志》,系统地介绍西方国家的情况,提出"师夷长技以制夷"的主张。广东顺德人梁廷枏则写成《海国四说》,简要记叙美国和英国的政治经济文化情况。他们虽然未能亲身出国考察,相关材料靠间接采辑而来,难免有些谬误,但无论如何,中国人开始睁眼看世界了,并由此发现中国本土文化在技艺层面的不足,需要学习西方的长处,以对付西方的侵略。这种文

---

① 李修生主编:《全元文》卷一八四三《杨翮》二,南京:凤凰出版社2004年版,第411页。
② 贺长龄主编:《清朝经世文编》卷七五,台北:台湾文海出版社1978年版,第2695页。
③ 约翰·汤姆森:《镜头前的旧中国:约翰·汤姆森游记》,北京:中国摄影出版社2001年版,第14页。

化观念的重要变化,推动了中西文化的碰撞与交流,开启了中国文化近代化的历程。此后,中国文化大致经历了梁启超所说的从器物层面到制度层面再到观念层面的文化变革。

"世道既变,文亦因之"①。作为在中西文化交流、冲突中生长起来的广东近代文学,也随之经历了一个明显的发展、变化历程。根据文学内涵与文学形态的变化,我们可以将广东近代文学的发展历程大致分为以下三个时期②:

(一)鸦片战争和太平天国革命时期。这一时期发生了两件大事,即两次鸦片战争和太平天国运动。面对西方资本主义的入侵,清王朝的腐朽无能,广东作家满怀忧患与愤懑,开始把文学书写的焦点转移到对国家与民族危机的关注上,因此反帝反封建成为这一时期广东文学最突出的新内容。有不少广东作家通过诗文创作,愤怒地控诉英帝国主义贩卖鸦片毒害中国人的罪行,赞赏林则徐的禁烟之举,如李光昭《阿芙蓉歌》、程恩泽《粤中杂感》、陈澧《炮子谣》、谭莹《缴阿芙蓉诗》、梁廷枏《夷氛闻记》等。民间则流行"林则徐,禁鸦片,焚烟土,在海边,开大炮,打洋船,吓得鬼子一溜烟"③等歌谣。当战争的烽火烧到广州城乡,激起人民群众的英勇反抗时,著名诗人张维屏率先创作了《三元里》,讴歌三元里人民的抗英斗争。紧接着,梁信芳《牛栏冈》、蔡苣华《三元里》、何玉成《团练乡勇驻四方炮台纪事》、黄亨《后书感》、彭泰来《辛丑咸事》、冯钺《有感》、赖瀛《北门行》、黄培芳《陈漱霞歌》等纷纷问世,一时间形成了一个歌颂广东人民抗英卫国的诗潮。与此同时,广东作家还对清朝统治者的腐朽无能进行了猛烈抨击,如陈澧《有感》痛斥两广总督叶名琛昏庸误国,佚名《广东感时诗》组诗尖锐地批判清朝的贪官庸将奕山、隆文、杨芳等丧师辱国的罪行,揭示了鸦片战争失败的人为因素。

鸦片战争的烽火尚未完全熄灭,两广农民又在洪秀全领导下掀起了一场轰轰烈烈的反抗清王朝的太平天国运动。太平天国革命领袖主张"文以纪实",提倡"朴实明晓"的文风。他们的诗文打破一切封建文学束缚,直接为推翻清王朝的斗争服务,如洪秀全《述志》《吟剑》、杨秀清《果然英雄》等,抒发了"吊民伐罪"的革命理想和翻

---

① 袁宏道著、钱伯城笺校:《袁宏道集笺校》卷十一《尺牍·江进之》,上海:上海古籍出版社2008年版,第515页。
② 实际上,文学史犹如一条隔不断的河流,对之进行切割、分期,无论标准如何,都有局限。如黄遵宪的文学活动从1870年代就开始了,但其诗歌及诗学理论的影响主要发生于维新运动时期,故而本书将其置于第二个时期论述。又如,吴趼人的小说创作集中于维新运动时期,但1906年后其创作仍在继续,本书为避免论述前后割裂,故而也将他置于第二个时期。这实属一种权宜、无奈之举。
③ 中国民间文艺研究会编:《中国歌谣选》第一集,上海:上海文艺出版社1978年版,第15页。

天覆地的雄图大志。洪仁玕《资政新编》则提出了学习西方、与各国通商、借鉴西方先进技术、发展资本主义工商业等主张,堪称中国人最早提出的在中国发展资本主义的方案。

当太平天国运动风起云涌时,广东天地会也在陈开率领下聚众反清,与太平军桴鼓相应,而以李文茂为首的本地戏班戏曲艺人,也乘势加入起义队伍,在两广地区纵横驰骋,一时所向披靡,期间他们有意借戏曲演出教化民众,助力反清斗争。起义虽然最终失败,广府本地戏班也遭官府解散,艺人被迫由城市转入乡村,由本地走向他方,甚至投身海外,但也为粤剧在他方异域的传播以及汲取其他文化艺术养分、促进自身革新创造了条件。

至于该时期的广东小说,则数量不多、水平有限,并且还时兴一种宣讲圣谕、劝善惩恶的说教式小说,如《俗话倾谈》《吉祥花》《谏果回甘》等,但受乱世风云的波及,也有部分小说出现了批判现实黑暗、反帝反侵略的新内容,如黄鸿藻《逸农笔记》对官吏贪酷、盗匪肆虐等社会恶现状即有较真切的揭露,颜嵩年《越台杂记》对陈联陞、关天培、沈志谅等广东军民反抗英人入侵的英勇事迹也有生动记述。

总之,这一时期,广东文学不管是传统的诗文,还是以往那些不登大雅之堂的戏曲、小说、说唱、民谣等,都纷纷加入到反帝反封建的时代潮流中,体现了广东人民反抗侵略、热爱家国的崇高感情。这也使它与鸦片战争之前的广东文学判然有别,从而打上了近代文学的时代印记。实际上,近代文学的基本主题就是反帝反封建,"日益深化的反帝反封建的内容是近代文学性质的根本标志,也是使它成为一段文学史的基础"[①]。

另外,该时期广东文学还有一些值得关注的变化,如受经世致用思潮的影响,文学创作的时政化、实用化、通俗化倾向日益增强;伴随游历或出使海外的文人逐渐增多,文学中的海外书写也令世人换新眼目;而粤港报刊业的兴起,也使"报章体"散文开始脱颖而出。这些变化无疑对即将到来的文学界革命发挥了先导作用。

(二)资产阶级改良运动时期。这一时期的重大事变是以康有为、梁启超为代表的资产阶级维新派登上了政治舞台,发起了改良主义运动。此前的两次鸦片战争已让清廷"渐怵于外患",而"洪杨之役,借外力平内难,益震于西人之'船坚炮利'"[②],于是以兴办制造局、同文馆、新式学堂以及向国外派遣留学生等为主要内容的"洋务运动"蓬勃兴起。但是,洋务运动只变器,不变制,属于一种浅层次的改革。1894 年,

---

① 袁行霈主编:《中国文学史》(第三版)第四卷,北京:高等教育出版社 2014 年版,第 369 页。
② 梁启超:《清代学术概论》,北京:东方出版社 1996 年版,第 88 页。

甲午之战爆发,清廷丧师割地,举国为之震撼,"朝野乃知旧法之不足恃",有识之士开始探究技不如人背后的政治文化原因,"以其极幼稚之'西学'智识","向正统派公然举叛旗矣"①。于是便有了康、梁等发起的"戊戌变法"运动。维新派通过创办报纸《中外纪闻》《时务报》,撰写《变法通议》等,为变法广造舆论,鼓动光绪厉行新政,虽然变法很快以失败收场,但却掀起了一场学习西方文化、促进中国社会变革的热潮。

"戊戌变法"失败后,逃亡日本的康、梁,受日本明治维新成功经验的启发,充分意识到,要想变法,必须新民;要想新民,必须启蒙;要想启蒙,则必须运用文学作为导愚启蒙的工具。可是,由于传统文学思想陈腐,无法承担新民的使命,因而必须对之加以革新。于是,本来作为新民之利器的文学,顿时成了革新的对象,正如梁启超所说:"今日欲改良群治,必自小说界革命始;欲新民,必自新小说始。"②当然,需要接受革新的文学并不限于小说,而是包括诗文、戏曲在内的所有文学,这就是所谓的"文学界革命"。

经过这场革命,传统文学发生了前所未有的新变,诗界出现了"以旧风格含新意境"的新诗派,以黄遵宪、丘逢甲的诗歌为代表;文界出现了"务为平易畅达,时杂以俚语、韵语及外国语法,纵笔所至不检束"③的新文体,以梁启超的散文为代表;小说界则出现了以"发起国民政治思想,激厉其爱国精神"④为宗旨的"新小说",以吴趼人的小说为代表;戏曲界也出现了"在俗剧中开一新天地"的新剧本,以梁启超的剧作为代表。而为了强化文学开启民智、改良群治的社会效果,维新派一面倡导文学中白话的使用,以使文学更贴近民众;一面则借报纸杂志来扩大文学的传播效应,如梁启超等先后创办《清议报》《新民丛报》《新小说》,吴趼人创办《月月小说》等,有力地助推了文学界革命的开展。

总之,伴随资产阶级改良运动的兴起,广东作家从文学观念到创作实践均对传统文学做了革故鼎新的改造,为传统文学的近代化开辟了广阔的道路。

(三)资产阶级民主革命时期。戊戌变法的失败,使资产阶级阵营发生了分化,他们不再寄幻想于清王朝,而是在以孙中山为代表的先进分子领导下,积极进行民族

---

① 梁启超:《清代学术概论》,北京:东方出版社1996年版,第65页。
② 梁启超:《论小说与群治之关系》,汤志钧、汤仁泽编:《梁启超全集》第四集,北京:中国人民大学出版社2018年版,第49页。
③ 梁启超:《清代学术概论》,北京:东方出版社1996年版,第77页。
④ 梁启超:《中国唯一之文学报〈新小说〉》,汤志钧、汤仁泽编:《梁启超全集》第三集,北京:中国人民大学出版社2018年版,第588页。

民主革命。义和团运动被镇压后,帝国主义列强侵占北京,清政府订立了屈辱的《辛丑条约》,中国进一步被殖民地化,民族危机日益加深。在面临亡国灭种的危机之下,资产阶级革命派充分利用报刊与文学进行民族民主革命宣传,如《中国日报》《广东日报》《世界公益报》《唯一趣报有所谓》《时事画报》《广东白话报》《南越报》《香港少年报》等陆续在粤港创刊,各报纷纷开设时评、杂文、小说、戏曲等栏目,抨击时政,鼓吹反帝爱国,颂扬民主革命,诗歌、散文、小说、戏剧,以及粤讴、南音、木鱼书、龙舟歌等均成为宣传革命的工具,涌现了廖仲恺、朱执信、胡汉民、汪精卫、陈融、尤列、陈少白、陈树人、苏曼殊等著名的革命派诗人,黄世仲、梁纪佩、王斧、黄伯耀、谭荔浣等革命派小说家,以及陈少白、程子仪、黄鲁逸、梁垣三等从事粤剧改良、宣传民主革命的戏剧活动家。

总之,鸦片战争以来,由于时代的沧桑巨变,广东地区得风气之先的进步人士,不仅创作了大量反帝反封建的文学作品,而且率先接受外来文化的影响,积极倡导维新改良与民主革命,并为此掀起了一场声势浩大的"文学界革命"。以张维屏、黄遵宪、丘逢甲、梁启超、吴趼人、黄世仲、苏曼殊等为代表的广东作家,充分利用文学传播西方文明,开启民智,鼓吹维新改良,宣传民主革命,在促进中国社会变革中发挥了引领时代风潮的重要作用,共同谱写了广东近代文学的辉煌篇章。

二、广东近代文学的精神风貌

"文变染乎世情,兴废系乎时序"①,文学的兴衰演变从来都与时代的风云变幻息息相关,广东文学自然也不例外。并且由于广东自古濒海商贸发达,长期受到海洋文明濡染,下南洋、闯金山,萍踪海外者在在有之,造就了广东人开眼看世界、敢为天下先的精神气质,而清代后期广东沿海又首当其冲遭受欧西殖民者的入侵,因此广东作家较之内地作家更易于感国运之变化、立时代之潮头、发时代之先声,表现出一种既异于古代文学,又不同于内地文学的精神风貌。

(一)充溢反帝反封建和救亡图存的爱国主义激情

鸦片战争前后,以张维屏、谭莹等为代表的一群广东作家,创作了一系列控诉鸦片毒害国人、反对西方殖民侵略、谴责清朝妥协投降等为内容的爱国主义诗歌,从而

---

① 刘勰著、周振甫注释:《文心雕龙注释》,北京:人民文学出版社1981年版,第479页。

形成了一个激情澎湃的爱国主义诗潮。

甲午战争的惨败,清廷的丧权辱国,又强烈地刺激了黄遵宪、丘逢甲等著名诗人。黄遵宪满怀悲愤地写下了《悲平壤》《哀旅顺》《哭威海》《马关纪事》《降将军歌》《度辽将军歌》《台湾行》等系列诗作,颂扬抗战,抨击投降,充满深挚的忧国之思与爱国激情;为了大力鼓动国人的尚武精神与报国之志,他又创作了《出军歌》《军中歌》《旋军歌》等。钱仲联指出:"黄遵宪生活在列强疯狂侵略中国的时代,他的爱国精神,渗透在全部诗作里。"①丘逢甲的诗歌有三分之二是写反帝爱国的。他祖籍广东嘉应,出生于台湾,对台湾有深厚感情。甲午战败,清廷割让台湾,让他悲愤莫名,谴责"宰相有权能割地",慨叹"孤臣无力可回天"(《离台诗》);抗日失败,他被迫离台回到嘉应,时常悲叹:"故乡风景想依然,月满东南半壁天。"(《羊城中秋》)"看到六鳌仙有泪,神山沦没已三年。"(《元夕无月》)但他壮志犹存,渴望"何当奋雄略,拔剑斩蛟鼍"(《赠梁诗五孝廉》)。其所作《和平里行》《有感书赠义军旧书记》《说潮》等,则借歌咏民族英雄文天祥、郑成功、俞大猷等,抒发爱国情怀,表达忠于祖国的信念。《闻胶州事书感》《岁暮杂感》等,也表现了他反对德国、沙俄入侵,痛恨清廷投降卖国的思想感情。

而作为维新派的领袖康有为,其所作诗歌《出都留别诸公》《爱国歌》《爱国短歌行》《登万里长城》《过昌平城望居庸关》《由明陵出居庸关》等,关切国家命运,渴望变法图强,充溢反帝爱国的豪情。后来流亡海外,他仍念念不忘祖国,写有《九月二十四夜至马关伤怀久之》《闻和议成,而东三省别有密约割与俄》《闻俄据东三省》等,并不断发出"最是新亭好风景,河山故国正愁人"(《桂湖村邀集上野莺亭即席索咏口占》)、"惊起前洲渔者识,依稀故国棹歌声"(《己亥夏秋文岛杂咏十九首》)之类的悲叹。梁启超作为维新派的主将,也以反帝救国、开启民智、呼唤维新为己任,其散文《爱国论》《南学会叙》《少年中国说》《呵旁观者文》等旨在"陈宇内之大势,唤东方之顽梦","开文章之新体,激民气之暗潮"②,洋溢着强烈的爱国主义激情;《变法通议》《举国皆吾敌》《志未酬》《自励》《去国行》《留别梁任南汉挪路卢》《壮别二十六首》等,则表现了他为宣传变法、进行思想启蒙奋不顾身的家国情怀。而《爱国歌四章》《读陆放翁集》《二十世纪太平洋歌》等,也表现了一位维新爱国志士积极进取、探索救亡图存道路的爱国精神。

值得一提的是,1897年至1899年,已沦为英国殖民地的香港,还先后出现了三

---

① 钱仲联:《人境庐诗草笺注·前言》,黄遵宪著、钱仲联笺注:《人境庐诗草笺注》,上海:上海古籍出版社1981年版,第6页。
② 梁启超:《本馆第一百册祝辞并论报馆之责任及本馆之经历》,汤志钧、汤仁泽编:《梁启超全集》第二集,北京:中国人民大学出版社2018年版,第356页。

部极具时代意义的反帝反侵略小说,即《林公中西战纪》《羊石园演义》《中东大战演义》,它们分别对第一次鸦片战争、第二次鸦片战争、甲午中日战争做了较为全面、逼真的艺术再现,字里行间激荡着一种悲愤、激昂的反帝爱国之情。

吴趼人也有浓烈的爱国主义感情。他对现实政治之黑暗、西方列强之入侵以及人心之险恶、世风之浇漓等深恶痛绝。其所作《二十年目睹之怪现状》,也是为了揭露并抨击现实中种种怪现状,希望对之加以变革。其所写《痛史》,借古讽今,旨在抨击晚清统治者昏庸误国,怒斥向外敌屈膝投降的汉奸卖国贼,歌颂抗御外侮的民族英雄。他有强烈的"爱种爱国""保全国粹"等思想,反对一味崇洋媚外,他写《新石头记》,在推崇科技创新、富国强兵时,强调要固守东方文明,表现了坚定的文化自信心。

黄世仲作为资产阶级民主革命宣传家,则主要以小说为武器,或借历史人物故事,宣扬民族民主革命思想,如《洪秀全演义》《吴三桂演义》;或书写宦海浮沉,暴露晚清官场黑暗,隐寓国势盛衰之感,如《宦海潮》《宦海升沉录》;或歌颂革命党人,推动资产阶级民主革命,如《党人碑》《五日风声》等。其救国热忱、济世抱负、变革现实政治之热望,构成了小说创作的主旋律。苏曼殊早期也积极投身于资产阶级民主革命,其部分诗作如《以诗并画留别汤国顿》等,表现了一个爱国青年的锐气和雄心。

至于广东戏曲曲艺,也不乏以反帝反封建为主题的作品,如梁启超为激发国人爱国精神而作《新罗马》,为激励国人尚武精神而作《班定远平西域》;新广东武生作《黄萧养回头》,歌颂黄萧养"为同胞,除灾殃","雪国耻,报国仇"[①];"志士班"编演《火烧大沙头》《温生才打孚琦》《云南起义师》《秋瑾》《徐锡麟行刺恩铭》等,讴歌资产阶级民主革命;等等。不仅如此,广东文人还利用民间说唱形式批评时弊、反对侵略、感导民众,如郑贯公所作粤讴《广州湾》、廖恩涛所作粤讴《珠江月》《黄种病》等;木鱼书则有《金山客自叹》《华工诉恨》等,声援海外华工的反美拒约运动;龙舟歌也有《庚戌年广东大事记》,反映辛亥革命前一年广东发生的大事,号召民众武装推翻清王朝统治。

总之,广东近代文学自始至终洋溢着一种反帝反封建和救亡图存的爱国主义激情,其在反抗外来侵略、宣传维新改良、倡导民主革命过程中发挥了重要作用。

(二) 书写异域风情,广纳先进文明的开放心态

鸦片战争以后,中国人(尤其是广东人)出于对域外新知的渴求,开始纷纷走出

---

① 该剧本刊载于梁启超主编《新小说》第 1 号,王燕辑:《晚清小说期刊辑存》第 2 册,北京:国家图书馆出版社 2015 年版,第 167 页。

国门,或出使欧美日本,或出国考察、留学,或到海外谋生;戊戌变法失败后,赴日留学者更是趾踵相接。如罗森游历日本,何如璋、黄遵宪、张荫桓等出使日本或欧美,容闳入美求学,潘飞声执教德国,康有为、梁启超流亡海外,黄世仲兄弟谋生于新加坡,等等。孙中山曾在出国后感叹:"始见轮舟之奇、沧海之阔,自是有慕西学之心,穷天地之想。"①

欧风美雨的洗礼,使广东作家情不自禁地将海外见闻诉诸笔端。他们对西洋自然景观、风俗人情、先进科技、制度文明以及人文历史等,或惊诧艳羡,或首肯赞扬,或反思自省,从而在与域外先进文化的碰撞、交流中赋予了广东文学以丰富的近代文化内涵,表现了他们渴望以西学开启民智、改良社会的文化诉求。

最早以诗歌书写日本、东南亚以及欧美等国的政治、历史和科学文化,而又成绩卓著的,当推黄遵宪。他有长达十四五年的外交官经历,其海外书写,无一不是眼之所见、耳之所闻。他本人也自豪地说:"海外偏留文字缘,新诗脱口每争传。草完明治维新史,吟到中华以外天。"(《〈奉命为美国三富兰西士果总领事留别日本诸君子〉其三》)其所写《日本杂事诗》等,令国人大开眼界,被时人赞为"中国诗界之哥伦布"。而最初带领黄遵宪出使日本的何如璋,也撰写过《使东述略》《使东杂咏》,记述了日本风土人情,展现了日本明治以来对外开放、引进西方先进科技、积极变法所产生的新气象。

番禺人潘飞声,光绪十三年曾漂洋过海,前往德国柏林大学讲授中国文化。他"出南洋,泛印度,渡红海、地中海,入罗马之国,登瑞士之山……皆汇行卷,以写幽遐瑰诡之观"②。其所作《西海纪行卷》《天外归槎录》《柏林竹枝词》,详记异域风情、瑰奇景观以及先进的器物文明等,令时人焕新眼目。与潘飞声同时代的广东顺德人赖学海,在读了潘的诗文后慨叹:"往读兰使《西海纪行卷》,惊其雄奇刻削,为域外山川开一面孔;兹又读其《天外归槎录》,感时愤事,出以肮脏、沉挚之言,其诗境又一变矣。"③

南海人张荫桓光绪十二至十五年出使美利坚、西班牙、秘鲁,其诗集《三洲集》,多写异国民情风物,堪与潘飞声同类诗媲美。如《鸟约铁线桥歌》写纽约大桥之壮美:"高桥铁缀八十丈,俯瞰海门瞭如掌。层展四里横五衢,机轮车马纷来往。中间桥柱类石阙,揉铁成丝称铢两。但为巨緪挽浮梁,质力刚柔输尔壮……高插云霄低置磉,迥立长风郁苍茫。"④他对美国的民主政治制度亦颇心仪,曾赋诗称赞华盛顿:"手

---

① 孙中山:《复翟里斯函》,《孙中山全集》第一卷,北京:中华书局1981年版,第47页。
② 潘飞声:《西海纪行卷》(走向世界丛书),长沙:岳麓书社2016年版,第89页。
③ 张祖翼:《伦敦竹枝词等五种》(走向世界丛书),长沙:岳麓书社2016年版,第128页。
④ 曹淳亮、林锐选编:《张荫桓诗文珍本集刊》(四),上海:上海古籍出版社2013年版,第320页。

辟两洲开大国,创为民政故传贤。一时荐举成风俗,闲岁讴歌托众权。"①

康有为在戊戌政变失败后,"遁迹海外,五洲万国,靡所不到。风俗名胜,托为咏歌。莫拔抑塞磊落之怀,日行连称奇伟之境。"②在十多年的海外游历中,他写下了数量可观的海外诗,描绘异国风光,赞美先进科技,讴歌西方文明,礼赞资产阶级的政治家、思想家、文学艺术家。这些诗虽用旧体,但其意境、思想却一新天下耳目,诚所谓"新世瑰奇异境生,更搜欧亚造新声……意境几于无李杜,目中何处着元明"(《与菽园论诗,兼寄任公、孺博、曼宣》)。

丘逢甲的诗作也能放眼世界,"直开前古不到境,笔力横绝东西球"(《说剑堂集题词为独立山人作》),"米雨欧风作吟料,岂同隆古事无徵。"(《论诗次铁庐韵》)

梁启超在维新变法失败后,先是"断发胡服走扶桑",后来又"誓将适彼世界共和政体之祖国,问政求学观其光",故而"于西历一千八百九十九年腊月晦日之夜半,扁舟横渡太平洋",作《二十世纪太平洋歌》,抒发其学习西方图强自救的远大抱负。他写的《新大陆游记》,无一不是借异国风光、政治制度、经济文化等作中西对比,反思中国人的文化心理,寓政治变革思想于其中,抒发改造中国、振兴中华的爱国之情。如 1903 年 7 月 5 日,他亲见美国太平洋海底电报绕地球一周,仅需 12 分钟,不禁惊叹:"鸣呼!人巧之夺天工,至此而极……我国民若能利用之,其助我文明进步之速率,又岂浅鲜?"③在大北铁路公司,目睹美国实业之兴,不禁长叹:"吾国人于实业思想,毫未发达!"④因此,他认为中国留美学生"宜学实业,若工程、矿务、农商、机器之类"⑤。

吴趼人虽然未曾游历海外,但他对西洋科技文明也是心向往之,其所作《新石头记》,涉笔机器人、司时器、制冰机、脏腑镜、验血镜、验骨镜、助听筒、助明镜、千里镜、无线电话以及绕地球飞行的飞车、地下通行的隧车、水下行驶的猎艇等,林林总总,令人叹为观止,充分反映了作者渴望借助先进的科技文明实现富国强兵的梦想。

黄世仲也在小说《宦海潮》中描述张任磐出使美国,参观博物院,考求西洋工艺的见闻感受。如张氏在博物院"暗忖中国若有此等堂院,实增人博物见识不少";见到美国南北战争所用战船时又想:"南北美之战,至今不过数十年,战具进步已日新月异。若中国现时还始创海军,那里能够与人对敌?"⑥在公署听人说留声机辨冤的故事,又感慨道:"今有留声机能报出案情,我们中国人那里见过?可见西人考求技

---

① 曹淳亮、林锐选编:《张荫桓诗文珍本集刊》(四),上海:上海古籍出版社 2013 年版,第 331 页。
② 康有为:《与菽园论诗,兼寄任公、孺博、曼宣》,姜义华、张荣华编:《康有为全集》第 12 卷,北京:中国人民大学出版社 2007 年版,第 311 页。
③ 梁启超:《新大陆游记及其他》,长沙:岳麓书社 1985 年版,第 512 页。
④ 梁启超:《新大陆游记及其他》,长沙:岳麓书社 1985 年版,第 537 页。
⑤ 梁启超:《新大陆游记及其他》,长沙:岳麓书社 1985 年版,第 565 页。
⑥ 黄世仲:《宦海潮》,杭州:浙江古籍出版社 1995 年版,第 135—136 页。

艺,没一件不精的了!"①

值得注意的是,当时广州兴办的一些报刊,还借助连载小说来倡导实业兴国。如1907年创刊于广州的《农工商报》(后改名《广东劝业报》),就专辟《讲古仔》栏目,连载《制造瓷器大家巴律西小传》《美国大北铁路公司发起人占士比儿小传》《著名船商特琼司小传》《兽肉霸王亚模小传》《德国农业发达史演义》等小说,用粤语讲述欧美一些商业巨子创业发家的故事,以之激励国人开拓进取,发展工商,立国富民。

总之,在晚清社会的大变局中,以黄遵宪、康有为、梁启超、黄世仲等为代表的广东文人,不仅率先走向世界,而且积极利用诗文小说书写其游历海外的见闻感受,从异域风光、风土人情,到先进的器物与制度文明等,均纷呈于他们的笔底。这些丰富多彩的涉外书写,今人看来已不足为奇,但在当时对于已在"严夷夏之大防"的社会里度过了数千年的中国人来说,却无异于打开了一扇通向外部世界、感受西洋文明新风的窗口。而从文学自身发展的角度来看,广东文学涉外书写带来的新题材、新意境、新风格,有效地革新了传统文学的思想观念,拓展了传统文学的题材内容,开辟了传统文学的新境界。

(三)汇通中西文学,勇于破旧立新的革新精神

广东近代著名作家往往是以政治家、外交家、宣传家与报人的身份从事文学活动的。为了配合资产阶级维新改良、民主革命运动,充分发挥文学的启蒙、"新民"功用,以梁启超为首的广东进步作家率先发起了声势浩大的文学界革新运动。

就诗歌革新而言,广东近代诗歌一扫同光体险奥、泥古之风,别开风气,别求新声于域外,可谓古典诗歌朝向现代诗嬗变的重要一环。其重要诗人有张维屏、黄遵宪、丘逢甲、黄节、康有为、梁启超、苏曼殊等,他们在诗论上敢为人先、倡扬诗歌变法,张维屏主张"不事规摹",黄遵宪力倡"我手写我口""言文合一",梁启超更高扬"诗界革命"的旗帜。梁启超的《饮冰室诗话》、康有为的《人境庐诗草·序》、黄遵宪的《人境庐诗草·自序》等诗论轰动一时,主导了晚清诗坛的变革方向。在诗歌实践上,广东近代诗人留下了数量浩繁、洋溢着时代气息的重要篇章,它们不仅是广东千年诗歌史上的高峰,更因其质量、数量与先锋性而在晚清诗坛举足轻重,成为近代诗歌变革的策源地。

而在散文革新方面,广东近代散文亦是晚清散文变革的高地,前有大量域外游记变风变雅,突破了传统散文的书写模式,从观念到语言发生了全面转折;继有梁启超

---

① 黄世仲:《宦海潮》,杭州:浙江古籍出版社1995年版,第156页。

所倡的"文界革命"与"开文章之新体,激民气之暗潮"的"新文体"书写;后有革命派极具战斗性与感召力的政治论章,堪堪半个世纪的广东近代散文鲜明地呈现了古代散文朝向现代散文转变、迈进的文体形态。其重要作家有海外使臣黄遵宪、何如璋,维新派代表康有为、梁启超,以及革命志士孙中山、黄世仲、胡汉民、苏曼殊、朱执信等,其中西杂糅、勇于破体的散文创作烙有鲜明的时代印记,开近代散文风气之先。

至于小说界革新,广东近代小说家则率先从理论与实践两个方面对传统小说进行了夺胎换骨的改造。起初,以梁启超为代表的维新派,在比较中西文化的过程中发现了小说改造社会的功用,于是竭力强调小说的重要性,盛赞"小说为文学之最上乘",这样便从观念上打破了中国一向鄙视小说的传统,提升了小说在整个文学中的地位;同时,鉴于中国传统小说多半"诲淫诲盗",无法用来"新民",因此梁启超又大声疾呼"欲新民,必自新小说始",从而掀起了"小说界革命"的浪潮。受其影响,南海冯自由、中山郑贯公、顺德罗普、佛山吴沃尧、番禺黄世仲等,纷纷通过西洋小说的译介、"新小说"的创作以及小说理论的探讨等,将"小说界革命"落到了实处,不仅有力地促进了中国小说观念的转变,而且以骄人的创作实绩,引领中国小说进入了一个"新小说"的时代。

在提出"小说界革命"的同时,梁启超等还率先发起了戏剧革新运动。为了开启民智,振奋国民精神,梁启超避居日本期间亲自创作了《劫灰梦》《新罗马》《侠情记》传奇,声称"欲继索士比亚、福禄特尔之风,为中国剧坛起革命军"①。欧榘甲《观戏记》则以法国、日本借戏剧演出激扬民气为例,说明演戏对"激发国民爱国之精神"作用甚大,而反观当时粤剧却弊窦多端,于是他呼吁欲改良戏剧,"请自广东戏始"②。箸夫《论开智普及之法以改良剧本为先》也主张:"欲风气之广开,教育之普及,非改良戏本不可!"③为此,他对粤东程子仪新撰曲本,进行戏剧改良,"以唤起国民之精神"大加赞赏。对于这场戏剧革新运动,瘦月后来回忆并总结道:"前清政变后,吾国青年子弟留学日本者,踵相接。辄以课余之暇,间习游艺诸术,戏剧其一也。归国后,睹旧剧腐败情形,慨然思有以整顿之,于是竭力提倡新戏,思取老戏而代之。"④而就戏剧改良的实践来看,梁启超的粤剧《班定远平西域》,《时事画报》中刊登的时事新闻班本,以及后来"志士班"编演的《文天祥殉国》《温生才打孚琦》《梁鹤琴演说感香娘》《火烧大沙头》等,都在宣传资产阶级维新改良、民主革命中发挥了积极作用,有

---

① 梁启超:《中国唯一之文学报〈新小说〉》,汤志钧、汤仁泽编:《梁启超全集》第三集,北京:中国人民大学出版社2018年版,第592页。
② 俞为民、孙蓉蓉编:《历代曲话汇编(近代编)》第一集,合肥:黄山书社2009年版,第115页。
③ 俞为民、孙蓉蓉编:《历代曲话汇编(近代编)》第一集,合肥:黄山书社2009年版,第103页。
④ 瘦月:《中国新剧源流考》,《新剧杂志》,1914年第1期。

力地推动了粤剧艺术的创新与发展。

耐人寻味的是,广东近代作家在借鉴西洋文学革新中国文学的过程中并没有崇洋贬中,而是强调在中西互通、新旧互鉴中推陈出新。黄遵宪就说:"今且大开门户,容纳新学,俟新学盛行,以中国固有之学,互相比较,互相竞争,而旧学之真精神乃愈出,真道理乃益明,届时而发挥之,彼新学者或弃或取,或招或拒,或调和,或并行,固在我不在人也。"①黄遵宪作诗即能"采欧美人之长,荟萃熔铸而自得之"②。梁启超也主张诗歌创作应以"旧风格含新意境";他开创的"新文体",也以古代散文为基础,兼采俚语、韵语及外国语法,做到平易畅达,条理清晰,"纵笔所至不检束",笔锋常带感情,而在内容方面,则"取万国之新思想","他社会之事物理论,输入之而调和之"③;他创作的《新中国未来记》也是以"旧小说之体裁"展现"新小说之意境";而《新罗马传奇》也"以中国戏演外国事"。吴趼人虽然反对崇洋媚外,但其小说创作却颇善于汲取西洋小说叙事之所长,弥补传统小说叙事之不足,有效地促进中国小说艺术的近代转型。苏曼殊之诗既有龚定庵、陆放翁之诗的余韵,又散发拜伦式的热情、雪莱式的忧伤;而《断鸿零雁记》也受日本私小说的影响,采用第一人称自我倾诉式的限制叙事,使中国小说别开生面。这种折中中西、融汇古今的审美追求,也许可理解为受新旧嬗变之过渡时代的制约所致,是文学界革命不彻底的表现,但实际上这也与广东人开放、兼容的文化心态影响密切相关。广东人在上千年的对外商贸中早就形成了不固守、不排外、开放兼容、为我所用的文化功利主义心态,所以他们在从事文学活动时,才能积极地从域外文学中汲其所长,洋为中用,以此作为创新传统文学的不二法门,从而有力地推动中国古代文学走上了近代化的轨道。

(四)反映粤人粤事,促进社会变革的乡土情怀

广东近代作家还多有一种自觉的乡土文化情怀,很注重反映广府地区的时政风云、市井百态与民情风俗等,以此促进广府地区的社会变革与日趋勃兴的资产阶级民主革命,这使他们的作品带有颇为鲜明的地域文化色彩。

鸦片战争时期,广东作家书写三元里人民抗英斗争的诗篇以及民间流行的反帝歌谣,谱写了一曲曲广东人民勇敢反抗外来入侵的正气歌。

---

① 黄遵宪:《致梁启超函》,陈铮编:《黄遵宪全集》,北京:中华书局2005年版,第433页。
② 康有为:《人境庐诗草·序》,黄遵宪著、钱仲联笺注:《人境庐诗草笺注》,上海:上海古籍出版社1981年版,第2页。
③ 梁启超:《本馆第一百册祝辞并论报馆之责任及本馆之经历》,汤志钧、汤仁泽编:《梁启超全集》第二集,北京:中国人民大学出版社2018年版,第352页。

而伴随西洋文化的涌入带来的城市生活的变迁,也通过广东文人竹枝词的形式得到了生动可感的呈现,如邓蓉镜《广州杂咏》、胡子晋《广州竹枝词》、朱子夷《续羊城竹枝词》、崔海帆《续羊城竹枝词》、罗衡广《续羊城竹枝词》、戴达士《续羊城竹枝词》等。

不少广东诗人很喜欢吟咏粤地人文历史景观与城乡生活百态,如谭莹《广东荔枝词百首》《采桑词》《四市歌》《南濠曲》等描写南国风情,带有民歌情韵。黄遵宪晚年回到故乡嘉应隐居,出于对客家文化的热爱,不仅辑录、整理客家民歌,还从客家山歌中吸收养料,驱遣山歌俗调、方言谚语,写了一系列山歌体的竹枝词和新诗,如他以客家山歌口吻写成的叙事组诗《新嫁娘》五十三首,全景式地展现了客家人民劳动、仪式、情感、生产、过番、历史、传说的风俗画卷,"别创诗界",饶有地方风味。

丘逢甲也致力于发掘、吟咏粤东史实与人物,曾作诗云:"我爱英雄尤爱乡,英雄况并能文章。手持乡土英雄史,倚剑长歌南斗旁。"(《题张生所编东莞英雄遗集》)他不仅受到粤东英雄的精神感召,还以饱含深情的笔调写下了400余首描绘粤地风土民情与人文景观的诗篇,如《潮州春思》《山村即目》《广济桥》《镇海楼》《羊城中秋》等,这使其诗歌展现了丰富、独特的地域文化魅力。

梁启超的小说《新中国未来记》在绪言中也声明:"此编于广东特详者,非有所私于广东也。……吾本粤人,知粤事较悉,言其条理,可以讹谬较少,故凡语及地方自治等事,悉偏趋此点。因此之故,故书中人物,亦不免多派以粤籍,相因之势使然也。"①其所作《班定远平西域》不仅多用粤语表现军士说唱,还套用龙舟歌体制、借鉴民间小调《梳妆台》等来谱写新词,使东汉班超平西域的故事散发出浓郁的广府文化气息。

吴趼人是广东佛山人,虽然年纪轻轻就离家赴上海谋生,但却始终怀有深厚的乡土文化情结,其所著小说多署名"我佛山人",以示不忘故土之意。他还与居沪粤人组建"两广同乡会",集资创办"广志小学",方便同乡子弟入学。他的小说代表作如《九命奇冤》《恨海》《劫余灰》《发财秘诀》等,多以广府地区的人物故事与风土民情作为描写对象,揭批政治腐败、社会黑暗、迷信风行、世风浇漓等,以期开启民智,匡正风俗人心。

梁纪佩是广东南海县人,其小说创作的一大特点是善于就地取材,着重演绎粤地人物、时事、掌故、奇闻等。如《叶名琛失城记》《外交泪》《刘三打法兰西》《粤汉铁路废约记》《革党赵声历史》《陈梦吉历史》《岑督征西》《广东黑幕大观》《七载繁华梦》

---

① 梁启超:《新中国未来记·绪言》,汤志钧、汤仁泽编:《梁启超全集》第十七集,北京:中国人民大学出版社2018年版,第8页。

等,"凡粤中时事,与及诸前人,或有大造功于社会,或有蠹害夫人群,或时事,或侦探,皆著成一卷,刊诸坊间"①。他晚年所著《粤东新聊斋》,或来自"故老相传",或"搜自时怪",而地域则限于粤东,故冠以"粤东新聊斋"之名。该小说集所写均为粤东奇闻怪异之说,内容多为仁孝节烈义侠之事,亦涉恋爱情事、名迹掌故等,因而具有鲜明的地域文化特点。罗界仙在《粤东新聊斋二集·序》中说:"其言虽志异而事必求真,且所叙皆粤东轶闻,并无夹杂杜撰,其有功掌故,阅者不仅作小说观,直作广东乡土史读可也。"②

黄世仲是广州番禺人,本来就很熟悉粤地生活与风俗民情,加上他又是粤港地区著名的政治活动家与宣传家,其小说又都连载于粤港的报刊上,因而其小说创作便有意取材于本地的要事、新闻;主要叙写本地人、本地事和本地的风俗民情。如《大马扁》讥斥康有为借改良立宪招摇撞骗,《宦海潮》写南海张荫桓的宦海浮沉,《廿载繁华梦》写广州富商周栋生廿载繁华恍若一梦,《洪秀全演义》写广东花县人洪秀全领导的太平天国运动,《陈开演义》写佛山人陈开领导的天地会起义,《五日风声》写广州黄花岗起义,等等,其所叙都是粤籍名人与大事要闻,旨在配合粤港地区兴起的资产阶级民主革命,为之鸣锣开道。至于这些小说对粤港地区风俗民情(诸如经商风气、节庆娱乐、婚丧嫁娶、饮食起居等)的描写,则展现了一幅幅用文字描绘的市井风俗画,这自然会让粤港受众读来倍感亲切。

至于广东文人采用民间说唱,书写现实政治斗争与社会陋习的作品,如香迷子《再粤讴》、燕喜堂《新解心》、何惠群《岭南即事》、佚名《新粤讴》、廖恩焘《新粤讴解心》,以及粤港报刊上发表的许多说唱时事、针砭时弊的作品,它们除了宣传戊戌维新、民主革命、反美拒约等,还广泛地揭批广东的官吏腐败与赌博、嫖娼、吸食鸦片等陋习。如廖恩焘《新粤讴解心》,"大之而军国平章,小之而闾巷猥琐,靡不指事类情,穷形尽态"③,且多用粤方言和粤地谚语,有浓烈的乡土气息,颇有艺术感染力。

总之,广东作家对粤人、粤事、粤地风情的关注与书写,无疑使其作品或多或少地带上了与众不同的"广味",既有效地增强了文学描写的真实性、时代感与个性魅力,也有助于认识近代广东的社会文化变迁,因而具有比较丰富的文化意蕴与审美价值。

---

① 曾少谷:《革党赵声历史·序》,参见梁纪佩《革党赵声历史》,广府小说社,辛亥年刊本。
② 梁纪佩:《粤东新聊斋二集》,广州科学书局,民国七年刊本。
③ 李家驹:《新粤讴解心·序》,廖恩焘著、闵定庆校注:《廖恩焘集》,杭州:浙江古籍出版社2019年版,第502页。

第一编　徘徊于新、旧文学之间

概　　述

　　道光十九年(1839)正月,林则徐赴广州查办鸦片,清朝与英国的正面交锋渐渐从外交转变为战争。次年五月,英国东方远征军舰队入侵珠江口,进攻广州,继而沿海北上,一路攻城略地,生灵涂炭。道光二十二年(1842)七月,钦差大臣耆英、伊里布代表清廷签订丧权辱国的《南京条约》。无疑,这是一场史无前例、改变历史进程的战争,更是中国人民英勇抗击西方殖民主义侵略的第一场正面战争,充分表现了广大军民视死如归、保卫家园的大无畏精神,同时也从根子上暴露了清朝闭关锁国、文恬武嬉的真面目。而从1856年至1860年的第二次鸦片战争,则更进一步加重了中华民族的苦难。马克思在《中国革命与欧洲革命》中说:"满族王朝的声威一遇到英国的枪炮就扫地以尽,天朝帝国万世长存的迷信破了产,野蛮的、闭关自守的、与文明世界隔绝的状态被打破……接踵而来的必然是解体的过程,正如小心保存在密闭棺木里的木乃伊一接触新鲜空气便必然要解体一样。"①

　　鸦片战争把中国卷入了世界资本主义洪流,改变了中国社会的基本性质和发展方向,同时也激化了国内固有的社会和阶级矛盾,导致一场旨在推翻腐朽的清朝专制统治的太平天国运动的骤然爆发。广东作为鸦片战争的前沿地、太平天国运动的策源地,首当其冲受到了最猛烈的冲击,社会的剧烈转型不可避免地出现了。《文心雕龙·物色》说:"古来辞人,异代接武,莫不参武以相变,因革以为功。"②处于鸦片战争和太平天国革命斗争中的广东文学,受乱世风云的激荡,也自然发生了"参武"与"因革"。

　　首先,作家群体构成呈现多元化和群体化现象。以梁廷枏、张维屏等人为代表的广东本地作家和以林则徐、邓廷桢等人为代表的"在地化"的官宦作家一直有着良好的互动,他们从小就接受系统、严格的儒学教育,形成了正统的儒家价值观和世界观,因而表现出一致对外的旺盛斗志,渐渐形成了较为一致的文学风格。底层文人也一起为抗英斗争呐喊助威,创作出许多精彩的作品。作家们同仇敌忾,打破了地域文

---

① 《马克思恩格斯选集》第一卷,北京:人民出版社2012年版,第779—781页。
② 刘勰著、范文澜注:《文心雕龙》,北京:人民文学出版社1958年版,第694页。

化、文学流派、趣味雅俗的诸多界限,开启了共生共存、多元繁荣的文学创作局面。与此同时,诗文创作的地域分布和交流方式更趋合理,广府诗人群、客籍诗人群、潮汕诗人群、海南诗人群、茂湛诗人群等多个创作群体争奇斗艳,促进了广东诗坛的发展。

其次,文学创作"时政化"倾向突出,反帝爱国成为文学的主旋律。英国殖民者野蛮入侵中国,极大震撼了国人的心灵,更激起了民族觉醒与民族自救的热潮。这一时期,各种社会矛盾日趋错综复杂,文学创作却能迅速、准确地抓住反映抗英斗争这一焦点题材,凸显了国人面对新的敌人油然而生的忧患心态与爱国情怀。国家危机与民族觉醒,给文学史的发展增加了新内容和新内涵,增强了文学介入现实世界的力度,提升了"文学正义"的思想高度与深度,在一定程度上催生出以往反映爱国斗争的作品很少见到的新的特色。在诗文创作领域,以张维屏等为代表的一批爱国主义作家,创作了一系列以控诉鸦片毒害国人、肯定林则徐禁烟、歌颂三元里人民抗英、谴责清朝妥协投降等为内容的爱国主义诗歌。小说创作方面,虽然呈现衰颓不振之势,但是面对民族危机,也不能不表现出反帝反侵略的新内容。至于太平天国革命领袖洪秀全、洪仁玕等人的诗文,则书写了推翻清王朝专制统治,建立"新天、新地、新世界"的豪情壮志,表现了强烈的反封建的革命斗争精神。

再次,各种文学体裁纷纷登场,竞相生辉。鸦片战争时期爱国主题的激扬,在客观上给各种文体创造了一个千载难逢的自由表达、尽情书写的历史机会,尤其是那些以往不为文人雅士重视的戏曲、小说、说唱、民谣、文告等体裁,就像号角一般振奋人心,在禁烟、销烟、抗英过程中发挥了指引方向、凝聚人心、鼓舞斗志的巨大作用,充分彰显了应用文体的社会动员功能,极大丰富了各体文学表现思想感情的艺术创造能力,也增进了各种文体之间的互动与交融。而伴随西学文明的涌入以及部分广东文人走向世界,新题材、新思想、新意境开始纷呈于罗森、何如璋、刘锡鸿等人的笔端,给广东文学带来了新气象。另外,报刊作为一种新兴传播媒介,在为文学提供新载体的同时,也促使报刊所载的文章从内容、形式方面朝着通俗化、新闻性与纪实性等方面转变。总之,文体的解放、题材的拓展、报刊的兴起,促使广东文坛朝着广义的艺术表现的方向急速发展,文学创作随之日益繁荣起来。

第一章　传统诗文创作的持续发展

　　从1840年到1894年，鸦片战争、第二次鸦片战争、中法战争，以及其间爆发的太平天国革命，一步步将清王朝统治推向了崩溃的边缘。随着民族危机、阶级矛盾的不断加深，反帝反封建斗争此起彼伏，经世致用思潮迅速崛起，统治阶级救亡图存意识日益增强，洋务运动蓬勃开展，资产阶级改良派也开始崭露头角。与此相应，这一时期诗词文创作在延续传统的基础上也出现了不少新变。西方殖民者的入侵，激荡起一股强烈的反帝爱国诗潮。太平天国的文学活动，则从思想观念上动摇了封建专制的文化根基。经世致用思潮兴起后，诗词文创作的时政化、实用化倾向明显增强。而伴随游历异域或出使外国的广东文人逐渐增多，文学中的海外书写也令人耳目一新。至于近代报刊的兴办，也使"报章体"散文"啼声初试"。这些变化虽然还主要体现在思想内容层面，艺术形式的革新尚不明显，但却开启了广东文学走向近代化的历程，为即将到来的文学界革命做好了铺垫。

第一节　鸦片战争时期的诗文创作

　　鸦片给中国人民所造成的严重毒害，无论是曾经游宦各地的广东文人，还是任职于广东的外省文人，抑或是本地的底层劳苦大众，都有一定的清醒认知。有识之士莫不深感忧虑，纷纷著文进言，如黄爵滋上《筹备海防疏》，力陈鸦片输入对国民的危害；陈鼎雯创作《鸦片烟新乐府》组诗，生动描写吸食鸦片的黑暗场景；道光十一年（1831），南书房行走程恩泽主持广东科考并留任广东学政，作《粤东八咏》，极言鸦片危险，建议"以物易物"，用大黄、茶叶、瓷器"换伊——米船还"。道光十七年（1837），户部右侍郎祁寯藻简放江苏学政，在江苏严禁鸦片烟，撰写《新乐府》三章，刊示各地，痛陈鸦片烟之害，对当时的禁烟运动起了积极的推动作用。

一、多维度思考鸦片问题

广东文人对于危害已久的鸦片,进行了"群体性"的深度思考,纷纷建言,提出了诸多根治鸦片的"良策"。

身居官场的广东文人纷纷进言禁烟。张岳崧在编修国史、振兴学校、培养人才、治理河流、改革盐政等方面都有杰出贡献,署理湖北巡抚时上《议查禁鸦片章程》,主张严禁鸦片。黎攀镠《请严禁鸦片以塞漏卮疏》详细调研了珠三角烟毒情况,从政治、经济、军事、文化等方面剖析了鸦片的危害,系统提出了缉捕走私贩子、堵截走私船只、制法禁烟等切实可行的措施。这些"切于实际"的主张,林则徐引为知己之言。

林则徐赴广州禁烟,与时任两广总督邓廷桢和衷共济,严行禁烟,积极组织海防,结成了精诚团结、互相协助的"战友"。林、邓二人高度共鸣的思想认知和真挚的友情,也融入诗文创作之中了。道光十九年(1839),林、邓各作《高阳台》,尤见风神。林词云:

玉粟收余,金丝种后,蕃航别有蛮烟。双管横陈,何人对拥无眠。不知呼吸成滋味,爱挑灯、夜永如年。最堪怜,是一丸泥,捐万缗钱。 春雷欻破零丁穴,笑蜃楼气尽,无复灰燃。沙角台高,乱帆收向天边。浮槎漫许陪霓节,看澄波、似镜长圆。更应传,绝岛重洋,取次回舷。

林则徐以生动形象的语言描绘了一幕幕触目惊心的景象:英人走私鸦片,倾销内地,烟民不惜一掷千金,就为了那一丸烟泥,手持烟枪,横卧烟榻,却把世间一切排斥在外,展望沙角洋面,走私船正源源不断输入鸦片,使得国家经济蒙受严重破坏,对国事的忧虑涌上笔端。邓词云:

鸦度冥冥,花飞片片,春城何处轻烟?膏腻铜盘,柱猜绣榻闲眠。九微夜爇星星火,误瑶窗、多少华年。更谁堪,一道银潢,长贷天钱。 星槎恰到牵牛渚,叹十三楼上,暝色凄然。望断红墙,青鸾消息谁边?珊瑚网结千丝密,乍收来、万解珠圆。指沧波,细雨归帆,明月空舷。

《雪桥诗话》说邓廷桢《高阳台》"当指林侯村查办鸦片烟封舱缴土之事"。此词对烟民吸食鸦片的场景作了细致入微的描绘,烟民深受毒害,醉生梦死,虚掷光阴,而国家无力禁烟,任由走私船出入珠江口,徒呼奈何,读来令人黯然伤神。林、邓二人是当时镇守南粤的重臣,强烈呼吁禁烟,具体策划、实施了销烟行动,因此他们在文学作品中将自己的施政理念加以直观化、形象化呈现,抉发鸦片毒害的危险性,语气沉重,发人深省。

广东文人作家感同身受，所作诗文皆可谓长歌当哭，痛彻心扉。李光昭创作了一首著名的七言长诗《阿芙蓉歌》，描绘了当时社会的众生相：

  熏天毒雾白昼黑，鹄面鸠形奔络绎。长生无术乞神仙，速死有方求鬼国。鬼国淫凶鬼技多，海程万里难窥测。忽闻鬼舰到羊城，道有金丹堪服食。此丹别号阿芙蓉，能起精神委惫夕。黑甜乡远睡魔降，昼夜狂喜无不得。百粤愚氓好肆淫，黄金白镪争交易。势豪横据十三行，法网森森伴未识。荼毒先深五岭人，遍传亦不分疆域。楼阁沉沉日暮寒，牙床锦幔龙须席。一灯中置透微光，二客同来称莫逆。手执筠筒尺五长，灯前自借吹嘘力，口中忽忽吐青烟，各有清风通两腋。今夕分携明夕来，今年未甚明年逼。裙屐翩翩王谢郎，轻肥转眼成寒瘠。屠沽博得千金赍，迩来也有餐霞癖。渐传秽德到书窗，更送腥风入巾帼。名士吟余乌帽欹，美人绣倦金钗侧。伏枕才将仙气吹，一时神爽登仙籍。神仙杳杳隔仙山，鬼形幢幢来破宅。故鬼常谢新鬼行，后车不鉴前车迹。

诗人大笔如椽，揭露鸦片公然走私，全社会烟熏雾罩、沉溺其中、不可自拔、丑态百出，早已到了严刑峻法禁止的关键时刻了。

  广州某文人甚至仿刘禹锡《陋室铭》作《烟室铭》："量不在高，有瘾则名；交不在深，有钱则灵。斯是烟室，惟吾类馨。横陈半面黑，斜卧一灯青。谈笑有瘫仙，往来无壮丁。可以枕瑶琴，论茶经。无忘言之逆耳，无正事之劳形。常登严武床，如在醉翁亭。鬼子曰：何戒之有！"虽然语出诙谐，但通篇是无奈的口气，抒发了胸中无限愤懑之情。

  广东的多所学堂纷纷引入禁烟论题，诱导师生行进辩论。据《续修南海县志》卷二十六《杂录》载："道光甲午年（1834），省城（学海堂）竟以阿芙蓉问策，而隐约其词曰：沃土之地，往往植烟草以为利息。"师生纷纷撰文，表达意见，谭莹作《禁阿芙蓉论》《兵不可一日忘论》等文，指出鸦片毒害人民，令国人"半死半生，无拳无勇"，批评"议者不察，猥言弛禁"，应援引古法，"群饮其杀，例本《周书》；番香敢留，罪载《明史》"，同时，要整肃官场，"惩奸务先察吏，除弊实以安民"，更要积极备战，"于阃外下令如山，防敌国于舟中，盟心似水。然后弩窗矛穴，火舰风船，咸使知闻，明加提搦。当亦筹边所熟虑，不徒驭将之迂言耳"。这番禁烟与兵备应相辅相成、不可偏废的议论，立论高远，切实可行，明显比当时朝野议论更具深刻性和预见性，而行文杂糅骈散，雅丽平正，艺术感染力很强。

  当道光帝下旨禁烟，广东文人无不欢欣鼓舞，张维屏《东园杂诗》道出人们的心声："海外芙蓉片，年来毒愈深。管长吹黑土，卮大漏黄金。旧染颓风久，新颁法令森。转移关造化，圣意即天心。"指出转移风气、厉行禁烟，实关造化，皇上禁烟"圣意"反映了"天心"。

二、对鸦片战争的正面描写

文人们大声疾呼加强海防,在军事上做好击败英国侵略者武装挑衅的准备。

林则徐《中秋嶰筠尚书招余及关滋圃军门饮沙角炮台眺月有作》,作于战争爆发前夕的中秋月夜,写的是他和邓廷桢、关天培三人登上沙角炮台,眺望明月,胸怀澄澈,开篇却云:"坡公渡海夸罗浮,凉天佳月皆中秋。铁桥石柱我未到,黄湾胥口先句留。"感慨同是南来之人,苏轼可以逍遥自在游览罗浮山,我却在月圆之夜驻守炮台,巡视海防,你看眼前这一切,"是时战舰多貔貅,相随大树驱蚍蜉。炮声裂山杂鼓角,樯影蘸水扬旗斿",海面上樯橹森严,早已做好了战斗准备,随时痛击来犯之敌,"蛮烟一扫海如镜,清气长此留炎州",一举扫清蛮氛。结尾"留诗准备别后忆,事定吾欲归田畴"一句,料定一定能取得全胜,一举赶走入侵者,便可慨然赋归。全诗表现出了豪迈斗志和乐观态度。

林则徐更因势利导,发布文告,鼓舞民心,激励斗志,让广大民众投入抗击英军侵略的斗争中来:"本大臣、部堂晓谕所有沿海村庄绅耆、商人及居民等,效忠邦国,群相集议,购买器械,聚合丁壮,以便自卫。如见夷人上岸滋事,一切民人皆准开枪阻止!"义正词严,掷地有声。他积极鼓励广东各级政府及民间社团广发公告,凝聚民心,对广大军民勇猛杀敌起到了关键作用。《广东省棉花纱行新议规条》指出:"尔来夷事纷纷,人心摇惑","爰集众公议,暂停买受夷货,必待危疑尽释之日,乃准交易如初。"以坚决的态度抵制英货,要求英方放弃入城,维护贸易环境和社会稳定,斩钉截铁,表现了强烈的民族自尊心。《广东乡民与英夷告示》称英国为"狗邦"、英人为"畜类",以豪迈的语气宣称:"本应措辞雅驯,因畜类不通文字,故用粗俗之言,浅浅告谕!"最后大声疾呼:"尔如今如此可恶,我们痛恨已极,若不杀尽尔等猪狗,便非顶天立地男子汉!"《广东乡民与英夷告示》《省城铺户居民等告示》《全粤义士义民公檄》《三元里等乡痛骂鬼子词》等告文,以及无名氏《三元里平夷录》《冯婉贞胜英人于谢庄》等纪事文,以质朴雄健的文字,声讨英夷,表达了打击侵略者的决心。

文人们密切跟踪战局进展,义愤填膺,创作了许多反映鸦片战争史实、歌颂英雄保家卫国的作品,以至于全省范围内出现了"辛丑感事"同题创作潮。如彭泰来《辛丑感事》其一云:"海水群飞地,长沙痛哭年。何人是臣子,合手障皇天。牛李踪潜搆,华夷势倒悬。粤台精魄在,临顾定潸然!"陈昙《辛丑感事》其一发出"试与平心探祸本,始开边衅属谁人"的质问,何曰愈《纪事六首》也感叹"汉室梯航本全盛,蛮夷边徼竟相窥"的"反差",痛惜原本万船云集的商贾之地,现如今竟然成了西方"蛮夷"武装入侵的"第一站",历史跟国人开了一个"大玩笑",不禁反问到底是造成了今天的"战局"?

谭莹亲身经历了两次鸦片战争,民族正义感使得他的作品能紧扣时事,多激壮凄切之音,足征一代诗史。《缴阿芙蓉诗》完整叙述了林则徐收缴、焚毁鸦片的全过程,义正词严,贯注而下,雄直无比。《后战舰行》云:

> 大角沙角两台破,莲花山中张酒坐。雕旗银甲列华筵,文犀翠羽通蛮货。国家承平二百年,重臣往往工筹边。失计胡为至割地,愚忠或者能回天。天语煌煌屑主抚,岭外重开都护府。弩窗矛穴顿成灰,火舰风船急于雨。登陴老将独横戈,滚滚涛声鬼哭多。食兵未足遑言信,战守萘难第议和。犬牙相错华夷界,楼橹萍漂总摧败。回帆此地已难言,铸炮伊谁偏自坏。军门一死作鬼雄,长驱直与牂柯通,更无铁锁拦江黑,剩有金幡照海红。虎门重镇原无惧,碎身果足酬恩遇?

全诗夹叙夹议,形象地再现了虎门炮台守军在关天培率领下浴血奋战、慷慨殉国的悲壮情景,极富艺术感染力。

广州乡勇驻扎四方炮台抗击英军,三元里民众击溃英军,是鸦片战史上"辉煌的一笔"。不少诗人深受鼓舞,激情放歌,创作了一批振奋人心的作品,如张维屏《三元里》、梁信芳《牛栏冈》、何玉成《围练乡勇驻扎四方炮台等处纪事》等,传咏其事。张维屏《三元里》云:

> 三元里前声若雷,千众万众同时来。因义生愤愤生勇,乡民合力强徒摧。家室田庐须保卫,不待鼓声群作气。妇女齐心亦健儿,犁锄在手皆兵器。乡分远近旗斑烂,什队百队沿溪山。众夷相见忽变色,黑旗死仗难生还。夷兵所恃唯枪炮,人心合处天心到。晴空骤雨忽倾盆,凶夷无所行其暴。岂特火器无所施,夷足不惯行滑泥。下者田塍苦踯躅,高者冈阜愁颠挤。中有夷酋貌尤丑,象皮作甲裹身厚。一戈已椿长狄喉,十日犹悬郅支首。纷然欲遁无双翅,歼厥渠魁真易事。不解何由巨网开,枯鱼竟得攸然逝。魏绛和戎且解忧,风人慷慨赋同仇。如何全盛金瓯日,却类金缯岁币谋!

此诗以平白如话、遒劲流畅的语言,真实再现了三元里人民抗英大获全胜的过程,饱含战斗激情,笔锋凌厉,气贯长虹,歌颂了人民群众的反抗力量,诗以存史,史以诗传,生动展现了鸦片战争的"另一面"。

梁信芳《牛栏冈》愤怒控诉英军"拖牛捕豕贪不足,掠人妻女堵人屋",侵略者的暴行激起民众的同仇敌忾:"十三乡人皆不平,牛栏冈边忿义盟。计不旋踵不反顾,连络一心同死生!"诗人热情赞扬民众抗英斗争的正义感和爱国心。彭泰来《辛丑感事》其六:"北郭气佳哉,奇兵出草莱。里夫伸敌忾,壮女亦边才。破阵夷首殪,求和太守来。萧娘与吕姥,千古有余哀。"歌颂三元里乡民英勇杀敌的同时,指斥英夷杀戮暴行、官府献媚求和,充满正义感。陈璞连续创作了《辛丑三月书事》《乌漖祥镇军祠》《经北门三元里忆辛丑乡民杀房事》等诗,赞颂了"敌忾有田夫"的无畏,高度肯定"耰锄张国势""此捷竟无两"的战绩,更痛斥了官兵"千军气尽柔"的怯弱、官府"不用野人谋"的短视。

三元里民众抗英的巨大胜利,很快被投降派出卖了。佚名《三元里民歌》以数目字串起了事件的"来龙去脉":"一声炮响,二律埋城,三元里顶住,四方炮台打烂,伍紫垣顶上,六百万讲和,七七礼拜,八千斤未烧,九九打下,十足输晒。"①全诗以广州方言写成:二律,广州方言谐"义律",英方首领;埋,"迫近"之意;九九,谐音"久久";晒,"完全"之意。大意是说,义律指引英军攻打广州城,三元里民众一举击败英军,官府不知进一步动员民众抗英,却请"十三行"商人伍紫垣出面议和,赔偿六百万两白银,"花钱消灾",彻底输掉了广州保卫战。此诗各句均以数目字开头,谐音指代其人其事,音韵贯通,从开篇的战斗豪情,逐步转向对卖国贼的嘲讽,结构巧妙,对比鲜明。

三、批判清廷的腐朽和官吏的昏庸

文人们创作了许多愤怒谴责朝廷腐朽、各级官员昏庸的作品,展现了鸦片战争的另一个重要维度。张维屏听闻丧权辱国的《南京条约》签订的消息,极度痛心,赋《雨前》诗言志:"雨前桑土要绸缪,城下寻盟古所羞。共望海滨擒颉利,翻令江上见蚩尤。人当发愤思尝胆,事到难言怕转喉。为语忠良勤翊翼,早筹全策固金瓯。"认为这是历史上多次屈辱的"城下之盟"的再现,《三元里》诗中所担心"却类金缯岁币谋"的可怕后果,不幸而言中,充分暴露了当局政治的腐朽、军备尤其是海防的虚弱。

《全粤义士义民公檄》斥责东南地方官员昏庸无能,"亦效粤东故智,甘为城下之盟",对于朝廷保住一二庸吏的乌纱帽表示不理解:"奈何疆臣大帅,惜命如山;文吏武臣,畏犬如虎,不顾国愁民怨,遽行割地输金,有更甚于南宋奸佞之所为者,诚不可解者也。"指责这是朝廷"竭百千万氓庶之脂膏,保一二庸臣之躯命"的肮脏行为。《阖省社学同启》更是指名道姓,痛斥耆英卖国罪行:"耆英之误国残民,竟至此极也","自有权奸以来,未有丧良心、无廉耻若耆英之极也!"《广东全省民众公告》也愤怒谴责"耆英内心,早向英夷,予吾人之身家性命置之度外,任意践踏","为此,切望

---

① 佚名:《三元里民歌》,管林、钟贤培主编:《中国近代文学发展史》,北京:科学出版社2009年版,第246页。

我全体民众竭尽全力,联合一气,火其居,掷其尸于街头"。这些告文有力推动了驱逐耆英运动。

陈澧《有感》痛斥两广总督叶名琛昏庸误国:"晋时王凝之,世事五斗米。孙恩攻会稽,凝之为内史,僚佐请设备,内史偏禁止。靖室自祷祠,出告诸将吏:'吾已请大道,击贼自破矣!'贼至破其城,凝之遇害死!"叶名琛昏聩无能,迷信乱语,与千年前东晋王凝之不设城防的愚蠢行径如出一辙,导致广州被殖民主义强盗轻易攻破,令无辜百姓涂炭。

佚名《广东感时诗》组诗则以"藏头诗"的形式,将清廷腐败将领奕山、隆文、杨芳等人的名字巧妙入诗,如讽刺参赞大臣杨芳竟然使用粪桶御敌:"粪桶尚言施妙计,秽声传遍粤城中。"又讽刺杨芳谎报军情,见敌自溃:"芳名果勇愧封侯,捏奏欺君竟不羞。试看凤凰冈上战,一声炮响走回头。"讽刺粤督奕山:"百万金资作等闲,辱国丧师千古恨,待人犹说为民间。"讽刺清将隆文贪污军饷,自顾自逃窜:"蛮夷扰害不为嗔,弁兵数万徒糜饷,退缩金山避敌人。"①这些诗作一反"温柔敦厚"之旨,指名道姓,暴露了这些官员昏庸无能、愚昧无耻的丑恶嘴脸,揭示了鸦片战争失败的人为原因,可说是犀利、痛快至极。

鸦片战争时期爱国主题的激扬,在客观上给各种文体创造了一个千载难逢的自由表达、尽情表现的历史机会,尤其是那些以往不为文人雅士重视的戏曲、小说、说唱、民谣、文告等体裁,就像号角一般振奋人心,在禁烟、销烟、抗英过程中发挥了指引方向、凝聚人心、鼓舞斗志的巨大作用,充分彰显了应用文体的社会动员功能,极大丰富了各体文学表现思想感情的艺术创造能力,也增进了各种文体之间的互动与交融。广东文人上接"诗骚"传统,用"纪实性"的笔法,揭露了英国侵略者的狰狞面目,批判了封建统治者的颟顸无能,抒发了民众坚决要求销烟、勇于反抗入侵者的心声,造就了"剑淬锋逾劲,松高气自寒"(陈澧《得藕江书却寄》句)的文学风格,语言直白,慷慨淋漓,感人至深。

第二节 太平天国领袖的诗文革新

洪秀全建立的太平天国政权,是一场以两广客家人为主体、以天父、天兄、天王"三位一体"为核心的农民革命运动,带有极典型的客家文化色彩。例如,定都南京以后,洪秀全将客家话确立为"天话",成为太平天国的通用语;《天朝田亩制度》描绘

---

① 方濬师:《蕉轩随录》,北京:中华书局1995年版,第347页。

的"天国幻想"，则体现了客家人"无处不均匀，无人不温饱"信念和天主信仰"上帝面前人人平等"的教义；他以25家为一"两"，作为太平天国基层组织架构单位，系由客家人的宗族单位演化而来，突出血缘亲情的天然纽带作用。他以儒家文化的"大同"之境，融通基督教文明，试图另辟蹊径，建立一个具有"世界主义"色彩和"未来主义"色彩的"乌托邦"政权。这一思想都融入了洪秀全、洪仁玕的文学活动中，更影响了康有为、孙中山的"大同"之思。

一、洪秀全的文学思想与文学创作

洪秀全（1819—1864），广东花县（现属广州市花都区）人。早年屡试不第，后创立"拜上帝会"，四处传教。在广西发动"金田起义"，领导太平天国将士转战于江南数省，定都"天京"。他戎马倥偬，无暇顾及文学，也未制定系统的文化政策，但在发布的诏谕、文告中，时不时出现一些有关文学或文学性的论述，如《改定诗韵诏》将《诗经》分出"鬼话、怪话、妖话、邪话"和"真话、正话"两路，前者一概删尽，后者抄好缴进，刊刻颁行。《戒浮文》更作了明确指示：

> 首要认识天恩，主恩，东、西王恩，次要实叙其事，从某年月日而来，从何地何人证据，一一叙明，语语确凿，不得一词娇艳，毋庸半字虚浮，但有虔恭之意，不须古典之言，故朕改"字典"为"字义"也。①

寥寥数语，立场明确，坚决反对"娇语""浮词"和"古典之言"，崇尚"纪实"，提倡通俗实用、朴素畅达的文风。这一理念，也在太平天国文书中得到了明确的印证，如《关情道理书》说："语句不加藻饰，只取明白晓畅，以便人人易解。"《幼赞王家书》也宣称："惟取词直理明，惮看见易知，故不便作深奥文理，致读时不知所以然者，岂不误乎？"这一取向实则取资于白话口语的养分，建立起一种具有明白畅晓的口语体验的文体书写体系。

洪秀全建立"拜上帝教"之初，创作《百正歌》《原道救世歌》《原道醒世训》《原道觉世训》等宣传"教义"的文书，将耶稣教、儒教、民间宗教的故事传说熔铸在一起，以充满激情的笔调描绘出了一幅令人神往的天国图景，有着较明显的"时文"文体特征，字句雅驯，对仗工整，较有文采。如《原道觉世训》云：

> 而于今历考中国、番国各前圣所论及，且笔之书，以传后世者，只说天生天降皇上帝生养保佑人，未尝说及阎罗妖也；只说死生有命，亦是命于皇上帝已耳，毫

---

① 洪秀全:《戒浮文》,《洪秀全选集》,北京:中华书局1976年版,第76页。

无关于阎罗妖;只说皇上帝审判世人,阴骘下民,临下有赫,又毫无关于阎罗妖也。而世人之读死书者,不信古今远近通行各经典,而信怪人无端突起之怪书,不亦惑哉!此无他,顾眼前,忽长远,恒情也。以恒情而中人心,则其入之也必易,是也邪说一倡,而天下多靡然信之从之。信从久则见闻熟,见闻熟而胶固深,胶固深则难寻其罅漏,难寻其罅漏则难出其圈套,皇上帝纵历生聪明圣智于其间,亦莫不随风而靡矣。①

这番"说教"反复阐述"皇上帝,天下凡间大共之父也"的主题思想,且不论这一思想的科学性如何,仅仅看文章字句,可谓妙笔生花,深入浅出,有理有据,曲直分明,具有一定的论说气势和文学特色。

他在1848年创作的《太平天日》中,将《原道救世歌》"予魂曾获升天堂,所言确据无荒唐"提及的"丁酉异梦"作了一个全新的诠释,以颇具艺术想象力的手法描绘了一个充满神奇色彩的天堂,灵活地利用《启示录》叙事模式和民间传说模式对天堂的人物谱系进行了编排,首次完整陈述了一个由皇上帝、天兄耶稣、真主洪秀全贯串起来的神道传承谱系,天然拥有主宰人间万事万物的神性和权力。这一神秘奇幻的"创世神话",情节扑朔迷离,峰回路转,人物性格鲜明,文字跌宕起伏。

这一"神谕"话语形式,使得文书书写更加趋于"格式化",即文首开头要有"套语",诸如"万事皆是天父天兄排布""万事皆有天父主张,天兄担当""真天主降凡,蒙天父大显权能""天兄大开天恩,特差真主天王降凡救世""上帝亲命天王诛妖"等等,便于发布命令,意在强调所有行为皆受上帝旨意指派,结尾皆严令军民"千祈遵天令",要求军民无条件臣服于神权。在对外文书中,同样强调自己的神圣权力,如《赐英国全权特使额尔金诏》曰"天父上主皇上帝,普天大共圣父亲,朕之胞兄是耶稣,朕之胞弟是秀清",以凸显神权次序。对清廷则既使用了"胡虏""清妖"等字眼,也使用了"妖魔""蛇兽""生妖""鞑靼""魔蛇"等耶稣教义词汇,如《奉天讨胡檄一》宣称清廷"盗据华夏",号召天下"同心戮力,扫荡胡尘"。《太平天日》还出现了责罚孔子"跪在天兄基督面前,再三讨饶,鞭挞甚多"的情节。以"神道"话语作为论说框架,令神威与人威扭结为一体,产生了强大的威慑力和说服力。

洪秀全的文书在语言运用上有两个明显的特点:

第一,运用"天语"进行写作。他早年创作《三原》,颇受"时文"影响,讲究典则、对仗:"从来福大则量大,量大则为大人;福小则量小,量小则为小人。是以泰山不辞土壤,故能成其高;河海不择细流,故能就其深;王者不却众庶,故能成其德。"随着革命运动的展开,"天话"迅速上升为朝廷交际语言,文书写作自然灵活运用客家方言、

---

① 洪秀全:《原道觉世训》,《洪秀全选集》,北京:中华书局1976年版,第27页。

粤西方言,此类"文绉绉"的语句渐次扬弃殆尽了。如《天父下凡诏书二》"真真好得我四兄乃埋牵带,方得成人"中的"真真",意为"实在是";"好得",意为"幸亏""幸好";"乃埋",意为"拉近",引申为"拉扯"和"抚养",与"牵带"同义。又如《救一切天生天养中国附人民谕》"狗咁贱,贱过狗矣"中的"咁"意为"这样","贱过狗"属典型的客语句式,意为"比狗还贱"。再如《命兵将杀妖取城所得财物尽缴归天朝圣库诏》"总要一条草,对紧天父天兄及朕也"中的"一条草",意为"一条心";"对紧",意为"对着""对得起"。政治文书以平民口气行文,体现了浓郁的客家语感特征。

第二,常缀以诗句,以便传达。张汝南《金陵省难纪略》说:"凡伪示无论伪王伪官,于特示后,皆总系以诗叙其事如盲词,或四句,或八句,用'诗曰'云云,然后加年月。"①甚至直接以诗代文,如太平天国二年刊刻于广西永安的《天条书》即以七言诗的形式书写,明确规定军民必须熟记、遵循的军事纪律和生活准则。又如太平天国十八年刊行的《天父诗》收录洪秀全部分以诗代诏的作品,多借助天父上帝的威灵进行强制性的政治说教或针对某一具体事件发出指令,如《禁吸鸦片诏》:

> 天王诏曰:高天灯草似条箭,时时天父眼针针,不信且看黄似镇,无心天救何新金。吹来吹去吹不饱,如何咁蠢变生妖。戒烟病死甚诛死,脱鬼成人到底高。钦此。②

通篇皆是诗语,但格式规范、内容明晰、文字朴素。至于天王批示,也是如此。张汝南《金陵省难纪略》说:"其批示皆以韵句,或四言数句如箴颂,或五言数句如歌谣,或七言数句,短者如绝句,长者如古风。"③可见,洪秀全的白话文书写适应了当时政治斗争的需要,且在一定程度上为军民所接受和利用了。

经过兵燹浩劫,洪秀全现存诗作19首,散见于《天父书》《天命诏旨书》《天平天日》《军次实录》等。其前期诗歌文学意味较浓,他在1837年春"丁酉异梦"清醒后,以《周易·坤》"九五,飞龙在天,利见大人"一句开启诗思,赋《述志诗》言志:"手握乾坤杀伐权,斩邪留正解民悬。眼通西北江山外,声震东南日月边。展爪似嫌云路小,腾身何怕汉程偏。风雷鼓舞三千浪,易象飞龙定在天。"坚信飞龙在天,解民倒悬,创造一个新世界。1843年,他再度落第,赋《定乾坤诗》明志:"龙潜海角恐惊天,暂且偷闲跃在渊。等待风云齐聚会,飞腾六合定乾坤。"终能一飞冲天,横扫天下。《吟剑诗》充满理想主义的激情:"手持三尺定山河,四海为家共饮和。擒尽妖邪归地

---

① 中国史学会主编:《中国近代史资料刊·太平天国(四)》,上海:上海人民出版社1952年版,第713页。
② 洪秀全:《禁鸦片诏》,《洪秀全选集》,北京:中华书局1976年版,第52页。
③ 中国史学会主编:《中国近代史资料刊·太平天国(四)》,上海:上海人民出版社1952年版,第718页。

网,收残奸究落天罗。东西南北敦皇极,日月星辰奏凯歌。虎啸龙吟光世界,太平一统乐如何!"托物言志,气象宏伟,语言直白,格调刚健,洋溢着强烈的浪漫情怀。

他的后期诗作,多为政治鼓动诗,如《戒吸鸦片烟诗》说:"烟枪即铳枪,自打自受伤。多少英雄汉,弹死在高床!"以鲜活的教训,告诫人们戒掉鸦片,远离毒品,如若继续沉溺其中,一定会死在"罗汉床"上,以口语吟出,形象生动。《诛妖歌》云:"真神能造山河海,任那妖魔一面来。天罗地网重围住,尔们兵将把心开。日夜巡逻严预备,运筹设策夜衔枚。岳飞五百破十万,何况妖魔灭绝该!"巧妙调用"天罗地网""运筹设策"等极富节奏感的语汇,铿锵有力,极具鼓动性。

卢前《洪秀全的诗》言洪秀全的诗作"辞气粗犷","不免有点近于标语的样子",又"多少与王梵志、寒山、拾得之流的禅偈也像极了"。[①] 这是对洪秀全"天语"创作风格的准确概括。在客家族群文化语境中,这一"天语"创作正反映了广大客籍军民的心声,成为一种标准化的表达体式,而在政治信念的驱使下,这一"天语"范式成为太平天国政权政治宣传的主导性文体。

二、洪仁玕的文学思想与文学创作

洪仁玕(1822—1864),字谦益,又作"益谦",号吉甫,广东花县人,洪秀全族弟,太平天国后期的主要领导人。他自幼习举子业,早年游学于广州、香港,曾寓港数年,加入外国传教士主持的教会,对西方科学知识和政治思想有较为系统的了解。他曾数度投奔太平军,却因清军围追堵截,未能成功。1859年,他终于排除万难,达到天京,一月三迁,被洪秀全封为"精忠军师干王",主持朝政。

洪仁玕秉承洪秀全的意旨,对文字作出了更明确的要求。他在《钦定军次实录》作了严格规定:"一句一字之末,要为绝乎邪说浮词,而确切乎天教真理,以阐发新天新地之大观。"强调文学绝对服从政教权威。《戒浮文巧言谕》要求本章禀奏、文移书启"总须切实明透,使人一目了然,才合天法,才符真道",必须确立"文以纪实"的原则,即:一要必须严格按照文体要求进行写作,如实表述,二是每篇开头"首要认识天恩、主恩、东西王恩",表达敬意,三是"要实叙其事,从某年月日而来,从何地、何人证据,一一叙明",四是奏章不可出现"龙德、龙颜及百灵、社稷、宗庙等妖魔字样"一类"浮词",祝寿不可出现"鹤算龟年、岳降嵩生"一类"巧言",五是反对"八股六韵",遵从客家口语习惯。《军次实录·宣谕读书士子》说:"读书不在多采佳句,惟在寻求书之气骨暗合于天情者,自有大学问出乎其中,岂必拘拘于八股六韵,乃为读书乎!"这

---

① 卢前:《卢前笔记杂钞》,北京:中华书局2006年版,第228页。

一崇道德、抑才智、弃文采的要求,旨在保证革命功利主义文学观念的实现。

洪仁玕现存的散文作品,主要有《资政新编》《英杰归真》及零散的论文、告谕、书信。他对于太平天国上上下下弥漫的宗教崇拜和个人崇拜,保持着清醒的认识,从社会政治发展的内部规律去思考政权的命运和前途。他撰作《资政新编》一书,描绘了一个"新天、新地、新世界、新人心"的社会构想,敬献洪秀全,"以广圣闻,以备圣裁"。①

洪仁玕寓港期间,"凡涉'时势'二字,极深思索"②,《资政新编》就是他长期思考的结晶。他以憧憬的笔调,绘制了近代中国最早的一个仿行资本主义制度的系统方案,设计了通商、外交、修路、挖矿、科技、制器、邮局、银行、兴学、报纸、医院、残疾福利等一系列的具体措施,尤其是在经济方面,他紧紧围绕商品生产、流通、金融三大领域展开论述,指出商品流通是促进商品生产、经济繁荣最为关键的环节,必须重视培植以私有制为核心的民族资本主义经济基础,引进近代金融手段,完成资本主义生产所需的资本积累,从根本上清除落后的传统观念与习俗。他将"民主"与"法制"视为社会建设的首要问题,"大关世道人心","多是遵五美、屏四恶之法,诚能上下凛遵,则刑具可免矣",能达到"不治之治"的功效。③

他非常推崇近代科学技术,提倡兴办近代工业,"精巧其技","准招民探取"矿产,"准其自售"产品。"柔远人"一条高度肯定了西方专业人士在发展生产力方面的重要作用,建议"凡外邦人技艺精巧,邦法宏深,宜先许其通商",对于技术人才则多多引进,"教技艺之人入内,教导我民",或许很快就可以"与番人并雄"了。④ 这实际上是我国早期引进先进科学技术的设想,反映了一种开放而自信的心态。

他建议引入新闻监督、暗柜举报,以实时监督官员的行政效能。他说:"新闻馆以报时事常变、物价低昂,只须实写,勿着一字浮文。"⑤亦即报纸及时报道现实社会,真实可信,报价低廉,传播迅速,"由众下而达于上位,则上下情通,中无壅塞弄弊者,莫善于准卖新闻篇",⑥有利于治理国家。对执政者、士子、工农业者而言,获取信息的功效极为明显,"上览之,得以资治术;士览之,得以识变通;商、农览之,得以通有无"。⑦ 他坚信,"倘至兵强国富、俗厚风淳之日,又有朝发夕至之火船火车,又有新闻

---

① 洪仁玕:《资政新编》,《洪仁玕选集》,北京:中华书局1978年版,第5页。
② 罗尔纲:《太平天国史》,北京:中华书局1991年版,第1978页。
③ 洪仁玕:《资政新编》,《洪仁玕选集》,北京:中华书局1978年版,第19页。
④ 洪仁玕:《资政新编》,《洪仁玕选集》,北京:中华书局1978年版,第9页。
⑤ 洪仁玕:《资政新编》,《洪仁玕选集》,北京:中华书局1978年版,第15页。
⑥ 洪仁玕:《资政新编》,《洪仁玕选集》,北京:中华书局1978年版,第13页。
⑦ 洪仁玕:《资政新编》,《洪仁玕选集》,北京:中华书局1978年版,第8页。

篇以泄奸谋,纵有一切诡弊,难逃太阳之照矣",报纸能起到了曝光、禁绝的作用。①

《资政新编》"善辅国政,以新民德",论点鲜明,论述充分,文字俭省,公认为近代中国最早的仿行资本主义的系统方案,开启了维新思想的探索之路,读来具有一定的思想启发性和艺术感染力。

洪仁玕现存诗作6首,散见于《洪仁玕自述》《军次实录》等,较典型地反映了人生过程中几个重要的"片段"。例如,作于1854年的《甲寅四月冬自上海乘海轮返香港》吟道:"船帆如箭斗狂涛,风力相随志更豪。海作疆场波列阵,浪翻星月影羉狵。雄驱岛屿飞千里,怒战貔貅走六鳌。四日凯歌欣奏绩,军声十万尚嘈嘈。"②诗人跋山涉水,转辗数省,依然无法穿越烽火线,投奔太平军,只好废然返回香港,投身战斗、英勇杀敌的恨意不可抑止,故满腔的战斗激情流泻笔端,以巨轮为喻,跨越大小岛屿,战胜凶涛骇浪,击败貔貅六鳌,充满了必胜信念和英雄气概。《四十千秋自咏》云:"不惑年临感转滋,知非尚欠九秋期。位居极地夸强仕,天命与人幸早知。宠遇偏嗤莘野薄,奇逢半笑渭滨迟。兹当帝降劬劳日,喜接群僚庆贺诗。"③首句便以《淮南子》"行年五十而知四十九年之非"一语,表达对于掌握军政重权的诚惶诚恐心理,以彰显对于政权的兢兢业业、死而后已的决心。诗中连用了伊尹行走莘野遇商汤王、吕尚垂钓渭水之滨而得周文王礼遇的故事,想象自己也能辅佐贤主,振兴国力。这类诗作并无太明显的政治说教,诗味甚浓。

洪秀全、洪仁玕诗文创作有着鲜明的功利主义色彩,政治说教诗意味较浓,文学性明显不足。但从近代文学变革看,这一改革实际上开启了中国近代白话文学的先声:首先,这是中国历史上第一次通过武装权力的方式,强行对文学书写内容和外在形式进行彻底颠覆,由此确立了以太平天国精神信仰为核心的文学主题和阳刚勇猛的文学精神。其次,依靠客家族群的白话语感和歌谣技巧进行创作,生动反映了太平军将士的思想感情与精神需求,平易畅晓,生动形象,韵脚灵动,有着独特的旋律感。这一书写体系强力渗透到整个政权上下,持续十四年之久,积累了很多经验教训,在文学史上留下一笔宝贵的财富。

第三节 道、咸以降诗词创作的新变

道、咸以降的时代精神,明显朝着"经世致用"的方向发展,许多优秀作家从神

---

① 洪仁玕:《资政新编》,《洪仁玕选集》,北京:中华书局1978年版,第5页。
② 洪仁玕:《甲寅四月冬自上海乘海轮返香港》,《洪仁玕选集》,北京:中华书局1978年版,第61页。
③ 洪仁玕:《四十千秋自咏》,《洪仁玕选集》,北京:中华书局1978年版,第64页。

韵、格调、性灵等陈旧范式中挣脱出来，直面血与火的社会现实，努力在艺术观念、审美心态、创作模式、语言风格等方面调适对现实的把握与反映，客观上强化了诗词创作功利性和实践性的特征，深刻体现了文学史运作机制固有的调节功能。以下几点很值得关注：

一、诗人群体效应的呈现

广东近代诗歌创作出现的新变，首先表现在诗歌创作的地域分布和交流方式更趋合理，广府诗人群、客籍诗人群、粤东诗人群、粤西诗人群、海南诗人群等多个创作群体争奇斗艳，促进了广东诗坛的繁荣。其中，省城广州珠三角区域便利的水陆交通，将顺德、南海、番禺、东莞、香山等地如众星拱月般地围绕在广州周围，形成一个别具特色的文化活跃地带——广府文化圈。广府诗人们来往密切，怀有较为接近的诗学理想，结成一定程度上同声相求的社团组织，形成相应的规模效应，取得了不俗的创作成绩。此外，以书院、书塾等教学单位为核心的师友群体也是文学创作的基本队伍，这一类型的群体特别容易形成文学流派，如以张维屏为核心的"粤东三子""粤东七子"群体和以陈澧、谭莹为代表的学海堂诗人群在诗坛上就有异常突出的表现，也对广东境内其他作家群体产生了一定的引导作用。又如，客籍诗人群一直保持着相对稳定的发展态势，随着近代客家士子走向全国，走向世界，客家诗人的创作风格已不完全囿于粤东一隅而更趋于多元化，尤其是在诗歌题材选择的世界化、现代化方面走在全国的前列，其所表现的文学趣味更是新人耳目。以丁日昌父子、曾习经、温和仲、温廷敬、吴道镕、饶锷为主的粤东诗人群，更多地向道咸以来的文学主潮靠拢，将京师、江南的文学风气引入当地，渐渐形成崇尚苏、黄的宋诗风格。海南近代人才辈出，更是非常值得关注。张岳崧、冯骥声等人充分继承了丘濬、海瑞等历史文化名人的优秀传统，巧妙利用海南文学的积淀，行吟乡里，或盘桓广州，或游宦各地，与诗坛主潮的互动日益增强，成为异军突起的"新势力"。而近代粤西诗人群的领袖，是广东最后一名状元林召棠。他毕生致力于讲学、著述，培养了一大批学者、诗人，影响巨大。

随着作家群体的涌现与成熟，诗歌创作人数陡然增加，诗人之间往来频繁，从"春宴唱和"到"庚申修禊"，唱和盛况空前，或同乡叙谊，或仕宦唱和，或师友侍行，或同好燕居，使原本甚炽的文人结社之风更趋热烈，诗人们同声相求，"日为校诗之会"，影响所及，"屠沽贩竖亦争效之"，以致"南园诗社"屡屡重开，追随前贤遗风，切磋诗艺，佳作如云，作品编集更是数以千卷计。这类文字交往对于诗歌创作的影响也随之日益显著，大大提高了创作水平。受到这一创作风气的熏染，女性诗人开始崭露头角，东莞林兰雪、海南王微、新会黄芝台、南海梁霭、番禺许小蕴、香山郑贞德、大埔范荑香、嘉应叶璧华等人，洵为佼佼者，黄遵宪评叶璧华《古香阁诗》"其诗清丽婉约，有雅人深致"之语，实则可用来作为近代广东女人的总体评价。

二、诗歌创作的"时政化"

进入近代，广东诗人的阅历得到了前所未有的拓展，或仕宦壮游，或周游列国，深刻地观察到了国家民族的危机和世界潮流的趋势，发为诗歌唱叹，题材、内容的"时政化"日益增强，具有很强的现实性和超前性。

张维屏一直保持着乾嘉名士的旷怀清识，诗作俊雅清隽，如《侠客行》气魄魂奇，语句精警，结构富于变化，故在鸦片战争期间发出抗战首唱，《书愤》《三元里》《三将军歌》《海门》《越台》《江海》《雨前》诸诗，歌颂军民英勇抗敌的无畏精神，同时也提醒广大民众防范统治者"却类金缯岁币谋"，具有鲜明的预见性。时隔十五年，英军以"亚罗号事件"为借口强占猎德炮台，再次进攻广州，《战场》一诗再现了这一历史惨剧："才销兵气喜平康，忽报珠江起战场。曾见海鲸来跋浪，又惊风鹤逼萧墙。火原猛烈兼秋令，寇最猖狂此夜郎。闻道俄罗方困汝，有能何不早还乡！"在他看来，落后的俄罗斯也曾挫败英军，只要我们卧薪尝胆，发愤图强，早定国策，一定能全策报仇，巩固金瓯。

又如，胡曦"少负大志，慨然以时局为己任"，17岁时有感于林则徐被贬边疆的遭遇，作诗谴责清廷腐败无能："五万重洋水，公然肆厥骄。筹防弃沿海，失计在臣僚。帑竭烟为患，机神器漫操。玉门伤贬谪，无力答中朝。"愤怒谴责清廷无能，致使鸦片泛滥，守战失策，同情林则徐贬谪伊犁的遭遇，表达了对林则徐禁烟运动的坚定支持，义正词严，掷地有声。而《燕京感事诗五首》较系统表达了对国家危机的关心，其二云："胜国筹边事，神京战守多。也先危土木，镇国困阳和。门户辽还蓟，军储粟与戈。兴朝宁事此，三口失防河。"希望朝廷以明代"土木之变"的屈辱史为鉴，正视急剧变化的世界形势，加强边防。

冯骥声《羊城秋望》描绘近代动乱中的广州城，感慨遥深："乾坤一夕变秋声，百感茫茫旅客情。衰草百连萧勃垒，乱山青入尉佗城。吟来烟景魂皆醉，话到风主酒欲醒。惆怅多关何处是，二千里外暮云横。"将时代风云谱入诗中，面对东、西方列强的野蛮入侵，长歌当哭，尽显书生忧国的本色，任气抒情，诗笔浏亮，意气激越。

"粤东三家"汪瑔、叶衍兰、沈玉良皆工咏物，敏感易悲，时有愁苦之语、噍杀之音，时代的回声清晰可见。咸丰七年（1857）冬，英法侵略军攻陷广州，强占三年之久。此时，汪瑔正客居扬州，由姜夔《扬州慢》勾起《黍离》之悲，作《扬州慢》云：

　　　　三月春深,一帆客到,酒边愁听琵琶。正临江小阁,糁一片杨花。算回首、旗亭别后,短衣长铗,多少年华! 剩相逢无恙,青衫依旧天涯。　　乡关似梦,怕乌衣、难认人家。便北户笙歌,南濠箫鼓,都换悲笳。旧事不堪重省,尊前看、醉墨欹斜,忍凭阑东望,苍茫落日归鸦。

词人推想美丽繁华的广州城饱经蹂躏,必定是一片残垣断壁,珠江上的笙歌箫鼓早已变成凄厉的边笳。今昔对比,极跌宕变化之致,以《黍离》之叹表达了深沉的爱国之思。

叶衍兰词骨格老成,填《瑶花》咏英法联军火烧圆明园、咸丰帝出狩热河事,小序云:"辛酉七月十五夜,坐月绿庄严馆,秋光欲波,天人息籁,老蟾素辉,盟予孤寂。意有所感,横竹写之。"词云:"纤云净洗,万里含辉,琼宇都澄澈,花魂初醒,帘乍卷、冷浸一天凉雪。尘襟尽涤,浑不觉、天风飘瞥。叹素娥、依旧团圆,明镜几曾伤缺。高吟拍遍阑干,问法曲霓裳,今向谁说? 河山无恙,还忆否、当日广寒宫阙。危楼独倚,听鹤背、瑶笙清绝。瞰秋江、唤起鱼龙,横竹数声吹裂。"词中"广寒宫阙"一句,指被英法联军劫掠后焚毁的圆明园,词人感事赋此,语语痛切。"法曲霓裳"以唐玄宗安史之乱逃亡四川之典,指咸丰每日在避暑山庄如意洲听曲观剧,寄予讽刺,同一机杼。"河山无恙",寄慨遥深,令人顿生万千感慨。

中法战争期间,冯子材将军击败法军,悉复法军入侵之地,广东诗人喜不自禁,钟兆霖《冯子材军门会同王德榜、苏元春提军两军克复谅山直趋北宁亦收复此大捷也赋诗志喜》云:"天骄骄甚太纵横,大将旌旗一见惊。直会两军擒兀术,竟教一日下齐城。主恩特重云中守,儿戏堪嗤灞上营。勠力得人终破虏,铙歌新乐奏南征!"汪瑔《喜闻官军二月十三日谅山大捷》:"百雉严城一战收,沧溟万里洗边愁。威棱铜柱高前古,形势金瀙控上游。云气遥瞻天北极,春风应遍日南州。飞传古语通明殿,真见功名定远侯!"欢欣鼓舞,通篇皆是欢愉之语。

近代广东诗人都以亲历者的身份,感受到了自鸦片战争爆发以来历次外侮所带来的心灵冲击,虽不能投笔从戎,坚决反对西方殖民主义者入侵、维护祖国神圣不可侵犯的国家主权的爱国意志,一直是坚定不移的,故能从历代遗民身上读懂更深刻的爱国情感,如沈世良《浪淘沙·题汪水云〈黄冠归里图〉》云:"秋草蓟门烟,乡思年年。沧桑阅遍作神仙。故国山河吹白雁,怕上湖船。　　心碎玉琴弦,人在天边。旧时鸥梦许重圆。一树冬青零落尽,无限啼鹃。"汪元量在南宋灭亡后拒不出仕元朝,隐居江湖,以遗民终老。此词通过歌颂汪元量的遗民气节,以反映词人深沉的家国情怀,悲慨苍凉,感人至深。

近代广东诗人就这样将民族耻辱与英勇抗争融为一体,创作出一首首"时政化"的诗歌作品,塑造了一个具有物质性、象征性和功能性的多重意义的"记忆场",总体风格上呈现悲慨的调子。应该说，这是近代广东传统诗文创作发展一个新的动向。

三、海外题材的"异军突起"

海外题材，是近代广东诗歌的"亮点"之一。身处"一口通商"的广东文人，总是站在历史的潮头，体认到历史的"某些微妙变化"，无论是鸦片、轮船、枪炮，还是劳工输出，纷纷呈现笔端。

张维屏晚年对当时源源不断输入的外来文明非常感兴趣，不时吟唱这些新奇的事物，如《火轮船》："渡水偏无楫，非车却有轮。始然惟用火，既济不劳人。圆转机何捷，熏蒸气乃神。圣朝恩似海，常许往来频。"对于这些新鲜事物，诗人已无法在"古典"中找到合适的意象进行描述和比喻，径直表现出与普通民众完全一致的新奇、惊讶，出之以平常、流畅的口语。他特别关心华工出洋务工的遭遇，《金山篇》一诗内涵丰富，值得一读，诗人描述了旅美华工艰辛的生活和奇特的遭遇，为封闭已久的诗坛打开一扇观照异国情事的窗户，当然，最值得注意的是诗人由异域的开矿事业联想到国内采矿业的落后体制，笔锋一转，指向国内："委员开矿非善策，供应骚扰难免焉。生财有道生者众，此事要裨民操权。听民自为上勿预，什中取一当无愆。五金出土皆有用，有而不取空捐弃。但令有利又不扰，闻风踊跃民称贤。因民利民自不费，富民富国原相连。刍荛之言倘可用，请君视我《金山篇》。"他认为在国内官办企业的局限性不仅是没有效益，更主要的是常常骚扰百姓，给百姓造成直接经济损失，希望当局向美国学习，鼓励百姓自由开矿，让百姓参与，这是利国利民、富国富民的关键，可见已入老境的诗人表现出特别的发现和捕捉能力，开启了"睁眼看世界"的先河。

以广东士人为主体的晚清外交官群体，迅速成为中国政坛、文坛的"明星"，所见所闻，形诸笔墨，自然是"吟到中华以外天"了。兹以首批客籍外交家何如璋为例，略加说明。清光绪四年（1876），何如璋担任首任驻日大使，出使日本。他通晓西学，究心时务，曾任驻日本公使，回国历任朝官，督办福建船政大臣，力主抗法，因马江战败革职，充军张家口，晚年讲学韩山书院。他作于日本的《使东杂咏》共计67首，附于《使东述略》之后，内容和《述略》紧密相关，诗文可以相互印证，对照阅读，而且，每一首诗之后都加上了小注，诗注互证，能更全面准确地把握作者的创作意图和思想特点。《杂咏》大致有以下三个方面的内容：第一是吟咏域外的新鲜事物和风土人情，如"正是张旃入境时，礼行兵舶敬先施。声声祝炮环空响，早见黄龙上大旗。"小注云："泊舟少顷，我舟挂日本旗，放炮廿一声，云以敬其国君。彼戍上兵亦悬我龙旗，放炮如数，以敬我大皇帝。盖西人水师通行之仪，所谓祝炮者也。"咏长崎女子云："编贝描螺足白霜，风流也称小蛮装。剃眉涅齿缘何事？道是今朝新嫁娘。"小注云：

"长崎女子已嫁，则剃眉而黑其齿。举国旧俗皆然，殊为可怪。而装束则古秀而文，如观仕女图。"他咏神户自明治以来发生的变化云："极目茅渟海市通，蜃楼层叠构虚空，街衢平广民居隘，半是欧风半土风。"小注云："未初到神户口，一名茅渟。海港口南敞，山岭北峙，番楼鏖肆，依山附隙约里许。然东人所居皆仄隘，通市以来，气象始为之一变。"第二是关于日本明治以来对外开放、引进西方先进科技、积极变法所产生的新气象，铁路、火车、邮便、机器造纸等新事物，如咏铁路云："气吐长虹响疾雷，盘堤矢直铁轮回。云山过眼逾奔马，百里川原一晌来。"小注云："初五日往游大阪。大阪距神户六十余里，铁道火轮四刻即至。烟云竹树，过眼如飞。车走渡桥时，声如雷霆，不能通语，上下车处皆有房，为客憩止之所。"咏电报云："柔能绕指硬盘空，路引金绳万里通。一掣飞声逾电疾，争夸奇巧中神工。"小注云："电气报以铜为线，约径分许，用西人所炼电气，或架木上，或置水中，引而伸之，两头经机器系之，所传之音，傅线以行，虽千万里顷刻可达。"显然，这种趣味一方面固然是来自古来诗人行吟杂咏所常用的轻松谐趣的表现手法，更主要的是源自新奇的域外政治、人文和生活景观。第三是中日两国文化交流和友好交往，如咏长崎与海外的贸易盛况一诗："东头吕宋来番舶，西面波斯闹市场。中有南京生善贾，左堆棉雪右糖霜。"小注云："国人多运棉花、白糖来此贸易。'南京生'者，彼人尊我之辞，'生'，犹言先生也。永乐朝，倭大将受明册封为藩王，立勘合互市，故有此称。"追溯两国贸易的悠久历史，点出中国商人在五方杂处的长崎长袖善舞的情形。

《使东杂咏》较好地继承了古代诗人常用的纪行七绝作法，全面展现了日本明治以来对外开放、引进西方先进科技、积极变法所产生的新气象。近似于清言小品，浅显流畅，饶有趣味，有着独特的思想特色和艺术价值，为中国文学真正走向世界踏出了坚实的第一步。

张荫桓于光绪十二(1886)至十五年(1889)出使美利坚、西班牙、秘鲁，足迹踏遍北美、南美、欧洲，故其诗集名《三洲集》。他的《鸟约铁线桥歌》《巴黎石人歌》《费城百年会》《七橡树石室歌》《水晶宫行》《观瀑英美界上》等诗，均能抓住个性特征描写异国民情风物，令人印象深刻。如《秋泛添士河，距英都百里而近，同游者徐进斋、梁镇东、子豫弟》写秋游泰晤士河，徐徐道来，如在眼前：

> 英都秋雾昼昏黑，咫尺不辨人马形。机筒泾烟杂海气，秋扃百里天始青。添士河墟特萧爽，游船奇丽纷来往。秋林着色锦屏风，铿澈织鳞苹末扬。此中经岁无风涛，方舟矮榜随所遭。买夏人家当鸡犬，离宫别馆陵云高。中泓蓄水设涵洞，仿佛套塘相递送。闸门启闭运机柚，去岸渐低船渐动。推窗引兴频举觞，安得此水浮归舻。雨中一客尚垂钓，绝流应亦无赖鲂。

远离"雾都"伦敦百里,大自然呈现出了天高云淡的"本色",水底清澈,锦鳞游泳,两岸是高高低低、错落有致的房舍,散发着安静祥和的气息。而《鸟约铁线桥歌》以极度夸张的笔墨,书写纽约布鲁克林大桥的壮美,"高桥铁缀八十丈,俯瞰海门瞭如掌。层展四里横五衢,机轮车马纷来往。中间桥柱类石阙,揉铁成丝称铢两。但为巨緪挽浮梁,质力刚柔输尔壮"等句,形象、细致地再现了这一工程奇迹的种种"巧思",大桥以两座高耸入云的桥墩为"支点",无数的细钢丝扭结为刚柔并济的拉锁,斜拉大桥连接港湾两侧的交通干道,"高插云霄低置磋,迥立长风郁苍茫",令人叹为观止。

《巴黎石人歌》吟咏纽约的自由女神像,另有寄托:

> 巴黎石人状天女,系以省会歆其神。自从割地普鲁士,石亦柴立同遗民。繁花作圈作衣袖,似乞灵贶威强邻。或云人心示爱戴,房没不改乡园春。纪功碑坊重华侈,赫如第一拏破仑。传闻德兵初入国,特绕名迹周三巡。至今城堞矮如础,黍离隐隐留酸辛。三年拜赐励薪胆,补牢日夜增兵屯。蚩尤帝号一朝削,蚕食故态空嶙峋。政由民主动睽异,置军如奕如片鳞。议院纷拏急仇敌,半载两易诸廷臣。伯灵将军故不发,欧洲局外多高论。国之四维法莫悟,风声久已输伦敦。政俗淫嚣却好客,聊与餐玉炊桂薪。园林灯火涵墨色,高歌吊楚非过秦。

在他看来,法国所谓的"民主制度",素喜以"民心"为向背,不断颠倒政见,政俗淫嚣,民风奢侈,这是导致法国近世衰败史的"根源"。拿破仑也曾短暂恢复帝制,战绩赫赫,最终还是败给了"反法联盟"。法国最近又在与普鲁士帝国争霸的战斗中屡遭败绩,不禁令人发出"楚亡"之忧叹。

总之,广东文人的"海外书写",并未停留在对于"文野诡奇"的猎奇性惊叹上,均能从"历史主义"和"世界主义"的高度去思考"中国问题",试图在与"世界"的第一次心灵碰撞中找到某种"真理性"的认知。

四、凸显"地方性"色彩

近代广东诗人喜欢吟咏本地人文景观、历史典故、生活百态,诗词作品形式多样,数量极多,最能见出浓郁的地方特色。如谭莹《乐志堂诗文集自序》自言:"余幼耽吟咏,夙嗜讴谕。"喜欢采用近于民歌的歌行体、组诗,多长篇形制,如《广东荔枝词百首》(结集时删为六十首)、《采桑词》(三十二首)、《四市歌》、《南濠曲》等描写南国风俗民情的作品,透出民歌韵致的清丽浏亮。如《四市歌》吟咏粤东四大名市,分别抓住各个集市的特点,描写集市交易活动的情景和花木、药材等的名贵,如写羊城花农络绎不绝地用船运花进城,鲜花与名果、雕瓜争奇斗胜,引来蜂蝶漫舞,蔚为奇观。诗人在铺排各种各样的繁华场面同时,又非常注重从参与者的反应的角度侧面写集市,如"买花人比卖花先"、"女儿争觅市声喧"、"我亦养主嵇叔夜",并且依据各个集市贸易的特点确定感情基点,花市的基调是欢愉轻快的,而珠市则联想到采珠的艰辛和危险,寄寓无限同情,这些特点与民歌的表现手法极其相似。这一手法在《南濠曲》一诗中表现得更为明显,全诗宛如一个"电影长镜头",从容不迫、细致入微地娓娓铺叙广州繁华之地的南濠,"南濠濠水通珠江,珠儿珠女总延香。一濠东西水凝碧,万井人家春渺茫""导客争移茉莉灯,背人解劝玻璃枸。红豆抛残曲未停,素馨开遍鬓重掠""夹水婵娟照形影,卷帘珰珥生光辉""文禽倒挂绿鹦鹉,名果乱抛红荔枝"等句,形象地再现了南濠里这个"销金窝""销魂地"所特有的风貌,万井春色,雕梁画栋,征歌选舞,情彩毕现,整首诗如行云流水般清丽自然,既有白乐天、吴梅村歌行的韵致,又有民歌的风姿浅畅,朗朗上口,隐约透出粤东民歌风味的底色。

陈澧出游讲学之作,一派从容气象,小令《醉吟商·龙溪书院门外见罗浮山》云:"渐坐到三更,月影上穿林杪。水边吟啸,此际无人到。一片白云低罩。罗浮睡了。""罗浮睡了"四字神妙如绘,尤能写尽山水的性灵。他的《摸鱼儿》是游惠州之作,小序云:"东坡《江郊》诗序云:'归善县治之北,数百步抵江,少西有磐石小潭,可以垂钓。'余访得之,题以此阕。"词云:"绕城阴、雁沙无际,水光摇漾千顷,苍崖落地平于掌,湿翠倒涵天镜。风乍定。看绝底明漪,曾照东坡影,林烟送暝。只七百年来,斜阳换尽,一片古苔冷。　　幽寻处,付与牧村樵径。江郊诗句谁省?平生我亦烟波客,笠屐倘堪持赠。云水性。便挈鹭提鸥,占取无人境。商量画帧。向碎竹丛边,荒芦叶外,添个小渔艇。"词人对东坡敬慕之情溢于言表,向往着能像东坡那样放舟五湖、归隐山林,在这如画的山水中舒展自己的云水之性。

胡曦曾以口语作诗,编《鸾花海》四卷,格创调逸,令黄遵宪叹服。他还以竹枝词的形式,作《兴宁竹枝杂咏》一百首,分为古迹、山家、闺情、景物各项,杂记兴宁的乡土遗闻,风物习俗,且系以小注,加以简要说明,如:

　　入春祈谷又祈年,伛偻神祠古道边。削得竹竿还剪纸,同侪来去挂田钱。
(俗以楮钱挂竹插田,曰"挂田钱"。)

　　陂塘阁阁水鸣蛙,岭角盘开赤蘽花。验取清明天气暖,分秧忙到野农家。
(赤蘽,疑野棠之属。俗于清明验寒燠莳田。谚曰:"赤蘽,分秧来,蛙落塘,种田忙。")

　　平畴来打豆花虫,口唱秧歌度晓风。拍掌小儿都大笑,水田惊散白头翁。
(邑鸟白头翁最多,呼曰"白头公",亦如信天翁之呼"信天公"也。)

　　偷青十五怕人窥,阿妈当前婢后随。最苦凤头鞋子窄,四更踏月话归迟。
(元夜妇女出摘花,曰"偷青",亦取生子兆也。)

　　新妇如花入洞房,弄人姊妹太痴狂。朝来整整团圆席,对面差教看煞郎。

（俗新婚次日，于洞房设筵，新妇与郎对饮，曰"吃团圆"。）

在这里，第一首吟咏农民开春时分祈祷神祇保佑播种顺利，五谷丰登。过往的农民也都躬耕致意，挂上纸钱；第二首吟咏客家人以赤藜花为分秧插苗的标志，农家忙成一片，干劲十足；第三首则吟咏客家老小一起上阵，驱赶信天翁、菜花虫，保障作物健康生长；第四首吟咏正月十五夜客家女性外出采花，以为"生子"吉兆；第五首则吟咏婚礼次日，在洞房设宴，令新郎、新娘对饮，姐妹们在旁边起哄，气氛热烈。这些作品歌咏家乡的山川风物和民俗人情，丝丝入扣，兴味盎然，具有独特的客家文化气韵。

胡曦不时以方言、谚语入诗，增添了民歌色彩和地方特色，如《花洲曲》其一："春花洲上开，秋花洲上谢。花谢更花开，明月花洲夜。"又如《记梦》："不笠不屐买渔艇，乍雨乍晴携酒壶。我别惠州春暂老，只余诗梦在西湖。"这类诗作语言浅近，通俗明快，意韵深远，极具文人趣味。

总之，近代广东诗人在与全国诗歌创作主潮、世界文化潮流互动的同时，积极拓展诗歌创作的题材和境界，极大地提高了诗歌创作的艺术品位和技巧，风气的亲身体认将广东诗融入全国诗坛，进而引领全国诗歌主潮了。

第四节 "新文体"建设的初步成效

自鸦片战争至甲午战争，是广东近代散文创作风格嬗变的关键期。随着近代学术风气丕变、欧风美雨袭来，广东散文作家将创作目光从模山范水、亲朋酬酢、墓志寿序、谈性论理等传统题材中移开，转向现实社会、治学探赜、海外世界，而新事物、新名词、新理致等随之络绎笔端，散文创作呈现出融汇新理、缜密闳深、朴实自然的新气象，表达了强烈的淑世情怀和开放意识。

一、经世之文

生活在道光年间的龚自珍、魏源，有感于现实之"万马齐喑"的局面，力倡"今文经学"，以"经世致用"相号召，开启以文议政、抨击衰世的风气，表现"慷慨论天下事"的情怀和"文不中律"的文风，文界为之一振。林则徐、邓廷桢、张之洞等多位学养极深的官吏莅粤主张，提倡经世致用之学，推动学风、文风的改革，而张维屏又以龚自珍友人的身份呼应林、邓的倡议，带头创作，广东经世文创作迅速崛起。

近代广东经世之文除了坚持禁烟的言说外，还放言整肃官场，绝不手软。如罗惇衍《请崇俭禁奢疏》针对官场文恬武嬉、骄奢淫逸、贪污腐败的风气，大胆进言，希望皇上带头崇俭禁奢、躬行节俭、励精图治，以振衰起敝，从根本上整治官场。韩锦云在第二次鸦片战争期间连上《奏为广东英夷滋扰情形疏》《奏为英夷滋扰督臣玩延贻误疏》《奏为逆寡入省城须分路夹攻以图恢复疏》《围攻英夷檄》抨击英国侵略者的险恶阴谋、揭发叶名琛贪污受贿、贻误战机的罪行。丁日昌《清理积案以苏民困疏》则直指官场积案难清实缘于各地长官延宕不结、回护官吏，衙役借机讹诈、欺压百姓，必将导致百姓破产，落草为寇，"人心风俗之坏，胥由乎此"，提请制定章程，彻底清理积案，还老百姓一个清静世界。张岳崧《淮扬下水利论》、邓承修《请饬查关税侵蚀以裕国用疏》、梁鼎芬《奏陈预备立宪第一要义疏》等，各就国家大计陈说意见，贡献主张，文字敛中有放，放中有节，皆雅驯可诵。梁廷枏关于海外各国的疏说、对于粤海关的论说，探赜讨源，大开大合，文字叙说清晰而又别开生面。

他们对科举制度进行了深刻的批判，建议改革学制，提倡学术致用、文章经世。张维屏《复龚定庵舍人书》赞同龚自珍"经世"的文学观念，指出文学创作应遵循公认的文章"轨辙"："本诸身以立其诚，准诸经以定其则，考诸史以验其迹，征诸子以观其趣，博诸集以会其通。"力求务去"陈言"，反对"复古""泥古"，以扎实的文化修养提高文学创作的水平，推动文学创作向儒家文艺"正道"靠拢。张岳崧《训士录》说："为学之道，总求有益于身心、有裨于实用为体。"要求文章写作"以义理为要"且"务令清真雅正"。陈澧《书〈海国图志〉后呈张南山先生》向张维屏追述了与魏源讨论《海国图志》的过程，举出实例，促使魏源"屡改《海国图志》之书"。其《东塾读书记》更是以札记的方式系统梳理了十三经、诸子百家的文本问题和义理问题，短则杂感数语，长则近乎严格的考据文章，连缀成文，洋洋大观。但此书绝非埋首考据，他自言此书之作出于"见时事之日非，感愤无聊"，是"济于天下"。汪兆镛《椶窗杂录》继承了陈澧学术札记的文体风格，考经证史，颇多发明，实为治学的"准程"，特别强调了治学、为文的"实学"属性，发挥"辅运匡时"的效用。引入经世致用学。陈澧对于科举弊端的观察与思考，反映在《科场议》系列论文中。他指出科举考试过于功利，有损于世道人心，科举文体全无体格，不过是妄立名目，私相沿袭，建议用"经说史论"逐步替代八股文，以文章写作的"自然之势"克服八股文的"陋格"。全文论说冷静客观，分析透彻，层次分明，文气畅达，很有说服力。

二、海外书写

近代广东处在对外交往的前沿地带，出现两类值得关注的人物，一是民间翻译人才，二是职业外交官。他们撰作专文，将自己所了解的"夷情"介绍给国人。

广东南海人罗森，作为汉英翻译，曾参加美国东印度舰队司令马修·佩利率领的第二次日本之行,"将所见所闻,日逐详记,编成一帙",名《日本日记》,自1854年11月起连载于《遐迩贯珍》。该《日记》留意物产、贸易等事项,笔触简约朴实,对日本风土人情、美国军队军械等"新事物"均作了简洁明晰的描绘,如展示近代科技产品一段,他写道:

> 次日,亚国(笔者按:指美国)以火轮车、浮浪艇、电理机、日影像、耕农具等物赠其大君。即于横滨之郊筑一圆路,烧试火车,旋转极快,人多称奇。电理机是以铜线通于远处,能以此之音信立刻传达于彼,其应如响。日影像以镜向日绘照成像,毋庸笔描,历久不变。浮浪艇内有风箱,或风坏船,即以此能浮生保命。耕农具是亚国奇巧耕具,未劳而获者。大君得收各物,亦以漆器、瓷器、绸缎等物还礼。①

这段文字的文学价值即在于它的"说明"意味:近代美国产火车、照相机、电话机、救生艇、农用机械五种物事,共时性地被"说明",隐约可见深蕴其中的"格物致知"的朴素精神。他在与日本学者笔谈中作诗抒怀:

> 日本遨游话旧因,不通言语倍伤神。雕题未识云中凤,凿齿焉知世上麟?璧号连城须遇主,珠称照乘必依人。东夷习礼终无侣,南国多才自有真。自古英雄犹佩剑,当今豪杰亦埋轮。乘风破浪平生愿,万里遥遥若比邻。②

他衷心希望日本学者也能积极学习西方语言,接受外来文化,施展"以扩于全世界"的抱负。

相对而言,晚清庞大的粤籍外交官群体的海外书写,更具跨文化交流意义。何如璋的《使东述略》自述出使日本期间"海陆之所经,耳目之所接,风土政俗"的情况,全文约1400字,立足于"桐城义法"的雅洁清晰,而益以"睁眼看世界"的宏大心志,故行文雅洁有序,又多了几分鲜活、几分畅达,读来并无艰涩之感。但面对日本学习西方而后来居上的客观现实,他内心深处涌动着深深的忧虑与焦灼,他说:"窃以欧西大势,有如战国:俄犹秦也;奥与德其燕赵也;法与意其韩魏也;英则今日之齐楚也;若土耳其、波斯、丹、瑞、荷、比之伦,直宋、卫耳、滕、薛耳。比年来,会盟干戈,殆无虚日。故各国讲武设防,治攻守之具,制电信以速文报,造轮路以通馈运,并心争赴,唯恐后时。而又虑国用难继也,上下一心,同力合作,开矿制器,通商惠工,不惮远涉重洋以趋利。夫以我土地之广、人民之众、物产之饶,有可为之资,值不可不为之日,若必拘

---

① 罗森:《日本日记》,钟叔河整理:《日本日记·甲午以前日本游记五种·扶桑游记·日本杂事诗》,长沙:岳麓书社1985年版,第38页。

② 罗森:《日本日记》,钟叔河整理:《日本日记·甲午以前日本游记五种·扶桑游记·日本杂事诗》,长沙:岳麓书社1985年版,第45页。

成见、务苟安,谓海外之争无与我事,不及此时求自强,养士储才,整饬军备,肃吏治,固人心,务为虚骄,失其事机,殆非所以安海内、制四方之术也。子曰:'足食足兵,民信之矣。'又曰:'人无远虑,必有近忧。'可勿念乎!"此等见识,撼人心魄。

刘锡鸿曾短暂出使英国、德国,作《英轺私记》《日耳曼纪事》记述英、德见闻,对西方近代民主制度、婚姻习俗、科学技术、制器等方面颇有异议,但多秉笔实录,平实可信,尤其是描绘生活习俗、科技演试之类,细致逼真,读来犹如身临其境。如记德国圣诞节氛围一节:"公历十二月二十四日,为克来斯麦司衣符(即 Christmas Eve 音译),西洋各国以此为令节。先期十余日,饴糖果饵、玩物器具,纷罗街市。家家筐筐相遗,如中国之贺新岁。至期,官学给假,佣雇停工,商贾百艺,咸各休息。或游猎,或宴会,或结队诵经礼拜堂,熙熙如也。"接着是更为精致的描绘:

> 席散,有扮老人自内出者,须发蓬蓬,被彩衣,肩囊,手持树枝,向众宣言曰:"今夕之会,其来匪今。比户幼孩,莫不欢欣,庆我辈蒙天麻之赐,嬉游鼓腹,无异儿童。愿各开怀,娱此良夜。"宣毕,探手囊中,出筹码若象棋子者,人各畀一,皆书以数。旋入内,环案而立。案头罗列诸物,亦以数揭之。视其所分筹码之数,与所揭之数相符,则贻以其物。有得箫管者,有得篮盒者,有得佩帨者,有得香者,有得果饵者,种种不能尽名。

圣诞节的热闹情状跃然纸上,如在眼前,但文字朴实自然,流畅无碍,形式自由解放,很符合中国人的阅读习惯,有助于国人了解外国节日。他对西方事物的议论,较多地采取西方人惯用的总论—分论—总结的技法,如论英国政俗时先提出一个总的论点——"此外则无闲官,无游民,无上下隔阂之情,无残暴不仁之政,无虚文相应之事",紧接着用五个独立段落分别论述,每个段落均以"是谓……"句式作结,以基本一致的"演绎"格式一个个地归纳分论题,其第五段是这样写道:"有职役则终其事而不惰,有约会则守其法而不渝。欺诳失信,等诸大辱。事之是非利害,推求务尽委折,辩论务期明晰,不肯稍有含糊。辞受取与,亦径情直行,不伪为殷勤,不姑作谦让。男女尽人皆然,成为风俗。是谓无虚文相应之事。"运用归纳法进行总结,显得格局整饬,思维缜密,论述严密。

陈兰彬是首任中国驻美公使、首任留美学生监督,勤于政事,故撰作奏折、咨文、照会、口供极多,言之有物,文字征实,朴素无华,尤其是完整记录数千名古巴华工苦状的呈词,将一个个华工苦难命运和心路历程鲜活地再现出来,字字泣血。

在"欧风美雨"的沐浴下,广东近代散文的海外书写在题材构成和风格样态上呈现出迥异于古典散文的、面向世界的"近代味",被视为广东近代散文变革的重要表征。

三、报章文体的"啼声初试"

中国近代报刊既是近代文学的新载体,也是近代文学的传播媒介,更是近代文学文本本身,这"三位一体",改变了文学生产方式,改变了作家的思维方式与表达方式,成为晚清文学变革的重要基石。王韬、郑观应、何启、胡礼垣等人在香港、上海的报章上发表短小精悍的时政议论文,有效利用传媒力量"第一时间"对时代命题作出及时反应和解答,反映了全新的世界眼光、知识体系和前沿意识,在思想内容、结构形式、语体风格等多方面改变政论文的文体特征,对晚清文学变革与发展起到了非常关键的作用。

(一) 王韬的《弢园文录外编》

王韬在1870年出任香港《华字日报》主笔,于1874年创办中国第一家华资报纸《循环日报》,宣传维新思想。他指出报章政论文最直接的现实功效就是"庶人之清议",将议论直接指向"当下",博得广大民众的共鸣,争取社会话语权。而在写作技法上则准确地抓住了新兴报刊机制的"神髓",实现了报章政论文的文体自觉,突出了报章、纪实、叙事、论说四个构成要素的有机统一:"报章"是指媒体属性,"纪实"和"叙事"是指新闻性、纪实性,"论说"是指超越新闻性之上的思想性。

他从主持《循环日报》笔政期间发表的800多篇政论文中辑出"论说精华"185篇,编成《弢园文录外编》12卷,广泛涉及政治、经济、教育、外交、军事等多个方面,聚焦了近代社会情境和历史纵深感所产生的话题,故各卷文字编排有着内在关联性:卷一是其思想之总纲,如《原道》《原学》《原才》《变法》《重民》等;卷二、卷三突出强调其变法思想并论及具体策略层面,如《变法自强》《设官泰西》《设领事》《练水师》等;卷四、卷五、卷六是对外洋包括泰西、日等亚洲国家涉华事务与政策的解读,如《英重通商》《西人重日轻华》《越南通商御侮说》等;卷七至卷十一则是序跋文,蕴变法意向于应酬文字之中;卷十二则对前三卷作了某种程度的补充说明,如《言和》《言战》《治兵》《用兵》等。全书依托中国传统经学的主流话语外壳,融会西方近代思想、制度文明、器物文明的新思想,宣传变法主张,叙说实践方略,"学识之渊博,眼光之远大,一时无两"。[①]

王韬的报章政论文在文体特征上很大程度体现了近代报刊媒体的内在规定性:
从论题的拟定看,他紧扣时代宏大主题进行采访与议论,聚焦时政,突显前沿意

---

① 戈公振:《中国报学史》,北京:生活·读书·新知三联书店1955年版,第120页。

识和忧患意识。他深刻认识到中国所面临的民族危机,讨论了"变法""变法自强""洋务""设官泰西"等议题,极具创新性和争议性,契合社会变革的内在逻辑和民众的求变心理。如《变法上》指出泰西诸国"航海东来,聚之于一中国之中,此故古今之创事,天地之变局。诸国既恃其所长,自远而至,挟其所有以傲我之所无,日从而张其炫耀,肆其欺凌,相轧以相倾,则我又乌能不思变计哉"!因此表现出了强烈的忧患意识,认为"当今天下之大患,不在平贼而在御戎","乱之所生,根于戎祸之烈也"。①

从结构上看,由于报刊篇幅所限,他的报章政论文鲜有长篇宏论之作,多在1000—1200字之间。

将韩柳欧苏一事一议技法和近代西方报刊以事带论写法融合为一体,开篇叙一人或一事作为立论前提,直接进入论题,阐明自己的见解和主张,行文过程不枝不蔓,简洁有法。某些论题需要做长论,则分拆成多个分论点,逐篇论述,如"重民"一题,就分为《重民上》《重民中》《重民下》三篇,《重民上》用翔实的数据,联系古今中外的成败之例,说明"重民"之义;《重民中》则揭示朝廷、地方政府处置民众失当之处及其深层原因;《重民下》借鉴泰西诸国民主议会制度,仿效其例,建立新的联络民众的模式。每篇所论各有侧重,合则又能鲜明呈现"变制"的诉求。其他论题如"变法""变法自强""洋务""设官泰西"等,情形大抵类似。

从语体风格来看,他身为报刊主笔,一方面要向当权者建言献策,宣传其变法思想,另一方面要充分普罗大众的接受度,兼顾思想性与普及型,以利于报刊的市场效益,所以,"辞达"成为他积极追求的文体风格。其《弢园文录外编·自序》言道:"宣尼有云,辞达而已,知文章所贵在乎纪事述情,自抒胸意,俾人人知其命意之所在,而一如我怀之所欲吐,斯即佳文。至其工拙,抑末也。"②故行文绝少引经据典,基本上采用相对通俗流畅的浅近文言,故采用浅近流畅的文字,自由驱使"总之""长江一带""天气寒冷""近十年来"等口语,又善于调遣"公使""领事""贸易""通商""交易""纪律""地球""民主""啤酒""公司""电线""电气"等译语,令读者一阅即知其文章命意之所在,生动体现了其报章政论文语体从文言向近代浅近白话过渡的印记。

作为中国第一位报章政论家,王韬以闳通的世界视野写作政论文,使时政评论家一跃而成为"意见领袖",直接冲击了桐城派古文和八股时文的正统地位,对报刊政论作家产生了深远的影响。

(二)《盛世危言》和《新政真诠》

郑观应早年经商获得巨大成功,中年开始参与洋务运动,与李鸿章、盛宣怀、彭雪

---

① 王韬:《上徐君青中丞第一书》,《弢园尺牍》,北京:中华书局1959年版,第32页。
② 王韬:《弢园文录外编·自序》,《弢园文录外编》,郑州:中州古籍出版社1998年版,第31页。

麟、王之春等人有着密切的互动。他将商、政的体验注入时政议论之中,在《申报》等报刊上发表了系列文章,就猪仔、鸦片、医疗、教育、溺婴等热点问题,抒发意见,新观点喷薄而出,产生了巨大的社会反响。他尖锐地指出:"守旧者恶谈西法,维新者不知要领,而政府志在敷衍,惮于改革。"①围绕阐扬君主立宪制、发展民族工商业、抵御外国资本侵略三大核心命题,设置了国家富强、军事强大、社会进步、政治改革、教育发展等各个方面的"改制"议题,有机联系在一起,进行"整体性"思考和论述,绘制出了一幅"全景式"改革图卷。这些文章最后汇编为《盛世危言》,光绪帝极为欣赏,下旨各级官员研读、借鉴。

出于"论述策略"的考虑,他采取了中国传统的"道器论"和"体用论"的论述方式,将"富强之术"纳入"器"和"用"的范畴。他花费大量篇幅阐述,从"三代遗风"与"泰西良法"的契合点切入,论述设立议院为核心的政治改革构想,明确了君主立宪制的改革思路,又从"实操"的层面论述"政治不改良,实业万难兴盛"的观点,最终目的乃是"所冀中国上效三代遗风,下仿泰西之良法,体察民情,博采众议,务使上下无扞格之虞,臣民泯异同之见,则长治久安之道,固有可豫期矣"。② 与此同时,他一直强调制度变革须由专业人才来完成,故培养人才实为首要任务,指出所谓"西学"并不仅仅是船坚炮利、格致制造,还包括了社会科学、自然科学、政治学说、文化教育等等,是一个完整的文化系统,同样体现了"政教刑法"的意志,需要建立新式学堂,进行全面的研习。他指出:"不修学校,则人才不出;不废帖括,则学校虽立亦徒有虚名而无实效也。"又说:"时文不废,则实学不兴;西学不重,则奇才不出。"③这些构想倾向性很明确,对中国近代教育事业的发展和人才培养方法,进行了很有意义的探索。

他又善于借鉴科举文、近代报章社论的结构特点,较为自洽地融为一体,故选题能紧扣时政热点话题,观点鲜明,论证过程清晰,结论公允。如《吏治上》末段结论呼应首段"一县得人,则一县治"和"天下得人,则天下治"的论点:

> 夫天下虽大,其州县不过千余属,牧令不过千余人。为上者,合枢垣、疆帅之才力精神,以慎选之,以严核之,敷奏以言,明试以功,赏必当功,罚必当罪,循名责实,至正大公,则吏治日清,民生日遂,国本日固,国势日强,而何畏乎英、俄,何忧乎船炮,何患乎各国之协以谋我哉? 故曰:国以民为本。而致治之道,莫切于亲民之官;生乱之原,莫急于病民之政。所谓天下得人,则天下治者,此之谓也。

---

① 郑观应:《盛世危言·自强论》,《郑观应集·盛世危言》,北京:中华书局2013年版,第116页。
② 郑观应:《易言·论议政》,《郑观应集·救时揭要外八种》,北京:中华书局2013年版,第105—106页。
③ 郑观应:《盛世危言·西学》,《郑观应集·盛世危言》,北京:中华书局2013年版,第58页。

这一气势磅礴的结论,突出了"国以民为本"的主题,在闳肆语言的表象下隐显出缜密的意志。其政论文主旨鲜明、层层推演、直言无隐、雄直酣畅的美学追求,将龚自珍、魏源复兴的中国散文"经世致用"传统推向了一个新的高度。

胡礼垣、何启《新政真诠》一书,收录了七篇政论文,写作时间跨度则是从1870年代至1900年,系统而深刻地反驳了曾纪泽的"中国睡狮醒"说、张之洞"中体西用"说和康有为"宗经"说和"改制"论,进而批判中国传统礼法和官僚制度,对中国改革维新提出一整套理论和实施的方针,强烈建议清廷顺应时代潮流进行变法,以议院制度为切入点,彻底改革封建官僚制度,高举公正、平等、民权的旗帜,实现以新法救世救民的政治目的,从而将王韬、郑观应等人的思想往前推进了一大步,直接启迪了孙中山先生的革命思想。

众所周知,政论文在中国古代文学史上一直是一个重要门类,对封建政治文化产生了重要的影响。晚清社会特殊的历史语境、近代报刊的勃兴、读者的日益市民化等因素综合在一起,向政论文创作提出了新的时代要求。近代广东作家及时、准确地抓住这个历史机遇,在近代报刊上发出洪亮的声音,以一种兼顾说理与论事、直接明快、透辟淋漓的文体样式,实现了政论文的转型,焕发出了政论文的勃勃生机,在近代散文"百花园"一枝独秀,引人瞩目。广东作家报刊政论文的成功经验,奠定了以多方吸纳传统文学、异域文学资源为基本特征的文学变革模式,激活了中国文学的内部变革过程,开始动摇"旧文学"的根基,直接引导了以梁启超、胡适、陈独秀、鲁迅为代表的"报刊政论文时代"。

第二章 传统小说教化功用的强化

中国传统小说在清中期达到了高峰,此后就进入了缓慢的衰退期。鸦片战争至甲午战争时期,无论是通俗小说还是文言小说,都急剧衰退了。在这样的大背景下,此时期的广东小说也从清中期广东小说的高峰跌落下来,作家少,作品数量有限,内容独创性不高,艺术水准较低。通俗短篇小说今见仅有《水鬼升城隍全传》《煲老鸭》等,文言小说仅有《越台杂记》《逸农笔记》《异谈暇笔》等。此时期广东还兴起了一种新的小说文体——圣谕宣讲小说,这一文体在其他地区并不兴盛,在广东却极为流行,出现了以邵彬儒为核心的创作群体,并创作了一批以《俗话倾谈》《俗话爽心》为代表的说教小说,尽管圣谕宣讲小说在内容和艺术形式上有所创新,但仍然属于传统小说的范畴。

第一节 传统小说的衍变

清中期的广东小说,无论是文言小说还是通俗小说,创作都十分兴盛,优秀之作颇多。但鸦片战争至甲午战争期间,却都走向了衰落,这与当时广东社会动荡、经济衰退、底层作家思想保守僵化、文学观念落后有密切关系。此时期的广东小说沿着传统小说的道路继续前进:书写各阶层人民的生活和精神风貌,具有浓厚的劝惩说教色彩,因果报应内容较多;但此时期的广东小说也萌生了新的变化:具有较强的批判与暴露精神,书写人性之恶和社会黑暗的内容大为增加,反帝反侵略题材的小说开始出现,通俗短篇小说引入粤方言。新的变化为广东衰落的传统小说注入了新的生机。

一、文言小说

晚清广东文言小说共有五部:倪鸿《桐阴清话》、颜嵩年《越台杂记》、郑观应《陶斋志果》、黄鸿藻《逸农笔记》、半峰氏《异谈暇笔》。《桐阴清话》为宦游广东的广西临桂人倪鸿所撰,有咸丰戊午(1858)刊本,八卷,凡422则,以清谈广东诗文为主要目的,辅之以诗文缘起故事,属清谈类笔记,叙事性不强。《陶斋志果》为广东香山人郑观应所辑,成书于同治庚午(1870),有光绪庚子(1900)皖江容忍书局重刊本,八卷,凡269则,内容多摘自梁恭辰《北东园笔录》、吴鸿来《雁山文集》等书,独创性较少。其余三部《越台杂记》《逸农笔记》《异谈暇笔》具备鲜明的文言小说特征,多记广东遗闻轶事,内容独创性较高。

《越台杂记》四卷,颜嵩年撰,成书于同治二年(1863)。颜嵩年(1815—1865),原名寿增,字庆川,号海屋,斋名晋砖室,广东南海人,出身于广东著名的颜氏家族。颜氏家族早期承充洋商,经营洋行泰和行,后破产没落。颜氏家族子弟向有读书传统,有读书入仕者,有潜心著书者,是广东有名的文化世家。道光十七年(1837)考取宗人府供事,曾任玉牒馆供事官,参与修撰《玉牒全书》,书成议叙从九品,清道光二十年(1842),因撤防保举军营有功,加赏六品职衔随带加一级,例授承德郎,晚年生活窘迫。工诗文,著有《晋砖室诗钞》《延斋诗话》《越台杂记》。越台,即越王台,汉时南越王赵佗建,遗址在今广州越秀山。《越台杂记》凡172则,其中小说110余则。颜嵩年以备识广东遗闻轶事为创作目的,因此所记皆"关我越者",且"多叙家事",主要记载他所熟悉的广东亲朋故友的遗闻轶事。由于颜嵩年的亲朋故友多为文人,故而小说集中反映了当时广东文人的精神风貌,如黄培芳、曾宾谷、陈仲卿、吴兰修、冯成修,表兄潘正亨,表弟黄霭如,从兄颜广文、颜茂才,等等。这使得《越台杂记》内容相对集中,但反映社会生活的广度和深度大为减弱。

《逸农笔记》八卷,黄鸿藻撰,有光绪戊子(1888)刊本。前有光绪丁亥(1887)山阳秦焕序、光绪丁亥(1887)嘉应黄鸿藻自序,另有秦焕题词两首,江阴金武祥题词四首,贵筑颜嗣徽题词四首,无锡华本松题词四首。后有丁亥(1887)王意琛跋。黄鸿藻,字砚宾,号逸农,嘉应(今广东梅州)人,黄遵宪之父,咸丰丙辰(1856)举人,宦迹遍及京城、广西、福建、云南等地。卷一至卷六为黄鸿藻在京供职农曹时所作,卷七、卷八为榕城需次时所作。据幼时乡间父老传闻和友人所述里巷传闻,仿《滦阳消夏录》《槐西杂志》之例,集新奇之事、因果报应之事杂缀成篇,凡320余则。半为诗词、考证、议论、风土人情、药方、生活技巧等,半为故事。多记道光、咸丰、同治年间广州、梅州、普宁、潮州、顺德、韶州等地故事,余记京城、天津、浙江、云南、福建、安徽、湖南、山东、广西等地故事。内容十分丰富,既有文人逸事、科场异闻、民间志怪,亦有对社会各阶层丑恶现象的批判,如底层人民的坑蒙拐骗,上层官吏的贪婪残酷,盗匪的肆虐横行,并表达了对人民所受苦难的深切同情。所记故事具有时代性,独创性高。

《异谈暇笔》二卷,清半峰氏撰。现存尚勤氏抄本。题"浙绍半峰氏勉之校订,宛平尚勤氏润田手录"。半峰氏为客居粤地的浙江绍兴人。凡38则,其中小说35则,所记多为广州、南海、三水故事。《与狐造楼》《售人骨》《转生梦》《迷色身亡》为志怪,其余小说记广东现实社会生活。《贞女》《孝感》《瞽目仁心》赞扬贞女、孝子和善良之人,《新妇词》《秀娟》赞扬才女,《了然》写悟道经历。《放鸽》《卦婆谋财》《淫佟破家》《狎妓染毒》《赌徒骗衣》等写广东诸种社会问题,批判人性丑恶,具有较强批判精神。叙事流畅,注重铺排,具有一定的艺术水准。

(一) 记载科场异闻和文人逸事

《越台杂记》《逸农笔记》记载了大量广东文人的遗闻轶事,反映了广东文人阶层的生活状态和精神风貌。一是记科举考试的传奇经历和中试预兆。如颜嵩年的父亲赴京兆试时遇见了一位奇异之人,博罗黄大名赴廷试时梦见"拔乎其萃"的命题而中试,星士陈知明、番禺李名奇、从兄茂才因改名而中试,黄梦榆孝廉靠扶乩中试。《逸农笔记》所写科场预兆,更是花样翻新,如得砚而中、梦试题而中、梦文昌君而中、梦字而中、科场遇鬼而中等,不一而足。如其中一则故事云:

> 康熙间,镇平林孝廉安膺乡荐,年少气盛,谓扻科第如拾芥,而久困春闱。偶托人诣九里湖占梦,得"与观清同中"五字,不解其故,遍询邑中知名士,亦无其人。数年后,遇县试,客寓中见一童子,年十三四,英伟不凡,询之曰黄姓名观清,初应童子试耳。林大惊,致款曲而别。及黄秋闱报捷,林欣然偕同北上。是科二人竟同榜。黄后由县令行取观政刑部,林为某邑令。(《逸农笔记》卷一)

这些小说反映了当时文人对科举考试的热衷和对中试的艳羡,也反映了文人对科举考试的严重依附和独立人格的缺失。二是记文人落拓不第的悲哀。《越台杂记》卷一写表兄潘正亨工诗,擅书法,性豪侠,但"屡应南北试皆荐而不售","年五十七尚踏省闱",晚年只能"醉卧胡床"以自遣。《逸农笔记》卷三写某生喜读书而性乖僻,落落难合,虽家庭之间,亦多龃龉,临终自作挽联云"此去何之,叹半生富贵功名都归云散;这回不算,愿来世妻孥子女切莫雷同",表现了封建知识分子怀才不遇、遭逢不偶的悲哀。三是歌颂那些不受科举束缚、保持独立人格、具有独特个性的文人。《越台杂记》卷三写从兄颜广文"嗜饮,善诙谐","性恬淡,懒逢迎,不乐仕进",病笃,索纸笔疾书"归去来兮",掷笔而逝。再如"顺德苏古侪":

> 顺德苏古侪孝廉珥,"惠门八子"之一,性简易,不习威仪。每入市,遇果饵必买纳袖中。冬寒辄隐一手于怀,捻果饵从领间出,沿途而啖,且行且诵,旁若无人。所为文光怪陆离,书法自成一家,求其文而得并书者,夸为双绝。然不轻作,意不足,虽金帛盈前,弗许。或累累千百言,挥毫立就,已亦不知其然也。城西易珠饼店,求书不得,探知癖嗜吡羊,预先堆盘于食案,瞰其来,故作引满下箸态以挑之。窥其馋动,邀入同座,据案大嚼,醉后为书招牌两面,至今犹存。(《越台

杂记》卷一）

苏古侪,乾隆时期广东书法家,书法风格简朴旷达。小说通过记叙苏古侪的嗜饼癖好,塑造了苏古侪天真率性、不为金钱所动的个性,揭示了苏古侪的独立人格精神。

(二)揭露社会丑恶现象

清中期文言小说集《五山志林》《霭楼逸志》《邝斋杂记》《粤小记》《粤屑》多写广东士农工商等各阶层人民的美好品质,而此时期的三部小说则着力批判广东各阶层人民赌博诈骗、卖淫狎妓、盗窃抢劫、杀人越货、械斗构讼等社会丑恶现象。其中《异谈暇笔》和《逸农笔记》最为典型。《异谈暇笔》35则小说中有10余则写社会丑恶现象,《放鸽》《赵兰》《卦婆谋财》写花样百出的骗局,《淫侈破家》《梁某无良》《某乙强词》《狎妓染毒》写淫奢放荡的社会风气,《戒赌》《赌徒骗衣》写赌博的危害,《无故休妻》《妾逸》写家庭成员间的欺凌,《删陈美成》写友情的凉薄。《逸农笔记》也有40余则写丑恶现象,如以下两则故事:

> 梅州松源某甲,某子幼随乡人贾于台湾,岁久无耗。甲素为不法,与妻设客寓于路,杀人谋财,无所不至。一日傍晚,有客至,甲见其囊富,潜与妻谋杀之,夺其所有。数日,有乡人自台归者抵家,问询其子,甲以日久未归对,乡人诧曰:"是与吾同归,抵家日,仅相距二十里许耳。"甲疑其诳,己语未竟,出茶具供客,客熟视曰:"此非其所携回茶具乎,何言未归耶?"甲妇闻语,忽大哭曰:"杀吾子矣。盖所得茶具,即前所杀客之物也。"(《逸农笔记》卷一)

> 吾州多巫媪,为人禳灾祈福,村民信鬼神,往往为其所惑。余邻有翁媪者,业此十余年,家亦小康。一日其子病甚。媪出赀,遍觅巫媪,为之祈禳。人皆讶之,或曰此媪平日以术愚人,明知鬼神不足恃,故一旦灾及其身,术竟无所施耳。(《逸农笔记》卷二)

第一则写了一个杀人劫财的悲剧故事,反映了广东劫匪的猖獗和人命如草芥危卵的现实,第二则以讽刺之笔写了巫媪的骗术,反映了广东骗术的兴盛和人民的愚昧。《逸农笔记》还对广东官场的黑暗和官吏的贪婪巧诈进行了尖锐批判和辛辣讽刺:

> 吾粤某令,性贪而好名,动以清廉自矢,往往受求枉法,必使得罪之人颂扬德政,否则重加谴责。咸丰初,署南雄州牧,有富室与人构讼,令坐大堂,召百姓同听,谓富室曰:"汝本原告,论事亦可无罪,惟本县廉吏,汝乃以身尝试,辄以暮夜金污我,我者拒而不受,汝太便宜矣。今将此银罚为学署公费,以示薄惩,后有效尤者,必重责之。"言毕,命左右取白金数百掷案下,一时观者同声称颂。久之乃知,被告之人曾以千金贿赂,故舍此取彼也。(《逸农笔记》卷二)

此则刻画了一位借清廉之名以掩贪婪之罪的官吏,生动批判了粤地官场的贪婪、虚伪和黑暗。

(三) 反映匪徒横行、饥馑肆虐、瘟疫流布的社会现状

鸦片战争之后,广东匪徒作乱横行,足迹遍及全粤。匪徒攻城略地,打家劫舍,残害人民。《逸农笔记》记载了20余则粤西、松源、长乐、贺县、韶州等地匪徒作乱故事,例如:

> 林仆又言咸丰己未,吾州龙头村李姓,有孕妇将临褥,贼忽至,举家逃避,妇以体乏不能行,为贼所得,强污之不屈,贼怒剖其腹而死。姑归,见妇死,而腹中子尚呱呱而泣,遂收养之。同治甲子年六龄矣。林仆曾亲见之。(《逸农笔记》卷三)

> 咸丰年间,都中粮食店,有黑豆如人面形,眉口鼻皆宛肖,钟遇宾比部亲见之。又同治三年春,镇平县居民衣服,忽有印文,或圆或方,字画波磔不可辨,亦有如人面形者,虽收藏箧笥者皆然,乡里喧传,诧为异事。是年八月,发贼由江右窜陷镇平,死伤不少。次年五月,贼由闽窜粤,复陷镇平,屠戮甚惨。兵燹之余,继以瘟疫,死亡者十室八九,印文之兆,殆即此欤?(《逸农笔记》卷三)

此两则记载了广东匪徒污妇女、剖孕妇、屠百姓的暴行和百姓束手遭屠、十室九空的惨状。兵燹之灾,往往同时伴随饥馑和瘟疫,人民流离失所,遭受巨大苦难。《逸农笔记》中有一则骇人听闻的吃人故事,虽非广东故事,但从中亦可窥见当时广东人民的境遇:

> 光绪四年,晋豫大祲,树皮草根食尽,市有鬻人肉者,闻者伤之。有安徽甲、乙二人,素贩鬻人口,相约携银百余至河南,沿途道殣相望。后至一村落,入店索食,答曰:"此间无米面,但有膏粱可食耳。"甲、乙相顾喜,谓此地贩人,价必贱,可获重利矣,遂宿于此。黄昏时,有二人至,与店东絮语,语良久,似闻争货价,久之始定。日已暮,闻有呼往杀人者,店主诺而去,甲、乙闻之,大骇。时窦下一人,试询之,亦徽人也。问何故杀人,曰:"所卖之人,杀之以供口腹耳。"因询甲、乙到此何为,以实告其人,惊曰:"适主人已以二客出卖定价矣,顷所议即此也。"甲、乙闻而大哭,因求救,其人俛首良久曰:"俟主人至,倾囊赠之,或可冀免耳。"有顷,店东至,其人为之缓颊,且曰:"二人愿倾囊赎身,其可乎?"店东曰:"事已定,价不可悔也。且此处不杀,适足为他人口腹物耳。"甲、乙因哭求,其人亦从旁怂恿,乃舍之,曩夜逃归。自幸再生,举以告人。(《逸农笔记》卷四)

此则描写了一幅末世的恐怖景象:草皮树根食尽,饿殍枕于野,市场公然叫卖人肉,人

肉贩卖猖獗,任何人都可能是杀人者、吃人者、贩人肉者,社会秩序和社会伦理分崩离析,弱肉强食成为社会的法则。

(四)讲述广东军民反帝反侵略的英勇事迹

第一次鸦片战争期间,英国殖民者公然入侵广东,遭到了广东人民的英勇抗击。小说史上首次记录广东人民反帝反侵略的小说就是《越台杂记》,该书中的"陈联陞抗英""关天培抗英""武生沈志谅"三则,就讲述了广东军民反抗英帝国入侵的英勇事迹,开启了以鸦片战争为题材的小说创作序幕。

> 庚子七月,英吉利夷目义律既占据定海,驶回广州,直逼虎门。门外向设炮台六,水师兵弁守之,棋布星罗,天险可恃。时三江协副将陈公联陞奉檄守沙角炮台,逆至,手燃巨炮轰击,逆为少却。潜登岸,绕后山攲径斜而下。时省局所发火药不足,且搀以炭屑,多不中用,以致失利。公察势不能支,仰天叹曰:"大事去矣,吾当一死以报国!"遂挥其子学鹏,令逃逸。俄而逆猬集,刀光迸落,公死,身无完肤。公子在旁目击,挺戈大呼,手刃数贼,力竭,亦遇害。时腊月某日也。

(《越台杂记》卷四)

此则故事写了英帝国侵略者的凶残和陈联陞父子为国捐躯的壮举。"关天培抗英"写得更为惨烈,关天培守虎门,亲自督战,"忽一炮子飞入,洞贯公胸","俄而,逆跃入,见公提刀屹立,骇仆不敢近,继至者迫视,盖气已绝矣。众夷免冠,惊叹而去"。这两则故事写得冽冽有声气,展现了广东军人在民族危亡时刻宁死不屈的民族精神。卷三"武生沈志谅"则写了广东普通百姓反抗英人入侵的英勇事迹:

> 澳门一夷目,忘其名,并忘其为何国人,折左臂,咸以"跛手鬼"呼之。性好险,逞强肆虐,好驰马,日晡纵辔遨游,虽廛市肩摩,扬鞭弗恤,猝避不及,辄遭蹂躏,恒隐忍而莫可如何。辟马道一区,延袤十余里,中多骸墓,悉平毁而火其骨焉。由是人皆切齿,不共戴天。有邑武生沈志谅者,痛祖坟之惨灭,慨幽愤之难伸,志切复仇,誓锄非种。其中表某甘棠闻而壮之,请副其行,遂各怀利刃伏道左,相机而图。棠思射人先射马,会驰骋,暗以埻飞中其蹄,马颠蹶,坠鬼于地,合力杀之,人心大快。越日,夷酋鸣诸大吏,立索交凶。时甫收复舟山,叙防夷功,督徐广缙、抚叶名琛晋子男世职,惧生变,阳寝其事而阴许之。适奉褒谕有"广东士民深明大义,难得十万之众,志不夺而势不摇"等语,即引以为饵,察知鲍逸卿太史俊为沈葭莩亲,因向称美不置,诡谓:"复仇雪恨,除暴安良,侠士贤孙,自当如是。奚忍使慷慨激昂之士壅于上闻。矧事关夷务,正圣心嘉悦之时,诚千古难逢机会,亟当原情肆赦,破格乞恩,盍令其投首呈明,俾得据以入告,慎毋自

弃。"鲍深然之,竟不虞其绐已也,趋往访商,备述督意。沈曰:"该夷罪恶贯盈,祸由自召,予初心本无别念,所幸上复祖仇,下纾公愤而已。死生有命,富贵在天,安肯以颅头作孤注哉?善为我辞,斯幸矣。"鲍见其坚执不从,转说诸其母,力保无虞,誓藏祸心,矢诸天日。母深信,以促其行。沈性孝,曲承亲命,随鲍晋省,无一毫儿女态。抵署,徐督称病谢客,独留志谅研鞠,直认不讳。方志谅之晋省也,甘棠料其中计,追沮不及,即驾舟径达省垣,投案自首。对簿时,直斥沈曰:"杀人抵命,律有明条,君母老丁单,尸饔谁属?况主谋在我,宜让我一人抵罪也。"互争不已,并下于狱。诘旦,以志谅抵死正法,城市伤之。时鲍寓芳草街,闻而惊动,曰:"吾负志谅矣。何以见厥母耶?"拊膺痛哭,至夜梦沈索命,得暴疾死。甘棠羁禁,不知所终。(《越台杂记》卷三)

小说中的总督徐广缙乃历史真实人物,于1848至1852年任两广总督,此时广州的农民、手工业者、小商贩、爱国士绅团结在一起,开展了声势浩大的反英人入城斗争。小说以反入城斗争为背景,歌颂了普通百姓沈志谅和甘棠为"复祖仇""纾公愤"而英勇杀敌的豪迈气概及民族精神,批判了以徐广缙、叶名琛为代表的统治者"惧生变"的软弱和"阳寝而阴许"的卑劣伎俩。小说情节曲折生动,人物形象鲜明饱满,为广东文言小说中的上乘之作。

二、通俗短篇小说

此时期中国传统通俗短篇小说创作极为衰落,作家和作品数量锐减,仅有《西湖遗事》《水鬼升城隍全传》《煲老鸭》《跻春台》等寥寥几部,其中《水鬼升城隍全传》和《煲老鸭》均为广东作家创作。《水鬼升城隍全传》,通俗短篇小说集,十八回,撰人不详,有咸丰七年(1857)省城学院前富桂堂刊本,宣扬因果报应思想,内容缺乏独创性,艺术水平不高。而《煲老鸭》则以较高的艺术水平和极强的创新精神成为此时期通俗短篇小说的一颗明珠。

《煲老鸭》为单篇通俗短篇小说,撰人不详,成书于同治之前[①]。现有光绪甲午(1894)五桂堂藏板本。前有胡湘浦所绘十幅插图:《门外传情》《中途遇友》《夫妻相会》《假情灌醉》《勒死亲夫》《冈外抛尸》《诬逼认案》《赃证分明》《宁氏幽魂》《何清受苦》。这十幅插图不是明清通俗小说中常见的人物绣像插图,而是生动的情景插图,呈现小说的关键情节,具有较强的叙事性,与小说内容互相映衬。

小说叙明崇祯时陕西商人王春娶妻宁氏,婚后前往兰州经商,救受伤的义士徐

[①] 参阅刘晓明《晚清通俗小说〈煲老鸭〉》,《文献》2008年第1期。

善,赠送银两给贼人胡庆奉养父母。兵匪作乱,王春得徐善救护。王春返乡途中生病,得胡庆照料。王春回至家中,妻子宁氏正与邻居何清在家中私通,何清藏于床底,宁氏假意奉承,煲老鸭汤为王春接风。宁氏灌醉王春,和何清一起勒死王春,并抛尸荒冈。杀夫过程被躲在暗处的小偷挑生狗目睹。第二天王春尸体被发现,宁氏诬陷乡人杨良,杨良被众人屈打成招。挑生狗揭发宁氏与何清罪行,宁氏与何清自杀,王春苏醒。王春和杨良、挑生狗入山修道。何清之弟何洁生魂游地府,见宁氏与何清幽魂遭受极端刑罚。

从王春遇害到真相大白的情节,应据《聊斋志异》中的《异商妇》改写。《异商妇》写天津一位商人之妻为女鬼引诱而自缢,被藏匿室中的偷儿目睹,官拘邻人,邻人诬服,偷儿愤其冤而鸣官,告以是夜所见,邻人遂得清白。《异商妇》仅二百余字,故事情节短小简要,且仅以奇、异为旨趣,并无说教功能。《煲老鸭》则将其敷演至一万二千余字,成为一篇与前作旨趣、风格迥异的小说。

《煲老鸭》通过对《异商妇》人物、情节的修改和增加,实现劝惩说教的创作目的。首先,《煲老鸭》剔除了《异商妇》女鬼的情节,将求奇求异的志怪小说改为摹写真实社会生活的世情小说。其次,《异商妇》的受害者是妇人,凶手是鬼,《煲老鸭》则将受害者和凶手改为夫妻,受害者是丈夫,凶手是妻子,从而将说教指向家庭伦理道德。再次,《煲老鸭》加入大量新情节,新情节以因果报应为叙事链条。《异商妇》开篇即写女鬼引诱妇人自缢,《煲老鸭》的开篇先写王春在外经商时的善行——救徐善,赠银胡庆,承诺借银给杨良,给花神庙捐献香油钱,这些善行使王春在匪军横行时得到徐善的解救,在旅途生病时得到胡庆的照料,并得到了菩萨的护佑,王春成为善有善报的典型。恶霸严公子和簋片拨马尾对小说情节的推动作用很小,属于可有可无之人,但作者却用不少笔墨写他们如何欺压卖蟹人,如何殴打徐善,最终如何惨死于匪军之手,目的是将他们塑造成恶有恶报的典型。《异商妇》案件真相大白后就结束了,《煲老鸭》则多了一个重要情节,即何洁生魂游地府。此时主人公王春已经入山修道,但故事仍在继续,性情淫荡的何洁在地府目睹了宁氏、何清遭受恐怖的惩罚,遂改过自新,何洁成为改邪归正的典型,至此小说情节才最终完成。这些新增情节均以因果报应为叙事逻辑和叙事链条,从而实现劝善惩恶的说教目的。

相比于缺乏创新的《水鬼升城隍全传》、情节简要的《跻春台》,《煲老鸭》在艺术上无疑是成功的。《煲老鸭》的社会背景宏大,以豪强横行和匪军作乱为背景,展现了动乱时代中百姓的流离失所、仓皇无措、命如草芥,给小说平添了一股悲凉之气。小说情节丰富,曲折绵密,运用悬念、伏笔、照应手法;叙事流畅,环环相扣;人物众多,形象鲜明;场面描写和心理描写十分生动。最突出的是具有浓郁的广东地域色彩。虽然小说写的是明崇祯年间兰州和西安府永兴县发生的事,但实际上写的却是广东人和广东事,描绘的是广东社会生活,人物对话用的也是粤方言口语。小说以"煲老鸭"为题名,煲老鸭是宁氏杀夫情节的关捩。第一次煲老鸭在杀夫之前,将王春归家后的欣喜欢快和宁氏的虚情假意充分表现出来,同时也将广东人以老鸭补血滋阴的生活习俗描摹出来:

  王春行入厨房内,见风炉上一个大煲,火烘烘,气腾腾,汤滚滚,香喷喷,煲盖似欲反转之声,问妻所煲何物,宁氏答以煲老鸭,王春曰:"你知我归来吗?"宁氏曰:"非也。因前将自己忧伤太过,坏了元神,食饭无味,闻人说老鸭补血滋阴,老母昨日特买一只送来。今晚煲来,唔通占你今晚归来,得咁合或你真正冇食神咯?"王春笑曰:"好呀好呀,冇几何冇咁就算呀?勿煮饭先,炙酒来,饮几杯先,试吓个的老鸭味道。"宁氏欢喜殷勤,十分恭敬。

第二次煲老鸭在杀夫之后,将何清和宁氏的凶残冷酷充分表现出来,同时也将广东饮食中的讨彩头去晦气的生活习俗描摹出来:

  宁氏曰:"再炙过酒,共你饮过几杯,起过个彩,你话好唔好呢?"何清曰:"好呀。"宁氏遂将所剩之老鸭煲熟,再打破几只鸡蛋煎熟,炙酒同饮。宁氏举杯劝何清曰:"大吉大利,百无禁忌。"何清举杯劝宁氏曰:"退了晦气,欢喜到尾。"饮了又斟,斟了又饮。何清曰:"你勿咁快活,饮得过多,怕你唔抬得死佬。"宁氏笑曰:"饮多两杯,壮吓个胆,又冇咁怕呢?"

《煲老鸭》人物众多,对话量大,除了王春叔叔王仲芳外,其余人物的对话均使用粤方言,部分叙事和议论也使用粤方言。大量活泼生动、富有韵律感的粤方言的使用以及粤地生活习俗的描写,使小说具有浓郁的广东地域色彩,极大地增强了小说的艺术性,也有利于小说在广东的传播。

  综上所述,《水鬼升城隍全传》和《煲老鸭》是此时期落后的思想观念的反映,也是此时期落后的文学观念的反映。鸦片战争至戊戌变法期间,清王朝的衰落不可避免,新的思想观念还在萌芽阶段,尚未广泛传播,一些文人有救世理想和愿望,但无法找到先进的思想,只能依旧在小说中注入传统的因果报应、为善积福的思想,以期实现救民救世的理想。《煲老鸭》的作者尤其努力,试图通过艺术上的创新来实现自己的理想。作为光绪年间仅有的几部通俗小说,这种努力宛如一首末日的哀歌,令人心生悲凉。

第二节　圣谕宣讲小说的流行

有清一代，在小说领域出现了一种独特的小说类型——圣谕宣讲小说。圣谕宣讲小说阐释最高统治者政治教化思想，以康熙颁布的"圣谕十六条"为主旨，通过敷演因果报应故事，使百姓潜移默化地接受圣谕的思想观念。圣谕宣讲小说是宣讲圣谕十六条时使用的故事底本，或是在宣讲圣谕的基础上加工编撰而成。鸦片战争之后，在广东地方政府和民间善堂组织的倡导下，广东圣谕宣讲小说兴盛一时，出现了以邵彬儒为核心的创作群体，并创作了大量作品。这些作品在广东和广东之外的地区流布，传播时间较长。广东圣谕宣讲小说的兴盛反映晚清时期广东社会的文化精神状态，是广东文学史和思想史上一种极为独特的现象。

一、圣谕宣讲小说的兴起

清康熙皇帝为了谋求长治久安，对全体百姓实行强制性的伦理道德教化，于康熙九年（1670）颁布了以儒家思想为核心的十六条圣谕，其内容如下：

1. 敦孝悌以重人伦　　2. 笃宗族以昭雍睦
3. 和乡党以息争讼　　4. 重农桑以足衣食
5. 尚节俭以惜财用　　6. 隆学校以端士习
7. 黜异端以崇正学　　8. 讲法律以儆愚顽
9. 明礼让以厚风俗　　10. 务本业以定民志
11. 训子弟以禁非为　　12. 息诬告以全善良
13. 诫匿逃以免株连　　14. 完钱粮以省催科
15. 联保甲以弭盗贼　　16. 解仇忿以重身命

雍正二年（1724），雍正皇帝对十六条圣谕进行诠释，撰为万言的《圣谕广训》，颁行天下。为使这些抽象深奥的伦理道德渗入到普通百姓的思想中，康熙年间，统治者要求地方官吏每逢朔望宣讲圣谕十六条。雍正年间，在全国大规模设立讲约所，要求地方官吏亲自承担传播圣谕和《圣谕广训》的职责。强制性的宣讲制度一直延续到清末民初，成为清政府治理百姓的重要手段，并使圣谕十六条与《圣谕广训》成为清代社会主流的道德观念和最高的行为准则，深深影响了有清二百余年的思想和文化。

圣谕宣讲虽由官方强制实行，但要使文化水平不高的普通百姓接受圣谕抽象深奥的义理并不容易,这就需要采用通俗易懂的讲说方式。圣谕宣讲的方式包括用明白晓畅的语言,甚至用方言俗语讲解圣谕的义理,但是纯粹的义理讲解是缺乏吸引力的,会使听者厌倦,于是讲生采取其他喜闻乐见的方式吸引听者,如讲大清律例,吟唱圣谕歌谣,讲说古今因果报应故事。吟唱歌谣和讲故事都是通过艺术手段感染听者,尤其是讲故事,这种古老的极富魅力的艺术形式,将抽象的圣谕义理转化为具体可感的艺术形象,容易在听者心中引起情感共鸣,从而使听者潜移默化地接受圣谕的义理。因此,讲说因果报应故事成为传播圣谕的重要方法,讲说故事时使用的底本或在此基础上编撰的供人阅读的文本也就随之产生,这类故事文本即为圣谕宣讲小说。

圣谕宣讲小说集政治教化和文学的审美娱乐于一体,是"文以载道"观发展到极端的产物。它以大众接受为直接创作目的,以通俗易懂、明白晓畅为创作原则,并有固定的编撰体例,一般第一部分为原起,由圣谕、《圣谕广训》或作者对圣谕的诠释组成,第二部分为因果报应小说,这种编撰体例体现了鲜明的政治教化意图。

二、广东圣谕宣讲小说的流行

广东地区远离中原,民情复杂,清代地方官吏把圣谕宣讲作为移风易俗、驯服犷悍之民的手段。然而在鸦片战争之前,广东圣谕宣讲制度较为松弛,地方政府视其为具文。鸦片战争之后,广东地方政府将圣谕宣讲作为维护清王朝统治的工具,大力开展圣谕宣讲活动,设立宣讲所,招募宣讲讲生,刊刻宣讲书籍,广东圣谕宣讲由此活跃起来。而广东民间善堂组织则将圣谕宣讲活动推向高峰。广东善堂组织兴盛于晚清时期,广仁善堂、庸常善社、寿世善堂、四会矜育善堂、中堂博爱堂等,皆以宣讲圣谕、举办一切救灾各大善举为宗旨,实行"日日讲"制度,把官方规定的于每月朔望宣讲改为每日宣讲,选取品端学粹、句读玲珑的讲生于每日开讲。宣统二年(1910)番禺邓雨生编撰的《全粤社会实录初编》中的"庸常善社规条"云:"每日自十二点钟开讲,至四点钟完讲,每月限停三天,若遇三伏前后,暑气过盛,或多停一、二天为止。""日日讲"制度普遍实行于广东善堂组织。

由民间善堂组织主持的圣谕宣讲,无法采用官方的强制手段,只能靠生动有趣的讲说来吸引百姓。于是,讲故事,尤其是讲符合普通百姓审美心理的因果报应故事,便成为吸引百姓的一种重要方式。《全粤社会实录初编》中的"广仁善堂宣讲规条"云:"每日宣讲圣谕广训一条使端趋向,并讲大清律例一条以示戒惩,更取古人为善获报见于经史者讲之,以见确有明征,复取欲为善获福著于耳目者,讲之以证祸福自召,并讲忠孝节义诸事,崇正学闲异端,使椎鲁愚顽,共知观感,方可以励风俗而正人心。"由于"日日讲"需要大量的故事,于是善堂不仅大力搜集故事,而且要求讲生在宣讲之余,撰写宣讲故事,"广仁善堂宣讲规条"云:"讲生住堂,除每日试讲外,搜辑古人嘉言懿行,或今人事迹,凡可为劝惩者演为传说或论赞不等(如邵纪棠先生所辑《吉祥花》《活世生机》之类),约两日滕正一篇呈堂,庶征学有本,原不徒逞功口舌。"广仁善堂还对故事的内容作了具体要求:"宣讲典故务求显浅,不宜过于深奥,须令人易晓易从,则听者入耳悦心,知向善有方,行道有福,至伤时及秽亵等语,慎勿轻吐。"

在广东地方政府和民间善堂的倡导和实践下,广东圣谕宣讲小说创作迅速流行起来,并在同治、光绪年间,形成了以邵彬儒为核心的,包括叶永言、冯智庵、调元善社诸君,以及南海邓蕴石、南海梁若兰、开平谢心吾、三水张招文的创作群体,这些作家均来自民间,或相互交游,或为师徒关系,在创作目的、创作理论、创作方法和题材取向方面相类,都具有鲜明的民间特色,呈现出迥异于以往和当时的文人小说创作的风格。

三、广东圣谕宣讲小说作家和作品

(一)邵彬儒及其作品

邵彬儒,字纪棠,号荫南居士,以博陵为郡望,四会县区地铺人,主要生活在同治、光绪年间。少好学,明大义,放弃举子业,成为佛山广善社讲席。光绪二十二年(1896)《四会县志》记载:"生每日讲圣谕广训一条,次及古今人善恶事可法可戒者。"邵彬儒和叶永言开创了广东善堂宣讲之风,此风气一直延续到清末民初。邓雨生《全粤社会实录初编》云:"《圣谕广训》一书,以端风俗,以正人心,美矣!善矣!同治初,广府戴太守设宣讲,颁行州县,其时,奉行者只循具文,及叶永言、邵纪棠二先生出,敷陈所及,反复提撕,生面独开,妇孺皆晓。"邵彬儒的宣讲具有较强的艺术感染力,何文雄《吉祥花》序云:"先生口一面授,心一面思,指一面画,来者纷纷然,说者谆谆然,听者怡怡然也。"他的宣讲远近闻名,颇为轰动,何文雄序又云:"近是自是,而省会、而墟场、而村落,无不乐延先生者。先生劳苦不辞,谈论不倦,供亿不计,人以是益慕先生。"

邵彬儒著有小说集《俗话倾谈》《俗话爽心》《谏果回甘》《吉祥花》《活世生机》。这些小说是在宣讲的基础上编撰而成的。邵彬儒并没有像后来的调元善社、叶永言、冯智庵那样严格遵循圣谕十六条的条文逐条阐释,而是有所选择,围绕圣谕中的敦孝悌、笃宗族、和乡党、训子弟等内容展开,同时加入了乐善好施、扶危济困等内容,使作品内容呈现出多样性。更重要的是他在小说文体上做了大胆创新,为传统的小说文体带来新变。这些小说广受欢迎,台山余家相为《吉祥花》作序云:"庚午秋闱后购数部携归送人,意欲劝世,而未敢必世之能劝也,乃无何而求书者,接踵而来。"

1.《俗话倾谈》,二集四卷十八则。通俗短篇小说集。有同治九年(1870)秋五经楼藏板本。包括《横纹柴》《七亩肥田》《邱琼山》《种福儿郎》《闪山风》《九魔托世》《饥荒诗》《瓜棚遇鬼》《鬼怕孝心人》《张阎王》《修整烂命》《骨肉试真情》《泼妇》《生魂游地狱》《借火食烟》《好秀才》《砒霜钵》《茅寮训子》,其中《饥荒诗》为诗歌,《修整烂命》为用粤方言写的论说文,非小说,其余十六则均为小说。小说中的人物或为前代历史人物,或来自五湖四海,但实际上反映的是广东当时的本土人物和本地故事。主要敷演圣谕第一条"敦孝悌以重人伦"、第二条"笃宗族以昭雍睦"、第三条"和乡党以息争讼",以及积善获福的民间社会道德。刊刻后流传甚广,从同治九年(1870)至民国四年(1915),有五经楼藏板本、广东华玉堂藏板本、上海锦章图书局等八种刊本,流传时间近50年,流传范围不仅限于广东,也远及上海等地。

2.《俗话爽心》,四卷十三则。通俗短篇小说集和文言小说合集,有守经堂藏板本。邵彬儒、邓蕴石、梁若兰、谢心吾、张招文撰。其中九则为邵彬儒撰,包括《卖茶公》《激服蛮妻》《做亚瓜》《偷门匙》《弃产存孤》《抢新娘》《斩柴遇虎》《告大嫂》《茅寮训子》。这九则通俗短篇小说,情节曲折,善于铺叙,人物形象鲜明,对话较多,大量使用活泼生动的粤方言,具有较高的艺术水平。其余四则,《土地公公》为南海邓蕴石撰,《望烟楼》为南海梁若兰撰,《阔佬》为开平谢心吾撰,《珠玑巷逃难》为三水张招文撰。这四则小说为文言小说,情节紧凑,对话较少,使用典雅凝练的文言,与邵彬儒小说的风格形成了鲜明对比。《激服蛮妻》《珠玑巷逃难》敷演第一条"敦孝悌以重人伦",《斩柴遇虎》《弃产存孤》敷演第二条"笃宗族以昭雍睦",《告大嫂》敷演第三条"和乡党以息争讼",《做亚瓜》《阔佬》《茅寮训子》敷演第十三条"训子弟以禁非为",《卖茶公》《土地公公》《偷门匙》《抢新娘》《望烟楼》则敷演诚实守信、为善获福的民间社会道德。

3.《谏果回甘》,一册三十二篇。文言小说集。有羊城润经堂藏板本。刊刻时间在同治二年(1863)至同治九年(1870)年之间。"谏果"为广东地区对橄榄的美誉。屈大均《广东新语》二十五卷云:橄榄"初嚼苦涩,久乃回味而甘,故一名味谏。粤人有欲效其友忠告者,辄先赠是果。"[①]因阐释圣谕十六条义理,劝善惩恶,故取橄榄喻之。是书并非纯粹的小说集,而是以小说为主,杂以诗文。第一篇至第十四篇为小说,包括《烟景微言》《赌人迷途》《花林醉梦》《勿信诨言》《健讼终凶》《和睦乡党》《兄弟怡怡》《知恩报恩》《人道正气》《卖疯淫报》《铜银误事》《赈饥大德》《敬惜字纸》《寺里求儿》。第十五篇《酒勿过醉》到最后一篇《卖猪仔》非小说,或为四言诗,

---

① 屈大均:《广东新语》,北京:中华书局1985年版,第528页。

或为五言诗,或为歌谣,或为骈文。这些诗文通俗易懂,明白如话,生动活泼,与前面小说的思想旨趣一以贯之。

小说部分的编写体例十分独特,均由一首长诗和若干则小说组成。长诗或为四言、五言,或为六言、七言。诗歌下面的小说,或二则,或四则,或六则,凡三十六则。以第一篇《烟景危言》为例,前有劝人勿食鸦片的四言长诗,后有两则写鸦片毒害的文言小说:

浮生梦短,补以长眠。横床之上,别有神仙。
直笛来吹,丹田气足。呵气一声,烟云满目。
废时失事,有损精神。半床灯火,捱至三更。
可以提神,可以消食。引风入肺,成为患积。
烟盒烟枪,器具几件。出入提携,诸多不变。
一时忘带,不得应手。到处访求,彷徨奔走。
事不如意,出于意外。无米难炊,英雄堕泪。
就是囊丰,供用常足。当念艰难,敬惜衣禄。
人生用度,要省浮费。何况洋烟,人于无谓。
逢场作兴,初说何妨。借此消遣,习以为常。
破费资财,不知不觉。慢火煎鱼,厚变成薄。
一日二分,十日二钱。积十成百,积百成千。
日深一日,年误一年。何尝食少,只见多添。
倘不回头,终无底止。骨露神清,势所必至。
父母忧心,妻子怨气。苦中寻乐,有何趣味。
戒此不食,奋志何难。痴缠两字,一笔勾删。
火坑跳出,不学烧丹。烟收云净,朗对秋山。

江西朱善元,学地理,咸丰三年,到广州寻龙搜穴,自负精奇。尝言往白云山看地,回至半途,遇雨不止,停足荒郊,值黑夜难归,仓皇冈坐,三更月出,但见梧桐疏影,鸟寂无声。有一老人,坐石吟哦,心知鬼魅,遂藏身密叶,又有一少年来,赞曰好诗,老者问:"尔从何处而回?"少年答曰:"吾往山下教人食鸦片烟。"老者曰:"尔做这等事大折福,难望来生有好处也。"少年笑曰:"枉尔老总不识机宜,近来世界好顽,人心浇薄,积成罪过。其罚未至于大受劫数……"老者曰:"听尔所言,亦大有理,吾恨不作慈悲大士……"二人协臂而去。善元听之,毛骨悚然,方知自己所食洋烟,无非孽障,因思生平无他过犯,只有薄待父母,不遵教训,以致激恼亲心,致今日所得资财,无端破耗。从今誓心行孝,以赎前愆,立愿后仅一月,而洋烟之瘾渐淡,又一月而尽除,即返江西,归养父母。余友徐淡乡作诗送之。

  沈从定系阳湖人,为衙门书吏。有友蒋熙祺,亦为书吏,既死久矣。一夜梦见之,蒋谓之曰:"乌烟局现造劫数,册籍烦多,欠人写书,我已经荐君往充其役,君可随我到局中办事。"沈由是同行……沈遂醒,将家中世事吩咐妻儿,及某日期,果卒。后二十余年,而鸦片之迷人竟遍传天下。

一则诗歌和两则小说组成一个有机整体,共同承担阐释第十条"务本业以定民志"的任务。诗歌描绘了鸦片对人的毒害,采用四言句式,直白流畅,易于记诵;两则故事皆以鬼怪故事和因果报应观念警醒人民。此外,《知恩报恩》阐释第一条"敦孝悌以重人伦",《兄弟怡怡》阐释第二条"笃宗族以昭雍睦",《勿信谗言》《健讼终凶》《和睦乡党》阐释第三条"和乡党以息争讼",《赌人迷途》《花林醉梦》《人道正气》劝人安守本分,勿沉迷于鸦片、赌博、嫖妓,阐释第十条"务本业以定民志"。《卖疯淫报》《铜银误事》《赈饥大德》《敬惜字纸》等阐释为善获福、敬惜字纸等民间社会道德。以《知恩报恩》为例,此条目下有四则小说,塑造了正反两类人物阐释"敦孝悌以重人伦"。"长州吴可宽"写吴可宽做诗感化子孙,使子孙孝敬;"赵国道"写赵国道之子孝顺备至;"仁和县区思治""莆田县冯赓"两则写区思治、冯赓因不孝而无子,后因行孝而子孙昌盛。《谏果回甘》虽旨在宣扬圣谕义理,但却广泛反映了晚清广东社会生活图景——家庭内讧,乡党殴斗,鸦片流布,赌博成风,妓馆林立,假钱泛滥,瘟疫流行,饥馑祸乱频发,人民流离失所,具有一定的批判意义。

4.《吉祥花》,六卷九十七则。文言小说集。有同治庚午(1870)丹桂堂藏板本。以阐释圣谕第一条和第二条为主。《爱弟》《敬兄》《洗眼秀才》《典衣医母》《代父狱》《虎避孝子》《赏田三亩》《孝友成名》《祖屋让弟》《贤妇成家》《红角牛》《虎守门》《石狮巷》阐释圣谕第一条"敦孝悌以重人伦"。《修祖祠》《不愿迁祖坟》《梦中训侄》《抚侄成名》《数代修行》《同分产业》阐释第二条"笃宗族以昭雍睦"。此外,还有宣扬乐善好施、扶危济困、安守本分等社会道德的作品。多写孝子、孝妇、贤兄、贤弟,内容缺乏丰富性和多样性。篇幅均较短小,叙事简约,每则后有议论,语言古朴,艺术性不高。

(二)调元善社和《圣谕十六条宣讲集粹》《宣讲博闻录》

  调元善社是广东善堂组织,位于西樵山云泉仙馆。开展圣谕宣讲活动,拥有圣谕宣讲讲生。光绪十四年(1888)春编撰《圣谕十六条宣讲集粹》,同年孟冬编撰《宣讲博闻录》。

  1.《圣谕十六条宣讲集粹》,共十八册,现存十六册,缺十二册和十四册。文言小说集。调元善社编撰。光绪十四年(1888)粤东省城学院前合成斋刊刻。严格遵守圣谕宣讲小说的编撰体例,以圣谕十六条为总目录,正文分为两部分,先是对每一条圣谕进行解释,然后将每一条圣谕又细分几个主题,每个主题下面有若干小说。如第三条"和乡党以息争讼",先对第三条义理进行阐释,接下来又将第三条细分为"亲仁择邻""讲信修睦""和平""谦厚""勿有所恃"等18条主旨,每一条主旨下面均有系列小说。

  第三条:和乡党以息争讼
  亲仁择邻:吕僧弥　符承祖　崔唐臣
  讲信修睦:吕坤　宋就　杨矗
  和平:刘伶　陈谔　韩魏公　唐薛逢　杨守陈
  谦厚:潘公定　申文定　倪清溪
  勿有所恃:邹清瑞　毛中行　傅绅　曾霁峰　孙子振　纪文达述
  宿怨宜忌:唐德宗　严实
  宏量:何文瑞　吕文懿　蒋恭靖　侯元功　韩信　张良　富强
  卓识:钱唐　牧鹅妇　尤济可　蒋忠靖
  息争:沈麟士　卓茂　罗威　权德舆　顾履方
  息讼:雷衡　满阃　太学生　纪文达述　鹬蚌
  损人利己:刘峻　邵孝廉　陆文　罗金诏　纪文达　姚三老　割墓碑　纪文达述　屠溥
  尔诈我虞:羊佑　刘錕　曹瞒　翟曜　陈良栋　李循模
  戒狎昵:余氏　罗仁峒　赵瓯北　刘第王
  慎言语:陈宗洛　刘孝绰　汪士炳　王奇　华阳狂生　叶道卿　苏州连老库狄连　范来
  排难解纷:崔立之　崔炜　刘侨　黄澄　徐振川
  救灾恤患:邹一桂　萧蔼堂　吴福年　陈大玠　李应弦　陈星卿
  挑唆吓诈:武冈州案　道济和尚　周举人　陈尚辉
  理讼平争:陆襄　吴履

  此书除散文、律条等以外,余皆为小说,约一千五百余则。小说据"上自王侯君公大夫卿士,下至闺门里巷编户穷民,远而古圣昔贤名儒硕彦,近而义夫烈女节妇贞姬"的事迹编撰而成,以"集粹"命名。有些小说是直接从《搜神记》《太平广记》《阅微草堂笔记》《劝戒近录》《复山琐录》《科场异闻录》《谏果回甘》等书中摘录。采用叙事简约的笔记体。如第三条中阐释"排难解纷"主旨的小说《徐振川》:

  尚书徐振川之祖某翁,生平谨厚,有长者称,乡有吕进士任宦归,负势苞苴,恣为武断,有里妇自缢死,吕居间诬以迫胁,里人泣诉于公,公与原情论事,吕咆哮曰:"汝得毋自居长者,可以持平,而不知势之所在,理屈能伸,汝何人,敢与我抗衡乎?"因以扇柄连击其首,公垂首而归,语诸子曰:"吾闻彼翁有隐德,能救人于险,貌古而恭,吾幼时犹及见之,厚泽所贻,克昌厥后,使某不丧心病狂,余福正未艾也,今已矣,子孙其不继矣。"后公之子登第,官副使,孙即尚书。吕所生皆不才,书香亦绝。

此则小说简要记述了徐振川之祖为人排解纷争的故事,情节简单,较少敷演铺陈,削弱了小说的艺术审美。因此,是书虽有一千五百余则,但可读者寥寥。这种风格在当时可能并不受欢迎。同年冬,仍由调元善社编撰的《宣讲博闻录》,不仅内容新奇,多为独创,而且情节曲折,铺陈渲染较多,体现了对小说艺术美的重视。

2.《宣讲博闻录》,六十则。文言小说集。调元善社编撰。光绪十四年(1888)冬羊城板箱巷翼化堂刊刻。是书亦如《圣谕十六条宣讲集粹》,编撰目的明确,即以因果报应故事阐释圣谕十六条的主旨,使百姓在文学的审美中接受圣谕的义理。编撰体例由圣谕、《圣谕广训》、作者对圣谕的诠释和小说组成。其目录如下:

1. 敦孝悌以重人伦:林氏家谱 孝友家风 夫妻贤孝 夜行万里 孝友格规 盲丐承欢 苦尽甘来 石枷逆妇 事母异闻记
2. 笃宗族以昭雍睦:嗣子归宗 苦节保孤 难弟难兄
3. 和乡党以息争讼:构讼终凶 斗煞 能屈能伸
4. 重农桑以足衣食:耕读渔樵 义农一子承双嗣 加惠农人
5. 尚节俭以惜财用:贫苦兴家 顺母桥 乞儿奋志
6. 隆学校以端士习:孝义廉节 渔仙隐迹 死里逃生 义烈好逑
7. 黜异端以崇正学:孝子成佛 正吉邪凶 正气诛邪 河伯娶妇 正道邪术
8. 讲法律以儆愚顽:义马鸣冤 孝鬼 恩怨两极 善恶奇报 犯法根于贪
9. 明礼让以厚风俗:义报仁恩 古壁藏金 郑板桥寄弟保坟书 全婚美报
10. 务本业以定民志:雪糕石饼 白饭成金 安贫发福 守正兴家
11. 训子弟以禁非为:杨铁棍 拐嫂 诚心感弟
12. 息诬告以全善良:恤嫠存孤 狱中义卒 贪财积恶
13. 诫匿逃以免株连:返妾还金 疯妓
14. 完钱粮以省催科:冒名改税 李粮书 匿粮谋产
15. 联保甲以弭盗贼:济施化盗 附祝蚁 谢乡约
16. 解仇忿以重身命:忘仇认弟 轻言陷命

《宣讲博闻录》多从当时的社会事件中取材,内容新奇,且多为独创,人物形象贴近现实,富有生活气息。如第四条"重农桑以足衣食"的小说《义农一子承双嗣》,写潮州农夫连汝芬虽贫却一心向善,年逾四十得子学善,于元宵节观灯时学善走失,其家益贫。一日汝芬将买米之银赠与丐妇,后拾银二百,将银归还失主王树琦。几年之后,王树琦邀汝芬至其家,得知王树琦之子喜驹即为学善,于是学善承连、王两家之祠,两家皆子孙昌盛。作者把连汝芬这个人物形象塑造得丰满而有生气,以赠银丐妇这一情节为例:

> 汝芬携银往市,行至中途,见一妇人,年逾四十,头鬓蓬飞,手提竹篮,背一小儿丐食。汝芬触目心酸,以手探腰囊,欲施小惠,妇人知其欲有所施,站在路边以俟,汝芬奈银包之外,空无一钱,观其背上小孩,形骸枯瘠,心甚不安,随问之曰:"嫂嫂背着是儿子否,何瘠弱至此?"妇泣曰:"夫死后,只留此背后小儿,奈四壁萧然,不能不乞食以养。"汝芬曰:"近山则樵,犹堪度日,何必行乞?"妇人曰:"孩儿多病,难冒山间暑寒,若留彼在家,虑饥渴之为害,迫得负之以乞。"汝芬怜其节义,将银包取出,碎银外只有银钱一员,全与之,己又不敷所需,旋见妇人衣衫褴褛,蔽体难完,转念自己虽贫,不在此一金致富,乃以银钱一员与之。

从这一情节可以看出,作者没有把连汝芬塑造成为概念化的完美善人,而是突出其内心矛盾,使人物形象真实富有血肉。

《宣讲博闻录》还注重情节和环境的铺陈渲染,如第四条的《耕读渔樵》写渔夫江蕴伦、书生严崇厚、樵夫苏景良、田家周作尧四人意气相投,相互帮助,最后皆获福报的故事,情节曲折生动,注重环境的铺陈,以开头为例:

> 江南苏州府太湖地面,有江蕴伦者,颇知书义,有古风,无父母室家,泛宅以渔为业。偶停舟深涧,垂钓矶边,闻山坡树林深处,隐隐有读书声,听之甚乐,以后夜间必泊钓于此。每闻咿唔兴会,诵至畅快淋漓,他亦乐难自禁,即歌唐诗中"罢钓归来不系船……欸乃一声山水绿"之句,孤音自赏,别有乐机。一夕垂钓至更深,恹恹欲睡,见风清月白,转觉爽然,舍舟登岸,稳步林间,觉茅屋数椽,竹环檐外,灯光掩映,从窗隙窥之,见一少年,葛衣草履,品格丰标,端坐灯前,朗诵百回不倦,心窃钦慕。

小说用富有诗意的优美流畅的语言描写了江蕴伦、严崇厚相识的环境,不仅衬托了人物的性格,而且给人以美的享受。总体来说,《宣讲博闻录》具有完备的圣谕宣讲小说体例,内容新颖丰富,艺术水平较高。

(三)叶永言、冯智庵和《宣讲余言》

叶永言,生卒不详,活动于同治、光绪年间,顺德人,圣谕宣讲讲生,与邵彬儒共同开启了广东宣讲圣谕之风。冯智庵,生卒不详,活动于同治、光绪年间,顺德人,邵彬儒之弟子。《宣讲余言》,文言小说集。叶永言、冯智庵撰,简枢南编辑。有民国十七年(1928)刊本,此刊本为光绪乙未本(1895)广仁善堂藏板本的重刻本,由简康年主持重刻,龙江(今顺德龙江镇)明新堂承刻。有小说十八则,其中叶永言九则,冯智庵七则。原刊本翼化堂本的编撰体例,具有鲜明的圣谕宣讲小说的特征,由圣谕阐释和因果报应故事组成。简康年序云:"原板有清谕十六条,以敦孝悌、笃宗族、和乡党、重农桑、尚节俭、隆学校、黜异端、讲法律诸条文为原起,而以博采经典,以为引导,其论甚详。"但简康年重刻时已是民国时期,此时圣谕十六条已经成为历史,因此只保留了小说部分。考察这十六则小说的内容,与圣谕十六条的主旨基本相符:

1. 敦孝悌以重人伦:审水鬼

2. 笃宗族以昭雍睦:化顽弟

3. 和乡党以息争讼:忍为高

5. 尚节俭以惜财用:半截人

6. 隆学校以端士习:发慧丹、海瑞

7. 黜异端以崇正学:活神仙、周处

8. 讲法律以儆愚顽:鬼杀奸

9. 明礼让以厚风俗:明礼让

10. 务本业以定民志:天眼近

11. 训子弟以禁非为:悟前非、陈世思

12. 息诬告以全善良:即刻报、生菩萨

13. 诫匿逃以免株连:审瓜棚

15. 联保甲以弭盗贼:到底好

16. 解仇忿以重身命:大肚囊

仅缺少以第四条"重农桑以足衣食"和第十四条"完钱粮以省催科"为主旨的小说,《修烂命》阐释的则是为善获福的民间信仰。

《宣讲余言》多取材于当时的时事和传闻,围绕圣谕十六条的义理展开内容。《审水鬼》阐释圣谕第一条"敦孝悌以重人伦",写乐善好施、正直不阿的秀才席棠,夜经黑石滩头,见一中年妇人受水鬼诱惑欲投水,席棠喝止之,妇为梅元英妻巫氏。席棠归家后撰祭文,告水鬼横行。龙王夜审席棠、巫氏和水鬼,水鬼苟荐朝供出缘由,他见巫氏在河边浣衣时詈骂丈夫和翁姑,因此欲诱巫氏投水。龙王讲出果报,巫氏因不孝而命中无子，其夫梅元英因孝顺父母、不私妻子而将娶妾生子，席棠因正直乐善而将子孙昌盛。巫氏自此悔过，侍奉翁姑，为夫娶妾，买物放生。后巫氏诞下一子，名赐生，乃荀荐朝投生，赐生孝顺纯良，赐生又生子修福，修福聪明颖悟，应试时赋水鬼诗，获皇帝赏识。席棠80岁犹康健，子孙满堂。

由于叶永言和冯智庵都是下层人士，他们熟悉广东现实社会生活，因此小说虽意在阐释圣谕义理，但客观地反映了晚清广东市井和乡村的社会生活，如《即刻报》写晚清广东官吏的贪敛暴虐和官府的腐败罪恶；《活神仙》写晚清广东世风的浇薄和道德的败坏，鞭挞举人云在洲的奸诈无情；《忍为高》写乡中恶霸恶突的恃强凌弱、鱼肉乡民；《半截人》写富翁苏映泉的贪婪刻薄吝啬；《天眼近》写商人关某的奸利欺诈；《生菩萨》写放债者潘洪全强夺人妻的暴虐；《到底好》写四会县强盗烧杀劫掠、人民四散奔逃的不幸。这些小说都较有社会生活内涵，具有一定的现实批判力度。

第三节　邵彬儒和《俗话倾谈》《俗话爽心》

1840至1870年间，第一次鸦片战争、第二次鸦片战争和太平天国起义使清王朝遭受重创，中原板荡，神州陆沉。1870年左右，邵彬儒作为一名民间知识分子，加入了宣讲圣谕讲生行列，并创作了一系列圣谕宣讲小说，以期化民成俗，推动封建君主倡导的理想社会建设。其代表作《俗话倾谈》和《俗话爽心》（指邵彬儒所撰九则通俗短篇小说）是圣谕宣讲小说最优秀的作品，无论在思想性还是在艺术性方面，都代表了圣谕宣讲小说的最高水平。

一、建构理想的社会秩序和社会道德

邵彬儒在《俗话倾谈》《俗话爽心》中展现了一幅广东乱世图景：家庭、宗族、乡党的秩序崩塌离析，纷争不断；政治黑暗，官场腐败，豪强鱼肉百姓，为所欲为；道德日下，人情浇薄；百姓饥寒交迫，流离失所。邵彬儒来自社会底层，同情底层人民苦难，憎恨社会黑暗，因此在小说中表达了热忱的救世理想和强烈的救世愿望。他以圣谕十六条主旨为核心，在小说中建构了一幅社会秩序稳定、道德高尚、百姓安定富足的美好图景。

（一）建构敦孝悌重人伦的家庭秩序

清代统治者推行孝治天下的政治观念，故圣谕十六条以"敦孝悌以重人伦"为开

端。"敦孝悌以重人伦"是圣谕十六条的基石,是社会秩序的稳定器。有了孝子,就有了顺民、忠臣,君君臣臣父父子子的秩序就稳定了,循良之民和忠勇之士就遍布市井田野了,破坏社会秩序的不良因素就被消除了。

据调元善社《圣谕十六条宣讲集粹》,"敦孝悌以重人伦"又可细分为26条主旨:奉养、敬礼、服劳、善体亲心、事病、勿离左右、勿私妻子、幸逮亲存、显扬、讥谏、祖父母、继嗣、后母、嫡庶、女事父母、媳事舅姑、至诚感动、身后尽孝、敬兄、爱弟、姊妹、悔改、慈道须知、君臣之伦、夫妇之伦、朋友之伦。这26类主旨大部分被《俗话倾谈》《俗话爽心》加以反映,成为小说叙事和人物形象的底色。

《俗话倾谈》《俗话爽心》塑造了众多恪守孝悌的典范人物。当家庭秩序崩塌、伦理道德失范时,这些人物成为维护家庭秩序的强大力量。他们扭转家庭颓败,使家庭秩序回归正轨。他们也获得了巨大利益,或福寿绵长,或子孙昌盛,或生意兴隆,或中举为官,成为秩序的最大受益者。《横纹柴》中的大成和珊瑚是孝的维护者。大成不私妻子,善体亲心。当妻子珊瑚不合母意时,即写休书休了珊瑚。珊瑚虽遭婆婆横纹柴百般辱骂凌虐,却始终奉养、礼敬婆婆,任劳任怨,任打任骂,即使被休,亦不离左右,凭借孝心重新获得丈夫大成和婆婆横纹柴的认可。当横纹柴想吃鸡肉时,"珊瑚加多猪肚,添多两味,仍用香信红枣,各样同煲,自执酒壶,满斟欢饮","择其好者而敬奉之"。最终大成和珊瑚"生得三子,两子中进士","子孙昌盛无比"。《斩柴遇虎》中的亚讷、亚诚两兄弟则是兄弟之伦的维护者。当哥哥亚讷遭受后母牛氏虐待,弟弟亚诚"见亚讷饥寒,自己就睡不安,食不饱,有好食物留藏,暗以奉兄,不使老母知也"。当亚诚为虎所伤不知下落时,亚讷毅然外出寻弟,"饥火中烧,饭香难饱,只得轮门乞食,破庙孤凄,听霜树之风声,望重檐之雪片,凄凉欲绝,泪湿成冰,冷死几回,得人救活,然犹不自退缩"。最终兄弟团聚,亚诚中举做官,亚讷发财,子孙名利不绝。此外,《茅寮训子》《做亚瓜》中历经艰辛抚育继子成人的汪氏、杨细柳,《鬼怕孝心人》中侍奉染疫公婆的钱氏,都是维护家庭秩序的典范人物。

小说还塑造了众多违背孝悌人伦的反面人物。这些反面人物或忤逆长辈,或虐待子女,或兄弟倾轧,是家庭秩序的破坏者。破坏者通常会遭受因果报应式的极端恐怖的肉体惩罚或精神惩罚。有的破坏者在被惩罚后幡然醒悟,成为良好家庭秩序的一分子;有的破坏者则必然被无情地剔除出家庭秩序,或死亡,或断子绝孙,或在地狱接受残酷惩罚。《横纹柴》中的二成、二成妻、横纹柴是典型的破坏者。二成和二成妻因不孝、不敬兄长遭受了残酷的惩罚,被剔除于家庭秩序之外。二成妻臧姑花号霸巷鸡,暴虐凶狠,"家婆话佢一句,唔中意,佢就顶嘴十几句。朝朝睡到日高三丈,然后起身。要治家婆洗碗,洗碟,煮菜,煮饭。家婆唔肯做,就大声喝骂","横纹柴有时落得水多,落得水少,其饭煮得太软太硬,臧姑就沉吟密咒,好似禀神咁禀。又骂老龟婆,又骂老狗"。二成则纵容妻子虐待母亲,与兄争产,见利忘义。最后臧姑受官刑,二成遭吊打,天灾横祸纷至,命中应有的五子七孙尽折去,"生男妇十余胎,不能养得一个。或三五岁而死,或一两月而亡,或三朝七日而绝气,或初生落地而失声"。横纹柴则从社会秩序的破坏者转变为家庭秩序的维护者。沈氏以执拗为能,不循道理,邻里呼为"横纹柴",因见新妇珊瑚美丽,心生嫉妒,于是对珊瑚极尽辱骂之能事,"一晚,不过因些小事不合意,便企在门口,大骂一场。珊瑚捧张竹椅出来,请婆婆安坐。横纹柴坐下,腰骨挨斜,手指天,脚拍地,骂声不绝。珊瑚煲茶一碗,捧来请婆婆解渴,横纹柴饮了,喉咙既润,气更高,声更响,骂到三更,声渐低,力渐微,气渐喘"。在她的破坏下,珊瑚被休,大成、二成两年都无法娶妻,家庭秩序崩塌,后受二成和二成妻辱骂折磨,感于珊瑚孝心,一改暴戾之气,与珊瑚和好,家庭秩序得以恢复,"归到家,丈夫爱老婆,家婆爱新妇,一团和气,满面春风"。此外,《泼妇》中的不孝子思贤、不孝妇慎氏,《砒霜钵》中的恶妇梁氏,《好秀才》中的互相争斗的曾氏兄弟,《斩柴遇虎》中的不慈之母牛氏,都是家庭秩序的破坏者,最终都被家庭和社会无情抛弃。

(二)建构宗族乡党雍睦的社会秩序

圣谕十六条的第二条和第三条为"笃宗族以昭雍睦""和乡党以息争讼"。中国古代乡村同姓聚族而居,五族聚而为党,五党聚而为州,五州聚而为乡,宗族和乡党是中国乡村社会的基层单位。若宗族雍睦,则一姓之中秩序蔼然;若乡党雍睦,则一乡一邑太平安宁。宗族和乡党是建构理想社会秩序不可或缺的部分。

晚清以来,广东地区宗族乡党纷争日盛,基层社会秩序面临巨大挑战。《俗话倾谈》《俗话爽心》广泛反映了晚清广东基层社会秩序濒临崩塌的现状:富者多吝,以贵凌贱,盘剥勒索;贫者贪婪,暴戾凶横;奸佞好事之徒诡计挑唆,煽骗争讼,从中渔利。《弃产存孤》《告大嫂》写宗族中的孤儿寡妇等弱势群体被宗族中的豪强欺凌盘剥的悲惨故事;《弃产存孤》写张继伦去世,留下妻子孔氏和幼子,遗产遭亲族哄抢,孔氏为保全性命,不得不将遗产散给亲族;《告大嫂》写讼棍李博依靠讼词取利,兄亡,讹诈大嫂钱银,霸占大嫂田产,大嫂告到县里和广州府,均因李博依私通衙门而败诉。《张阎王》《闪山风》《骨肉试真情》则写乡党中富人不仁、穷人不义的丑恶故事:《张阎王》中的秀才张继兴"素无品行,欺压乡邻,丑事多为,人皆笑骂";《闪山风》中的闪山风专放私债,"以声势吓人,人皆畏惧,众加其号曰'闪山风',言无情之暴气也";《骨肉试真情》中的钱、赵二人"本系无赖之徒,到来一味奉承,想贪饮食",后怀恨挟私,诬告明克德杀人。《借火食烟》则集中表现了富人阶层和穷人阶层的尖锐冲突,并以极端暴力的形式加以呈现,龚承恩富有家财,又捐吏部郎中,本应成为乡党表率,但却势压乡邻,称霸一方,终被泥水工人屠杀。

如何恢复宗族和乡党秩序,邵彬儒提出了方法:一是使被欺凌者获得整顿秩序的权力,《弃产存孤》中的亚贞,中进士点翰林,宗族人等"个个惊慌","追悔前者所为,方知大不合理","合族上祠,打响大锣,集议将从前所得钱银,交还孔氏";二是使秩序破坏者死亡或倾家荡产,从而被剔除于社会秩序之外,《闪山风》中的闪山风被赌徒朱大宽杀死,《借火食烟》的龚承恩被工人杀死,《骨肉试真情》中的钱、赵二人被饿死;三是通过鬼神之力惩戒秩序破坏者,《张阎王》中的张继兴遭雷劈三次,于是诚心改过。

(三)建构以善为核心的社会道德

《俗话倾谈》《俗话爽心》中的《邱琼山》《种福儿郎》《九魔托世》《瓜棚遇鬼》《卖茶公》等宣扬的是多行善事的民间社会道德,这些民间社会道德看似与圣谕十六条主旨无关,但雍正在《圣谕广训序》中云:"积善之家必有余庆",体现了《圣谕广训》对民间社会道德观念的吸收,因此,邵彬儒的圣谕宣讲小说不仅有对阐释圣谕十六条主旨的阐释,也有对以善为核心的民间社会道德的阐释。

历史上,广东是自然灾害多发区和重灾区,水灾、旱灾、风灾、虫灾、瘟疫频发,19世纪尤为严重。据统计,19世纪广东发生水灾96年次,旱灾75年次,风灾211年次,虫灾40年次,瘟疫37年次①。这些自然灾害给广东人民生产和生活造成重大影响:农业受损,饥荒频发,人口减少,流民增加。自然灾害加剧了社会矛盾和社会冲突,使社会动荡不安。晚清时期,自然灾害还叠加了列强侵略与国内社会问题,对人民和社会的危害进一步加大。

《九魔托世》和《邱琼山》描绘了晚清饥荒之时人民的悲惨:"仅半个月,米既成空,而一两百里之内,尚来不绝。携男带女,叫苦啼饥。老者扶杖而来,幼者手抱而到,纷纷似蚁,逐逐如云,得饱一餐,愿行百拜。""遇一岁大饥荒,邱普自捐米赈济,煮粥以救乡邻,而远近之病饿者,仍死亡满野。"《鬼怕孝心人》描绘了广东瘟疫的利害:"转相传染,有一家死尽者,有一巷仅留数人者,亲戚不敢过门探问。"

为了救民于水火,稳定社会秩序,邵彬儒在小说中着力建构以善为核心的社会道德。不论富有者,还是贫穷者,都应多行善事。富者要修桥修路,赈济饥荒,施药施棺,怜悯孤寡,善待下人;贫者要安守本分,重信守义,急人之难。《邱琼山》中的邱普是善的典型人物:"其祖叫做邱普,家有余资,生平乐善,好救济贫难。凡春耕之时,贫人无谷种者,或来乞借,即量与之,待至禾熟之日,收回谷本,不要利也。若有负心

---

① 据许丽章、梁必骐《广东历史自然灾害的分布与变迁》(《中山大学学报论丛》1993年第1期)统计。

拖欠,亦不计焉。""邱普买几处荒郊之地,设为义冢。请人拾尸骸,埋藏安葬,免暴露焉。其冢在县内第一水桥等处,若乱葬坟也。每遇清明时节,多具纸钱酒饭,祭奠于义冢诸坟。"此外,《九魔托世》的财主王柱伟灾年施粥,花费巨大;《弃产存孤》中的孔氏慈祥仁爱,善待下人;《种福儿郎》中的杨忠谏仅为童馆先生,收入微薄,却能怜悯孤寡;《卖茶公》中的卖茶公袁友信靠卖茶为生,却能拾金不昧,归还旅客遗失的二百两银子;《瓜棚遇鬼》中的贫民陈亚四卖菜为生,其母却能出钱二千文,解救邻居婢女。这些人物不论贫富,均是善的践行者和维护者。其善行不仅为自己积福,也荫蔽子孙。邱普因善行而获得福报,"老而康健,红颜白发,亲见荣封"。邱普善行荫蔽其孙邱琼山,邱琼山"升到太子少保,兼武英殿大学士"。王柱伟、孔氏、杨忠谏、袁友信、陈亚四皆获善报。

综上所述,邵彬儒在《俗话倾谈》《俗话爽心》中,试图通过建构敦孝悌重人伦的家庭秩序、宗族乡党雍睦的社会秩序、以善为核心的社会道德,拯救处于苦难中的人民,维护清王朝摇摇欲坠的统治。这种创作理念体现了当时一部分具有强烈救世愿望的民间知识分子的努力与尝试,与当时底层民众、民间知识分子、士绅阶层的精神需求同频共振,与清中期庚岭劳人、黄岩、安和先生等作家的救世精神一脉相承,也与戊戌变法之后的广东维新派作家、民主革命派作家的救世精神一脉相通。与戊戌变法之后的小说变革相比,这种创作理念显得十分保守、迂腐和落后,但将其放在新旧交替的历史时期加以考量,无疑是具有历史的必然性和合理性的。

二、通俗短篇小说文体的创新

中国古代短篇小说包括通俗短篇小说和文言小说两大类型,它们在体制、叙事、语言、风格等方面形成了各自鲜明的文体特征。邵彬儒作为民间小说家,为了吸引底层百姓、文人、官吏等各阶层读者,扩大作品的影响力,对通俗短篇小说文体进行了大刀阔斧的改革,创造性地剥离通俗短篇小说文体的部分因子,吸收文言小说文体的部分因子,使通俗短篇小说成为一种更紧凑、更活泼的文体。

(一)剥离通俗短篇小说程式化体制的附件

通俗短篇小说与文言小说最明显的外在区别,在于各自相对稳定的程式化体制。文言小说体制紧凑单纯,直接叙述人物事迹,一般某氏为某地人,有某种身份,接下来叙述情节,最后交代某氏结局。通俗短篇小说体制相对松散,由篇首诗、入话、头回、正话、篇尾诗组成。邵彬儒在《俗话倾谈》《俗话爽心》中对通俗短篇小说的程式化体制进行了剥离。

首先,剥离篇首诗和篇尾诗。篇首诗和篇尾诗是通俗短篇小说体制的重要组成部分,是不可或缺的。但《俗话倾谈》只有《闪山风》和《好秀才》各有一首篇尾诗,其他十四则小说均无篇首诗和篇尾诗。《俗话爽心》中邵彬儒所撰九则小说均无篇首诗和篇尾诗。

其次,减少正话中穿插的篇中诗。《俗话倾谈》仅有四则小说有篇中诗,其中《横纹柴》有十一首,《闪山风》有九首,《好秀才》有二十一首,《九魔托世》有五首,其他十二则均无篇中诗。《俗话爽心》均无篇中诗。

再次,剥离入话和头回。入话和头回是通俗短篇小说的组成部分,是基本稳定的,虽然有少数作品,如《人中画》《警世钟》《跻春台》等没有入话和头回,但仍有篇首诗和篇尾诗,没有跳出通俗短篇小说体制的固定程式。而《俗话倾谈》《俗话爽心》在均无篇首诗的情况下,皆无入话和头回。

《俗话倾谈》的十六则小说,仅《闪山风》《好秀才》《横纹柴》《九魔托世》具备了通俗短篇小说的部分体制形态,其余十二则全部剥离了程式化体制的附件。《俗话爽心》更干脆利落,没有一则具有通俗短篇小说的程式化体制的附件。这种变革体现了通俗短篇小说对文言小说体制的积极吸收,使通俗短篇小说演变为更为紧凑更为简洁的文体。

以《俗话爽心》中的《卖茶公》为例,小说开篇介绍人物所在之乡:"东莞县内有一处乡村,叫做温塘。总系姓袁,一姓一族。老幼男妇,约有万八千。村中肯办土匪,矜老有权,称县内之名乡也。"继而介绍人物:"公名友信,家贫以卖茶为生,由温塘旱路去东莞县,约十余里,其间有第一路、第二路、第三路之名,公之卖茶在第一路也。日中设茶卖饼,以便行人,夹路榕阴,风来树底,两旁石凳,过客停踪。"接下来写袁友信拾银不昧故事,保管修筑黄河银两故事,其孙袁士凤清廉为官故事,结尾赞扬卖茶公守信重义的善行:"卖茶公以清白传家,子孙做官,皆有贤良之号,至今后裔,其富贵福泽,代代不绝焉。"这种开篇介绍人物,接着交代情节,以人物的结局自然结尾的体制,即为文言小说的体制,如果抛开这篇小说使用的通俗语言和粤方言,就是一篇志人的文言小说。

(二)减少通俗短篇小说程式化叙事套语

通俗短篇小说与文言小说另一不同之处在于叙事。文言小说的叙事由叙事人承担,叙事是始终连贯的。通俗短篇小说则具有说书体的叙事特点,有一个外在的说书人,说书人作为叙事者可以控制情节,在小说中出入。但说书人在小说中出入并不是随心所欲的,需要程式化的叙事套语来引导,这些套语包括"话说""且说""却说""又说""正是"等,这些套语引导叙述者叙述情节,描写人物,发表议论。邵彬儒在

《俗话倾谈》《俗话爽心》中大幅减少了程式化叙事套语的使用。

首先,开头全部去掉了"话说"这类套语,直接交待人物。如《邱琼山》,作为通俗短篇小说,通常开头的写法应为"话说邱琼山先生,系广东琼州琼山县人",但邵彬儒去掉了"话说",直接开门见山地写为"邱琼山先生,系广东琼州琼山县人"。

其次,在交代另一段情节时,较少使用引导情节的"且说""却说""又说""再说"等套语。只有篇幅较长、情节段较多的小说使用了套语引出下一段情节,《骨肉试真情》使用2处"又说",《好秀才》使用3处"又说",《种福儿郎》使用1处"又说",《借火食烟》使用1处"再说"。《俗话爽心》除了《偷门匙》使用1处"且说"外,没有使用任何程式化套语。

最后,用诗词进行评价或揭示主题时,尽量避免使用"有诗为证""诗曰""正是""真是"等套语。除《横纹柴》的篇中诗用了"诗曰"来引导外,《闪山风》《好秀才》的篇中诗全部去掉了等引导诗的程式化套语。《俗话爽心》没有篇中诗,自然也没有引导诗的程式化套语。

虽然《俗话倾谈》仍由说书人承担叙事任务,说书人仍为外在于情节的叙事者,但由于邵彬儒大幅减少程式化叙事套语,使说书人在情节中的出入痕迹明显减少,减少了说书人对情节发展的干扰,使情节更为自然连贯。《俗话爽心》几乎不再使用程式化套语,在叙事上已经见不到说书人的影子,叙事者即为情节的讲述者,已与文言小说没有区别了。

(三) 吸收文言、粤方言入通俗短篇小说

通俗短篇小说与文言小说的另一区别在于语言。通俗短篇小说是语体小说,使用的是接近口语的通俗语言,文言小说使用的是典雅凝练、概括性强的文言。这一俗一雅两种语言类型使这两种小说文体具有了不同的美学风格。一般来说,这两种语言是不能在同一小说文体中使用的。《俗话倾谈》《俗话爽心》作为通俗短篇小说本应使用通俗语言,但邵彬儒却在小说中引入了大量典雅凝练的文言,通俗语言主要用于叙述情节和描写人物,文言主要用于发表作者观点。此外,邵彬儒还引入了大量生动活泼的粤方言,主要用于人物对话。一篇小说中同时使用通俗语言、文言、粤方言,三种语言分工大致明确,并呈现出规模化和系统化特点,纵观整个古代小说史,恐怕也是不多见的。

以《瓜棚遇鬼》为例,小说使用了三种语言,但并不混乱,反而井井有条。叙述情节和描写人物时使通俗语言;作者发表议论、进行点评时以文言为主,但也夹杂一点粤方言;偷瓜鬼、陈亚四、财主婆等人物的对话则使用粤方言:

> 沧州河间县,土名上河涯,有一人姓陈名四,年方二十二岁,家贫未有娶妻,

以卖瓜菜度活。一晚,往瓜园看守,时值五月初三四,月色微明,望见园边树底,似有四五人,来往游行,相聚而语(叙述情节使用通俗语言)。陈四思疑此等脚色唔通想来偷瓜(心理描写使用粤方言),双手执住一条青龙棍,藏身密叶之内,观其动静(叙事情节使用通俗语言)。忽闻得一人曰:"我等且去瓜园一游,行吓瓜地,闻吓瓜花,睇吓瓜仔。你话如何呢?"(对话使用粤方言)一人曰:"唔好去,唔好去。衰起番来,遇着陈四,被佢吓死,重反为不美。"(对话使用粤方言)其人笑曰:"你既死了为鬼,重要再死一回么?只见人怕鬼,有乜鬼怕人。"(对话使用粤方言)

此鬼曰:"点样阴功法?"答曰:"陈四邻屋有一个财主婆,失了钱二千,思凝大婢偷去,日日鞭挞,话要认了便罢,若不肯认,要打死为止。"(对话使用粤方言)[若系自己仔女偷去,未必打得咁凄凉。](作者夹评使用粤方言)

世间之间,有修善而见报者,有修善而不见报者。非无报也,报之而人不觉也(作者议论使用文言)。假使当时邻里尽知陈四老母救婢一事(作者议论使用通俗语言),众人必曰:"亚四老母咁好心,好之又唔见有好处。亚四并非发财,并非发贵,亦不过挑瓜卖菜,辛苦度日而已。何尝有点样荣华呢?"谁不知,唔做个点善心,想有个仔卖菜(作者议论使用粤方言),奉养老母而不可得。若非瓜棚遇鬼,或晓得前生今世,祸福原由。世界许多难解之处,而鬼神消息,有大算盘,不外添补扣除,统前后其计之也(作者议论使用文言)。(《俗话倾谈》下卷)

邵彬儒之所以大量使用粤方言,与广东圣谕宣讲以粤方言宣讲有密切关系。粤方言为广东本土语言,对广东本地人具有天然的吸引力,且粤方言具有较强的韵律感和节奏感,活泼生动,使用粤方言宣讲,可以吸引更多听众。如《激服蛮妻》中凌氏和侄子吵架的一段对话,使用"嗄""咯""唔""吓""咁""乜""冇""重""畀"等鲜明的粤方言标记性词语,使用"发颠么""唔系个点心""狗屎局落你山髻""亚瓜""嫩仔"等粤地土语俗语,且语言节奏富有韵律感,使读者如闻其声,如见其人,具有极强的艺术感染力:

凌氏闻轰轰之声,走出问曰:"嗄嗄,真古怪咯,你乜事来锄我门口地呀?"两子侄不出声,努力牵起锄头,尽势去掘,恶婶曰:"话你唔听,你真正发颠么,问你点样解?"侄曰:"我要泥去打灶。"恶婶曰:"处处有泥,为何偏要我处?"侄曰:"你的地土来得好,煮饭易得熟呀。"恶婶曰:"唔系个点心,总之欺负我。"侄曰:"我掘我地,关你乜事呀?"恶婶曰:"丑唔丑,立乱认人家门口地。"侄曰:"唔讲你的门口地,就系你住个间屋,都系我屋,你耕个的田,都系我田,我不过暂时畀过你住,畀过你耕,不久就要回。"恶婶大喊曰:"你句说话敢就欺负我冇仔吗?"

59

"俾自不然要欺负你,唔通欺负别人么。"恶婶且哭且骂曰:"你个冇本心冇天理也?知我都未死,你先想霸占我田地,雷公重容得你么?"俾曰:"你唔好咁恶气,都要顺吓我的亚瓜意。你系好相与,我到清明拜扫时,或者会点炷香,挂几页纸钱,掘两个草皮,叫的嫩仔拜吓你,你敢样得罪我,到你死后扭你计,清明唔拜祭,任由狗屎局落你山譬,乌灯黑火冇人睇,枉费你白白恶一世。"讲完几句说话,两个俾挑泥而去。(《俗话爽心》卷一)

邵彬儒开创了粤方言入小说的先河,开创了通俗语言、文言和粤方言三种语言融于一体的先河,对其后的广东通俗小说创作产生深远影响。稍晚的广东通俗短篇小说《煲老鸭》应受其影响,大量使用粤方言。20世纪初革命派小说作家黄世仲、欧博明等人将粤方言入小说推向了高峰。20世纪40至60年代广州、香港流行三及第体小说,小说语言即由文言、通俗语言和粤方言组成。

综上所述,邵彬儒通过极具创造性的剥离与吸收,使晚清通俗短篇小说文体具有了新的面貌和新的活力,更接近于小说界革命之后的近代短篇小说文体,"在艺术上表现出一种探索精神"。[①] 文体形态的创新通常与文学的发展变迁有密切关系。通俗短篇小说创作到清中叶就沉寂下来,至清末同治光绪年间,虽有一些作品问世,但还是无可避免地衰落了。在这种情况下,通俗短篇小说想要继续发展,就要进行自我变革,《俗话倾谈》《俗话爽心》即体现了通俗短篇小说文体主动的具有自救性质的变革。

[①] 张俊:《清代小说史》,杭州:浙江古籍出版社1997年版,第456页。

第三章　戏曲的嬗递与说唱的发展

清代后期,广东本地戏班在乡村民间演出活跃,并逐渐发展定型,经济发达的城镇也逐步成为他们的演出区域。外江班梨园会馆在1800年以后的碑刻文献中,包括嘉庆朝四块、道光朝两块,以及光绪朝刻成的最后一块,所提到外江班的数目相当少。① 此时,对广东外江班来说,已是繁盛辉煌不再。

咸丰四年(1854),清廷因李文茂为代表的本地班艺人参与太平天国运动而下令解散粤班,禁演本地班戏曲,并焚毁佛山琼花会馆,直至咸丰末年李文茂、陈开相继去世,禁令便有所松弛,本地班再度复兴崛起,粤剧史称这段时期为"粤剧中兴"。

本地班在广府地区惨遭禁演,粤剧艺人们为谋求生路而奔赴四方,梆子二黄唱腔随之渗入海南琼戏。而道光之后,外江戏流入粤东,使得以潮州话唱南北腔的潮剧音乐也接受了弋、昆、徽、汉等雅调的影响;外江戏渐由潮汕、客家艺人混合组成到由纯粹的本地艺人组成,完成本土化演变。于是,广东各地的本地班与外江班彼此吸收合流,逐渐形成了声腔各具特色的粤、潮、琼、汉岭南四大地方剧种,为岭南戏曲的发展和在群众中生根奠定了基础。②

总之,近代广东戏曲和说唱的发展交织着近代中国的烽火战争和新旧变革,在地方文化、外来思潮以及革命风暴等多重影响下,广东近代戏曲、说唱得以改良并日趋繁荣,且具有极强的革命性、开放性乃至都市化倾向。

第一节　李文茂起义及其影响

鸦片战争给中国社会造成了最深刻、巨大的变化,西方资本主义的侵略,既加深

---

① 伍荣仲:《粤剧的兴起:二次大战前省港与海外舞台》,中华书局(香港)有限公司2019年版,第47页;黄伟:《广府戏班史》,北京:中国社会科学出版社2012年版,第22—24页。
② 参陈永标:《略论岭南近代戏曲文学的爱国主义精神——兼谈岭南近代戏曲的分期与基本特征》,载广东炎黄文化研究会编、丁希凌主编:《岭峤春秋——岭南文化论集(三)》,广州:广东人民出版社1996年版,第136—137页。

了旧有的阶级矛盾,又带来了新的更为严重的社会和民族矛盾。

咸丰元年(1851),洪秀全在广西金田发动农民起义,反对清朝封建统治和外国资本主义侵略,并建立了太平天国政权。一时间,各地反清势力迅速崛起,广东地区的天地会也摩拳擦掌,同北方太平军谋划部署,以期南北配合,推翻清廷。有学者形容当时的广东情势"有如遍地堆满了干柴,只要引来星星之火,迅即可成燎原之势"。①

咸丰四年(1854)七月五日,广东天地会首领陈开在佛山举义,全省各州县纷纷竖旗响应。其中有一支特殊的队伍,是由本地班艺人李文茂领导的梨园子弟组成。当时,适逢他们在佛山演出,因为反抗繁重的戏捐而殴打了税吏,索性趁机揭竿为旗,加入起义大军。

此后,以李文茂为代表的本地班艺人们,跟随陈开等领导的起义军一起,接连攻克广州城附近州县,后因围攻广州城失败而沿西江转战广西,在浔州(今桂平市)建立大成国,是此次广东天地会起义中成就最大、影响深远的分支队伍。李文茂率领本地班红船子弟加入反清农民起义,在战场上发挥了非常重要的战斗作用,本就如戏曲舞台上的历史演义一样,可歌可泣,也因此将本地班戏曲——粤剧的早期雏形,裹挟进入时代和起义的洪流之中,在不断的打击和变革中艰难前行。②

李文茂(?—1858),广东鹤山鹿洞人,生于梨园世家,他体格雄健,且精于武术,又慷慨轻财,颇具江湖侠气。《南海县志》中记载他"善击刺,日习焉"③,强健的体魄加上勤奋的后天习得,使得李文茂成为戏班中"打武家"的佼佼者。道光末年至咸丰初年,他在本地戏班凤凰仪班中担任二花面④,并因擅长搬演《芦花荡》中的张飞、《王彦章撑渡》中的王彦章而盛名一时。⑤

广东梨园界向来有反抗封建压迫、勇于斗争的优良传统,清初时,就有不少艺人参加了反抗清廷的"沿海迁界"斗争,更有艺人不断参与天地会的反清武装运动。⑥至咸丰年间,李文茂以本地班梨园子弟为骨干,和广大农民一起在广州高举义旗,响应太平天国革命运动,他们先后转战粤桂,给清朝封建统治者以重大打击,也将戏班

---

① 骆宝善:《太平天国时期的广东天地会起义述略(上)》,《中山大学学报》1981年第4期,第64页。
② 有关太平天国时期广东天地会的起义情况,参骆宝善《太平天国时期的广东天地会起义述略(上)》(《中山大学学报》1981年第4期)、《太平天国时期的广东天地会起义述略(下)》(《中山大学学报》1982年第1期)。
③ (清)郑梦玉等修,梁绍献等纂:《南海县志卷26》(杂录下),清同治十一年刻本。
④ 二花面,是戏班中主要饰演江湖英雄、武将的行当。
⑤ 有关李文茂生平,参麦啸霞《广东文物抽印本·广东戏剧史略》,中国文化协进会编印1940年版,第13页;赖伯疆、黄镜明著《粤剧史》,北京:中国戏剧出版社1988年版,第13页。
⑥ 赖伯疆:《广东戏曲简史》,广州:广东人民出版社2001年版,第127页。

艺人参与革命运动推向前所未有的高潮。

李文茂身处时常被欺压的广东梨园,心中素有反抗之意愿,因此待真正加入起义大军后,便大显身手、施展才能。他将本地班中会武功的伶人编为三军:小武、武生为文虎军,二花面、六分等为猛虎军,五军虎、打武家等为飞虎军。自己则穿上戏班中的蟒袍甲胄,亲任三军主帅。不仅如此,还将班中花旦女角设为女官,令其头戴七星额,身穿女蟒袍。① 后因起义军人数激增,戏服不敷,遂下令众士卒一律以红巾扎头代替冠盔,所以起义军又被后世称为"红巾军"。李文茂英勇善战,率领戏行子弟为先头前锋,他们在战场上充分利用班中所学的翻跟斗、跳跃和对打等武术技巧,翻登城墙,攻城略地,使得守城清兵惊慌失措,往往弃城而逃。因此,这支骁勇善战的队伍一时间所向披靡,势如破竹,很快攻下广州、惠州属下的十多个州县以及肇庆府。

陈开、李文茂率起义军乘胜追击,围攻省城广州,意图彻底摧毁清朝在广东的统治。然而,时任两广总督的叶名琛不惜以同意英军进城和租地为筹码,换取英国出兵镇压起义军。他伙同英国公使约翰·包令,使得英国海军的舰队公然开进了珠江,武装干涉起义行动,不仅运送援军、枪炮、弹药和粮食等,全面接济被围困在广州城内的广东统治当局,更直接破坏了起义军围攻广州的军事部署及联合行动,导致围城半年都未能攻克。② 正如当时在中国的太平军外籍战士呤唎(A. F. Lindley)所指出的:"广州几乎是清政府在广东全省唯一据有之地,清政府是依靠英国人的力量才保有这座城市的……1854年,中国人在广州、上海及其他各地本来是可以摆脱满洲人的羁轭完成他们的正义事业的……可是英国的干涉却使他们遭到了失败。"③

广州久攻不克,陈开、李文茂等率部沿西江西上进入广西。他们联合广州西南各县的起义军,组成十万人的大军,接连攻下梧州、浔州、武宣、柳州、平南等府县,并在浔州建立大成国政权,陈开称镇南王(后改为平浔王)。李文茂则在攻下柳州后自称平靖王,并开始设官封职、建构政制、整顿军民。咸丰八年(1958),起义军在节节胜利的基础上,意欲三路会攻桂林,但由于清军的合力拒守而未能实现,先后撤退。不久,梧州、柳州又相继失守。李文茂退至怀远山中,于11月含恨吐血而亡。红船子弟遂收拾余众投奔陈开,与清军继续鏖战,直至咸丰十一年(1861),陈

---

① 麦啸霞:《广东文物抽印本·广东戏剧史略》,中国文化协进会编印1940年版,第13页。
② 有关广东当局与英国联合镇压起义军的始末,参骆宝善《太平天国时期的广东天地会起义述略(下)》,《中山大学学报》1982年第1期,第56—58页。
③ [英]呤唎(lindley, A. F.)著,王维周译:《太平天国革命亲历记》,上海:上海古籍出版社1985年版,第136—137页。

开也战败被俘,壮烈牺牲。起义军余部虽然仍旧坚持斗争,却也难挽狂澜,彻底走向覆灭。①

虽然起义以失败告终,但作为一场大规模农民起义中的重要分支,陈开、李文茂领导的起义运动具有不可磨灭的历史作用和后世影响。首先,他们所属的广东天地会起义,是太平天国在南方的一支强有力的同盟军,成为近代中国第一次革命高潮的重要组成部分;其次,他们所建立的大成王国政权,其规模和持续时间仅次于太平天国政权;再次,在起义军政权较稳定的区域内,他们变革政治制度、改善民众赋税重担、肃清社会风气,"一时政治聿新,民风为之一变"②,在政治和经济上沉重打击了清政府和地主阶级的统治,给下层劳动人民带来了一定的生存权益;最后,这场起义,强烈地震撼了清朝在两广地区的统治,进一步揭露了清廷腐朽无能的真面目,更将反封建反侵略的革命思想深深嵌入后世中国人民的心中。

以李文茂为首的广府本地班子弟,随着起义军从广东打到广西,他们梨园伶人的身份赋予了革命起义特殊的色彩和意义;同时,革命运动直接或间接地影响了两地民间戏曲的发展和流变,成为近代粤剧、海南土戏、邕剧乃至壮剧发展史中不可绕过的重要部分。

在李文茂的领导下,起义军仍保持艺人本色,并充分发挥戏曲的宣传鼓动作用,且十分注意与戏曲演出有关的社会问题。在保存至今的起义文献中,就有李文茂在攻下庆远府后庆祝胜利而发布的一则文告,其中明确记载了有关演戏的条令,文告全文如下:

> 平靖王李
> 谕
> 照得王师镇柳,连克府州县城。
> 要救百姓水火,贪官财主杀清。
> 大成国威远振,大齐共掌太平。
> 人人安居乐业,雄兵拱卫秀京。
> 而今又克庆府,特令唱戏酬神。
> 王恩与民同乐,街巷晚头通行。
> 睇戏不准开赌,如违罪责非轻。

---

① 有关陈开、李文茂等率部在广西及、粤桂交界地带的斗争,详见骆宝善《太平天国时期的广东天地会起义述略(上)》,第66—68页;陈旭青《以伶人李文茂起义为核心的戏剧事象研究》,山西师范大学研究生学位论文,2018年,第7—9页。

② 民国《罗城县志》,前事。转引自骆宝善:《太平天国时期的广东天地会起义述略(上)》,《中山大学学报》1981年第4期,第71页。

> 盛典限行三日，打较滋事必惩。
>
> 大成洪德三年十月十五日①

文告显示，李文茂率部拿下庆远府后，下令全城盛典三日，搭台唱戏，酬谢神明，军民同乐，鼓舞民心；同时，亦不忘革除、禁止旧有的演戏开赌、寻衅滋事等陋习。

李文茂既非政治家，亦非军事家，他的文治武功多得益于戏曲舞台的表演和梨园世家的传承。据当地史料记载，李文茂驻守在柳州时的政务活动常常与戏行习惯相关联。比如"每逢朔望日，他亲领文武官员到庙里行香，人们看见他头戴紫金冠，上插野鸡毛，身穿黄缎绣龙马褂和长袍，腰挂宝剑，五光十色，俨然如当年舞台上的打扮，不失艺人本色"②。他在广西期间，亦十分重视戏曲的社会作用，希冀借戏曲演绎来教化人民、反抗清朝统治。受阶级思想影响，戏曲舞台上通常美化员外相公、贪官污吏等统治阶级人物，而丑化劳动人民的形象，李文茂对这种人物刻板形象十分不满，故而曾让戏班改为以丑角来扮演道貌岸然的"正人君子"。赖伯疆在《广东戏曲简史》中称此举是"在舞台上灭了统治阶级的威风，长了劳动人民的志气"。③

广东本地班伶人随着起义军驻守广西多地，他们的演出也对当地的本土戏曲产生一定的影响。邕剧、壮剧在这一发展阶段，大量吸收了本地班的剧目、唱做表演和音乐等艺术，成为日后它们传统剧目中的"广路"老戏。

若论后续影响，李文茂起义带给广府本地班戏曲的重创自是最大的。自李文茂率梨园子弟加入起义军，响应太平天国革命运动，清廷即下令解散广府本地戏班，禁止演戏，并摧毁琼花会馆，更驱赶、俘虏甚至屠杀本地班艺人们，麦啸霞在《广东戏剧史略》中曾这样描述当时的情况：

> 革命火花既熄，专制淫威益炽，清廷迁怒广东梨园，于是下诏解散粤班，禁演粤剧；复焚毁佛山琼花会馆以泄愤，粤剧惨被中断者凡若干年。
>
> 琼花会馆既毁于火，粤伶无所归，抗令演剧既不能，辍业又势将沦为饿殍；思搭串于外江班，而所习又殊流派，非旦夕所能改弦易辙，逼不得已，乃分伙冒险演街头剧，以延残喘，一遇官差隶役，便即狼狈飞逃，有如越狱囚犯，惴惴然不可终日。④

所谓"覆巢之下，安有完卵"，在官府残酷的镇压和打击之下，本地班艺人无法继续在城镇之中开台演出，只能颠沛流离到穷乡僻壤勉强求生，或是背井离乡远渡重洋

---

① 洪德三年即咸丰六年（1857）。该文告内容录自《太平天国革命在广西》展览会，原件藏于广西博物馆。转引自萧泽昌、张益桂：《柳州史话》，南宁：广西人民出版社1983年版，第80页。
② 萧泽昌、张益桂：《柳州史话》，南宁：广西人民出版社1983年版，第82页。
③ 赖伯疆：《广东戏曲简史》，广州：广东人民出版社2001年版，第130页。
④ 麦啸霞：《广东文物抽印本·广东戏剧史略》，中国文化协会编印1940年版，第14页。

逃至东南亚各国,情形悲惨。

道光年间杨懋建在《梦华琐簿》中曾提及广东外江班和本地班的区别,他说:"本地班但工技击,以人为戏。所演故事,类多不可究诘,言既无文,事尤不经。又每日爆竹烟火,埃尘障天,城市比屋,回禄可虞。贤宰官视民如伤,久申历禁,故仅许赴乡村般演。"①由此可见,早在李文茂起义之前的道光年间,本地班已然于广大农村乡野地区扎根繁衍,他们利用"红船"奔赴四乡传演,蔚为繁盛,只是本地班迈向城市演剧的步伐因表演风格较外江班更为吵闹,又常常伴有爆竹烟火,所以遭受到官府长久以来的阻挠。而李文茂起义的发生,使得清朝统治者将矛头再次指向广府地区活动的本地班,一时之间,本地班在城市舞台彻底销声匿迹了。

广府本地班在城市的发展受到严重的破坏和摧残,但从另一方面来讲,清廷的压制却也引出了一些意想不到的积极"后果":一是促使本地班回归广大的农村乡镇并继续深入发展,较好地保留了粤剧固有的民间思想、传统艺术和风格特色;二是由于有些艺人被迫投身到外江班参加演出,为他们学习、借鉴其他剧种的长处提供了机会,因而丰富了本地班的演出剧目和艺术手段;三是促使粤剧在早期发展阶段即向海外传播、发展,不仅使当地华侨和土著群众有机会欣赏中国岭南戏曲艺术,并且宣扬了历史悠久的中华民族的民间文化;四是提升了粤剧艺人的民族意识和阶级觉悟,增强了他们的反抗斗争精神。②

值得细说的是,李文茂率领梨园子弟响应太平天国运动,使得本地班在本土遭到禁演,驱使早期粤剧从地方走向他方,并跨越海洋,跟随粤籍移民的脚步在各地寻求演出机会,体现了"适者生存"的发展趋向;加速了粤剧艺人对上海、新加坡、北美和澳洲等外地甚至海外演出市场的开拓,开启了粤剧环太平洋跨区域的演出之路。这恰恰暗合近代以来广东社会经济发展依仗海洋、向海洋靠拢、向海洋扩张的趋势。而以本地班为代表的粤戏在海外不断地演出,不仅增加了中西文化的交流和互动,帮助粤戏中外融合,完成其在"他地"的重新发现与价值提升,更以艺术交流、资金回流和商业管理等方式直接回馈、影响到广东本土粤剧"在地"的变革和定型。早期粤剧的发展和成熟,正是"在地"和"他地"两条线路共同探索完成的。③

自1940年麦啸霞出版《广东戏剧史略》起,至今八十余年,戏剧史论著尤其是粤

---

① 中国戏剧家协会广东分会、广东省文化局戏曲研究室编印:《广东戏曲史料汇编》(第一辑),1963年,第18页。
② 有关李文茂起义带来的积极影响,可参赖伯疆、黄镜明《粤剧史》,北京:中国戏剧出版社1988年版,第17页。
③ 有关李文茂起义后本地班"在地"和"他地"的互促互融,详见李婉霞《环太平洋视野下的太平天国运动与粤戏扩张》,《太平天国及晚清社会研究》2021年第1期,第36—51页。

剧史专著中都不会忽略对李文茂起义的阐述和总结。诸如上文提到过的戏班子弟起义时身穿戏服的行为、李文茂按戏曲行当组织军队的方式、对戏曲表演的改革以及起义失败后对广东本地班戏曲发展和传播的影响等等。有关此次起义的成与败、得与失，无论在晚清农民起义方面抑或对广东本土戏曲的影响，学界早已有了成熟的探讨和研究，并有一致的共识。总体来讲，我们不能过分拔高这次起义运动在整个粤剧发展史中的作用和地位，粤剧在唱腔、语言、剧目等自身的发展进程中，还有很多标志性的"质变"和"突变"都更为重要，比如梆、黄合流，民间说唱小曲融入唱腔之中，广府白话取代戏棚官话成为舞台演出的主要语言，等等。同时，我们也不能否认，李文茂起义确实影响了粤剧在近代的发展、定型进程，更一定程度上加速了粤剧从本土走向"他地"的步伐，这是其他地方剧种少有的特殊性。

李文茂起义，虽然和大多数农民起义一样以失败告终，但在粤剧史上留下了光辉的一页，亦成为后世粤剧舞台上的经典之作。单单广州市文学艺术创作研究院现藏1950年代新编剧本中，即有至少十种以李文茂为主角的剧本。在编号为"古172"的剧本《李文茂》之中，有这样一段对李文茂起义的评价，现摘引如下，借此为粤剧早期本地班时期的这段坎坷历史画上句号：

  一百多年前，粤剧前辈艺人李文茂，为了实现崇高的革命理想，领导戏行和农民兄弟，响应太平天国革命运动，举义反清。给满清反动皇朝以沉重的打击，高度发挥了民族气节和爱国主义精神，坚持斗争长达四年之久，直至贡献了宝贵的生命。田汉同志说李文茂虽然不幸牺牲了，而革命火焰彪炳史册，成为世界戏剧史上曾无前例的光辉榜样，这是很准确的评论。①

第二节 "到处扬名不等闲"的广府本地班

李文茂起义后，清朝统治者对本地班实行高压严禁政策，但重压之下必有反抗，本地班艺人们不放弃任何一线生机，采用各种对策坚持演出活动，直到同治七年（1868）以后，广州地区的本地戏班才公开进行演出。早期粤剧历经灾劫后又绝处逢生，这期间数不尽的英雄故事，经过粤剧艺人们的口口相传而留存至今。故事中的人物和事迹是真实还是戏说，有如社会历史发展长河中代代相传的掌故一样，真真假假，难以分辨。

这其中有两个流传甚广的故事。一是本地班艺人不堪颠沛流离之困境，曾向道

---

① 广东粤剧院艺术室编：《李文茂》，现藏广州市文学艺术创作研究院，编号：古172。

光二十六年举孝廉的刘华东求取计策。刘华东认为粤剧本就和京戏同源,演唱方式相差不远,本地班大可借此以"京"代"粤",从而取巧躲避禁令。因此,粤伶便依照此方法,假借名号冒称京班,在戏班演出的戏码合同上,都标明"京戏若干本",得以保留一线生机,继续在半公开状态下四处演出。① 本地班艺人这种斗争策略是否为刘华东所授,现已难于查考核实,但据赖伯疆在《粤剧史》中所说,光绪年间粤剧戏班(本地班)专用的《广东境内水陆交通大全》一书所载的戏单、戏码、合同,确实是写着"京班""京戏"字样的。②

另据从光绪二十五年(1899)入行从艺,跟随师傅邝新华十四年之久,在吉庆公所、八和会馆办事多年的任俊三于1944年所撰写的《琼花八和历史拉杂记》,吉庆公所出具的订戏合同,在1860年代到1920年代这六十余年中,都借用的"京戏"二字,直至民国十四年(1925),会馆实行委员制并首次举办执监会议,会上由监委员区仲吾(即千里驹)首先提议并通过了改回"粤戏"二字的决议。③

近十多年来,海内外一些新披露的戏剧文献可以帮助我们佐证这段早期粤剧险中求生的历史。中山大学黄仕忠教授同日本金文京等学者合编《日本所藏稀见中国戏曲文献丛刊》(第二辑)第38册影印了一批现藏于东京大学东洋文化研究所的粤剧文件类文献,如订戏合同、戏班横头单、银封等。④ 无独有偶,这批文献同香港文化博物馆收藏的来自梁沛锦博士、源碧福女士捐赠的粤剧文件源出一处,都是香港源氏以太安公司和太平戏院为依托,在粤、港经营粤剧戏班的资料文献。⑤ 东京大学所藏的这批订戏合同共41份,时间跨度在民国三年(1914)至民国二十一年(1932),其中31份乃石印的单联式样,合同内所列的戏种为"京戏",且签署时间皆在民国十五年(1926)之前,次年之后的定戏合同就都改换为铅印的双联样式,戏种也变为"粤戏"。这正是本地班以"京"代"粤"转为隐秘演出,进而寻求生路的残留痕迹。

第二个故事与著名武生邝新华以及诨名"勾鼻章"的花旦何章有关。约同治七年(1868),两广总督瑞麟召民间戏班为母亲庆贺寿辰,来的戏班中有外江班以及已经复苏的本地班,邝新华和勾鼻章所在的戏班亦在应召戏班之列。当他们演出《太

---

① 麦啸霞:《广东文物抽印本·广东戏剧史略》,中国文化协进会编印1940年版,第14页。
② 赖伯疆、黄镜明:《粤剧史》,北京:中国戏剧出版社1988年版,第18页。
③ 任俊三:《琼花八和历史拉杂记》,《南国红豆》2000年第2、3期,第58页。该文最早由粤剧研究者区文凤于1992年在广州民间发见并购得,现藏香港文化博物馆中的粤剧文物馆。
④ 此批粤剧文献由日本学者田仲一成首次披露并介绍,详见田仲一成《神功粤剧演出史初探》,载周仕深、郑宁恩编《情寻足迹二百年:粤剧国际研讨会论文集》(上册),香港:香港中文大学音乐系粤剧研究计划2008年版,第35—50页。
⑤ 关瑾华:《源氏粤剧经营文件钩沉》,载容世诚主编《戏园·红船·影画——源氏珍藏"太平戏院"文物"研究》,香港文化博物馆编制2015年版,第72页。

白和番》时,瑞麟母亲看到勾鼻章扮演的杨贵妃出场,黯然落泪,总督下令停演,又传召勾鼻章入内院,彻夜未归。邝新华等人深感吉凶难卜,惴惴不安,只能等到次日再去探问。故事的后半段更为精彩传奇,《粤剧史》是这样记述的:

> 总督母亲因勾鼻章扮演的杨贵妃酷肖自己的亡女,遂收章为"义女",让他扮成亡女模样侍候左右,于是,勾鼻章遂变成总督府的"千金小姐",不再演戏。新华等人早有恢复粤剧戏班的夙志,现在得遇勾鼻章与总督"攀亲"的机缘,就通过勾鼻章向总督请求取消对粤剧戏班的禁令。后经瑞麟向清廷奏准粤班复业。①

暂且不论上述故事是否全部属实,但确实从侧面反映出本地班戏曲当时已经开始受到上层社会的接纳和欣赏。实际上,现有资料都指向了禁令在实施后不到数年,即无法强制性或持久性地执行了。《南海县志》曾记载了这一过程:

> 咸丰四年,(李文茂)竟率其党倡乱,及败,竟无确耗,岂果学雪窦禅师耶?乃潴其馆曰梨园者,严禁本地班,不许演唱,不六、七年旋复,旧弊之难革如此。②

也就是说,咸丰十年(1860)左右,本地班历经起义被禁,旋即生发复兴之态势。③ 即使在往后的漫长岁月中,统治者多次重申对本地班的禁令,却也屡禁不止。广州知府戴肇辰在《从公三录》(同治九年1870序刊)中颁发了"严禁演唱土戏示"公文,认为土戏(本地班)伤风败俗,官府此前已多次出示禁演,却仍有不法之徒以酬神为由竞相邀请本地班演出,甚至发展到派系相争、持棍伤人的地步,为"除积习而挽颓风",并防止人心陷溺、贻害地方,官府除了出示严禁土戏外,还要捉拿戏班掌班和敛钱首事,以儆效尤。④ 可见,清廷政府对广东本地班的压制几乎未曾间断过,只不过有时放宽钳制束缚,有时又严加管控。也正因为本地班面对的从来都不是顺风顺水的征途,才造就其强大的生命力和创造力。

琼花会馆被毁,本地班戏行要恢复戏班运作,首要任务是重建行业组织。

曾担当广东八和会馆会长的黄君武说,粤剧行内有"未有八和先有吉庆"的说法。⑤ 即在八和会馆建立之前,是先有一个叫做吉庆公所的前身的。吉庆公所约成

---

① 赖伯疆、黄镜明:《粤剧史》,北京:中国戏剧出版社1988年版,第19页。
② 《南海县志》卷25,"杂录下"(清同治十一年刻本),载中国戏剧家协会广东分会、广东省文化局戏曲研究室编印《广东戏曲史料汇编》(第一辑),1963年,第18—19页。
③ 赖伯疆在《粤剧史》中认为终清一代,其实从未正式宣布对粤剧的解禁,只是放宽束缚而已。
④ 文告原文参见田仲一成:《神功粤剧演出史初探》,载周仕深、郑宁恩《情寻足迹二百年:粤剧国际研讨会论文集》(上册),香港:香港中文大学音乐系粤剧研究计划2008年版,第41页。
⑤ 黄君武口述、梁元芳整理:《八和会馆馆史》,载广州市政协文史资料研究委员会、广州市荔湾区政协文史资料研究委员会编《广州文史资料》第35辑(选辑),广州:广东人民出版社1986年版,第219页。

立于1860年代①,是本地班的营业中枢,更为当时处于相对弱势的本地班的行业利益保驾护航,减免不必要的恶性竞争,保持行业稳定和团结。②

吉庆公所的成立,解决了本地班的接戏问题,但是无法解决不少艺人在每年散班之时的归宿问题。因此在咸丰十一年(1861),由行内德高望重的粤剧老艺人梁清吉出面,用公款租赁了一处歇业茶箱行,稍加修葺作为艺人散班之后的住宿公寓,并命名为"八和公寓"。只是奈何八和公寓规模太小,很快就显示出其局限性,不利于戏行的壮大,更无法保障所有戏班正常营业,所以邝新华、独脚英、林三等建议筹办建筑一间"非常宏伟,最小要如琼花之壮观,要胜过工商各行所设之公业"③的八和会馆。

关于八和会馆的建成时间,现存至少四种不同说法:一为光绪十八年(1892),来自刘国兴《八和会馆回忆》,赖伯疆等人的《粤剧史》亦采用此说;二是光绪十五年(1889),此说来自任俊三《琼花八和历史拉杂记》,《中国戏曲志·广东卷》采用此说;三是光绪八年(1882)或光绪九年(1883),来自黄君武《八和会馆馆史》;四是光绪二年(1876),来自谢醒伯、李少卓口述,彭芳记录整理的《清末民初粤剧史话》。而确切时间至今无定论。有学者推测,出现如此多且有悬殊的说法,恐怕与八和会馆的建筑工期拉得过长有关。④

吉庆公所与八和会馆先后成立,前者是戏班对外营业的中介处,负责与买戏主会接洽商讨条件,在会馆新址落成后,公所随之前往南沙,成为附属于八和会馆的专门管理戏班"卖戏"的营业机构;后者则是戏行的中心,监管业界整体事务,如调解和处理会内外各种纠纷、管理艺人的日常事务、保障会员就业和基本生活、组织各种祭祀业祖与神祇的活动等等,是粤剧行业的代言人。⑤

总之,戏行建制的设立与不断完善,使得经历了李文茂起义带来的巨大浩劫的本地班再度勃兴,昔日被压迫得无法抬头的艺人们也因此更加有行业归属感和自信感,

---

① 有关吉庆公所的创建年代,目前学界有多种说法。一是以任俊三在《琼花八和历史拉杂记》、黄君武在《八和会馆馆史》中的说法,公所成立于咸丰六、七年后、同治之前;二是《中国戏曲志·广东卷》载吉庆公所筹建于同治六年,而建成于同治七年;三是《广州市市政公报》1930年第357期《本市工会最近统计》中载有"广东优届八和剧员总工会,民元前四十五年(按,即同治六年,1867),黄沙述善前街十八号"。可详见黄纯《晚清民国时期广州粤剧城市化研究》(广州:中山大学出版社2018年版)第321页、黄伟《广府戏班史》(北京:中国社会科学出版社2012年版)第287—288页。
② 详见伍荣仲:《粤剧的兴起:二次大战前省港与海外舞台》,中华书局(香港)有限公司2019年版,第56—57页。
③ 任俊三:《琼花八和历史拉杂记》,《南国红豆》2000年第2、3期,第60页。
④ 黄伟:《广府戏班史》,北京:中国社会科学出版社2012年版,第290页。
⑤ 有关八和会馆的基本职能,详见黄纯《晚清民国时期广州粤剧城市化研究》,广州:中山大学出版社2018年版,第325—329页。

恰如任俊三所说的:"八和在僻处一隅之黄沙,建筑得非常宏伟,各界无看轻本行,人格逐渐提高。"①

现存大量同治、光绪年间的文献记载了当时本地班的演出情况,结合现存清代广州民间书坊出版的本地班剧本②,我们大抵能够管中窥豹,一览粤剧中兴之盛况。

同治十二年(1873)成书的《洗俗斋诗草》中有一组"广州竹枝词",其中多首描绘了当时广州地区本地班的舞台演出,并对其艺术风格做了评论,兹摘引四首如下:

[本地班]
和声鸣盛理当然,菊部风光别一天。
台大人多场面少,价银累百动成千。
[封相]
封相出头戏不断,无人着意看苏秦。
此出正角谁为主,季子车前执盖人。
[缺欠多]
锣鼓喧天闹不休,辉耀金珠阔行头。
旗幡砌末花灯彩,一概全无不讲求。
[名班]
普天乐与丹山凤,到处扬名不等闲。
牛鬼蛇神惊客眼,看来不及外江班。③

从《名班》和《本地班》二首竹枝词可知,当时本地班在广州剧坛中的地位有明显提升,其中名班"普天乐""丹山凤"因为演出内容多有"牛鬼蛇神"般的虚幻怪诞,因此作者认为在技艺方面仍然是不及外江班的,但不得不承认的是,众多本地班已经是声名在外,颇受民众欢迎,因此才会有"到处扬名不等闲"、戏金"累百动成千"之说。

同时期,本地班不仅成为广东农村社群文化和社会生活中不可缺少的部分,更是已经得到富户人家、会馆行商甚至官绅要员们的青睐,可以登堂入室,公开演出。广州府南海县令杜凤治多次在日记中提到在宴客酬宾、私人堂会时聘请外江班、本地班

---

① 任俊三:《琼花八和历史拉杂记》,《南国红豆》2000年第2、3期,第63页。
② 现存清代早期粤剧剧本的具体情况,详见周丹杰《现存清代粤剧剧本初探》,《戏曲研究》第122辑,北京:文化艺术出版社2022年版,第138—156页。亦可参陈建华、傅华主编《广州大典·曲类》(第二辑"戏曲"),广州:广州出版社2019年版。该套丛书共收录影印来自海内外十多家馆藏的近千种粤剧剧本,是目前此类文献数量最多且最集中的出版品。
③ 扎鲁特果尔敏:《洗俗斋诗草》,香港大华出版社1977年版,第77—80页。该诗集中有广州竹枝词数首,保留当地风俗,具有史料价值,曾被邱良任、潘超、孙忠铨、丘进编《中华竹枝词全编·第六册》(北京:北京出版社2007年版)收录。《洗俗斋诗草》有李芳整理本,收入张剑、徐雁平、彭国忠主编《中国近现代稀见史料丛刊·第七辑》(南京:凤凰出版社2020年版)。

表演的情形,他说"中堂太太不喜看桂华外江班,而爱看'广东班'"①,更曾召请普丰年、周天乐、尧天乐等本地班到"上房演唱",备受众人赞赏。②

对比目前可见的72种现存清代本地班剧本,普天乐、普丰年、尧天乐、昆山玉、琼山玉、翠山玉、国丰年、满堂春、周天乐、丹山凤、周康年共十一个本地班有22种剧本留存,其中丹山凤、尧天乐和普天乐三个戏班的剧本总数就有14种:同治六年(1867)的《普天乐班本寒宫取笑》《普天乐探斋堂送寒衣(丹山凤班本夜送寒衣)》、同治七年(1868)《丹山凤出头伯牙碎琴》、同治八年(1869)《丹山凤班本亚烂卖猪》、光绪二年(1876)《丹山凤班本骗女娲镜》、光绪十五年(1889)《丹山凤辕门斩子》、《尧天乐出头辕门斩子》《尧天乐班本骗女娲镜》《普天乐出头百里奚会妻》《丹山凤苏东坡访友全套》《普天乐班本仁贵捱雪》《尧天乐班本丁山射雁》《新出尧天乐出头三娘卖卦》及尧天乐班《尧天乐班本嫦娥女下凡》。③

因此,现存清代本地班剧本的情况与时人文献的记载是十分相符的,可以相互参证普天乐、丹山凤和尧天乐等戏班是同治年间广府剧坛中本地班的佼佼者。

同时,现存清代剧本和粤剧中兴时期盛行的"大排场十八本"高度重合。据《广东戏剧史略》记载,此时期"大排场十八本"取代"江湖十八本"而成为广东梨园的主要剧目,包括《寒宫取笑》、《三娘教子》、《三下南唐》(即《刘金定斩四门》)、《沙陀借兵》(即《石鬼仔出世》)、《六郎罪子》(即《辕门罪子》)、《五郎救弟》、《四郎探母》、《酒楼戏凤》、《打洞结拜》(即《夜送京娘》)、《打雁寻父》(即《百里奚会妻》)、《平贵别窑》、《仁贵回窑》、《李忠卖武》(即《鲁志深出家》)、《高平关取级》、《高望进表》、《斩二王》(即《陈桥兵变》)、《辨才释妖》(即《东坡访友》)、《金莲戏叔》(即《武松杀嫂》)。④麦啸霞还指出"大排场十八本"在当时是"粤伶必习之戏",只要能擅长其中一两出,就能坐稳正印席位而成名角。他举例说:"昔年如名武生蛇公荣,以善演《罪子》《探母》成名;新华及其徒公爷创,东坡安,公爷忠等,亦均以演《罪子》《探母》驰誉,大和德仔演《戏叔》而跃握正印,均其著者也。"⑤

在现存粤剧剧本中,《辕门斩子》(《辕门罪子》)是其中留存版本较多的剧目之一,香港中文大学图书馆藏有一种光绪十五年(1889)二卷本,乃广州富桂堂据富经堂刻本印本,封面题:"光绪己丑年新刊/丹山凤出头辕门斩子/与别旧本不同 学院前

---

① 杜凤治:《特调南海县正堂日记》,"同治十二年正月十六日",载桑兵主编《清代稿钞本》(第14册),广州:广东人民出版社2007年版,第439页。
② 杜凤治:《南海官厅日记》,"同治十二年五月初九日",载桑兵主编《清代稿钞本》(第14册),第566页。
③ 详见周丹杰:《现存清代粤剧剧本初探》,《戏曲研究》第122辑,第138—147页。
④ 麦啸霞:《广东文物抽印本·广东戏剧史略》,中国文化协进会编印1940年版,第22页。
⑤ 麦啸霞:《广东文物抽印本·广东戏剧史略》,中国文化协进会编印1940年版,第22页。

富桂堂。"[1]剧本冠以清末名班丹山凤的班牌，虽然存在书坊"张冠李戴"假托名班的可能性，依然是现下我们考察晚清早期粤剧剧目的重要资料。现摘引部分主要角色的曲文如下：

（正生白）哦。（慢板唱）杨延昭怒恨满怀，骂一声不肖小奴才。为父的、传将令、命儿巡哨，又谁知、小畜生、私自回来。与焦赞、并孟良、和成一块，奔山东、牧角寨、私配裙钗。临阵上、招亲事，王法何在，怕只怕、宋王爷、降下罪来。儿不听、父教、就该天雷盖，将儿尔、千刀万剐、也应该。叫焦赞、将畜生、捆绑辕门外，斩了蠢子、除祸胎。

……

（老旦唱）娘进帐、难道是、儿尔不解，反把这、假意儿、问娘何来。
（正生唱）老娘亲、怒冲冲、愁锁眉黛，莫不是、为宗保、那不肖奴才。
（老旦唱）小孙儿、并不曾、为非作歹，为甚么、绑辕门、要把刀开。
（正生唱）提起来、把儿的、肝胆气坏，恨不得、将畜生、两段分开。儿命他、带将令、巡查营外，又谁知、奔山东、私配裙钗。牧角寨、招了亲、王法何在，怕只怕、宋王爷、降下罪来。
（老旦唱）牧角寨、招亲事，姻缘还在，看着他、年纪小、饶恕无才。
（武生唱）老娘亲、休说是、孩童气概，儿有那、前古人、对娘说来。那甘罗、十二岁、身为太宰，史敬堂、十三岁、拜将登台。三国中、周公瑾、名扬四海，七岁上、学道法、人称将才。十三岁、掌东吴、水军元帅，他把那、曹孟德、当作婴孩。赤壁湖、用火攻、神鬼难解，烧曹兵、八十三万、无处安排。他也是、父母生、并非鬼怪，难道是、小畜生、禽兽投胎。老娘亲、休讲情、请出帐外，那畜生、想活命、二世投胎。

（老旦唱）听一言、不由人、银牙咬碎，骂一声、杨延昭、不肖奴才。我杨家、投宋营、名扬四海，父子们、一个个、俱是将才。尔父亲、李陵碑、死于北寨，死得个、可怜我、好不伤怀。单剩下、杨宗保、一点后代，眼睁睁、指望他、祭扫坟台。倘若是、小孙儿、身遭杀害，那时节、管叫尔、悔不转来。[2]

这是《辕门斩子》整场戏的第一个小高潮——杨延昭对杨宗保不顾军前将令且私定终身的行径十分愤怒，下令将其辕门斩首示众，佘太君听闻赶来求情，于是有了以上母子之间有关法、理和情之间的对话。二人虽为母子，却立场不同，佘太君句句以人

---

[1] 《辕门斩子》，光绪乙丑年新刊。
[2] 《辕门斩子》，光绪乙丑年新刊，上卷第1—3页。

情、亲情相逼,杨延昭以国法和天理为据,寸步不让。从曲文来看,用词简练通达且不拖沓,读之即可想象到舞台演出时的两方胶着情状。对比现存粤剧《辕门斩子》的多种版本剧本,行文都相对统一,只有一些字词不同,以及民国之后盛行的机器版剧本中出现了"佢""唔""哋"等广府方言语汇。麦啸霞曾在《广东戏剧史略》中对"大排场十八本"有十分高的评价,说它们的科白曲文"均有编定,词语质朴,不尚浮华,颇有元曲本色之妙,用韵甚宽,平直显浅,不避俚俗",又说:"盖平必有曲韵,直必有至味,显必有深义,俚必有实情,随听者之智愚高下而各与其所能领会。"①称"大排场十八本"有"元曲本色之妙",想来这也是这些剧目可以称霸一时之舞台的重要原因了。

按照粤剧老艺人刘国兴的回忆,在光绪八年(1882)至廿八年(1902)之间,粤剧已出现了一个全盛的景象。那时候,何萼楼的宝昌公司、邓瓜的宏顺公司、源杏翘的太安公司等,已相继出现,并各自拥有多个阵容强盛的戏班,规模都相当大。②时人俞洵庆在成书于光绪十年(1884)的《荷廊笔记》中有对本地班演出盛况的详细描述:

> 其由粤中曲师所教,多在郡邑乡落演剧者,谓之本地班。专工乱弹、秦腔及角抵之戏,脚色甚多,戏具衣饰极炫丽。伶人之有姿首声技者,每年工值多至数千金。各班之高下,一年一定,即以诸伶工值多寡,分其甲乙。班之著名者,东阡西陌,应接不暇,伶人终岁居巨舸中,以赴各乡之招,不得休息。惟三伏盛暑,始一停弦管,谓之散班。设有吉庆公所。③

由此可见,光绪年间本地班中的著名班牌已然是东奔西走、戏约不断,"姿首声技"的艺人能够得到昂贵的薪金,各戏班之间也有稳定的评价体系,足以说明同、光年间本地班在表演技艺、市场竞争、行业地位等方面是有长足进展的。

同、光年间本地班的兴盛在19世纪美国经营时间最长的华文报纸《唐番公报》中亦能得到印证。该报曾在光绪元年(1875)、二年(1876)以半页之版面连续刊登是年广府地区"新埋"戏班的班名及十大行当艺人姓名,并标明是"照吉庆公所抄出"。其中光绪元年有普丰年、尧天乐、昆山玉、钧天乐、贺飞龙、普尧天、顺天乐、丹山凤、玉山凤、普贞祥、丹山彩;光绪二年则有尧天乐、翠山玉、普丰年、昆山玉、顺丰年、丹山

---

① 麦啸霞:《广东文物抽印本·广东戏剧史略》,中国文化协进会编印1940年版,第22页。
② 刘国兴:《戏班和戏院》,载广东省戏剧研究室编《粤剧研究资料选》,1983年版,第329页。该文原发表于1963年的《广东文史资料》,后被多次辑录。
③ 俞洵庆:《荷廊笔记》,卷二"广州梨园",光绪十一年刻本,中山大学图书馆藏(30458),载中国戏剧家协会广东分会、广东省文化局戏曲研究室编印《广东戏曲史料汇编》(第一辑),1963年,第19页。

凤、豫丰年、翠山凤、普尧天、贺高升、□山凤。① 这些戏班中不少是自同治年间便在广府地区大有名声的,比如"尧天乐""丹山凤""普丰年"等,而且又能刊登在大洋彼岸的美国报纸中,足以说明当时广府本地班的声名远扬。《粤剧史》也记载清末民初的广州地区至少有三十六个本地班,分布在"下四府"以及惠州、韶关等地的本地戏班,就更是数不胜数了。②

李文茂起义后,本地的禁演驱使艺人们透过粤商的关系,积极转向上海、新加坡、北美和澳洲等区域寻求演出市场。至同、光年间,以本地班为代表的粤戏在这些地区已然是蔚然成风。③

同治十二年八月初一(1873年9月22日),上海《申报》登载一篇题为《夜观粤剧记事》的文章,一位离乡多年的广东人描述了他在上海戏院观看"荣高升部"演《六国封相》《灞桥送别》等剧的体验,按早期粤剧成规,演出《六国封相》非上百人不可,中小型戏班是无法演出的,因此《上海粤剧演出史稿》的作者亦推测这应是第一个登陆上海的大型粤剧戏班。④

广府本地班进入北美市场的情况,我们可以从旧金山这一座城市的演出来管窥一斑。美籍华人李士风在《晚清华洋录——美国传教士、满大人和李家的故事》中记载了他的曾祖父李致祥光绪三年(1877)在美国旧金山考察时结识了著名作家马克·吐温,二人相伴在唐人区的戏院观看了多场来自广东的"传统大戏",并介绍这是由来自广州的、八和会馆赞助的拥有62个团员的戏班,他们预计会在美国西岸五个城市演出三十场。⑤ 这是广府大戏进入北美并受到华侨同胞及外国人欢迎的一个缩影。

基于现存剧本中记录的戏班情况,以及现有的粤剧研究著作或论文,我们可以统计出至少50个清代广府本地班,而在众多的戏班中,除了涌现出上述的邝新华、勾鼻章等人外,还有著名武生蛇公荣、公爷忠、公爷创、新标、新白菜、三元;小武反骨友、崩牙启、崩牙成、东生;花旦德仔、新元茜、仙花发、白蛇森、扎脚文、大家丙、兰花米、西施炳;小生金山恩、阿能、阿聪、阿壮;丑生生鬼毛、鬼马元、豆皮梅等人。⑥ 戏班如云,名角迭出,再

---

① 《唐番公报》"光绪元年岁次乙亥八月廿七日礼拜六第三号纸""光绪二年七月廿三日第二号纸"。此文献由新加坡国立大学中文系容世诚教授提供,识此以表感谢。
② 赖伯疆、黄镜明:《粤剧史》,北京:中国戏剧出版社1988年版,第21页。
③ 广府本地班在其他省份及海外的传播、发展情况,详情参赖伯疆、黄镜明《粤剧史》第七章"粤剧在港澳和海外的沧桑";黄伟、沈有珠《上海粤剧演出史稿》(北京:中国戏剧出版社2007年版);黄伟《广府戏班史》第七章"广府戏班在海外"等。
④ 黄伟、沈有珠:《上海粤剧演出史稿》,北京:中国戏剧出版社2007年版,第3—4页。
⑤ [美]多米尼克·士风·李(Dominic Shi Feng Lee)著,李士风译:《晚清华洋录——美国传教士、满大人和李家的故事》,上海:上海人民出版社2004年版,第121—124页。
⑥ 赖伯疆、黄镜明:《粤剧史》,北京:中国戏剧出版社1988年版,第21页。

加之行业组织稳健发展,这正是本地班"拨开云雾见天日"、迈向中兴的生动标志。

第三节　潮、汉、琼剧的蓬勃发展

　　明中叶以降,在广东的剧坛上,已经逐步演变出几种具有鲜明地方特色的本地戏曲剧种:粤东地区的潮腔、潮调,粤中地区的广班,琼州府的土剧,等等。

　　自李文茂揭竿而起参与起义,到最后失败,历时八年之久,广府地区本地班惨遭禁演,不在禁演之列的外江班戏班如秦腔、汉剧、湘剧,以及正字戏、白字戏等还是照常在广府地区演出。至于广东的其他地区,虽然也受到一定影响,但戏曲活动基本上仍在如常进行。

　　咸丰末年,广府本地班禁令稍息,吉庆公所众艺人在重振梨园的同时,亦招收儿童学戏,组成"童子班",仅广州府就成立了十七八个,以"庆上元班"最为著名。同时期,广东境内其他剧种也办起了类似的科班,如西秦戏顺太平科班、白字戏荣顺科班、外江戏桂天采科班等等。[①] 戏曲科班的成立,标志着本地戏曲剧种的成熟以及外来戏曲剧种的本地化,也正式开启了近代广东剧坛粤、潮、汉、琼等大剧种蓬勃发展、小剧种丰富多姿的新局面。

一、潮　剧

　　潮剧是我国南方的一种古老剧种,明代即有"乡音搬演戏文"的潮腔、潮调,是用本地方言潮州话来演戏文,在潮汕地区比比皆是、蔚然成风;清代前期潮剧称为"泉潮雅调",道光起又有潮州戏、潮音戏、潮州白字戏、本地班等称谓见诸碑刻、著作和报刊,同时期,"潮剧"一词也开始使用。这种渊源于宋元南戏的地方剧种,传统剧目多为南戏遗产,并在明中叶就完成了舞台语言方言化的进程,而其声腔以联曲为主的曲牌与板腔综合的音乐体制,则是在近代形成的。

　　1840年鸦片战争之后,特别是潮州、汕头开辟为通商口岸后,商业经济快速发展,城镇增多和扩大,出洋谋生者日众;加之民族矛盾尖锐,反清革命兴起,潮州戏亦跟着时代有所改良和发展。[②]

　　《潮剧史》曾以1840年为界,将清代潮剧的发展分为前期和后期两个阶段,并概

[①] 有关清末广东各剧种组建戏曲科班的情况,详见赖伯疆《广东戏曲简史》,广州:广东人民出版社2001年版,第143—144页。

[②] 《中国戏曲志》编辑委员会、《中国戏曲志·广东卷》编辑委员会:《中国戏曲志·广东卷》,北京:中国ISBN中心1993年版,第80页。

括总结清初潮剧的总体艺术风格是"其歌轻婉,闽广相半",清代后期的潮剧则呈现"潮音鼎盛"、商业气息浓郁的局面,而且表演艺术日见精湛,名班名角迭出,都是剧种日趋成熟的重要标志。①

咸、同年间,粤东地区的戏剧演出十分频繁。可以从潮州的田元帅庙在重建时所立碑刻窥知一二,碑文曰:

>咸丰九年八月初二日,祖庙被狂风拆毁,社、里同众梨园子弟重做庙宇。十年,梨园会议:正音班每年每班银二元,西秦班每年每班银二元,潮音班每年每班银一元。期约银项两次收用。三月、八月各班收来祖庙交和尚收入敬神。初二、十六进盒清茶、银锭、香烛奉敬。六月廿四日致敬一天,酒礼影戏一台奉敬。十二月廿四日做平安敬一天,酒敬影戏一台送神。梨园子弟永永万年照此规约,遵奉而行,如有违者,不是田府派下子孙。②

从碑文可知,李文茂起义期间,潮州一带仍有多种戏曲的演出活动。从各班捐银的情况来看,正音班、西秦班比潮音班多,侧面说明了当时的潮音戏在戏班规模和演出收入等方面应是不如正音戏和西秦戏的。然而,这种局面并没有维持很久。同治年间开始,潮音戏因使用土语土调演戏,妇孺易晓,加之粤东地区素来崇尚巫鬼,迎神赛会颇多,演戏酬神娱人终年不断,所以日趋繁荣,不仅赢取了民众的喜爱,更占据潮州剧坛大半江山。

清代扬州人士张心泰因父亲曾在潮州做官吏,而到过潮州。他在写成于光绪元年的《粤游小识》中多有记述在潮州的见闻,他称:"潮剧所演传奇,多习南音而操土风,名本地班。观者昼夜忘倦。若唱昆腔,人人厌听,辄散去。"③再现了同治年间潮州民众对本地班和昆腔演唱的态度。

清人王定镐在作于光绪年间的《鳄渚摭谭》中以"近来最盛""优童艳泽""服饰新妍"等来描述当时白字戏的盛况④,还说:"潮俗菊部谓之戏班,正音、白字、西秦、外江凡四等……正音、西秦一类不过数班,独白字以百计。"⑤事实上,潮音班至光绪二十八年(1902)已发展到200多班,而且在潮州辖下的澄海县、潮安县、揭阳县和潮阳县等都遍布名班,另有老万年等数十班到东南亚各国演出。⑥ 当时的《岭东日报》载:

---

① 详见吴国钦、林淳钧:《潮剧史》(上编),广州:花城出版社2015年版,第195—208页。
② 中国戏剧家协会广东分会、广东省文化局戏曲研究室编印:《广东戏曲史料汇编》(第一辑),1963年,第66页。
③ 转引自林淳钧:《潮剧闻见录(修订版)》,广州:暨南大学出版社2019年版,第6页。
④ 《鳄渚摭谭》,作者王定镐,光绪年间抄本。未见原书,转引自萧遥天:《民间戏剧丛考》,香港:南国出版社1957年版,第14页。
⑤ 转引自林淳钧:《潮剧闻见录(修订版)》,广州:暨南大学出版社2019年版,第6页。
⑥ 光绪年间潮音班盛况,详见赖伯疆《广东戏曲简史》,广州:广东人民出版社2001年版,第152—153页。

"潮州梨园分外江潮音,外江除四大班外,继起者寥寥,潮音则日新月盛,几有二百余班。"①可见此时期潮音戏得到了飞跃的发展,实力远远超过了正音班和外江班,可谓是潮音戏的鼎盛时代。正如萧遥天在《潮音戏寻源》中所述:

> 黄钟毁弃,瓦釜雷鸣。抑又何故耶?此无他,潮音乃以独有之潮州乡土风格擅胜,土语土腔,非特妇孺易晓,即潮州人莫不好之,观众既伙,欲阻其勃兴,其可得乎?②

这一时期,潮音戏在剧目内容、唱腔音乐、表演艺术、舞美装饰等等方面都发生了重要变化。萧遥天称此时期为"潮音戏第二度和诸戏的融合",并提炼总结"融合"的具体表现在以下四方面:一是仿用弹词以为戏文;二是袭取西秦、外江的腔调剧出;三是耳食平剧的戏装、武行、锣鼓、戏出;四是吸收粤剧的音乐。③

同其他地方剧种一样,潮音戏中的"古戏"多源于宋元南戏、明清传奇和小说,如《刘希必金钗记》《蔡伯喈琵琶记》《高文举珍珠记》《白兔记》《荆钗记》,以及《三国演义》《水浒传》等长篇小说。正如清末无涯生在《观戏记》中所说的:

> 潮州班其所演小说,积日累月,尽其全部而后已。《三国演义》《水浒传》《隋唐演义》等书,皆其常演之本。④

《潮剧史》在介绍清代剧目时,收录一首当时流传颇广的民间歌谣——《十二月点戏歌》,歌中传唱十二个民众熟悉的潮音戏剧目,例如:"正月过了二月来,张生跳过粉墙来,红娘月下操奇计,姻缘二字天送来……四月石榴点滴红,买臣担柴到山中,肩头挑柴手提册,后来离妻做相官……七月秋风反凉哩,十朋玉女结夫妻,继母迫嫁投江死,知府接着来团圆……十二月梨花开满丛,蒙正当初未成人,可怜丞相千金女,受尽饥饿破窑中。"⑤歌谣中点到了《鹦鹉记》《西厢记》《苏六娘》《朱买臣休妻记》《和戎记》《荔镜记》《荆钗记》《金印记》《白兔记》《拜月记》《破窑记》,共十一个家喻户晓的传统戏曲剧目,它们不是来自南戏,就是出自明代传奇或明本潮州古戏文,可见潮剧艺术传统之深厚和剧目之丰富。

同、光以降,特别是光绪至民国时期,潮音戏新编剧目大增,内容扩展,风格多样。

---

① 转引自萧遥天:《民间戏剧丛考》,香港:南国出版社1957年版,第13页。
② 萧遥天:《潮音戏寻源》,载广东省艺术创作研究室编《潮剧研究资料选》,内部印行,1984年,第62页。
③ 萧遥天:《民间戏剧丛考》,香港:南国出版社1957年版,第15—17页。
④ 无涯生:《观戏记》,原载1902年美国旧金山华文报纸《文兴日报》,林志祥:《潮汕戏剧文献史料汇编》,广州:暨南大学出版社2018年版,第222页。
⑤ 吴国钦、林淳钧:《潮剧史》(上编),广州:花城出版社2015年版,第222—223页。

首先是学习借鉴和移植正字戏、弋阳腔、西秦戏、余姚腔、外江戏和京剧等多种外地剧种的剧目，取其众长，丰富自身，不断保持旺盛生命力。如从正字戏移植来开棚戏《五福连》，包括《八仙庆寿》《唐皇净棚》《仙姬送子》《京城会》《跳加官》等；从弋阳腔移植改编《高文举珍珠记》，其中"扫窗会"一折至今仍是潮剧保留传统唱腔和表演艺术最精湛的桥段之一；从西秦戏借鉴《金莲戏叔》《卖胭脂》《游龙戏凤》等并有所创造。①

其次，潮音戏擅用地方乡土题材编演剧目的传统得以持续发扬，风土人情、杰出人物和乡里故事继续大量走入剧本，成为潮音班舞台上的重要剧目，如《揭阳案》《刘龙图骑竹马》《陈北科》《林大钦》《林德镛》《李子长》《夏雨来》《萧端蒙》《翁万达斩十八翰林》《刘进忠下潮州》等等。除了产生上述地方题材剧目，亦有丑角担纲的《周不错》《双青盲人》，和花旦戏《梨花送枕》《卖胭脂》《世隆走贼》等大量上演。②

最后，还有不少剧目出自潮州歌册，《十二寡妇征西》《大红袍》《包公出世》《杨文广》《狄青平西》《粉妆楼》等等，都是潮剧常演的剧目。

音乐唱腔方面，晚清潮剧音乐组合成"轻六""重六""活五""反线调"等四种定型音组，多使用二弦、椰胡、苏锣、深波等特色乐器伴奏，整体构成柔和、轻婉的音乐特色，较少有激越的音调。③

此阶段潮音戏在曲牌连缀的基础上发展了滚调和板腔体的变化，形成连缀曲和板腔曲混合的唱腔体质，同时又吸取了西秦、外江戏板式变化的手段和技法，还请外江先生教戏。曲辞方面吸收潮州民间歌册和江南弹词入戏，仿其吟唱，唱词从长短句向七字句变化，以晚清在潮汕地区广为流行的潮剧唱段为例，可对当时弹词和潮州歌册对潮剧唱词、艺术风格的影响管窥一二：

> 提起前事泪汪汪，满腹冤情在此中。老身受苦楚，在此破窑惨难当。昨夜梦见神仙语，果然大人到此间。我把冤情对你说，正能替我报仇冤。(《包公会李后》)

> 臣妾一本奏冤情，为保社稷之功臣，仁君厚爱安臣等，须念江山坐龙廷。(《杨令婆辩本》)

> 可怜爱女遭不明，使我不禁通心胸。默默行到他墓去，以尽父女一片情。(《玉柯枳哭坟》)④

---

① 详见吴国钦、林淳钧《潮剧史》(上编)，广州：花城出版社2015年版，第223—225页。
② 参见林淳钧、陈历明编著《潮剧剧目汇考》(上)，广州：广东人民出版社1999年版，第5页。
③ 吴国钦、林淳钧：《潮剧史》(上编)，广州：花城出版社2015年版，第207页。有关清末潮剧在音乐唱腔、表演艺术及舞台服饰等方面的变化，亦可参见《潮剧志》编辑委员会编《潮剧志》，汕头：汕头大学出版社1995年版，第13页。
④ 三段唱段内容，转引自吴国钦、林淳钧：《潮剧史》(上编)，广州：花城出版社2015年版，第207页。

总之,近代潮音戏吸收当地说唱潮州歌以及正音、西秦、外江诸戏的故事内容和演唱艺术,从民间音乐、大锣鼓中汲取滋养,在戏曲内容和音乐表演各方面都有所改进和发展,是潮剧从古朴转型至现代潮剧的重要阶段。

二、汉 剧

广东汉剧,原称外江戏,是来自外省的皮黄剧种,广泛流播于粤东、粤北和闽西、闽南、赣南等地区,香港、台湾以及东南亚华侨聚居地也多有其传演印迹。清代乾隆年间,在广府称霸剧坛的外江戏已经进入了潮州一带地区,开始流行且慢慢得到民众的喜爱。[1]

潮州自古即为府治,地处沿海平原中心。清代嘉庆后海禁大开,这里随即成为官员和外省商贾云集之处。密集的人口,繁荣的经济、文化,促进了戏曲的兴盛。而以潮州方言为舞台语言的本地戏曲,难以适应上层社会的需要,这在客观上促进了外江戏在潮州的发展。

咸丰八年(1858),清廷将汕头开辟为英法的商埠,广东沿海一带迅速形成了以汕头—潮州为中心的串联粤东、闽西和赣南的经济圈。经济的繁盛,社会相对安定,引发戏剧演出市场的繁荣,短时间内有大量外江班蜂拥而至。因此清咸丰、同治之后,直至抗日战争之前,都是外江戏在潮汕地区的隆兴时期。

同治末年,外来的戏班已经很难满足广大民众对外江戏的急剧膨胀的需求,外江班中的桂天采和高天采相继开设科班,招收十二岁左右的本地儿童集中训练并传艺,这是外江戏从艺人员逐步实现本地化的肇始,正如汉剧研究专家陈志勇所讲,本地科班的设立,是外江班迈向本地化进程的第一步,是广东汉剧形成的标志。[2]

光绪年间,外江梨园公所的成立,标志着外江戏越发兴盛。此时粤东地区有三十多个正式班社活动,以澄海的老福顺、潮阳的老三多、普宁的荣天彩和潮州的新天彩四大班最为著名,时称"外江四大班"。除此外,还有下四班、童子班、咸水班等数十个班。[3]《潮州戏剧志》载:"潮州外江戏,当光绪、宣统之际,风靡全境。……外江调高朗悦人,会逢其适遂代兴尚奋须长鸣焉。"[4]充分说明了当时粤东地区外江班的流

---

[1] "外江戏入潮时间"与"广东汉剧形成时间"是两个不同的时间概念,应当加以区分,不能混为一谈。有关外江戏入潮时间的考证,详见陈志勇《广东汉剧研究》,广州:中山大学出版社 2009 年版,第62—65页。

[2] 陈志勇:《广东汉剧研究》,广州:中山大学出版社 2009 年版,第 66 页。

[3] 童子班又称"外江仔";咸水班则指由本地人组织,但未得外江真传的戏班。

[4] 萧遥天:《潮州戏剧志》"绪言",载广东省艺术创作研究室编《潮剧研究资料选》,1984 年,第 30 页。

传盛况。

光绪初年,潮州一带出现的外江戏名班与名角,都是以粤东本地人为主。诚如有人所言:"名曰'外江',实尽潮产之伶人。"①基于此,学界现在普遍认为,至迟在同治末年前后,广东汉剧已经形成。而自光绪初年开始,直至民国初期,广东汉剧进入繁荣发展期,主要表现在班社众多、名角迭出、市场庞大、艺术成熟以及理论研究开始起步等。②《中国戏曲志·广东卷》称此阶段的外江戏在潮州的上层社会被崇为雅乐,"儒家乐社"云蒸霞蔚,班中名角济济一堂。③

外江班在光绪年间的繁荣,进一步推动了自身的"本地化"改造,以适应粤东市场的大众喜好和审美需求,这主要体现在:唱腔上,改革红净的发声,以真假嗓混用,从而形成了不同于老生和小生的独特唱腔;行当扮演上,光绪二十八年(1902)由女须生黄玖琏(人称九嫂)开创了男女同台演出的先例,随后更多女演员以坤角的本来面目扮演花旦,迎合了观众的审美需求;伴奏乐器上,根据汉调胡琴设计了头弦,使其成为乐队的领奏乐器,更有乐师依据汉剧演唱的特点而设计出一种弦筒较宽、弦杆较长的"提胡",将汉剧的音乐风格由高亢带向柔美;在声腔音乐上,积极借鉴并吸收当地音乐元素,如中军班的锣鼓、丝弦清乐和民间小调等等,使得汉剧的伴奏音乐丰富多样化且充满了粤东地方风味。④

这一时期外江戏的剧目结构,基本呈现出以历史剧为主体,少许社会剧和杂耍小戏作为补充的格局,其中,外江戏的历史剧题材和内容主要源于历史演义小说、民间传说以及本地民间说唱等。此外还形成了特有的演出剧目的组合程式,例如有"四大棚头戏",即《珍珠塔》《春秋配》《彩楼配》和《双槐树》;还有"副四大棚头戏":《下河东》《四进士》《九莲灯》《孙膑收庞涓》;此外还有"四小棚头戏""四双戏""四关戏""四记戏""四案戏""十锦戏""十小锦戏"等多种剧目组合。⑤

三、琼 剧

琼剧是海南的传统戏剧,又称"琼州戏""海南戏",流行于海南、广东雷州和高州、广西合浦一带的地方剧种,和粤剧、潮剧以及汉剧并称为岭南四大剧种。

---

① 讷公:《潮戏漫谭》,载刘豁公主编《戏剧月刊》第1卷第9期,上海大东书局印行,1929年3月。
② 参见陈志勇:《广东汉剧研究》,广州:中山大学出版社2009年版,第67页。
③ 《中国戏曲志》编辑委员会、《中国戏曲志·广东卷》编辑委员会:《中国戏曲志·广东卷》,北京:中国ISBN中心1993年版,第85页。
④ 陈志勇:《广东汉剧研究》,广州:中山大学出版社2009年版,第78页。
⑤ 详见陈志勇:《广东汉剧研究》,广州:中山大学出版社2009年版,第95页。

琼州府在明中叶已经形成本地的戏曲——土戏(土剧),是模仿元代从潮州传入的手托木头班而形成。从土戏到海南戏(琼剧)之间,有一个较长的演变过程。最初,潮州、广州、福建等地的戏曲通过商船流入琼州,受其影响,海南土戏最早是用潮州土语方言"杂以闽广土调";明末清初时,其表演语言已经是夹杂中州音韵、海南土音的混合语;后来逐步地方化,全部改用海南土音来演唱。① 到近代,粤剧艺人流入海南岛,梆子、二黄等音乐唱腔也随之渗入琼剧。文戏从带帮腔的曲牌体蜕变为板腔体,并扬弃了帮腔;武戏则由科白戏变为有唱腔音乐的武打戏。

李文茂起义对海南土戏的发展产生了重要影响。彼时,广府本地班禁演,不少艺人被迫前往海南避难谋生,有的去插班演出,有的则以教戏为生,因而也把广府本地班的剧目和技艺传授给了海南戏艺人。《广东戏曲简史》载光绪元年(1875)有一位名叫"十五仔"的本地班艺人抵达海南岛,在海口、府城等地设馆教戏,把梆黄声腔和《三官堂》《五子登科》《六月霜》《九更天》等"江湖十八本"剧目传授给海南戏班艺人,使海南土戏由带帮腔的"曲牌联套作"发展为以"板式变化体"为主的声腔,使军戏由"科白戏"变"唱曲戏"。② 光绪中期,海南岛上用军(官)话演出的军戏,因语言障碍日渐衰微,便和土戏戏班合并同台演出,俗称"文、武大戏"。这种文武剧目都能演出的文、武大班,唱腔板式以梆黄为主,行当亦日益齐全,大受民间观众欢迎,一度繁盛,仅职业戏班就有几十个,还出现了大量的科班教戏馆。③

海南土戏日益蓬勃,编演的剧目也十分多,不仅有戏班使用的脚本,亦有木刻本销售,流行的剧目多达四五百个。其中,除了外来剧种传入的剧目外,土戏艺人和文人也编撰了一批具有地方特色的新剧,多为艺人口唱、文人记录而成,如《秋香过岭》、《狗衔鬃》(后整理为《狗衔金钗》)、《德医》、《盲公案》、《结朱陈》、《换轿顶》、《卖胭脂》、《张文秀》、《林攀桂与杨桂英》、《搜书院》等等,许多后来经过整理成为优秀的传统剧目,一直流行至今。④

总之,同治、光绪年间,广东几大剧种的舞台艺术都变得更加丰富和成熟。西秦戏、白字戏、正字戏也在粤东、闽南地区流行并有所发展。此外,一些地方小戏如采茶

---

① 赖伯疆:《广东戏曲简史》,广州:广东人民出版社2001年版,第59页。
② 参见赖伯疆:《广东戏曲简史》,广州:广东人民出版社2001年版,第145—146页;《中国戏曲志》编辑委员会、《中国戏曲志·海南卷》编辑委员会编:《中国戏曲志·海南卷》,北京:中国ISBN中心1998年版,第11页。
③ 谢彬筹:《岭南戏剧源流编》,北京:中国戏剧出版社2009年版,第69页。
④ 《中国戏曲志》编辑委员会、《中国戏曲志·海南卷》编辑委员会编:《中国戏曲志·海南卷》,北京:中国ISBN中心1998年版,第12—13页。

戏、花鼓戏、大棚戏、花朝戏、贵儿戏、木偶戏等也愈加多彩多姿。①

第四节 晚清广东民间曲艺的发展

广东民间历来有"好乐"之风，歌谣乐舞种类繁多。自明代起，广东省内各区域的曲艺活动初见端倪，至清代中叶，已经蔚为大观，并形成了广府方言和潮梅方言两大民间曲艺板块。广府地区以木鱼歌、龙舟歌、南音、粤讴、解心等说唱及清唱粤曲为主，粤东潮梅地区则流行唱"歌册"，即潮州歌。除此外，广东民间还流行着吴川木鱼歌、雷州歌、客家山歌、竹板歌、莲花闹、乐昌渔鼓等多种曲艺。

一、晚清广东民间曲艺概况

（一）木鱼歌

木鱼歌又称"木鱼""摸鱼歌""沐浴歌"，也有"咸水歌""后船歌""蛋歌"等叫法，是一种流行于广州、东莞、佛山等珠江三角洲一带的民间说唱。木鱼歌与其他说唱一样，最初都是靠演唱者即兴表演、口耳相传的，后来才逐渐形成文本。其文本被称为木鱼书、歌本或歌书，是岭南民间说唱文学的重要组成部分。目前学界对木鱼歌起源时间虽有争议，但大致认可其在明末清初已经产生甚至盛行。②

清代屈大均在《广州新语》卷十二《粤歌》中有一段记载，生动形象地展现了广东民间爱唱木鱼歌的习俗、木鱼书的体制和唱法、木鱼书的内容、主要听众群体及其他们的反映。文曰：

> 粤俗好歌，凡有吉庆，必唱歌以为欢乐。……其歌也，辞不必全雅，平仄不必全叶，以俚言土音衬贴之。唱一句或延半刻，曼节长声，自会自复，不肯一往而尽。辞必极其艳，情必极其至。使人喜悦悲酸不能已已。……其歌之长调者，如唐人《连昌宫词》《琵琶行》等，至数百言、千言，以三弦合之，每空中弦以起止，盖太簇调也，名曰"摸鱼歌"。或妇女岁时聚会，则使瞽师唱之。如元人弹词曰某记某记者，皆小说也。其事或有或无，大抵孝义贞烈之事为多，竟日始必一记。

---

① 有关清末广东地方小戏的发展概况，参见赖伯疆《广东戏曲简史》，广州：广东人民出版社2001年版，第168—175页。

② 据中山大学徐巧越博士对木鱼书中最知名作品《花笺记》海外所藏版本的最新研究，广府木鱼书的诞生年代应提前至明代中叶。参见徐巧越《〈花笺记〉在英国的收藏与接受》，《图书馆论坛》2019年第4期，第150—157页。

可劝可戒,令人感泣沾襟。[1]

由引文可见木鱼歌在清代广东社会以及市井之间的盛行和影响。

木鱼歌作品中有十一部被称为"才子书",它们分别是《三国》《好逑传》《玉娇梨》《平山冷燕》《金簪记》《西厢记》《琵琶记》《花笺记》《二荷花史》《珊瑚扇金锁鸳鸯记》《雁翎媒》。其中的《花笺记》和《二荷花史》,极具文学价值和艺术审美价值,是广东木鱼歌中的优秀代表作。《花笺记》更是首部被翻译为英文的中国民间说唱作品。1824年,《华英字典》的印刷负责人彼得·汤姆斯将《花笺记》翻译为英文作品,之后在极短的时间内便被转译为多种语言。仅在19世纪,《花笺记》便有五种西文语言的六种不同译本,足见其在海外的流传度和影响力。[2]

清代广府地区的木鱼歌日趋成熟,其音乐内容和形式上逐渐产生变化,于清中叶衍生出龙舟歌、粤讴和南音等民间说唱。它们在晚清时发展达到鼎盛,直至民国后日渐式微。

(二) 龙舟歌

龙舟歌是一种以吟诵为主、用小锣鼓伴奏且节拍较为自由的广府方言曲艺。同时,也是粤剧、粤曲地方化后经常使用的一个曲牌。

龙舟歌最初多在乡间路口、码头等人来人往之地演唱,艺人以男性为主,他们通常在肩上扛一把龙舟木雕,胸前挂着小锣鼓,边唱边敲,沿街卖唱。龙舟歌的演出地点和方式决定了它的内容通常是短篇的,且多取自长篇木鱼书、木鱼书摘锦或改编自民间传说故事,不仅通俗易懂,而且演唱基调轻松愉快,节拍自由,大体是"徇字取腔"或"因字成腔",只求朗朗上口而不求繁杂多变,腔调朴素、粗犷,极具乡土气息,备受民间大众的喜爱。例如《碧容祭监》的开场,十分典型:

> 讲了一篇又一篇,春去秋来又一年。古道光阴如似箭,人老何曾转得少年……近今世界人眼浅,一时薄众口难填。想起我地龙舟真正贱,几多咸苦为文钱。凑着我连捱几晚无声线,若想唔捱又怕米塔穿……有等唔知头横兼凳掂,莫话嗦人上树把梯拈。今晚舍得尔列位咁有心来帮衬,何妨则剧唱几句花言。男女两旁莫个声乱道,莫话坐埋人众乱哈三千。恐防嘈闹唔听见,即此我口吐莲花

---

[1] 屈大均:《广东新语》卷十二《诗语·粤歌》,北京:中华书局1997年版,第358—359页。
[2] 有关《花笺记》在海外的传播和接受研究,详见王燕《〈花笺记〉:第一部中国"史诗"的西行之旅》,《文学评论》2014年第5期,第205—213页;徐巧越《〈花笺记〉在英国的收藏与接受研究》,《图书馆论坛》2019年第4期。

也是废言……①

这个开场白完全是日常说话的口吻,内容通俗,即使妇孺文盲也能一听就懂。龙舟歌因着通俗生动的市井传唱方式,而具有较广泛的社会宣传功用,一度成为近代文人志士宣传革命思想的有力武器。②

(三)粤讴

粤讴又名越讴、解心腔。最早约略于嘉庆年间,由珠江河上楼船画舫中的珠娘在木鱼歌、龙舟歌的基础上,改变腔调而创出的一种短调新歌体,初名解心腔,简称解心。其后,以冯询、招子庸为代表的一批文人参与歌体的加工改造,使之"雅化"和规范定型,并以此创作出大量作品,流传颇广。

道光八年(1828),精晓音律的招子庸收辑了120首解心作品编成《粤讴》,书前有香山道人黄培芳、南海谭莹等人所作序言,由广州澄天阁刊刻出版,此后广府书坊五桂堂、以文堂等又多次翻刻和翻印,一时间在社会上产生了巨大影响。文人墨客争相撰写,并皆将作品命名为"粤讴"。随着大量作品的广为传播,逐渐产生专唱粤讴的职业艺人队伍。中国俗文学研究的先行者——郑振铎先生曾在他的《中国俗文学史》中称《粤讴》的刊印,使得珠江三角洲"几乎没有一个广东人不会哼几句粤讴的"③。此外,《粤讴》也曾穿山越岭、跨越海洋,进入西方世界。1904年,英国人金文泰将之翻译成英文,更名为《广东情歌》,在英国出版。葡萄牙人庇山将之译为葡文,介绍到欧美国家,引起了外国读者的注意。

粤讴可以徒歌,也可以合乐,多选用琵琶、扬琴、椰胡、洞箫等一二种做伴奏,旋律悲凉沉郁,节奏缠绵舒缓,适宜表现委婉哀伤、伤春怨梦、别绪离愁等情调。其唱词脱胎于七言韵文,以四句为一组。唱词字数自由灵活,但粤讴的格律过于严谨,必须符合平仄押韵,又有严格的节拍约束,因此若有一字一词拗口,就难以成讴。④

---

① 《碧容祭监》二卷,省港五桂堂机器版。
② 参见广东省戏剧研究室编:《广东省戏曲和曲艺》,内部资料,1980年版,第209页;《中国曲艺音乐集成》全国编辑委员会、《中国曲艺音乐集成·广东卷》编辑委员会编:《中国曲艺音乐集成·广东卷》,北京:中国ISBN中心2007年版,第379—380页。
③ 郑振铎:《中国俗文学史》,北京:商务印书馆2010年版,第661页。
④ 参见《中国曲艺音乐集成》全国编辑委员会、《中国曲艺音乐集成·广东卷》编辑委员会编:《中国曲艺音乐集成·广东卷》,北京:中国ISBN中心2007年版,第470—471页;叶春生:《〈粤讴〉的思想艺术特色及其对后世文学的影响》,《岭南文史》2016年第3期,第5页。

(四)南音

南音是在木鱼歌、龙舟歌基础上借鉴并吸收江浙弹词的特点,再经过加工而逐渐发展出来的曲种。① 它和木鱼歌、龙舟歌、粤讴一样,主要流传于珠江三角洲及香港、澳门等区域,而且相较其他三者,南音的音乐性更强,多在文人雅士为代表的上层社会范围内传唱。

南音的唱词句格、平仄声韵要求都比较严谨和规整,以七言韵文体为主,可加虚字衬字,使用广府方言演唱,具有半文半俗的独特风格。它的音乐旋律不像木鱼歌、龙舟歌那般单一、反复,是由一个基本旋律衍化出慢板、中板、流水板、快板等板式,而且有板有眼。所以它的唱腔悠扬婉约,旋律优美动听,还有着浓郁的地方色彩。南音的伴奏乐器也较丰富。早期演唱南音的民间艺人多是被称作瞽师的男性失明艺人,他们只用一把筝或扬琴自弹自唱;后来的专业演唱者则都用秦琴、扬琴、椰胡、洞箫、秦胡、三弦等乐器组合来伴奏。②

南音的曲目,绝大多数是中、短篇。早期作品多出自文人士大夫之手,追求辞藻华丽,内容也多是吟风弄月、酬酢消遣之类的故事和情愫。因此,南音中有大量作品都是通过反映烟花女子的不幸身世和遭遇,从而表现文人与妓女在精神上的互相怜悯和依赖。③ 其中以《客途秋恨》和《叹五更》最为著名,二者以鲜明的艺术特色和较高的文学价值,被称为南音作品的双绝。由于一时间名声大噪、深受欢迎,不断有人效仿《叹五更》的形式而创作新的"叹五更"作品,如《名花叹五更》《多情叹五更》《刘生叹五更》《邓娇叹五更》等等,使得"叹五更"成为南音创作的一种套式。

此外,还有很多南音曲目是改编自木鱼书的,有些甚至直接摘取长篇木鱼中的精彩曲目或片段,改成南音唱本。如《梅知府》《大闹梅知府》是来自木鱼书《碧容探监》,《孟丽君诊脉》《君臣同乐》《上林苑题诗》是出自木鱼书《再生缘》。④ 还有一些刊刻曲艺唱本的书坊,索性将原本出版的木鱼书唱本的封面上改换为"正字南音"再重新刊发。⑤

---

① 有关广东南音的起源,另有两种说法:一为日本学者金文京提出的由北方鼓词、江浙弹词发展而来;二是香港学者区文凤主张的南音由木鱼书直接衍生而来。
② 参见广东省戏剧研究室编:《广东省戏曲和曲艺》,内部资料,1980年版,第215—216页。陈勇新:《南音》,广州:广东人民出版社2009年版,第21—22页。
③ 徐璐:《广东南音审美研究——以南音双绝为例》,载《广东省民俗文化研究会成立25周年〈神舟民俗〉杂志创刊25周年暨民俗文化发展研讨会论文集》,2014年,第78页。
④ 《中国曲艺音乐集成》全国编辑委员会、《中国曲艺音乐集成·广东卷》编辑委员会编:《中国曲艺音乐集成·广东卷》,北京:中国ISBN中心2007年版,第423页。
⑤ 有关"正字南音"的情况与研究,可详见李继明《香港五桂堂正字南音考论》,载《第四届"戏曲与俗文学"学术研讨会论文集(第四组)》,2021年,第213—220页。

（五）粤曲

粤曲①是以梆子、二黄为基本唱腔，并融合了木鱼歌、龙舟歌、南音和粤讴等粤地曲艺形式而成为一种唱曲类声腔复合型曲种。② 粤曲是现如今广州方言区流行最广的一大曲种，约有一百五十多年的历史，新中国成立前曾经历了八音班时期、师娘时期、女伶时期和茶座时期等多个发展阶段。

学界普遍认为，粤曲的早期形态——"只唱不做"的八音班，最早可追溯至清代道光年间。八音班以组成人数又可分为小、中、大八音班，分别由 8 个人、16 个人和 24 个人组成。他们以清唱当时广府戏曲中的唱段为主，称作"班本曲"，即戏班剧本中的曲子。约同治年间，开始出现专唱粤曲的失明女艺人，多称为"师娘"，也称"瞽姬"和"盲妹"。她们大多数以流动演唱为主，一人唱多腔、演多角，很能发挥曲艺的特点。少数声、色、艺较佳者，受聘到茶楼演唱，或受邀请登门演唱。③ 直到1918年后，师娘在茶楼的演唱渐为开眼女伶所代替。师娘时期曾涌现出如月英、汉英、翠燕、馥兰、群芳等一批颇有声名的艺人。此时期累积出早期粤曲的代表性作品，流行于广州菊部曲坛，即"八大曲本"，分别是《百里奚会妻》《辨才释妖》《黛玉葬花》《六郎罪子》《弃楚归汉》《鲁智深出家》《附荐何文秀》和《雪中贤》。④

（六）潮州歌

潮州歌是流行于潮汕地区以潮汕方言演唱的诗赞系说唱文学，记录潮州歌的书册被统称为潮州歌册。有学者认为潮州歌是从江浙一带的弹词和广东广府地区的木鱼书移植而来，在这些说唱基础上又加以潮汕地方话来演唱，逐步发展成为潮州歌；还有学者主张潮州歌是由本土的歌谣、畲歌等短调踏歌类的民间小曲逐步发展成为长篇的潮州歌，中间历经的过程也一定是极为悠长⑤。以上两种主张都一致认为潮州歌的形成可能在明代，虽然现今仍缺乏具体的文献论据。

有学者认为潮州歌应是源于外地唱本的传入，并对其产生和发展做出了较为合

---

① "粤曲"一词，在民国前的诸多文献中已经出现，但直至民国初年时，文献中的"粤曲"仍主要用来指称粤地歌谣。
② 李静：《粤曲：一种文化的生成与记忆》，广州：广东人民出版社2014年版，第1页。
③ 有关师娘演唱粤曲的具体情况，参见《中国曲艺音乐集成》全国编辑委员会、《中国曲艺音乐集成·广东卷》编辑委员会编《中国曲艺音乐集成·广东卷》，北京：中国ISBN中心2007年版，第26页。
④ "八大曲本"也有的将《李忠卖武》《大牧羊》取代《鲁智深出家》《附荐何文秀》。有关八大曲的研究，可参看容世诚《粤乐"八大曲"初探：戏曲清唱、珠江河调、广东汉剧》，《文化遗产》2016年第3期，第9—15页。
⑤ 持此种看法的学者以陈觅、郭华、谭正璧和吴奎信为代表。

理的假设——"潮州说唱不是先从外地的曲艺民歌导入后,再发展唱本;而是某种已经发展得非常成熟的外地唱本被传入了潮汕地区(唱本导入),当地人据以改写成潮州方言后(唱本本地化),潮汕人才加以唱诵(曲艺形成),而且整个过程发生的时间还不是很早。"它的产生历史"超乎意料的短而浅"①。

清代张九钺(1721—1830)有诗作《蓬竦滩口号四首》,其中第三首云:"三蓬上趬捷,六蓬上娑拖。女儿掉(棹)船尾,更唱潮州歌。"这是现下可见出现"潮州歌"的最早文献。据肖少宋考证,可证明乾隆中期时潮州歌已经在潮汕地区广为传唱了。而且,现存可见最早的歌册传本,是乾隆三十六年(1771)的抄本《刘成美》。②

综合以上学术论见以及最新研究成果,以潮州歌约形成于清代初期更为中肯和符合历史现实。其形成可能经历了外地唱本传入——潮汕人以诵读本地歌谣、戏曲的方式用潮汕方言演绎外地唱本——抄写外地唱本或做部分改写——据外地唱本改编新歌册——借用小说、戏曲或本土民间传说、名人轶事创作歌册。③

潮州歌的唱词句式并不严谨,以七言为主兼用十字句,现存歌本中还存在三三七句式,以及五字句、六字句等多种句式。清代咸丰、同治年间,曾有大量的刻本涌现、流传至今,说明当时这种歌体在民间的流行情况。晚清至民国年间,歌册刻本最多,是其兴盛期。并随着潮籍华侨、华人的足迹而流播海外,在东南亚地区有着很大的影响。

潮州歌册研究者肖少宋认为明清时期以宝卷、弹词、木鱼书为代表的诗赞系说唱文学的兴盛是潮州歌产生的大背景,这些说唱对潮州歌的影响应该是直接的,但这种影响有其特殊性,影响不在于曲艺音乐方面,而在于唱本上。④ 据他对比、考证,现存的木刻本潮州歌册中存在着大量与弹词、木鱼书同题材的作品,而且文词方面有非常明显的直接沿袭、抄录过来的现象。⑤

二、木鱼歌、龙舟歌、粤讴和南音之间的区别和关系

木鱼歌、龙舟歌、粤讴和南音作为粤港澳大湾区传唱最广、最具代表性的民间说

---

① 王顺隆:《潮汕方言俗曲唱本"潮州歌册"考》,《古今论衡》2002年第7期。
② 马庆贤:《清乾隆年间潮州歌册已有刊刻本》,载《汕头特区晚报》2005年10月20日。
③ 肖少宋:《潮州歌形成探考》,载左鹏军主编《岭南学·第4辑》广州:中山大学出版社2011年版,第97页。
④ 肖少宋:《潮州歌形成探考》,载左鹏军主编《岭南学·第4辑》广州:中山大学出版社2011年版,第90页。
⑤ 肖少宋:《潮州歌形成探考》,载左鹏军主编《岭南学·第4辑》广州:中山大学出版社2011年版,第94—96页。

唱,它们之间存在着衍生和相互影响的密切关系。作为根植于民间文化的说唱,他们的来源必然不会是单纯和简单的。

按照民歌由简单发展至复杂的产生规律,龙舟歌源于木鱼歌是合理的。二者相比,除了龙舟歌多了一对锣鼓做伴奏,演唱时的句读断句有较明显差别外,两者的唱法没有很大差别,只是木鱼歌更自由灵活一些。而且,虽然仍有待考证,但历来确有龙舟歌就是短的木鱼歌的说法。

而粤讴与木鱼歌、南音的关系则有据可考。

徐珂《清稗类钞》中有"盲妹弹唱",曾如此记载广州的弹唱,他说:"盲女弹唱,广州有之,谓之曰盲妹。所唱为摸鱼歌,佐以洋琴,悠扬入听。人家有喜庆事,辄招之。别有从一老妪游行市中以待人呼唤者,则非上驷也。"①可见,这种盲女弹唱的摸鱼歌,已经是发展了的木鱼歌,即早期的解心腔。

晚清文人赖虚舟在《雪庐诗话》中有更清晰的记述:"粤之摸鱼歌,盲词之类,其调长。其曰解心,摸鱼之变调,其声短,珠娘喜歌之以道意。先生(按,指冯询)以其语多俚鄙,变其调为讴使歌。"②之后,邱炜萲在《客云庐小说话》中也有相似的表述,他说:"粤之摸鱼歌,盖盲词之类。其为调也长,一变而解心,其为声也短,皆广州土风也。其时盛行《解心》,珠娘恒歌之以道意。冯子良先生(按,即指冯询)以其词多俚鄙,间出新意点正,复变为讴。……好事者采其销魂荡魄,一唱三叹之章,集而刊之曰《粤讴》。"③

据以上引文来看,招子庸、冯询等文人并非粤讴(解心)的创始者,但他们确实在木鱼歌曲艺特征繁复化到派生出解心腔,再到《粤讴》的编辑和刊行,以及粤讴歌体的整体改进等方面都起到重要作用。他们也许并没有改进粤讴的音乐曲调,而是改良了木鱼歌、解心腔的曲辞,使之雅化,更为适合士大夫口味。

那么,粤讴与南音之间的关系呢?早期以梁培炽为代表的广府说唱研究者认为南音在清朝初年即已出现,它与粤讴的关系是相互影响与吸收的。所以,现在仍有不少论著在提及粤讴时,称其是在木鱼歌、南音的基础上发展而来。其实不然。1919年,劳纬孟编辑、南海稚援作序的红楼曲南音集《今梦曲》(六首)在香港出版,序言有这样一段描述:"粤中弹词,向多胡诌,至粤讴出,风气为之始迁。至《客途秋恨》出,

---

① 徐珂编辑:《清稗类钞选:文学 艺术 戏剧 音乐》,北京:书目文献出版社1984年版,第453页。
② 赖虚舟:《雪庐诗话》,未见原书,转引自梁培炽《南音与粤讴之研究》,广州:广东人民出版社2012年版,第137页。
③ 邱炜萲:《客云庐小说话》,载阿英编《晚清文学丛钞·小说戏曲研究卷》,北京:中华书局1960年版,第402页。

而向之癖嗜《桃花送药》《闺谏瑞兰》者,声籁又为之一变。余谓粤讴,土音也。南音,亦土音也。"①

稚援作为清末时人,对当时广东民间歌谣的发展情势应当十分清楚。他指出南音《客途秋恨》较粤讴晚出,且将之与《桃花送药》《闺谏瑞兰》这两本木鱼书作对比,言外之意即南音并非脱胎自粤讴,而是来自木鱼书。也就是说,南音较粤讴晚出,但南音并非脱胎自粤讴,而是脱胎自木鱼书。

澳门著名曲艺家李锐祖(1910—2011)曾在接受访问时,指出同一篇歌词其实可以用木鱼、南音和龙舟三种不同的形式去演唱,这是因为南音和龙舟是由木鱼书发展出来的。② 而又因二者受众群体的根本不同,龙舟是"平民化"的,南音则是"士大夫化"的,所以审美差异导致了龙舟歌、南音在内容、语言和音乐风格上有较大区别。③

总结来讲,从内容和形式两方面来看,龙舟、粤讴、南音皆是从木鱼歌传承派生而来。依从民间曲艺由简到繁的发展规律,这四种说唱的发展次序是木鱼歌、龙舟歌、粤讴和南音。南音仍是由木鱼歌派生出来的,但这种木鱼歌,已是有音乐伴奏的那一种,即派生出粤讴的有乐调的那一种木鱼歌。区文凤曾形容它们之间的关系是"南音和粤讴,应属于同辈兄弟,而龙舟是属于高一辈的叔伯了"④。

早在1952年,粤曲创作者、研究者陈卓莹曾就木鱼歌、龙舟歌、粤讴和南音的音乐特点有详细的论述,他认为"龙舟、木鱼,唱起来不论在形式上或行腔上并没有严格的拍子管束,……南音,它有明显的严格的拍子管束着"⑤,"木鱼和龙舟基本上是相同的;除了行腔和风格上稍有不同之处,就是木鱼比龙舟更自由些"⑥,"它(粤讴)的唱词、规格一如南音,所以彼此的唱词可以互用"⑦。此外,陈氏还对这几种说唱的音乐形式和内容做了详细的对比,得出如下结果:它们在伴奏乐器、起板和过门、句格、衬字、尾音和行腔上有所不同,但在唱词方面,尤其是唱词结构、分段和韵脚上则是同大于异的。

---

① 转引自[日]波多野太郎著,谭正璧、谭篪译:《论木鱼、南音及粤讴》,载中国曲协研究部编《曲艺艺术论丛》第1辑,北京:中国曲艺出版社1981年版,第116—117页。
② 李洁嫦:《香港地水南音初探》,香港:进一步多媒体有限公司2000年版,第9页。
③ 符公望:《龙舟和南音》,载符公望《符公望作品集》,广州:花城出版社1997年版,第179—180页。此文原载《方言文学》(第一辑),香港:新民主出版社1949年5月初版。
④ 区文凤:《木鱼、龙舟、粤讴、南音等广东民歌被吸收入粤剧音乐的历史研究》,《南国红豆》1995年第11期,第37页。
⑤ 陈卓莹:《粤曲写唱常识》,广州:南方通俗出版社1952年版,第84页。
⑥ 陈卓莹:《粤曲写唱常识》,广州:南方通俗出版社1952年版,第147页。
⑦ 陈卓莹:《粤曲写唱常识》,广州:南方通俗出版社1952年版,第196页。

三、现存晚清广东民间曲艺唱本

20世纪开始,特别是五四新文化运动以后,在西方文学观念的传入和影响下,戏曲、小说等俗文学乃至民间曲艺等愈发被主流文学界所"看见"及重视。以王国维、鲁迅、胡适和郑振铎等为代表的学者开启中国戏曲、小说等俗文学的现代学术意义上的真正研究。20世纪20年代到50年代,出现了俗文学研究史上第一个搜集、编目、整理和研究的高潮。20世纪80年代以来,俗文学文献的搜集、整理和研究更是进入借助数据库、面向全世界的全面开花新时期。①

广东地方戏曲、说唱等俗文学文献的搜集和研究,同样在中国俗文学研究的浪潮中有长足进展。广东地处沿海且自古通商,很多外国传教士、商人甚至学者会专门到此寻访并购买广府戏本、唱本带往海外,以此作为了解中国岭南社会和文化甚至东方世界的重要窗口。这些远赴重洋的民间小册子辗转被一些图书馆或机构收藏。1970年代以来,海外陆续有学者如艾伯华、李福清、笠井直美、波多野太郎、稻叶明子、金文京等人,开始关注、寻访并搜集海外藏广东民间说唱唱本,并发表专文介绍欧洲、日本等区域收藏广东俗文学文献情况。

2019年出版的《广州大典·曲类》②第一辑"说唱"是目前木鱼书、龙舟歌、粤讴和南音等广府说唱唱本数量最多且最集中的出版品,共收录影印来自海内外二十多家馆藏的五百多种广府唱本。现存此类唱本以粤港澳大湾区尤其是珠三角地区城市的高校图书馆、公立博物馆、文化机构的收藏数量为最多,版本也最为丰富。其中当以广东省立中山图书馆、中山大学图书馆和佛山市博物馆的此类收藏名列前茅。

海外所藏广东说唱文献以英国、法国、德国和日本等国家为最多,且收集时间久远,保存不少孤本、珍本,而且在刻印书坊、刊行时间和编订者等等方面也存留了许多罕见的材料。③大英图书馆藏有四十多种广府唱本,有《八排走兵火母女失散》《双钉记》《河下解心》等珍稀版本;虽然没有刊印出版年代,但根据入藏馆章以及购买记录,它们都是在1866年至1875年之间分三次大批量购入的,可见这些本子的刊行年代一定是在清代同治以前的。德国巴伐利亚图书馆藏有60多种广府唱本,而且多是清代道光以前的刻本,反映了广府说唱文学的早期面貌。法国国家图书馆所藏主要由郑振铎先生提为"杂歌曲"的45种富桂堂刊本和包含39种广东地方俗曲的合订本

---

① 廖可斌:《俗文学研究的百年回顾与前瞻》,《武汉大学学报(哲学社会科学版)》2021年第1期,第83—84页。
② 陈建华、傅华主编:《广州大典·曲类》,广州:广州出版社2019年版。
③ 关瑾华:《欧洲藏广东俗文学文献述略》,《图书馆论坛》2009年第1期,第127—129页。

两部分构成,其中 80 种为刊刻年代较早的说唱唱本。① 英国牛津大学图书馆藏明末《新刊全本绣像花笺记残页》,至晚于 1645 年前入藏该校图书馆,应是现在所知的最早的木鱼书唱本。② 日本的广府唱本收藏数量更为可观。以东京大学、京东大学人文科学研究所和金文京教授私藏、神户外国语大学图书馆、天理大学图书馆以及早稻田大学泽田瑞穗"风陵文库"等馆藏为主,另有不少学者的私人收藏,如稻叶明子、波多野太郎、边度浩司、松浦恒雄等。

相比广府说唱文献的流布四海,潮州歌册则相对安居一隅。虽然歌册在清代就开始有书坊印制刊发,但 1950 年以前出版的潮州歌册在革命、战争和社会变动中已被烧毁殆尽,仅有少数的民间收藏,现在国内外各大图书馆、私人的歌册收藏来源单一,多是 20 世纪 50 到 60 年代据旧刻板的重印本和 20 世纪 90 年代的誊印本(据 1950 年代重印本誊印)。③

四、广东曲艺的艺术特色及其社会功能

一地之说唱、民歌,最能反映一地之风土人情,更是研究一个地区历史、社会、文化和民俗的重要依据。广东民间的木鱼歌、龙舟歌、粤讴、南音和潮州歌等说唱曲艺,在具有我国民间文学的普遍性之余,还有明显的地方性特色和功能。

纵观中国民间曲艺,它们的故事来源无非佛经、宝卷、史书及历代说部、元明清杂剧、传奇、小说和民间故事,亦有从社会风俗和家庭生活中取材编写,近代以来的作品则多从社会民主革命的重大事件取材。广东的民间说唱亦如此,只是它们因为歌体的形制、音乐和受众群体的不同而各有侧重。

粤讴虽然"十之八九是描写妓女底可怜生活底"④,但这些作品并非止步于烟花柳巷、儿女情长,而常常借一人之"情事"、一人之悲痛而抒发一类人、一群人乃至一个时代之人的内心所求。

木鱼书、南音和潮州歌册多长篇形制,更多充满了封建说教,"大抵孝义贞烈之事为多"⑤,龙舟则相对篇幅短小,更加贴近民生百态。有学者曾概括说,"龙舟多数是写无关名教宏旨的琐事,南音多数是写悠闲生活抒情东西和充满了封建说教的长

---

① 刘蕊:《法国国家图书馆藏稀见广东俗曲版本述略》,《图书馆论坛》2016 年第 6 期,第 125—133 页。
② 徐巧越:《〈花笺记〉在英国的收藏与接受研究》,《图书馆论坛》2019 年第 4 期,第 151—152 页。
③ 肖少宋:《中山大学"风俗物品陈列室"旧藏潮州歌册的现状与价值》,《文化遗产》2009 年第 4 期,第 145 页。
④ 许地山:《粤讴的价值》,《民铎》3 卷 3 期,1922 年版。
⑤ 屈大均:《广东新语》卷十二《诗语·粤歌》,北京:中华书局 1997 年版,第 359 页。

篇历史传奇"①,"木鱼多为历史故事,龙舟以民间传说,南音则为曲艺传奇"。②

广东民间曲艺的艺术特色和社会功能可总结为以下几点:

第一,兼具宗教性、民族性和地方民俗性。广东的民间说唱取材颇广,其故事类型兼具劝诫世人的宗教故事、弘扬儒家"忠孝节义"等优秀民族文化的圣贤箴训,以及广东风情浓郁的"好鬼信巫"传统和民间谐谈掌故。以篇幅有长有短、题材丰富的木鱼歌为例,《观音出世》《洛阳桥记》《夜送寒衣》《锦绣食斋》等都是从宗教意蕴浓厚的宝卷改编而来;自历史演义小说改编的《二度梅》《三合宝剑》《三下南唐》《仁贵征东》《五虎平南》《大破天门阵》《十二寡妇征西》等等作品,内容无不在彰显"忠孝节义"之民族传统;粤地"好鬼信巫"的民间习俗在广府说唱文学中一览无余,《鬼附自叹》《老举问米》《盲公问米》《玉蝉问觋》等作品都是将民众寻觋问米召唤去世亲人为主要情节桥段,以此表现思念和悼念之情。

第二,大众性和艺术性并存。广府说唱中以木鱼歌为最早产生,其后几经流变衍生出龙舟歌、粤讴和南音几种歌体,它们既能贴近大众的通俗性需求,又可满足文人墨客对艺术情调和文学格调的要求,可谓是达到了大众性和艺术性的和谐统一。龙舟歌中有"吉利龙舟"一说,是指龙舟艺人逢年过节挨家串户演唱吉利话的歌谣,例如《贺正月门口歌》《正月头门口歌》等,一些故事性龙舟歌如《碧容祭监》中也会依据情节需要而穿插此类吉利龙舟唱段,经常听到的比如有:"龙舟到,到你门来,一添贵子二添财,三添福禄寿,五添状元来!"③非常贴合人民群众趋吉避凶的求福心理。传统粤讴和南音在广府说唱中属于音乐雅致、词曲优美的,尤以南音双绝《客途秋恨》和《叹五更》为其中翘首。叹五更第一句便写道"怀人待月倚南楼,触起离情泪怎收"④,女子望月思人的景象犹如就在眼前。二种作品尤为擅长将"江""月""海""潮""舟""楼""柳"等审美意象投射于主体情感之中,二者相融相汇,兼具思想性和艺术性。

第三,丰富的审美意象和情感意蕴。以粤讴和南音作品为主,它们在描述景物时常使用借景抒情、情景交融的表现手法,通过塑造凄婉悲凉的场景、画面乃至意境,以此传递作者的主体思想和情感,使读者或听众宛若置于其中,在外在感官和内在意识两方面都得到最放大化的感受。正如谭正璧的评价:"抒情、叙事、写景、述意无所不

---

① 符公望:《符公望作品集》,广州:花城出版社1997年版,第185页。
② 骆伟:《广府说唱文学类别述评》,载倪莉、王蕾、沈津著《中文古籍整理与版本目录学国际学术研讨会论文集》,桂林:广西师范大学出版社2013年版,第270页。
③ 陈勇新:《粤语说唱》,北京:世界图书出版公司2018年版,第37页。
④ 《何惠群叹五更》,广州以文堂机器板,"中共"研究院历史语言研究所俗文学丛刊编辑小组,《俗文学丛刊》第418册,(台北)新文丰出版股份有限公司2006年版,第55页。

能而又并皆佳妙。"①

第四,极具女性文学意识。木鱼歌、潮州歌、南音和粤讴几种说唱,或以女性为歌唱主体和听众主体,或是作品中极尽描绘女性角色的悲欢际遇,抒发离愁别绪、伤春怨梦和自我困境,这种女性视角和意识渗透在作品的内核之中,与近代以来现实生活中的女性意识觉醒互相呼应和照应。其中尤以"自梳女"和"金兰契"最能表现岭南女性的婚嫁习俗,此类作品如《梳头妈自叹》《护丝女自叹》《金兰寄书》《夜谏金兰》《金兰结拜》《金兰祭奠》等,妇女、未嫁女作为木鱼歌的主要听众和唱读者,她们在此类作品中既是情感表达的主体,又是现实生活中接收情感的受体,将群体的生活、感情以及内心世界展现出来。② 此外,和其他民间说唱类似,广东曲艺中有穆桂英、刘金定、樊梨花、钟无艳等"女英雄"的形象,以及王宝钏、余娇、杜十娘等坚定婚姻自由和反抗男尊女卑的女性形象,都象征着近代广东女性意识的萌发和觉醒。

第五,移风易俗的民间教化和推进社会启蒙的作用。广东说唱曲艺以方言口语来书写,妇孺老幼一听便懂,他们从中认识历史、增长知识、了解社会、扩大眼界,甚至借助唱本识字启蒙,可谓是民众的生活教科书,更是他们丰富内心世界的重要途径,具有民间教化和推进社会启蒙的功用。我国各地民间曲艺在传唱过程中都默默地发挥着民间教化和启蒙功用。现藏东莞的《广东七十二县名歌》《东莞地名歌》是木鱼歌助人识字求知的最好例证③;而《紫霞杯》《三娘汲水》《董永卖身》《葵花记》《观音十劝》《刘文秀》等等,核心要义都是劝谏世人惩恶扬善,在潜移默化之间灌输封建伦理道德。

---

① 谭正璧:《释"木鱼歌"》,《文学遗产》1980年第3期,第99页。
② 参见吴晴萍:《木鱼书中的"她"世界》,《佛山科学技术学院学报(社会科学版)》2018年第2期,第7—9页。
③ 黎婉勤:《论广东木鱼歌的民间教化功能》,《东莞理工学院学报》2014年第4期,第72页。

第二编　维新启蒙与文学革新

概　　述

　　1894年,甲午战争的惨败,使国内有识之士痛心疾首。他们沉痛地反思惨败的教训,大力提倡"经世之学",加上海禁开放后,西学输入已从器物层面拓展到制度层面,于是借鉴西学、变法图强,很快演变为一种时代思潮。

　　以康有为、梁启超为代表的资产阶级改良派,就是在这种背景下登上了政治舞台,他们竭力呼吁"维新变法",并组织强学会,创办《万国公报》(后改为《中外纪闻》)、《时务报》,开设新式学堂,积极宣扬维新变法主张。

　　与此相应,文学开始成为传播西学、鼓吹变法的利器。梁启超、谭嗣同等在酝酿维新变法前已提出"诗界革命",并试作"新诗",虽然这时所谓"新诗"只是"挦扯新名词以自表异"[1],但还是很有意义,它反映了人们对新文化的强烈渴求。而"报章体"散文也随之大行其道,梁启超的《变法通议》《论中国积弱由于防弊》《公车上书请变通科举折》等,因为思想新颖、文白夹杂、平易畅达、笔锋常带感情,具有很强的鼓动性。胡思敬说:"当《时务报》盛行,启超名重一时……士大夫爱其语言笔札之妙,争礼下之。自通都大邑,下至僻壤穷陬,无不知有新会梁氏者。"[2]

　　戊戌变法失败后,康、梁避居日本,此时"青年学子,相率求学海外,而日本以接境故,赴者尤众"[3]。梁启超"复专以宣传为业,为《新民丛报》《新小说》等诸杂志,畅其旨义"[4],接连发表《新民说》《饮冰室自由书》《少年中国说》《呵旁观者文》《过渡时代论》《说希望》等,以一种别具魔力的"新文体"倡导新思想,使之成为"新思想界之陈涉"[5]、"文界革命"的领袖。

　　与此同时,他又撰写了《汗漫录》《饮冰室诗话》,继续鼓吹"诗界革命",并提出"以旧风格含新意境"的主张,要求在不破坏古诗风格的前提下反映现实政治内容。

---

[1]　梁启超:《饮冰室诗话》第六〇则,汤志钧、汤仁泽编:《梁启超全集》第三集,北京:中国人民大学出版社2018年版,第207页。
[2]　胡思敬:《戊戌履霜录》卷四《党人列传》,《续修四库全书》第446册《史部·杂史类》,上海:上海古籍出版社2002年版,第337页。
[3]　梁启超:《清代学术概论》,北京:东方出版社1996年版,第88—89页。
[4]　梁启超:《清代学术概论》,北京:东方出版社1996年版,第77页。
[5]　梁启超:《清代学术概论》,北京:东方出版社1996年版,第81页。

而被梁启超极力推尊的黄遵宪,则从诗学理论到实践上为"诗界革命"奠定了基础。黄早年提出"我手写我口",反对模拟古人,后来又强调"诗之外有事,诗之中有我",进一步明确了诗歌创作的现实主义精神。他的诗歌不仅书写异域风情,开拓诗歌新境,而且反映了一系列近代史上的重大事变,表现了强烈的爱国主义精神,堪称"以旧风格含新意境"的典范,因此成为"诗界革命"的一面旗帜。丘逢甲诗歌的"台湾书写",充满了国仇家恨和身世飘零之悲,诗风雄直奔放,震撼人心;后来在"诗界革命"的召唤下,他以"基层诗学"的姿态,扎根岭南大地,汲取山歌营养,描绘粤东风情,想象"未来中国",不断拓新诗境,遂成为"诗界革命一巨子"。

相对于"诗界革命""文界革命",维新派基于开启民智、新民救国的政治需要,对"小说界革命"更为重视。早在戊戌变法前,康有为就呼吁:"今日急务,其小说乎!"认为欲传播西学,"亟宜译小说而讲通之"①。后来,梁启超流亡日本,从欧美、日本重视小说并以小说助推政治改革的成功经验中看到小说实具有不可思议的感化力,于是大声疾呼:"欲新一国之民,不可不先新一国之小说。故欲新道德,必新小说;欲新宗教,必新小说……今日欲改良群治,必自小说界革命始;欲新民,必自新小说始。"②为此,他亲自创办了《新小说》杂志,"专在借小说家言,以发起国民政治思想,激厉其爱国精神"③。由于他是叱咤风云的政治明星、舆论界的领袖,因而经他振臂高呼,小说界立即卷起了一股革故鼎新的狂飙巨浪。当时,追随在梁启超左右的广东文人雨尘子、韩文举、罗普、麦孟华、麦仲华、梁启勋、卢藉东、方庆周、吴趼人等都是"小说界革命"的得力干将,并且是《新小说》的主要撰稿人。他们在梁启超组织下,积极翻译外国小说,不断创作"新小说",并以"小说丛话"的形式对小说创作进行理论探讨。一时间,新小说的著译、新思想的传播,蔚然成风。《新小说》停刊后,吴趼人从梁启超手里接过"小说界革命"的旗帜,又创办了《月月小说》,声称:"兹横滨《新小说》业已停刊,凡爱读佳小说者闻之当亦为之怅怅然不乐也。继起而重振之,此其责舍本社同人其谁与归?"④可见《月月小说》是以《新小说》的后继者自居的,其办刊宗旨是"辅助教育,改良社会"⑤。"小说界革命"不仅催生了《东欧女豪杰》《新中国未来记》《二十年目睹之怪现状》《痛史》等一批比较优秀的"新小说",向中国民众传播了

---

① 康有为:《日本书目志》卷十《幼学小说》,姜义华、张荣华编校:《康有为全集》第三集,北京:中国人民大学出版社 2007 年版,第 522 页。
② 梁启超:《论小说与群治之关系》,汤志钧、汤仁泽编:《梁启超全集》第四集,北京:中国人民大学出版社 2018 年版,第 49 页。
③ 梁启超:《中国唯一之文学报〈新小说〉》,汤志钧、汤仁泽编:《梁启超全集》第四集,北京:中国人民大学出版社 2018 年版,第 588 页。
④ 参见《月月小说》第二号所载"本社紧要广告",光绪三十二年十月十五日(1906 年 11 月 30 日)。
⑤ 参见《时报》所载"上海月月小说社广告",光绪三十二年九月十三日(1906 年 10 月 30 日)。

新思想、新知识,推动了当时的社会政治改良,而且革新了中国传统小说的叙事技艺,有力地促进了中国传统小说的近代化。

至于戏剧改良运动,也伴随"小说界革命"勃然兴起。光绪二十八年(1902)梁启超在《新民丛报》创刊号上发表传奇《劫灰梦》,直抒国家兴亡之感,成为戏剧改良之先声。后来,他又陆续发表了传奇《新罗马》《侠情记》,"以中国戏演外国事",引起强烈的社会反响。欧榘甲《观戏记》主张学习法国、日本以演戏"激发国民爱国之精神",针砭当时粤剧存在的弊端,呼吁欲改良戏剧"请自广东戏始"[①]。同时,《新小说》《月月小说》《时事画报》等刊物,开始不断刊载传奇、杂剧和班本,影响较大的即有梁启超《班定远平西域》、新广东武生《黄萧养回头》、广东新小武《易水钱荆卿》等,它们密切配合了政治斗争,宣扬了资产阶级改良主义思想,揭开了戏剧史上新的一页。

[①] 俞为民、孙蓉蓉编:《历代曲话汇编(近代编)》第一集,合肥:黄山书社2009年版,第115页。

第四章　诗歌革新的先行者：黄遵宪

从出使日本开始，黄遵宪就开始了"吟到中华以外天"的诗歌探索了。待到返国任职，他遇见了许多极富勇气的年轻诗人，与曾重伯、梁启超等人进行热切的文学交流，深入讨论如何将西方新事物、新名词、新思想引入诗歌创作的实践性问题，频频用到了"新派诗""新体诗""杂歌谣""文界维新"等新词语，其诗学目的就是"别创诗界"。[①] 他的漫长的创作实践，不仅涵盖了"诗界革命"新派诗、新体诗、歌体诗这三个发展阶段，更开启了白话诗的实验之门，引领了自"新学诗"至"白话诗"这二十余年的"诗歌近代化"运动。黄遵宪对于中国近代诗歌的语言、形式、内容、诗美范型、变革方向等核心问题，都进行了深度思考与创作实践，完整地经历了成功的喜悦和失败的教训，为中国近代诗歌革新指明了通俗化、散文化、白话化、自由化的"必然之路"。

第一节　黄遵宪的生平事迹

黄遵宪（1849—1905），字公度，号人境庐主人、布袋和尚。广东嘉应州（今广东梅县）人。他出身于一个开典当行致富的大家庭，祖父黄际升经营当铺，家赀颇富；父亲黄鸿藻通过捐资获得了参加科举考试的资格，于咸丰六年（1856）考中举人，又靠捐资入仕，任户部主事，后来官至广西思恩府知府。

黄遵宪的人生，大致分为三个阶段：

第一，求学与科考时期。

自幼聪明，七岁入学启蒙，十岁开始学诗，塾师曾以梅县神童蔡蒙吉的名句"一路春鸠啼落花"命题，他随口作了一首小诗，其中有"春从何处去，鸠亦尽情啼"的句子，塾师赞赏不已。翌日，塾师又令他以杜诗"一览众山小"句作诗，他以"天下犹为小，何论眼底山"破题，出语不凡，一时传为美谈。他20岁入州学，考中秀才，此后参

[①] 黄遵宪：《致严复函》，《黄遵宪全集》，北京：中华书局2005年版，第436页。

加乡试多次,惜未中。光绪二年(1876)秋,他终于中了举人,时年29岁,距离考上进士、入仕的梦想,依然遥不可及。岁月蹉跎、老大伤悲之感愈加沉重,他对科举制度进行了深刻的反思,在《杂感》组诗中对科举制艺进行了猛烈的抨击:

> 吁嗟制艺兴,今已五百载。世儒习固然,老死不知悔。精力疲丹铅,虚荣逐冠盖。劳捞数行中,鼎鼎百年内。束发受书始,即已缚杻械。英雄尽入彀,帝王心始快。

诗笔如匕首般锋利,入木三分地揭露了科举制度的种种弊端,辛辣讽刺了帝王以科举入仕消磨人心、禁锢思想的险恶用心,也为一代代儒者沉溺其中执迷不悟而深深叹息。

尽管如此,他还是不得不谨依先辈的嘱托,继续在入仕的征途上努力前行。大约一两年后,他以"举人入赀为道员",正式步入官场,轮候任命。光绪二年(1876)年底,清廷任命广东大埔人何如璋(1838—1891)担任首任驻日大使。因得何如璋之荐,黄遵宪被任命为驻日使馆参赞,于光绪三年秋赴日履职,成为晚清时期第一代走出国门的外交家当中的一员。

第二,使外时期。

甫抵日本,他感受到明治维新所掀起的社会变革热潮扑面而来。他广交日本朋友,通过"笔谈"的方式与他们进行深入的学术交往和思想交流,了解到了许多关于日本明治维新的第一手信息。其《致梁启超函》自言:"仆初抵日本,所与游者多旧学,多安井息轩之门。明治十二三年时,民权之说极盛。初闻颇惊怪,继而取卢梭、孟德斯鸠之说读之,志为之一变,以谓太平世必在民主,然无一人可与言也。"[①]他陷入沉思,开始探究明治维新成功的秘密,又有感于"中土士夫,闻见狭陋,于外事向不措意",创作了系列诗歌作品,以直观而感性的方式进行专题性的吟咏,完成了著名的《日本杂事诗》。同时,他认为系统研究日本的历史与现状,是破解明治维新之谜的绝妙"切入点",便积极搜集各种资料,开始写作《日本国志》。

光绪八年(1882)春,清廷任命黄遵宪出任驻美国旧金山总领事。在"十分难别是樱花"的日子,他携带《日本国志》初稿,离开生活了五年之久的日本,启程前往美国旧金山。此时,美国政府推出《排华法案》,所谓"排华运动"甚嚣尘上。他耳闻目睹华侨的种种不幸遭遇,更从法律高度认定《排华法案》严重违背美国"民主立国,共和为政"的法治精神。他一方面竭力通过法律途径保护华工权益,一方面院起诉美国相关的部门,经过合理合法的诉讼,最终迫使美国政府废止《排华法案》。

[①] 黄遵宪:《致周朗山函》,陈铮编:《黄遵宪全集》,北京:中华书局2005年版,第429页。

1884年,母亲去世,他忙向朝廷请假返乡守制,但未获批准。次年,他专门请假返回梅州,一方面继续为母守制,另一方面屏除各种干扰,集中精力修改《日本国志》。经过一年多殚精竭虑的笔耕,《日本国志》终于完稿。全书分国统志、邻交志、天文志、地理志、官职志、食货志、兵志、刑法志、学术志、礼俗志、物产志、工艺志等十二卷,凡50万字。他抄写了四份,自留一份,另三份送总理衙门、李鸿章和张之洞,却如明珠暗投,杳无音信。

光绪十五年(1889)夏,清廷任命薛福成为出使英、法、意、比四国大臣。经袁昶推荐,黄遵宪随薛福成出国,任驻英二等参赞。他一路经过科伦坡、马赛、巴黎,最后到达伦敦,所见所思,正与日、美见闻相映成趣,进一步坚定了对于世界大势的看法,同时也将最新的思考成果添入《日本国志》,完成了最后的润饰工作。

光绪十七年(1891)秋冬之际,他出任驻新加坡总领事,积极推动华人自强运动,优化华人产业,提升华人文化水平,当地华人的影响力得以急剧上升,中国政府的正面作用日趋明显。

他充分肯定前任新加坡领事左秉隆的作为,将左秉隆创立的"会贤社"改组为"图南社",取《庄子·逍遥游》"将之图南"之意。他在《图南社序》中写道:"遵宪不才,承乏此间,尤愿与诸君子讲道论德,兼及中西之治法,古今之学术,窃冀数年之后,人材蔚起,有以应天文之象、储国家之用。"他更仿效西方报刊宣传广告的模式,在新加坡最具影响力的报纸——《叻报》上刊登"图南社"课题和课榜,计文题38题、《四书》题19题、诗(赋得体)21题、诗(限体不限韵)3题、诗(不拘体不限韵)10题。课题皆在宽严之间,张弛有度,如"图南社"1892年1月1日第一次课题如下:

> 文:问胡椒甘密近年价值骤减,其故如何?有何法可以挽救其,详陈之;拟新嘉坡捐建同济医院叙。以上二题,或兼做二艺,或只做一篇,一听诸生之便。
>
> 诗:新嘉坡海上望月感怀。不拘体,不限韵。不作者亦听便。

文二题皆取自新加坡当前时事,可由亲身感受出发作答,属于有为而作的范围,或选做一篇,或两题皆可,悉由自愿,不以数量取胜。诗题也是抒写眼前所见之景、心中所感之情,意在推动以抒发真情实感为核心的诗风。至于题末备注"不拘体,不限韵。不作者亦听便",表达充分尊重社员的创作自由。这显然是沿着去年6月《人境庐诗草·自序》"欲弃去古人之糟粕,而不为古人所束缚"以"不名一格,不专一体,要不失乎为我之诗"的文学主张,付诸创作实践的一个有益尝试。后来,他在"图南社"腊月课题中说:"'图南社'不出《四书》题,以南岛地方习此无用,也惟教读诸生,平日专习举业,多有不达时务,不工论说者。"在他设置的文题中,讨论实际民生相关的文题超过85%,显然,他所出的文题业已脱离清帝国体制内传统八股文的范畴,更加重视海外华人的心声,凸显文学的实用性与审美性。

第三,归国任职与家居时期。

甲午战争爆发,两江总督张之洞以"筹防需人"电奏调黄遵宪回国效力。他从新加坡启程返国,一路行来,战事不利的消息不绝于耳。他怀着忧伤的心情,写下了《悲平壤》《东沟行》《哀旅顺》等感时忧世的诗作。次年,李鸿章被迫签订了丧权辱国的《马关条约》。他悲愤异常,相继创作了《哭威海》《马关纪事》《降将军歌》诸作。这两年间所作的近百首诗,全面、深刻地描绘了甲午战争史画卷,人称"诗史"。

光绪二十二年(1896)秋,黄遵宪到达北京,蒙光绪帝召见。光绪问:"泰西之政何以胜中国?"他答:"悉由变法。臣在伦敦,闻父老言,百年以前,尚不如中华。"史载光绪"惊喜天颜微一笑"。正是在这段日子里,他参加了康有为、梁启超主办的"强学会"。在"强学会"被迫解散后不久,他又前往上海,与友人一起创办《时务报》,聘梁启超为主笔,积极宣传维新变法思想。

光绪二十三年(1897)夏,他得到时任湖广总督张之洞荐,补湖南长宝盐法道、署理湖南按察使,协助湖南巡抚陈宝箴推行新政。他积极引进日本、欧美社会改造的成功先例,改组课吏馆,创办保卫局,建立警察队伍,组织不缠足会,创办时务学堂并聘请梁启超担任主讲,仿外国报纸体例办《湘学新报》和《湘报》,引导舆论风气。一时间,新政迭出,新学盛行,学会林立,维新变法思想传遍省内各地,时人评湖南成"全国最富朝气的一省"。

光绪二十四年(1898)夏秋之际,他获任驻日大使,奉旨进京途中赴上海处理《时务报》。就在此时,慈禧太后发动"戊戌政变",谭嗣同等"六君子"死难,受此株连,几遭不测。他以治疗疟疾为由"请开差使",得以"即行回籍"。他在老家购屋数间,略加修葺,并建一无壁楼,闭门读书。表面上看,他终于过上了清闲恬静的乡居生活,实则心里并不平静。作为晚清杰出的职业外交家,他常驻国外达十二年之久,"百年过半洲游四"的阅历,决定了他具备了闳通、客观、理性的"世界眼光"。他在房内壁间挂上《时局图》,用熊、狗、蛙、鹰等凶猛的动物,标示觊觎中国的沙俄、英、日等帝国主义国家。他天天关心时局变化,心中极度忧虑,常在噩梦中惊醒。

他创办了一所面向自家亲属的学校,教授新知识。他又创办了一所师范学校,努力培养新型师资。他尝试着写作了一系列校歌、军歌,展现了一派欣欣向荣的教育新气象。梁启超尽数录入《饮冰室诗话》,誉之为"军魂"之作,称"世界革命之能事,至斯而极"。

在生命的最后几年,他与梁启超、严复等人密切通信,深入讨论政治改革、文学革命。他作出了明确融入"世界的联系体系"的预言,如《病中纪梦述寄梁任父》云:"人言廿世纪,无复容帝制。举世趋大同,度势有必至。"《己亥杂诗》云:"滔滔海水日趋东,万法从新要大同。"在致梁启超的信中更断言:"再阅数年,加尔富变成马志尼,吾亦不敢知也。"明确否定帝制,对资产阶级民主政治理想充满了无限的向往,虽无法亲眼见到实现的那一天,但坚信未来世界图景、未来中国图景,必将是民主政体。

在新的认知催化下,过往的海外体验再度发酵,他感受到了一种异乎寻常的创作冲动。他始终以心系天下的儒者自居,从未把自己仅仅当作一个诗人,在返乡之后才开始肆力为诗。他不断回溯时政"现场",广采报章记载,补写了《锡兰岛卧佛》《番客篇》《东沟行》《哭旅顺》《哭威海》《马关纪事》《降将军歌》《台湾行》等一系列"诗史"之作,并进行了通俗诗歌的实验,创作量极大,题材内容极广,是"隐退后偶尔爆发的片段"。① 这也成为他引以为傲并相信能传之后世的伟大作品。

黄遵宪去世前发表在《广益丛报》上的《侠客行》,应是他的"绝唱"。钱仲联先生认为从"誓洒铁血红""拔出四亿同胞黑暗地狱中"等诗句中"可以窥察到黄遵宪晚年政治思想逐渐演变到与当时民主革命派反清活动同步进行的脉搏"。

1905年3月28日,黄遵宪病逝于梅州家中。著述有《日本国志》《人境庐诗草》《日本杂事诗》等。

第二节 趋于"今"与"俗"的诗学观

黄遵宪生长在远离中原文化的梅州山区,因科举失利而未能进入官宦核心圈,又长期出任外交官,实际上处在主流文化圈外。他的这一人生经历,决定了他对现实世界的体悟极深刻,极富生命激情,故坚信"诗虽小道,然欧洲诗人当其鼓吹文明之笔,竟有左右世界之力"。② 而与生俱来的平民气质,也决定了他更偏向于通俗文化的审美趣味。按照他的自述,其诗学思想的来源有三点:一是《诗》《骚》传统,二是客家文化传统,三是海外新思潮。这一"新"而"杂"的有机构成,正是理解其诗学底蕴的"钥匙",亦即秉持"诗外有事,诗中有人"的总纲,试图通过"我手写我口",以实现"别创诗界"的理想,洋溢着平民气息的"天趣"。

一、以"诗中有人,诗外有事"为核心的诗歌发生论

1891年,他在伦敦使署编定《人境庐诗草》,自序道:"仆尝以为诗之外有事,诗之

---

① [加]施吉瑞著,孙洛丹译:《人境庐内外——黄遵宪其人其诗考》,上海:上海古籍出版社2010年版,第47页。
② 黄遵宪:《致丘菽园函》,陈铮编:《黄遵宪全集》,北京:中华书局2005年版,第440页。

中有人,今之世异于古,今之人亦何必与古人同?"在这里,他分疏了两个层面的重大命题:首先,从表现对象的内涵看,明确将"诗中有人,诗外有事"设置为新时代诗歌创作的努力方向,强调"人"亟需建构起关注现实、放眼四海、中西贯通的"当代意识",用以丰富"功夫在诗外"等传统命题的内涵,希望诗人从格物致知到心灵感应,全面提升对于客观世界的认知能力与参与能力。其次,从文学史经验看,"人"与"事"是随时代变革、自然所趋而变化的,诗人不宜处"今之世"而追摹"古之诗",要尽可能地挣脱传统儒家的"古典"崇拜,确立正视自我、开拓现实、化古造新的诗学观念。对此,他在《人境庐诗草·自序》作了更加具体、明晰的说明:

  其取材也,自群经、三史,逮于周、秦诸子之书,许、郑诸家之注,凡事名物名切于今者,皆采取而假借之;其述事也,举今日之官书、会典、方言、俗谚,以及古人未有之物、未辟之境,耳目所历,皆笔而书之。①

他认为,诗歌取材,不可拘泥传统,凡所闻所见,皆可入诗。如果联系到此序作于伦敦使署,则可以探知所谓"未有之物、未辟之境"必为域外之物、全球之地。这一世界眼光和当代意识,是对中国诗歌题材的空前开拓,具有超越古人的原创性。由此可见,他的"诗中有人,诗外有事"说充分显现出了与时俱进的延展空间与理论深度。1902年,梁启超在日本创办《新小说》杂志,黄遵宪建议《新小说》设置《杂歌谣》专栏,对《杂歌谣》稿件取舍,谈了自己的意见:"至其题目,如梁园客之得官、京兆尹之禁报、大宰相之求婚、奋人子之纳职、侯选道之贡物,皆绝好之题目也。此固非仆之所能为,公试与能者商之。"②将题材范围拓展到身边日常琐事了,这一打破诗歌取材禁忌的"金点子"激起强烈反响,作者们纷纷采用"弃史籍而采近事"的"新法",围绕批判社会现实、推动维新变法、实施思想启蒙,进行各种新式诗歌体裁的创作实验,发掘诗的"原质"和"天趣"。这一面向社会现实、表现近代中国人"近代性生存体验"的抒情模式,挣脱了千百年来占统治地位的古典韵律,有力推进了诗歌观念与创作范式的近代转型。

二、诗歌创作的自然生成论

  黄遵宪从"人情之常"的"天趣"切入,探讨一种最贴近自然发生的"本真"的抒情模式,从而避开了"言志"与"缘情"等传统论说路径的思维陷阱。其《致周朗山函》云:

---

① 黄遵宪:《山歌题记》,陈铮编:《黄遵宪全集》,北京:中华书局2005年版,第69页。
② 黄遵宪:《致梁启超函》,陈铮编:《黄遵宪全集》,北京:中华书局2005年版,第432页。

> 诗固无古今也。苟天地、日月、星辰、风云、雷雨、草木、禽鱼之日出其态以尝我者,不穷也;悲欢、忧戚、欣戚、思念、无聊、不平之出于人心者,无尽也;治乱、兴亡、聚散、离合、生死、贫贱、富贵之出□我者,无尽也。苟能即身之所遇,目之所见,耳之所闻,而笔之于诗,何必古人,我自有我之诗在矣。夫声成文谓之诗,天地之间,无有声,皆诗也。即市井之谩骂、儿女之嬉戏、妇姑之勃豀,皆有真意以行其间者,皆天地之至文也。①

这段明白畅晓的言说,陈述了诗歌生成的"自然状态",即自然景象、现实图景和心灵感应都是自然而然涌现出来的,具有异常鲜明的"双重性":这一幅幅生活场景,如果从个人体验的层面看,明显地都是自己亲历的,是独特的和不可替代的;而从人类历史长河的高度看,却是每一个人都曾或多或少、或深或浅亲历过的,具备了自然人性的"历史共性"和"宇宙意识",一旦"发乎情"作诗,必然泯灭"古"与"今"、"中"与"外"的悬隔。其次,"市井之谩骂、儿女之嬉戏、妇姑之勃豀"的日常情感,乃是寻常百姓"发乎情"的"天趣",以这样的"真事"和"真人"自然发露成诗,便是"真诗",是"诗中有人,诗外有事"的完美统一。如果"不能率其真",必然导致"我则亡也"。②这一推论,清晰勾勒出一种日常天趣的诗歌生成模式,即"真诗"是从心底流淌出来、自然形成的,没有人为的痕迹。这给"鹦鹉名士"所占尽的诗坛注入了"活"的源泉,在创作论上指明了诗歌变革的方向。

三、追求文学语言的通俗化与白话化

黄遵宪关于文学语言"通俗化"改革的论说,久为人乐道,被视为文学语言近代转型最富理论深度的阐述。他早年作《杂感》,一起笔就说:"少小诵《诗》《书》,开卷动龃龉。"这样描写学习古典文化的种种"龃龉"与"挫折",笔调非常感性,饱含着"心理创伤"的意味,从"长时段"的角度看,这也很自然地内化为推进诗歌改革的"原动力"。他认为,古今语言的嬗递发展是一个自然的现象,使用自己时代的语言表情达意是再自然不过的了,相反地,由官方政策推行前代语言,必然违背常理,白白消耗天下人的精力,必将造成"俗儒好尊古,日日故纸研""六经字所无,不敢入诗篇""谓开词赋科,浮华益无耻"等怪现状。据此,他作了一个简单的类推——今天"我手写我口",同样会产生"五千年后人,惊为古斓斑"的效果。③ 他从日本明治以来语言改

---

① 黄遵宪:《致周朗山函》,陈铮编:《黄遵宪全集》,北京:中华书局2005年版,第291页。
② 黄遵宪:《致周朗山函》,陈铮编:《黄遵宪全集》,北京:中华书局2005年版,第291页。
③ 黄遵宪:《杂感》,陈铮编:《黄遵宪全集》,北京:中华书局2005年版,第75页。

革中得到了有力的印证,在《日本国志》中以日语从民间歌谣、方言俗语、外来语言中获取变革资源为例,对语言文字运用提出了"明白畅晓,务期达意"和"适用于今,通行于俗"的要求,以利于焕发文学语言本应有的活泼泼的艺术生命。

1901年,他在《〈梅水诗传〉序》中重提《杂感》"竟如置重译,象胥通蛮语"的话头,重提《日本国志》"语言与文字合"的建议,意在强调客家诗人"我手写我口"的传统,既有"易于通文之明验大效"的文化意义,更有"种族之存亡关系益大"的政治意义。① 后来,他在《致严复函》中从中西沟通的高度,指出"以四千余岁以前创造之古文",书写"中国未有之事"和"泰西各科学"实已不敷用,应仿照元明演义、本朝文书自创新字、变文体的成功经验,创造出虽"旧体所无"而"人人遵用之、乐观之"的活泼语言。② 将"我手写我口"的观念推展到散文领域,更表明了他非常彻底的"通俗化"倾向。

第三节 "多纪时事"的"诗史"之作

管林、钟贤培的《中国近代文学发展史》中说:黄遵宪"现存的一千多首诗中大部分是政治诗、时事诗,是纪史议政的史诗。读他的诗,犹如读一部诗体中国近代史"。③ 其诗凸显了"诗"与"史"的天然关联,蕴涵着直面现实危亡痛苦的人文关怀与批判精神,彰显了文学使命和文学价值。

一、"诗史"的时事性法则

钱仲联说:"《人境庐诗草》以《感怀》诗起,诗中述洪杨平后,清室中兴事,以《李肃毅侯挽诗》终,则以肃毅一身,系晚清安危之局,肃毅亡而清运亦终矣。编诗之起讫如此,盖隐以诗史自居。"④指出其创作跨度与时代风云的高度吻合,通过反映一个时代的兴衰变化,表征了诗歌创作"诗史"特征。

从现存诗作看,《乙丑十一月避乱大埔三河虚四首》《拔自贼中述所闻》《潮州行》《喜闻恪靖伯左公至官军收复嘉应贼尽灭》《乱后归家》,当是他最早的"诗史"之作。这组诗描写同治四年(1865)太平军汪海洋部攻打嘉应、全家流离失所的惨状,

---

① 黄遵宪:《〈梅水诗传〉序》,陈铮编:《黄遵宪全集》,北京:中华书局2005年版,第287页。
② 黄遵宪:《致严复函》,陈铮编:《黄遵宪全集》,北京:中华书局2005年版,第436页。
③ 管林、钟贤培主编:《中国近代文学发展史》,北京:科学出版社2009年版,第122页。
④ 钱仲联:《梦苕庵诗话》,济南:齐鲁书社1986年版,第162页。

手眼老到,见识高远,感慨遥深,绝不类16岁少年手笔。这次逃难经历,不仅唤醒了七年前太平军石郭宗部围攻嘉应的往事,"七年创痛记分明",①更让他看清了"天下终无白头贼,中原群盗漫纵横"乃因"终累吾民非敌国"的现实。② 可叹的是,朝中衮衮诸公"遇敌师从壁上观",终不免"东南一局全输却"。③

同治九年(1870)秋,23岁的黄遵宪乡试完毕,经香港返回嘉应老家,目睹香港社会日益殖民地化,哀痛欲绝,作《香港感怀》十首。此时,第一次鸦片战争虽已过去30年,他却以清晰而坚定的眼光穿透了历史的迷雾,揭示出其巨大而深远的政治危害。"岂欲珠崖弃,其如城下盟"一句,指出英国用武力强迫清廷签订丧权辱国的《南京条约》,割让香港,看来是典型的"城下盟"。他在自注中虽也说道光帝遗诏深以割让香港为耻,可毕竟迥异于汉元帝对珠崖郡"弃之不足惜,不击不损威"的态度,实是在客观上发现"指北黄龙饮,从西天马来"的可怕后果,亦即西方列强舰船驶到香港,即可迅疾北上江浙、天津,直捣京师,控制整个中国沿海线,这才感到"深以为耻"。④ 这反而更反映出清廷对于领土、人民的不珍惜,也昧于世界大势,对维多利亚时期英帝国扩张政策作出了不利于中国的决策。这个"方丈三神地,诸侯百里封"的"小荒岛","居然成重镇,高垒蠚狼烽",突然间在中外贸易体系中占据了举足轻重的地位,以至于"帆樯通万国,壁垒逼三城"。⑤ 他将维多利亚女王比作自称"金轮皇帝"的武则天,英国强盗在香港施行殖民地"治外法权",通过改变政治、文化、经济等方式,全方位颠覆中国文化,"酋长虬髯客,豪商碧眼胡。金轮铭武后,宝塔礼耶苏",句句写实,整个香港简直成了维多利亚时期大英帝国对外领土扩张高潮的一幅缩影,更成了中国人民屈辱的象征。

黄遵宪描写甲午战争的诗作,如《悲平壤》《东沟行》《哀旅顺》《哭威海》《降将军歌》《度辽将军歌》《马关纪事》《台湾行》等,在艺术上尤有特色,论者多誉为"一代诗史",洵为的评。施吉瑞《人境庐内——黄遵宪其人其诗考》说:"黄遵宪以清军在中日甲午战争中的失败为题创作的一组诗可以说是晚清讽刺文学中的精品","在中国古典文学的语境中也是非常特别的,因为很少有中国作家创作这么多重要的战争题材作品。"⑥从历史叙事的连贯性看,这组诗作的描写内容,始于朝鲜事变,止于日军占据台湾,允推为中国诗歌史上整体性书写的"典范"。而对于发生在这数年间的史

---

① 黄遵宪:《乙丑十一月避乱大埔三河虚四首》其四,北京:中华书局2005年版,第72页。
② 黄遵宪:《喜闻恪靖伯左公至官军收复嘉应贼尽灭》其一,北京:中华书局2005年版,第73页。
③ 黄遵宪:《乙丑十一月避乱大埔三河虚四首》其四,北京:中华书局2005年版,第72页。
④ 黄遵宪:《香港感怀》,陈铮编:《黄遵宪全集》,北京:中华书局2005年版,第78页。
⑤ 黄遵宪:《香港感怀》,陈铮编:《黄遵宪全集》,北京:中华书局2005年版,第77页。
⑥ [加]施吉瑞著,孙洛丹译:《人境庐内外——黄遵宪其人其诗考》,上海:上海古籍出版社2010年版,第172页。

实,多能从历史的宏观、微观结合处找准历史性定位和整体性结构,择其要者,妙手渲染,即选取朝鲜战场易手、平壤失守、甲午海战几个重要环节,旅顺沦陷、割让台湾等,以点带面还原其历史场景,针砭清兵将帅畏葸无能,更痛心战败给民族带来的可怕恶果,故大到宏大历史场景,如《悲平壤》描写清军的溃败、《东沟行》描写悲壮的海战,小到生活细节如《度辽将军歌》描写"此行领取万户侯"的汉印等,皆首尾完具,前后呼应,笔力贯通。他巧妙地创造了多种跳宕变化的诗歌形式,以"诗"驭"史"、借"史"蕴"识",自有一种雄豪之气。

从《人境庐诗草》卷九最后一首《腊月二十四日诏立皇嗣感赋四首》起,至卷十一《李肃毅侯挽诗四首》止,多达三十首诗全面而真实地描绘了庚子国变爆发、《辛丑条约》签订的历史过程,这是黄遵宪最后一组"诗史"之作,也是他生命最后阶段留下的政治思考。这组诗虽没有甲午战争"诗史"那样具有严密的组织性,但同样视野阔大,语气沉痛,表现出对于国家命运的深沉忧虑。如《腊月二十四日诏立皇嗣感赋》纪慈禧欲废光绪帝、另立皇子事,仿佛黑云压城,令人透不过气来,拉开了庚子事变的历史序幕。《庚子元旦》纪光绪被幽禁事,又以自注"南洋、非洲均有战事"引发"东西南国战场多"的吟唱,引向"未知王母行筹乐,岁岁添筹到几何"的反问,预言慈禧太后的昏庸颟顸必将招致可怕的灾难。① 《初闻京师义和团事感赋》"神施鬼设诇兵谋"的论断,则表现出了清醒的政治判断。② 而《天津纪乱》《京乱补述》《三哀诗》《聂将军歌》《群公》《读七月廿五日行在所发罪己诏泣赋》《谕剿义和团感赋》《闻驻跸太原》诸诗,系统描绘了拳民兴起、天津战乱、北京被围、慈禧携带光绪西狩、忠臣屈死,声泪俱下,人神共愤。故《庚子事变感怀》用新亭对泣的典故,对庚子事变作了一个历史总结,表达了对八国联军占据北京的忧国之痛。③ 而《李肃毅侯挽诗四首》表面看来是悼李之作,但"骆、胡、曾、左凋零尽,大政多公独主持"一句,既是实录,更是感慨。④ 作为"中兴"老臣中硕果仅存者,李鸿章在签订丧权辱国的《辛丑条约》之后吐血而亡,诗人作出了"老来失计亲豺虎,却道支持二十年"的"定谳",直指李鸿章自以为联俄排日,足以支撑清廷政局的稳定,实际上不过是引狼入室的"失计",贻害无穷。值得注意的是,黄遵宪自创作挽李之作,至逝世前的四年多时间内,仅仅创作了三四首诗作,从某种程度上看,这一极具象征意义的政治人物的死亡,无疑宣告了一个时代的结束,留给世人无穷无尽的感慨与惶恐,也表征了自己诗歌创作终于随着

---

① 黄遵宪:《庚子元旦》,陈铮编:《黄遵宪全集》,北京:中华书局2005年版,第166页。
② 黄遵宪:《初闻京师义和团事感赋》其二,陈铮编:《黄遵宪全集》,北京:中华书局2005年版,第166页。
③ 黄遵宪:《庚子事变感怀》,陈铮编:《黄遵宪全集》,北京:中华书局2005年版,第227页。
④ 黄遵宪:《李肃毅侯挽诗四首》,陈铮编:《黄遵宪全集》,北京:中华书局2005年版,第227页。

这个时代"终结"了。

  黄遵宪遵循"推见至隐,殆无遗事"和"备叙其事,毕陈于诗"的"诗史"原则,完整而真实记录了自己所亲历的这个"千年未有之大变局"的时代,自少年时代遭逢太平天国运动,直至辞世之时鏖战方酣的"日俄战争",这数十年间的历史巨变,一一绘入全景式的"史诗"。尽管某些作品是在"事后"补写的,但在"时事性"这一点上,皆无疑义。因为近代"时事"的历史经纬,人们亲身经历过了,诗人选择几个最具"典型性"的时间节点加以点染与放大,从而使知晓历史事件开端、发展、高潮、解决、结果的读者,不会去探索事件的前因后果,诗人更多的是与读者一起"共情"情感、思想、信念,以情感的"共鸣"实现"诗史"的"感事"效果。按陈平原的说法,"感事"方式就是"把具体的历史事件拉到'后景',而把个人的主观感受推到'前景'","靠突出抒情因素而保留叙事意识来尽量避开中国诗歌语言、诗歌形式叙事功能不发达这一先天性缺陷"。①

二、"诗史"中的议论

  黄遵宪的"诗史"创作,都是在距离"历史现场"很远的语境中完成的,甚至若干篇章需要收集资料以补充具体史实,因此,他与书写对象的"空间距离"决定他不可能如杜甫、白居易那样以第一人称"我"的亲历为依托进行叙事,转而采取第三人称单数的"叙事"方法以"骋其情""展其义"。

  黄遵宪以如椽的巨笔,再现了中国人民奋起反抗东西方列强的武装斗争,歌颂誓死卫国的爱国将士,辛辣讽刺、批判那些贪生怕死、苟且偷安的投降派。如《冯将军歌》以热情、豪迈的诗句歌颂近代著名爱国将领冯子材将军。在1885年3月,冯子材老将军率军大败法国殖民者,相继取得镇南关大捷和谅山大捷,是中国近代史上难得的"高光时刻"。

    冯将军,英名天下闻。将军少小能杀贼,一出旌旗云变色。江南十载战功高,黄褂色映花翎飘。中原荡清更无事,每日摩挲腰中刀。何物岛夷横割地,更索黄金要岁币。北门管钥赖将军,虎节重臣亲拜疏。将军剑光方出匣,将军谤书忽盈篋:"将军卤莽不好谋,小敌虽勇大敌怯。"将军气涌高于山:看我长驱出玉门,平生蓄养敢死士,不斩楼兰今不还。手执蛇矛长丈八,谈笑欲吸匈奴血。左右横排断后刀,有进无退退则杀。奋梃大呼从如云,同拼一死随将军,将军报国

---

① 陈平原:《说"诗史"——兼论中国诗歌的叙事功能》,《中国小说叙事模式的转变》,北京:北京大学出版社2010年版,第283页。

期死君,我辈忍孤将军恩？将军威严若天神,将军有令敢不遵？负将军者诛及身,将军一叱人马惊,从而往者五千人。五千人马排墙进,绵绵延延相击应。轰雷巨炮欲发声,既戟交胸刀在颈。敌军披靡鼓声死,万头窜窜纷如蚁。十荡十决无当前,一日横驰三百里。吁嗟乎！马江一败军心慑,龙州拓地贼氛压。闪闪龙旗天上翻,道咸以来无此捷。①

冯子材一片赤胆忠心,不顾年迈,主动请缨奔赴前线,从未将闲言碎语放在心上。他那"手执蛇矛长丈八,谈笑欲吸匈奴血"的英雄豪情,深深感动了广大士卒和民众,他登高一呼,响应者云从,"奋梃大呼从如云,同拼一死随将军,将军报国期死君,我辈忍孤将军恩",打得法军抱头鼠窜,"敌军披靡鼓声死,万头窜窜纷如蚁"。这场胜仗,乃是"道咸以来无此捷"。"闪闪龙旗天上翻"令朝廷、百姓无不欢欣鼓舞。此诗以老英雄的雄直之气鼓荡叙事节奏,气势雄浑,穿插补叙,波澜起伏,句式灵活多样,充分显现出老英雄的爱国情怀与勇猛精神。

黄遵宪虽被逐回原籍,但始终并没有忘怀国事,仍然密切关注着时局发展。他悲愤于"戊戌六君子"的无辜被杀,作《感事》八首咏其事。其三专咏谭嗣同之死："金瓯亲卜比公卿,领取冰衔十日荣。东市朝衣真不测,南山铁案竟无名。芝焚蕙叹嗟僚友,李代桃僵泣弟兄。闻道诉天兼骂贼,好头谁斫未分明。"他敬佩谭嗣同视死如归的大无畏精神,认为这一"冤案"有着深刻的制度原因和人为原因,终究会有"翻案"的那一天。其人虽以"斫头",但历史会铭记他的英名。他以多个历史典故表达了对于同道者"枉死"的同情,发出了近乎"天问"一般的政治追责之言。

客观地看,黄遵宪的"诗史"之作,更多的是直指晚清社会现实,表现东西方列强与中华民族之间不可调和的矛盾,反映了他别具慧眼的观察与思考,字里行间流露出深沉的忧患意识与爱国精神。清廷签订《马关条约》,令他痛心疾首。《马关纪事》其三将宋辽战争与中日甲午战争放在一起作比较,表达一种透彻而雄辩的历史眼光："括地难偿债,台高到极天。行筹无万数,纳币一千年。恃众忘蜂虿,惊人看雀鹯。伤心偿进,十掷辄成枭。""纳币一千年"一句自注："辽、金岁币二十万两,以今计之,合一千年乃有此数。"②指宋真宗"澶渊之盟"对辽每岁纳币十万两、帛二十万匹,此后不断加码；金代辽兴,宋对金的输纳更多,但总数远远不及清廷签订《马关条约》赔款二亿两白银。如此算来,一个朝代究竟有多少个"一千年"呢？又能有多少个"二十万两"呢？《四用前韵》则咏庚子赔款事,其二"计口缗钱责币偿还"句自注：

---

① 黄遵宪：《冯将军歌》,陈铮编：《黄遵宪全集》,北京：中华书局2005年版,第109页。
② 黄遵宪：《马关纪事五首》,陈铮编：《黄遵宪全集》,北京：中华书局2005年版,第140页。

"索偿至四百五十兆,以户口计之,是每人一缗钱也。"①这样赔偿下去,必将断送一个国家的命运。《马关纪事》其四云:"竟卖卢龙塞,非徒弃一州。赵方谋六县,楚已会诸侯。地引相牙犬,邻还已夺牛。瓜分倘乘敝,更益后来忧。"②明言如此割地必将引发东西方列强瓜分中国的"浪潮",故《书愤》其一作了更清晰的断言:"一自珠崖弃,纷纷各效尤。瓜分惟客听,薪尽向予求。秦楚纵横日,幽燕十六州。未闻南北海,处处扼咽喉。"③自注:"珠崖,胶州。效尤:旅顺、大连湾、威海卫、广州湾。"显见割地赔款所引发一个接一个割让下去的"迁延效应",直至国土沦丧殆尽。他进而在《书愤》其五中预言:"弱肉供强食,人人虎口危。无边画瓯脱,有地尽华离。争问三分鼎,横张十字旗。波兰与天竺,后患更谁知?"④如果清廷继续走割地赔款的投降政策,那么,波兰、印度灭国的"殷鉴"也将不远了。而造成这一系列历史悲剧的"罪魁祸首",都是腐败守旧的满清政府。以甲午战争、庚子国变为标志,整个国家不可逆转地坠入可怕的深渊。尤其是在归乡之后,他更深刻预感到大清王朝难逃灭亡的命运。由此可见,他的"诗史"之作,紧扣历史潮流,与祖国血肉相连,因而对中外关系现状作了精确的"诊断"。

如果说,"庚子事变"诗史中《闻车驾西狩感赋》《读七月廿五日行在所发罪己诏泣赋》《闻驻跸太原》《闻车驾又幸西安》《启銮喜赋》诸诗,殷切关心国家社稷安危,语气回环吞吐之间,隐隐透露出对慈禧太后的批评态度,那么,《合议成志感》以凌厉笔锋发出了追责的"天问":"天乎叔带召戎来,举国倾危九庙哀。拳勇竟遭王室乱,首谋尚纵贼人魁。失民更为丛驱爵,毕世难偿债筑台。坐视陆沉谁任责,事平敢望救时才。"⑤第二联自注:"谓革王载漪未死。"指端郡王载漪是第一批笃信义和团御枪炮之术的人,在其王邸设神坛,朝夕恭拜,并在其所统率的虎神营演习义和拳术。载漪伙同载勋等权臣频频入奏慈禧利用义和团排外,力主慈禧对外宣战,最终酿成神州"陆沉"的惨剧。朝廷被迫签订丧权辱国的《辛丑条约》,巨额赔款将国家、人民推入债台高筑、万劫不复的绝境,那么,这一切国家灾难,将由谁来担责呢? 诗人发出这一"天问"的同时,还殷殷期盼朝廷振作精神,长远规划治国方略,奖掖人才,救时救国。

在他看来,大清王朝在弱肉强食世界里根本无法左右自己的命运,如同一叶破篷处在风雨飘摇之中,大小官员几乎无一例外,张皇失措,进退无据。《李肃毅侯挽诗四首》作出了"老来失计亲豺虎,却道支持二十年"的"定谳",直指李鸿章自以为联俄

---

① 黄遵宪:《四用前韵二首》,陈铮编:《黄遵宪全集》,北京:中华书局2005年版,第173页。
② 黄遵宪:《马关纪事五首》,陈铮编:《黄遵宪全集》,北京:中华书局2005年版,第141页。
③ 黄遵宪:《书愤五首》,陈铮编:《黄遵宪全集》,北京:中华书局2005年版,第150页。
④ 黄遵宪:《书愤五首》,陈铮编:《黄遵宪全集》,北京:中华书局2005年版,第150页。
⑤ 黄遵宪:《合议成志感》,陈铮编:《黄遵宪全集》,北京:中华书局2005年版,第128页。

排日,表面看来尚足以支撑清廷政局的稳定,实际上不过是引狼入室的"失计",贻害无穷。① 其寓意是以李鸿章之为人为政,尚且如此,能力远逊李氏的万千官吏,更是无从措手。晚清败局迭出,颟顸无能的官员是难辞其咎的,故其"诗史"之作表现了一出出政治丑剧的拙劣表演,如《哀旅顺》用极其夸张的笔墨渲染守军装备如何先进,如何充沛,却疏于防范、拙于机变,最后遭遇日军背后偷袭,"一朝瓦解成劫灰"。②《降将军歌》描写北洋水师舰船众多,枪炮如山,但大敌当前,有的将领不发一枪,径自向日寇乞降,有的将领临阵退缩,有的趁乱脱逃,致使统帅丁汝昌无兵可用,只好服毒自杀,"可怜将军归骨时,白幡飘飘丹旐垂。中一'丁'字悬高桅,回视龙旗无孑遗,海波索索秋风悲",天地同悲,又令人思考更深层的败因。③ 而《群公》组诗则历数庚子国变间朝廷官员种种失国格、失人格的行为及其自取灭亡的惨死结局,直斥颟顸无能的官吏"事事太阿权倒授",必然祸国殃民,贻害无穷。④

迥异于上述诗作单一描写军方失败的视角,他在《台湾行》中设置了"官"与"民"的二元语境,赞同台民力求保存天府版图,恳请台湾巡抚唐景崧自治保台。台民高喊台湾是"我高我曾我祖父"的拓垦之地,"夫威远及日出处"是朝廷威镇东方最远处的象征。一朝"倭人竟割台湾去",台民失声痛哭,泪如雨下,"城头逢逢雷大鼓,苍天苍天泪如雨"。唐景崧应台民之请,开展自立运动,可自立军遭遇日军,一触即溃。唐景崧等人仓皇内渡,弃台民于不顾,自立运动仅仅七日便土崩瓦解。黄遵宪讥讽道:"噫嚱吁!悲乎哉!汝全台,昨何忠勇今何怯,万事反复随转睫。平时战守无预备,曰忠曰义何所恃?"⑤厉声质问唐景崧本负有保台全责,却昧于时势,对国防建设极其懈怠,几乎毫无戒备,更没有"机变"的政治智慧,应对瞬息万变的政局和战局。这对于国家而言,是丢了守土的职守;对于台民而言,是辜负了安民的责任,台湾从此进入命运多舛的黑暗之中,"忠义"二字何在?台民的绝望哭嚎与官吏的悄然潜逃,形成强烈的"反差",实际上是对"唐景崧们"发出的政治追责与灵魂拷问。

黄遵宪的"诗史"之作纪史议政,以"感事"为叙述核心,以"全能视角"驱使诗笔,故极具历史深度与国际视野,抒发了满腔的爱国感情与忧患意识,体现了与杜诗精神高度一致的艺术追求。因此,作为一个诗学命题,他的"诗史"之作实则还蕴涵着直面现实危亡痛苦的人文关怀与批判精神,直指文学使命及文学事业价值,折射出

---

① 黄遵宪:《李肃毅侯挽诗四首》,陈铮编:《黄遵宪全集》,北京:中华书局2005年版,第227页。
② 黄遵宪:《降将军歌》,陈铮编:《黄遵宪全集》,北京:中华书局2005年版,第138页。
③ 黄遵宪:《降将军歌》,陈铮编:《黄遵宪全集》,北京:中华书局2005年版,第141页。
④ 黄遵宪:《群公》其一,陈铮编:《黄遵宪全集》,北京:中华书局2005年版,第181页。
⑤ 黄遵宪:《台湾行》,陈铮编:《黄遵宪全集》,北京:中华书局2005年版,第142页。

传统士子的生命意识与政治担当,故从更深的层次看,乃是一个思想史命题。

黄遵宪"诗史"之作,充分汲取了杜甫、白居易"诗史"之作的成功经验,很喜欢以一目了然的拟题方式,标示诗作的题旨、内容和情感倾向,围绕"人"的戏剧性因素进行创作,以突出人的"历史主体"的主观能动性。他又巧妙加入小说、戏曲、民间说唱的"渲染"技巧,自由驱使诗笔,铺叙史实,刻画细节,诗作结构、章法、句式、韵式随着内容的变化而相应发生变化,因而切口别致,视点灵动,手法多样,风格雄奇。如《悲平壤》是其甲午战争"诗史"书写的序章,两句一换韵,句句用韵,在音节上营造出了一种层层逼进的心理气氛,给整部甲午诗史奠定了悲怆的基调。而《哀旅顺》一开始就句句用韵,均为同韵,一口气堆砌出旅顺海防守卫森严、坚不可摧的"视觉形象",坚定了众人"万鬼聚谋无此胆"的"定论"。岂料最后两句急转直下,另起一韵,"一朝瓦解成劫灰,闻道敌军蹈背来",旅顺炮台一瞬间灰飞烟灭,读者单方面的"金城"想象也随之崩溃。①《哭威海》则采用三字一句的特殊句法,三句一顿,三句一挫,奏响了北洋水师全军覆没的悲歌。总之,他的"诗史"之作,善于灵活调动具体史实那个令人痛彻心扉的"触发点",点面结合,巧妙进行谋篇布局,与情感表达融为一个有机整体,在保证史料真实性的前提下,充分体现了"诗"应有的文学性、艺术美和思想性,成为中国"诗史"创作的新高峰、新典范。

第四节　寄托遥深的"新世界诗"

黄遵宪《日本杂事诗自序》说了一段很有趣且很有道理的话:"窃自念古今著述,无虑千百家,今人皆不及古人,独于纪述外国之书,则世愈近者书愈佳。"②他也以"吟到中华以外天"之句来表白《日本杂事诗》有意开拓海外题材的自觉意识。③ 出使海外十六年间,那不断转换着的多元而缤纷的世界性场域,塑造了其"新世界诗"特有的"文学景观",也创设了政治、社会、文化、军事等方面的议题。他放开手脚,打破格律,自由行文,发展出了雄豪的诗风。故丘逢甲《〈人境庐诗草〉跋》径自将这类诗作称为"新世界诗",非常形象且更具概括力。

---

① 黄遵宪:《哭威海》,陈铮编:《黄遵宪全集》,北京:中华书局2005年版,第138页。
② 黄遵宪:《日本杂事诗自序》,陈铮编:《黄遵宪全集》,北京:中华书局2005年版,第6页。
③ 黄遵宪:《奉命为美国三富兰西士果总领事留别日本诸君子》其三,陈铮编:《黄遵宪全集》,北京:中华书局2005年版,第105页。

一、作为"文学景观"的异域图景

黄遵宪从中国到日本,从日本到美国,后来就任英国使署、新加坡总领馆,虽留下了未能跨越大西洋的"遗憾",毕竟游历了亚、美、非、欧四大洲,以积极、乐观、求新的态度理解当地社会,见识了许许多多"所诧为新奇奥僻者",一一谱入诗篇,形容曲尽,模塑了一幅幅新颖别致的"文学景观",大大拓展和丰富了中国诗歌的题材范围。

他刚刚出使日本,就自觉担当起"采风问俗"之职,"丙子之秋,翰林侍讲何公实膺出使日本大臣之任,奏以遵宪充参赞官。窃伏自念,今之参赞官,即古之小行人外史氏职也"。① 他忠实履行"小行人外史氏"之职,记录所见所闻,如《日本杂事诗》第23首咏日本富士山:"拔地摩天独立高,莲峰涌出海东涛。二千五百年前雪,一白茫茫积未消。"自注云:"直立一万三千尺,下跨三州者,为富士山,又名莲峰,国中最高山也。峰顶积雪,皑皑凝白,盖终古不化。"首句化用宋代曾丰《寄题左叔宝昆仲松竹书院》"拔地摩天立于独",变换二字,以更为平白的"独立"一词形容孤峰突起的富士山,更加显豁,营造了奇峰突起的突兀感;次句化用唐人李白《五老峰》"庐山东南五老峰,青天削出金芙蓉"、南宋杨万里《雪晴》"海东涌出紫金钲"和明代于谦《秋月》"冰轮涌出海东头"等句,将人们的视线径直引向遥远"海东"的富士山;末联则化用清中期林则徐《塞外杂咏》"我与山灵相对笑,满头晴雪共难消",以客观化的笔调形容终年积雪不化的神奇"孤峰",笔法灵动,将熟悉的语汇和意象叠加于遥远国度的陌生的富士山,一下子产生了某种似曾相识的"亲近感"。

他描绘南洋热带风光的诗篇,同样表现出明显有异于传统中国人偏爱闲雅宁静景观的审美口味,如"万山山顶树参天,树杪遥飞百道泉"(《养疴杂诗》其一句)、"高高山月一轮秋,夜半椰阴满画楼"(《养疴杂诗》其四句)、"荡荡清天一纸铺,团团红日半轮孤"(《养疴杂诗》其十七句)等句,看似传统审美味道的句式实则包藏了全新的景致,或雄壮或秀美,或明净或深幽,总是不经意间流露出令人分明感知到的几分异域风情。

这一"好奇"的审美取向,固然得益于异域风光的"江山之助",一旦所见所闻为"所诧为新奇奥僻者",则很自然舍弃如上述诗作这样以平实笔调写景的"故技",喜欢运用惊奇的语气、夸张的笔墨描绘这些超出诗人固有经验之外的"新体验",如《游箱根》全诗按自然时序和山势描绘登山险状,"危途远盘纡,径仄鸟迹绝。一步不敢前,双足若被刖",游人无法攀登,于是,请来本地轿夫,"舆人出裸国,皮绉龟兆裂。

---

① 黄遵宪:《〈日本国志〉自序》,陈铮编:《黄遵宪全集》,北京:中华书局2005年版,第819页。

螭蛟绣满身,横胸施绛袜。两肩乍抬举,双杠互扶挈。前枝后更撑,仰攀俯若跌。有如蚁旋磨,又似蛇出穴。跦跦上竹鸪,蠢蠢爬沙鳖。噫风竹筒吹,汗雨蒸甑泄",前后二名轿夫巧妙合作,犹如心心相印,在"峭壁俯绝壑,旁睨每桥舌"山间自如行走。有时,轿夫还唱唱山歌,舒缓疲劳,"劳倦时一歌,乡音鸟嘲哳",反衬出游人的"畏途",最终"直穷绝顶高",这才有了"始觉天地阔"的舒心。① 全诗驱使雄词险句,一一道来,形容逼肖,极尽夸张之能事,颇富传统说书的神韵。

又如《伦敦大雾行》描绘著名的"伦敦大雾",别见机杼:"苍天已死黄天立,倒海翻云百神集。一时天醉帝梦酣,举国沉迷同失日。芒芒荡荡国昏荒,冥冥蒙蒙黑甜乡。我坐斗室几匝月,面壁惟拜灯光王。时不辨朝夕,地不识南北,离离火焰青,漫漫劫灰黑。如渡大漠沙尽黄,如探岩穴黝难测。化尘尘亦缁,望气气如墨,色象无可名,眼鼻若并塞。岂有盘古氏,出世天再辟。又非阿修罗,搅海水上击。忽然黑暗无间堕落阿鼻狱,又惊恶风吹船飘至罗刹国。出门寸步不能行,九衢遍地铃铎声。车马鸡栖匿不出,楼台蜃气中含腥。天罗磕匝偶露缺,上有红轮色如血。暖暖曾无射目光,凉凉未觉炙手热。"驰骋艺术想象,上自神话传说,下到眼手所及,连续使用了十多个物象来形容作为具体表现对象的"雾",又从视觉、嗅觉、听觉、触觉等"心灵触电"入手,全方面渲染大雾给人造成的幽暗闭塞压抑的心理氛围。

相对而言,各地民俗、歌舞,更能引发他内心的律动。他喜欢描写一种"对话性"的生活场景,如《樱花歌》有句云:"一花一树来婆婆,坐者行者口吟哦,攀者折者手挼莎,来者去者肩相摩。黑水泼绿水微波,万花掩映江之沱。倾城看花奈花何,人人同唱樱花歌。"②诗人生动形象地描绘了日人在樱花盛开的季节倾城出动,如醉如痴欣赏樱花,闻歌起舞的盛况。又如,他全程观察日本西京七月十五至晦日街头通宵达旦的民间舞蹈《都踊》,"所唱皆男女猥亵之词",但"其风俗犹之唐人《合生歌》,其音节则汉人《董逃行》",故而试图以《楚辞》、汉乐府式的诗句,还原《都踊》歌舞特有的节奏感。《都踊歌》开篇即云:"长袖飘飘兮髻峨峨,荷荷!裙紧束兮带斜拖,荷荷!分行逐队兮舞傞傞,荷荷!往复还兮如掷梭,荷荷!回黄转绿兮挼莎,荷荷!"③以简捷明快且格律感十足的节奏,将街头歌舞的热烈氛围写得活灵活现,动人心魄,而描绘年轻男女因歌舞配合和谐而芳心暗许的全过程,语言诙谐,通俗易懂。

他任新加坡总领事期间,对南洋一带的民俗风情作了仔细观察和精密描绘,如《新嘉坡杂诗》其九:"绝好留连地,留连味细尝。侧生饶荔子,偕老祝槟榔。红熟桃

---

① 黄遵宪:《游箱根》其一,陈铮编:《黄遵宪全集》,北京:中华书局2005年版,第97页。
② 黄遵宪:《樱花歌》,陈铮编:《黄遵宪全集》,北京:中华书局2005年版,第95页。
③ 黄遵宪:《都踊歌》,陈铮编:《黄遵宪全集》,北京:中华书局2005年版,第96页。

花饭,黄封椰酒浆。都缦都典尽,三日口留香。"①起句就以音译"留连"表达此地值得流连忘返,徘徊不去,然后细数南洋的各种水果,如留连(即"榴莲")、荔枝、槟榔、椰子等别具南洋风味的水果,形状、色彩、香味等等也随着读者的自由想象而一一呈现出来。至于南洋特色的酒水、米饭,诗人以红、黄的颜色加以形容,又描写了一个相当人性化的"细节",即当地人情愿典当棉布制成的围在腰部以下的"都缦"而尽口腹之欢,这一细节令读者不禁浮想联翩,想象这酒这饭的美味"三日口留香"是一种怎样的体验啊!其十则道:"合影摇红豆,墙阴覆绿蕉。问山名漆树,计解蓄胡椒。黄熟寻香木,青曾探锡苗。豪农衣短后,遍野筑团焦。"②在这里,他以密集的名物词点出了南洋特产,红豆、绿蕉、漆树、胡椒、香木、锡苗等,绿肥红瘦,黄青相间,摇曳覆阴,各具姿态。这些长久流传在中国古代志怪小说里的"方物",竟然同时呈现在诗人的眼前,恍若隔世一般。更奇怪的是,居然亲眼见到了宋代释道潜《归宗道中》"金镮衣短后,群奴列昆仑"所指称的"南洋客",他们穿着短衣,住着圆形草庐,生活在另一个世界里,富足、安康、悠然,流露出浓郁的南洋风情。

二、展现"新世界"的"近代性"风貌

随着任职地的不断变更,黄遵宪十六年间到过日本、美国、英国、法国、意大利、比利时和新加坡等国家,对"新世界"有了真切且深入的了解,亲身体验了近代西方物质文明和精神文明"优"与"劣"的两个面向。

论者最喜论其《今别离》四首。这组诗在写传统意义上男女离别之情时,巧妙展示了西方先进科技文明创造,分别咏电报、照相术、轮船、东西半球时间差,寓传统相思主题于诗,不重复古人,拒绝假古董,写出了新况味和新意境,诙谐可爱,别开生面,体现了真实的生活场景和鲜活的情感体,令人耳目一新,叹赏不止。从更深层次看,这组诗实则写于戊戌返乡之后,他亲身体验这具体可感的科技成果,确认科学技术才是人类进步的"第一动力",尤其是在经历国内政治变革失败的惨痛教训后,更有必要重申学习西方先进的科学技术和管理经验。从这组诗的细节出发,即可发现,近代化进程就像一个活泼泼的生命体,潜行在他的"新世界诗"的每一条情感血脉之中。他用饱含激情的诗笔详细记录了近代化转型的具体成果,试图将其引入并转化为国人改革的借鉴。

《日本杂事诗》用了大量篇幅描绘日本明治维新运动所产生的欣欣向荣的"新景

---

① 黄遵宪:《新嘉坡杂诗》其九,陈铮编:《黄遵宪全集》,北京:中华书局2005年版,第131页。
② 黄遵宪:《新嘉坡杂诗》其十,陈铮编:《黄遵宪全集》,北京:中华书局2005年版,第131页。

象",展现了一幅崭新的"国民面貌"。诗人尤其关注教育的普及与发展,如第55首写日本新学制的推行:"化书齐器问新编,航海遥寻鬼谷贤。学得黎鞬归善眩,逢人鼓掌快谈天。"自注引郭嵩焘曰:"泰西人材悉出于学校。"日本仿西制,建立了完整的现代教育制度,很快出现了无人不学、无地无学、无事无学的盛况,各类人材成批成批涌现。政府还向西欧派出留学生,学成归国,建设国家。又如第57首写日本的士官学校及其武备:"欲争齐楚连横势,要读孙吴未著书。缩地补天皆有术,火轮舟外又飞车。"①自注:"日本之为陆军也,取法于法与德;为海军,取法于英。"军校系统地翻译军事典籍,制作阵地模型,"凡地之险要,阵之分合,营垒之坚整,手足之纯熟,一一有成书","兵可数月而成,将非积年不能成材",军事实力猛然增长。至于第59首写妇女教育、幼儿教育的全面实施,"捧书长跪藉红毹",从根本上改造了日本的"国民性"。② 诗人同时关心日本政治、社会的巨大变革,第7首就写了明治维新运动所倡导自由与民主理念:"剑光重拂镜新磨,六百年来返太阿。方戴上枝归一日,纷纷民又唱共和。"③自注:"近来西学大行,乃有倡美利坚合众国民权自由之说者。"日本增设议会,开始转向君主立宪制,迈开了民主政体的步伐。与此相呼应,新闻自由也提到了前所未有的高度:"欲言古事读旧史,欲知今事看新闻。九流百家无不有,六合之内同此文。"与旧作"一纸新闻出帝城,传来今甲更文明。曝檐父老私相语,未敢雌黄信口评"相比,可以说改动很大,从此前以"帝城"之言统一全国的认识,转变为"六合之内"公认的"自由言论"了。自注:"新闻纸,以讲求时务,以周知四国,无不登载。五洲万国,如有新事,朝甫飞电,夕既上板,可谓不出户庭而能知天下事矣。"指出当今报纸杂志体大用博,远过于传统的《邸报》。④ 对报刊作用认知的飞跃,构成了他在维新变法时期积极筹备《时务报》、鼓励梁启超积极投身新闻业的认识基础。

  黄遵宪出使欧美时,亲眼目睹西方各国在科技文化等方面高度发达的现实,心潮激荡,感慨唏嘘。对此,他在诗中作了细致的描绘,发出了由衷的赞叹。《登巴黎铁塔》写道:"一览小天下,五洲如在掌。既登绝顶高,更作凌风想。何时御气游,乘球怒来往。扶摇九万里,一笑吾其傥。"把登上埃菲尔铁塔的感觉跟杜甫《望岳》"一览众山小"相提并论,又援引《礼记·礼运》"天下可运于掌"来形容俯瞰世界的渺小,在极其微妙的文化心理变化中描绘巴黎神奇的现代化景致,显示了中西"打通"的某种可能性。而搭乘热气球升空,犹如《庄子》中的大鹏,扶摇直上九天,看似偶然,实则"吾华前哲无此福"。"一笑吾其傥"一语,以谦逊的口气尽情抒发了对人类社会必将

---

① 黄遵宪:《日本杂事诗》其五七,陈铮编:《黄遵宪全集》,北京:中华书局2005年版,第24页。
② 黄遵宪:《日本杂事诗》其五九,陈铮编:《黄遵宪全集》,北京:中华书局2005年版,第24页。
③ 黄遵宪:《日本杂事诗》其七,陈铮编:《黄遵宪全集》,北京:中华书局2005年版,第24页。
④ 黄遵宪:《日本杂事诗》其五三,陈铮编:《黄遵宪全集》,北京:中华书局2005年版,第22页。

走向更加兴盛的感叹与期盼。他在《苏彝士河》篇尾也忍不住使用了"扶摇"一词:

> 龙门竟比禹功高,亘古流沙变海潮。
> 万国争推东道主,一河横跨两洲遥。
> 破空推凿地能缩,衔尾舟行天下骄。
> 他日南溟疏辟后,大鹏击水足扶摇。

苏彝士(今译"苏伊士")运河于1869年建成通航,是一条海平面的水道,沟通红海与地中海,是从欧洲通往印度洋、西太平洋最短的航线,也是世界上最繁忙的一条航线。诗人乘坐的巨轮,航行在苏伊士运河,东边是亚洲西奈半岛,西边是尼罗河洼地,两岸茫茫的沙漠一望无际。他想象人类在沙漠中克服困难、完成这一壮举。这一人造工程堪比大禹治水,造福人类,亚、非、欧的航路大大缩短,船只首尾相连,排队通过运河。诗人由此联想到正在开凿中的巴拿马运河,自注:"南美洲之巴拿马方疏凿未毕。"坚信巴拿马运河的开通,一定会促进人类进步。

  黄遵宪的"新世界诗"关心外国政治变革的近况,如《日本杂事诗》第7首写了明治维新运动所倡导自由与民主理念:"剑光重拂镜新磨,六百年来返太阿。方戴上枝归一日,纷纷民又唱共和。"①自注:"近来西学大行,乃有倡美利坚合众国民权自由之说者。"日本增设议会,开始转向君主立宪制,迈开了民主政体的步伐。对日本明治维新的描绘,很快转化为维新变法的思想准备。他在《温则宫朝会》中描绘了拜谒维多利亚女王时的心境:"万灯悬耀夜光珠,绣缕黄金匝地铺。一柱通天铭武后,三山绝岛胜方壶。如闻广乐《钧天》奏,相见重华《盖地图》。五十余年功德盛,女娲以后世应无。"②身处极盛期的英国,不禁心生敬意,肯定了西方政治文化的发展。这一体认,也融入到《己亥杂诗》的创作之中,其四十七云:"滔滔海水日趋东,万法从新要大同。后二十年言定谳,手书《心史》井函中。"即从日、英等国民主实验的成功经验中,认定"二十年后"的"未来中国"一定会按照君主立宪制乃至民主共和体制发展、变化,通过"民主制度"实现真正意义的"大同社会"。孙中山领导的革命,甚至没有等到他所预言的"二十年后",就推翻了帝制,建立了中华民国。这也从一定程度上证明黄遵宪政治预言的超前性和准确性。

  经过十多年的亲身观察,他也认识到了民主政治的弊端,作了深刻的揭露与辛辣的讽刺,如《感事》写美国共和、合众二党在总统选举中的哄争丑态,看似竞选,却"至公反成私",甚至造成"大则酿祸乱,小亦成击刺"的可怕后果,诗人不禁向往"倘能无党争,尚想太平世"的情景了。他对东、西方列强的为非作歹,更是笔含讽刺。《逐客

---

① 黄遵宪:《日本杂事诗》其七,陈铮编:《黄遵宪全集》,北京:中华书局2005年版,第24页。
② 黄遵宪:《温则宫朝会》,陈铮编:《黄遵宪全集》,北京:中华书局2005年版,第120页。

篇》写美国排华法案,自道咸年间以来,华工赴美务工,"华人初渡海,无异凿空凿",前后多达二十万人,为美国铁路建设、西部开发作出了杰出贡献,美方无视这一现实,确立排华法案,实则"吁嗟五大洲,种族分各各。攘外斥夷狄,交恶置岛索",是奴役弱国、陷人民于苦难的野蛮行径。① 他在《登巴黎铁塔》中猛烈抨击了欧洲的"霸主之争",严厉谴责了英、法统治者崇尚武力的"不智"。《琉球歌》《过安南有感》《锡兰卧佛》诸诗强烈指斥了东西方列强的侵略行径,对饱受蹂躏的琉球、安南、锡兰人民的苦难命运,表示深切的同情和深沉的忧虑。

三、"新世界诗"的思想深度

黄遵宪使外期间,曾以"海外名山都看遍""足遍五洲多异想"等句,概括周游世界所获得的内心充盈感以及创作"新世界诗"的自信。②

黄遵宪落职归乡后作《己亥杂诗》组诗,其一云:"我是东西南北人,平生自号风波民。百年过半洲游四,留得家园五十春。"③丰盈的海外体验,不仅获得了"回头望我地球圆"的世界视野,也提升了"足遍五洲多异想"的广度与深度。④

对比西方物质文明和精神文明的迅猛发展,他愈发认清了清廷落后、蒙昧的本质,万分焦急。《逐客篇》开篇吟道:"呜呼民何辜,值此国运剥。轩顼五千年,到今国极弱。鬼蜮实难测,魑魅乃不若。岂谓人非人,竟作异类虐。茫茫六合内,何处足可托?"指斥清廷是造成积贫积弱的罪魁祸首。⑤ 1881年,颟顸的清廷撤回留美幼童,容闳主持的留美事业彻底失败,黄遵宪作《罢美国留学生感赋》感叹道:"环球六七雄,鹰立侧眼窥。应制台阁体,和声帖括诗。二三老臣谋,知难济倾危。欲为树人计,所当师四夷。"⑥"师四夷"说立足魏源"师夷之长技以制夷"说,更进一步从"树人"的高度立论。这是经过艰苦探索得出的一个基本结论,虽与清廷决策相违背,却很开明,具有超前的"预言"性质。

这一开明态度,在《日本杂事诗》的创作与修改上也得到鲜明的体现。他先后在伦敦、长沙两次修改《日本杂事诗》,其《自序》坦陈初到日本时,所交多旧学家,对明治维新的看法偏于保守,但很快有了根本改观,"久而游美洲,见欧人,其政治学术,

---

① 黄遵宪:《逐客篇》,陈铮编:《黄遵宪全集》,北京:中华书局2005年版,第107页。
② 黄遵宪:《远归》,陈铮编:《黄遵宪全集》,北京:中华书局2005年版,第113页;《以莲菊桃杂供一瓶作歌》,陈铮编:《黄遵宪全集》,北京:中华书局2005年版,第135页。
③ 黄遵宪:《己亥杂诗》其一,陈铮编:《黄遵宪全集》,中华书局2005年版,第153页。
④ 黄遵宪:《以莲菊桃杂供一瓶作歌》,陈铮编:《黄遵宪全集》,北京:中华书局2005年版,第135页。
⑤ 黄遵宪:《逐客篇》,陈铮编:《黄遵宪全集》,北京:中华书局2005年版,第107页。
⑥ 黄遵宪:《罢美国留学生感赋》,陈铮编:《黄遵宪全集》,北京:中华书局2005年版,第103页。

竟与日本无大异。今年日本已开议院矣,进步之速,为古今万国所未有"。① 由此不难推知,"新世界诗"的创作不仅突显海外经验对中国改革的参照作用与借鉴意义,更重要的是以体现人类文明先进成果的方式,启迪国人心智,开阔国人眼界,加速国人开化,净化国人灵魂。可以说,他自觉地承担起了"新民"的启蒙使命。

他坚信中国必将日益进步并融入这个"新世界",故常从"全人类"的高度思考"平等"与"大同"。在《寄事》诗中,他直接呼唤:"红黄黑白种,一律平等视。人人得自由,万物咸逐利。"指出"黄、白、黑种同一国",本不该强行分出三六九等,设置所谓的高低贵贱之分。这种"同种一家""并有相爱"的善良愿望,反映了世界范围内的人类平等、种族平等的热切企望。在《以莲菊桃杂供一瓶作歌》中,他以花拟人,"莲花花白菊花黄,夭桃侧倚深红妆"表达的是各美其美的理念,桃红、莲白、菊黄,颜色各异,皆是天然生成,人种肤色同是天然生成,本没有尊卑贵贱之分。而"众花照影影一样,曾无人相无我相。传语天下万万花,但是同种均一家",则表达各民族平等共处、天下一家的"共美"境界。他更推及世界万事万物必处变化之中的常态,探究弱国与强国之间"攻守之势"变易的辩证法则,通过"安知人不变花花不变人"和"安知我不变花花不变为我"的疑问,展现中国在近代世界必将发生巨大变化的期盼。钱仲联说:"此诗盖公度借以寄托其种族团结思想,不仅以科学思想入诗也。"②洵为的评。

黄遵宪去世前在《广益丛报》上发表一首《侠客行》,当是他的"绝唱":

忽而大笑冠缨绝,忽而大哭继以血。大笑者何为?笑我鼎镬甘如饴。大哭者何为?哭尔众生长沉苦海无已时。吁嗟!笑亦何奇,哭亦何奇,胸中块垒当告谁?平生胸吞路易十四十八九,挟山手段要为荆轲匕首张良椎。仗剑报仇不惜死,千辛万挫终不移。致命何从容,宁作可怜虫?岁寒知松柏,劲草扶颓风。君不见当今老学狂涛何轰轰,国魂消尽兵魂空。安得人人誓洒铁血红,拔出四亿同胞黑暗地狱中!

这首诗可以说是他早年接受以服部德翻译的卢梭所著《民约论》为中心的新思潮而奠定的以西方"天赋人权"等自由、平等、民主、科学思想为核心的新的价值观,可以见出他为之奋斗终生的勇猛精神。钱仲联先生更认为,从"誓洒铁血红""拔出四亿同胞黑暗地狱中"等诗句中"可以窥察到黄遵宪晚年政治思想逐渐演变到与当时民主革命派反清活动同步进行的脉搏"。显而易见,他将古今中外的历史经验冶

---

① 黄遵宪:《日本杂事诗序》,陈铮编:《黄遵宪全集》,北京:中华书局2005年版,第6页。
② 钱仲联:《人境庐诗草笺注》,上海:上海古籍出版社1981年,第606页。

于一炉,抽绎出人类命运的普遍原则,寻找出中国繁荣富强的道路,高扬自由、平等、民主、科学思想为核心的新的价值观。

黄遵宪曾以"海外名山都看遍""足遍五洲多异想"等句,概括周游世界获得的内心充盈感以及创作"新世界诗"的自信心。① 丘逢甲《人境庐诗草·跋》则对其"新世界诗"作了更具思想意义的总结:"开卷盖如入文明之国",其境、其都市、其宫廷、其府舍、其治象、其国度,政政毕立,事事毕举,疏密自见,'开先之功'可以诗人中嘉富洱、俾思麦当之。"②这一开创性的文学革新,正如丘逢甲第二跋所云"海内之能于诗中开新世界者,公外,偻指可尽","然开先之功,已日星河岳于此世界矣",大大促进了"变旧诗国为新诗国"的转型。③

第五节 客家文化视野下的诗歌"通俗化"尝试

黄遵宪晚年归乡隐居,以欧洲诗人及未来理想诗界为追求目标,创作了两个系列的诗歌:一是模仿客家山歌的作品,二是以"军歌""校歌"为代表的"时代之文体"。梁启超对此评价极高,认为黄遵宪所表现的新理想、新意境、新感情,是对"诗界革命"的"熔铸新理想以入旧风格"和"以旧风格含新意境"的巨大超越,是文体实践的空前成功。在这里,重点谈谈黄遵宪晚年在客家文化氛围中所进行的诗歌"通俗化"尝试。

一、客家文化的涵育

黄遵宪出生在号称"天下客都"的嘉应,从小就沐浴在醇厚的客家文化的氛围之中。首先,黄家大宅距离梅江仅仅百步之遥,面前是禾田、瓜田、芋区、鱼塘,侧后则是丘陵、山坡、竹林、果园,每日里牧童、樵妇、农民、篙工、船夫往来不绝,嘴里说的是地道的客家话,唱的是悠扬的客家山歌。正是在这一声声传入耳际的山歌里,幼年黄遵宪接受了最初的艺术的感染和熏陶,感受到了歌唱艺术固有的泥土芬芳与民俗内蕴。其次,黄遵宪的曾祖母李氏、母亲吴氏,都出身于封建官僚知识分子的家庭,有着较为深厚的文化修养,也是民间文学爱好者。曾祖母李太夫人尤其喜爱他,亲自抱去抚

---

① 黄遵宪:《远归》,陈铮编:《黄遵宪全集》,北京:中华书局2005年版,第113页;《以莲菊桃杂供一瓶作歌》,陈铮编:《黄遵宪全集》,北京:中华书局2005年版,第135页。
② 丘逢甲:《人境庐诗草·跋》,《丘逢甲集》(增订本),广州:广东人民出版社2019年版,第404页。
③ 丘逢甲:《人境庐诗草·跋》,《丘逢甲集》(增订本),广州:广东人民出版社2019年版,第404页。

养,并亲口传授客家儿歌和《千家诗》。幼年黄遵宪在咿呀学语时,李太夫人就亲口传授民谣:"月光光,秀才郎。骑白马,过莲塘。莲塘背,种韭菜。韭菜花,结亲家。亲家门口一口塘,放个鲤鱼八尺长。"①亲切的客家话给了他最初的文学熏陶和语言感知力,对他日后诗歌探索的健康发展奠定了扎实的基础。第三,无论游宦外地,还是归乡定居,黄遵宪一直都与客籍文人、学者、官员保持着亲密的联系与互动,诗词唱和,形成了一个情感一致、趣味一致、价值观一致的"文学共同体",致力于传承客家文化、尝试客家文学"书面化"实验。

他早年作《杂感》,提出了"我手写我口"口号。这一感性认识,虽有些懵懵懂懂,却精准抓住了一个世界范围内的"世纪命题"。在充分考察日本、欧美文化变革的具体成果之后,这一认知得到了进一步的实践证明与理论升华,他更坚定地认为"言文合一"能提高民族总体文化素质,拓展吸纳异域文化的能力,增强民族的创新能力,凝聚国民的国家认同。他很自然地将认为,那些脱口而出、自然生成的诗歌,真情流注其中,是天地至文,是"天籁",但他又意识到这种诗可遇而不可求,绝非人力可达致,"人籁易为,天籁难学也"。所以,他对客家山歌评价极高,推崇备至,他说:"山歌每以方言设喻,或以作韵,苟不谙土俗,即不知其妙。"视作"客家文学瑰宝"。②

他又从民歌的角度打通了《诗经》以降民间歌谣创作、传唱与继承的"活"的历史。其《山歌题记》说:

> 十五《国风》,妙绝古今,正以妇人女子矢口而成,使学士大夫操笔为之,反不能尔,以人籁易为,天籁难学也。余离家日久,乡音渐忘,辑录此歌谣,往往搜索枯肠,半日不成一字。因念彼冈头溪尾,肩挑一担,竟日往复,歌声不歇者,何其才之大也!③

这段论述将观察视角转移到家乡的村夫妇人身上,远古的《国风》应该就像家乡的客家山歌,流唱于岗头溪尾,歌声不歇,终古不绝。这一判断突出了村夫妇人"声口"的浑然天成,而这种"天地之至文"直可视为"天籁"。《庄子·齐物论》云:"汝闻人籁而未闻地籁,汝闻地籁而未闻天籁夫!"大意是说,大自然的"风",吹动大自然孔窍发出"地籁"之声,"风"吹动人造乐器孔窍发出"人籁"之声,但从初始生成上讲,"风"本身就是"天籁",是一切"籁"的起源,可与一切"籁"相比,"天籁"更是一种超越性的精神境界。村夫妇人自然而然生成的"诗",得自然之趣,故能终日不绝,展现了天生的、无穷无尽的艺术才能。反观学士大夫所作,往往摇笔苦吟,落入刘勰《文心雕

---

① 杨天石:《黄遵宪》,上海:上海人民出版社1966年版,第213页。
② 黄遵宪:《山歌题记》,陈铮编:《黄遵宪全集》,北京:中华书局2005年版,第130页。
③ 黄遵宪:《山歌题记》,陈铮编:《黄遵宪全集》,北京:中华书局2005年版,第275页。

龙》"为文而造情"的窠臼,实属"人籁"的造作,全无"林风天籁"的韵致。袁枚《随园诗话》"天籁不来,人力亦无如何"之类的嘲讽,也可移来与黄遵宪之言互证,一起阐述村夫妇人"天籁"之声的意义。他认为,以活泼泼的"人"、活泼泼的"事",表现歌谣创作者和演唱者的真性情,故而灵动活泼,生生不息,历久弥新,这种自然而然的村夫妇人之"声"本就是真正的"天籁"。

他明确指出客家来自中原旧族,认为"其语言与中原音韵相符合",活泼泼的客家话完美地架起了古今语言传承的桥梁。① 他认为正是嘉应老家的客家话"言文合一",直接促成了家乡文学繁盛局面:"嘉、道之间,文物最盛,几于人人能为诗,置之吴、越、齐、鲁之间,实无愧色。岂非语言与文字合,易于通文之明效大验乎?"② 据此,他认为《红楼梦》成功的关键即在于对"北京土话"的巧妙运用:"编《红楼梦》者乃北京旗人,又生长富贵之家,于一切描头画角,零碎之语,无不通晓,则其音韵腔口,较官话书尤妙",远比"官话"灵活、生动、准确的"京语"成就了这部"开天辟地,从古至今第一部好小说",能"与《左》《国》《史》《汉》并妙","当与日月争光,万古不磨者"。③ 他在晚年更坚定了这一看法,指出以《石头记》为代表的说部作品"将方言谚语一一驱遣,无不如意","生平论文,以此为最难",即无法套用正统文论的价值标准进行评判。④ 他进而指出,通俗语言具有巨大的政治力量:一是从中国历史经验看,以《诗经》为代表的口语诗歌创作,具有"宣上德,达民隐"的作用,下察民情,以免"酿成巨患"。⑤ 二是从世界各国近代语言世俗化运动看,通俗易懂的口语"使人人能通普通之学,然后乃能立国",足以动员广大民众、担起"立国"的历史责任。⑥

二、"诗化"的客家风俗画卷

1891年,时任驻英使馆参赞的黄遵宪致书胡晓岑,以胡著《〈枌榆碎事〉序》"吾粤人也,搜集文献,叙述风土,不敢以让人"等语共勉,宣示自己投身研究客家民俗的志向。⑦ 他返乡后花了大力气辑录、整理客家民歌,虽数量不详,但就现存《山歌》十五首而言,记录稿初步完成了客家山歌的"书面化"转换。对此,他说:"仆今创为此体,他日当约陈雁皋、钟子华、陈再萝、温慕柳、梁诗五分司辑录。我晓岑最工此体,当

---

① 黄遵宪:《攀桂坊黄氏家谱序》,陈铮编:《黄遵宪全集》,北京:中华书局2005年版,第288页。
② 黄遵宪:《〈梅水诗传〉序》,陈铮编:《黄遵宪全集》,北京:中华书局2005年版,第287页。
③ 《黄遵宪与源桂阁笔谈》,《黄遵宪文集》,东京:株式会社中文出版社1991年版,第43页。
④ 黄遵宪:《致梁启超函》,陈铮编:《黄遵宪全集》,北京:中华书局2005年版,第442页。
⑤ 黄遵宪:《〈明治名家诗选〉序》,陈铮编:《黄遵宪全集》,北京:中华书局2005年版,第249页。
⑥ 黄遵宪:《致梁启超函》,陈铮编:《黄遵宪全集》,北京:中华书局2005年版,第442页。
⑦ 黄遵宪:《致胡晓岑函》,陈铮编:《黄遵宪全集》,北京:中华书局2005年版,第346页。

奉为总裁。汇选成编,当远在《粤讴》上也。"①他进而从客家山歌中吸收养料,驱遣山歌俗调、方言谚语,写了一系列山歌体的竹枝词和新诗,尤其是以客家山歌口吻写成的叙事组诗《新嫁娘》五十三首,全景式地表现了客家人民劳动、仪式、情感、生产、过番、历史、传说的风俗画卷,如山歌对唱,声声入画,如在目前。

他吟咏客家民俗,细致入微,妙韵传神,尤其是在写客家信仰的日常生活形式方面,令人印象深刻。他写全家扫墓、"敬神不如祭祖"的信仰:"螺壳漫山纸蝶飞,携雏扶老语依依。红罗散影铜箫响,知是谁家扫墓归。"自注:"扫墓每在墦间聚食,喜食螺,弃壳满地,足以征其子孙之众多也。乐用铜箫,亦土俗。"②清明时节,青山绿水,美食在前,子孙罗拜,铜箫悠扬,以祭奠祖先亡灵的方式,将对先祖的崇拜、对现在的享受、对将来的期盼融为一体,流露出特殊的人生况味。又如,撰写族谱的传统:"宰相表行多谱牒,大宗法废变祠堂。犹存九两系民意,宗约家家法几章。"自注:"各姓皆聚族而居,皆有祠堂","初意以联宗族、通谱碟,而潮州、惠州流弊亦或滋讼狱、生械斗。"③族谱是连宗族的依据,但也是许多人家儿孙的启蒙课本,自识字之初就认识了列祖列宗,大大巩固了宗族观念、增进了民族自尊心,也易形成狭隘的家族观念。这一描述,反映了他对于客家文化"优"与"劣"二面有清醒的认识。又如,写多子多福的祈盼:"华灯挂壁祝添丁,吉梦微兰笑语馨。日问神游到何处?佛前别供《处胎经》。"自注:"日者言胎有神,某日在门,在碓磨,在厨灶,在仓库,在房床,在侧,在炉,在鸡栖,如兴工作,犯其神,则堕胎,或胎残缺。世皆遵信之。"④人们为了"添丁"可谓是想尽了所有办法,"华灯挂壁祝添丁"一句指的是客家"上灯"习俗,"灯"谐音"丁",指男丁。每年元宵节,祖堂张灯结彩,上年添丁的人家邀集亲戚会餐,见证男丁名字写入家谱。而写嘉应男性下南洋的移民文化,则揭示了深层次的成因:"海国能医山国贫,千夫荷锸转金轮。最怜一二虬髯客,手举扶余赠别人。"自注:"州为山国,土瘠产薄,海道既通,趋南洋谋生者,凡岁以万计,多业采锡,遇窖藏则暴富。近则荷兰之日里,英吉利之北蜡、槟榔屿,法兰西之西贡,皆有积赀至百数十万者。总计南洋华商,客人居十之三。"⑤客观道出嘉应山陵起伏,土地贫瘠,生存条件恶劣,大批客家男性被迫出海谋生,无奈的心绪溢于言表。

他描述客家妇女生活的诗作,最为生动感人,也最为论者所激赏,往往被视为"新体诗"实验最为成功的代表作。这些作品所体现出的真我之淳、尚俗之美、言文

---

① 黄遵宪:《山歌题记》,陈铮编:《黄遵宪全集》,北京:中华书局2005年版,第130页。
② 黄遵宪:《己亥杂诗》其三六,陈铮编:《黄遵宪全集》,北京:中华书局2005年版,第157页。
③ 黄遵宪:《己亥杂诗》其二七,陈铮编:《黄遵宪全集》,北京:中华书局2005年版,第156页。
④ 黄遵宪:《己亥杂诗》其三二,陈铮编:《黄遵宪全集》,北京:中华书局2005年版,第156页。
⑤ 黄遵宪:《己亥杂诗》其三三,陈铮编:《黄遵宪全集》,北京:中华书局2005年版,第157页。

合一,来自他内心深处的认同感与归属感。其《山歌九首·小序》说:"土俗好为歌,男女赠答,颇有《子夜》《读曲》遗意。采其能笔于书者,得数首。"①指出山歌乃从南北朝民歌发展而来。《己亥杂诗》更将山歌视为古代民歌的"活化石":"一声声道妹相思,夜月哀猿和《竹枝》。欢是团圆悲是别,总应肠断'妃呼豨'。"自注:"土人旧有山歌,多男女相思之辞","今松口、松源各乡相沿不改,每一辞毕,辄间以无辞之声,正如'妃呼豨',甚哀厉而去。"②故能从"朴素"情感的角度出发,以劳动女性的口吻抒发悲欢离合的感情。如《山歌》其二:"人人要结后生缘,崖只今生结目前,一十二时不离别,郎行郎坐总随肩。"③女性对爱情的表达,火辣直接,情真意切,而又纯朴无华。又如写姑娘订婚之后窃喜、羞涩的心情:"前生注定好姻缘,彩盒欣将定帖传。私展鸾庚偷一笑,个人与我是同年。"④如见其人,如闻其声,如视其貌的感觉。又如写新娘在新婚夜"闹洞房"后的心绪变化:"酒阑人静夜深时,闻道郎来伴不知。乍整钗头还理鬓,任他催唤故迟迟。"⑤内心充满期盼而又表现得很矜持,新嫁娘的形象栩栩如生,跃然纸上。又如写新娘企盼早日怀孕生子:"私将香草佩宜男,自顾腰围自觉惭。形迹怕教同伴睹,见人故意整罗衫。"⑥将象征生子的香草悄悄藏在腰上,却怕旁人瞧见,真是别开生面。又如写送别丈夫下南洋:"催人出门鸡乱啼,送人离别水东西。挽水西流想方法,从今不养五更鸡。"⑦男性在鸡啼时分就要出门远行,临水送别,见河水东流,如同"过番"一般无法挽留。把"鸡"当闹钟来作比,触目了然,通俗易懂,而内蕴复杂的感情,唯有以"不养五更鸡"作结,读来妙趣横生,不禁感叹再三。

三、客家话语的"诗性"特征

山歌是客家人口头创作和承传的"活"的艺术,情真意切,艺术技巧灵活多样。黄遵宪用客家山歌体写成的"新体诗",与客家农村生活紧密相关,充分、认真吸收了山歌的技巧和方法,实践了"山歌每以方言设喻或作韵"的艺术追求。

首先,运用客家方言进行创作,倍感亲切温馨。例如,用第一人称"崖"、第三人称的"渠"进行创作:"邻家带得书信归,书中何字崖不知。等崖亲口问渠去,问他比

---

① 黄遵宪:《山歌》,陈铮编:《黄遵宪全集》,北京:中华书局2005年版,第76页。
② 黄遵宪:《己亥杂诗》其三一,陈铮编:《黄遵宪全集》,北京:中华书局2005年版,第156页。
③ 黄遵宪:《山歌》其二,陈铮编:《黄遵宪全集》,北京:中华书局2005年版,第76页。
④ 黄遵宪:《新嫁娘诗》其一,陈铮编:《黄遵宪全集》,北京:中华书局2005年版,第189页。
⑤ 黄遵宪:《新嫁娘诗》其十三,陈铮编:《黄遵宪全集》,北京:中华书局2005年版,第190页。
⑥ 黄遵宪:《新嫁娘诗》其四八,陈铮编:《黄遵宪全集》,北京:中华书局2005年版,第194页。
⑦ 黄遵宪:《山歌》其四,陈铮编:《黄遵宪全集》,北京:中华书局2005年版,第76页。

崖谁瘦肥。"①描摹女性说话口吻,带有浓郁的乡土气息,体现了女性的温柔。又如《山歌》其四"挽水西流香毛法"句的"香毛法",即客家口语"想没法",《新嫁娘诗》其一"个人与我是同年"句的"个人",即客家口语"这个人"省读,读来如见其人,如闻其声。

其次,巧用谐音双关,妙思多趣。《山歌》其九:"第一香橼第二莲,第三槟榔个个圆。第四芙蓉五枣子,送郎都要得郎怜。"②第一句"香橼"谐"上缘","莲"谐"恋"。第二句"槟榔"谐"畀郎","畀"是广东方言,"给"义;"圆"指"团圆"。第三句"芙蓉"谐"夫荣","枣子"谐"早子",祈愿早生贵子。前三句将六个谐音双关语巧妙串连在一起,一气呵成,深情含蓄,将一个客家姑娘对情人的痴恋,对婚后生活的憧憬,精确、细密、巧妙地表达出来了,充满巧思,饶有兴味,读来满口馨香,令人惊叹!黄火兴等《客家风情志》指出:山歌"随客家先民由中州一带迁来,上承《诗经》遗风,常用重章叠句,尤以双关见长"③。这些诗作就很好地利用了谐音双关的艺术效果,写得明白如话,妙语连珠。

第三,托物起兴,谐间取义。如《山歌》其三:"买梨莫买蜂咬梨,心中有病没人知。因为分梨故亲切,谁知亲切转伤离。"④用"分梨"比喻男女青年分别时难舍难分的心情,第一句就以"梨"起兴,谐"离",喻指"分离"。蜜蜂叮咬过的梨,内里溃烂,外面没人看得出,"亲手刀切梨"本是一件日常生活小事,想要验证一下梨子是否"心中有病",岂料切开之后反而联想到"分离"。一想到"分离",便心生无限感伤。"梨"和"亲切"谐音取义,圆环反复,把一件日常小事推升到一对热恋情人的敏感反应,炽热的情感与离别的伤心交织在一起,激发出极强的艺术感染力。

黄遵宪汲取客家山歌的艺术养分,巧加点化,触手成春,创作了许多"首仿山歌风格"的"新体诗","别创诗界",初步完成了"我手写我口"的口语化试验,有力推进了"白话的文学,文学的白话"理想的建设。对此,胡适《五十年来中国之文学》说:"我常想,黄遵宪在那么早的时代何以能有那种大胆的'我手写我口'的主张?"并认为"这种话很可以算是诗界革命的一种宣言"。而按钱锺书《谈艺录》的说法,"近人论诗界维新,必推黄公度。《人境庐诗》奇才大句,自为作手",其诗"能说西洋制度名物,掎摭声光电化诸学,以为点缀",实现了文学译介与文学变革互动的绩效,是引导"诗界革命"的风向标。⑤

---

① 黄遵宪:《山歌》其五,陈铮编:《黄遵宪全集》,北京:中华书局2005年版,第76页。
② 黄遵宪:《山歌》其九,陈铮编:《黄遵宪全集》,北京:中华书局2005年版,第77页。
③ 黄火兴等:《客家风情志》,香港:中华书局1991年版,第136页。
④ 黄遵宪:《山歌》其三,陈铮编:《黄遵宪全集》,北京:中华书局2005年版,第76页。
⑤ 钱锺书:《谈艺录》,北京:生活·读书·新知三联书店2001年版,第81页。

第五章 维新派的诗文创作

康有为、梁启超在倡导维新变法的过程中强烈地意识到"新其政不新其民,新其法不新其学"①,变法是很难奏效的。而"新其民""新其学"的有效办法,则莫过于借助报刊、利用文学来进行维新宣传,普及"新学",开通民智。于是,他们便积极创办《中外纪闻》《时务报》《清议报》《新民丛报》《新小说》等报刊,大量译介西学,倡导文学革新,并通过新派诗、新文体、新小说的大量创作,来"开民智,新民德,鼓民力"。这一系列的举措,不仅有力地推进了中国社会的近代变革,而且有效地促进了中国文学由古代向现代的转型。作为杰出的维新派作家,康有为、梁启超、黄遵宪、夏曾佑、谭嗣同、严复、林旭、杨锐、刘光第、杨深秀、丘逢甲、蒋智由、丘菽园等人,以各具特色的文学创作实绩,为维新时期的文学"百花园"增添了奇光异彩。

第一节 康有为的"新学"之文

康有为(1858—1927),又名祖诒,字广厦,号长素,又号明夷、更甡,晚年别署天游化人。广东南海人。出生于中下层官僚家庭。祖父康赞修是道光年间举人,曾任连州训导。父亲康达初做过江西补用知县。他自幼跟祖父习儒书,同治十三年(1874)首次接触《瀛寰志略》等书,始知万国地理。光绪二年(1876),师从朱次琦习举子业。光绪五年(1879)游香港,阅读《西国近事汇编》《环游地球新录》等西书,又见"西人宫室之瑰丽,道路之整洁,巡捕之严密",认为"西人治国有法度",于是便将所见所闻与《瀛寰志略》《海国图志》对读,决定"购地球图,渐收西学之书",攻治西学。光绪八年(1882年),赴京参加顺天乡试,南归途中购置大量西方书籍,吸取进化论的政治观点,变法思想开始萌芽。光绪十四年(1888年),再次参加顺天乡试,九月上书光绪帝,痛陈国家濒临危亡,提出"变成法,通下情,慎左右"的变法主张。光绪十七年(1891),在广州创万木草堂,弟子有梁启超、陈千秋等人,讲"大发求仁之义",

---

① 唐才常:《尊新》,《唐才常集》,长沙:岳麓书社2011年版,第337页。

参照《万国公法》"讲中外之故,救中国之法",著《新学伪经考》《孔子改制考》以为变法理论依据。光绪二十年(1894),开始撰写《人类公理》,迭经修改,晚年以《大同书》之名发表。次年,赴京参加会试,得知李鸿章签订《马关条约》,遂联合1300多名举人上万言书,史称"公车上书"。他上皇帝第三书,始得光绪帝赞许。不久,和梁启超创办《中外纪闻》,组织强学会、保国会。光绪帝令他条陈变法意见,他呈上《应诏统筹全局折》及己著《日本明治变政考》《俄罗斯大彼得变政记》二书。旋蒙光绪帝召见,任命为总理衙门章京,准其专折奏事,筹备变法事宜,实施变法。因慈禧太后干预,"百日维新"失败,被迫流亡国外。1913年回国,以遗老自居,参加张勋复辟。1927年病逝于青岛。

一、康有为的散文观念

康有为学问广博,著述等身,其所著内容繁杂,极富创见,主要为长篇政论、奏章、序跋、杂文、游记、科学论文等,共计300多篇。其中,他在变法运动期间所写的大量政论、奏章等,积极呼唤变法图强,思想敏锐,批判犀利,文字雄辩,感情充沛,集中体现了他的"戊戌新学"思想,彰显了新时代政论文特有的精神风采和文体特征。他的散文与梁启超散文并称"康梁体",是"文界革命"的第一批创新成果。

康有为很早就对散文写作形成了自己的看法。在《修词》中,他作了一个形象的比喻:"人之有文,犹人之有四体,体不备不足为人,词不备不足成文。"[①]也即没有文采,无以成文。当然,仅有"文采",是不够的,还应在"文采"基础上立足经史,遵循体式,走"宗圣""尊经"的"正途",故《修词》开头即云:"修词之家,禀经制式,酌雅制言。"[②]这里的"修词",即《周易》"修辞立其诚,所以居业也"之意;"禀经制式"谓按正经、正史典著作为写作规范,以确定文章体制或体裁,亦即徐师曾《文体明辨序说》"夫文章之有体裁,犹宫室之有制度、器皿之有法式也"之意;而"酌雅制言"则循《大戴礼记·曾子制言》之意,寄寓"以制言之方三千里"的统治意蕴,其大意是按照"天子雅言"的政治要求,写作文采斐然的"政令"之文。"制式"与"制言"都是代圣人立言、代天子行政的"政治性"写作,是士子规范性、向上型的写作,故他一再强调:"取法乎上,非三代两汉之书不敢观,非圣人之志不敢存,而后求古义,识时势,求篇法、章

---

① 康有为:《笔记·修词》,姜义华、张荣华编校:《康有为全集》第一集,北京:中国人民大学出版社2007年版,第215页。

② 康有为:《笔记·修词》,姜义华、张荣华编校:《康有为全集》第一集,北京:中国人民大学出版社2007年版,第211页。

法、句法、字法也。"①有了"圣学"底子,在写作风格上,必然是走典雅、庄重、省净一路了:

> 夫程功进序之时,贵极力追摹,恶得以易言之。其始积辞积理,冥神独往,则为文苦事乎?不然。夫文章,天倪也,取于心,注于手,积之既久,自有汩汩其来之候。东坡云:"为文非独能为之为功,能为而不为之为功。"谓古人非有意为文,如山川之有灵,草木之有花实,特郁勃不得不发耳。然古人为文,如欧阳文忠,为一时之文宗,而宋人谓其作《昼锦堂记》一月得社官,至卿相富贵归故乡二湖,又自疑惑,迟之一月,尚不能改,仅加二"而"字;作《醉翁亭记》,起处有数十字叙山川之形势,后改作"环滁皆山也"五字,可见删削之功。本朝朱梅崖先生为古文大家,闻其为文不轻示人,常粘墙一月,每日视之,或改数字,或累改无一字存,可见湔削之深。然此文术也,文章家有器识在先。②

在这里,天倪、心手、器识、追摹、湔削等"关键词",都在昭示"文"是一门"器识"与"文术"相互"摩荡"的神奇"艺术",最终指明了"制式""制言"的"向上"一路。这样一来,作文之"体"也有了根本保证,他说:

> 始学作文,先洁其体,无取冗长。古人论文,云:"古人作文,与其过长,宁说不尽。"夫一泻无余,纵能辞达,已无余味。东坡曰:"辞尽而意无穷者,天下之至文也。"古人所谓"弦外之音",至矣!朱子曰:"作文无取乎长,且长亦难照顾。"然哉!③

从雅洁省净入手,努力做到短小精悍,留有余味,定能达到孔子、苏轼一再强调的"辞达"境界,也就可以像司马迁一样,得心应手,收放自如:"《项羽本纪》八千余字、《赵世家》万余字,不厌多;《颜渊传》八十余字、《仲弓传》六十余字,不嫌其短。"④

二、康有为的"新文体"写作

康有为的散文观念在"新学文体"的建构中落到了实处,这也使他的"新学"之文

---

① 康有为:《笔记·修词》,姜义华、张荣华编校:《康有为全集》第一集,北京:中国人民大学出版社2007年版,第215页。
② 康有为:《笔记·文章》,姜义华、张荣华编校:《康有为全集》第一集,北京:中国人民大学出版社2007年版,第207页。
③ 康有为:《笔记·文章》,姜义华、张荣华编校:《康有为全集》第一集,北京:中国人民大学出版社2007年版,第207页。
④ 康有为:《笔记·修词》,姜义华、张荣华编校:《康有为全集》第一集,北京:中国人民大学出版社2007年版,第212页。

的写作无论在内容上还是在形式方面,都展现出不同于传统散文的新风貌。

(一)康有为"新学"之文的创作主旨

首先,借助"以经术作政论"外壳,建构"戊戌新学",向最高统治者建言变法,是康有为"新文体"最令人瞩目的主题。他自小就立下摒弃浮华、许身社稷的雄心壮志,一直在思考人生价值,探索治国救民之道。尤其是面对"外侮迭乘",他以"志士"自任,"尤思以致用自见,于是依附公羊今文之学,盛张微言大义之绪,后之鼓吹变法维新者,卒托此以行其说,力辟墨守,广揽新知",尔后有所转变,"抱启蒙期'致用'的观念,借经术以文饰其政论,颇失'为经学而治经学'之本意,故其业不昌,而转成为欧西思想输入之导引"。[①] 康有为的"新学"思想蕴藏于今文经学论述之中,以孔子改制为变法张目。梁启超作了简要概括:"以改制言《春秋》、以三世言《春秋》者,自南海也","改制"之义指《春秋》"绌君威而申人权,夷贵族而尚平等,去内竞而归统一,革习惯而尊法治"的主旨,而"三世"之义"以进化之理,释经世之志","在达尔文主义输入中国以前,不可谓非一大发明","导人以向后之希望、现在之义务"。[②] 因此,倡"民权"与导"进化"是相辅相成的,是体现其"新学"思想"现代性"和"未来性"的重要标志。

他自信地标榜"戊戌新学"具有进化之道、改革之道、民本之道和工商之道"四原则",最终目的就是张扬"民权",创建"大同"理想世界。其"民权"论说是对《春秋》"微言大义"的再阐释,亦即"国之所立,以为民也,国事不能无人理之,乃立君主焉。故民为本,君为末,此孔子第一义,一部《春秋》皆从此发"。[③]《大同书》则从"进化"的高度张扬"民权",以平抑"君权":"国有君权,自各私而难合;但若为民权,则联合亦易","故民权之起、宪法之兴、合群君产之说,皆为大同之先声。"大意是说,在"进化"的历史进程中,作为人类早期的政权形态,"君权"的产生自有其历史土壤,但"君权"是"自私"的,这一属性决定"君权"很难在现代社会中发挥团结人民的作用,故"民权"和"宪法"等现代政治形态必定取而代之,这是人类社会进步的必然结果。他以公羊学"三世循环"的"旧瓶",装进进化论的"新酒",介绍近代工商文明、民主政治、男女平权、个性自由、科技进步等西学内容,阐发"民权""宪法"产生的必然性。他进而以男女平权为例,说明社会时时都处在进步之中,如在据乱世"女弱,当有男

[①] 梁启超:《清代学术概论》,《梁启超全集》第十集,北京:中国人民大学出版社 2018 年版,第 219 页。
[②] 梁启超:《论中国学术思想变迁之大势》,《梁启超全集》第三集,北京:中国人民大学出版社 2018 年版,第 100—101 页。
[③] 任继愈主编:《中国哲学史》第四册,北京:人民出版社 1979 年版,第 231 页。

子为依","若太平世则人之自立,两两相交,如国际然",而在升平世和太平世,则"女权渐生,人人自立,不复待人,则各自亲订姻好"。同理,这一进步过程也体现在由君主专制向君主立宪制转化,最后实现民主共和制、张扬"民权"和"宪法"的必然过程上。在《官制议》中,他强调"国以民为本,则以治民事为先",要达到"开民智""鼓民气"的新气象,就必须以地方自治和合群立会的组织化的办法来建设社会实体,如其《中华帝国宪政会歌四章》之一所说的那样:"合群之道,众议是尊;舍私从公,宪政攸传。"由此可见,"兴民权"是其改制的目标,他坚信一定能"去九界",实现"大同"理想。这一浪漫遐想,充分表达了他内心饱满的政治热情,更代表了维新变法时期政治思想的新高度。

他专注于未来"大同"世界的建构,并将其延展为一个独特的美学范畴,破除了日常审美经验的纠缠,发掘出了人类历史内部的"意义之链",看见了更具超越性和本质化的整体世界。因此,他站在历史的高度,抒发感慨时势、忧心国运的愤懑之情,表达矢志救世的爱国抱负,慷慨悲歌,痛快淋漓,逸出了传统散文写作的惯性机制,带来了新型散文美学的生长点。他曾七度上书皇帝,一举打破了清廷严禁士子言政的法令,传为士林佳话。早在作于1888年的《上皇帝第一书》中,他就建言"变成法,通下情,慎左右"。《上皇帝第二书》言:"中国不亡,国民不奴,惟皇上是恃。"敦请皇帝"下诏鼓天下之气,迁都定天下之本,练兵强天下之势,变法成天下之治"。《上清帝第五书》贡献上、中、下三策:上策为"采法、俄、日以定国是",仿效彼得大帝、明治维新,从根本上进行变法,彻底改变国体;中策为"大集群才而谋变政",群策群力,上下齐心,拧成一股绳,步调一致地推进改革;下策为"听任疆臣各自变法",由各省从各自的实际情况出发自行安排变法。《上清帝第六书》进一步以《周易》"旧者必坏,故当新"的变易思想立论,呼吁:"观万国之势,能变则全,不变则亡,全变则强,小变仍亡","此如已夏而衣重裘,涉水而乘高车,未有不病疹而沦胥者也。《大学》言日新又新,《孟子》称新子之国,《论语》孝子毋改父道,不过三年,然则三年之后,必改可知。夫物新则壮,旧则老;新则鲜,旧则腐;新则活,旧则板;新则通,旧则滞。"按这一发展规律,守旧泥古,必然灭亡,惟有变法,才能图强。变法符合天道人理,是国家生死存亡的关键问题。上述进言,洋洋万言,分析有理有节,切中肯綮,雄辩恣肆,动人心魄,喊出了国人救亡图存的爱国心声,集中体现了"戊戌新学"的变法主题。在变法期间,康有为受命向光绪帝进呈《日本变政考》,其《进呈〈日本变政考〉序》以"我朝变法,但采鉴日本,一切已足"立论,倡导以日为师,维新强国。[①] 这一观点极大触动了

[①] 康有为:《进呈〈日本变政考〉序》,姜义华、张荣华编校:《康有为全集》第四集,北京:中国人民大学出版社2007年版,105页。

光绪帝及翁同龢、李鸿章等朝廷大员,朝廷上下多据《日本变政考》为重要参考资料讨论变法,渐渐形成了放下"老师心态"、以日为师的共识。

其次,揭露朝廷无能、官吏颟顸,是康有为"新文体"的又一重大主题。为了证明变法主张的合理性和迫切性,他从中外政治形势出发,揭示了官场真相,尖锐地指出当今国家正处在危急存亡的关键时刻。《强学会序》以危急的口气写道:"俄北瞰,英西睒,法南瞵,日东眈,处四强邻之中而为中国,岌岌哉!"短而急促的句子,发出强烈的警告,指出中国目前所面临的可怕处境。而国内歌舞升平,《上清帝第一书》说:"上兴土木之工,下习宴游之乐,晏安欢娱,若贺太平。"《上清帝第二书》痛陈北洋水师甲午败绩,割让台湾,赔付巨款,必将后患无穷,但此经巨创,朝廷上下仍泄沓苟安,以至"割地未定,借款未得,仇耻已忘,愤心已释","麻木不仁,饮迷熟睡,刺之不知痛,药之不能入,诚扁鹊所望而却走"。1897年底,德军悍然侵占胶州湾,他仰天痛哭,作《上清帝第五书》说"二万万膏腴之地,四万万秀淑之民,诸国眈眈,朵颐已久,谩藏诲盗,陈之交衢。主者屡经抢掠,高卧不醒,守者袖手熟视,若病轻狂。唾手可得,俯拾即是",恶果就是"安南之役,十年乃有东事;割台之后,两载遂有胶州。中间东三省龙州之铁路、滇粤之矿、土司野人山之边疆,尚不计矣",以至于"铁路与人,南北之咽喉已绝;疆臣斥逐,用人之大权亦失。浸假如埃及之管其户部,如土耳其之柄其国政"。据此,他在《上清帝第六书》中总结道:"夫方今之病,在笃守旧法而不知变,处列国竞争之世,而行一统垂裳之法,此如已夏而衣重裘,涉水而乘高车,未有不病喝而沦胥者也。"举国上下因循守旧、不知变通的弊病,大小官吏心眼遮蔽、颟顸疲沓的丑态,一一展现在世人面前,广大读者看清了统治阶级的"庐山真面目",自然会响应改革的呼声。

他在"最近数十年"之间力倡"以经术而影响于政体"的"致用"之学,"远绍(顾)炎武之精神","标'实用主义'以为鹄,务使学问与社会之关系增加密度"。① 他准确抓住中国古代政治实践极其注重的"事"(现象)、"变"(权变)、"效"(功效)和"美"(价值)这四要素,宣传近代新思想、新观念,绘制未来的"美好世界"理想,引起了中国思想界的大地震、大解放,大大推动了"救亡图存"运动,也更新了政论文的写作技法。

(二)康有为"新学"之文的个性特色

康有为"新学"之文的写作,体现了以下三个方面的个性特色。

---

① 梁启超:《清代学术概论》,《梁启超全集》第十集,北京:中国人民大学出版社2018年版,第224页。

首先,笔不藏锋,直抒己见。他从不以文章家自居,而以政治家言、经世致用为指归,故撰作文章时,坚持儒家"妙语诱人"的原则,务求观点鲜明,畅所欲言,具有特定的美学追求。例如,作于1895年春天的《变则通通则久论》起笔即云:"天不能有阳而无阴,地不能有刚而无柔,人不能有常而无变。"接着引经据典:"昔孔子之作六经,终以《易》《春秋》。《春秋》发明改制,《易》取其变易,天人之道备矣。"一下子提高到文化史的高度,其政治倾向则不言自明了。作于同年5月2日的《上清帝第二书》开头就说:"具呈举人康祖诒等,为安危大计,乞下明诏,行大赏罚,迁都练兵,变通新法,以塞和款而拒外夷,保疆土而延国命。"作于27天后的《上清帝第三书》开头也说:"为安危大计,乞及时变法,富国养民,教士治兵,求人材而慎左右,通下情而图自强,以雪国耻而保疆圉。"直接亮出观点,要言不烦,字句铿锵,一下就将读者带入言说的语境中去了。在《日本书目志自序》结尾处,他总结到:"因《汉志》之例,撮其精要,剪其无用,先著简明之目,以待忧国者求焉。"明白交代本《志》体例渊源所自,更说明在当今危机形势下已不可能从容著录各书,要赶紧编出急用书目,提供给忧国者使用。用平淡字句,交代撰作目的,却透出爱国之情和致用之志。他在《大同书》中由中华民族的生存经验切入,树立"盖神仙者,大同之归宿也"的中心论点,进而以诗乐感兴、精神自由的情境来建设"大同"世界,故其审美体验、宗教体验是趋于唯美性、超越性和解脱性的,容易打动人心。这样一来,行文必定是尚直说而不曲说,明说而不隐说,重说而不轻说,正说而不反说,形成大笔淋漓、豪放跌宕的独特文风。

其次,在行文过程中喜旁征博引,古今中外例证尽冶一炉,产生汪洋恣肆、雄奇瑰玮的妙境。众所周知,晚清"新学"实际上是循着两条脉络前进的:一是以康有为为代表的由传统"今文经学"变化而来的高度政治化的"戊戌新学",二是以严复为代表的直接译介、输入西方学术思想的"启蒙新学"。康有为的"新学"思想乃其达至政治目标的手段,充分反映了近代学术进化的深层逻辑,故儒家、佛教、基督教、达尔文进化论、卢梭民约论、傅立叶空想社会主义、亚当·斯密经济学以及声学、光学、电学等近代自然科学知识等,便杂糅为一体,而以"大同"为最高理想境界。用梁启超《康南海传》的话来说,便是"先生以为欲任天下之事,开中国之新世界","以孔学、佛学、宋明学为体,以史学、西学为用。其教旨专在激励气节,发扬精神,广求智慧"。正因为他吸收了西方先进的哲学、社会学、自然科学知识,具备了国人所不及的新知识、新方法,还培养出了较为严密的逻辑思维能力,往往一下笔便洋溢着势不可挡的雄辩气势。至于论证过程中随手拈来的西方知识,更打开了读者的视野,引导读者跟随他的笔触进行深度思考。如《上清帝第二书》剖析割地赔款的可怕现状:"昔者辛巳以前,吾属国无恙也,自日本灭琉球,吾不敢问,于是,法取越南,英灭缅甸,朝鲜通商,而暹罗半羁,不过三四年间,而吾属国尽矣。"将割地赔款的悲剧,一一罗列出来,络绎弊端产生巨大的"聚合效应",自然而然导出"弃台民即散天下"的中心论点,直接冲击读者的心灵。《大同书》以印度种姓制度为例说明守旧之弊:"夫印度自摩驽立法,严阶级,别男女,人生而为寒门下户,则为农、为贾、为百工、为猎夫、为妇隶,百世不得列于吏士焉。若生而为女,以布掩面,终身无睹,既嫁从夫,夫亡烧死,或闭高楼,永不履地。"①这段描写对于相对封闭的国人而言,无疑是大开眼界,大呼过瘾的,完全超出了雇佣农工的法律许可,也超出历代贞女烈妇的道德范围。这样愚昧的社会现状,表明社会缺乏进步之可悲。他又以生花妙笔描绘开辟之境:"大同之世,铁道横织于地面,汽球飞舞于天空,故山水齐等,险易同科,无乡邑之殊,无僻闹之异,所谓大同也,所谓太平也。"②现代科技将传说中的缩地通天之术一一变成了现实,打下了"大同"世界的物质基础。这一系列充满异域风情、未来想象的场景,生动而系统地阐发了历史进化观,充分张扬了"民权"以平抑"君权"的思想倾向。故梁启超《清代学术概论》直言:"(康)有为所谓'改制'者,则一种政治革命、社会改良的意味也。"③他以如椽巨笔贯穿古今,凿通中外,提炼出一个个映现"全人类"历史的核心命题,具有雄辩的力量。

第三,对比鲜明,烘托强烈,以两极对立的方式说明事理。他在论述过程中总是采取对比手法,将丑恶的现实与革新的愿景进行对照,由这一"反差"中突显变革的迫切性与必要性,如《京师强学会序》一起笔就描绘出"列强环伺图",俄国在北,英国在西,法国在南,日本在东,四强邻紧紧围住中国,这一局面与早已沦陷的印度、土耳其、安南、阿富汗、俾路支诸国一样,"举地球守旧之国,盖已无一瓦全者矣!"紧接着,以深情的笔墨诉说中国之古老、文明之灿烂、土地之腴厚、人才之奋勇,今效普鲁士强国会、日本攘夷党,一定实现报仇、维新的政治理想。又如,1896 年,梁启超在《时务报》上发表《波兰灭亡记》,引起很大反响,康有为据以写成《波兰纷灭记》。此《记》讲述了波兰原是一个欧洲大国,可君主不思变法,畏惧沙俄威逼利诱,帮助沙俄捕杀国内义士,大小官僚因循守旧,拒绝变法,最终亡国。他比较波兰、沙俄之间的此消彼长:

> 康熙年间,俄皇彼得发愤修政,强于欧洲。波人与之为邻,不思取法,反自尊大,谓其国政治,外国不如。有言新学者,则斥之曰异端;有言工艺者,则骂之曰淫巧;有言开矿者,则阻之曰泄地气;有言游历者,则诋之曰通敌人;有言养民者,

---

① 康有为:《大同书》,姜义华、张荣华编校:《康有为全集》第七集,北京:中国人民大学出版社 2007 年版,第 6 页。
② 康有为:《大同书》,姜义华、张荣华编校:《康有为全集》第七集,北京:中国人民大学出版社 2007 年版,第 165 页。
③ 梁启超:《清代学术概论》,汤志钧、汤仁泽编:《梁启超全集》第十集,北京:中国人民大学出版社 2018 年版,第 273 页。

则谤之曰倡民权;有立国会者,则禁之曰谋叛逆。凡言新法、新学、新政者,无不为守旧者所诋排攻击。

"泄地气"云云,显然是"想当然"的话头,但也从一个侧面探讨了深层次原因:沙俄之强,强于变法;波兰之弱,源于守旧。波兰守旧者斥新学为异端、工艺为奇技淫巧,给留洋生扣上"通敌"罪名,容不得启民智、开国会。波兰亡国悲剧,暗示了晚清的改革困境,足可警醒国人。这些"亡国"叙事,迅即成为一个模式化的认知,以致多年后仍作为一个"常识"不断地讲述,如叶圣陶《倪焕之》提及校长的演说:"他讲朝鲜,讲印度,讲政治的腐败,讲自强的要素,实在每回是这一套,但学生们没有在背后说他'老调'的。"①又如,他在《大同书》中断言:"盖神仙者,大同之归宿也。"故《大同书》分前后两个部分,前一个部分为"入世界观众苦",是一个由各国君主统治的世俗世界,后一个部分则分别叙述"去九界",即去国界,合大地;去级界,平民族;去种界,同人类;去行界,保独立;去家界,为天民;去产界,公生业;去乱界,治太平;去类界,爱众生;去苦界,至极乐,消灭了一切世俗枷锁之后,达致仙佛境界般的"大同"世界。他相信,建立一个制度的政治逻辑和社会架构,决定了这个社会制度的发展完善方向,更决定了这个社会制度发展完善的空间,故断言:在这个超然的、终结式的"未来"世界里,人类"炼形神仙之乐",获得"灵魂之乐",关涉未来世界的个人精神追求,安顿人类的灵魂,获得神仙般的精神超越。两个对立世界的构造,具有一种超越性的对称之美,却与陶渊明"桃花源"式的逃逸完全相反,其灵感来自儒家对"大同"的遐想与奋斗,洋溢着蓬勃的生命力和昂扬向上的精神。

毛泽东《论人民民主专政》说:"自从一八四〇年鸦片战争失败那时起,先进的中国人,经过千辛万苦,向西方国家寻找真理。洪秀全、康有为、严复和孙中山,代表了在中国共产党出世以前向西方寻找真理的一派人物。"②在这里,"先进中国人"无疑是给予康有为的最科学的评价和最准确的历史定位。康有为站在一定的历史高度和思想高度,从巨大的历史潮流中吸取思想活力,把文学活动融入历史发展主潮之中,成为由传统古文向新文体过渡这一转捩点上的关键人物。他虽也沿袭传统古文形式,但已将时代精神与科学精神融入其中,摆脱了传统散文"词是理违"的矫揉造作和"桐城义法"的迂阔拘束。他的"新文体"创作,在主题立论上追求直抒己见,畅所欲言,一气呵成,在感情抒发上则是毫无拘束,豪爽明快,在文体风格上讲究纵横驰骋,豪放跌宕,在语言上则骈散杂糅,信笔所之,而又格调高亢,蔚为"一代文宗",极大地推动了"文界革命"的发展。

---

① 叶圣陶:《倪焕之》,上海:开明书店1930年版,第21页。
② 毛泽东:《论人民民主专政》,《毛泽东选集》第四卷,北京:人民出版社1991年版,第1469页。

第二节　康有为的"海外书写"

戊戌变法之前,康有为从未跨出过国门一步,阅读西书,游历上海租界、香港之类西风浓郁的地方,构成了他理解、想象外部世界的现实参照物。"百日维新"失败,他逃到香港,1898年10月19日流亡日本,开启了"汗漫四海"的生涯,他以日本为基地,"两年居美、墨、加,七游法,九至德,五居瑞士,一游葡,八游英,频游意、比、丹、那,久居瑞典"。① 1913年10月,赴港奔母亲之丧,11月将母亲及幼弟灵柩运归广州安葬。他曾请书画家吴昌硕治印一方,刻朱文"维新百日,出亡十六年,三周大地,游遍四洲,经三十一国,行六十万里",记其行迹"实录"。他勤于观察和思考,所作诗文极多。他认为,"新世瑰奇异境生,更搜欧亚造新声",海外书写必定"别造新境",契合《风》《骚》、乐府的神理和比兴体貌,"正始如闻本《风》《雅》,丽葩无奈祖骚词","意境几于无李杜,目中何处着元明",走向"气盛而化神"的壮美一路。②

一、海外书写的题材构成

康有为的海外书写,题材多样,内容丰富,新奇事物令人目不暇接。这些作品是他16年间所见所思所想的"艺术结晶",更成了那个时代中国人"海外想象"中罕见的"实证体"。

康有为不蹈袭传统山水诗文清幽静穆的故常,往往从宏伟处、奇崛处乃至骇人处着眼,以瑰玮雄奇之笔,描写异国风光、记述海外见闻,想落天外,摇撼人心。其《康南海诗集自序》自称"性好游,嗜山水,爱风竹",踏访胜迹,撰作诗文,不亦乐乎,"戊戌政变"反倒满足了他的"夙愿","及戊戌遭祸,遁迹海外,五洲万国,靡所不到,风俗名胜,托为咏歌,莫拔抑塞磊落之怀,日行连犿奇伟之境"。他每到一处,都以夹杂着无比好奇和深刻反思的复杂心情打量周遭一切,自然风光、山川风物、名胜古迹、亭台楼阁、民俗风情,一一笔之于诗文。他最善于抓住各处景观、风俗的独特之处加以描绘和渲染,如《游加拿大记》写洛基山雪景:"千峰积雪,长松覆地","逾山则雪碛数千里,无寸土寸草及人居。"《瑞士国在阿尔频山中湖山之胜为天下第一》写瑞士秀美绮

---

① 康有为:《共和平议》,姜义华、张荣华编校:《康有为全集》第十一集,北京:中国人民大学出版社2007年版,第2页。
② 康有为:《与菽园论诗兼寄任公、孺博、曼宣》,姜义华、张荣华编校:《康有为全集》第十二集,北京:中国人民大学出版社2007年版,第311页。

丽的湖光山色："碧松遍山草芊芊，碧绿丘壑白峰峦。山巅成千湖，明漪动紫澜。小湖柳漪波，荡桨饶风烟。大湖数百里，诸渚侵其间。虹桥苔矶间绿阑，万千楼阁枕湖干。"《泛挪威寻北冰海纵观山水维舟七日极海山之大观》写挪威北极圈的"水晶世界"："挪威好山水，欧洲最有名。迤逦五千里，岛屿亿兆京。岛颠皆带雪，岛脚皆插冰。或簇如楼阁，或飑如幢旌，或拥如人马，或列如队征，或卓如笔竿，或掉如龙鲸。终年长白头，万古浸水晶。苍苍百万岛，海中立亭亭。"《墨国胡克家郊外十里许祆祠前有老桧》写墨西哥腰围五百四十尺的老桧树："老桧周遭廿八围，拂云荫亩翠霏霏。不知何代汝生始，行遍全球吾见稀。"《荷兰游记》写荷兰整体规划的效果："大陆道路整洁，田畴平直，嘉树夹道，树影递天，牛羊被野，楼阁新靓"，"处处皆开小沟，丈许，架以小桥，故地每数丈辄有一沟焉，种花果、树木、禾麦之地皆然。以水道四通，故田野极绿，草树弥望。其夹道必植树，树距丈许，树影相递，堤道极直，递百千里无际。"《开罗埃及博物院》写开罗妇女蒙面纱、鼻带铜环的装扮："女子黑纱常蔽面，最怜额鼻着黄铜。"《耶路萨冷观犹太人哭所罗门城墙》写耶路撒冷犹太人"哭墙"的宗教仪式："筑者所罗门，于今三千年。城下聚男妇，号哭声咽阗。日午百数人，曲巷肩骈连。凭壁立而啼，涕泪涌如泉。惨气上九霄，悲声下九渊。始疑沿具文，拭泪知诚悬。"《满的加罗游记》写蒙地卡罗依靠旅游博彩创造财富："月收博税百万钱，一切无征入衔惠。旅者如家歌乐土，妙音之天何人世。"有的如素描清淡数笔，有的如油画浓墨重彩，再现了一幅幅异域奇景画卷，活灵活现，读来引人入胜。

康有为以亲身体验描绘了欧美国家的科学发明和艺术成就，如《英国游记》写坐摩天轮的情景："再登升天轮，亦五年前旧游物也。轮齿皆作箱室，大盈丈，全轮大廿丈，有机轮转室。即渐升，俯望伦敦全城，灯火如昼，似凌虚御风泠然而善，此间呼吸通天，不欲再下人间也。"《瑞士国在阿尔频山中湖山之胜为天下第一》写新型交通工具带来的诸多便利："抗山架壑高下繁，白塔红亭冠山巅。水榭林屋隐涧泉，汽船翻浪穿湖边。铁轨穴隧上山巅，欧洲诸国程途便。"《锡兰乘孖摩拉巨舰往欧洲，新睹巨制，目为耸然》写搭乘巨轮远航："渡海至锡兰，巍巍睹巨舰。楼观四五层，俯临沧波澹。惊飞上云表，鹏翼九天鉴。其长六十丈，洞廊窗深口。千室以容客，弘廊尤泛滥。重过一万吨，结构森惨淡。巨浪拍如山，邈若蚍蜉撼。惊波了无觉，蹈海若枕簟。"《德国游记》写显微镜："视肺中各微生物，有如菌者，有如线者，有如柴者，有如藻者，有如蝶者，有能动能游者，长圆如轮。有测月者，山河显然。有视血者，有视全体者。盖显微镜之为用至大，变化万物技也，而进于道者矣！"这些具体可感的近代科技成果，呈现了一个"文明"的"美丽新世界"，大幅拓展了对于人类无限潜能的认知。

他对汽船、军舰、火车、电力、蒸汽机的神速与威力，毫不吝啬赞美之词，特拈出轮船、火车、电线，将其视为工业文明的三大标志，进而将瓦特发明的蒸汽机誉为"万物变化之祖"。其《欧洲十一国游记自序》说:"汽船也,汽车也,电线也,之三者,缩大地、促交通之神具也","而万物变化之祖为瓦特之机器。"他更在《英国游记》中直言"国之强弱,视蒸汽力",并解释道:"汽机虽粗物,然轮船、铁路凡百制造,以缩地通天,开物成务,变化一切,实皆赖之。自汽机出后,变一新世界,皆华忒之功也。"他万分感恩瓦特的贡献,说:"吾今日游,触目随身,无一非汽机之用,即无一不受华忒之赐。"①故于1904年夏天游爱丁堡,特地去瞻仰瓦特塑像,表达敬意,作《游苏格兰京噫颠堡见创汽机者华忒像感颂神功不可忘也》云:

  汽机创自英华忒,水火相推自生力。汽船铁轨自飞驰,缩地通天难推测。万千制造师用之,卷翻大地摇天极。百年之间器日新,凡十九万五千式。力比人马三十倍,进化神速比例识。穷山野人地铺毯,琉璃作杯激沨碧。云际峰峦辟苑囿,转车骤上无顷刻。世界随兹忽转移,如辟诸天生羽翼。我今周游全地球,足迹踏遍廿余国。文野诡奇尽见之,吾华前哲无此福。游苏格兰见公像,惟公赐我生感激。巧夺造化代天工,制新世界真大德。华忒生后世光华,华忒未生世暗塞。美哉神功在地球,永永歌颂我心恻。②

瓦特的发明创造了种种人间奇迹,世界各地人民的生活随之大为改观。自己享受"吾华前哲"所无的环球旅行的"福气",远远超出孔子当年"周游列国"的范围,慨然将汉人"孔子未生世暗,孔子生后世光华"之语,移过来赞美瓦特"美哉神功在地球"的贡献,更表达了对"万物变化"的无限期待。

  这一极具洞见的观察和思考,延伸到了文化、艺术、教育等领域。他在《巴黎观剧,易数曲,各极歌舞之妙,山海天月,惨淡娱逸,气象逼真,感人至深,欲叹观止》中描写了欣赏一部舞台剧的特殊体会,戏剧故事发生在"罗马城头微茫月"的台伯河边,一会儿演出"军队列铳进声发",一会儿表演"玉面霓裳八百女",海山、月宫、仙女、将士等等戏剧元素,都在灯光、布景的变幻中自由切换,极富真实感和表演性。他极爱意大利大画家拉斐尔,《怀意大利拉飞尔画师得绝句八首》其一云:"画师吾爱拉飞尔,创写阴阳妙逼真。色外生香绕隐秀,意中飞动更如神。"其五云:"拉飞尔画多在意,意境以外不可觅。只有巴黎数幅存,瑰宝珍于连城璧。"认为拉斐尔讲究"意在笔先,画尽意在",故画作备显灵动,"色外生香",叹为观止。《法兰西游记》记录博物院精心编排、布展的物品,他看到西方进化发展的顺序,"今遍观各国博物院皆于十

---

① 康有为:《英国游记》,姜义华、张荣华编校:《康有为全集》第八集,北京:中国人民大学出版社2007年版,第16页。

② 康有为:《英国游记》,姜义华、张荣华编校:《康有为全集》第八集,北京:中国人民大学出版社2007年版,第16页。

二、三世纪后乃有精巧之物,可以观欧人进化之序。"《英国监布烈住(Cambridge,剑桥)大学华文总教习斋路士会见记》讲述自己的一个"发现":"欧美乡市之大及于千人者,无不有楷士孤",所谓"楷士孤",就是"学校"的音译。他详细介绍了受邀参观剑桥大学的过程,说剑桥大学"凡二十三校,合为一大学","每校各有食堂、书楼、讲室、博物院、祈祷道场,各有校长、教习,各为经费,皆如恶士弗(Oxford,牛津大学)"。他参观藏书楼、神学馆、考试馆、博物院、学生食堂、钟楼、戏院等建筑,驻足观看剑桥大学学生划船比赛:"设帐棚于河干,画舫栉比,红女联翩。竞者得胜而归,则所欢或其所识之女举帕欢迎,掷果欢笑。其义主导乐以畅魂灵,习劳而壮体魄,未可徒以佻达议之也。"从中体悟到体育比赛有"习劳而壮体魄"的作用,而男女学生齐心协力划船比赛,不仅仅是男女学生正常而平等交往的方式之一,更反映了求知上的男女平权,绝对不能以国人的封建眼光作出"放荡轻薄"的道德评判。

至于历史古迹、公园、博物馆、政府机构等,就更容易引起他的感伤和玄想了。《初登欧洲陆奈波里,游公园即睹意相嘉富洱像,喜赋》写拜谒意大利开国名相嘉富洱雕像:"我生遍数欧洲才,意相嘉侯实第一,我今日首登欧洲陆,初游即见嘉侯铜像","忽尔遇之喜舞不可遏",表达深深的敬仰之情。《意大利游记》多记意大利的历史文物,罗马古道、庞贝古城、元老院旧址等由繁华堕为古物遗骸,他由思古之幽情,生发出对于文明发展规律的感慨,认为意大利的辉煌历史与屠弱现实的鲜明对照,映现出议会制度出现的必然性,故在《议院之制必发生于西》一节中说:"岂非欧洲凭据南北两海,多岛港而分立国为之耶?故曰:地使然也","今大地既必行此政体矣,英得伏流之先,故在大地最先强。欧美得其播种之先,故次强。兹七柱也,其先河也乎?"认为欧美面向海洋的地理环境,催生了民主制度,而这一地理环境所表现的决定性因素,也许在其他国家无法复制出"奇迹"。

二、从海外"中国元素"切入思考"救国"之道

康有为的海外书写,创作量巨大,气势撼人,而灵感的种子、写作的动力,皆萌动于异域。这一现象说明,"异域"既是他观照与思考的对象,更是他心灵持续蜕变的源泉。也就是说,他充分体认到,正是欧美国家发明了一个"近代性"的世界,从宪政民主、共和政体、议会民主、近代科技、工业文明、自由经济、市场全球化、教育体系、福利体系,一直到殖民主义、帝国主义统治策略,在西方文明所创造的巨大时空中体验了一种"物质性"的心灵碰撞。对世界图景整体性的把握,使得他自然而然地反观、省思祖国。他深感沉痛的,乃是祖国的前途和命运,而非传统意义上的思乡与回家。因此,他的海外书写采取了"从世界看中国"的"观看之道"。

在海外捕捉"中国元素",往往是在第一时间完成的,且观察与表现非常感性。如《英国监布烈住大学华文总教习斋路士会见记》介绍斋路士(即著名汉学家"翟理思")从驻华使馆退休,接替理雅格担任剑桥大学第二任汉学教习,"其时方译《文选》之诗,而《楚辞》则斋君已先译讫。其寄我之书札,引宋玉词曰:'愿皇天之嘉惠兮!及生还而无恙。'吐属渊雅,可谓情深而文明矣"。他引斋路士评价理雅格经典翻译的话说:"五经与四书,皆为理雅格译坏。"可见同时代两位汉学家的"互动"关系。他还顺带介绍了欧洲汉学家的近况:"法人撒繁曾译《史记》未毕","撒繁在巴黎为大学华文总教习。法人古弄曾译《书目提要》,在里昂为大学华文总教习。法人阁借曾译《中国书目》。德人嘻打曾撰《中国罗马交通记》,今作纽约哥林布大学华文总教习。"文中列举了一串名字,如理雅格(James Legge)是剑桥大学第一任汉学教授,斋路士(Herbert Allen Giles)中文名"翟理思",又作"翟理斯",撒繁(E. Chavannes)中文名"沙畹",古弄(Maurice Conrant)中文名"古恒",嘻打(Friedrich Hirth)中文名"夏德",都是近代西方著名汉学家,均取得了令人瞩目的研究成果,有力推动了中国文化走向世界。

《丹墨游记》则记述了一段有趣的对话:

> 车中遇丹人祁罗佛者,昔商北京三十年,曾与购物,今既富而归,犹能操北京语,招待极殷勤,预招往宴馔,曰:"游我欧土,食则无可食矣,惟观则可观。"二语真道尽。吾遍游欧美各国,穷极其客舍、食馆、贵家之饮馔,皆欧土第一等者,皆不能烹饪调味。每日出游甚乐,及饥归而就食,则不能下咽,冷鱼干斋,几不能饱。虽两年来日以客舍、汽车、汽舟为家,习之既久,而仍不能下咽。记昔在日本,其文部大臣犬养毅请食,曰:"贵国乞丐之食,亦比我日本为优。"虽出逊词,而吾国饮馔之精实冠大地。

人的味觉判断,多基于记忆与情感,长期的异域旅行与饮食体验,时时激起他的味觉"乡愁"。与丹麦的"中国通"讨论中、西饮食之异同,明确道出了多年来"食可观而无可食"的体认。他由此想起日本人犬养毅对中国食物的溢美,最后得出的结论是:"吾国饮馔之精实冠大地。"既然认定这一结论,就可以此为判断天下饮食的最高标准了。

他在欣赏西方艺术的时候,也往往联想到中国艺术的意境和意蕴,如《伦敦观剧有作海山仙女幽逸如〈离骚〉〈九歌〉者》写欣赏英国戏剧时,将仙女角色的表演等同于《离骚》中的女婴、《九歌》中的湘夫人和山鬼;《怀意大利拉飞尔画师得绝句八首》赞美拉斐尔的绘画艺术,用了王羲之的"右军字"和"清水出芙蓉"的李白诗来加以形容,瞬间贯通了中、西艺术的内在精神。

当然,他在海外也遭遇了许许多多的不快与悲伤,如《英国游记》记两次参观大英博物馆的"负面"体验:第一次是在1899年,见博物院建筑异常简朴,藏品的"亮点"不多,但藏书逾二百万册,书架长度达到四十英里,典藏中国书画颇多,宋版的杜诗集陈列在桌上,打开的这一页正好是《哀江头》《哀王孙》等诗,读来悲叹不已。第二次则是在1904年,英军在八国联军侵华过程中掠夺来的珍品正布展陈列,其中有两件令他格外痛心疾首的藏品:一件是乾隆"十全武功"碧玉玺。他对比了中、英征战缅甸的异同,指出"英人以三千师五日灭缅",而乾隆帝"累年兴数十万大军,丧师无数",主帅明瑞"全军阵没",继任主帅傅恒"以重贿购和","只得贿而而反"。他直言所谓"平定缅甸"之役绝非"武功",实是惨败,"耻辱莫甚","此我之武功至可愧者哉"!另一件则是"万寿山"碧玉玺。清廷为庆祝慈禧太后六十寿诞,挪用海军经费修建颐和园、万寿山,美其名曰是园内练习海军,最终导致甲午海争惨败。他回忆说:"吾以戊子、甲午游万寿山时,山前有海军衙门,颐和园内禁折花木,皆贴海军王大臣会衔告示。噫!万国海军大臣有管及各公园、御园花木者乎?"他认为"中国几亡于此万寿山矣",正因为如此颟顸愚昧,必然出现"惟海军而在园中,则此玺自宜在国外矣!万寿山园之海军,此尤古今万国所未闻,尤宜高据博物院一位置者"的历史悲剧,发出了"万寿山可为吾中国盛衰兴亡之鉴焉"的慨叹。①

第二,思考、探索"救国"之道。

康有为长期旅居国外,耳濡目染,深感近代科学进步的神速,欧美物质文明和精神文明的巨大景观,激起了他对于中国的深刻反思和浪漫想象。他常以计算时间差的方式,感慨西方文明的"先进性":"生万里文明之大国,而舟车不通,亦无由睹大九洲而游瀛海。吾华诸先哲,盖皆遗恨于是。则虽聪明卓绝,亦为区域所限。英帝印度之岁,南海康有为以生,在意王统一之前三年,德法战之前十二年也。所遇何时哉?汽船也,汽车也,电线也,之三者,缩大地、促交通之神具也。汽船成于我生之前五十年,汽车成于我生之前三十年,电线成于我生之前十年,而万物变化之祖为瓦特之机器,亦不过先我生八十年。凡欧美之新文明具,皆发于我生百年内外耳。"②他在搭乘轮船前往纽约途中,油然想起美国工程师罗伯特·富尔顿制造轮船的贡献。1807年,富尔顿制造了世界上第一艘蒸汽机轮船"克莱蒙托号"并取得首航成功,从纽约市出发,沿哈得逊河逆流航行,仅用32个小时到阿尔巴尼市,里程240公里,拉开了轮船取代帆船的序幕。康有为感慨万千,作《阅兵讫,夜乘汽舟自哈顺河归纽约,月

---

① 康有为:《英国游记》,姜义华、张荣华编校:《康有为全集》第八集,北京:中国人民大学出版社2007年版,第11页。

② 康有为:《〈欧洲十一国游记〉自序》,姜义华、张荣华编校:《康有为全集》第七集,北京:中国人民大学出版社2007年版,第344页。

色微茫,既福尔敦创汽舟首行之地,夜阑看月,感赋》,写出了"先我生世五十年,神工首出功难磨"之类的句子。他认为这次首行早于自己诞生之年(1858)整整五十年,恰恰标志着工业文明充满了美好的未来:"自有富尔顿,遂缩大地若堂坊","百年世界大进化,万载无此大块新文章!"①

《英国监布烈住大学华文总教习斋路士会见记》则将这一观察转化为对清廷的批判:"此百年中,正欧美人铁路、轮船、汽机、电器日出之时。彼计其奖励新器专利,始于西历一千七百九十五年,恰当吾乾隆五十年奖励朝、殿楷法之日。彼百年中,新器出十九万五千具而霸大地。吾百年中,笔秃亿万管,墨磨亿万挺,合全国人士所写作之八股大卷、折子亦何止十九万五千之新式?而纷纷割地赔款、失利失权,几亡中国。其功效之相反如此,则试之有用无用异也。"指出八股取士的科举制度导致全国读书人"尽皆沉埋陷溺于空疏谫陋之八股","于是举国之人皆为盲瞽愚昧矣。盖自有中国以来,未之有也。酷矣伤哉!八股之祸,此鄙人所以恨极,而首请于上力除之也"。

这一"时差"的感慨与思考,最终上升到中西对比的维度,凝聚为《物质救国论》一书。其《〈物质救国论〉自序》宣称:"欧洲百年来最著之效,则有国民学、物质学二者","中国数千年之文明,实冠大地,然偏重于道德哲学,而于物质最缺然","中国之病弱,非有他也,在不知讲物质之学而已。""即今之新物质学,亦皆一二百年诞生之物,而非欧洲夙昔所有者,突起横飞,创始于我生数十年之前,盛大于我生数十年之后。"②他更从罗马的"旧邦新命"中看见了中国变革的"物质学"方向:

> (罗马)今者重都府、通道路、速邮传、立银行四大政,与其法律大行于欧洲,为盛强之一大原因焉。我国地土广大,逾于罗马,而不知大治道路以速通之;以金银贮库,而不知立国家银行,以操纵财权焉。于以文明不兴,盗乱难平,财货绌滞,甚非统驭大国之道,则愧于罗马矣!③

罗马的巨变,是"物质学"所带来的"凤凰涅槃",是近代科技文明巨大发展力量的象征,更是国人自我反省的有力武器和体制转型的必然方向。

他将"观"的对象与"游"的心态,升华到了"救国话语"体系。《〈欧洲十一国游

---

① 康有为:《阅兵讫,夜乘汽舟自哈顺河归纽约,月色微茫,既福尔敦创汽舟首行之地,夜阑看月,感赋》,姜义华、张荣华编校:《康有为全集》第十二集,北京:中国人民大学出版社2007年版,第264页。

② 康有为:《物质救国论》,姜义华、张荣华编校:《康有为全集》第八集,北京:中国人民大学出版社2007年版,第63页。

③ 康有为:《意大利游记》,姜义华、张荣华编校:《康有为全集》第七集,北京:中国人民大学出版社2007年版,第387页。

记〉自序》自述道：

> 夫中国之圆首方足，以五万万计，才哲如林，而闭处内地，不能穷天地之大观。若我之游踪者，殆未有焉。而独生康有为于不先不后之时、不贵不贱之地，巧纵其足迹、目力、心思，使遍大地，岂有所私而得天幸哉！天其或哀中国之病，而思有以药而寿之耶？其将令其揽万国之华实，考其性质色味，别其良楛，察其宜否，制以为方，采以为药，使中国服食之而不误于医耶？则必择一耐苦不死之神农，使之遍尝百草，而后神方大药可成，而沉疴乃可起耶？则是天纵之远游者，及天责之大任；则又既惶既恐，以忧以惧，虑其弱而不胜也。①

他自述汗漫四海，"哀中国之病，而思有以药而寿之"，向域外问医求药，"其将令其揽万国之华实，考其性质色味，别其良楛，察其宜否，制以为方，采以为药，使中国服食之而不误于医"。他在《共和平议》中更坦陈："十六年于外，无所事事，考政治乃吾专业也。"②他认为中国长期奉行"全民性"的道德主义和政治主义，往往于事无补，应该向西方学习，从事科学研究和科技发明，进行新颖而富有想象力的物质生产，从根本上改造中国。

他提出了一整套"近代化"色彩浓郁的"救国"方案，大到议会构架，小到博物馆建设，详细论述了"现代国家"各个方面的细节。如《英国游记》提出强化海军、建立海权的主张："方今以海权为第一义，若不治舰队，犹鱼之无翅，鸟之无翼，人之无足，不可一步行也。南美小国，若掘地马拉、巴拿马仅数十万人，犹禁华人，而无可如何，无兵舰故也。故将欲保护吾民，张威大地，舍舰队莫先也。英陆军甚下，而以海舰第一，故霸大地，旗随日月出入，制船之为功也。英治海军不过四百年，而威震地球。吾国无海军，则惟人所吞食而不能报。"又如，他倡言中国多建博物馆。在漫游欧美过程中，他发现"郡邑皆有博物院"，自己"一面观之，一面私惭，甚憾吾国人之不能保存古物"。③他从"无用之虚空之为用多矣"的哲学高度，肯定博物院保存古物，意在"感动人心"和"增益民智"，有着"令人发思古之幽情，兴不朽之大志，观感鼓动，有莫知其然而然"的意义。④又如，他将西欧盛行的"君主立宪制"视为中国适行"君主立宪"的有力证据，《意大利游

---

① 姜义华、张荣华编校：《康有为全集》第七集，北京：中国人民大学出版社2007年版，第344—345页。
② 康有为：《共和平议》，姜义华、张荣华编校：《康有为全集》第十一集，北京：中国人民大学出版社2007年版，第2页。
③ 康有为：《意大利游记》，姜义华、张荣华编校：《康有为全集》第七集，北京：中国人民大学出版社2007年版，第377页。
④ 康有为：《意大利游记》，姜义华、张荣华编校：《康有为全集》第七集，北京：中国人民大学出版社2007年版，第372页。

记》从地理角度论述了"议院之制必发生于西欧",在平衡君权必要性与议会可行性的实验上"得播种之先",但必须明确"非中国人智之不及","不能为中国先民责",在当今"大地既必行此政体"的时代潮流下,坚信"中国苟移植之,则亦让欧人先获百年耳,何伤乎! 天道后起者胜也",一定会适行"君主立宪制"。①

他坚信中国一定会迅速崛起,必将呈现出一副与众不同的"面目",略举数端如下:

第一,中国人种的高尚地位。在未来"大同之世",只有白种人和黄种人"才能形状,相去不远,可以平等",成为未来世界的主人。故在《补英国游记》中说:"吾游历有一大事:今与欧美人之比较,不在乎今日国形之强弱,而在乎将来人种之盛衰。"他乐观地预测,随着中国进一步发展,允许欧洲人移居中国,黄种人和白种人通婚,不同种族之间的竞争必将平息下来,实现"大同之世","此将来莫大之事,其在此耶"? 这一浪漫想象,寄寓了对未来世界格局内中国地位得到最终提升的强烈愿望。

第二,中国"国粹"的保存与传播。《英国监布烈住大学华文总教习斋路士会见记》通过剑桥大学男、女学生合作划船比赛的例子,提出了一个极具想象力的观点,即现今面对"万国交通竞争之世",要充分照顾、平衡变革与传统的辩证关系,"吾观夫欧人之变法也,利用其新,而不必尽弃其旧",且"一国之立,自有其固定之精神,不在其表面之形式。若只知事事从人,以顺为正,是奴仆也。此在野蛮之国则可,岂具有数千年文明之中国而亦甘为婢妾之行哉",中国完全可以如罗马、希腊一样"革故鼎新",获得"凤凰涅槃"的新命",故"苟不问其可否,一概屏除,见西法则师之,见我法即弃之"的态度不可取,而"既不能保存国粹,则无深情雅趣、逸旨高怀"的人属于"人格斯下"也是注定了的。

第三,中国应该走"渐变"之路。《欧洲十一国游记》反思法国大革命的经验教训,作出如下断言:"民权既盛,慓悍持权,动辄屠诛;而惟悍敢狡鸷之人,可以在位。故挟其犷悍之党,日以流血为事,无复义理可言,其凶横有过于无道之秦政、隋炀万万倍者。"指出罗伯斯庇尔等"革命者"原本是为了实现民主、自由、平权的高尚理想,却以流血的、暴力的"大革命"方式,推翻法国君主专制政体,最终酿成了一场流血遍野、荼毒百姓的大灾难,实施了近于秦始皇、隋炀帝一类的暴政,是完全违背革命本意和人性原则的。这一"概约化"的否定,并非出于对古老的、仪式化的"旧生活"的皈依,而是直接反映自己长期坚守渐进改良、"不可革命"的政治观念。

第四,合理规划城乡建设。他深感伦敦出现了交通拥堵、污染严重诸多问题,

---

① 康有为:《意大利游记》,姜义华、张荣华编校:《康有为全集》第七集,北京:中国人民大学出版社2007年版,第383页。

"大雾蔽塞,腥气扑鼻,不复能居",中国未来城乡建设应保存旧城,另建新城:"吾国从兹变法,明逆后事,乃可以新国治之,不可苟且图存旧城也。宜划城外地为新市邑,开马道汽车以诱致吾民。计铁道既通,聚民甚速,成都成市,皆在指顾,是在画地。"以合理的交通规划改善居民的布局,很有超前眼光。

康有为的海外书写,一改庄子浸入灵府的"齐物观"和王羲之以有限自我存于无限宇宙的思索,沿着宋明文人"美妙之物"的路径,试图在"世界性"景观面前,找到诗性自由、灵魂安顿与生命寄托的"平衡点",不时呈现出"中国人"与"世界人"这两种身份之间的张力。他的"世界人"的自由心态,使他在异域寻找"救国之道"时也找到了自己的"精神归宿",直接参照"欧美景观"对未来"大同世界"展开了天马行空般的"理想化"描绘,淬炼出一套全新的"救国话语",抛弃了"经学外壳"。

第三节 "粤两生"的诗词创作

近人对潘之博、麦孟华评价极高,如"近世词宗"朱祖谋誉为"粤两生",沈曾植对康有为坦言:"以所见人才,能冠一国,莫如君之门生麦孺博、潘若海也。"①陈三立也说:"余于南海康先生入室弟子获交其乡能以诗鸣者二人,曰潘君若海、麦君蜕庵,皆才性跨越一世。"②甚至有论者认为"粤两生"的诗才远在康、梁之上。平心而论,"粤两生"志在救国,雅不以"诗人"自许,在诗词创作上皆自觉紧扣时代脉搏,高度形象化地表达了维新派的政治愿望和人生追求。

一、潘之博的诗词创作

潘之博(1869—1916),字弱海,后改若海,号弱庵。广东南海人。自幼颖异,早年与任元熙、邓实、邓方、黄节等人一起入读简岸草堂,问学于岭南大儒简朝亮。1896年,得梁启超之介,投入康有为门下。1898年,任民政部郎官,积极协助康有为推动戊戌变法。1910年秋,尝与梁启超、麦孟华等人积极联络京师上层人物,谋求开放党禁,解除对康、梁的禁令,然未能如愿。旋即东渡日本,追随康、梁进行政治活动。辛亥革命之后,奉康有为命入江苏军阀徐宝山幕,意欲"拥之以勤王",慷慨论兵,名动一时。1913年,徐宝山因投靠袁世凯,被张静江暗杀,潘之博遂移居上海。次年,

---

① 康有为:《〈粤两生集〉序》,《〈粤两生集〉校补》,广州:广州出版社2020年版,第1页。
② 陈三立:《〈粤两生集〉序》,《〈粤两生集〉校补》,广州:广州出版社2020年版,第127页。

为冯国璋延入幕下。潘之博获悉袁世凯称帝阴谋,悲愤异常,奉康有为命奔走各方力量之间,策划联络各省齐力倒袁,成功劝说陆荣廷倒戈。袁世凯侦知其事,怒令冯国璋驱逐,并发出通缉令。潘之博急忙逃到香港,已是心力交瘁,频频吐血,1916年4月病逝。存诗251首、词75阕。

康有为《〈粤两生集〉序》称潘之博"有万夫不当之勇,博极古今之学,通贯中外之识,恻怛救国之仁,沉毅而刚劲,真大而忠纯,至诚而有仁术,观世甚深而去留不苟。安贫自娱,非其道与之千驷万钟不受",故潘之博论诗,尤重世事忧患,如《简吴二十处士》说:"下笔论《孤愤》,端居学养生。"①《赠子刚》曰:"读书忧患非今始,逐物悲伤与日多。"②《次韵答蜕庵》说:"一秋沧海沉沉梦,白首新诗奕奕神。"③《头条巷访散原先生》说:"稍语及世事,心肺如煎烹。吾侪老未死,欢抱当自盈。"④《越日再简啸桐先生》说:"垂老身犹思报国,不平虫但解鸣秋。"《偶感》说:"未成楚客纫兰佩,先逐周人赋《黍离》。"⑤可见其诗学观追求的是言为心声,慨当以慷,表现炽热的其忧国忧民之情。

潘之博素"弱冠从戎,习兵略",喜谈兵,豪气满怀,故对时事的观察和感受也来得格外精准、强烈。"庚子国变"期间,他作《偶感》,拊髀悲歌,感叹国破家亡,危局难整:"大局神州已可知,不须更说累棋危。未成楚客纫兰佩,先逐周人赋《黍离》。都邑共喧诛反虏,家居谁使坏纤儿。纷然群士方争鹿,岂识江湖有网师?"⑥"八国联军"入侵北京,慈禧太后携光绪匆匆出逃,整个国家陷入了极度混乱,情势危如累卵。朝廷曾数度下令"勤王",可响应者寥寥,恩师康有为发动的"庚子勤王"也以失败告终,更有甚者各地督抚观望迁延,没有任何实际行动,令人忧心如焚。自己此时此刻的心境,早在《诗经·王风·黍离》中就得到过深刻的描绘,"过故宗庙宫室,尽为禾黍",油然而生社稷颠覆之哀,彷徨不忍离去,由物及情,心中满满的是绵绵不尽的家国之思。这一凄怆无已之情,在纫兰佩香的屈原身上同样得到了高度的体现。好在人们认清"反虏""纤儿"当道的恶果,"都邑共喧",群起而攻之。"纤儿"喻指小人、坏人,典出《晋书·陆纳传》:"时会稽王道子以少年专政,委任群小,纳望阙而叹曰:'好家居,纤儿欲撞坏之邪!'"天下之人对"反虏""纤儿"切齿攘袂,惟恐其不灭,表现出国民的觉醒。见此情形,自己也应满意地如渔父一般悄悄地归隐了。此诗一方

---

① 潘之博:《简吴二十处士》,《〈粤两生集〉校补》,广州:广州出版社2020年版,第4页。
② 潘之博:《赠子刚》,《〈粤两生集〉校补》,广州:广州出版社2020年版,第5页。
③ 潘之博:《次韵答蜕庵》,《〈粤两生集〉校补》,广州:广州出版社2020年版,第5页。
④ 潘之博:《头条巷访散原先生》,《〈粤两生集〉校补》,广州:广州出版社2020年版,第48页。
⑤ 潘之博:《偶感》,《〈粤两生集〉校补》,广州:广州出版社2020年版,第39页。
⑥ 潘之博:《偶感》,《〈粤两生集〉校补》,广州:广州出版社2020年版,第39页。

面回环反复地吟唱，表现抒情主人公不胜忧郁之状，另一方面不断渲染"庚子国变"在客观上大大促进了国民的觉醒，国家的变革即将来临，真气氤氲，读来全无哀怨之感。

民国四年（1915），他正在冯国璋幕中，奉康有为、冯国璋命前往南宁劝说陆荣廷举兵倒袁。汪辟疆《光宣以来诗坛旁记》载："乙卯，袁世凯帝制议起，若海在苏督幕，假兵符趋黔桂，起兵以抗项城。"潘其璇《先府君行述》亦言："告以中外发愤大势，促陆将军举兵起义"，陆"决举兵"。① 在自广西复命还沪前夕，作《南宁军幕偶成》：

  矛戟森森一府强，暂来容我著疏狂。
  竹梢弄影参油幕，兰蕊吹香落酒筋。
  眼底凭谁论管、乐，舌端空复逞苏、张。
  昨来道过文渊庙，曾赋新诗感慨长。②

举目望去，康有为、冯国璋、陆荣廷应是当今管仲、乐毅，而自己则是苏秦、张仪无疑了。此行成功游说陆荣廷反袁，隐秘而艰难的政治目的业已达成，这对于一个"喜谈兵事"的文人而言，直可视为"惊天伟业"，因此，"疏狂"之态自然流露笔端。全诗表现出谋事既成而从容自得的心态，故不欲驱使铿锵字面，不见豪语，反而现出英雄意趣。

从他的一生行迹看，他未曾有归隐田林的"网师"之思，而是以"已惯途穷无可哭，且揩泪痕去看花"的坚韧意志观事处世，③故处处追摹杜甫风骨。其《赠伯严吏部》写道："戎马仓皇此老翁，天教身世杜陵同。廿年歌哭江湖上，八口流离道路中。梦断中兴成白首，酒醒宙合战群龙。夕阳冷照离离黍，掩泪题诗续变风。"此诗照应陈三立学杜学黄的诗学旨趣，从杜甫遭逢"安史之乱"，颠沛流离说起，将陈三立和自己一起经历过的甲午战争、戊戌变法、庚子国变、辛亥革命、倒袁护国运动等重大历史事件贯穿在一起，身处鸡鸣风雨、山河飘摇的时代苦痛，能与杜甫产生心理共鸣，更与《诗经》"变风"之作同调。因此，他笔下频频以杜甫自况，"昔者杜少陵，下拜曾莫疑"（《赠汪甘卿》句），"不见杜陵叟，心萦草堂树"（《送杨公荦之官》句），"见道杜陵消瘦甚，尺书谁解劝加餐"（《次韵加餐一首》句），以悲苦的身世之感，追摹高尚的爱国情操，浑融阔大的诗境、沉郁顿挫风格。

他一生备尝艰辛，不遑居处，但始终殷切关注时事，关心民瘼，心肠炽热。其《越

---

① 潘其璇：《先府君行述》，钱仲联校注：《沈曾植集校注》下册，北京：中华书局2001年版，第981页。
② 潘之博：《南宁军幕偶成》，《〈粤两生集〉校补》，广州：广州出版社2020年版，第52页。
③ 潘之博：《晨起书怀》，《〈粤两生集〉校补》，广州：广州出版社2020年版，第3页。

日再简啸桐先生》就表达了老当益壮、雄直激越的情怀:"纷纷水旱遍方州,坐使端居长百忧。垂老身犹思报国,不平虫但解鸣秋。莫因失马将心扰,会见搜岩应梦求。谁识支离多病叟,目中久不见全牛。"虽屡屡感叹自己"垂老""支离""多病",但眼见"纷纷水旱"的苦难现实,禁不住"长百忧""解鸣秋",发出自己的呼声,更想要以身报国,让人们见识见识我是如何贡献全部才华的。《偶成》更是表达了不能忘情世事,对于实现"万人惊"伟业的渴望:"几曾光怪发新硎,便已伶俜过半生。澹荡江湖犹在目,衰迟花草若为情。孤身绝岛鱼龙混,昨梦重闱虎豹狞。欲竭铜山铸钟簴,陡教轰喝万人惊。"不为世用、无缘发挥才能的苦恼,一直缠绕在心田,"别有深怀难语俗",做梦也在想象"万人惊"的伟业,真是令人感慨万千。又如《余与罗瘿公别三年矣岁暮京邸相遇杯酒话近况甚悉微又抑郁不平之意赋赠二首》云:"不作三公等闲耳,此身肯与众低昂。吾侪自要留真相,今世何妨著古狂。怜汝鸾飘还凤泊,看它李仆又牛僵。浮云苍狗千般幻,不值尊前笑一场。"①看穿人生,通透洒脱,自有英雄气概。

每登高望远,叹兴亡之迹,发思古之思,倍见功业情怀,如《登雨花台》云:"老树遗台何处寻,秋声城郭乱寒砧。寥寥孤雁北来影,森森长江东去心。搔首古今兴废感,侧身天地短长吟。残山剩水谁为主,丛菊初花暮雨深。"登上南京城南制高点的雨花台,历史风云,奔来眼底,梅颐、岳飞、洪秀全等英雄人物在这儿上演了一幕幕惊心动魄的"兴亡剧"。如今,连天烽火早已褪去,空余老树荒台,江声雁影,写景与抒情、怀古与伤今,自然打成一片,虽以菊花暮雨作结,时见几分英气。而《次韵崔大景元九日登越王台见怀之作》:"五年弹铗偶归来,剩欲寻君一把杯。怀抱苍凉成万感,别离惝恍抵千哀。人间萧瑟今何世,物外登临古有台。知汝伤高深一往,菊花难遣病颜开。"以冯谖弹铗而歌的典故自遣,愈发见出自己终无建树的落拓与失意,而人世间"苍凉"与"惝恍"的体验,蕴含了社稷、国家的"千愁"与"百哀",显现出了厚重的历史感。

潘之博尤以词鸣世,但论词之语极少,其《声声慢·为令娴女史题〈艺蘅馆词选〉》一词透露了他的词学宗向:"巧句穿珠,古囊集锦,人间风月千篇。点墨研珠,绿窗闲度华年。新声别裁伪体,傍《玉台》、搜遍《金荃》。写万本,料江河不废,都市争传。　供我回肠荡气,正珊瑚击碎,百感无端。一瓣心香,幽闺多少缠绵。词流古今百辈,望下风、应拜婵娟。还按拍,唤双鬟、歌向酒边。"②此词字句、风格,颇类常州

---

① 潘之博:《余与罗瘿公别三年矣岁暮京邸相遇杯酒话近况甚悉微又抑郁不平之意赋赠二首》,《〈粤两生集〉校补》,广州:广州出版社2020年版,第8页。
② 潘之博:《声声慢·为令娴女史题〈艺蘅馆词选〉》,《〈粤两生集〉校补》,广州:广州出版社2020年版,第108页。

词派,强调词创作要有思想寄托,推尊温庭筠、韦庄词的"深美闳约",认为温韦词乃词之"正体",足以别裁"伪体",传之久远,方可臻于杜甫"不废长江万古流"的高境。其词作明确追求"寄托",抒发慷慨之气。他曾入徐宝山军幕数年,密谋勤王。汪辟疆《光宣以来诗坛旁记·潘若海》言:"若海尝佐江苏军幕","青溪复成桥侧之吴氏鉴园,往往有若海之踪迹"。① 不久,徐宝山遇刺身亡,所谋勤王一事顿失凭依,他凭吊徐宝山故里,胸腾波澜,作《水调歌头·镇江过徐将军故里感赋》,下片云:"想当年,披玉帐,预军筹,扬州一梦,初觉星散万貔貅,不见提师敬业,空剩渡江罗隐,书剑上渔舟。慷慨复谁共?沽酒听村讴。"当年"勤王"大计早已风消云散,徐敬业起兵壮举不曾实现,空余万千感慨,但回首当年,金戈铁马体现的"高峰体验"始终是人生最可宝贵的精神财富。又如《霜叶飞·宿开平镇署,和清真韵》云:

  接天衰草。荒山戍,夕烽光照林表。战营群马猛嘶风,动四城凄悄。渐猎猎、旌旗荡晓。谯楼低挂凉星小。便是未闻鸡,也起舞、婆娑自喜,烛影回照。

  因甚挟策携书,辞家万里,远游边塞还到。白头幕府厌趋迎,感杜陵怀抱。况战伐乾坤未了。边铬犹奏悲凉调。看夜俎、干戈里,万事低迷,恨添多少。

此词作于居冯国璋幕期间北上河北侦探军情之时。辛亥革命之后,国家反倒陷入了军阀割据、各自为政的"混乱期",加上袁世凯称帝复辟,倒行逆施,整个国家进入"战伐乾坤未了"的可怕境地,处处"犹奏悲凉调",他自比为刘琨、祖逖,以闻鸡起舞的精神,奋发报国,密谋倒袁,一举平定天下。此词虽是步周邦彦词韵,却迸发出了金戈铁马之声,形象地表现了"喜言兵"的意趣。

二、麦孟华的诗词创作

  麦孟华(1875—1915),字孺博,号蜕庵。广东顺德人。光绪十七年(1891),就学于康有为,为"长兴里十大弟子之一",被称为康门"驾孟"。光绪十九年(1893),与康有为同时中举。次年,随康有为、梁启超入京会试,未中式。光绪二十一年(1895),与梁启超、徐勤、康广仁等跟随康有为进京会试,仍未中式。光绪二十四年(1898),与梁等人一起再度进京参加会试。根据康的指示,再次发动"公车上书",要求拒绝租让旅顺、大连,签名者达 830 人。据说,康有为上清帝书系由梁启超、麦孟华笔录、整理成稿。康、梁等人发起保国会,麦孟华担任讲演记录。同时,尽心协办《万国公报》《时务报》,鼓吹变法。百日维新期间,朝臣保举"经济特科",麦孟华名列其中。

---

① 汪辟疆:《光宣以来诗坛旁记·潘若海》,《汪辟疆说近代诗》,上海:上海古籍出版社 2001 年版,第 264 页。

"戊戌政变"后,逃亡日本,继续协助康、梁组织"保皇会",配合梁启超经营《清议报》办报,管理保皇党日常事务。奉康有为之命参与"庚子勤王"之役。1915年在倒袁运动中病逝。存诗63首、词23阕。

(一)麦孟华的诗作

麦孟华一生追随康有为,亦步亦趋,坚守师说,践履救世之志,始终不渝。康有为更对他寄予厚望,《示孺博》其一即云:"鲲鹏变化且随风,出入千重水云中。行到光阴应少驻,铿锵天乐海云红。"①但他的性格相较于潘之博英气纵横、果敢坚毅而言,明显更趋于德器深广、沉静内敛一路,所谓"鲲鹏变化""铿锵天乐"云云当从"还应面壁度千年"(《示孺博》其二句)的思想境界去理解似乎更贴切一些,而康广仁评之曰"宝气内藏""内热为黎元"则最为形象。同样是面对"庚子国变",他的《庚子感事》二首在书写姿态上明显不同于潘之博的《偶感》诗:

> 暗暗三年阴翳日,密云不雨自西郊。
> 圣军未决蔷薇战,党祸惊闻瓜蔓抄。
> 天动杀机龙战野,春残阿阁凤辞巢。
> 《美新》文字传人诵,却有扬雄善《解嘲》。

> 压城云黑未全消,觜觿悲鸣多寂寥。
> 天子并雄称日出,匈奴自古倚天骄。
> 微闻黄祸锄非种,且为苍生赋《大招》。
> 弃却珠崖罢西域,茂陵风雨夜萧萧。②

此时,麦孟华远在日本协助康、梁从事政治宣传活动,固未曾耳闻目睹北京城"居人盈衢塞巷,父呼其子,妻号其夫,阖城痛哭,惨不忍闻。逃者半,死者半,并守城之兵,死者山积"的惨状,③但同样深切感受到了"国破山河在"的悲怆,他始终以一个"新闻人"的敏感,高度关注"庚子国变"并试图从中、西历史多个维度进行深入思考:首先,以"蔷薇战"指代"后党"与"帝党"之间的生死博弈。所谓"蔷薇战"即公元1455年至1485年间,兰开斯特家族与约克家族为争夺英国王位展开的血腥的"玫瑰战争"。此处指因后党的残酷打压,戊戌新政彻底失败,维新人士遭"瓜蔓抄",杀的

---

① 康有为:《示孺博》,《〈粤两生集〉校补》,广州:广州出版社2020年版,第144页。
② 麦孟华:《庚子感事》,《〈粤两生集〉校补》,广州:广州出版社2020年版,第112页。
③ 刘福姚:《庚子纪闻》,中国社会科学院近代史研究所编:《义和团史料》,北京:中国社会科学出版社1982年版,第225页。

杀,逃的逃,此前的改革努力烟消云散,也埋下天下大乱的"伏笔"。其次,"龙战野"出《周易》"坤卦",其意是群龙大战荒野,喻混战局面,指拳民攻打外交使馆、"八国联军"入侵北京导致的国家混乱。第三,"凤辞巢"暗示慈禧太后迫于压力,还政于光绪帝,依旧牢牢抓住实权不放,只会激化国内深层次的矛盾。第四,义和团借口"扶清灭洋",以一种极端民族主义的野蛮暴力"锄非种",再次激发了西方人对于"黄祸"的恐惧,西方白人必将联手对付黄种人,激化中西对立。第五,朝廷无力抵抗西方列强侵略,"弃珠崖""罢西域"之类"割地赔款"的政治悲剧必将不断出现,广大国民将承受所有政治灾难的代价。

果不其然,清廷签订了丧权辱国的《辛丑条约》,每个国民将承担《辛丑条约》所规定的一两白银的"惩罚"。他撰《论中国当日当以竞争求和平》痛陈《辛丑条约》丧失国权、剥夺利源,绝对带不来真正意义上的"和平":"今日之和平,乃砒鸩,乃辄勒,乃大火盗贼,乃杀人白刃。"①他忧愤万端,作《辛丑岁暮杂感》五首,其中二章云:

> 兴亡与有匹夫责,温饱原非志士心。
> 鹰未下鞲思一击,骏虽市骨值千金。
> 剧怜座上焦头客,谁识隆中抱膝吟。
> 三十功名应未老,黑头不受二毛侵。

> 黄金虚牝苦蹉跎,人海浮沉感逝波。
> 并世颇怜才士少,伤心应比古人多。
> 鹏抟暂息培风翼,驹隙原无返日戈。
> 休叹盛年处房室,明朝晞发向阳阿。②

时代的灾难,投射到每一个国民的身上,远在东瀛,他愈发感到"天下兴亡,匹夫有责"的使命感和迫切感。即便到鬓有二毛的中年,也渴望如鹰击长空一般主动地担当起振兴国家的责任,哪怕是留下"千金市骨"的美名也好啊。只可惜人们礼遇的是"曲突徙薪"故事中的"焦头客",反而忽视了我这样的"预言者",更无人赏识我的治国方略。《杂曲歌·齐瑟行》"盛年处房室",正好用来比况我有才具而无所施展的悲哀,但我的"古之伤心人"的怀抱始终不会泯灭。此诗以一种极其典型的"文人化"手法,表达了自己一片爱国赤诚,深情蕴藉,柔中带刚。

麦孟华对于自己人生定位的反思,更令人印象深刻。他一直追随在康、梁左右,先后参加"公车上书"、办学会、办报纸、参与戊戌变法、主持保皇党日常工作、投身清

---

① 麦孟华:《论中国当日当以竞争求和平》,《清议报》第7册,1901年3月11日。
② 麦孟华:《辛丑岁暮杂感》,《〈粤两生集〉校补》,广州:广州出版社2020年版,第82页。

末立宪运动,更积极参与倒袁护国运动,可说是维新派的中坚分子,以至朱祖谋《水龙吟·麦孺博挽词》誉其为"京华游侠",却因种种原因,难有作为。尤其是在辛亥革命之后,随着康有为社会影响力的急剧走低,他选择了"怀才遁世",以顺应"时世弃人"的客观规律。其《赠夏穗卿》云:"风云千劫经过尽,执手相看各老苍。未遽成翁已头白,便多酌我不能狂。十年离合惊春梦,一角江山送夕阳。各抱相思无可说,明朝山岳两茫茫。"《赠高啸桐太守》其二云:"颒洞京尘旧往还,新亭涕泪话时艰。十年人海重相值,当日名流略已残。"《秋感和任公》云:"星河不动夜如年,独梦孤鹜剧自怜。别后清辉随月减,书来细字似蚕眠。宵宵残蜡啼红怨,袅袅凉蟾堕碧姻。入骨相思忘不得,雁行筝柱十三弦。"家国情怀与国民责任始终萦绕心间,然而世事难为,抱膝隆中,适度调低自己的救世之志,实则是"伤心人别有怀抱"的真实流露。显然,他将诗的创作从浩大的社会性场合,转向具体的个人生活情境,得以发出完全属于自己的心声,勾勒出个人的"小叙事",郁伊宛曲,哀感顽艳。

(二) 麦孟华的词作

麦孟华的词创作,在维新派作家队伍中是非常有特色的,且其艺术成就更是有目共睹,交口称赞。1907年前后,他应邀指导梁令娴选定676首词并加点评,成《艺蘅馆词选》一书,题词云:

瓣香薰艳,花露研末,乌阑斜界生绡。嚼徵含商,冰弦瑟瑟重调。《花间》试翻旧谱,付小鬟,低按琼箫。花虫语,有骚魂一片,香外重招。　覆瓿文章何用,叹红牙铁板,一例无聊。底事干卿,《玉台》艳集春苔。词客平有灵识我,笑淋浪、袖墨难消。《金荃》响,算人间、犹未寂寥。①

麦孟华的甄选和品评,明显偏向常州词人所推崇的唐宋词人之作,如评韩元吉《好事近·汴京赐宴》云:"赋体如此,高于比兴。"评陆游《鹊桥仙·夜闻杜鹃》云:"当有所刺。"评史达祖《双双燕·过春社了》云:"讽词。"评王沂孙《高阳台·浅萼梅酸》曰:"此言半壁江山犹可整顿也。眷怀君国,盼望中兴,何减少陵?"又选入若干当代常州派名家朱祖谋、郑文焯等人的词作,特在"郑文焯小传"按语道:"全集琳琅不可悉收,专取其感咏戊戌、庚子国事者录之。"②强调在内容上多取表现军政时事等"重拙大"题材,以寄托家国情怀,可见他对题材取向与艺术轨范是并重的。

在词的创作上,他非常重视表现"重拙大"的厚重内容,尤其是在刻画戊戌变法

---

① 麦孟华:《声声慢·为令娴女史题〈艺蘅馆词选〉》,《〈粤两生集〉校补》,广州:广州出版社2020年版,第123页。
② 梁令娴编,刘逸生校点:《艺蘅馆词选》,广州:广东人民出版社1981年版,第259页。

失败后维新人士的生命状态方面,既入木三分,又痛彻心扉,如《解连环·酬任公用梦窗留别石帚韵》云:

> 旅怀千结。数征鸿过尽,暮云无极。怪断肠、芳草萋萋,却绿到天涯,酿成春色。尽有轻阴,未应恨、浮云西北。止鸳钗密约,凤屟旧尘,梦回凄忆。　　年华逝波渐掷。叹蓬山路阻,乌盼头白。近夕阳、处处啼鹃,更划地乱红,暗帘愁碧。怨叶相思,待题付、西流潮汐。怕春波、载愁不去,凭生见得?

慈禧太后发动"戊戌政变",强行中止政治改革,"戊戌六君子"惨遭杀戮,麦孟华随康、梁等人亡命海外,他们一方面密切关注国内政局,担心光绪帝的人身安危,另一方面要组织保皇机构,同时,还要创办报纸杂志,宣传变法思想和保皇主张。此词即以"鸳钗密约"和"凤屟旧尘"二语,喻指光绪帝与维新人士之间的依存关系,心意相通,契合无间,从而表达出身处政治困境中的焦虑和不安。全篇融情于景,倍写离别之恨与相思之苦,纯用比兴寄托的艺术手法,含蓄蕴藉,义旨深隐,契合常州词派的词学旨趣。潘之博评曰"温厚悱恻",陈永正更云:"在《蜕庵词》中,当以此首意格最高。"①

麦孟华的词作多"本色语",表面看来"秾丽极矣",但抒写怀抱,寄兴高远,故内里"仍自清空",体现出了常州派推尊词体的意趣。《解连环·早春雪意》云:"四垂天窄。恨痴云冻沍,晚烟愁碧。甚一霎薄日嫣花,便酿就重阴,黤黪铅墨。待忍清寒,为吹起玉龙哀笛。耐琼妃倦舞,憨恋妒云,斗春无力。　　沉沉断鸿信息。止昏鸦数羽,争树啼急。追旧时挑菜光阴,却误了俊游,采香吟屐。翠殢红悭,暗换却二分春色。剩疏影一枝照水,犯寒自坼。"自己积极参与的"百日维新",一如"薄日嫣花",转瞬即逝,远在异国他乡,分明感受到了国内政治环境的萧杀严酷,"黤黪铅墨"的浓云,低垂天边,冰冷刺骨。政坛上险恶的"后党"一手遮天,"止昏鸦数羽,争树啼急"。词人以梅花自许,凌霜斗寒,时刻幻想着"待忍清寒,为吹起玉龙哀笛"。此词全用比兴手法,喻指明确,寄托遥深,具见拳拳忧念国事之心。

他在流亡的日子里,尽管投身于忙碌而充实的政治宣传工作,生活相对稳定,但是,改革朝政的愿望渐行渐远,频频回首往事,不禁悲叹人生失路,如《蝶恋花》其一云:"珠幌春星和梦数,梦不分明,便上斑骓去。芳草何曾遮得住,尊前便是天涯路。　　不怨玉容成间阻,只怕眷深,容易花迟暮。分付谢桥区去水,断红珍重相思句。"其二云:"庭院悄悄人悄悄,减了腰围,添了闲烦恼。绿遍阶苔人不到,恹恹春恨谁知道?　　起拨薰炉寒料峭,愿作炉烟,出入君怀抱。镜里朱颜春易老,相思盼断红心

---

① 陈永正主编:《岭南文学史》,广州:广东高等教育出版社1993年版,第744页。

草。"均与前引《解连环·酬任公用梦窗留别石帚韵》同调,抒写流亡日本之初殷切的家国情怀与浓郁的人生惆怅。词人以"不分明"的梦幻来形容维新变法运动,充满风云之气,令人热血沸腾,但却短暂,转瞬即逝,大有纳兰性德《浣溪沙》"肠断斑骓去未还,绣屏深锁凤箫寒。一春幽梦有无间"的凄迷之感。被迫踏上流亡东瀛的"天涯路",隔断了与祖国、朝廷的亲密关联,"芳草"萋萋,"流波"涟漪,寄托了对祖国的绵绵思念之情,而化用"美人芳草"的语典,则抒发春恨恹恹、虚掷时光的感叹,如此急切地渴望施展才干,有补于世,可远在天涯,脱离了政治斗争的"现场",空自蹉跎了岁月,伤怀悼己之意化作袅袅炉烟。

在时代洪流面前,他越来越清晰地体验到了无法抗拒悲剧命运的"无力感",《解连环·丙午送魏铁三之沈阳》上阕即云:"十年重见。便黄尘席帽,鬓丝搔短。问旧日、湖海元龙,甚酒兴吟怀,老来都减。我亦飘零,笑一例、天涯蓬转。休剪灯再话,铜驼消息,玉龙哀怨。"少年心事,壮士豪情,都敌不过书剑飘零的"老来意绪",幻化成了杯酒间的浅笑与感叹。这是"怀才遁世"式的"看穿",绝不等于放弃与颓唐。

有论者谓:"康有为是以不变应万变,早年由于太超前,晚年由于太落伍,所以一生都被国人视为怪物,总被别人嘲笑。"[①]潘、麦二人以近乎"愚忠"的态度追随恩师,康有为也把潘、麦称为"与共天下事者"。[②] 这应当视为理解"粤两生"人生境遇的一把"钥匙"。面对时代的巨变,他们心中不变还有对国家、对民族、对国民、对理想的热爱和担当。他们的诗词创作实乃"余事",却负载了希冀变革国政、振兴中华、启智国民的政治幻想,故多直接运用新名词、外国语词,巧妙妥帖,与旧语词相映成趣,梁启超赞其诗词创作"利用新名词"最巧,而对仗工稳,不着痕迹,"皆工绝语也",实为诗界革命"能以旧风格含新意境,斯可以举革命之实"的典范。[③]

第四节 "报章体"的繁兴

康有为、梁启超在维新变法先后创办了《万国公报》(后改名《中外纪闻》)、《强学报》、《时务报》、《知新报》、《东亚报》、《清议报》、《新民丛报》、《国风》、《新小说》、《政论》、《庸言》等报纸杂志,积极鼓吹维新变法,进行思想启蒙,推进中国近代社会

---

① 解玺璋:《梁启超传》上部,上海:上海文化出版社2012年版,第161页。
② 康有为:《丙辰九月二十九夕,题麦孺博、潘若海为卢毅安写扇图》,《康有为全集》第十二集,北京:中国人民大学出版社2007年版,第333页。
③ 梁启超:《饮冰室诗话》,汤志钧、汤仁泽编:《梁启超全集》第三集,北京:中国人民大学出版社2018年版,第208页。

变革,进一步繁荣了中国报业。康门弟子梁启超、麦孟华、徐勤、欧榘甲、刘桢麟、王觉任、黎祖健、韩文举、何树龄、孔昭焱、陈继俨等人自觉地担当起康门一系报纸杂志的撰稿、编务、发行工作。康氏门人刊文,常以"庵"署名,正如冯自由《革命逸史》"横滨《清议报》"条所言:"康门徒侣多以'庵'字相称,即为源出康门之标记。"①梁启超号"任庵",潘之博号"弱庵",麦孟华号"蜕庵",徐勤号"雪庵",韩文举号"孔庵",在思想宣传方面表现极为活跃。

一、积极宣传"大同三世说",模塑未来社会图景

康门弟子对报刊文体的历史使命,有着高度自觉的认识,积极践行散文创作要自觉服务于社会政治改革运动的理念,故对康有为的"大同三世说",康门弟子"喜欲狂,锐意谋宣传"。他们围绕"大同三世说"建构"以经术而影响于政体"的论说模式,积极撰文,共同奏响了以报刊政论文鼓吹变法的"主旋律",助推"康、梁新说之奋兴"。②

他们以探索报刊政论文创作模式为契机,对中国散文文体进行了一次深度的反思与改革,真切认识到了桐城派古文"以文而论,因袭矫揉,无所取材;以学而论,则奖空疏,阏创获,无益于社会"的弊端③,故而在"文章所贵,在乎纪事、述情"的"旧说"上把"论事"上升为散文创作的最高范畴,自觉地从巨大的时代洪流中吸收生动活泼的创作活力,把散文创作活动与历史发展主潮紧密结合在一起,最终从传统古文的窠臼中走出来,展现出富有时代气息的艺术风貌。

刘桢麟《实事始于空言说》指"孔子作《春秋》,张三世之义",是放之四海而皆准的"真理","地球诸国政"皆不"外于《春秋》《礼运》所言者"④。欧榘甲《〈春秋公法〉自序》断言:"天之生孔子也,为神明圣王,不治一国而治万国,不教一世而教万世","环球诸国能推《春秋》之义以行之,庶几我孔子大同大顺之治哉!"⑤徐勤《地球大势公论》声称儒家之道"配神明,醇天地,育万物,和天下,泽及百姓",且早已囊括"泰西所谓合众、议院之义,教民、养民之法"。⑥他还引入最新的社会人类学研究成果,

---

① 冯自由:《革命逸史》,北京:中华书局1981年版,第63页。
② 梁启超:《清代学术概论》,汤志钧、汤仁泽编:《梁启超全集》第十集,北京:中国人民大学出版社2018年版,第277页。
③ 梁启超:《清代学术概论》,《梁启超全集》第十集,北京:中国人民大学出版社2018年版,第265页。
④ 刘桢麟:《实事始于空言说》,《知新报》第66册,光绪二十四年六月十一日。
⑤ 欧榘甲:《〈春秋公法〉自序》,《知新报》第38册,光绪二十三年十一月初一日。
⑥ 徐勤:《地球大势公论·总论亚洲》,《知新报》第4册,光绪二十三年二月初六日。

将原始酋长制等同于"多君世,无文明"的"据乱世",君主制等同于"一君世,小康之道,行礼运,抑臣权"的"升平世",民主制等同于"大同之道,行仁运,削君权"的"太平世":

> 故天下之势,始于散而终于合,始于塞而终于通,始于争而终于让,始于愚而终于智,始于异而终于同。古今远矣,中外广矣,要而论之,其变有三:洪水以前,鸟兽相迫,昆仑地顶,人类自出。黄帝之子孙,散居于中土;亚当之种族,漫衍于欧东。创文字,作衣冠,立君臣,重世爵。由大鸟大兽之世,而变为土司之世。其变一。周秦之世,地运顿变,动力大作。争夺相杀,而民贼之徒徧于时;兼弱攻昧,而强有力者尊于上。嬴政无道,驱黔首以为囚;罗马暴兴,合欧西而一统。由土司之世,而变为君主之世。其变二。百余年间,智学竞开,万国杂沓。华盛顿出,而民主之义定;拿破仑兴,而君主之运衰;巴力门立,而小民之权重。由君主之世,而变为民主之世。其变三。故结地球之旧俗者,亚洲也;开地球之新化者,欧洲也;成地球之美法者,美洲也。①

他以"结地球之旧俗""开地球之新化""成地球之美法"的宏大叙述,概况人类社会"三变",展现了对世界发展大势的规律性把握,跳出了"经学"话语的窠臼。黎祖健《驳龚自珍〈论私〉》认为,舜、尧是"大同之君、地球民主之鼻祖",君主国必将进化成"民主之国",再度展现"大同"世界的本真面目②。"大同"世界的展望,体现了康梁一系对未来社会的"浪漫"想象。

二、鼓吹社会变革,开发民智

按照"大同三世说"的逻辑,"三世"遵循严格规定进化,"未及其世,不能躐之"。康门弟子著文指出,目前清王朝正处在"一君世"的"升平世"早期,体现出由"君主之世"过渡到"君民共主之世"的痕迹,实则在字里行间透露出"据乱世"的定位,故"开民智""启民权"乃是当前最迫切的"急务"。③ 黎祖健《驳龚自珍〈论私〉》对君主制进行了猛烈批判,指出"天子之制"从根本上违背了舜、尧的"圣教",注定会灭亡。④ 陈继俨《伸民权即以尊国体说》开篇点出"今日之天下,则胥吏之天下也;天下之权,则胥吏之权也"的观点,从"底层逻辑"出发揭露各地胥吏作祟、政治腐败的现状,呼

---

① 徐勤:《地球大势公论·总论亚洲》,《知新报》第4册,光绪二十三年二月初六日。
② 黎祖健:《驳龚自珍〈论私〉》,《知新报》第26册,光绪二十三年七月初一日。
③ 梁启超:《清代学术概论》,汤志钧、汤仁泽编:《梁启超全集》第十集,北京:中国人民大学出版社2018年版,第276页。
④ 黎祖健:《驳龚自珍〈论私〉》,《知新报》第26册,光绪二十三年七月初一日。

吁效仿英、美、德、法、意、希、瑞、日的民众会社,充分伸张民权,营造良好的政治氛围。①

刘桢麟《论今日西学当知急务》强调所谓"西学"绝非洪水猛兽,其政治学说实与中学相通。② 故在《论中国守旧党不如日本》中寄希望于朝廷能像日本一样变科举、开学会、设议院,进行彻底变法,方"能尊王、能保国、能御外侮、能救天下"。③ 孔昭焱《论中国变法之害》正话反说,故作戏谑之言,称朝廷先前的变法集中在西式战具、同文馆、买办通事、西国报馆、专属于总税务司的寄信局、西式轮船、洋元洋钞、西式服饰、西式房舍等十五个事项上,"由前之说,其变如此,战具也,学堂也,文言也,报馆也,邮政也,舟舶也,银币也,衣服也,庐屋也,饮食也,利用也,玩好也,风尚也,仪饰也,术智也",权没带来"利",反招致了"害"。④ 此语实乃揭示清廷变法仅敢变器物、不敢变制度的狭小气度,彰显了正确的变法方向。

欧榘甲《变法自上自下议》围绕"开民智""启民权"提出"向上"与"向下"两策,"采泰西殖民之规",推出"良法美意"。⑤《〈日本高等师范学校章程〉叙》则集中论述"民"的权利与地位:

能以养以教者,谓之君,谓教化之国;不能此者,谓之独夫民贼,谓之无教化之国。《春秋》之义:乱世削大夫权,升平世削诸侯权,太平世削天子权。圣师欲致太平,故使君、民各有其权。君能从圣师之教,以养以教,不自把持其权,则太平矣。是故治统于教,君统于师。元、明以后,侏优儒者,师统既微,君权独尊,民生益蹙。举世不知孔子为教主,为师统,推孔子之教以行治。⑥

指出"君权绌而民权起,民权起而师统兴,师统兴而天下治",以实现《孔子改制考》所预言的"大同国"理想。

麦孟华《论中国救亡当自增内力》首度提到"天赋人权"说:"今夫人之昂然于世界之上,必能保天赋之人权,享应有之利益,然后可以为人。"《说权》进一步阐说道:"权乌乎始?其始殆于天赋而保于人事乎!天之生人也,与以脑气,即与以思想之权;与以口舌,即与以言论之权;与以聪明才力,即与以作为举动之权。"这一论述清晰分疏了"君"与"民"的界域,使得张扬"民权"成为国人发现"自我"进程中"飞跃性"的一步。人们普遍接受了"兴民权"以"抑君权"的政治行为模式。

---

① 陈继俨:《伸民权即以尊国体说》,《知新报》第61册,光绪二十四年六月二十一日。
② 刘桢麟:《论今日西学当知急务》,《知新报》第31册,光绪二十三年八月二十一日。
③ 刘桢麟:《论中国守旧党不如日本》,《知新报》第21册,光绪二十三年五月十一日。
④ 孔昭焱:《论中国变法之害》,《知新报》第13册,光绪二十三年三月二十一日。
⑤ 欧榘甲:《变法自上自下议》,《知新报》第28册,光绪二十三年七月二十一日。
⑥ 欧榘甲:《〈日本高等师范学校章程〉叙》,《时务报》第50册,光绪二十三年十二月二十一日。

三、建构新的"爱国观"

儒士的"修齐治平"情结,将家国情怀上升为与生俱来、须臾不可或缺的"天然感情",故他们竭力鼓舞侠气,张大民力,掀起爱国热潮。麦孟华《尊侠篇》指出"昔日中国以侠立国","匹夫之勇,国力之强",故能"秦以前戎狄不乱中国",可是"此后挫侠愈甚者,其患戎也亦愈甚",尤其是清廷投降卖国,侠气消尽,以至于"今西人之侮我甚矣,割我土地,劫我盟约,阻我加税,拒我使臣,逐我华工,揽我铁路,搀我矿务,要我口岸,胁我官吏"。因此,为抵御外侮,必须"尊侠""扬侠",重振民族精神,推进中国变法自强。

但随着近代政治变革的推进,他们认为仅有爱国热情是不够的,对于所爱之"国"的认知,一定要有某种程度的"改写"。梁启超流亡日本之初,喘息甫定,就在《清议报》第2期上发表《论变法必自平满汉之界始》,力倡"满汉不分,君民同治"之旨。① 这一开明态度,极大影响了康门弟子,陈继俨《伸民权即以尊国体说》以德、法、意、希、瑞、日为例来说明兴办学会之用:"彼数会者,实赖以兴国者也,而倡自齐民,实过半焉。"既非金、张之胄,复无王、谢之荣,而热血所结,摩荡奋发,卒以成非常之原,而苏已死之国。"②此处"已死之国"所指绝非清廷,而是古老的中国。欧榘甲《变法自上自下议》建议道:"(皇上)本先圣经世之义,采泰西殖民之规,阳开阴阖,乾端坤倪,良法美意,耳目焕然。遣使臣与列邦公会,立二十年太平之约;选学士与列邦教会,明《春秋》太平之制。"这样一定会再现"周虽旧邦,其命维新"的盛况。③

康门弟子竞说"西学",倡言"本先圣经世之义,采泰西殖民之规"式的平衡取态,对中国政治变革提出了一整套的变法方案,有着"中体西用"的思想特征。如黎祖健《说通篇》以儒家经典,解说西方议会制度"通下情"的属性,有利于国人的理解与接受。至于阐述开民智、变科举、兴学校、办外交、制洋器等等,都采用了"中体西用"的论述策略。④ 其《论各国当以仁心维持大局》论述东西方列强争霸,致使中国"大局沦危",究其原因,"是欧西诸国,自以为仁心仁闻,进于文明者,皆见绝于孔、孟,宜伏上刑之诛者也",需要重新回到"圣教"的"原点"。⑤ 刘桢麟《论德人寻衅于中国》一文分论中德两国在宗教、文化、经济、政治、军事等不同层面的冲突所产生的"危局"

---

① 梁启超:《论变法必自平满汉之界始》,《清议报》第2册,光绪二十四年十一月二十一日。
② 陈继俨:《伸民权即以尊国体说》,《知新报》第61册,光绪二十四年六月二十一日。
③ 欧榘甲:《变法自上自下议》,《知新报》第28册,光绪二十三年七月二十一日。
④ 黎祖健:《说通篇》,《知新报》第50册,光绪二十四年闰三月初一日。
⑤ 黎祖健:《论各国当以仁心维持大局》,《知新报》第50册,光绪二十四年闰三月初一日。

各自的特点，主张不可简单选择"对抗"，预言如不妥善处理好中德外交关系，德国必将出兵强占胶州湾。半年后，德军果真利用"巨野教案"强行占领青岛。这一重大政治事件，使得康梁一系报刊公信力和影响力大增。① 又如，麦孟华就义和团事件发表《论中国与列强之关系及义和团事》《续论义和团事》《论义民与乱民之异》《排外评议》《论非皇上复政则国乱不能平定》等文章，指出"义和团之举事"固有其合理性，但野蛮暴力一定带来严重的后果："惟此暴徒窃发，莠民煽动，相率而为黄巾赤眉之事。依附奸贼，庇逆党之余威，仇视外人，为野蛮之举动，徒以招外人之笑骂，速列强之瓜分。"由此遭致瓜分之祸尤烈："外人固不足以危亡我中国，而奸贼则真能覆我宗祀，而奴我种族者也。不此之愤，顾彼之仇，则是愤其干预者，复自取其干预，适足速列强之瓜分，而自取覆亡之惨，其于国事，究何益矣！"②他的分析使国人对于时局的认知有了更清晰、更全面的把握。总之，康门弟子的爱国主义精神，既有反封建、反殖民主义的思想内蕴，更有维新变法的建设性意义和全球视野的阔通意识，极大拓展和丰富了近代爱国主义精神的内涵。

从近代文学的转型进程看，康门弟子在报刊散文创作中表现了要求散文解放的强烈意向，专注于对"西学"的真切探求和维新变法的整体设计，以为康、梁思想的桴鼓之应，同时也对"正统之学"表达了某种程度的非难，从理论到实践、从内容到形式，彻底否定了古文家法和桐城"义法"。他们操笔行文时融骈文、散文、单句、偶句于一炉，自由活泼，富于鼓动性，如麦孟华《公车呈都察院请拒俄割旅大稿》愤怒控诉帝国主义合伙瓜分中国的罪行："俄割旅大，法割滇粤，英割长江，日割福建。"在此"眈眈逐逐，纷至沓来"的情势下，设想出"二万万里之幅员，一旦可以立尽"的可怕后果，造成读者的紧张心理，然后顺势推出多种解决方案："伏望皇上远虑事变，坚忍力持，勿图旦夕之苟安，勿畏虚言之恫喝；上焉拒俄清以联英日，次焉求公保以绝俄交，发愤变法，力求自强，则国家将有所赖。"令读者看见希望的曙光。如此行文，有理有节，有张有弛，最后摆出"解决之道"，因而在总体上呈现出迥异于传统古文和桐城文体的样貌，体现了深切的"经世"精神，最终发展出了一种过渡性质的新体散文。

---

① 刘桢麟：《论德人寻衅于中国》，《知新报》，光绪二十三年四月十一日。
② 麦孟华：《续论义和团事》，《清议报》第47册，1900年6月7日。

第六章 "诗界健者"丘逢甲

在近代诗界革新过程中,丘逢甲一直发挥着极其关键的作用。梁启超《饮冰室诗话》说:"若以诗人之诗论,则邱沧海逢甲,其亦天下健者","以民间流行最俗最不经之语入诗,而能雅驯温厚乃尔,得不谓诗界革命一巨子耶?"[①]黄遵宪在致梁启超的函中进一步断言:"此君诗真天下健者。"[②]因此,在梳理广东文坛近代转型、整合"诗界革命"谱系时,还须重估丘逢甲其人其诗,重新确定其历史地位。

第一节 丘逢甲的生平

丘逢甲(1864—1912),字仙根,又字吉甫,号蛰仙、蛰庵、海东遗民、南武山人,别署仓海君。近代著名爱国志士、教育家、诗人。

1864年12月26日,丘逢甲出生在福建省台湾府淡水厅铜锣湾双峰山(今台湾省苗栗县铜锣镇)父亲丘龙章设教的李氏家塾。此年适逢甲子年,且兄名"先甲",父亲欣然赐名"逢甲",寄予科甲及第、光宗耀祖之意。但丘逢甲却以与延平郡王郑成功同一甲子,"我生延平同甲子,坠地心妄怀愚忠",引以为豪。

丘氏一族是恪守华夏文化传统的爱国世家。其祖先早在宋朝就从河南南阳迁居福建上杭,属中原南迁的客家人。上杭丘氏第八世丘梦龙,是南宋著名理学家朱熹的再传弟子。其子丘文兴则是南宋爱国英雄岳飞的重孙女婿,曾追随文天祥起兵抗元。兵败后,丘文兴改名创兆,率全家隐居广东梅州石窟都(明朝设镇平县,今为蕉岭县),耕读传家,传习武艺。丘逢甲的曾祖父丘仕俊,东渡台湾,落脚于彰化县东势角(今属台中县),以文胆、武侠名震一方,是为丘氏一族的"开台祖"。祖父丘学祥,继

---

① 梁启超《饮冰室诗话》,北京:人民文学出版社1959年版,第30页。
② 黄遵宪《致梁启超函》(1902年12月10日):"吾意既表于铭中也。顷已将拓本示沧海君,渠甚高兴。此君诗真天下健者。渠自负曰:'二十世纪中必有刻黄、邱合稿者。'又曰:'十年之后,与公代兴。'论其才调,可达此境,应不诬也。"(《黄遵宪全集》上册,北京:中华书局2005年版,第411页。)

承乃父的高超武艺,行侠仗义,远近闻名。父亲丘龙章,转习文事,学问渊博,却失意科场,以塾师谋生,而不坠青云之志。丘氏一族的爱国家风,对丘逢甲家国情怀与人生态度的养成和凝定,起到了关键性的作用。

丘逢甲自小聪明好学,幼有大志,在家族的熏陶和父亲的悉心指导下刻苦读书,学习进步非常快。6岁能诗,7岁能文。八岁时随父亲迁居彰化三角庄读书,遍读彰化望族吕氏的藏书,学养陡增。他14岁正式参加台湾府童子试,赋、文、诗均应付裕如,提前交卷,福建巡抚丁日昌大为欣赏,从此声名鹊起。1889年,他赴京参加会试,中第八十名进士,殿试赐二甲进士出身,钦点赐工部主事虞衡司,被誉为"开台八进士"之一。但他到署不久,便借口"才人自古不宜官",告假还乡。离京之际,写下《黄金台》一绝,表明心迹:

闻道昭王此筑台,依然悬格待奇才。
年年车马燕山道,不力黄金客不来。

他无意仕途,告假回台,意在投身教育,开启台湾民智,为拯救台湾、发展中国培养人才。他先后任台中府衡文书院、台南府罗山书院、嘉义县崇文书院主讲,兼任台湾通志馆采访。他心知八股文无益于国、无益于人,大胆进行教学改革,重点讲授中外史地等新鲜内容,劝导学生阅读报章,养成关心国家大事的良好习惯。作为一名教师,他为人正直,学问闳通,眼光先进,教学方法新颖,教学效果明显,得到了广大民众的认可。[1]

1894年,"甲午战争"爆发,战局很快朝着不利于中国的方向发展。他忧心如焚,预感日本军国主义在吞并琉球、入侵朝鲜之后,一定会对垂涎已久的台湾伸出魔爪。他带头捐献家财,督办团练,以"抗倭守土"相号召,很快募集义军三十余营。1895年4月15日,清政府被迫签订丧权辱国的《马关条约》。台湾各界悲愤无比,"若午夜暴闻霆雷,惊骇无人色,奔走相告,聚哭于市中,夜以继日,哭声达于四野",丘逢甲当众咬破手指,血书"抗倭守土"四字,哭道:"清廷虽弃我,我岂可复自弃耶?"[2]决心与台湾共存亡,又紧急联合台湾士绅,"刺血三上书",强烈反对割台。清廷却以"台湾虽重,比之京师,则台湾为轻"为由,急诏撤出驻台官兵,派员南下交割台湾。5月25日,台湾民众发布《台民布告》,大声疾呼"台湾绅民,义不臣倭",同时发表讨日檄文,"愿人人战死而失台,决不愿拱手而让台",表达自主抗日护台、维护祖国领土完整的

---

[1] 王致远:《丘逢甲生平简介》,吴宏聪、张磊主编《丘逢甲研究》,广州:广东人民出版社1986年版,第322页。
[2] 江山渊:《徐骧传》,《小说日报》第9卷第3号。

誓死决心。① 可是,敌我双方力量对比悬殊,丘逢甲亲帅义军与日寇激战二十多天,弹尽粮绝,死伤严重,决意尊奉"子胥在吴,寄子齐国;鲁连蹈海,义不帝秦"的信念,"绝不报颜事仇",率部将谢道隆一道,奉双亲离台内渡,回归祖籍广东镇平探地村。他将村名改为"淡定",以明心志。② 但是,悲愤之情仍难以平抑,念念不忘光复台湾,他自号"台湾遗民",门楣悬"念台"匾额,名室为"念台精舍",更将长子丘琮之名改为"丘念台"。诗人胸怀忧国思乡之情,并未因岁月的流逝而冲淡对台湾的感情,反而越来越浓。

内渡之后,丘逢甲的生活重心主要集中在以下三个方面:

首先,兴办学堂,倡导"新教育"。潮州虽是濒海的大商埠,但远离中原,开发不够全面,文教事业远远跟不上时代的步伐。基于执教台湾多年的体会,丘逢甲充分认识到,兴办教育、开启民智、作育英才,才是富国强兵的根本之道。内渡之后,他痛定思痛,要将一腔爱国热血倾注到培养人才,以实现"复土雪耻"的志向。幸得金山书院主讲温仲和之荐、潮州知府李士彬出面安排,丘逢甲被聘为韩山书院主讲,从此开始了其教育兴国的"新历程"。他先后在韩山书院、东山书院、景韩书院担任主讲,在教学中改革教学内容,摒弃八股,讲授时务策论、古典诗文以及其他有用之学,深受青年学子的爱戴。但这些先进的教育思想和教学方法,连连遭到守旧势力的诋毁。他愤而辞去书院的教职,倾全力筹办了一所新式学堂——岭东同文学堂。岭东同文学堂秉持"中学为体,西学为用"的办学理念,贯彻爱国主义教育和武学教育,在课程设置上开办东文、政治学、格致、化学、生理卫生等"造就有用之学",激发学生兴趣,扩展学生视野;在教学制度上实行班级授课制,按照近代教育组织形式进行教学,并鼓励师生游学,开展生动活泼、形式多样的教学活动;在教师的选择上则兼采中外,对中外教员提出了能通"中西古今"的学术要求。这一系列举措,令岭东同文学堂成了潮汕办学的"第一缕近代曙光"。

其次,出任广东地方官员。清政府正式废除禁止移民政策之后,为管理海外侨务,分别在1899年、1900年福建保商局、广东保商局,逐一登记归国华侨档案,规管华侨事务,以保障华侨的利益。经时任惠潮嘉兵备道沈守廉的推荐,丘逢甲出任广东保商局专员。1900年3月,赴新加坡调查南洋侨情。他深入侨务一线进行调查研究,了解华侨的真实境遇,同时,广泛联络南洋爱国志士,与丘菽园、容闳、康有为、林文庆等各方人士诗酒唱和,抒发"异域扶公义,神州复主权"(《星洲喜晤容纯甫副使

---

① 佚名:《台民公布》,《丘逢甲集》(增订本),广州:广东人民出版社2019年版,第372页。
② 丘琮:《仓海先生丘公逢甲诗选》附《仓海先生丘公逢甲年谱》,上海:商务印书馆1935年版,第128页。

阃即送西行》其二句)、"若论收京扶圣主,终需横海出雄狮"(《赠林文庆》句)的家国情怀,大大推进了海外汉诗"风雅"传统的发展。他还将《岭东同文学堂章程》刊登于南洋诸报上,倡言"以教保种",积极推动南洋的尊孔运动,建构以华文教学为中心的南洋华侨教育体系。后来,随着晚清变革的深入,他又出任两广学务公所参议、两广方言学堂监督、广东咨议局副议长等职,有力地推动了广东教育改革、政治改革的进程,又巧妙地利用其政治身份保护了不少维新派和革命派人士,并利用适合的时机将革命派志士安插进相应部门。

第三,密切关注时局变化,适时调整思想认识。丘逢甲目睹俄、日、英、法、德等东西方列强鲸吞蚕食,国家岌岌可危。针对"分裂之说,旦夕恫喝",丘逢甲在《致丘菽园书》中设想"须与中州豪杰商略保种保教之策",打算"由吴越而楚蜀,而秦晋,而燕齐",广泛联络志士,也拟出洋考察,"由南洋而欧、而美,环球一周,考彼政要,为我张本",向西方寻找自强救危之策。1900 年,他参加了康有为领导的"庚子勤王"运动,曾远赴南洋,与康有为、丘菽园、容闳等商议具体细节,并承诺在保皇会攻下广州后拟发的保护外人布告檄文上具名。他还发表演说,呼吁海外华人自立,承担拯救祖国的重任。他后来又与革命党人产生了密切互动。据丘琮《我的奋斗史》回忆说:"保皇党与同盟会的干部和我父亲都有往来。不过,戊戌前后和保皇党人接触较多,而戊申前后则与同盟会发生深切关系了。"①他对这两派始终保持着清醒的认识,曾养甫《丘逢甲事略》记丘逢甲言曰:"清廷猜忌汉人素深,南海邀进以维新变法,既不知量,何况又思保皇?孙某所倡排满革命,名义甚正,然欲用会党防营以革命,亦不足恃",认为"以后革命其必先练十万学生军乎?"②他曾预言清季十年的局势:"清定不出十载必亡!但非革命军攻陷北京,而为各省独立使之自倒。"③历史的经验印证了他的"先知"之言。

辛亥革命爆发,清廷逊位。丘逢甲喜道:"是吾志也。吾欲行民主于台湾,不幸而不成,今倘能成于中国,余能及身见之,九死所无恨也。"④这也从一个方面证明他精准把握时局、与时俱进的政治敏感度。他欣然出任广东革命军政府教育部长,并应孙中山之邀,前往南京,参加中华民国临时政府成立大会,任中央参议员,表达了对于新政权的高度肯定。可惜,不久即罹急疾,他返回原籍,于 1912 年 2 月 25 日溘然长逝,享年 49 岁。临终前,他嘱咐家人葬须南向,曰:"吾不忘台湾也!"⑤

---

① 转引自徐博东《晚年的丘逢甲是资产阶级革命派》,《学术研究》1985 年第 2 期。
② 转引自徐博东《晚年的丘逢甲是资产阶级革命派》,《学术研究》1985 年第 2 期。
③ 丘琮:《岵怀录》,《丘逢甲集》(增订本),广州:广东人民出版社 2019 年版,第 504 页。
④ 江山渊《丘逢甲传》,《丘逢甲集》(增订本),广州:广东人民出版社 2019 年版,第 487 页。
⑤ 江山渊《丘逢甲传》,《丘逢甲集》(增订本),广州:广东人民出版社 2019 年版,第 488 页。

人们论及丘逢甲时,往往不期然提到"文人而具武士"的独特气质。① 但他本质上却仍是一介书生,不忍见山河破碎,挺身而出,做出一番震烁古今的"壮举",归籍海阳后,随即"沉入底层",投身"自下而上"的教育事业,作育人才,试图从根本上开创新局。他准确把握时代脉搏,顺应历史发展潮流,实现了由传统知识分子向近代革命知识分子转变,自始至终都体现出了"书生报国"的本色。

丘逢甲著有《柏庄诗草》《岭云海日楼诗钞》等。

第二节 "雅正遒劲"的诗学观

丘逢甲自幼习诗,创作极丰,成就巨大,但专门论诗之作不多,他偶尔也会在诗文中表达某些诗歌创作体会。这些片言只语,若置于多维度的"文化语境"中,似可整合出一幅相对完整的诗学观念"隐形拼图"。他的诗学观念一方面继承、发展了传统儒家文艺观,另一方面则从社会现实出发,不断丰富、升华、更新,最终实现"近代性"转型。

一、明确诗歌的"社会身份"

丘逢甲自幼诵习传统儒家经典,深得孔孟之道的熏染,严格遵循"修齐治平"的"成人进阶",以立德、立功、立言的"三不朽"原则预设自我奋斗目标,热切期待建功立业,追求"内圣外王"之道,必然继承了传统儒家"以经世为心"的诗学观,将文学创作视为"余事"。而源自民族英雄岳飞和理学大师朱熹的家国情怀铸就了"传忠义"家风,奋起抗日的个人经历则激发了强烈的社会担当和家国情怀。对此,他多次作出直白的表述,尤其是经历了抗倭失败的打击之后,这一认知更趋情绪化了。他刚到潮州时,作《致丘菽园书》向远在新加坡的友人诉说"心曲":"数年戎马风尘,再作此经生面孔,高距皋比,心殊厌之。"②此类话语虽自不免"自谦"的俗套,确也明显流露出了某种"不平之气",亦即相较于抗倭保台的战功而言,再回转头来高坐讲坛、专意从事教育工作,实在算不得令人满意,更遑论从事文学创作了。故《题沧海遗民〈台阳

---

① 例如,江山渊《丘逢甲传》说:"(丘)躯干魁梧,高十尺以外,广额丰耳,两目奕奕生奇光,言论风生,往往一语惊四座,声震星宇。"〔《丘逢甲集》(增订本),广州:广东人民出版社2019年版,第483页〕汪辟疆著、张宏生编《汪辟疆说近代诗》说:"民国初元,君曾一至金陵,余犹及见之,躯干修伟,虎虎有生气。"(上海:上海古籍出版社2001年版,第84页)

② 丘逢甲:《致丘菽园书》,《丘逢甲集》(增订本),广州:广东人民出版社2019年版,第372页。

诗话〉》云:"如此江山竟付人,干戈留得苦吟身。"①《复菽园》亦明言:"弟本不愿作诗人,然今则不能不姑作诗人。"②《答菽园》则说得更加"直白":"弟尝谓吾之诗,非是,乃吾之醇酒妇人也,借而遣兴而已。"③直到晚年,他还训导子弟说:"诗亦为抒写胸怀、陶冶性灵之文艺耳,无关大旨。大丈夫当建业立名,为国为民牺牲,不可但图自了也。"④所述皆同一机杼。这一立论,固然是顺承传统儒家文艺观的"套语"而来,但更应看到,正是政治现实本身,决定了他试图在"三不朽"差序格局中表达自己应对时局激变的担当。在这"三不朽"中,始终贯穿着"大丈夫"的抱负与豪情。"大丈夫"的精神内涵,历代醇儒都作过生动的阐述,如《孟子·滕文公下》云:"居天下之广居,立天下之正位,行天下之大道,得志,与民由之;不得志,独行其道。富贵不能淫,贫贱不能移,威武不能屈,此之谓'大丈夫'。"⑤南宋谢枋得《与李养吾书》说:"某尝言:人可回天地之心,天地不可夺人之心。大丈夫行事,论是非,不论利害;论顺逆,不论成败;论万世,不论一生。志之所在,气亦随之,气之所在,天地鬼神亦随之。"⑥丘逢甲完全遵循这一立足于道德取舍、是非曲直、历史大势,而非世俗利害、成败的价值判断,从而极大地丰富了儒家诗学的时代内涵与阳刚气质。

二、拓展诗歌主题的有机构成

丘逢甲积极入世,勇于担当,将波澜壮阔的时代风云谱入诗歌创作,题材多样,风格雄直,而"传忠义"主题则是贯穿他一生的诗学思想核心。他与以"遗民"自居的台岛名诗人王松同声相应,同气相求,对王松撰作的表彰台民抗日"一代诗史"的《台阳诗话》评价极高,《题沧海遗民〈台阳诗话〉》说:"请将风雅传忠义,斑管重回故国春。"⑦认为儒家"传忠义"是爱国主义精神的集中体现,弘扬"传忠义"主题将会是有力推动收复台湾失地、传承中华文化的根本保证。与此紧密相关,他反对无病呻吟,着意阐扬儒家"经世"主题,《〈五百石洞天挥麈〉序》评丘菽园诗说:"以谈诗为主义,然标举襟灵之外,留心风化,尤为天下有心人所同许",指出他"以著述遣壮心而岂漠

---

① 丘逢甲:《题沧海遗民〈台阳诗话〉》,《丘逢甲集》(增订本),广州:广东人民出版社2019年版,第267页。
② 丘逢甲:《复菽园》,《丘逢甲集》(增订本),广州:广东人民出版社2019年版,第391页。
③ 丘逢甲:《答菽园》,《丘逢甲集》(增订本),广州:广东人民出版社2019年版,第389页。
④ 丘琼:《岵怀录》,《丘逢甲集》(增订本),广州:广东人民出版社2019年版,第504页。
⑤ 杨伯峻:《孟子译注》,北京:中华书局1960年版,第141页。
⑥ 谢枋得:《与李养吾书》,《叠山集》卷五,《四库全书》本。
⑦ 丘逢甲:《题沧海遗民〈台阳诗话〉》,《丘逢甲集》(增订本),广州:广东人民出版社2019年版,第267页。

然于经世者哉",称赞他"齿方富而已以经世为心",慨然以纪谈之作论天下之事为指归。① 显然,"留心风化"和"以经世为心"等儒家诗学命题,是其诗学评判的重要标准。而面对近代国门洞开、列强环伺的危局,他认为中国人能正视"此世界真新世界"(《有客自美洲归作〈仗剑东归图〉为题卷端》句)的客观现实,打破"举国睡中呼不起"(《题兰史独立图》句)的怪现状,认识"自我",展开"自改革",让"仁风扬处遍全球"和"普天终见大一统"(《题地球画扇》句)变成现实,而"变旧诗国为新诗国"也就顺理成章完成了。②《论诗次铁庐韵》其六言:"彼此纷纷说界疆,谁知世有大文章?中天北斗都无定,浮海观星上大郎。"一旦"睁开眼睛看世界",必将重构国人的"视域",打破并超越旧有的"中国"界域,一个崭新的"世界"全景展开,将重构诗人与世界的"新秩序"。他充分肯定黄遵宪"米雨欧风作吟料"(《论诗次铁庐韵》其七句)、潘飞声"笔力横绝东西球"(《说剑堂集题词为独立山人作》句)、丘菽园"七洲洋外辟诗天"(《寄家菽园孝廉新加坡》其三句)的创新精神,但他更关注新诗在倡导什么、追求什么,故在《题兰史独立图》中说:"黄人尚昧合群理,诗界差存自由权。"《海中观日出歌由汕头抵香港作》说:"完全主权不曾失,诗世界里先维新。"这一系列迥然不同于"古"的民主、自由、独立、主权等近代概念,得到了空前而系统的张扬,恰恰得益于"睁开眼睛看世界"。他进而认为,这一写作取向更是顺应"迩来诗界唱革命"③的理论呼声,创作新的"诗世界"的飞跃式发展。他在《〈人境庐诗草〉跋》中这样评价黄遵宪的诗集《人境庐诗草》:

> 四卷以前,为旧世界诗;四卷以后,为新世界诗,茫茫诗海,手辟新洲,此诗界之哥伦布也;变旧诗国为新诗国,惨淡经营,不酬其志不已,是为诗人中加富耳;合众旧诗国为一大新诗国,纵横捭阖,卒告成功,是为诗人中俾斯麦!④

他接连用发现美洲新大陆的哥伦布、意大利开国首相加福耳、完成德国统一的"铁血宰相"俾斯麦等"历史巨人",来赞美黄遵宪"于诗中开新世界"的"创辟"之功。跋文最后,极其自豪地说道:镇平毗邻梅州,这片"相去只三十西里"的土地俨然"为东方诗国之萨摩、长门","开先之功,已日星河岳于此世界矣",岂非快事! 这一体认,高度契合"诗界革命"的理论诉求与思想追求。

---

① 丘逢甲:《〈五百石洞天挥麈〉序》,《丘逢甲集》(增订本),广州:广东人民出版社2019年版,第377页。
② 丘逢甲:《题地球画扇》,《丘逢甲集》(增订本),广州:广东人民出版社2019年版,第169页。
③ 丘逢甲:《论诗次铁庐韵》其六,《丘逢甲集》(增订本),广州:广东人民出版社2019年版,第254页。
④ 丘逢甲:《人境庐诗草跋》,《丘逢甲集》(增订本),广州:广东人民出版社2019年版,第404页。

三、"真"的追求

"真"的追求,一直是中国传统诗学的核心命题。丘逢甲论诗,同样追求"真"的境界。他认为,诗之"真"至少应具有两方面的"内涵":一是叙事、状物、抒情皆应求真。他在早年创作的《割花叹》中就严厉指责人为刖割水仙,慨叹道:"吁嗟乎!荆姬细腰饥欲死,蛮娘雕面警未已,世间赏鉴无真美。"表面看来修剪水仙花,是为了更美,实则"真气内损",花、人皆失去了自然美。反之,遵从心之"真",艺术必然是"真"的:"见其人而知其心,人之真者也;见其文而知其人,文之真者也。"①在晚年创作的《庐山谣答刘生芷庭》中,也依然故我持这一态度:"山中展诵发浩叹,神妙欲告山灵知。惟山如诗贵真面,得其真者名乃归。"唯有真实,才能创作出名至实归的艺术品来。二是诗要充盈"真气",体现"吾真"。他在《复菽园》中说:

> 尊论谓诗贵清、贵曲,弟再参一语,曰贵真。自《三百篇》以至本朝诗,其可传者,无论家数大小,皆有真气也。诗之真者,诗中有人在焉。弟诗不可谓工,但不肯作假诗耳。②

他认为,诗"贵真",就是强调要在诗歌创作中注入"真我"的"真气",以"存真吾",因为诗品一如人品,是"真气"的自然流露,是"吾真"的艺术再现,故异常自信地说:"吾诗不诣大家、名家,但自成吾家耳。"按《以摄影〈心太平草庐图〉移写纸本》其五的话说,就是"吾亦葆吾真,一室天下春",诗歌创作才具备"真美",是最可宝贵的。③《二高行赠剑父奇峰兄弟》"东鳞西爪画何益,画龙须画真威容"所说的"真",同样指向"粉碎虚空一物无,上下天地存真吾"的终极目标。④ 因此,人生在世,无论遭逢顺境或逆境,一定要注重自我本真的修养与升华,葆存"真吾"。丘逢甲认为,处在一个新时代里,诗人应站在"全世界"的高度,审视、反思"真"的艺术创造规律。《论诗次铁庐韵》其五说:"北派南宗各自夸,可能流响脱淫哇。诗中果有真王在,四海何妨共一家?"⑤过往派分南、北的派系意识,渐显流弊,沦为淫哇,远离了大雅之道,如果正视

---

① 丘逢甲:《割花叹》,《丘逢甲集》(增订本),广州:广东人民出版社2019年版,第69页。
② 丘逢甲:《复菽园》,《丘逢甲集》(增订本),广州:广东人民出版社2019年版,第391页。
③ 丘逢甲:《以摄影〈心太平草庐图〉移写纸本》其五,《丘逢甲集》(增订本),广州:广东人民出版社2019年版,第303页。
④ 丘逢甲:《二高行赠剑父奇峰兄弟》,《丘逢甲集》(增订本),广州:广东人民出版社2019年版,第313页。
⑤ 丘逢甲:《论诗次铁庐韵》其五,《丘逢甲集》(增订本),广州:广东人民出版社2019年版,第254页。

并遵循以"真"为主导的创作规律,不仅能贯通南北,更能打通古今、横贯四海,上升到"世界文学"的高度,始终是能成为"和平共处"的一个诗歌史整体的。《寄答陈梦石明经崧即题其〈东溪吟草〉》说:"诗无今古真为贵,学有中西汇乃通。君自运筹并运笔,一时双管下春风。"①明确指出,诗本无古今中外之分,一旦确立以"真"为贵的意识,则必如西学融会中学、新学贯通旧学一样,绝不会出现中与西、古与今的分野。如果"真"发挥出了整合乃至重建"诗史"的功能,则创作出来的艺术品,一定如春风拂面,感人至深。

四、建构以"雄直"为主导、圆活多样的美学风格

丘逢甲曾自述"恒寝馈于李、杜、苏、黄诸家,去其皮而得其骨"的诗学修养,又与陈宝琛、唐景崧、陈三立、黄遵宪、康有为、梁启超、丘菽园、孙中山等风云人物深度交往,获得了真切的人生体悟与诗学体验,故其诗歌创作论和风格论均倾向于岭南"雄直"一派。② 如《题王晓沧广文〈鹧鸪村人诗稿〉》说:"岭南论诗派,独得古雄直。混茫接元气,造化如镌刻。百年古梅州,生才况雄特……我欲往从之,自愧僵籍滗。"③认为诗的"雄直"是以"浑融"境界为重要标志的,亦即他所说的"混茫接元气"。又如,《叠韵寄李芷汀》说:"元瑜书记饶兵气,老杜诗篇夺史权。"④《题风月琴尊为菽园作》也说:"男儿生当缴大风、射妖月,听奏钧天醉天阙","不然吟风弄月亦可嗤"。⑤认为如阮瑀、杜甫、丘菽园一系的现实主义写作,体现了真正意义上的"兵气",是一座座不朽的历史丰碑。以"经世"和"兵气"等概念,评判诗歌创作,意在彰显儒者"大丈夫"的阳刚气质,与梁启超反对"诗界千载靡靡风"、提倡"兵魂"的主张,成桴鼓之响,激动人心。当然,他并非一味"叫嚣",而是以"雄直"为主,圆融多种风格,混溶为一,达到《题裴伯谦大令〈睫闇诗钞〉》"治诗如治民,刚柔合乃美"一语所彰显的刚柔并济、圆活自现的审美高度。⑥ 在诗歌创作上,宜先从大家路数入手,立足于"学"。其《家筠岩太守晋昕〈九十九峰草堂诗集〉序》言:"诗有定法亦无定法,有定体亦无定

---

① 丘逢甲:《寄答陈梦石明经崧即题其〈东溪吟草〉》,《丘逢甲集》(增订本),广州:广东人民出版社2019年版,第214页。
② 江山渊:《丘逢甲传》,《丘逢甲集》(增订本),广州:广东人民出版社2019年版,第483页。
③ 丘逢甲:《题王晓沧广文〈鹧鸪村人诗稿〉》,《丘逢甲集》(增订本),广州:广东人民出版社2019年版,第145页。
④ 丘逢甲:《叠韵寄李芷汀》,《丘逢甲集》(增订本),广州:广东人民出版社2019年版,第190页。
⑤ 丘逢甲:《题风月琴尊为菽园作》,《丘逢甲集》(增订本),广州:广东人民出版社2019年版,第149页。
⑥ 丘逢甲:《题裴伯谦大令〈睫闇诗钞〉》,《丘逢甲集》(增订本),广州:广东人民出版社2019年版,第197页。

体,视学为转移而已","规矩者,学从所入,亦学从所出者也。凡学皆然,诗特一端耳。诗而不学,谓之无诗可也;言诗不言学,谓之不知诗可也","余不敢自命知诗,然尝学之矣。"从自己学诗的心得出发,总结以"学"臻"化"的向上路径。他还在《题裴伯谦大令〈睫闇诗钞〉》中开出了"澄观万物情,粉碎虚空理"的"妙方",亦即尊重创作规矩而又能灵活出入于规矩之间,天人合一,妙合无间,以自己的创作才情驾驭"诗法",才可做到"意活笔不死",奇正相生,开阖自如,进而臻于"正在将军旗鼓处,忽然花杂草长时"(《说诗八首》其一句)的妙境。最难能可贵的是,他在诗材撷取上比较注意民间色彩,认为民间歌谣的艺术价值是无与伦比的,《论山歌》说:"粤调歌成字字珠,曼声长引不模糊。诗坛多少油腔笔,有此淫思古意无。"赞美客家山歌质朴古雅,韵律流畅优美。这是任何一件成功的艺术品应具的"天然"品质,理应成为广大艺术创造者的共识。

丘逢甲深耕粤东诗坛,未受到宋诗派、晚唐派、六朝诗派等清末主流诗派的影响,一直以"基层诗学"的儒学姿态,继承和发展"雅正遒劲"一系诗学理论,以其所持"大丈夫"积极"经世"一端,切入政治活动与诗歌创作,彰显了心雄万夫、舍我其谁的历史担当,蕴涵着强烈的爱国主义精神、元气淋漓的审美力量,更体现了中国诗学"近代转型"的巨大飞跃。

第三节 "台湾书写"的双重艺术想象

从1864年12月底呱呱坠地,到1895年7月底兵败离台,丘逢甲在台湾生活了整整32年。从一介书生,到"开台八进士"之一,再一跃而为领导全台军民抗倭的民族英雄,丘逢甲用热爱与血泪书写了最具近代政治、文化转型意义的"成长叙事"。台湾不仅仅是他生于兹、长于兹、成于兹的"原生地",更是其艺术创造的坚实土地和灵感源泉,一如汩汩流出的清泉,永不干涸。及至内渡粤东,台湾更成了魂牵梦绕的心灵故园,是他艺术创造想象的"策源地",是他家国情怀的诗意构成要素。

纵观丘逢甲的台湾书写史,大致可以1895年夏内渡为界,划分为前期"在地化"的经验书写与后期"追忆式"的情感书写这两种形态。

丘逢甲对于台湾的体认,是从幼年时一草一木、一呼一吸开始的,随着年齿渐长,逐步扩展到崇山峻岭、东海波涛、人文历史,充盈于心间,与台湾成为一个生命整体,故其诗笔广泛吟咏了台湾的物候与景色,"半种花园半种田",充满了诗情画意,一派闲雅之致。丘琮《仓海先生丘公逢甲年谱》"光绪三年(1877)十四岁"条:"应童子试,受知于台抚兼学使丁日昌,补弟子员。赴试时,沿途尚须潜斋公背负。试古学,全台第一。以公年最幼,送卷最早,丁中丞特命作全台《竹枝词》百首。日未晚,已成,惊为才子,甚期许,赠'东宁才子'印一方。"①《台湾竹枝词》现存40首,佚去60首,虽为憾事,但是,他另有《台湾县八咏》《瀛壖八咏》《早春园花次第开放各赏以诗》《早春即事》《虫豸诗》等逾百首诗。这些诗作,发生有趣的"协同效应",一起营造了一个气候温暖、四季花开、物产丰富、书声琅琅的"桃源世界"。

在台湾,他丝毫没有感到海外洪荒、腥风苦雨的凄楚之感,并不认同前代文人所拟《台湾八景》"岛居多异籁"(高拱乾《台湾八景诗·斐亭听涛》句)的陌生、"腥秽涤红毛"(高拱乾《台湾八景诗·澄台观海》句)的惊骇以及"咸池骇浴龙"(高拱乾《台湾八景诗·东溟晓日》句)的奇诡,每每感念这方温情脉脉的土地,举目望去,"天为文人留艳福",皆是"朝曦潋滟"般不断变幻的柔美。② 所以,他既吟咏了传统意义上的以台南府城为中心的"台湾八景",更将目光投向全岛,提炼出最能代表全岛景致的"新八景",成《台湾县八景》组诗,有效拓展了台湾景观书写的视域与美感特质,如纵贯全岛、巍峨险峻的玉山山脉,拥有海拔三千米以上高峰达269座,在其笔下居然呈现出了"焰山朝霞"的柔美。诗人"寻梅晓出城",远远见到的是"云间一峰白"(《瀛壖八咏·瑶峰晴雪》句)的高峻静穆。而那千年不化的皑皑白雪,在霞光照射下,却又如"山灵抱奇气"一般,在视觉上发生了"光焰作霞彩"③的色彩变化,瞬间由静变动,性灵十足。

在他笔下,台湾开垦的过程,同样充满了成就感,如邑东十余里的山间的"部子",是一个神奇的所在,终年烟霞缭绕的"瘴疾",保存了一方未被开垦的"武陵源",他在《部子》四首中抒写了自己仿佛身处仙境,可以耕读于桃花深处的错觉。

大自然的节律,更随着四季的脚步,缓缓轮换,"始梅花,终楝花,凡二十四番花信风",梅、桃、李、橘、水仙、梨、山茶、夹竹、含笑、玫瑰、菊、桂、树兰、夜合、鹰爪、仙丹,依次绽放,显得那么轻盈,那么从容。楝花风过后,黄梅雨如约而至,洁白淡雅的珍珠花,也在温润的春、夏之交,向阳绽放,密如积雪,花势盛大热烈,以至于产生了"满地珍珠不计钱"的"错觉"。④ 对于农耕,他也由衷发出了"半种花园半种田,儿家

---

① 丘琮:《仓海先生丘公逢甲年谱》,丘琮编:《仓海先生丘公逢甲诗选》,上海:商务印书馆1935年版,第122页。
② 丘逢甲:《月华》,《丘逢甲集》(增订本),广州:广东人民出版社2019年版,第7页。
③ 丘逢甲:《瀛壖八咏·焰山朝霞》,《丘逢甲集》(增订本),广州:广东人民出版社2019年版,第22页。
④ 丘逢甲:《台湾竹枝词》其三十五,《丘逢甲集》(增订本),广州:广东人民出版社2019年版,第10页。按,清陈淏子《花镜·珍珠花》云:"珍珠花,一名'玉屑',叶如金雀(花)而枝干长大。三、四月开细白花,皆缀于枝上,繁密如字娄状。"

生计总由天"(《台湾竹枝词》其三十五句)的感慨,《邻居皆农家者流也春作方忙为作农歌以劝之》八首吟出"天公肯遂田家愿,又放交春一日晴""种罢春田学种鱼,《鱼经》珍重等农书""未逢惊蛰已闻雷,雨足春田接熟梅""领略农家真事业,《孝经》先讲《庶人章》"等句,生动再现了耕读之家的闲雅气度。①

丘逢甲家族经历了渡海的惊险,现在终于过上了"半种花园半种田"(《台湾竹枝词》其三十五句)的生活,丘逢甲体认到了类似于"果然过海便神仙"(《台湾竹枝词》其十二句)的惬意与超然,扎根台岛的生命意识异常强烈。他也很自然地将台湾温煦气候、丰富物产、诚朴民俗等"生活硬件",与京城的奔竞争逐、士品尘下的"怪现象"作一"生命体悟"式的对比,辞官归里的深层次原因,便跃然纸上了。所以,他在《闲居杂兴》中作了这样的自况:"除官崔烈嫌铜臭,闭户袁安任雪深。"并自注说:"时有劝捐升改外者。"显然,那些追官逐利的说客,完全不懂他的心。

身处"春风院落溶溶月"(《早春园花次第开放各赏以诗》句)的"古典语境",他的内心自然而然地涌动着对于"中华文化"的朴素的认同感。他一方面为丘氏勤王抗元的"南渡衣冠尊旧族"(《还山书感》句)家世而自豪,另一方面又以与郑成功同生于甲子年而自豪,激赏郑成功"黑海惊涛大小洋,草鸡亲手辟洪荒"②开辟台湾的历史功绩,树立为平生自励讲求民族大义的精神力量。中华文明已随过台先民在台湾扎根并得到了充分的发展,"从此东周遗老尽,更无人赋《采薇》诗"③,百姓繁衍生息,如"寄生小草已深根"④一般,落地生根,安居乐业。

正基于此,他谴责腐败无能的清政府割弃台湾的可耻行为。他在《离台诗六首》其一中抒发了"宰相有权能割地,孤臣无力可回天"的悲壮情怀,发誓"扁舟去作鸱夷子",或展读《道德》,或"随处挂单",但是,每每"回首河山意黯然",胸中却腾起对台湾的无限眷恋,是"我不神仙聊剑侠,仇头斩尽再升天"(《离台诗六首》其五句)的坚强斗志。

丘逢甲内渡后,其"咏台诗"一改而为"念台诗",发为咏唱,"故国之思以及郁伊无聊之气,尽托于诗",人事世故、家国沧桑"皆足以锻炼而淬砺之",感动人心。⑤ 其内渡后的数百首"念台诗",体现了"我亦思乡更忧国"及"怆怀台变,瞻念祖国"的广阔情怀,犹如一枚枚多棱镜,折射出多种维度的情感与思想,一会儿低沉缠绵,一会儿

---

① 丘逢甲:《邻居皆农家者流也春作方忙为作农歌以劝之》,《丘逢甲集》(增订本),广州:广东人民出版社 2019 年版,第 44 页。
② 丘逢甲:《台湾竹枝词》其三十六,《丘逢甲集》(增订本),广州:广东人民出版社 2019 年版,第 10 页。
③ 丘逢甲:《台湾竹枝词》其二,《丘逢甲集》(增订本),广州:广东人民出版社 2019 年版,第 8 页。
④ 丘逢甲:《台湾竹枝词》其一,《丘逢甲集》(增订本),广州:广东人民出版社 2019 年版,第 8 页。
⑤ 江山渊:《丘逢甲传》,《丘逢甲集》(增订本),广州:广东人民出版社 2019 年版,第 483 页。

慷慨激越，是一曲曲复合了"血泪"与"痴爱"的灵魂之歌，是"怀台"与"强华"情感的高度统一。其中的代表作，便是《春愁》诗：

  春愁难遣强看山，往事惊心泪欲潸。
  四百万人同一哭，去年今日割台湾！

  这首诗作于清廷割让台湾一周年之际。所谓"去年今日"，是指光绪二十一年三月二十三日（1895年4月17日），腐朽的满清王朝签订丧权辱国的《马关条约》，将中国宝岛台湾割让给日本。诗人蛰居在广东镇平淡定村乡间，满目青山，春意正浓，生机勃勃，反而触发了无限的"春愁"。全诗由"愁"到"泪"，再到"哭"，层层推进，句句蓄势，最后一句"去年今日割台湾"以"画龙点睛"之笔，道破"愁""泪""哭"之由。从字面上看，"春愁"从南朝梁元帝《春日》"春愁春自结，春结讵能申"、唐李白《愁阳春赋》"春心荡兮如波，春愁乱兮如云"化出，实则蕴涵杜甫《春望》"国破山河在，城春草木深"的忧思，更以春色、青山彰显"感时花溅泪，恨别鸟惊心"的家国之愁。"四百万人同一哭"一句，也与谭嗣同《有感一章》"四万万人齐下泪"同具有震撼人心的艺术感染力。

  三年后，在元宵夜作《元夕无月》，其一曰："满城灯市荡春烟，宝月沉沉隔海天。看到六鳌仙有泪，神山沦没已三年。"其二曰："三年此夕月无光，明月多应在故乡。欲向海天寻月去，五更飞梦渡鲲洋。"诗人注意到了一个揪心的"细节"，自打内渡以来，接连三个元宵夜，那轮皎皎明月居然隐没不见，一定是随着宝岛沦没了。字里行间，都是无限的眷恋，更是未能完成保台宏愿的悔恨。儿女渐渐成大，不禁好奇地询问台湾，《得颂臣台湾书却寄》其二云："去日儿童今渐长，灯前都解问台湾。"想必诗人一定既感动又悲恸。十四年后，作《席上作》："儿女英雄海上缘，东风吹散化春烟。相逢欲洒青衫泪，已割蓬莱十四年。"诗人泪洒席间，但英气逼人，一如往昔。可见，诗人的念台之情，十四年来并未随着星移斗转而稍有衰减，念兹在兹，真情流露。

  与此同时，诗人更深入地反思"保台"一役的深刻教训。《离台诗》其一就明白指出"宰相有权能割地，孤臣无力可回天"，以一个义军领袖的身份，直言清廷的无能与颠顶，造成了这一历史悲剧。五年后作的《有感书赠义军旧书记四首》其三也说："'宰相有权能割地，孤臣无力可回天。'啼鹃唤起东都梦，沉郁风云已五年。"自注说前二句是《离台诗》其一的"旧句"，可见多年来一直将"保台"失败的矛头指向腐朽的朝廷。《秋兴次张六士韵八首》其四更是以辛辣的笔触，讽刺朝臣沉溺酒宴歌舞、逃避政治责任的种种丑态：

  衣冠文武眼中新，晏坐空山笑此身。
  割地奇功酬铁券，周天残焰转金轮。

> 后庭玉树仍歌舞,前席苍生付鬼神。
> 细柳新蒲非复昔,更无人哭曲江滨。

这首诗一反杜甫《哀江头》"昔盛今衰"的婉曲笔法,直接面对眼前黑暗而滑稽的政治现实。所谓"衣冠文武"的朝廷,看不清"细柳新蒲非复昔"的世事变幻,更抛却了江山、苍生,如鸵鸟一般钻进"玉树后庭花"般的感官享乐之中而不能自拔,举目望去,自然是找不出一个"潜行曲江"吞声哭泣的"少陵野老"了。

就自己而言,内渡之后,对于国家历史的探究,对于台湾历史沿革的认识,加深了心灵深处"台湾印记"的历史定位。他始终不曾忘记"心灵故乡"台湾,因为这是民族大义,是家国情怀,造次必于是,每饭必于是,诸如"夜夜梦台湾"(《往事》句)、"不堪挥涕说台湾"(《天涯》句)之类的诗句,不断跃上纸面,铮铮作响。如同《有感书赠义军旧书记四首》其一"当时力保危台意,只有军前壮士知"的"初心",自己是坚信且坚守的,他在《答菽园》中说:

> 承询台湾往事。保台之疏,唐公几百上,刘亦屡上,几于无策不筹,而外间知不十一,弟亦四疏与血书为五。于时,瞬息百变,当局数人外,同在斯土者,且莫知本末,更勿论外间传闻矣。嗣迫为自主,此犹夷然,明知末着而势不能不拼而出此者。成败之论,今古同慨,弟亦当局之一人,何事喋喋?辱荷垂问,敢尽其愚。

显然,面对外界形形色色的疑问,任何解释都苍白无力,故通篇吞吐回环,出语缠绵,但不怨天,不尤人,惟有书生报国、无力回天、未能拼死尽忠的悔恨。

丘菽园在1898年6月8日《天南新报》的《杂著附刊》连载《五百石洞天挥麈》,其中有若干则专论丘逢甲,称其本就是意在"揽辔澄清"的"奇士",抗倭失败,"亡命走江湖",主讲韩山书院,"非其志也",甚至出现"有笑其迂者",丘逢甲坦然自言:"余诚迂,窃愿得一迂者,以为之友。"这一"迂者"自白,以勾勒自己性格的方式,回应丘菽园的心灵共鸣,展现前所未有的阔大眼界。他心间确实充溢着"揽辔澄清"的英豪之气,时时盼望能剑及履及,肩起"保台抗日"的不可能任务,发出"百年如未死,卷土定重来"(《送颂臣之台湾》其一句)的吼声。《有感书赠义军旧书记四首》其四说:"谁能赤手斩长鲸?不愧英雄传里名。撑起东南天半壁,人间还有郑延平。"丘逢甲一直以能与郑成功"同甲子"而自豪,内心深处一直仰慕、崇敬这位杰出的民族英雄,时时以"郑成功第二"自居,渴望能从日寇手中夺回台湾,能如郑成功那样取得真正意义上的成功。因此,他的"念台情结"从历史、现实两个层面得到了升华。《送颂臣之台湾》其六作了一个更为明确的"宣示":

> 亲友如相问,吾庐榜"念台"。

全输非定局,已溺有燃灰。
弃地原非策,呼天傥见哀。
十年如未死,卷土定重来。

在他看来,因为大陆地大物博,人口众多,正是"王气中原在,英雄识所归",而台湾人民牢记"汉官仪",最终一定会实现台湾回归、祖国统一的大业,完成"山河终一统,留影大瀛东"的壮丽画卷。对此,丘逢甲一直心怀期待,充满信心。

内渡之后,丘逢甲双脚行走在祖国坚实的大地上,感受到无比深厚的文化底蕴,不断聚焦与升华自己的家国情怀和念台思绪,"念台诗"的内蕴与风格持续地获得巨大的飞跃,展望祖国早日统一,积极发挥"平生整顿乾坤手,要见神州日再中"(《次韵答友人》句)的主观能动性,成为其诗歌创作中最耀眼的主题。丘逢甲以其杰出的诗作,打破了梁启超《读〈陆放翁集〉》"诗界千年靡靡风,兵魂销尽国魂空"所感叹的诗坛现状。连横《台湾通史·丘逢甲列传》说丘逢甲"书生报国",实属本色,并说:"(丘逢甲)居于嘉应,自号仓海君,慨然有报秦之志。观其为诗,辞多激越,似不忍以书生老也。成败论人,吾所不喜。"用来总结丘逢甲"念台诗"家国情怀的抒情底色,无疑是非常准确的。

第四节　开辟诗中"新世界"

与在台的"岛屿"经验不同,丘逢甲内渡之后渐渐形成的"大陆"经验,将其诗歌创作强有力地推向"致广大以求精深"的境界。尤其是在"诗界革命"运动的激荡下,他亲眼目睹梁启超所阐述的诗歌改革方向、黄遵宪诗歌创作所呈现的"吟到中华以外天"的瑰奇景象,便下定决心以"基层诗学"的姿态,回应时代的召唤,在诗歌题材拓展和艺术风格追求上日益呈现多元化的样貌,体现更为扎实的作风和博大的襟怀。总体而言,丘逢甲内渡诗在以下几个方面取得了令人瞩目的成就:

一、"自我认知"的升华

丘逢甲离台时曾摆出"英雄退步即神仙,火气消除《道德》编"(《离台诗》其五句)的隐退姿态,回归故居后也展现了"风幡不动心何动,晏坐空山意黯然"(《山寺》其二句)的养晦心绪,但是,相对于"风物佳美"且"生活容易"的台湾而言,他深感内渡之后人事烦杂,治生劳劬,"客愁"之音偶尔流露笔端,更可怕的是要面对清廷"年来入告都成例,纸上谈兵又一年"(《谈兵》句)的因循与颟顸,潜藏心底的"英雄气"

终究还是激发出来了。其《韩江有感》云:"道是南风竟北风,敢将蹭蹬怨天公。男儿要展回天策,都在千盘百折中。"这首诗乃是诗人由溯韩江回归故乡镇平途中有感而作。韩江是广东第二大河流,奔流在粤东崇山峻岭间,蜿蜒曲折,山石险滩卷起千层浪花。诗人的扁舟在峡滩间曲折前行,一会儿转向南面,一会儿转向北面,颠簸、激流、险阻,激起了诗人的"男儿"豪情,放胆指责老天爷竟然造成如许艰难的世路,几乎就在这一刹那间,诗人领悟到大自然本就如此,人生困顿又何尝不是如此呢,英雄挽回天地,恰恰是在克服这"千盘百折"的过程中成功的,便痛下决心,以此鞭策自己。

丘逢甲落籍潮州,讲学韩山,及时将"壮士心态"转换为"绛帐先生"。他拜谒韩愈祠,作《谒潮州韩文公祠二首》,其二云:

江山得姓总公遗,有客观潮发古思。
失路英雄凭吏笑,投荒心迹岂僧知?
千秋道学重开统,八代文章始起衰。
北斗声华南斗命,海天来拜使君祠。

他从韩愈仕途蹇困与文化创造的鲜明反差上,看见了"英雄失路"竟然可以起衰文章、重开道统的壮举,因而"誓继公志回澜狂"(《韩祠歌同夏季平作》句),坚定了办教育、启民智的决心。

以此为契机,他走遍粤东地区,循着先哲足迹,逐一拜谒,体悟先贤的人格力量。他在台期间,多从读史感悟中萌生了对诸葛亮、关羽、岳飞、郑成功的崇拜,又曾数度进京赶考,虽耳闻目睹满清官场的"怪现状",但能从历史的高度,树立起坚定的"正统论"和"正义观"。这一认知,在他年轻时所作的咏史诗中得到了生动活泼的体现,如他将刘备视为汉祚"正统"的继承者,其身上流淌的皇族血液是不证自明的,更以科举考试作比,指陈曹操、孙权相对于皇族出身的刘备而言,不过是"两孝廉"而已。[①]宋高宗偏安江南一隅,面对"五国城中旅雁哀"的耻辱,却一再逃避历史责任,迫害忠良,真是"枉为天子"。这显然寄寓了某种政治寄托,对于"王者"提出了更高的政治要求。[②] 在《读宋史岳忠武传作》中,他用充满正义感的笔墨描绘岳飞"'精忠'二字奉书亲拜受"的"尽忠报国"之志,"不念蒙尘苦",连续取得"战郾城、败颍昌、逼汴京"一系列辉煌的战绩,却遭到秦桧"撼岳家军不用金人用御史"的政治迫害,终致"中兴事"功败垂成。但历史是公正的,岳飞的功绩"千秋公论原不磨",而秦桧必然

---

① 丘逢甲:《蜀先主》,《丘逢甲集》(增订本),广州:广东人民出版社2019年版,第60页。
② 丘逢甲:《宋高宗》,《丘逢甲集》(增订本),广州:广东人民出版社2019年版,第68页。

受到"顽铁永跪"的惩罚。①内渡之后,他虔诚拜谒先贤遗迹,在历史与现实的"交响乐"中,建构起了一个以诸葛亮、韩愈、岳飞、陆游、文天祥为核心的"文化英雄"谱系,极具现实关怀的深度与广度,也多了心灵的安顿与寄托。如《潮阳东山张、许二公祠,为文丞相题〈沁园春〉词处,旁即丞相祠也。秋日过谒,敬赋二律》,第一首写文天祥抗元征程中祭拜唐名臣张巡、许远,第二首则写自己拜谒文天祥,二诗一气连贯而下,产生了强烈的"叠加"效应,突出了"英雄气"一脉传承的爱国主义底蕴。其一云:

> 夜半元旌出岭东,文山曾此拜双忠。
> 百年胡运氛何恶?一旅王师气尚雄。
> 沧海梦寒天水碧,《沁园》歌断夕阳红。
> 荒郊马冢寻遗碣,秋草萧萧白露中。

历史有着惊人的相似,"百年胡运氛何恶"再现眼前,列强入侵中国的危局,绝不亚于南宋覆卵的绝望之境,诗人心中涌起无限感慨,一方面敬佩文天祥誓死不屈、忠贞保节的爱国精神,世代传颂这一理想人格的最高典范,另一方面,借着凭吊古人,丘逢甲郁积在心的抗日失败、未能以身殉台的遗憾之情,得到了一定的抒发和慰藉,更增添了"昌黎、文山皆吾俦"(《东山酒楼放歌》句)、"何时和平真慰愿,五洲一统胡尘无"(《和平里行》句)的无限豪情。他还在《风雨中与季平游东山谒双忠大忠祠兼寻水帘亭紫云岩诸胜叠与伯瑶夜话韵》《己亥五月二日东山大忠祠祝文信国公生日五首》《祝文信国公生日得伯瑶风雨中见怀诗答寄叠前韵二首》《金山吊宋安抚使攉锋正将马发墓》《林氅云郎中寄题蚝墩忠迹诗册,追忆旧事,次韵遥答》等诗中,充满深情地歌颂了历史上众多的爱国英雄。

丘逢甲致力于发掘、吟咏粤东史实与人物,1900年,他创作了《题张生所编东莞英雄遗集》:

> 我爱英雄尤爱乡,英雄况并能文章!
> 手持乡土英雄史,倚剑长歌南斗旁。

通过搜集、整理乡邦文献,发现了一个本土英雄谱系,这些英雄能文能武,视死如归,在民族危急存亡关头,勇于牺牲,体现了爱国志士的高尚品德。受到粤东英雄的精神感召,他将"爱其风土人物"提高到"但解此心安处好,此间原乐未应愁"的认同感,与粤东英雄精神相呼应的强烈的入世情怀,时时鼓励着他努力前行,探求强国之路。

---

① 丘逢甲:《读宋史岳忠武传作》,《丘逢甲集》(增订本),广州:广东人民出版社2019年版,第48—49页。

二、描摹粤东风物之美

　　丘逢甲是带着失意的心情回归粤东的。粤东地处祖国南方,既多丘陵山地,又濒临海洋港口,人民的生活多以农耕、捕捞、贸易为生,是一个充满浓厚地方色彩的地方,与台湾岛相比,呈现出了更多的多样性与丰富性。无论是在镇平故居,还是在潮州、汕头、广州,他常常不由自主发出"故乡成异域"的"客愁"之叹,"客游""客独游""客登临"一类的诗句,涌上笔端,念台之思无法抑止。但随着时间推移,他慢慢喜欢上了粤东的生活环境,创作了逾千首诗,其中,竟有400多首诗是描绘本地风土民情、歌咏历史人物、反映教育情况的,充满了独特的艺术魅力。

　　丘逢甲用饱含深情的笔墨,描绘了粤东人民热闹的生活情景,如《潮州春思》其二云:"南国消沉霸气雄,依然花草媚春风。踏青齐上刘王圳,满地香匀印落红。"写人们在明媚春天结伴出门,踏青嬉戏,沉浸在一片祥和欢乐之中。《山村即目》组诗以轻快淡雅的笔调,挥洒出一幅幅山居农耕画:

　　　　轧轧车声水满陂,溪山佳处客行迟。
　　　　林腰一抹炊烟淡,知是人家饭熟时。其一。

　　　　一角西风夕照中,断云东岭雨蒙蒙。
　　　　林枫欲老柿将熟,秋在万山深处红。其二。

　　第一首以精确的诗笔写出了水车灌溉、炊烟袅袅、农人忙碌而又恬淡的山居生活图;第二首将风、夕照、云、雨、林、柿子等自然景物,巧妙组合成一幅"山田一雨稻初苏,村景宜添七月图"的喧闹场面,跃入读者眼帘。诗人创作了近百首吟咏粤东人文景观的诗作,极具地方文化特色。如《广济桥》四首之一:

　　　　垒洲廿四水西东,十八红船铁索中。
　　　　世变屡新潮汐改,驿程依旧粤闽通。
　　　　五州鱼菜行官帖,两岸莺花集妓篷。
　　　　莫怪桥名工附会,江山原已属韩公。

前面两句勾勒出广济桥的独特工艺,桥的东西两端筑墩铺石,中段则用十八条木船连成浮梁,成为一座独具风格的开关式大桥,桥面两侧还建有二十四座形式各异的望楼。直至今天仍是潮州的一大景观,为世人所称颂。又如,《镇海楼二首》吟咏广州镇海楼:

独上层楼唱越风,尉佗城郭夕阳中。
九州南尽馀沧海,万里秋高作寓公。
旌节雄藩秦塞改,衣冠故国楚庭空。
倚楼欲写兴亡感,依旧江山霸气雄。

高踞仙城最上头,万方多难此登楼。
金汤空抱筹边略,觞咏难消吊古愁。
绝岛风尘狮海暮,大江云树虎门秋。
苍茫自洒英雄泪,不为凭栏忆故侯。

镇海楼是广州标志性的古建筑,面朝南海,雄踞一方。他多次登楼远眺,顿生古今兴亡之慨。秦末的赵佗能抓住历史机会,成就一番偏霸之业;"故侯"朱亮祖集资建起镇海楼,竖起了一座文化丰碑。历史的风烟早已消散,自己此番登楼吊古,"空抱筹边略",洒一掬英雄泪。厚重的历史感,在他笔下自如舒卷,"古今兴亡"的雄健之笔,写出了广州雄丽江山的气度。

　　丘逢甲又以较多的笔墨,描绘了粤东极富历史文化底蕴的民俗。在广州,他很欣赏粤讴演唱,《羊城中秋》"大江东去连沧海,且听珠娘发棹讴"的"棹讴",即是珠江花船上流行的粤讴。《归粤十四年矣爱其风土人物将长为乡人诗以志之》更云:"一曲清江几画楼,水松阴里暑全收。孟尝去后珠仍海,宋璟来时瓦此州。万斗量花持互市,十年种果等封侯。粤讴听久吾能解,拼已将心与解愁。"更详细描绘了珠江花船粤讴演唱的艺术感染力,一方面可以见出粤讴作为广州一种独特的文化现象和社会风情在当时的流行程度,另一方面则是自己已是"粤讴听久",彻底喜欢上了粤讴艺术。在潮州,他喜欢上了冲泡功夫茶。《潮州春思》其六:"曲院春风啜茗天,竹炉榄炭手亲煎。小砂壶瀹新鹪嘴,来试湖山处女泉。"描写了粤东民众的饮茶习俗,曲院风荷,春风徐徐,以小砂壶盛满西湖山的处女泉,放在竹炉上,以榄炭煎煮新泉,冲泡茶叶,家家户户冲茶闲话,经千百年的传承,潮州"工夫茶"已发展为最具粤东地方特色的"文化符号"了。又如,《潮州春思》其一"歌管满城灯似海,珠帘齐卷拜青龙"、其三"鸡卜庙边春市晓,隔帘香送卖花声",以平白如话的语句,将粤东民众游乐活动中的赛花灯、游神、拜青龙、鸡骨占卜等传统习俗的"节日声音",与小巷深处的卖花声杂糅在一起,传统与现实、宗教与生活早已融合无间,显得自然而温馨。《抵饶平作十六首》之十四亦云:"莫笑山农语不经,豆棚闲话倚锄听。量沙测水关何术,争说潭灵井更灵。"指出当地人们习惯以井水深浅占丰歉的习俗。

　　诗人徜徉在粤东,处处柳暗花明,山鸣水应,稻香菊幽,风俗之淳、人情之美,更是沁人心脾。这一发现与惊喜,实际上是对于自己"粤人"身份的再认识,是"文化认同"的一种生动体现与升华。

三、憧憬"美丽新世界"的未来

丘逢甲一直怀有"睁眼看天下"的强烈追求,应和着时代脉搏而跳动。尤其是在归籍海阳之后,他在社会、教育、政务等方面获得了更多的发挥机会,眼界随之不断拓展,思想观念与时俱进,臻入佳境。他相继接触到了以康有为、梁启超为核心的维新派和以孙中山为核心的革命派,在思想上有了"质"的飞跃,以雄健诗笔绘出了对于"未来中国"的浪漫想象。

丘逢甲通过诗歌创作渲染出了全新的办学风气。他从受聘韩山书院,到自创岭东同文学堂,时时都在自觉反思传统教育的弊端,一步步走向新学的教育,他遭遇到守旧人士的毁谤与打击,但坚持"以实学训士",以"新思潮及有用之学"课士,倡导"学有中西汇乃通",开了粤东民间办学风气之先。其《答梁诗五函》誓言:"吾道益孤,'我瞻四方,蹙蹙靡所聘',唯有竖起脊梁,守定宗旨为之而已。"一副勇猛精神,跃然纸上。1898年,维新变法如火如荼展开,他热切拥护康、梁领导的变法,积极添加新课程,注重开展军事体育教育,以"尚武精神"教育学子,作《经武十书》,"皆言练军之事,方将以为新政之助,并拟身任此责"。潮州巷内少年男子戏千秋的风俗,引发了他的"历史考据癖",他在《千秋曲》中指出粤东男子戏千秋的风俗,源出"古人习轻趫"的"绳戏","意与蹋鞠同,本用事武备",过往史实与现实游乐之间"草蛇灰线"恰恰传递出了今天少年应具的"武德"。[①] 从少年将戏千秋的习俗切入,加强学生体能与军事技能的教育,弘扬"尚武精神",无疑是他践行爱国主义教育的一个重大创举。

他曾基于《圣经》传说和澳门华洋合群的社会现状,发出"亚当亲挟夏娃来"(《澳门杂诗》其四句)的感慨,认为男女平权是与生俱来的。《苏报》经办人陈撷芬在上海先后创办《女学报》《女苏报》等,宣传男女平权,丘逢甲闻讯作诗祝贺:"唤起同胞一半人,女雄先出唱维新。要修阴教强黄种,休把平权笑白民。"[②]指出"强黄种"不能仅仅局限在男性教育上,而应消除性别歧视,破除陋习,开通风气,提高女子地位,大力"兴女学",解放妇女,将女子教育提高到事关国族兴荣的高度。因此,他以"翩翩独立人间世,赢得香名饮粤中"(《题叶婉仙女史〈古香阁集〉》句)评价嘉应州女词人叶婉仙倡办女学的贡献。听闻广东兴宁县妇女改妆上学的消息,他兴奋异常,作《纪兴宁妇女改妆事与刘生松龄》诗云:"山川奇伟数齐昌,不独男儿解自强。

[①] 丘逢甲:《千秋曲》,《丘逢甲集》(增订本),广州:广东人民出版社2019年版,第253页。
[②] 丘逢甲:《题陈撷芬女士〈女学报〉》,《丘逢甲集》(增订本),广东人民出版社2019年版,第255页。

要使金闺兴女学,银钗先改峒蛮妆。"高度肯定兴宁女性卸下繁琐旧妆、接受新式教育的勇敢举动,体现了"英雄出巾帼"的豪情。丘逢甲反对"不独男儿解自强",积极将女子教育付诸实践,鼓励女性自由地追求男女平权、追求新学教育,期待"毋终如处女,巾帼羞遗懿"(《千秋曲》句),希望通过新学教育培养新一代女性,为国家培养一代又一代新人,最终实现天赋人权、男女平等、富国强民的理想。

丘逢甲倾心于以民主、自由、科学为核心价值的新思想,视进化论为中国社会和中国文学实现近代转型的理论指导,故以"航海"为表征的睁眼看世界、"吟到中华以外天"的诗歌创作模式,也被视为近代转型的"行知合一"的最高境界。如《星洲喜晤容纯甫副使即送西行》云:"吾国有爹亚,将为欧美游。艰危天下局,慷慨老成谋。新运开三世,雄心遍五洲。南华楼上话,一夕定千秋。"对容闳走出国门、谋求强国之策,给予了热切的肯定。再如《有客自美洲归作〈仗剑东归图〉为题卷端》云:"古来剑侠王海外,虬髯之客何英雄,此世界真新世界,剧怜归计太匆匆。"他居然从充满想象力的画作中,看见唐代传奇《虬髯客传》所描绘的虚无缥缈的海外世界,令人陡然生出干云的豪气。及至自己亲履南洋,兴奋之情更见诸笔端,如《将之南洋留别亲友》其一:"一水茫茫络五洲,此行心已遍全球。"思绪早已横跨五洲、环绕地球。《将之南洋留别亲友》其二:"异国谈瀛夸海客,中天列宿愧朝官。"便有了"海客谈瀛洲"的飞扬神采。他亲历"大海重新开世界"(《将之南洋留别亲友》其七句)、"衣冠异代图《王会》"(《将之南洋留别亲友》其一句)和"骊歌声里即天涯,胡越何妨竟一家"(《别亲友》句)的广阔、瑰奇图景,真可谓是"书剑平生快壮游"了。

他拥有无比清晰的全球视野与进步观念,如《海中观日出歌由汕头抵香港作》云:"世逢运会将大同,天教此起文明度。"从自己亲身游历香港的感受出发,认为"海外"(亦即"西方")的近代化进程体现了人类文明与进步的高度,也在某种程度上代表了人类的"大同"方向,而"完全主权不曾失,诗世界里先维新"一联,则表明中国主权目前尚未尽失,如能及时推行维新变法,中国未来必然充满光明。所以,他寄希望于"破荒文字走风雷,草昧思从海外开"(《将之南洋留别亲友》其四句),从"海外"汲取"政治智慧",从现在起要从"诗世界"入手,迈开先行"维新"的第一步,开启中国政治变革的"风雷"。这充分说明他的思想是开放的、积极向上的。又如《送谢四东归》:"我年方强君未老,惜君投身隐海岛。亚洲大陆局日新,时事径待英雄造。"他以"今日英雄"自许,认为中国变革、亚洲崛起舍我其谁,与昔日学生共勉,开创新局,一定能实现"相期亚陆风云再相见,骑鲸东海来挽神州沉"的壮举,迎来"群山依旧拱中华"的美好明天。

这一投向光明未来的向往,反映在诗中,那就是他反复提到的对创作"新诗"境界的追求。诗人高声吟道:"我是渡海寻诗人,行吟欲遍南天春。"(《海中观日出歌由汕头抵香港作》句)对要远渡"海外"去寻找救国真理充满浪漫的想象力,诗思也随之激扬起来,如"诗界九州开海外,报章万纸贵天南"(《寄怀菽园兼讯兰史叠次晓沧韵》句),如"体兼正变古风诗,胡地胡天更见之。从此再开诗世界,五洲万国著宫词"(《题张仙根芝田〈历代宫闱杂事诗〉》其四句)一类诗作,形象表达了他对"新世界"的热切向往。显而易见,他在推进"诗界革命"时更多是从社会变革的"内在驱动力"和"内在精神"入手的。至于"米雨欧风作吟料,岂同隆古事无征"那样广泛采用外国新事物、新名词,则是一种艺术创新的手段而已,最终目的乃在于对诗歌近代化的探索,促进诗歌创作的新变与转型。

追求社会进步,实现祖国近代化转型,作为"横贯东西球"的主流政治话语,正是丘逢甲"变旧诗国为新诗国"努力的根本途径,也是用传统的诗歌体裁反映时代新变的思想核心,道出了广大国人真切的渴望与方向。这正反映了"诗界革命"出现的时代契机和必然趋势,也是黄遵宪赞许他为"诗界革命"的"健者"的原因所在。而陈子展《〈中国近代文艺思想论稿〉序》更明晰地指出:"诗界革命原由谭嗣同、梁启超几个人所提倡,而他们的诗作不多,其真正实践成熟而成名成家的,过去我们但知有黄遵宪一人,现在我们知道还有他的同乡丘逢甲也要算一个。我认为黄、丘两个诗友可以并称。"[1]这可视为文学史的"定论"了。

---

[1] 陈子展:《〈中国近代文艺思想论稿〉序》,叶易:《中国近代文艺思想论稿》,上海:复旦大学出版社1985年版,第8页。

第七章　梁启超与近代文学革新运动

甲午战败后,资产阶级维新派开始登上政治舞台,为了配合政治改良运动,维新派发起了声势浩大、影响深远的"文学改良运动",涉及诗、文、小说和戏曲等多种文体,形成"诗界革命""文界革命""小说界革命"及"戏曲改良",学界统称"晚清文学革新运动"。而维新派的核心人物梁启超,则是这场文学革新运动的主要倡导者、组织者与领导者。

第一节　梁启超的生平与著述

梁启超(1873—1929),字卓如,一字任甫,号任公,别署饮冰室主人、饮冰子、哀时客、中国之新民、自由斋主人等,广东新会人。他是晚清戊戌变法领袖之一,中国近代著名的思想家、政治家、文学家与史学家。

梁启超出生在一个乡村半耕半读之家,自幼聪颖好学,十二岁考中秀才。此时他致力于科举入仕,"不知天地间于帖括外更有所谓学也"[1]。1885 年,他进入广州学海堂,习训诂词章,打下了深厚的国学根基。1889 年,他在广州参加乡试中举,名列第八。次年,入京会试不第,途经上海,接触江南制造局所译西书数种,开始对西学产生浓厚兴趣。不久,师从康有为,接受变法维新思想的熏陶,并对西学有了进一步的了解。

1895 春,梁启超再次入京会试,正值清廷与日本签订丧权辱国的《马关条约》。消息传出,群情激愤,梁启超协助康有为邀集一千余名应试举人联名上书清廷,要求拒签和约、迁都抗战、实行变法,从而揭开了维新运动的序幕。是年 6 月,康有为在北京创办《万国公报》(不久改名《中外纪闻》),梁启超担任主笔,开始借助报纸大力宣传西学,鼓吹变法维新,使当时一些文人士大夫在惊骇之余"渐知新法之益"[2]。

---

[1] 梁启超:《三十自述》,汤志钧、汤仁泽编:《梁启超全集》第四集,北京:中国人民大学出版社 2018 年版,第 108 页。

[2] 康有为:《康南海自编年谱》,北京:中华书局 1992 年版,第 30 页。

1896年,黄遵宪、汪康年等在上海创办《时务报》,梁启超应邀前往主持笔政,发表了《变法通议》等系列文章,为维新变法摇旗呐喊,一时声名鹊起,"士大夫爱其语言笔札之妙,争礼下之。自通都大邑,下至僻壤穷陬,无不知有新会梁氏者"①。

1897年,梁启超离沪赴湘,就任长沙时务学堂总教习,系统阐述康有为的托古改制理论,宣传维新思想,培养变法人才。

1898年夏秋,即"百日维新"时期,梁启超作为康有为的得力助手,奉命在总署查阅奏章,参与新政策划,被光绪帝召见,赏六品衔,专办译书局事务。九月,"戊戌政变"发生,在日本公使馆帮助下,乘日本军舰逃往日本。

到了日本后,梁启超开始"肄日本之文"②,"广搜日本书而读之,若行山阴道上,应接不暇,脑质为之改易,思想言论,与前者若出两人"③。受日本明治维新的影响以及资产阶级民主、自由、共和、民权等思想的浸润,梁启超一度倾向于革命,并与孙中山等革命派人士往来密切,试图联合立会,因遭康有为严厉训斥,才不得已秉奉师命往檀香山办理保皇会事务,重又改持改良立场。

为了开启民智,普及西学,助推改良,扩大保皇派的影响,梁启超先后在日本创办了《清议报》《新民丛报》和《新小说》,广泛介绍西方政治、哲学、经济、教育和文学艺术,并积极倡导"诗界革命""文界革命""小说界革命"和"戏曲改良",在报刊上发表了《中国积弱溯源论》《释革》《新民说》等政论文,《南海先生传》《李鸿章》《罗兰夫人传》等传记文,《过渡时代论》《少年中国说》《呵旁观者》《论小说与群治之关系》《饮冰室自由书》等杂文,《论中国学术思想变迁之大势》《新史学》等述学文,以及《饮冰室诗话》《新大陆游记》与小说《新中国未来记》、戏剧《劫灰梦传奇》《新罗马传奇》等,以丰富多样的文体、纵横捭阖的议论、激情澎湃的文风,批判传统观念,揭发社会积弊,宣传新学思潮,鼓吹政治变革,产生了广泛而深刻的社会影响。

1905年后,梁启超著《开明专制论》等,主张君主立宪,鼓吹"开明专制",以《新民丛报》为阵地,公开与资产阶级革命派论战,受到革命派的猛烈攻击和批判。1907年,他在日本东京组建"政闻社",继续拥护清廷"仿行宪政"。

1912年,梁启超结束长达十四年的流亡生活,从日本回国,先后加入民主党、进步党,为袁世凯政权摇鼓助威,并入职袁世凯政府,担任司法总长。不久,袁世凯复辟

---

① 胡思敬:《戊戌履霜录》卷四《党人列传》,《续修四库全书》第446册《史部·杂史类》,上海:上海古籍出版社2002年版,第337页。
② 梁启超:《论学日本文之益》,汤志钧、汤仁泽编:《梁启超全集》第一集,北京:中国人民大学出版社2018年版,第259页。
③ 梁启超:《夏威夷游记》,汤志钧、汤仁泽编:《梁启超全集》第十七集,北京:中国人民大学出版社2018年版,第259页。

帝制,他对袁彻底失望,发出了讨袁檄文,并支持蔡锷武力讨袁。袁倒台后,他又支持段祺瑞,讨伐张勋复辟,并入段祺瑞政府,担任财政总长。1917年,孙中山发动护法战争,段祺瑞政府解体,梁启超也从此结束了他的政治生涯。

1918年冬,梁启超出游欧洲。1920年3月回国后主要从事文化教育工作,先后在清华大学、南开大学等高校任教、讲学,并潜心学术,著述甚丰。其学术史著作有《清代学术概论》《中国近三百年学术史》等,史学著作有《中国历史研究法》《要籍解题及其读法》《古书真伪及其年代》等,哲学著作有《老子哲学》《先秦政治思想史》《墨子学案》《老孔墨以后学派概观》等,佛学著作有《中国佛法兴衰沿革说略》《佛教之初输入》《印度佛教概观》《佛教与西域》等,文学研究著作则有《情圣杜甫》《屈原研究》《陶渊明》《中国韵文里头所表现的情感》《中国之美文及其历史》《桃花扇注》《辛稼轩年谱》等。

1929年1月,这位近代著名的政治活动家、思想家和文学家,文学革新的主将,杰出的学者病逝于北京,享年56岁。其一生著作,曾结集为《饮冰室文集》《饮冰室丛著》《饮冰室合集》《饮冰室全集》等不同版本流传,目前以汤志均与汤仁泽编、中国人民大学出版社2018年出版的《饮冰室全集》收录梁氏著作最为完备。

第二节 "诗界革命"与梁启超的诗歌探索

"诗界革命"是晚清文学革新运动的重要组成部分,主要代表人物为维新派政治活动家梁启超、黄遵宪、康有为、谭嗣同、夏曾佑、蒋观云等。"诗界革命"的基本内容,随着维新运动的逐步展开而得到持续的充实、提高与完善,其核心主张是在一定程度上突破中国传统旧体诗的形式束缚,表现新的社会生活、新的思想情感和新的理想。

一、"诗界革命"的两个阶段

"诗界革命"的发展与壮大,可划分为两个阶段,梁启超自始至终发挥着"主心骨"的作用。

第一阶段是"新学诗"的尝试。1895年至1897年间,夏曾佑、谭嗣同、梁启超等人过从甚密,相约以诗歌宣传变法,以西方新观念、新名词入诗,传播新文化、新思想,批判旧制度、旧道德。梁启超在《亡友夏穗卿先生》中谈及这段交往时说:"我们当时认为,中国自汉以后的学问全要不得的,外来的学问都是好的。既然汉以后要不得,所以专读各经的正文和周秦诸子;既然外国学问都好,却是不懂外国语,不能读外国书,只好拿几本教会的译书当宝贝。"①《饮冰室诗话》也追忆:"复生(按:谭嗣同字)自意其新学之诗","盖当时所谓新诗者,颇喜拮扯新名词以表自异。丙申(按:1896年)、丁酉(按:1897年)间,吾党数子皆好作此体。提倡之者为夏穗卿,而复生亦綦嗜之","当时吾辈方沉醉于宗教,视数教主非与我同类者,崇拜迷信之极,乃至相约以作诗非经典语不用。所谓经典者,普指佛、孔、耶三教之经。故《新约》字面,络绎笔端焉。"②"新学之诗"的写作,局限于"吾党二三子",总体创作量不大,梁启超则仅留下一首七律"尘尘万世吾谁适"③。但是,朱自清《论中国诗的出路》给予高度评价:"近代第一期意识到中国诗该有新的出路的人更算是梁任公、夏穗卿几位先生。他们提倡所谓'诗界革命';他们一面在诗里装进他们的政治哲学,一面在诗里引用西籍中的典故,创造新的风格。"④"新学诗"是当时一个进步的文学现象,适应了时代要求,体现了诗歌发展的方向,为"五四"新诗的形成和发展作了有意义的探索。

第二阶段是"诗界革命"。1898 年,流亡日本的梁启超在其主编的《清议报》上开辟第一块诗歌创作阵地《诗文辞随录》,专门发表新派诗人诗作,响应者云从,刊发量很大。"诗界革命"口号的正式提出,则是在 1899 年 11 月。当时,夏威夷华侨邀请梁启超前去讲学、游览,在前往夏威夷的轮船上,梁启超写了一组随感文字《汗漫录》,不久发表在《清议报》上,后收入他的《夏威夷游记》中。他明确指出:"支那非有诗界革命,则诗运殆将绝。"认为新诗要有新意境、新语句,又须以古人之风格入之。1901 年,在南洋作《赠别郑秋蕃兼谢惠画》:"我昔倡议诗界当革命,狂论颇领作者颐","君今革命先画界,术无与并功不訾。"引郑氏为"诗界革命"的同道,极为自豪。1902 年,著《饮冰室诗话》,进一步指出:"过渡时代,必有革命。然革命者,当革其精神,非革其形式。吾党近好言诗界革命。虽然,若以堆积满纸新名词为革命,是又满洲政府变法维新之类也。能以旧风格含新意境,斯可以举革命之实矣。"⑤明确主张"革其精神"的"诗界革命"。

---

① 梁启超:《亡友夏穗卿先生》,汤志钧、汤仁泽编:《梁启超全集》第十七集,北京:中国人民大学出版社 2018 年版,第 321 页。
② 梁启超:《饮冰室诗话》,汤志钧、汤仁泽编:《梁启超全集》第三集,北京:中国人民大学出版社 2018 年版,第 206—207 页。
③ 梁启超:《夏威夷游记》,汤志钧、汤仁泽编:《梁启超全集》第十七集,北京:中国人民大学出版社 2018 年版,第 262 页。
④ 朱自清:《朱自清全集》第四卷,南京:江苏教育出版社 1996 年版,第 293 页。
⑤ 梁启超:《饮冰室诗话》,汤志钧、汤仁泽编:《梁启超全集》第三集,北京:中国人民大学出版社 2018 年版,第 208 页。

二、"诗界革命"的主要内涵

综观梁启超有关"诗界革命"的论述,大致可归纳为以下四点:

第一,梁启超接受康有为"词章不能谓之学"①的观点,自己办报即"以教育为主脑","惟所论在养吾人国家思想"②,而诗歌作为政治宣传的附丽,是"有权行棒喝"的。他认为,中国诗坛"被千余年来鹦鹉名士所占尽",以致出现"诗界千年靡靡风"的现状。身处世界之林,"反求诸己"的改革路子势不可行,必须另创一种反对传统诗歌的新的"书写格局"——这就是他所提出的"诗界革命"。"诗界革命"应成为"过渡时代"革命的一个有机组成部分,充分发挥诗歌的现实功能。

第二,要进行"诗界革命",唯有向欧美诗歌学习。他认为:"今欲易之,不可不求之于欧洲。欧洲之意境、语句,甚繁富而玮异,得之可以凌轹千古,涵盖一切,今尚未有其人也。"③应像欧美诗人那样自觉地将诗歌创作与社会改革紧密联系在一起,竭力创造一种新体诗,突显内在的革命精神,追求"今日不作诗则已,若作诗,必为诗界之哥仑布、玛赛郎然后可"④的开拓精神。

第三,"诗界革命"的具体要求是:"第一要新意境,第二要新语句,而又须以古人之风格入之,然后成其为诗。"⑤这"三长"应完美统一,但更强调"意境"的主导地位。这个"意境"是诗歌所要表现的新的社会内容与思想内容,将其巧妙熔铸进"古人之风格",产生"熔铸新理想以入旧风格"的效果,便于读者理解和接受,便于思想动员和社会动员。

第四,梁启超善于从具有创新精神的诗人诗作中汲取经验教训,先大力肯定、宣传黄遵宪"新派诗"的成功经验,奠定基本"范型",然后推挹黄遵宪、夏曾佑、蒋观云为"近世诗界三杰",嗣后更以《广诗中八贤歌》的方式将蒋观云、宋恕、章太炎、陈三立、严复、曾广钧、丁惠康、吴保初列为"诗界革命"的代表性诗人。上述诸人政治取向未必尽同,但在创作上皆"陶写吾心",能"以旧风格含新意境",彰显了"诗界革

---

① 梁启超:《万木草堂小学学记》,汤志钧、汤仁泽编:《梁启超全集》第一集,北京:中国人民大学出版社2018年版,第277页。
② 梁启超:《本报告白》,《新民丛报》1902年2月8日。
③ 梁启超:《夏威夷游记》,汤志钧、汤仁泽编:《梁启超全集》第十七集,北京:中国人民大学出版社2018年版,第261页。
④ 梁启超:《夏威夷游记》,汤志钧、汤仁泽编:《梁启超全集》第十七集,北京:中国人民大学出版社2018年版,第261页。
⑤ 梁启超:《夏威夷游记》,汤志钧、汤仁泽编:《梁启超全集》第十七集,北京:中国人民大学出版社2018年版,第261页。

命"应具的"新质",代表了中国诗歌改革的必然方向,因而具备了"谱系学"意义。

梁启超通过多种方式阐扬"诗界革命":一是在《夏威夷游记》中作了初步的设想与构拟;二是在《清议报》上连载《饮冰室诗话》进行阐释与点评;三是在《清议报》《新民丛报》《新小说》上开设《诗文辞随录》《诗界潮音集》《杂歌谣》等专栏,发表了百余位诗人的1400多首新诗,有力地推动了"诗界革命"的发展。1901年12月,他在《清议报》终刊号发文总结该栏"类皆以诗界革命之神魂,为斯道别辟新土",是"我《清议报》之有以特异于群报者"之一大特点。①

三、梁启超的诗歌探索

梁启超曾坦陈,诗歌一道"于性最不近",创作热情不高,一向没有作文时的那种下笔千言、酣畅淋漓的痛快。《饮冰室诗话》第六十六则即言:"余向不能为诗,自戊戌东徂以来,始强学耳。然作之甚艰辛,往往为近体律、绝一二章,所费时日与撰《新民丛报》数千言论说相等。"②流亡日本前,他仅留下寥寥数首诗作,抵日后则在"诗界革命"和时代风云的感召下,不时出现诸如"忽发异兴,累累成数十章""两日内成诗十余首""此行乃得诗八十九首、词十二首"之类的"怪事",回国后却又归于寂寥,所作无多。他一生留下424首诗、64阕词,绝大多数作于国外。③ 其诗歌创作展现了不同于传统诗歌的新风貌。

(一)拓展了诗歌题材的新境界

梁启超在诗歌创作上试图从思想感情、艺术表达等多个方面实践其"诗界革命"的理论主张,追求"当革其精神"的境界,自觉地将宣传西方民主、自由、平等思想纳入表现范围,运用诗歌形式进行民主主义的启蒙思想教育。甫抵日本,他深受明治维新实绩的感染,体认到正是"尔来明治新政耀大地"直接催生了"民气百年强"(《壮别二十六首》其六)和"驾欧凌美气葱茏"(《去国行》)的蓬勃气象,探索到"思潮三派壮"实为其成因。他在"三派"下自注:"日本明治间,新思潮又三派:一、英国之功利主义;二、法国之共和主义;三、德国之国家主义。"④故"民权""女权""自由""平等"

---

① 梁启超:《本馆第一百册祝辞并论报馆之责任及本馆之经历》,汤志钧、汤仁泽编:《梁启超全集》第二集,北京:中国人民大学出版社2018年版,第356页。
② 梁启超:《饮冰室诗话》,汤志钧、汤仁泽编:《梁启超全集》第三集,北京:中国人民大学出版社2018年版,第209页。
③ 参汪松涛《梁启超诗词全注》(广州:广东高等教育出版社1998年版)的相关论述。
④ 梁启超:《壮别二十六首》其六,汤志钧、汤仁泽编:《梁启超全集》第十七集,北京:中国人民大学出版社2018年版,第584页。

等字面络绎出现于诗中,如《壮别二十六首》其四云:"文物供新眼,共和感远猷。"其十八云:"孕育今世纪,论功谁萧何?华、拿总余子,卢、蒙实先河。"自注:"华,华盛顿;拿,拿破仑;卢,卢梭;孟,孟的斯鸠。"①《书感四首寄星洲寓公,仍用前韵》云:"凌弱媚强天梦梦,自由平等性存存。每惊国耻何时雪?要识民权不自尊。"②而游历澳、美、南洋之后,由铁路、轮船实现的长距离旅行,使他充分感受了"域外体验"和"机器体验",反观日本近代化转型的成功,便有了更深的理解与感慨,更加坚定了"吸彼欧美人之灵魂,淬我国民之志"的认知。③ 故《游日本京都岛津制作所赠所主岛津源藏》就这样抒发其参观岛津制作所的所见所感:"百品部居不杂厕,动植矿力电声光。有如置我七宝地,所触尽璆玕琳琅",日本自明治以来重视工艺,日益富强,"暍来日本十二年,所与接构目辄瞠。当世若数善述巧,此邦无与抗颜行",认为新的制度文明成功保证了器物文明的发展。④

随着足迹踏遍日本、夏威夷、美国、澳大利亚、南洋,梁启超心绪飞扬,"政治想象"不时见诸笔端。1899 年"腊月晦日"午夜,他在"扁舟横渡太平洋"时即兴创作《二十世纪太平洋歌》,认为人类文明正由"河流文明时代""内海文明时代"迈入"大洋文明时代",欧美"四大自由塞宙合,奴性销为日月光",形成"今日民族帝国主义正跋扈"的强势局面;中国在前两个时代中一直居于上游,现在却远远落后于欧美,在"东西帝"眼中成了"东亚老大帝国一块肉",因此必须急起直追,跟上世界步伐,逃脱"俎肉者弱"的悲剧命运。而此时此刻的"我",正前往美国,"逝将适彼世界共和政体之祖国,问政求学观其光",探索现代政体的奥秘,"吾闻海国民族思想高尚以活泼,吾欲我同胞兮御风以翔,吾欲我同胞兮破浪以飚",充分表达了学习西方以图自强的强烈热望。⑤

1903 年,他应美洲保皇会之邀,前往美国游历、讲学近八个月,到访东西岸多个大城市,创作《车行落机山中口占》《游波士顿居民抛弃英茶处口占一绝》《奔勾山战场怀古》《游华盛顿纪功碑》《美国国庆成诗二章》《由先丝拿打至纽柯连道中口占》《游芝加高华盛顿公园》《咏落机山温泉二首》等诗,在描绘丰富多姿的异域风光的同时,全面、深刻地感知了美国的立国精神。如《游波士顿居民抛弃英茶处口占一绝》

---

① 汤志钧、汤仁泽编:《梁启超全集》第十七集,北京:中国人民大学出版社 2018 年版,第 584、586 页。
② 梁启超:《书感四首寄星洲寓公,仍用前韵》其三,汤志钧、汤仁泽编:《梁启超全集》第十七集,北京:中国人民大学出版社 2018 年版,第 592 页。
③ 白葭:《十五小豪杰序》,王运熙主编:《中国近代文论选》上册,南京:江苏文艺出版社 1996 年版,第 232 页。
④ 汤志钧、汤仁泽编:《梁启超全集》第十七集,北京:中国人民大学出版社 2018 年版,第 631 页。
⑤ 汤志钧、汤仁泽编:《梁启超全集》第十七集,北京:中国人民大学出版社 2018 年版,第 602 页。

吟咏 1773 年 12 月波士顿军民反抗英国《茶税法》，倾倒茶叶，最终引发美国独立战争的全过程，认为是"铜表摩挲一美谈"。《奔勾山战场怀古》以五古体式描绘美国独立战争中具有决胜意义的"班克山战役"，歌颂了自由勇士不惧强敌的英雄气概，全诗气势恢宏，词气畅旺。《游华盛顿纪功碑》《游芝加高华盛顿公园》《美国国庆成诗二章》三诗，颂扬华盛顿奠定了尊重人权的联邦制国家，"成功自是人权贵，创业终由道力强"，创造了一片自由乐土，处处呈现出"华严国土天龙静"的祥和景象。这一观感不断唤起他对社会进步与制度变革的深入思考。他迫切渴望以密集的"新语句"和"新意境"构思诗歌创作，以充分的"域外体验"和"机器体验"，表现出对欧美自由思想和民主制度的热切向往，寄寓对祖国必将进步繁荣的期盼。

（二）炽热的家国情怀

梁启超在《壮别二十六首》其二十六中曾言"诗思惟忧国，乡心不到家"。在他看来，家国情怀是一种天然的情感，是中国士人的精神底色，而在新的历史条件下，爱国主义主题书写更应将家国情怀、忧患意识、民主思想和变革精神紧密扭结在一起，宣传维新，鼓吹进步，体现出全新的历史内蕴。他游历澳大利亚，深感责任重大，努力吸收新知，作《自励二首》，誓言："献身甘作万矢的，著论求为百世师。誓起民权移旧俗，更研哲理牖新知。"① 同时，他鼓舞同道要坚守理想，"世界进步靡有止期，吾之希望亦靡有止期"，强国终有实现的那一天。② 他殷切盼望中国实行变法维新，"万一维新事可望"③，并自觉鼓起大无畏的勇气去迎接时代挑战，"得大无畏兮自在游行，眇躯独立世界上。挑战四万万群盲，一役罢战复他役，文明无尽兮竞争无时停"④，誓为复兴祖国而奋斗。

当然，最能体现诗人敏感气质的，是他在抒发国家情怀、表达对祖国政治命运深切关怀时，时常在不经意间流露出一种借西方文明之镜反观自身之后的失落感。例如，《游波士顿居民抛弃英茶处口占一绝》拿波士顿军民倒茶事件与林则徐虎门销烟进行类比："猛忆故乡百年恨，鸦烟烟满白鹅潭。"《新大陆游记》又作了进一步的申说："斯事与林文忠在广东焚毁英人鸦片绝相类。而美国以此役得十三省之独立，而吾中国以彼役启五口之通商，则岂事之有幸有不幸耶？毋亦国民实力强弱悬绝之为

---

① 汤志钧、汤仁泽编：《梁启超全集》第十七集，北京：中国人民大学出版社 2018 年版，第 600 页。
② 汤志钧、汤仁泽编：《梁启超全集》第十七集，北京：中国人民大学出版社 2018 年版，第 600 页。
③ 梁启超：《纪事二十四首》其十八，汤志钧、汤仁泽编：《梁启超全集》第十七集，北京：中国人民大学出版社 2018 年版，第 590 页。
④ 梁启超：《举国皆我敌》，汤志钧、汤仁泽编：《梁启超全集》第十七集，北京：中国人民大学出版社 2018 年版，第 601 页。

之也。"极具思想深度。《游日本京都岛津制作所赠所主岛津源藏》由眼前日本近代科技的迅猛发展,猛然联想到中国古代文明的盛衰变化,他痛惜地吟道:"后不师古斫大横,学非所用汉汔唐。愈精愈虚竞南宋,及今风气空言张。艺事摈不与士齿,有若赢股肱出乡。"①这些诗句,皆因景生情,产生一种强烈的时空交错之感,蕴涵了鲜明的文化反省与启蒙新民的教育意义。

与此同时,他对东西方列强的真面目有着清醒的认识,毫不留情地揭露帝国主义的侵略行径。1911年,他前往台湾岛进行考察,作《辛亥二月二十四日偕荷广及女儿令娴乘笠户丸游台湾,二十八日抵鸡笼山舟中杂兴十首》《台北故城毁矣留其四门》《三月三日遗老百余辈设欢迎会于台北故城之荟芳楼敬赋长句奉谢四首》《拆屋行》《莱园杂咏十二首》《栎社诸贤见招四首》等诗,描绘了台湾沦为日本殖民地十七年来发生的可怕变化。他踏上宝岛,"明知此是伤心地,亦到维舟首重回",产生了"虽信美而非吾土"的"恍惚感",发出"珠崖一掷谁当惜?精卫千年愿总虚"(《三月三日遗老百余辈设欢迎会于台北故城之荟芳楼敬赋长句奉谢四首》其二句)、"遗老若知天宝恨,新词休唱荔枝香"(《莱园杂咏十二首》其四句)、"过江人物仍王谢,望眼山川接越瓯"(《次韵酬林痴仙见赠》句)的感叹,体现了对时局的深忧、对遗民的敬意。

作为一个高度敏感的政治家和爱国者,他将历史批判的矛头直指腐败无能的最高统治集团。他亲身经历过甲午战争、戊戌政变、义和团运动、八国联军侵占北京、庚子赔款一系列重大历史事件,更为深切地认识到以慈禧为代表的腐朽势力,正是晚清政治失败的关键所在,他创作了《刘荆州》《奉酬星洲寓公见怀一首次原韵》《书感四首寄星洲寓公仍用前韵》《次韵酬星洲寓公见怀二首》等诗,行驶"诗界有权行棒喝"(《奉酬星洲寓公见怀一首次原韵》句)的批评责任。如写在唐才常自立军失败后不久的《书感四首寄星洲寓公仍用前韵》其一有云:"王气欲沉山鬼啸,女权无限井蛙尊。瀛台一掬维新泪,愁向斜阳望国门。"向新加坡侨领丘菽园痛斥后党专权,导致维新事业挫败,八国联军疯狂进攻北京,光绪帝狼狈西狩,京城失守,满腔悲慨,歌哭无端,对维新事业的挫败万分痛惜。而《刘荆州》一诗直接把张之洞比作刘表:"笔下高文蠹鱼矢,帐前飞将烂羊头。"张之洞拒不出兵勤王,和南方督抚搞"东南互保","忍将国难供谈柄,敢与民权有夙仇"一联即指扑杀唐才常自立军,字里行间表达了对张之洞迂腐无能的嘲讽。显然,他自觉地将反对西方列强入侵与揭露封建专制黑暗交织在一起,使得爱国主义内涵得到了空前的拓展。

---

① 汤志钧、汤仁泽编:《梁启超全集》第十七集,北京:中国人民大学出版社2018年版,第630—631页。

(三)浪漫主义的诗风

作为一股新生力量的代表,梁启超的精神世界始终保持着年轻人特有的生生日新、生动活泼的劲头,以天下为己任,向往新的发展、新的冒险,充满自信,有着强烈的主观色彩、美好奇特的想象、大笔淋漓的抒情风格。

他初到日本,认为身处"短兵紧接,陈新换代"的局势,不应彷徨,坚持诵读陆游的爱国诗篇。其《读〈陆放翁集〉》其一云:"诗界千年靡靡风,兵魂销尽国魂空。集中什九从军乐,亘古男儿一放翁!"其二云:"辜负胸中十万兵,百无聊赖以诗鸣。谁怜爱国千行泪,说到胡尘意不平!"从陆游的诗歌中汲取了积极向上的生命力。1899年底自东京启程远游夏威夷,遭遇连天巨浪,他作《太平洋遇雨》云:"一雨纵横亘二洲,浪淘天地入东流。却余人物淘难尽,又挟风雷作远游。"充满了不畏艰难险阻的豪情。《留别澳洲诸同志》其一"回天犹有待,责任在吾徒",更表达了舍我其谁的英雄主义担当。

上述五七言诗,不免出现"新语句与旧风格常相背驰"的现象,体会到"以旧风格含新意境"的窘境,梁启超便任由激情驱使,在语汇、意象、声韵、格律等多个方面冲破传统束缚,大胆实验"歌体诗"的创作,表现出明显的歌曲化、散文化、口语化倾向,并且不避方言俗谚,有力地推动了诗歌形式向现代新诗的转型。1901年自澳大利亚返回东京,他作《志未酬》,给保皇党同仁打气加油:

> 志未酬,志未酬,问君之志几时酬?
> 志亦无尽量,酬亦无尽时。
> 世界进步靡有止期,吾之希望亦靡有止期。
> 众生苦恼不断如乱丝,吾之悲悯亦不断如乱丝。
> 登高山复有高山,出瀛海更有瀛海。
> 任龙腾虎跃以度此百年兮,所成就其能几许?
> 虽成少许,不敢自轻。
> 不许少许兮,多许奚自生?
> 但望前途之宏廓而廖远兮,其孰能无感于余情?
> 吁嗟乎,男儿志兮天下事,但有进兮不有止,言志已酬便无志!

这一有感于保皇党人的消沉而作的"自由体"诗歌,酣畅地表达了他内心澎湃的政治激情与报国宏愿。《爱国歌四章》更以明快的节奏、反复吟唱的方式,放声歌唱:"泱泱哉!我中华","物产腴沃甲大地,天府雄国言非夸","结我团体,振我精神,二十世纪新世界,雄飞宇内畴与伦!可爱哉!我国民。可爱哉,我国民!"《黄帝歌四章》以长短错落有致的散文化句式,歌颂中国历史的辉煌:"绳绳我祖名轩辕,血胤多豪俊。秦皇汉武唐太宗,寰宇威棱震。至今白人说黄祸,闻者颜为变。嗟我子孙发扬蹈厉乃祖之光荣!"如此雄放明快的诗句,极尽诗界革命之能事,蕴有含笑看吴钩的"尚武"精神,一如其评黄遵宪《军歌》四章所言"读此诗而不起舞者,必非男子"。"歌体诗"将大量的新思想、新学说、新名词注入诗中,内容充实,感情丰沛,形式灵活,诗中洋溢着强烈的英雄主义气息和清新的时代色彩,读之令人精神振奋,开辟了一个崭新的诗歌境界,展现了诗歌近代转变的"新质",初步具备了现代新诗的雏形。

从创作的实绩和影响来看,相较于黄遵宪、丘逢甲、夏曾佑、蒋智由等人,梁启超还称不上"诗界革命"代表性人物,但是,他对"诗界革命"所作贡献是巨大且不可替代的:第一,从文学史的高度和世界文学的高度阐述了"诗界革命"的必然性与可能性,对新的文学创作范型在理论上给出了一个彻底的解决方案;第二,撰作诗话点评,推挹诗人和诗作,建构了一个以黄遵宪、丘逢甲、夏曾佑、蒋智由为代表的新的诗歌流派"谱系",对千百年来"鹦鹉名士"实现了超越,第一次在"尚古""拟古"的中国诗界树立起了诗歌创新的自信;第三,在报刊上设立栏目,有组织地、大量地刊布新诗,从新型文学体制上保证了诗歌实验的有序展开和进化,以新型传播工具保证了诗歌实验的扩展面和影响面,是中国文学史、传播史上第一次以新的文学制度进行文学实验获得成功的范例;第四,他在题材拓展、风格取向、语言转型等多方面的实践,一方面体现了自己诗歌创作的灵感与冲动,另一方面对"诗界革命"运动薄弱环节、有待发展方面作了及时、有效的补充与纠偏,引领"诗界革命"运动朝着健康的方向发展。

第三节 "文界革命"与梁启超的"新文体"建设

"文界革命",是与"诗界革命"一道同时出现在《汗漫录》中的。梁启超在谈及日本三大新闻主笔之一的德富苏峰时这样说道:"其文雄放隽快,善以欧西文思入日本文,实为文界别开一生面者,余甚爱之。中国若有文界革命,当亦不可不起点于是也。"[①]在《新民丛报》创刊号上,他撰文介绍严复译《原富》说:"吾辈所犹有憾者,其文笔太务渊雅,刻意模仿先秦文体,非多读古书之人,一翻殆难索解。夫文界之宜革命久矣!欧、美、日本诸国文体之变化,常与其文明程度成比例,况此等学理邃赜之书,非以流畅锐达之笔行之,安能使学童受其益乎?著译之业,将以播文明于国民也,非为藏山不朽之名誉也。文人结习,吾不能为贤者讳矣。"[②]后来《三十自述》《新民

[①] 梁启超:《夏威夷游记》,汤志钧、汤仁泽编:《梁启超全集》第十七集,北京:中国人民大学出版社2018年版,第263页。
[②] 梁启超:《绍介新著·〈原富〉》,《新民丛报》第一号,1902年2月8日。

说》《中国各报存佚表》《过渡时代论》《清代学术概论》诸作也从不同侧面对"文界革命"作了一定程度的解说。

一、"文界革命"的主要观点

综合梁启超有关于"文界革命"的论述，大致可梳理出以下四点：

第一，"诗界革命"与"文界革命"同时提出来，说明梁启超对于以诗、文为主体的"文学"有一个整体性改革的思考。"文界"之"文"，既非古代"文笔"对举意义上的"文"，亦非欧洲纯文学观念上的"文"，主要是指刊于报章、传播新知、启蒙国民的文字，多取资于"欧西文思"和"欧、美、日本诸文体"等外来文化资源，故可概言之为"著译之业"。"著译之业"的根本任务是求"真"、扬"善"，"播文明思想于国民"，故应发挥现实作用，直接服务于政治变革，关注社会现实问题，阐发社会热点话题，不作蹈空之论。

第二，"文界"之"文"应体现出鲜明的传播学意义，要面向普罗大众，行文平易浅白，说理透彻，简明扼要，条理清晰，读来有雄放隽快、淋漓酣畅之感，令普通读者喜闻乐见，易于接受。同时，要避免传统文人"藏之名山，传之久远"的"结习"，尽可能利用新媒体的优势，将"文"推向社会的每一个角落、每一个阶层，增强"文"的社会影响力，尤其是动员基层民众的力量，推动现实政治改革。

第三，"文界"之"文"的语言，要化雅为俗，以"流俗语"成文。其《小说丛话》说："文学之进化有一大关键，即由古语之文学，变为俗语之文学是也。各国文学史之开展，靡不循此轨道"，"自宋以后，实为祖国文学之大进化。何以故？俗语文学大发达故。"① 这一要求，既是中国文学史的发展规律与成功经验，理应遵循，更是世界各国文学近代转型成功的宝贵经验，应发扬光大。

第四，"欧西文思"的外来文化特质，必然排拒传统古文。梁启超明确地说自己"夙不喜桐城派古文"，对桐城派"义法"尤为不满，认为双关法、单提法、抑扬顿挫法、波澜擒纵法等等不过是僵化的教条。他引进西方文学理论，主张写散文必须依靠艺术思维，巧用灵感，陶铸情思，符合艺术创作的规律。② 这在理论上清除了散文近代化征途上的一大障碍，意义重大。

---

① 汤志钧、汤仁泽编：《梁启超全集》第十七集，北京：中国人民大学出版社2018年版，第105—106页。
② 梁启超：《自由书·烟士披里纯》，汤志钧、汤仁泽编：《梁启超全集》第二集，北京：中国人民大学出版社2018年版，第126页。

二、梁启超与"新文体"的创设

相对而言,在"三界革命"运动中,"文界革命"在理论表述上是最少且最欠体系性的,但在创作实绩上,社会波及面最广,艺术成就很高,历史影响最大。这一"反差"现象,是由其自创的"新文体"所决定的。"新文体"又名"报章体""康梁体""时务体""新民体",表征一种新的汉语书面体系成型,开启一代文风。从1896年至1901年,梁启超主持《时务报》至主笔《新民丛报》的五年间,是他思想发展的黄金期,更是在思想文化战线上做出大量卓有成效启蒙工作的关键期,他发表的大量新体散文赢得了广泛赞誉。在《清议报》最后一期上,他刊发了两篇文章,《本馆第一百册祝辞并论报馆之责任及本馆之经历》说:"有《少年中国说》《呵旁观者文》《过渡时代论》等,开文章之新体,激民气之暗潮。"①指明自己代表性作品的时代特征。《中国各报存佚表》说:"自报章兴,吾国文体为之一变,汪洋恣肆,畅所欲言,所谓宗派家法,无复问者。"则以自信的口吻宣告了古文的"终结",故从《时务报》至《新民丛报》时期发表的大量新体散文作品,可视为"新文体"最终完成的主要标志。他的"新文体"创作大致可以分为政论、传记和杂文三大类,其中政论文是"新文体"的主体构成,也最能体现"新文体"的创作特点。

(一)洋溢着激越的爱国主义情感

梁启超在《新民丛报》"本报告白"中宣称本报"以教育为主脑",且"惟所论在养吾人国家思想"为主旨。这一鲜明的爱国主义情感,不仅主导了他的办报生涯,而且贯穿了他毕生的追求。面对外患内忧纷至沓来的残酷现实,他深感受亡国灭种之祸已迫在眉睫,于是以沉痛的情感和直露的笔锋揭示了祖国危亡的形势。其《爱国论》探讨了"爱国情感"的来龙去脉,尤其是梳理了甲午战争前后国人心态的变化,得出了"爱国者欲其国之强"的结论。② 对于备受外国帝国主义侵略和压迫的近代中国人来说,这种爱国情感尤易拨动广大读者的心弦,引起人们的强烈共鸣。如《南学会叙》:

> 敌无日不可以来,国无日不可以亡,数年以后,乡井不知谁氏之藩,眷属不知谁氏之奴,血肉不知谁氏之俎,魂魄不知谁氏之鬼。及今犹不思洗常革故,同心

---

① 汤志钧、汤仁泽编:《梁启超全集》第二集,北京:中国人民大学出版社2018年版,第356页。
② 梁启超:《爱国论》,汤志钧、汤仁泽编:《梁启超全集》第一集,北京:中国人民大学出版社2018年版,第693页。

竭虑,摩荡热力,震撼精神,致心皈命,破釜沉船,以图自保于万一,而犹禽视鸟息,行尸走肉,毛举细故,瞻前顾后,相妒相轧,相距相离。譬犹蒸水将沸于釜,而鯈鱼犹作莲叶之戏;燎薪已及于栋,而燕雀犹争稻粱之谋,不亦哀乎!①

他以鲜血淋漓的笔触描绘祖国面临的危亡处境:一方面帝国主义列强对祖国进行野蛮的武装侵略和经济剥削,另一方面不少国人昧于时局,麻木不仁,"禽视鸟息,行尸走肉",乃至为一点点私利,互相争夺、倾轧,置国家、民族命运于不顾,长此以往,不出若干年,整个国家将被割让殆尽。行文到此,读者无不毛骨悚然,扪心自问。这一阅读效果,正是为了给国人敲起警钟,从而振奋起来,投身于拯救祖国的伟业之中。

他既用如椽巨笔描绘出了排山倒海般袭来的民族危机,也以清晰明快的笔触指明了当今困境的解决之道,那就是"师夷之长技以制夷",虚心向西方学习,尽快掌握先进的制度文化和器物文明。他开列了办报纸、废科举、兴学堂、译书、倡平权、改政体、崇西学、制洋器、通商、练新兵等改革紧要项目,希望中国早日进入改革的"过渡时代"。他在《过渡时代论·过渡时代之希望》中对"未来的中国"作了美好的展望:

> 过渡时代者,希望之涌泉也,人间世所最难遇而可贵者也。有进步则有过渡,无过渡亦无进步。其在过渡以前,止于此岸,动机未发,其永静性何时始改,所难料也。其在过渡以后,达于彼岸,踌躇满志,其有余勇可贾与否,亦难料也。惟当过渡时代,则如鲲鹏图南九万里而一息,江汉赴海百十折以朝宗,大风泱泱,前途堂堂,生气郁苍,雄心鬻皇。其现在之势力圈,矢贯七札,气吞万牛,谁能御之?其将来之目的地,黄金世界,荼锦生涯,谁能限之?故过渡时代者,实千古英雄豪杰之大舞台也,多少民族由死而生、由剥而复、由奴而主、由瘠而肥所必由之路也。美哉,过渡时代乎!②

开篇就以骈、散相间的句式,杂以俚语、韵语和外来语,描绘出"过渡时代"的美好前景,令人心旌摇曳,悠然神往。而"过渡""动机""彼岸""势力"等外来语,使读者一新耳目,仿佛一个崭新的世界展现在眼前。他那沸腾的爱国热情,通过文字的巨大力量,掀起读者的感情波涛,震撼着读者的心灵,反映了当时人民群众和青年知识分子的情绪与愿望。

被誉为"政治美文"的《少年中国说》,更是脍炙人口。此文采用正反对比的手法,以排比句铺叙"老大中国"与"少年中国"的对比,慷慨激昂,锋芒毕露,无所畏忌,

---

① 梁启超:《南学会叙》,汤志钧、汤仁泽编:《梁启超全集》第一集,北京:中国人民大学出版社2018年版,第419—420页。
② 梁启超:《过渡时代论》,汤志钧、汤仁泽编:《梁启超全集》第二集,北京:中国人民大学出版社2018年版,第292页。

字里行间富于蓬勃朝气,使读者对封建末世的中国和未来的中国有了一个显豁而形象的认知,更给人以思考,给人以警觉,给人以奋发向上的精神。文章调动多种修辞手法,描摹世态,表情达意,将少年形象与国家命运紧紧联系在一起,使每个少年理所当然地感到自己肩上的重任。尤其是最后一段以抒情诗般的语言,抒发爱国激情,豪气洋溢:

> 故今日之责任,不在他人,而全在我少年。少年智则国智,少年富则国富,少年强则国强,少年独立则国独立,少年自由则国自由,少年进步则国进步,少年胜于欧洲则国胜于欧洲,少年雄于地球则国雄于地球。红日初升,其道大光;河出伏流,一泻汪洋。潜龙腾渊,鳞爪飞扬;乳虎啸谷,百兽震惶。鹰隼试翼,风尘吸张;奇花初胎,矞矞皇皇。干将发硎,有作其芒。天戴其苍,地履其黄。纵有千古,横有八荒。前途似海,来日方长。美哉,我少年中国,与天不老!壮哉,我中国少年,与国无疆![①]

这幅雄浑壮美的少年中国的远景,就是蕴藏在他胸中的政治理想,一旦倾泻出来,便如海潮一般滚滚而下,汹涌澎湃,一泻千里,读来令人意气风发,神采飞扬,豪情满怀,气壮山河,自然激发起读者重振河山的历史使命感。不难想见,一个作家如果缺乏对祖国深挚的爱,缺乏对祖国前途的信心,缺乏沸腾的热血和勇猛的斗志,不可能写出这样气势磅礴、热情洋溢的文字来。作者心中爱国主义火花迸发成这种声情并茂的文字,引起爱国知识青年的强烈共鸣是很自然的,必定有助于化民德、开民智、激军魂。

(二)揭批丑恶的社会政治现实

与"诗界有权行棒喝"的主张一致,他对丑恶的社会现实和卑琐的政治人物,进行了不遗余力的揭露。他认为这与对新生事物的热情讴歌是相辅而行、相得益彰的,所以,丑恶的社会现实和卑琐的政治人物常常作为新生事物的"反面"出现,经过正反对比,改革必然性的论证也就水到渠成了。如《论不变法之害》开头就说:

> 今有巨厦,更历千岁,瓦墁毁坏,榱栋崩折,非不枵然大也,风雨猝集,则倾圮必矣。而室中之人,犹然酣嬉鼾卧,漠然无所闻见;或则睹其危险,惟知痛哭,束手待毙,不思拯救;又其上者,补苴罅漏,弥缝蚁穴,苟安时日,以觊有功。此三人者,用心不同,漂摇一至,同归死亡。善居室者,去其废坏,廓清而更张之,鸠工庀

[①] 梁启超:《少年中国说》,汤志钧、汤仁泽编:《梁启超全集》第二集,北京:中国人民大学出版社2018年版,第224—225页。

材,以新厥构,图始虽艰,及其成也,轮焉奂焉,高枕无忧也。惟国亦然,由前之说罔不亡,由后之说罔不强。①

以生动逼真的文字刻画国人懦弱无能的心态:下者文恬武嬉,略无感觉;中者只知失声痛哭,茫然无所措手;上者用心修葺,却无补于事。这一情形,绝非个例,他广征博引,指出印度、突厥、非洲、波兰、越南、缅甸、高丽等古老王国因为守旧不变,最后都被列强鲸吞蚕食殆尽。因此,摆在中国面前的唯一出路,就是维新变法。《少年中国说》同样以诗性的笔调描绘了一幅"老朽"的画面:

> 梁启超曰:人固有之,国亦宜然。梁启超曰:伤哉,老大也!浔阳江头琵琶妇,当明月绕船、枫叶瑟瑟、衾寒于铁、似梦非梦之时,追想洛阳尘中春花秋月之佳趣;西宫南内,白发宫娥,一灯如穗,三五对坐,谈开元、天宝间遗事,谱霓裳羽衣曲;青门种瓜人,左对孺人,顾弄孺子,忆侯门似海、珠履杂遝之盛事;拿破仑之流于厄蔑,阿剌飞之幽于锡兰,与三两监守吏或过访之好事者,道当年短刀匹马,驰骋中原、席卷欧洲、血战海楼、一声叱咤,万国震恐之丰功伟烈,初而拍案,继而抚髀,终而揽镜。呜呼!面皱齿尽,白发盈把,颓然老矣。②

老大帝国因仍弊政,萎蘼不变,无一例外地在列强枪炮面前遭遇到了失败的命运,于是,"少年中国"的责任呼之欲出了。

他还将揭露的笔锋刺向普通民众的劣根性。《新大陆游记》用了大量篇幅比较中、西人性质的不同,诸如国人漠视纪律、不守信用、不讲卫生、不尊重他人、思想顽固等具体事件,令他感触极深,罗列出来,以警醒国人。如言华人开店终日危坐,却不能富于西人,很大程度是不善于规划时间,指出:"凡人做事,最不可有倦气,终日终岁而操作焉,则必厌,厌则必倦,倦则万事堕落矣。休息者,实人生之一要件也。中国人所以不能有高尚之目的者,亦无休息实尸其咎。"又说华人缺乏"仪式感"与"庄严感":"试集百数十以上之华人于一会场,虽极肃穆毋哗,而必有四种声音:最多者为咳嗽声,为欠伸声,次为嚏声,次为拭鼻涕声。吾尝于演说时默听之,此四声者如连珠然,未尝断绝。"这些具体而微的"细节",经过"比较"眼光审视,折射出了更深层次的"文化结症",通篇并无鄙夷与卑微的语气,更多是一种深刻的文化反思,是在善意提醒国人需要下大力气进行"国民性"改造。

---

① 梁启超:《变法通议》,汤志钧、汤仁泽编:《梁启超全集》第一集,北京:中国人民大学出版社2018年版,第23页。
② 梁启超:《少年中国说》,汤志钧、汤仁泽编:《梁启超全集》第二集,北京:中国人民大学出版社2018年版,第224—225页。

(三)积极地传播新思想、新学说

梁启超向来主张"须将世界学术为无限制的尽量输入",以推进维新变法,故吸收西学、更新观念,成了维新变法最重要的宣传内容之一,也是"新文体"创作主题的一个有机组成部分,常被视为最能体现维新派知识构成的标志。

他译介新思想、新学说,具有得天独厚的优势。他不懂西文,略通日语,流亡日本期间正是日本明治维新高潮后期,各种新思想、新学说竞相涌现,其《论学日本文之益》即称自己"既旅日数月,肄日本之文,读日本之书,畴昔所未见之籍,纷触于目,畴昔所未穷之理,腾跃于脑,如幽室见日,枯腹得酒";《夏威夷游记》又说,自己因"广搜日本书而读之……脑质为之改易,思想言论,与前者若出两人";《清代学术概论》也说:"壬寅(1902)、癸卯(1903)间,译述之业特盛,定期出版之杂志不下数十种。日本每一新书出,译者动数家。新思想之输入,如火如荼矣。"他自诩为"思想界的陈涉",如饥似渴地阅读这纷至沓来的"译述"新书,了解西方的新思想、新学说。

他总是急切地将自己的阅读心得和经验分享给广大读者:积极撰作论文,介绍新思想、新学说;写作西人传记,利于读者接受;在《新民丛报》上开辟《绍介新著》栏目,推荐、评论西学专著。译介的内容涵盖了政治学、经济学、哲学、科学、社会学、伦理学、文学等领域,涉及亚里士多德、柏拉图、苏格拉底、斯宾诺莎、富兰克林、牛顿、福泽谕吉等50多位外国名人。他用充满激情的笔调对外国学术思想作了详细、生动的描绘和评说,如《近世第一大哲康德之学说》介绍康德的生平和哲学观点,着重从道德、智慧这两方面评述康德哲学内涵、创新点及社会影响,详略得当,重点突出;《近世文明初祖二大家之学说·笛卡儿学说》高度评价笛卡儿的怀疑精神、科学态度以及分析、综合、计算等精密研究方法,认为其科学方法打破了学界的奴性,使人返诸本心,恢复了科学家固有研究自由;《法理学大家孟德斯鸠之学说》称赞孟德斯鸠为法理学家、近代三权分立理论的奠基人,指出:"孟氏之学,以良知为本旨,以为道德及政术,皆以良知所能及之至理为根基","《万法精理》全书之总纲,盖在于是",充分肯定了20世纪初期涌现的知识青年专心研读《万法精理》的热潮;《天演学初祖达尔文之学说及其传略》《进化论革命者颉德之学说》等文,以庚子国难、八国联军侵占京城等国家危机事件为例,证明"物竞天择,适者生存"理论的正确性与普适性:"盖生存竞争,天下之公理也;既竞争则优者必胜,劣者必败",运用达尔文的理论和方法分析各种社会问题,力求融会贯通;《斯密亚丹学说》将亚当·斯密《原富》与美国《独立宣言》相提并论,重点评述《原富》若干章节并加按语阐发,高度肯定其经济学理论的突破性贡献,认为中国人接受《原富》不广泛、不深入,实为民智低下的集中体现。

特别值得一提的是,他是中国最早一批译介马克思学说的学人中的重要人物之一。早在主笔《时务报》时，就曾接触了外国社会主义信息。① 漫游北美时，他考察纽约贫民窟后，感叹道："吾观于纽约之贫民窟，而深叹社会主义之万不可以已也！"②美国共产党人前后四次来访，他作如是观："社会主义为今日全世界一最大问题，吾将别著研究之。"③1902年，他发表《进化论革命者颉德之学说》，说："今之德国，有最占势力之二大思想：一曰麦喀士（按：即马克思）之社会主义，二曰尼志埃（按：即尼采）之个人主义。……麦喀士谓今日社会之弊端，在多数之弱者为少数强者所压伏。"④翌年发表的《二十世纪之巨灵托辣斯》再次提了"麦喀士（自注：社会主义之鼻祖，德国人，著书甚多）之学理，实为变私财以作共财之一阶梯"一句。⑤ 1904年，发表《中国之社会主义》，简捷介绍社会主义理论与实践，开篇引用了马克思关于"现今之经济社会，实少数人掠夺多数人之土地而组成者也"的主张。⑥ 1906年，他在《杂答某报》中称赞社会主义"为将来世界最高尚美妙主义"。⑦ 他虽未准确把握社会主义的科学精神，但一直密切关注、介绍欧美社会主义运动，表现出积极吸纳外来文化、促进新文化建设的兼收并蓄的态度。

他译介西方学术思想，期以"抉破罗网，造出新思想"，提供"强国"方略，故常运用浪漫的想象力、优美的文字，对译介内容进行"再加工"，如《论自由》对"自由"的内涵和外延作了新的解说和拓展，契合国人的政治认知；又如《烟士披里纯》深度改写德富苏峰原作，全面调换了例子和篇章次序，以适应国人阅读口味，以裨于思想启蒙。他曾自谦"破坏力确不小，而建设则未有闻"，但是，对于他的"建设"，历史早已给出了肯定的答案。

他晚年撰《清代学术概论》，对"新文体"作了简洁明了的总结："启超夙不喜桐城派古文，幼年为文，学晚汉魏晋，颇尚矜炼，至是自解放，务为平易畅达，时杂以俚语、韵语及外国语法，纵笔所至不检束。学者竞效之，号新文体。老辈则痛恨，诋为野狐。

---

① ［美］伯纳尔：《1907年以前中国的社会主义思潮》，丘权政等译，福州：福建人民出版社1985年版，第11页。
② 梁启超：《新大陆游记》，汤志钧、汤仁泽编：《梁启超全集》第十七集，北京：中国人民大学出版社2018年版，第149页。
③ 梁启超：《新大陆游记》，汤志钧、汤仁泽编：《梁启超全集》第十七集，北京：中国人民大学出版社2018年版，第150页。
④ 梁启超：《进化论革命者颉德之学说》，汤志钧、汤仁泽编：《梁启超全集》第四集，北京：中国人民大学出版社2018年版，第7页。
⑤ 梁启超：《二十世纪之巨灵托辣斯》，汤志钧、汤仁泽编：《梁启超全集》第四集，北京：中国人民大学出版社2018年版，第261页。
⑥ 梁启超：《中国之社会主义》，汤志钧、汤仁泽编：《梁启超全集》第二集，北京：中国人民大学出版社2018年版，第161页。
⑦ 梁启超：《杂答某报》，汤志钧、汤仁泽编：《梁启超全集》第六集，北京：中国人民大学出版社2018年版，第62页。

然其文条理明晰,笔锋常带感情,对于读者,别有一种魔力焉。"①可见,"新文体"是维新派的一种高度自觉的文体创造,形式灵活多样,文笔生动传神,喜结合具体实例,抓住一事一物,或单刀直入,或借题发挥,讥讽时政,嬉笑怒骂,皆成文章,从根本上动摇了传统文言文的旧范式,为白话文的发展和定型奠定了坚实基础。

第四节 "小说界革命"与梁启超的"新小说"实践

相对于"诗界革命""文界革命",梁启超基于新民救国的需要,更重视"小说界革命"。在他看来,小说通俗有趣,读者面最广,以小说来传播新知,开启民智,助推政治改良,可以产生更为广泛的社会效果。因此,他一方面在理论上竭力倡导"小说界革命",另一方面又通过创办报刊、译介外国小说、创作"新小说",全面推进"小说界革命"。通过这两个方面的努力,他有力地开辟了中国小说发展的新纪元。

一、梁启超与"小说界革命"

早在戊戌运动之前,康有为、梁启超等就在比较中外社会思想文化中意识到了小说的重要功用,并开始将小说作为宣传维新变法的重要手段。如康有为在其编著的《日本书目志》卷十中谈到"幼学小说"时即说:"《书经》不如八股,八股不如小说。宋开此体,通于俚俗,故天下读小说者最多也。启童蒙之知识,引之以正道,俾其欢饮乐读,莫小说若也。"②并在卷十四中慨叹:"泰西尤隆小说学哉!""今日急务,其小说乎!仅识字之人,有不读经,无有不读小说者。故《六经》不能教,当以小说教之;正史不能入,当以小说入之;语录不能谕,当以小说谕之;律例不能治,当以小说治之。天下通人少,而愚人多,深于文学之人少,而粗识之无之人多……今中国识字人寡,深通文学之人尤寡,经义史故亟宜译小说而讲通之。"③这种认识随即得到了梁启超认同与发扬。梁启超在《变法通议·论幼学·说部书》④中即认为小说可以阐扬孔教,杂述史事,激发国耻,了解外国情况,改变恶劣的社会风气,因此主张把小说列入幼学教科书。1897年,他在为《蒙学报》《演义报》作序时,又指出:"西国教科之书最盛,而出以游戏、小说者尤夥。故日本之变法,赖俚歌与小说之力,盖以悦童子以导愚氓,

---

① 梁启超:《清代学术概论》,北京:东方出版社1996年版,第77页。
② 姜义华、张荣华编校:《康有为全集》第三集,北京:中国人民大学出版社2007年版,第410页。
③ 姜义华、张荣华编校:《康有为全集》第三集,北京:中国人民大学出版社2007年版,第522页。
④ 汤志钧、汤仁泽编:《梁启超全集》第一集,北京:中国人民大学出版社2018年版,第66页。

未有善于是者也。"①稍后,严复、夏曾佑在《国闻报》上发表《本报附印说部缘起》,也提出:"夫说部之兴,其入人之深,行世之捷,几几出于经史上。而天下之人心风俗,遂不免为说部之所持。"同时又举例说:"欧、美、东瀛,其开化之时,往往得小说之助。"②这使梁启超产生了强烈的共鸣,自言"余当时狂爱之"③。

戊戌变法失败后,梁启超流亡日本,受到了外来思潮的濡染,深感国人若不觉悟,"变法""新政"就难以推行。他指出,由于受几千年专制统治与文化思想的影响,国人最缺公德心,也无国家思想,并且缺乏冒险精神和社会责任感;相反,其奴隶性倒很强。因此,他认为"新民为今日中国第一急务"④。而要"新民",最有效的办法莫过于借助报刊、利用小说来进行舆论宣传,普及西学,开启民智。于是,他便通过创办报刊,译介欧美、日本小说,从理论上输入新观念,于实践中注入新血液,在小说界大张旗鼓地发动了一场革新运动。

1898 年,梁启超在日本和上海创办了《清议报》,借鉴"政治小说"在英、日政治改革中的作用,在《清议报》上开辟《政治小说》专栏,连载日本政治小说《佳人奇遇》(梁启超译)、《经国美谈》(周宏业译),并撰写了《译印政治小说序》,以期从政治小说入手,改变小说家的创作意识和小说创作的内容。

1902 年春,他又创办了《新民丛报》,发表了《劫灰梦传奇》《新罗马传奇》两剧,表达其创作戏曲、小说的目的,务在"振国民精神","把一国的人,从睡梦中唤起来"⑤。顺便说一句,在晚清人的文类意识中,戏曲通常被归入小说,梁启超也是如此。他不仅将剧本放在《新民丛报》的《小说》栏目中发表,在后来论及小说界革命时,也常将《西厢记》《长生殿》与《水浒传》《红楼梦》等相提并论。在他看来,"剧曲本小说家者流"⑥,戏曲与小说共同具有浅而易解、乐而多趣和不可思议支配人道之力的文体特征。

在《新民丛报》第十四号,他刊登了《中国唯一之文学报〈新小说〉》即将问世的广告。1902 年 11 月,《新小说》在日本横滨出刊,在创刊号上,梁启超发表了《论小说

---

① 汤志钧、汤仁泽编:《梁启超全集》第一集,北京:中国人民大学出版社 2018 年版,第 280 页。
② 陈平原、夏晓虹编:《清末民初小说理论资料》,北京:北京大学出版社 2021 年版,第 28 页。
③ 梁启超:《小说丛话》,汤志钧、汤仁泽编:《梁启超全集》第十七集,北京:中国人民大学出版社 2018 年版,第 106 页。
④ 梁启超:《新民说》,汤志钧、汤仁泽编:《梁启超全集》第二集,北京:中国人民大学出版社 2018 年版。
⑤ 梁启超:《劫灰梦传奇·独啸》,汤志钧、汤仁泽编:《梁启超全集》第十七集,北京:中国人民大学出版社 2018 年版,第 3 页。
⑥ 梁启超:《〈班定远平西域〉例言》,汤志钧、汤仁泽编:《梁启超全集》第十七集,北京:中国人民大学出版社 2018 年版,第 269 页。

与群治之关系》《〈新中国未来记〉绪言》《〈新小说〉第一号》等文章，明确提出了"小说界革命"的口号，鼓吹"小说为国民之魂"，极力强调小说的政治教化功用，在当时造成了极大影响。

综观他发表的这些论文，可以看出其所谓的"小说界革命"，主要包括小说的社会教育功能与小说的艺术感染力两个方面的内容。

第一，关于小说的社会教育功能。梁启超是根据政治维新的需要，从"新民"的角度，来重新审视小说的社会作用的。他一方面通过小说与其他文学体裁的比较，认识到小说"浅而易解""乐而多趣""易入人""易感人"，"有不可思议之力支配人道"[1]，故其读者面最广，最适合充当开启民智的利器；另一方面，又从域外对小说的高度重视尤其是从日本明治维新后新派人士喜欢以小说宣传政治观念的做法中深受启发，认为完全可以利用小说来为政治改良服务。他说："于日本维新之运有大功者，小说亦其一端也。"[2]而在各类题材的小说中政治小说的功效又最为突出。所以，他又说："彼美、英、德、法、奥、意、日本各国政界之日进，则政治小说为功最高焉。"[3]为此，他不仅翻译了日本政治小说《佳人奇遇》，以之作为中国"小说界革命"的范本，还亲自创作了《新中国未来记》，"专欲发表区区政见"[4]。

既然小说可以用来发表政见，为政治改良服务，由此推演开来，小说自然也可用来传播新道德、新宗教、新风俗、新学艺，并最终发挥其革新人心、塑造人格的作用。所以，在《论小说与群治之关系》中，他又畅言：

> 欲新一国之民，不可不先新一国之小说。故欲新道德，必新小说；欲新宗教，必新小说；欲新政治，必新小说；欲新风俗，必新小说；欲新学艺，必新小说；乃至欲新人心，欲新人格，必新小说。[5]

并在文章结尾呼吁"今日欲改良群治，必自小说界革命始；欲新民，必自新小说始"，从而将小说的社会功能夸大到了无以复加的地步。

至于为什么非要对小说进行革新呢？在梁启超看来，这是因为旧小说存在严重

---

[1] 梁启超：《论小说与群治之关系》，汤志钧、汤仁泽编：《梁启超全集》第四集，北京：中国人民大学出版社2018年版，第49页。

[2] 梁启超：《饮冰室自由书·文明普及之法》，汤志钧、汤仁泽编：《梁启超全集》第二集，北京：中国人民大学出版社2018年版，第47页。

[3] 梁启超：《译印政治小说序》，汤志钧、汤仁泽编：《梁启超全集》第一集，北京：中国人民大学出版社2018年版，第681页。

[4] 梁启超：《〈新中国未来记〉绪言》，汤志钧、汤仁泽编：《梁启超全集》第十七集，北京：中国人民大学出版社2018年版，第7页。

[5] 梁启超：《论小说与群治之关系》，汤志钧、汤仁泽编：《梁启超全集》第四集，北京：中国人民大学出版社2018年版，第49页。

问题,不能承担"新民"的使命。早在《变法通议》中,他就指出,旧小说"海盗海淫,不出二者,故天下之风气,鱼烂于此间而莫或知,非细故也"①。在《译印政治小说序》中,他又再次抨击旧小说"述英雄则规画《水浒》,道男女则步武《红楼》。综其大较,不出海盗海淫两端"。及至发表《论小说与群治之关系》,他更把旧小说视为"吾中国群治腐败之总根源"。这显然是矫枉过正的不实之论。但是,不破不立,只有片面地夸大旧小说恶劣的社会作用,才能为其倡导的"小说界革命"张本。后来,他本人就这样说:"平心论之,以二十年前思想界之闭塞委靡,非用此种卤莽疏阔手段,不能烈山泽以辟新局。"②

事实上,梁启超的这种做法,在当时"闭塞委靡"的思想界,也的确产生了振聋发聩的社会效果。在他的大力倡导下,小说所具有的巨大社会作用,小说界革命的必要性,由此被多数人所认识,小说的社会地位因而大大提高,由原来不登大雅之堂的小道、末技,一跃而为"文学之最上乘"。

如果从当时开启民智以变法图强的社会局势来看,如此强调小说的政治功利性,是无可厚非的,也是完全必要的;这对于扭转几千年来普遍鄙视小说的传统看法,增强作家的社会责任感,使之以严肃的态度从事小说创作,更加重视小说的社会功用,也是颇有积极意义的。但是,过分夸大小说的社会功能,也容易使小说沦为政治的附庸和宣传的工具,导致小说文体独立性的丧失和艺术感染力的削弱,从而也就不能有效地发挥其改良社会政治的作用了。例如,梁启超本人创作的政治小说《新中国未来记》,就是以政治性取代艺术性,致使小说丧失了艺术感染力的一个典型的例证。

第二,关于小说的艺术感染力。梁启超虽然一再强调小说要为社会政治的改良服务,但这并不意味着他对小说的艺术性没有体认。实际上,他之所以选中小说作为改良社会政治的利器,也正是因为他看到了"小说有不可思议之力支配人道"。在《译印政治小说序》中,他指出小说之受欢迎是因为"凡人之情,莫不惮庄严而喜谐谑"。后来,经过深入思考,他在《论小说与群治之关系》中进一步指出,单从"以其浅而易解故,以其乐而多趣故"来解释人们"嗜小说"的问题,是"有所未尽"的。于是,他便从剖析读者的接受心理入手,揭示个中奥秘,认为:"凡人之性,常非能以现境界而自满足者也";"人之恒情,于其所怀抱之想象,所经阅之境界,往往有行之不知、习矣不察者;无论为哀为乐,为怨为怒,为恋为骇,为忧为惭,常若知其然而不知其所以然;欲摹写其情状,而心不能自喻,口不能自宣,笔不能自传"。而小说恰恰能弥补读者的这两种缺憾。"小说者,常导人游于他境界,而变换其常触常受之空气者也";小

---

① 梁启超:《变法通议·论幼学》,汤志钧、汤仁泽编:《梁启超全集》第一集,北京:中国人民大学出版社2018年版,第66页。
② 梁启超:《清代学术概论》,北京:东方出版社1996年版,第81页。

说又可以把人们习焉未察、难以言喻的情境,"和盘托出,彻底而发露之"。也即小说既能表现人们对理想世界的憧憬,又能满足人们认识生活与再现生活的需要,故而为人喜闻乐见。在此基础上,他将小说划分为"理想派小说"与"写实派小说"两大类。不管是"理想派"小说,还是"写实派"小说,之所以能得到读者喜爱,也是因其多少具有"支配人道"的四种艺术感染力:一曰"熏","熏也者,如入云烟中而为其所烘,如近墨朱处而为其所染",即小说能使读者在不知不觉中受到感染与熏陶;二曰"浸","浸也者,入而与之俱化者也",即小说能使读者身历其境,感同身受;三曰"刺",即"刺激之义也","刺之力在使感受者骤觉","能使人于一刹那顷,忽起异感而不能自制";四曰"提","提之力自内而脱之使出",即读者进入忘我之境,以主人翁自拟,产生思想情感的升华。

在《小说丛话》中,梁启超还对戏曲的文体艺术特长进行分析概括,认为戏曲之于表情达意,有"唱白相间,淋漓尽致""描画数人,各尽其情""每折数调,极自由之乐""任意缀合诸调,别为新调"等优于他体文学的四大优长[①]。因为具此优长,他才会在改良旧戏上用功夫,以为:"故今后言社会改良者,则雅乐、俗剧两方面,其不可偏废也。"[②]

梁启超对小说艺术感染力的具体阐释,虽未必精确,却是发前人所未发,在一定程度上揭开了小说所以感人的部分奥秘,在当时便大受重视。而利用小说的艺术感化力,以收移易人心、改造社会之效,才是梁启超的最终目的。经过他的鼓吹,这也成为不少新小说家自觉的创作追求。

二、梁启超的新小说创作

梁启超不仅在理论上大力倡导"小说界革命",还率先垂范,创作了一部政治小说《新中国未来记》。在《中国唯一之文学报〈新小说〉》中,他指出所谓"政治小说",就是"著者欲借以吐露其所怀抱之政治思想也。其立论皆以中国为主,事实全由于幻想"[③]。这实际上是对《新中国未来记》创作旨趣的阐发。并且,他还对《新中国未来记》的情节梗概,预先广而告之:

> 此书起笔于义和团事变,叙至今后五十年止。全用幻梦倒影之法,而叙述皆

[①] 汤志钧、汤仁泽编:《梁启超全集》第十七集,北京:中国人民大学出版社2018年版,第107页。
[②] 此乃梁启超为渊实著《中国诗乐之迁变与戏曲发展之关系》所作的跋语,载《新民丛报》第四年第五号,1905年;俞为民、孙蓉蓉编:《历代曲话汇编》(近代编第一集),合肥:黄山书社2009年版,第94页。
[③] 汤志钧、汤仁泽编:《梁启超全集》第三集,北京:中国人民大学出版社2018年版,第590页。

用史笔,一若实有其人、实有其事者然,令读者置身其间,不复觉其为寓言也。其结构,先于南方有一省独立,举国豪杰同心协助之,建设共和立宪完全之政府,与全球各国结平等之约,通商修好。数年之后,各省皆应之,群起独立,为共和政府者四五。复以诸豪杰之尽瘁,合为一联邦大共和国。东三省亦改为一立宪君主国,未几亦加入联邦。举国国民戮力一心,从事于殖产兴业,文学之盛,国力之富,冠绝全球。寻以西藏、蒙古主权问题,与俄罗斯开战端,用外交手段联结英、美、日三国,大破俄军。复有民间志士,以私人资格暗助俄罗斯虚无党,覆其专制政府。最后因英、美、荷兰诸国殖民地虐待黄人问题,几酿成人种战争,欧美各国合纵以谋我,黄种诸国连横以应之,中国为主盟,协同日本、菲律宾等国,互整军备。战端将破裂,匈加利人出而调停,其事乃解。卒在中国京师开一万国平和会议,中国宰相为议长,议定黄白两种人权利平等、互相亲睦种种条款,而此书亦以结局焉。①

由此段介绍不难窥见该小说规模之庞大、气势之恢宏。遗憾的是,作者后来仅完成了小说的前五回,先后刊发在《新小说》第1、2、3、7号的《政治小说》栏中。这五回写1962年中国维新成功,举行五十年大祝典,孔子旁支裔孙、教育会长孔觉民,在上海博览会上,以演讲的方式,追叙自1902年以来中国六十年的发展史。但是,只讲到维新志士黄克强、李去病游学欧洲归来,围绕革命与改良展开辩论,联络同道中人,便再无下文。

尽管有此缺憾,但《新中国未来记》"在中国小说史上毕竟是空前之作,是'新小说'的首批产品。在它身上,既反映了新小说的种种不成熟和弊病,也反映了新小说作者自觉的求新意识与探索勇气"②。

先看作者对于中国政治变革走向所做的探索。在该小说《绪言》中,作者宣称:"兹编之作,专欲发表区区政见,以就正于爱国达识之君子。"那么,他在小说中发表了什么样的政见呢?让我们从小说中的主要人物说起。

小说中的主要人物有两个,一个名叫黄克强,另一个名叫李去病,前者主张君主立宪,后者提倡法兰西式革命,由此产生了激烈的论辩。实际上,这两个人物分别代表了当时国内两种不同的改革动向和梁启超思想中同时并存的两个方面。梁本人在戊戌政变后,于其固有的改良思想之外,萌生了暴力革命的倾向,因此李黄之间的论争,不过是其内心思想斗争的外化。黄主张改良,认为中国的改革只能取法英国和日本,采用君主立宪,循序渐进地推行;而李则倡导革命,强调"破坏"是进化的必经阶

---

① 汤志钧、汤仁泽编:《梁启超全集》第三集,北京:中国人民大学出版社2018年版,第590—591页。
② 夏晓虹:《觉世与传世——梁启超的文学道路》,北京:中华书局2006年版,第42页。

段,并以黄最羡慕的英国和日本为例,说明所谓"无血革命","其实那里是无血,不过比法国少流几滴罢了"。争论到最后,李承认黄说得有理,但也未完全放弃自己的主张,认为"今日做革命或者不能,讲革命也是必要的"。因此,究竟是革命抑或改良,仍是个悬而未决的问题。

不过,从根本上讲,梁启超所谓的"革命",与当时孙中山等革命派提倡的,还是不能混为一谈。如革命派的代表人物冯自由在评论《新中国未来记》时,即一针见血地指出:"任公虽假托小说中人物宣泄其政见,然既称为急激派议论,而仍声声歌颂光绪圣明(亦假托李去病语),可谓自相矛盾,吾人不可被其瞒过。"①也就是说,梁所谓的"革命",并未超出改良派的立场。

值得一提的是,不管是改良也好,革命也罢,李、黄都痛感中国自古缺乏自治习惯与国家观念,急需改造民性与民德,不然永无希望可言。而这一点,对于后来新文化运动提出的改造国民性,无疑也是有启发的。

在小说文体的革新上,梁启超自然也做了一定的尝试。在该小说的《绪言》中,他说:"既欲发表政见,商榷国计,则其体自不能不与寻常说部稍殊。"②那么,"殊"在什么地方呢?他明确指出:"编中往往多载法律、章程、演说、论文等,连编累牍",由于在小说中载入了太多不合小说体例的东西了,结果搞得"似说部非说部,似稗史非稗史,似论著非论著,不知成何种文体"。如小说第二回即将宪政党党章及治事条略背诵一通,第三回则把黄克强与李去病的长篇辩论辞详细记录下来,第四回又将美国旧金山的《益三文拿》报上登载的《满洲归客谈》一文全部译出,第五回还干脆把一大篇同志名单开列出来。如此这般,他便以诸体混杂的形式,打破了小说自成一体的格局。

这样做,自然是为了把他对于政治变革的新见解、新知识等灌输到读者中去。但其效果呢?连他本人也清楚,这样写"毫无趣味,知无以餍读者之望矣";"其有不喜政谈者乎,则以兹覆瓿焉可也"③。也就是说,他这部小说主要是写给"喜政谈者"看的。可这样一来,小说在开通民智方面所起的作用也就有限了。他本人曾说:"小说之作,以感人为主。若用著书演说窠臼,则虽有精理名言,使人厌厌欲睡,曾何足贵。"④可惜他还是明知故犯了。而当时受其影响而创作的一批政治小说,也多蹈袭

---

① 冯自由:《未入国民党前之胡汉民》,《革命逸史》初集,北京:中华书局1981年版,第186页。
② 汤志钧、汤仁泽编:《梁启超全集》第十七集,北京:中国人民大学出版社2018年版,第7页。
③ 梁启超:《〈新中国未来记〉绪言》,汤志钧、汤仁泽编:《梁启超全集》第十七集,北京:中国人民大学出版社2018年版,第7页。
④ 梁启超:《〈新小说〉第一号》,陈平原、夏晓虹编:《清末民初小说理论资料》,北京:北京大学出版社2021年版,第65页。

此弊。1904年,余佩兰在《女狱花·叙》中即说:"近时之小说,思想可谓有进步矣,然议论多而事实少,不合小说体裁,文人学士鄙之夷之。"①这也是以小说为政治宣传工具而导致的必然结果。

梁启超不仅在小说文体上有所突破,在小说叙述方法上也有革新。《新中国未来记》写的是"未来",然而是站在假定的"未来",回叙中国自1902年以来六十年的发展史。这种开篇倒叙的手法,不见于旧小说,主要是受日本小说《雪中梅》等的启发。《雪中梅》开头即写日本举行国会150周年庆典,两位老者极口称颂日本国力之强盛,然后才抚今思昔,引出对日本历史的回顾。当然,梁启超之所以采用倒叙,主要是考虑:"盖从今日讲起,景况易涉颓丧,不足以提挈全书也。此回乃作为以六十年以后之人,追讲六十年间事。起手便叙进化全国之中国,虽寥寥不过千言,而其气象万千,已有凌驾欧美数倍之观。"也就是说,采用倒叙,先展示新中国无比强盛、万国朝贺的气象,可以振奋人心,"提挈全书"。读者看了这个开头,自然会想:一个旧中国是如何变得如此强盛的呢?这样就产生了一窥究竟的阅读欲望。而从现实层面着想,这样写也可以用未来的美好图景,激励更多的人投身维新改革的事业。因此,《新中国未来记》所采用的倒叙结构,不仅是对新叙事方式的尝试,弥补了中国传统叙事方法的不足,而且也产生了较好的叙事效果,具有不可忽视的审美价值与现实意义。

另外,值得一提的是,按作者的构思,《新中国未来记》所写内容,以广东为主。在《绪言》中,作者就特意说明:"此编于广东特详者,非有所私于广东也。……顾尔尔者,吾本粤人,知粤事较悉,言其条理,可以讹谬较少,故凡语及地方自治等事,悉偏趋此点。因此之故,故书中人物亦不免多派以粤籍,相因之势使然也。"如小说中主要人物黄克强、李去病等就是广东人。作者拟从八国联军攻破北京写到广东独立自治,然后再写各省皆起而效之,到1912年国会开设,实现共和制,国名叫"大中华民主国"。其预言之准确,真令人匪夷所思!书中的重要人物"黄克强"本为取"炎黄子孙能自强"之意,不料也恰中后来辛亥功臣黄兴的字,黄的字就是"克强"。后来,梁本人也觉得有点不可思议:"今事实竟多相应,乃至与革命伟人姓字暗合,若符谶然,岂不异哉!"②实际上,其预想得到应验的还不止这些,如小说开头浓墨重彩渲染的"上海世博会",百年以后就梦想成真了。而这也使《新中国未来记》带上了浓厚的时代气息和地域政治文化色彩,体现了非同寻常的想象力与预见力。

---

① 陈平原、夏晓虹编:《清末民初小说理论资料》,北京:北京大学出版社2021年版,第142页。
② 梁启超:《鄙人对于言论界之过去及将来》,汤志钧、汤仁泽编:《梁启超全集》第十五集,北京:中国人民大学出版社2018年版,第31页。

第五节　梁启超对近代文学的贡献

清末民初，中国文学无论在观念上还是创作实践中都发生了划时代的变革，而导致这一变革的始作俑者与关键人物，便是被时人称为"舆论界之骄子""思想界之先锋"的梁启超，可以毫不夸张地说，"梁启超的声音笼罩了整个近代文学界，其回声既广且长"①。

梁启超对中国近代文学的贡献，主要表现在三个方面：

首先，他以文学作为新民救国的利器，积极汲取欧美、日本文学的新质，大张旗鼓地发动了"三界革命"与戏曲改良，不仅奠定了晚清文学改良的理论基础，而且引领、主导了文学革新运动的方向，使中国文学近代化潮流汹涌澎湃，势不可挡。

对于诗歌革新，梁启超不仅指出古代诗歌多因袭模仿之作，无关世运，"非有诗界革命，则诗运殆将绝"，而且指明了"诗界革命"的方向——新意境、新语句、古风格"三长兼备"，规定了"诗界革命"的重点——输入"欧洲之真精神、真思想"。虽然其宗旨是为当时中国社会政治变革服务，但其结果却促进了当时诗歌内容与形式的革新。

对于散文革新，梁启超指出清代散文多半"因袭矫揉"，服务于专制统治，"无益于社会"，因此"文界革命"应"以播文明思想于国民"为目标，在形式上克服"言文分离"的局限，"务为平易畅达"，要将"欧西文思"与"俗语文体"统一起来，以"新名词"传播新思想，以求达到传播新思想的功效。这样便把"文界革命"纳入了资产阶级思想启蒙运动之中，为散文本体的革新与发展指明了方向。

对于小说革新，梁启超指出传统小说多半"诲淫诲盗"，"陷溺人群"，认为"欲新一国之民，不可不先新一国之小说"，因而提出了"新小说"的概念并创办了《新小说》，号召"新小说"要为社会政治改良服务，甚至将小说提到了"文学之最上乘"的位置，这既为"小说界革命"确立了宗旨与使命，改变了小说创作的精神风貌，也从根本上扭转了我国几千年来普遍轻视小说的传统看法。诚如当时人所言："自小说有开通风气之说，而人遂无复敢有非小说者。"②而后来那些讨论小说之社会功用者，也多半是在重复论证梁启超的改良群治论，可见其观点影响之深广。至于他提出的"小说之支配人道"的熏、浸、刺、提四种力，也不乏新颖独到的理论价值，而为后来者所津津乐道。

---

① 夏晓虹：《觉世与传世——梁启超的文学道路》，北京：中华书局2006年版，第263页。
② 为冷：《论小说与社会之关系》，陈平原、夏晓虹编：《清末民初小说理论资料》，北京：北京大学出版社2021年版，第170页。

其次,他不仅在理论上倡导晚清文学革命,而且亲自通过新文学创作来践行其文学革命的理论主张,其诗歌、散文、小说与戏曲创作均开一代新风,对晚清文学革命的发展起到了巨大的推进作用。

他的散文,从思想到文体都充满破旧立新的精神,具有极强的思想震撼力与艺术感染力。诚如林志钧指出的,当"举世昏睡之日,任公独奋然以力学经世为己任,其涉览之广衍,于新故蜕变之交,殆欲吸收当时之新知识而集于一身。文字、思想之解放,无一不开其先路。其始也,言举世所不敢言,为举世所未尝为,而卒之登高之呼,聋发聩振。虽老成凤学,亦相与惊愕而渐即于倾服。所谓'思想界之陈涉',视同时任何人,其力量殆皆过之"①。黄遵宪也赞扬梁在《新民丛报》发表的文章"惊心动魄,一字千金。人人笔下所无,却为人人意中所有,虽铁石人亦应感动。从古至今,文字之力之大,无过于此者矣"②。

他的诗歌,力求"以诗界革命之神魂,为斯道别辟新土"③。其诗歌开辟的新意境,表现的新思想、新知识、新事物,使用的新名词,使"其诗以截然不同于中国古典诗歌任何一家的崭新面目独立于诗坛"④。郑振铎说:"他的诗歌也自具有一种矫俊不屈之姿,也自具有一种奔放浩莽、波涛翻涌的气势,与他的散文有同调。"⑤郭沫若更说:"他的许多很奔放的文字,很奔放的诗作,虽然未摆脱旧时的格调,然已不是旧时的文言。在他所受的时代限制和社会条件之下,他是充分发挥了他的个性,他的自由的。"⑥

他的小说虽然仅有一部写了五回的《新中国未来记》,但却是中国第一部政治小说,它以"新小说之意境",突破了"旧小说之体裁"⑦的局限,在形式上有诸多创新,带动了一大批文人自觉地从事新小说创作,促成了一个异彩纷呈的小说创作新时代的真正到来。诚如吴趼人所感叹的:"吾感夫饮冰子《小说与群治之关系》之说出,提倡改良小说,不数年而吾国之新著新译之小说,几于汗万牛、充万栋,犹复日出不已而未有穷期也。"⑧

---

① 林志钧:《饮冰室合集序》,梁启超:《饮冰室合集》第一册,北京:中华书局1989年版,第2页。
② 黄遵宪:《致梁启超函》,陈铮编:《黄遵宪全集》,北京:中华书局2005年版,第429页。
③ 梁启超:《本馆第一百册祝辞并论报馆之责任及本馆之经历》,汤志钧、汤仁泽编:《梁启超全集》第二集,北京:中国人民大学出版社2018年版,第356页。
④ 夏晓虹:《觉世与传世——梁启超的文学道路》,北京:中华书局2006年版,第99页。
⑤ 郑振铎:《梁任公先生》,《郑振铎文集》第六卷,北京:人民文学出版社1988年版,第393页。
⑥ 郭沫若:《文学革命之回顾》,郭沫若:《文艺论集续集》,北京:人民文学出版社1979年版,第83页。
⑦ 梁启超:《〈新小说〉第一号》,《新民丛报》第20号,1902年11月。
⑧ 吴趼人:《〈月月小说〉序》,魏绍昌编:《吴趼人研究资料》,上海:上海古籍出版社1980年版,第320页。

他的戏剧创作,与小说一样,也有开风气之功。他的《新罗马传奇》虽未完稿,但"此本以中国戏演外国事,复以外国人看中国戏"①,可谓别开生面。其所作"通俗精神教育新剧本"《班定远平西域》,不仅洋溢着强烈的尚武、爱国精神,在形式上也有了更大胆的探索与创新,如使用粤语说唱,采撷龙舟歌,套用民间俗曲《梳妆台》,在对白中夹杂外语,让剧中人着西装登场,甚至让大同学校师生手执标语彩旗登场,欢迎班定远凯旋归来……真可谓"在俗剧中开一新天地也"②。这种手法的运用,同文明戏和早期话剧的兴起是步调一致的。因此,阿英认为,这类剧本"对于后来的戏曲改革运动有很大的影响"③。

---

① 见《新罗马传奇·楔子一出》所附"扣虱谈虎客"(韩文举)的批注,汤志钧、汤仁泽编:《梁启超全集》第十七集,北京:中国人民大学出版社2018年版,第82页。
② 梁启超:《饮冰室诗话》第一八四则,汤志钧、汤仁泽编:《梁启超全集》第三集,北京:中国人民大学出版社2018年版,第295页。
③ 阿英:《晚清文学期刊述略》,《阿英全集》第六卷,合肥:安徽教育出版社2003年版,第244页。

第八章　新民救国思潮下的小说著译

甲午战争失败后，广东作家率先抛弃轻视小说的传统观念，自觉地向日本小说、泰西(西方)小说学习，以小说来开启民智，推动社会和政治革新。最先觉醒的广东作家是七弦河上钓叟、笑翁、洪兴全、元和观我斋主人等传统小说作家，他们在题材内容上与时俱进，以小说表达反帝反侵略的时代情绪，从而奏响了中国小说革新的序曲。继而以梁启超为代表的维新派，以思想启蒙者的身份进军小说界，将戊戌变法时的"雷霆万钧霹雳手段"用到了小说革新上。梁启超的《论小说与群治之关系》吹响了以新民和救亡为宗旨的"小说界革命"的犀利号角，使小说革新获得了十足的动力。罗普、吴趼人、冯自由、郑贯公等一批耀眼的广东作家，以强烈的使命感和创新精神，加入域外小说的译介与新小说的创作，他们以新小说为启蒙工具和批判武器，大刀阔斧地提出了社会革新的主张和方法，并描绘了民族独立、社会平等自由、国家繁荣富强的美好蓝图。1895年至1905年间，广东小说在痛苦中完成了近代变革，并获得了勃勃生机，为中国近代思想启蒙和民族独立富强做出了不可磨灭的贡献，并为中国传统小说的现代转型开辟了广阔的道路。

第一节　近代小说变革的前奏

第一、二次鸦片战争特别是中日甲午战争的惨败，一方面暴露了清王朝面对外来入侵的腐朽无能，另一方面也促使有识之士不断地反思对外战争屡屡惨败的原因，他们逐渐意识到仅仅学习"西技"是不够的，还需要了解"西技"背后的文化，特别是应该在制度层面上学习西方文化，实行君主立宪，提倡民权，改变专制政体。于是在甲午战败后，由康有为、梁启超倡导的维新变法，很快形成一种影响广泛的社会思潮。

在这种社会思潮的激荡下，广东小说作家从1895年起逐渐摒弃传统小说的教化观念，转向关注社会现实和重大时事，以小说作为救亡图存的利器。1897年至1899年的三年间，出现了三部极具时代意义的反帝反侵略小说，即《林公中西战纪》《羊石园演义》《中东大战演义》。这三部小说反映了1840年以来列强侵略中国的三次重大战争——第一次鸦片战争、第二次鸦片战争、甲午中日战争。这三次战争使中国人痛苦、悲愤和觉醒,正如《羊石园演义》本馆自序所云:"吾粤人一大艰厄,中国权力之失实起点于此。"七弦河上钓叟、笑翁、洪兴全、元和观我斋主人以近乎史笔的方式客观描述三次重大战争的进程,审视三次重大战争的失误,反思中国在政治、军事方面的沉疴与积弊。这三部小说激荡着满腔的悲愤和激昂的爱国之情,书写震天的炮火、经久不息的硝烟,表现将士的鲜血、人民的抗争,从而奏响了广东乃至中国近代小说变革的序曲,这序曲是铿锵有力的、震撼人心的。

与此同时,晚清社会的动荡不安也使广东小说作家开始审视人生的悲剧性。1896年广东出现了一部颇具悲剧精神的长篇小说《昙花偶见》,这部小说打破了中国小说欢喜大团圆的结局,书写小人物的命运悲剧、爱情悲剧和生存悲剧,表现人生永恒的苦难和悲哀,从而为广东小说变革的序曲增加了一段悲怆凄凉的旋律。

一、悲愤激昂的反帝反侵略小说

甲午战争之后,反帝反侵略小说开始勃兴。先后出现了《刘大将军台战实记》《台湾巾帼英雄传》《梦平倭奴记》等。广东受鸦片战争毒害最深,反帝反侵略小说也应运而生。1897年沦为英国租借地、深受殖民之苦的香港,出版了反映甲午战争的小说《中东大战演义》;1898年广州《东华日报》连载了反映第二次鸦片战争的小说《羊石园演义》;1899年香港书局又出版反映了第一次鸦片战争的《林公中西战纪》。这三部小说真实、完整地反映了晚清时期的三次重大战争,成为清末战争小说的代表作。

反映第一次鸦片战争的《林公中西战纪》,又名《通商原委演义》《罂粟花》。章回小说,时事小说,二十五回。光绪己亥(1899)香港书局结集出版,首有自序和插图。光绪三十三年(1907)再版,易名《罂粟花》,题元和观我斋主人著。元和观我斋主人,生平不详。林公,指林则徐。是书叙第一次鸦片战争的全过程。道光初年林则徐在虎门销烟,英国领事义律带领舰队炮击九龙山炮台,被关天培水师击败。道光二十年正月,英舰队驶入广东狮子洋,鸦片战争正式开始。林则徐指挥将士在狮子洋大败英军,总督邓廷桢率军在厦门大败英军。英军北上占领定海,直逼天津。道光皇帝将林则徐、邓廷桢撤职查办,启用昏庸贪婪的琦善。英军南下广东,攻击虎门,关天培和陈连升阵亡,三元里人民杀伯麦,困义律。英军复又攻陷厦门、定海、镇海、宝山,逼近南京,道光皇帝派耆英到南京议和,签订丧权辱国的《南京条约》,开放五口通商,从此洋人在广州城内到处横行。

反映第二次鸦片战争的《羊石园演义》。章回小说,时事小说,七回。光绪二十四年(1898)七月,在《东华日报》连载。光绪二十五年(1899)九月,广东十八甫东华日报馆刊刻出版,题七弦河上钓叟原本,顽叟订定,笑翁撰述。前有例言、苏若瑚器甫原序、侬影小郎本馆自序,后有原跋、汉军榕坡生致报馆信函、侬影小郎致榕坡生信函。是书以七弦河上钓叟所著《英吉利广东入城始末》为底本改编而成,同时参考了华廷杰所著《触藩始末》。据《原跋》,七弦河上钓叟为永嘉张志琪。张志琪,字茂才,永嘉县人,父宦于粤地。华廷杰(1822—1872),字樵云,崇仁县人,历任广东东莞知县、南海知县、广州通判、潮州知府,经历第二次鸦片战争。是书为"免触时忌"(《例言》),取"楚词香草之意"(《本馆自序》),"风诗比体之例"(《例言》),"借草木以立言"(《例言》)。主要地名人名以草木名代之。羊石园代广州,蕃薯院代番禺县,南檬院代南海县,栋莞院代东莞县,樾花书院代越秀书院,莺粟国代英国,佛手国代法国,花王代清咸丰皇帝,旗艾代耆英,薯蓣头代徐广缙,大冬叶代叶名琛,淡竹叶代叶名琛父亲,大碌木代李鸿章,柏子仁代柏贵,菜仁代蔡振武,木鳖子代穆克德纳,五味子代伍崇曜,李春核代李小春,凉粉枝代梁国定,橙安邦代邓安邦,巴豆代巴夏礼。次要地名佛山、石龙、陆川、虎门、大埔、石井、潮州、永清门等则使用实名,次要人物陈开、陈怀等亦使用实名。是书虽以草木立言,然并非虚构的寓言小说,而是一部真实全面反映第二次鸦片战争的小说。从道光二十七年(1847)英国要求入广州城始,至同治元年(1862)议和终,以入城与反入城斗争为叙事线索,叙述了十五年间广州被侵略与反侵略的悲壮历史。羊石园(广州)总督旗艾(耆英)与英人密约,同意莺粟(英国)入城租地,羊石园社学团勇组织十万之众反入城,总督薯蓣头(徐广缙)拒绝莺粟入城要求。栋莞、陆川等地人民起义。莺粟借亚罗号事件攻占腊德和龟冈炮台,正式发动第二次鸦片战争。莺粟炮击焚烧羊石园,大冬叶(叶名琛)惑于箕仙之言采取不抵抗政策,莺粟和佛手联军占领了观音山和小北门,羊石园陷落,大冬叶被俘。莺粟和佛手任用柏子仁(柏贵)、菜仁(蔡振武)、木鳖子(穆克德纳),在羊石园建立傀儡政权。

反映甲午战争的《中东大战演义》,又名《说倭传》。章回小说,时事小说,四卷三十三回。洪兴全撰。光绪二十三年(1897)香港中华印务总局出版铅印本,题名《说倭传》,首有洪兴全自序。光绪二十六年(1900)香港中华印务总局再版,易名《中东大战演义》,有洪兴全自序,插图十二幅。洪兴全,字子贰,生平不详,一说为太平天国干王洪仁玕之子。中,指中国;东,指东太平洋的日本。是书从光绪二十年(1894)朝鲜东学党起义叙起,至光绪二十二年(1895)《马关条约》签订终结,再现了甲午战争和台湾军民抗日的全过程。第一回至第十八回叙甲午战争,有两条线索,一为陆路战争,一为水陆战争。陆路战争叙清政府派叶志超率军平定朝鲜东学党起义,倭国派伊腾率倭军进攻朝鲜,叶志超贪生怕死,败走回国。左宝贵坚守平壤,慷慨殉难。宋宫保坚守凤凰城,先败倭军,后又失守。水路战争叙伊腾率水军攻打北洋水师,黄海战役打响,邓世昌、林国祥、吴管带率舰浴血奋战,邓世昌尽节而亡,丁禹昌带领北洋水师退入威海卫的刘公岛,被倭军围困,蔡廷干和丁禹昌投降,刘步蟾等四人自杀,北洋海军几乎全军覆灭。第十九回至第二十一回叙李鸿章赴东洋马关与伊腾、陆奥议和,承认朝鲜自主,割台湾岛等地给日本。第二十二回至第三十三回叙台湾人民拒日军入台,刘永福率黑旗军,联合本土生番共同抗倭,终因孤军无援,被迫撤回粤西,台湾陷落。

(一)"恃强凌弱视眈眈"

晚清以来,西方列强依恃坚船利炮,先后在珠江口攻击中国炮台,在黄海炮击中国兵船,在台湾屠杀中国义勇,由此拉开了瓜分中国的序幕。广东这三部战争小说客观再现了英、法、日等侵略者打开中国国门,瓜分中国领土,欺侮和凌虐中国的过程,正如《中东大战演义》第一回篇尾诗所云:"举世同讥硕鼠贪,恃强凌弱视眈眈。"

《林公中西战纪》通过义律这一人物逼真地刻画了第一次鸦片战争时期英国侵略者贪婪、狡诈、蛮横的嘴脸。林公在广东禁烟,"那西洋美利坚各国都肯依了,独有义律第一条便不肯依,就要把趸船停在澳门海口"。虎门销烟后,义律"暗暗招了外国兵船两只,又拣了三只大货船装好枪炮,开到九龙山。碰着广东的水师船几只,义律也不先下战书就开起炮来"。琦善任广东钦差后,义律知琦善没用,便一味恐吓:"中国若备了一个兵勇,休想合我们议和。"最后在义律的率领下,英军用大炮轰开了广州的城门。

《羊石园演义》通过战争场面的描写反映了第二次鸦片战争时期英法侵略者的凶残,以及给中国人民带来的深重灾难。英军火烧羊石园,羊石园人民仓皇无措,"向靖海门五仙门放起火来,居民赴救,敌兵即开炮把他轰毙,居民救火者乃逃遁而去,那火亦只听其自烧自灭。是夜园外老幼男妇,暗中迁徙,把辎重软细背负肩挑,拖男带女,仓皇不可言状"。英法联军攻击羊石总署,焚毁拱北楼,"十三日卯刻,果然炮声骤发,势如撼山震岳,又如百万雷霆并击总营署一般。耳有闻只闻哄哄腾腾,惊心动魄;目有见只见烟雾四塞,迷迷朦朦"。最后英法联军攻占羊石园,建立了中国第一个傀儡政权。

《中东大战演义》则揭露了甲午战争时期日本侵略者的贪婪成性与阴险狡诈。倭寇攻下旅顺,"所获船澳、机器、军械、粮草、财货、宝物无算,不胜之喜。各相庆功,欢声雷动"。攻打台湾彰化时,倭寇目睹彰化义民在刘永福黑旗军的带领下众志成城,于是便厚贿彰化众绅,使其在境内散布谣言,谓刘永福已败,不知去向,遂使义民民心解体,终为倭人所败。最后倭军攻占台湾,开始了对台湾长达五十年的殖民统治。

(二)"满腔孤愤"与"爱国情浓"

广东人民在经历了宋末抗元和明末抗清的民族斗争后,积淀了深厚的爱国主义精神,而鸦片战争和甲午战争,又进一步激发了这种精神,这在三部小说所写的广东人民抵抗外侮的斗争中得到了淋漓尽致的展现。

《羊石园演义》开篇便以一首《壶中天》抒发了广东人的"满胸孤愤"与"爱国情浓":

> 山河百越,望蟠龙王气,赵佗曾住。一片胡笳千里白,暗把江山吹碎。莺粟根移,虎门浪拍,当日谁为主。琴台呼酒,满胸孤愤谁诉。 应念岭表经年,岁华摇落,事与孤鸿去。枕外轻凉侵短鬓,难到华胥仙路。爱国情浓,尊王人渺,点点酸辛泪。离骚漫谱,秀笺翻出新句。

百越之地,历史悠久,钟灵毓秀,人杰地灵,奈何英人入侵,致使江山破碎,皇权倾颓,唯余点点辛酸热泪,满腔孤愤和爱国深情几欲破纸而出。这首词奠定了《羊石园演义》的情感基调,《林公中西战纪》《中东大战演义》也具有同样的情感基调。

这三部小说以激昂之笔,书写了陈连升、邓安邦、邓世昌、左宝贵、宋宫保、刘永福等爱国将士抗击侵略者的可歌可泣的事迹。《林公中西战纪》写陈连升父子为国捐躯,"东防西备,撑了一日一夜,无奈火药用完,空手抵敌不住,沙角大角两个炮台都被洋将占住,可怜陈副将父子二个都死在乱军之中"。《羊石园演义》写羊石园被英军围困时,千总橙安邦(邓安邦)率军营救,英勇杀敌,"忽见来将全身披挂,头顶蓝翎,部下一千健儿,如潮涌也似冲将过来,把路兜勒救出重围,随向敌兵尽力厮杀,敌兵各举枪炮轰击,驻扎阵脚各健儿冒死血战,追击敌兵,约退数里,毙毙敌兵数百人"。《中东大战演义》写邓世昌率舰与倭舰同归于尽,"即鼓轮将船与倭船相撞。俄而致远与倭船俱皆沉没"。写刘永福率黑旗军抵抗倭人入台,黑旗军在基隆、打狗、彰化等地屡胜倭军,"枪炮齐施,声如雷电,大战一阵,倭军又败","倭军虽然势大,而达旦通宵,未尝停歇,兵力已疲,抵敌黑旗各军不住,又复大败而走。黑旗军乘着清晨爽气,勇加百倍,追杀一阵"。虽然最终黑旗军被迫退出台湾,而黑旗营勇"留落台湾者,乃尽投内山生番而去。至今仍然常常出扰,与倭交战,出没无踪","黑旗之余风,尚令倭人胆落,威名犹未减也"。

这三部小说还浓墨重彩地描写了广东民众自发抗击侵略者的英勇行为。英国侵略者的入侵,使广东民众认识到建立地方武装组织的重要性。在爱国士绅的倡议下,广东各地纷纷建立团勇,以乡、街约为单位,互相救援,在反侵略斗争中起了重要作用。《林公中西战纪》写广州团勇在三元里围困到处掳掠的洋兵,打伤洋兵二百多人,杀了大将伯麦,围困义律,"顷刻越集越多,一片喊声,拿锄头的,拿棍子的,不下二三万人",他们怒斥义律:"如今你洋船再敢进来,我们千万义兵,若不把你这种丑类尽数杀却,我们便不是大清百姓了!"而当南京议和消息传来,"广东百姓大家恨如切骨,聚了一万多人,放火焚烧洋房,又在澳门海面打杀洋兵不少"。《羊石园演义》写栎莞、大埔、儋州镇、石井乡等地团勇顽强抵抗英法侵略者的事迹。大埔团勇听到羊石园被莺粟侵略,联络七十六乡数万人,浩浩荡荡杀奔羊石园,"团勇奋不顾身,前者轰毙,后者继进,虽然短兵制胜也,是锐不可当"。儋州镇团勇黄连率船百余号与莺粟军舰战于三山,摆出了"黄蜂阵势",迫使莺粟军舰暂退大黄滘。广州失陷后,独石井团练"一鼓忠愤",联合附近百数十乡团练,不许敌人进入。《中西大战演义》则写台湾生番协助刘永福黑旗军抗击日本侵略者,"奋不畏死,威勇莫当,倭人战了数天,攻取不下","乘势长驱大进,杀入倭营,劫得倭军辎重粮草无算"。

面对外敌入侵,广东人民奋不顾身,甘愿"成仁取义,饮刃而死",真是"天上精魂摇碧落,人间热血涂丹青!"(《羊石园演义》)可悲的是,清政府慑于列强淫威,不断丧权辱国,这使广东人民悲愤交加,"五十年前事那堪重说","七分是恨三分是泪!"(《羊石园演义》)

(三)"不是逃,定是走,不是糊涂,定是贪赃"

实际上,两次鸦片战争并未真正唤醒国人的危机意识,直到甲午战败,举国震动,国人才第一次强烈感受到亡国灭种的危机,不得不反思中国在政治、军事、社会、思想等方面的沉疴与积弊。广东作家们之所以操觚染翰,以小说形式再现三大战争的始末,其目的就是要沉痛反思中国失败的原因,以期拯救风雨飘摇中的国家。

《林公中西战纪》第七回,作者议论道:"派了多少将军、钦差大臣、总督、巡抚,除了林钦差革职,裕大臣殉难,这二位之外,竟没有个尽忠报国的大臣。碰来碰去,不是逃,定是走,不是糊涂,定是贪赃。"这一段话指出了中国在政治上和军事上的积弊——逃跑主义、投降主义盛行;昏庸糊涂、虚骄自傲、奸诈自私、贪赃枉法之徒把持权柄。不仅元和观我斋主人这样认为,七弦河上钓叟、笑翁、洪兴全也这样认为,于是三部小说的重点均为反映与批判中国自上至下的投降主义、逃跑主义和官员的贪腐无能。

《羊石园演义》刻画了一大批懦弱无能的投降主义者。上至最高统治者花王(咸丰皇帝),下至大碌木(李鸿章)、柏子仁(柏贵)、菜仁(蔡振武)、木鳖子(穆克德纳)、指佞草、墙头摆尾草等各级官绅,均奉行投降主义,主张与莺粟议和。莺粟军首次攻击虎门时,花王就决定投降,"便许莺粟入园"。莺粟军再次兵临城下,各级官员纷纷放弃抵抗,"先是敌兵初踞观音山,这时兵力尚未大集,尚可攻击,惟有那时这些食饭东西,只是面面相觑,无能仓卒定大计者","十四日羊石园巡逻官柏公橄绅商五味子、梁木议和。十五日广州将军木鳖子传令西北城上高插白旗,大开西门,任居民迁徙。园内各地杀的焚的俱不可言状"。虽然羊石园总管大冬叶(叶名琛)并不奉行投降主义,却因其虚骄、迂腐、固执、自欺欺人,而采取了不战不和、不守不死、不降不走的迂腐策略,溺信箕仙"勿与交战,听其所为"之言,放弃抵抗,导致城池失守,自己也成了英军俘虏。

《林公中西战纪》则写了以琦善为代表的一大批贪生怕死、临阵脱逃的官员和将士。当义律率英军攻击广州四方炮台时,"将军、参赞、总督、提台吓得面无人色,都逃避抚台衙门,如同小鬼一般,头也不敢攒出"。英军攻打定海,浙江巡抚乌尔恭阿、浙江提督祝挺彪,"也不调将,也不发兵,因此洋人不费工夫,随手得了定海"。小说还着重写了琦善专于内斗、奸诈自私、缺乏民族大义的丑恶行径,"琦善到了广东,不先办洋人通商事情,倒急急向林钦差身上到处为难,要想把林钦差办个死罪","一面把林钦差所定章程一并革去","一面请义律到钦差衙署会宴,一味巴结洋人"。

《中东大战演义》写叶志超虽为清廷宿将,但面对攻击釜山的倭军,却贪生怕死,退守牙山,"当时釜山华军,自叶帅去后均皆懒慢,闻倭兵杀来,即望风逃溃。釜山遂为人不劳而得"。倭军攻打牙山,叶志超"不觉胆落,又思再退","连夜逃走"。此外,方伯谦在海战中率济远舰远遁,致使"军心怠慢,遂渐渐相率而逃"。卫汝贵、卫汝成守凤凰城,因侵吞军饷,致使"官兵不服,久已逃遁一空"。照玙、黄仕林镇守旅顺,"每日听闻倭人之船炮声隆隆,不禁吓得心胆俱落","遂亦逃走","可怜旅顺船澳炮台,费尽国家巨款,百余年之积聚,为中国最险固之区,今一旦未战,而竟付与敌人之手"。

综上所述,这三部小说试图透过鲜血与硝烟,反思三大战争失败的原因,因此批判投降主义和逃跑主义,批判昏庸无能的官吏和将帅,成为小说最重要的内容。尽管小说所持的奸臣祸国的观点比较片面,未能揭示战争失败的真正原因,尽管小说在叙事技巧、人物塑造、语言表现力方面还很粗糙,但小说所蕴含的满腔悲愤、爱国深情以及对忠臣义士的崇敬之情,至今仍有震撼人心的力量,使人油然而生慷慨激昂的家国之情。

二、悲怆凄凉的悲剧小说

《礼记·乐记》云:"乱世之音怨以怒,其正乖;亡国之音哀以思,其民困。"当一个国家处于风雨飘摇的乱世甚至濒于危亡之时,其国民自然也会心怀怨怒,感到悲苦无望。反映到文学创作上，同样是书写才子佳人的爱情故事，生逢乱世危局的一些广东作家，似已无心再像清代前期的小说家那样去闭目虚构花好月圆、夫贵妻荣的爱情传奇，相反，他们由于对末世的动荡与悲苦有着切肤之感，因而不由自主地将末世的悲哀注入到本应充满浪漫主义色彩的才子佳人小说中，如广东作家岭南韬晦子创作的《昙花偶见》，就是这样一部极具悲剧精神的小说。该小说十二卷，六十四回。光绪二十二年(1896)顺邑(今广东顺德)杨溪荔堤园藏版，粤东(广州)城外德兴街云梯阁刊印。前有光绪二十年(1894)劳孝光序、竹醉节楼霞山人《昙花偶见记》，岭南顺邑扶风梦梦子《说》，扶风孟子《弁言》，以及光绪二十一年(1895)扶风仲氏《论》、光绪二十二年(1896)扶风卓纫氏题诗、汪秋华女仙降坛自述与降坛诗十六首，并有凡例。署岭南韬晦子少植编辑，醉红客砚农订讹。

劳孝光、梦梦子等人的序、说、论、弁言皆谈及小说创作缘起，即女仙汪秋华下凡，通过扶乩，讲述自己与爱哥、良臣等人的故事，汪秋华女仙诗为托名之作，其用意在于增强故事的真实性，印证道家仙术的灵异。梦梦子、孟子、仲氏、卓纫氏在姓氏前皆题"扶风"，梦梦子又题"岭南顺邑扶风"。扶风在陕西，且是书故事地点为陕西，因此这四人可能是客居广东的陕西人，或祖籍为陕西的广东人。作者岭南韬晦子，应为广东人，生平不详。

昙花，屈大均《广东新语》云："波罗树，即佛氏所称波罗蜜，亦曰优钵昙，其在南海庙中者，旧有东西二株，高三四丈，叶如频婆而光润。萧梁时，西域达奚司空所植，千余年物也。""其实不以花，成实乃花，然常不作花，故佛氏以优钵昙花为难得。"[①]昙花即波罗树，与佛家甚有渊源，用来指佛法难得。明代万历年间戏曲家屠隆作《昙花记》，演木清泰遍游地狱、天堂、蓬莱、西方乐土，最后成仙的故事。是书以《昙花偶见》为书名，有印证道家仙术之意，但并不像屠隆《昙花记》那样演述宗教故事，而是讲世俗的人生悲剧，实乃借昙花偶见、佛法难得，喻人生多艰、命运多舛，花好月圆难得一见。

小说叙明洪武、建文年间，陕西省河洲卫黄宏德、谢学海、汪秋华、汪月华、慧娘等青年男女的爱情悲剧。黄德宏小名爱哥，才华横溢，自幼丧母，与妹慧娘遭受父亲冷眼和继母凌虐，被外祖父母抚养长大。爱哥与表兄谢良臣一同读书，良臣中试，爱哥却困顿场屋。爱哥娶秋华为妻，良臣娶月华为妻。慧娘被迫嫁给不学无术的李锡彭。此时太祖晏驾，燕王欲反，良臣和王益进京赴试及第，王益被任命为北京监察御史，良臣为丹阳县令。爱哥收到良臣书信，护送外祖父母和月华去丹阳任上。秋华执意回家侍奉爱哥父亲和继母，却被继母虐待。慧娘了断俗缘出家为尼。燕王起兵反叛，王

[①] 屈大均：《广东新语》，北京：中华书局1985年版，第634页。

益抗击燕王失败,自杀殉国。良臣滞留德州,无法南下丹阳。外祖父旅途病逝,爱哥至德州寻良臣,良臣已为国殉难。燕军破丹阳,外祖母被燕军杀害,月华杀敌后自杀。颠沛十年后,爱哥带良臣、月华等人骨殖回乡,父已被张氏害死,秋华被张氏凌虐而死,爱哥也因悲伤过度而亡。

《昙花偶见》虽为才子佳人小说,但却打破了才子佳人小说常见的"一见钟情—小人拨乱—科举及第—终结良缘"的窠臼,将才子佳人置于明初的靖难之变中,把朝政的风云变幻与个人的悲欢离合关联在一起,大大拓展了小说的叙事时空,写出了人物历尽苦难,备尝艰辛,或殉国而亡,或被逼自杀,或抑郁而死,或悲伤而亡的不幸命运,赋予了小说较为厚重的历史底蕴与生活实感,因而取得了相当不俗的艺术成就。

该小说以"昙花偶见"为名,已揭示出其蕴含的悲剧性。小说叙述了以爱哥为代表的一群青年男女在乱离之世的命运之悲、爱情之悲和生存之悲,展现了一群美好的青年男女在经历磨难、痛苦、不幸之后走向毁灭的悲剧过程,抒发了浓重的哀怨、痛苦、愤怒、恐惧等情感,从而具有了悲怆凄凉的美学风格。

命运悲剧反映弱小的个体与强大的自然力量之间的矛盾冲突,无论个体如何抗争,最终都无法摆脱命运的安排。《昙花偶见》第一回并没有先写爱哥身世,而是先写术士姚谷若出对联"春燕受风斜织柳"考爱哥,这本是一个充满生命力的对联,但爱哥却对以"秋蝉吸露细吟桐",流露出悲凉萧索之情,因此谷若断定其"一生坎坷"。此后小说便以爱哥为主线叙其坎坷不幸的一生。爱哥幼年丧母,和妹妹慧娘遭受继母张氏的残酷踩蹋和父亲的冷遇,"爱哥赤着两足,足背积满了泥垢,身上穿着一领破布的棉袄,骨立形销,盈盈欲泪",即使成年后,依然遭受继母和父亲的鄙视。爱哥被外祖父谢有朋抚养后,发愤读书,才情俱佳,然而街头测字,再一次昭示其命运之多艰,测字老者曰:"坎坷一生,勿想有出头之日了,且天堂暗昧,面多滞机,虽是目朗唇丹,然实无一分福厚气象……不过是一个情种,了此终身而已。"但爱哥不肯向命运低头,两次参加科举,却皆因他人之过而落榜。此后燕王叛乱,爱哥走上了颠沛流离、仓皇不安的寻找旅途,这旅途就是失去一个个挚爱之人的悲剧之途。养育他的外祖父病亡,慈祥的外祖母被杀,忠义的表哥良臣殉国,刚烈的兄嫂月华杀仇人后自杀,心爱的妻子秋华被继母虐待而死,甚至连冷漠的父亲也被继母害死。爱哥孤身一人回到满是灰尘、空无一人的家中,悲伤无可抑制,最后在秋华坟上痛哭而亡。这时,谷若再次现身,料理了爱哥的后事,故事完结。谷若即是命运的化身,无论爱哥如何抗争,都无法改变命运的轨迹。其他人物,如良臣"得志后,防有挫折","倘存气节,自为一代良臣也",王益"定为早发,也非善终之相",秋华"不特苦恼多般,而且不利于父母",他们虽然不堪命运的摆布,但又都在命运的笼罩下走向了悲剧性的结局。人物的命运通过谷若、袁铁铉等命运的化身者昭示出来,显示了天意的不可违和强大,个体的渺小和无力,但唯其如此,爱哥等青年男女的上下求索就具有了悲怆的悲剧美。

爱情是才子佳人小说着重表现的内容。相爱的情侣因外界力量的阻碍,被迫分离,或者死亡,产生爱而不得的痛苦与悲伤,这种痛苦和悲伤就会产生震撼心灵的悲剧美。爱哥和秋华的爱情是典型的才子佳人式的美好爱情,但却屡遭外力量的阻挠与破坏。先是小人李锡彭拨乱,不过其阴谋很快被拆穿,两人得以顺利成婚。接着他们又遭到父亲的毒打与继母的摧折。继母张氏凶残狠毒,"务欲设计将秋华害死"。后来爱哥又不幸遇上靖难之役,兵荒马乱,烟尘四起,以致滞留旅途,长达十年,仓皇惊惧,无以言喻,可没承想再回故里时,与秋华已是人鬼殊途,"爱哥推门进去,只见案上尘积寸厚,中间堆着一丛乱书,也为尘埃封了,再看床上,只铺着一条席子,满床鼠迹,爱哥触目萧条,又是凄然欲泪",最终爱哥在秋华墓前泪尽而逝。此外,良臣和月华这一对才子佳人也因遭逢乱世而玉碎香陨。在小人拨乱、家长摧折与乱世烽烟的多重破坏下,势单力薄的两对有情人终于共赴黄泉,美好、浪漫的爱情消亡了,但也因此产生了一种悲怆动人的悲剧美。

生存是个体的基本欲望和需求,当个体的生存欲望受到自然或社会的威胁时,个体就会产生不安、恐惧、凄惶等情感。小说用十五回的篇幅,即从第三十二回至四十六回,写爱哥遭受的生存之悲。旅途的开始,爱哥的行李就被狡诈的奴仆偷走,外祖父病亡,爱哥不得已将外祖母和兄嫂留在客店,独自踏上寻找良臣的旅途。旅途中爱哥遭绑架,被打劫,受尽惊恐,不得已行乞骗食,在死亡线上挣扎。不料,亲人又相继死去,这让他痛不欲生,"搥胸跌足的哭了一个昏天黑地"。在这十年旅途中,爱哥历尽人生苦楚,活着成为最低的生存需求,这是乱离之世个体必然承受的不幸,无法抗拒和逃脱,只能在蚀骨的饥饿、无情的秋雨风霜中,在缠绵的疾病、浓重的死亡气氛中,走向悲剧性的结局,但唯其如此,爱哥历经的十年不幸就具有了凄惨、悲怆的悲剧美。

综上所述,《昙花偶见》以冷峻的现实主义笔触,书写了主人公爱哥的命运悲剧、爱情悲剧和生存悲剧,揭示了渺小的个体与强大的命运、凶残的恶人、乱离的社会之间巨大的冲突,揭示了美好的生命、爱情、人生如昙花一样,是难得和脆弱的,人生的苦难才是永恒的,这使小说充满了丰沛的沉郁的哀怨、悲伤、痛苦、愤怒、惊惧的情感,从而使小说具有了悲怆的、凄凉的、悲壮的美学风格。中国古代小说,除了《红楼梦》这样伟大的悲剧作品外,很少有真正意义的悲剧小说,广东小说《昙花偶见》是难得的一部具有真正悲剧精神的小说,我们无法断定它是否对此后的哀情小说产生了影响,但从广东小说作家苏曼殊的哀情小说中,我们或多或少可以看到《昙花偶见》的影子。

第二节 域外小说的译介与启示

广东域外小说译介的繁荣与清末以来的民族危机、政治危机、思想危机密切相关,与彼时中国的社会变革、思想启蒙运动相伴而生。1898年9月21日,慈禧太后发动宫廷政变,囚禁光绪皇帝,戊戌六君子喋血京城,康有为、梁启超以及康门弟子相继逃亡日本。以梁启超为首的中国早期启蒙思想者复盘戊戌变法的过程,反思和总结戊戌变法失败的原因,充分认识到了开启民智的重要性。于是,他们迅速创办了报纸,宣传改良主义思想和对民众进行思想启蒙教育。1898年12月23日第一份改良主义报刊《清议报》在日本横滨创刊,梁启超任主编。1901年12月21日《清议报》因火灾停刊后,梁启超另起炉灶创办《新民丛报》,《新民丛报》于1902年2月8日创刊,直至1907年8月停刊。

当梁启超在逃往日本的轮船上读到日本作家柴四朗的政治小说《佳人奇遇》时,就已经意识到政治小说鼓动人心的巨大作用,于是在《清议报》第一期开始连载他翻译的《佳人奇遇》,并发表了译介小说的理论宣言《译印政治小说序》,提出了"政治小说,为功最高""小说为国民之魂"[①]的小说观。1902年11月梁启超又在日本横滨创办《新小说》,这是中国第一份以刊载小说为主的文学期刊。《新小说》采取著、译各半的方式,大量译介日、英、法、美的政治小说、科学小说、侦探小说、外交小说、哲理小说。而流亡日本的广东康门弟子、留学日本或侨居日本的广东作家,则成为译介域外小说的主要力量,他们先后译介了《佳人奇遇》《十五小豪杰》《海底旅行》《回天绮谈》《惨世界》等十余部域外小说。

域外小说的大量译介和译介理论的形成,推动了中国小说的现代转型:一是传统小说观念发生了急遽变化,以社会变革和思想启蒙为功用的小说观念诞生了;二是拓展了小说题材与类型,"新小说"开始表现传统小说从未涉及的内容;三是推动了中国短篇小说的现代转型;四是为中国小说提供了新的文学表现手法。域外小说直接推动了"小说界革命"的发生,其余波甚至一直影响到五四新文化运动。域外小说也充分发挥了社会功用,在推动中国社会变革、新民新国的运动中起了重要作用。

[①] 梁启超:《译印政治小说序》,汤志钧、汤仁泽编:《梁启超全集》第一集,北京:中国人民大学出版社2018年版,第68页。

一、域外小说的译介

罗普、麦仲华、卢藉东、方庆周、吴趼人、苏曼殊等广东作家,聚集在《清议报》《新民丛报》和《新小说》开辟的文学阵地上。梁启超用力最勤,翻译了政治小说《佳人奇遇》、冒险小说《十五小豪杰》、哲理小说《世界末日记》;罗普翻译了侦探小说《离魂病》《窃皇案》、外交小说《白丝线记》;梁启勋翻译了《俄皇宫之人鬼》《回天绮谈》;方庆周、吴趼人翻译了《电术奇谈》;苏曼殊翻译了《惨世界》。这些流亡或旅居日本的作家是熟悉或精通日文的,除苏曼殊精通英文外,其他人并不熟悉英文、法文,因此他们只能利用日译本进行转译。除《佳人奇遇》翻译的是日本小说外,其余的翻译小说都是日译本的转译。综观广东作家翻译的域外小说,大致呈现出下述一些特点:

其一,有意选择一些与中国维新改良、启迪民智有关的小说加以翻译。例如,1898 年梁启超基于政治改革的需要,特别看重政治小说,带头翻译了日本政治小说《佳人奇遇》,并于《译印政治小说序》中声明:"今特采外国名儒所撰述,而有关切于今日中国时局者,次第译之,附于报末,爱国之士或庶览焉。"①1899 年 9 月 5 日梁启超又在《清议报》第二十六册上刊载《饮冰室自由书》,提出"于日本维新之运有大功者,小说亦其一端也",并且分析、归纳了日本如何借政治小说以助维新的路径:先是"西洋小说中,言法国、罗马革命之事者陆续译出",助长了"民权自由之声,遍满国中"的声势;接着,"翻译既盛,而政治小说之著述亦渐起,如柴东海之《佳人奇遇》、末广铁肠之《花间莺》《雪中梅》、藤田鸣鹤之《文明东渐史》、矢野龙溪之《经国美谈》……著书之人,皆一时之大政论家,寄托书中之人物,以写自己之政见,固不得专以小说目之;而其浸润于国民脑质最有效力者,则《经国美谈》《佳人奇遇》两书为最云"②。据此,便不难理解梁启超为何在《清议报》创刊时就开始连载其翻译的日本政治小说《佳人奇遇》。在梁启超的影响与组织下,周逵译述了《经国美谈》、郑贯公编译了政治小说《摩西传》、冯自由编译了《贞德传》(一名《女子救国美谈》)、忧亚子译述了《累卵东洋》等,梁启超称这些小说"以稗官之异才,写政界之大势"③,"不徒小道可观,实国民政治思想发达之一助也"④。

---

① 梁启超:《译印政治小说序》,汤志钧、汤仁泽编:《梁启超全集》第一集,北京:中国人民大学出版社 2018 年版,第 681 页。
② 梁启超:《自由书·文明普及之法》,汤志钧、汤仁泽编:《梁启超全集》第二集,北京:中国人民大学出版社 2018 年版,第 47 页。
③ 梁启超:《〈清议报〉一百册祝辞并论报馆之责任及本馆之经历》,《梁启超全集》第二集,北京:中国人民大学出版社 2018 年版,第 356 页。
④ 横滨《清议报》1901 年 12 月 21 日刊载"政治小说《佳人奇遇》《经国美谈》合刻"广告。

其二，有意选择一些中国之前没有的新小说类型加以译介，以期"开民之脑机，导之以文明之前路"①。如政治小说，"专在借小说家言，以发起国民政治思想，激厉其爱国精神"②。《经国美谈》翻译、出版后，论者即指出："能读是书，其所得之结果，必能养其国家上之思想，世界上之感情。"③而《女子救国美谈》，也被认为"足以振国民之精神，助女权之进步"④。又如科学小说，梁启超在《新小说》杂志专门设置《科学小说》栏目，"专借小说以发明哲学及格致学，其取材皆出于译本"⑤，南海卢藉东翻译的科学小说《海底旅行》，"叙述海底别有世界，华严帝网，光怪陆离，令人目骇魂夺，不可思议"，被认为"中国前此未有之奇书"⑥。再如冒险小说《十五小豪杰》《二勇少年》等，"专以发扬爱国心，鼓励冒险主义精神"⑦。至于侦探小说，如《离魂病》等，也无疑有助于启迪国人的司法意识。

其三，译者在翻译日本、欧美小说的过程中，往往加以删改、增衍，并喜欢将所译小说与中国的实际情况关联起来，即兴发表一番自己的感想，以使该小说更有助于警醒国人，启迪民智。如梁启超、罗普译本所译《十五小豪杰》，即对日译本进行了大量增删和改写，并且为了适应中国读者的阅读习惯，有意改用章回小说体制，增加对仗工整的回目、篇首词，采用"说书人"的叙事套语等，这种译法被后人戏称为"豪杰译"。卢藉东翻译《海底旅行》，也删减了原作大量的科学知识和科学原理，增加了具有启蒙色彩的政治言论，并以眉批的形式赞扬西方冒险精神，揭批本民族弱点，其用意则在于新民与救国。苏曼殊翻译雨果的《悲惨世界》，更名为《惨世界》，除了故事开头主人公因偷窃获罪，释放后无家可归被主教收留，反而再行偷窃等情节与原著一致外，后面任意增写了大量原著不曾有的情节，目的也在于启发国民思想，激励爱国精神。梁启勋翻译《回天绮谈》，也是名为翻译，实为译述，并且很喜欢在翻译过程中发表议论，如他在小说第十四回篇末就忍不住站出来议论道："看官，读英国历史，自然晓得，不用细说。往后英国人民得这样自由，这样幸福，也都是这大法典固了基础。

---

① 杞人：《女子救国美谈序》，参阅陈大康《中国近代小说编年史》(二)，北京：人民文学出版社 2014 年版，第 534 页。
② 梁启超：《中国唯一之文学报〈新小说〉》，《梁启超全集》第三集，北京：中国人民大学出版社 2018 年版，第 588 页。
③ 见《中外日报》1902 年 11 月 20 日刊《经国美谈前后编》广告。
④ 横滨《清议报》第九十一册刊载"新出泰西小说《女子救国美谈》"广告。
⑤ 梁启超：《中国唯一之文学报〈新小说〉》，《梁启超全集》第三集，北京：中国人民大学出版社 2018 年版，第 591 页。
⑥ 横滨《新民丛报》(1902 年 10 月 2 日)第十七号刊载"中国唯一之文学报《新小说》第一号要目豫告"。
⑦ 横滨《新民丛报》(1902 年 10 月 2 日)第十七号刊载"中国唯一之文学报《新小说》第一号要目豫告"。

饮水思源,又岂不是食宾勃鲁侯、鲁伯益他们的报吗?回想他们提议这件事的时候,岂料及身而见,又岂敢云一定有成么?不过拿定宗旨,见事做事,百折不挠,那件大事业就成于他们的手。所以天下事不怕难做,不怕失败,最怕是不肯去做。若肯去做,炼石都可以补天,衔石都可以填海,志气一立,天下那里有不成的事呢?就令目下失败,然有了因,自然有果。十年、二十年后,总有成功之一日的。看官,读这一篇,不要崇拜他们,歆羡他们,你想学他,就有第二个宾勃鲁侯、第二个鲁伯益出来。孟夫子有云:人皆可以为尧舜。至去做与不去做,岂不是又在自己么?"①译者有感于英国人政治变法的成功,所以在翻译过程中忍不住发表这一番议论,以此激励中国人致力于维新变法。

除上述所言之外,广东作家还有意选取一些外国著名的政治历史人物故事作为小说的题材内容,通过演绎外国人的故事来开导中国人,如雨尘子所撰《洪水祸》,演绎法国大革命的历史,这些小说都是受域外小说的启迪,虽为自著小说,实际上带有一定的译著色彩。

二、域外小说的启示

甲午战争的失败,导致中国维新运动兴起,求新求变成为一股强大的政治文化思潮。为了配合维新运动,中国小说界开始向外看,向日本看,向泰西(西方)看,域外小说就在这样的背景下登上了中国文学的舞台,为中国小说带来了新的文学观念、新的题材、新的文体和新的表现手法,进而推动和加速了中国小说的现代转型。

(一)新的小说观念的诞生

《清议报》创刊之前,《时务报》《求是报》等报刊就已经译介了柯南道尔的福尔摩斯探案系列、寓言小说《海国妙喻》等,但数量较少,小说界对于域外小说的价值和作用缺乏深入认识,小说观念仍停留在传统的道德教化和消闲娱乐的层面,因此娱乐性强的侦探小说和寓言小说最先被译介过来。1898年12月23日《清议报》创刊号刊载了梁启超翻译的政治小说《佳人奇遇》及其所作《译印政治小说序》。《译印政治小说序》是中国第一篇关于域外译介小说的理论宣言,标志着新的小说理论的诞生。序言揭批中国传统小说诲盗诲淫、陈陈相因的弊端,提出"政治小说"这一概念,认为政治小说在西方社会变革和思想启蒙方面"为功最高",因此他寄希望于译介西方政

---

① 横滨《新小说》(1903年8月7日)第六号刊载《回天绮谈》第十四回。王燕辑:《晚清小说期刊辑存》第三辑,北京:国家图书馆出版社2015年版,第428—429页。

治小说,助推中国的政治变革。此后梁启超继续呼吁和鼓吹政治小说的译介,1899年《清议报》第二十六期云:"而其浸润国民脑质,最有效力者,则《经国美谈》《佳人奇遇》两书为最云","于是西洋小说中,言法国、罗马革命之事者,陆续译出,有题为《自由》者,有题为《自由之灯》者,次第登于新报中"①。三年后,梁启超在横滨创办《新小说》,这时他对于新小说的思考已相当成熟,于是在《新小说》创刊号上发表了著名的《论小说与群治之关系》,吹响了"小说界革命"的号角——"故今日欲改良群治,必自小说界革命始;欲新民,必自新小说始"②。至此以新民新国为宗旨的"小说界革命"正式拉开了序幕。梁启超的译介小说理论是其"小说界革命"理论的基础和先声,在这一理论指导下,域外小说译介取得了空前的繁荣。

(二)新题材的拓展

中国传统小说大体不出志怪、传奇、章回、话本四种类型。按题材分类,章回小说又分历史演义小说、神魔小说、世情小说、英雄传奇小说、公案侠义小说等。到了清末,伴随域外小说的大量译介,一些前所未有的小说种类涌入中国小说界,为中国小说注入了新的生机和活力。1902年《新民丛报》刊登的广告《中国唯一之文学报〈新小说〉》,列举了《新小说》发表的翻译小说的题材,即有政治小说、哲理小说、科学小说、军事小说、探侦小说、冒险小说等,其译者多为追随在梁启超左右的广东文人。

在域外小说的刺激下,中国小说开始表现以前从未涉及的内容。1902年《新小说》创刊号刊载了梁启超创作的探讨国家前途和民族命运的政治小说《新中国未来记》,同时刊载了罗普创作的反抗专制、倡导民族独立的政治小说《东欧女豪杰》。吴趼人是学习域外小说最成功的作家之一,他的小说题材异常丰富,有借古鉴今的历史小说,揭批社会问题的社会小说,反映爱情、婚姻、家庭生活的言情小说,寄托美好政治愿景的科幻小说,这些小说的题材具有鲜明的启蒙意识和现代意识,对中国现代思想的萌芽和传播起了重要作用。

(三)现代短篇小说文体的引进

中国传统短篇小说文体包括白话短篇小说(话本小说)和文言小说两大类型,这两种小说在体制、叙事、语言、风格等方面形成了各自鲜明的文体特征。文言小说体制紧凑,开篇叙述人物事迹,结尾交代人物结局。白话短篇小说由正话和篇首诗、入话、头回、篇尾诗等附件组成。晚清时期广东小说作家邵彬儒对白话短篇小说文体进

---

① 梁启超:《饮冰室自由书》,《清议报》1899年第二十六期。
② 梁启超:《饮冰室自由书》,《清议报》1899年第二十六期。

行了改革,去掉松散的附件和程式化叙事套语,但仍然是在原有文体基础上的有限革新。

随着域外小说的译介,一种全新的现代短篇小说文体被引进到中国。这种文体不是在传统短篇小说文体基础上的衍变,而是另起炉灶的全新文体,有自己鲜明的特点——篇幅短小,情节集中,结构紧凑,通过选取社会生活中具有典型意义的横断面反映社会生活。胡适在《论短篇小说》中说:"一人的生活,一国的历史,一个社会的变迁,都有一个'纵剖面'和无数'横截面'","短篇小说就是用最经济的文学手段,描写事实中最精彩的一段"①。

广东作家译介的域外短篇小说有梁启超的《世界末日记》、麦仲华的《俄皇宫之人鬼》、罗普的《离魂记》《窃皇案》《白丝线记》。梁启超的《世界末日记》约六千余字,是一篇典型的现代短篇小说。小说截取了人类灭亡前的一个横截面——阿美加寻找宜居地,以此来表现哲理性的主题——自然的力量是强大的,人类是渺小的;生命是脆弱的,文明是永恒的。小说时间线索清晰,从桑达文市的阿美加率队寻找宜居地开始,至阿美加和爱巴在大金字塔相拥而死结束。空间转换有致,随着阿美加的行踪,从桑达文市到亚马孙河口再到桑达文市最后到大金字塔。情节紧凑,紧紧围绕着寻找宜居地展开情节,无任何旁逸斜出之笔。情感充沛,末世的绝望和忧伤、对人类文明的留恋和希冀充溢全篇。这篇小说在内容上和艺术表现上,都呈现出与中国传统短篇小说完全不同的气质。

现代短篇小说为中国小说提供了新的文体范本,虽然此时期它仅是以翻译小说的形式出现,中国小说界还未形成关于现代短篇小说的明确的文体意识和自觉的文体理论,但是中国作家开始有意或无意地摒弃传统小说文体,模仿这种新的小说文体,吴趼人和苏曼殊创作的数量可观的优秀的短篇小说,就是成功模仿域外短篇小说的结果。

(四)新的文学表现手法的运用

十九世纪末二十世纪初,西方小说的文学表现手法极为丰富,相当成熟,随着域外小说的译介,域外小说常用的文学表现手法也随之进入中国,为中国小说创作实践提供了新的艺术借鉴。政治小说带来了新的议论方式,侦探小说和冒险小说带来了新的叙事方式,科学小说带来了新的情节安排方式,社会小说带来新的写人手法。其中叙事方式中的倒叙手法无疑是影响最大的。倒叙是最早被引进的叙事手法,是将事件的结局或事件发展过程中的典型片段提到前面叙述,容易使小说产生悬念,形成

---

① 胡适:《论短篇小说》,《胡适文集》第二册,北京:北京大学出版社2013年版,第95页。

引人入胜的波澜。《十五小豪杰》《白丝线记》均采用了倒叙手法。《十五小豪杰》第一回开端处写茫茫大海上一叶孤舟、几个少年在滚滚怒涛中奋力挣扎,情势十分危急,读者一下子就被这样的开头吸引住了,迫不及待地想要读下去。读到第三回,叙述者才跳出来解释一番,然后从头叙起:

> 却是前两回胡乱讲了许多惊心动魄的事情,到底这些孩子们是哪国的?是甚么种类的人?这"胥罗"船到底欲往哪里?为何没有船主,只剩这几位乳臭小儿?我想看官这个闷葫芦,已等得不耐烦了,如今趁空儿,补说一番吧。话说南太平洋地方,澳大利亚洲南边,有英国属地一座大海岛,叫做新西兰……①

梁启超在《十五小豪杰》第一回的译后语中云:"观其一起之突兀,使人堕五里雾中,茫不知其来由,此亦可见(泰)西文字气魄雄厚处。"②"一起之突兀"说的就是第一回、第二回的倒叙之法,这是梁启超从译本中获得的写作心得。他在《新小说》第一号批评了传统小说开端的繁复无趣,主张开端要刻意求工,"寻常小说,篇首数回,每用淡笔晦笔,为下文作势。此编若用此例,则令读者彷徨于五里雾中,毫无趣味,故不得不于发端处,刻意求工"③。他在自创的《新中国未来记》中实践了这种倒叙方法,"全用幻梦倒影之法"④,"倒影之法"即指倒叙。小说第一回没有采用中国传统小说连贯叙事的方法,而是先写六十年后的景象,中国已经独立富强,万国太平会议在南京召开,又恰逢维新五十年大庆典,英国、日本、俄国等友邦元首来南京参加盛会,文学大博士曲阜先生作"中国近六十年史"的演讲。第三回才回到叙事的开始时间,讲述黄克强等仁人志士为挽救国家危亡而进行的艰苦卓绝的奋斗。小说开端用两回笔墨描绘变法自强的果实——一个繁荣富强、欣欣向荣的理想国家,这样的开端不仅激发了读者的变革之心和爱国之情,也使小说具有了雄壮阔大的格局,这种写法和《十五小豪杰》几乎如出一辙。此外,吴趼人的《九命奇冤》也在开端运用倒叙手法制造悬念,使小说的叙事时间回旋往复,情节富有张力。

综上所述,具有积极创新精神和强烈忧患意识的广东作家群体,在梁启超的译介理论指导下,积极译介域外小说,成为此时期域外小说译介的重要力量。他们刚刚走出国门,不懂英文、法文,但却能够克服语言的障碍,利用日译本进行艰难的转译。尽管他们的译作是粗糙的,翻译的方法是五花八门的,甚至有时为了阐发自己的思想而对原作"乱添乱造",但是他们的译作和译介理论仿佛一缕清新的风,吹散了晚清以

---

① [法]威尔恩著,饮冰子、披发生译:《十五小豪杰》,上海:上海文化出版社1956年版,第12页。
② 梁启超:《〈十五小豪杰〉译后语》,《新民丛报》1902年第二号。
③ 新小说报社:《新小说》第一号,《新民丛报》1902年第二十号。
④ 新小说报社:《中国唯一之文学报〈新小说〉》,《新民丛报》1902年第十四号。

来笼罩在中国小说上的尘埃,并吹响了"小说界革命"的号角,进而推动了古老的中国小说走上了现代转型之路。

第三节　新小说的勃兴

甲午战争失败、戊戌变法流产后,以康有为、梁启超为代表的维新派,强烈地意识到开启民智、新民救国的重要性。如何"新民"呢?他们从欧美各国重视小说,日本明治维新也得力于小说的推波助澜中受到启发,认为完全可以利用小说来实现"新民"的目标。于是,梁启超作为当时舆论界的领袖,振臂一呼,一场声势浩大的"小说界革命"爆发了。"小说界革命"以新民和救国为宗旨,赋予小说以开启民智、改良社会的崇高使命,打破了古人一向视小说为"小道"的传统,为新小说开辟了一条崭新的道路,使新小说获得勃勃生机。新小说以新思想、新题材、新知识、新艺术表现手法成为清末最为耀眼的新文学。广东小说在经历了晚清的保守与封闭后,梁启超、罗普、吴趼人、冯自由、郑贯公、黄小配、梁纪佩、黄伯耀、王斧、苏曼殊等一批著名的广东作家,以及一大批仅以笔名存世的不知名的广东作家,以强烈的使命感,积极响应"小说界革命"的号召,纷纷加入新小说的创作队伍,成为新小说的开拓者和引领者,为近代小说的繁荣做出了杰出贡献。

一、"小说界革命"的浪潮

戊戌变法前,面对环伺的列强、孱弱的清廷、愚昧的国民,康有为和梁启超等维新派人士已开始意识到在社会层面对国民进行思想启蒙的必要性,并认为小说是一种非常有效的启蒙工具。康有为在《日本书目志》识语中就说,小说"通于俚俗",能够"启童蒙之知识",可以发挥"六经""正史""语录""律例"等难以实现的教化功能,因此他呼吁"亟宜译小说而讲通之"[①]。梁启超完全认同康有为的观点,在《变法通议·论幼学》中也呼吁以小说普及经史,激发国耻,"振厉末俗"[②]。此时康、梁以小说为启蒙工具的理论尚处于萌芽状态,缺乏明确性和系统性,但无疑传递了小说界革命的先声。

戊戌变法失败后,流亡日本的梁启超和康门弟子开始自觉地利用报刊和小说来

[①] 康有为:《日本书目志·识语》,上海大同译书局 1897 年版。
[②] 梁启超:《变法通议》,《时务报》1897 年第十八期。

宣传变法,输入西学,开启民智。梁启超认为传统小说虽为民众喜闻乐见,但是存在"诲盗诲淫"等严重问题,无法承担"新民"的重任,因此必须对之进行脱胎换骨的改造。基于这样的认识,他于1902年11月亲自创办了第一份文学期刊《新小说》,并在《新小说》上发表了《论小说与群治之关系》,明确提出"小说界革命"的口号,鼓吹"小说为国民之魂",极力强调小说在政治教化、社会改良方面的功用,在当时造成了极大的影响。

梁启超确立了《新小说》的办刊宗旨,即"专在借小说家言,以发起国民政治思想,激励其爱国精神"①,并指明了"小说界革命"的实施路径,即刊载的小说译作和著作各半,文言和俗语参用,倡导创作政治小说、历史小说、哲理科学小说、军事小说、冒险小说、侦探小说、写情小说、语怪小说。广东作家麦孟华、麦仲华、罗普、吴趼人、郑贯公、冯自由等一时应者云集;而李伯元、狄葆贤、周桂笙、陈景韩、林纾等外省作家也遥相呼应。《觉民》《时报》《商务报》《大陆报》《世界繁华报》《广益丛报》《绣像小说》《新新小说》《中外小说林》《月月小说》等报刊亦通过发刊词、序跋、点评大声鼓呼"小说界革命","故欲新社会,必先新小说;欲社会之日新,必小说之日新"②之类的观点不断涌现。

1903年末至1906年间,梁启超还特意在《新小说》开设《小说丛话》,从理论上推进"小说界革命"。参加讨论的主要为广东文人。如顺德人麦孟华(号蜕庵)在《小说丛话》中指出:"小说之妙,在取寻常社会上习闻习见、人人能解之事理,淋漓摹写之,而挑逗默化之,故必读者入其境愈深,然后其受感刺也愈剧……凡著译小说者,不可不审此理。"③其弟麦仲华(号瑔斋)认为:"英国大文豪佐治宾哈威云:'小说之程度愈高,则写内面之事情愈多,写外面之生活愈少,故观其书中两者分量之比例,而书之价值可得而定矣。'可谓知言。持此以料拣中国小说,则惟《红楼梦》得其一二耳,余皆不足语于是也。"④他们的看法深受西方小说的影响,与现实主义小说观已相当接近。梁启超之弟梁启勋(号曼殊),认为小说所写乃是社会生活的反映,两者的关系如同"形之于模,影之于物",没有生活之"模"与"物",何来小说之"形"与"影"? 基于这种认识,他指出:"今之痛祖国社会之腐败者,每归罪于吾国无佳小说,其果今之恶社会为劣小说之果乎,抑劣社会为恶小说之因乎?"⑤意即劣社会乃是恶小说产生的根源。这种看法实际上从理论上纠正了梁启超将社会弊病归咎于古代小说"诲盗

---

① 新小说报社:《中国唯一之文学报〈新小说〉》,《新民丛报》1902年第十四号。
② 侠民:《〈新新小说〉叙例》,《大陆报》1904年第五号。
③ 梁启超等:《小说丛话》,《新小说》1903年第七号。
④ 梁启超等:《小说丛话》,《新小说》1903年第七号。
⑤ 梁启超等:《小说丛话》,《新小说》1905年第十三号。

海淫"的错误观点。由此出发,他又进一步指出:"欲觇一国之风俗,及国民之程度,与夫社会风潮之所趋,莫雄于小说。盖小说者,乃民族最精确、最公平之调查录也。"[①]因此,他认为想要改良社会,不妨从移风易俗做起。

"小说界革命"是由广东人梁启超发起,广东作家和报人热烈响应,以新民和救国为主要目的的一场文学革新运动,梁启超及其追随者通过"新小说"的创作以及小说理论的探讨,将"小说界革命"落到了实处,有力地促进了新小说的兴起与小说观念的转变。

二、近代报刊的涌现

新小说的勃兴,近代报刊居功至伟。明清时期传统小说的出版主要由民间书坊承担,随着近代报刊业的兴起,报刊尤其是维新派创办的报刊成为新小说发表的主要阵地。1895年至1896年间,康有为和康门弟子梁启超、麦孟华等人先后创办《万国公报》《中外纪闻》《时务报》,大力宣传维新思想。梁启超任主笔的《时务报》,除了刊载《变法通议》等政论色彩鲜明的政论文,也开始刊载翻译小说,如《英国包探访喀迭医生案》《英包探勘盗密约案》《记伛者复仇事》《继父诳女破案》等侦探小说。戊戌变法失败后,维新派人士大力创办报刊,试图通过报刊对国民进行思想启蒙教育。1898年梁启超创办《清议报》,1902年创办《新民丛报》,这两份报刊专设小说栏目,刊载《佳人奇遇》《十五小豪杰》《窃皇案》等域外小说。1902年梁启超创办第一份小说专刊《新小说》,刊载《世界末日记》《俄皇宫中之人鬼》《海底旅行》《回天绮谈》《电术奇谈》等域外小说和《东欧女豪杰》《新中国未来记》《二十年目睹之怪现状》《痛史》《新小史》《九命奇冤》等中国新小说,该刊成为域外小说和中国新小说的主要阵地,极大促进了中国新小说的发展与繁荣。《新小说》1906年停刊后,吴趼人等"继起而重振之",在上海创办了《月月小说》,"以辅助教育、改良社会为宗旨",吴趼人亲任总撰述,第一至第八号由吴趼人主编,刊载了《两晋演义》《庆祝立宪》《俏皮话》《黑籍冤魂》《上海游骖录》《劫余灰》等小说。

在维新运动的影响下,广东和香港两地的报刊也极为活跃,多种报刊先后涌现。这些报刊不仅宣传新思想,而且响应"小说界革命"的呼吁,积极为新小说提供栏目和版面。《安雅书局世说编》1900年创刊于广州,日报,在《本省纪闻》中的《民情》栏目刊载小说,1902年起在"杂著附录"或"谐谈"栏目刊载小说,批判当地诈骗、赌博、狎妓、偷窃等社会恶习,如《智醒迷龙》《勇爷私逃》《烦恼秀才》《导淫孽报》《骗中

[①] 梁启超等:《小说丛话》,《新小说》1905年第十三号。

骗》等。

资产阶级革命派稍晚于改良派登上历史舞台,他们对报刊作用的认识和改良派一致,也认为报刊小说是开启民智和救亡国家的利器。《中国日报》1900年创刊于香港,陈少白、冯自由等人任社长,在副刊《鼓吹录》设置《小说》栏目,刊载了《窃马贼》《情侠》《钱神》《无形骗》《打》等小说。《广东日报》1904年创刊于香港,郑贯公任主编,黄世仲、陈树人等人任编辑,在副刊《无所谓》和《一声钟》栏目刊载小说,刊载的多为政治小说,如《一捆血》《樱花梦》《百合花》等。《唯一趣报有所谓》1905年创刊于香港,日报,郑贯公任总编辑,在谐部设《小说林》栏目,刊载了黄小配的《洪秀全演义》、王斧的《天涯恨》《佳人泪》《巾帼魂》《闷葫芦》等小说。《时事画报》1905年创刊于广州,旬刊,潘达徵、高剑父、何剑士创办,在谐部设置《小说》或《短篇小说》栏目,刊载了《廿载繁华梦》《老妪泪》《纨绔镜》《长辫梦》《骗之骗》《野蛮怪状》等小说。《粤东小说林》1906年创刊于广州,由黄世仲、黄伯耀创办,旬刊,1907年易名为《中外小说林》,迁至香港发行,刊载了《黄粱梦》《宦海潮》《长恨天》《大觉悟》《双美缘》等小说,并在《外书》一栏刊载小说理论。此外,1906年创刊于广州的《珠江镜》《赏奇画报》、1906年创刊于香港的《香港少年报》、1907年创刊于广州的《广东戒烟新小说》《广东白话报》《农工商报》《振华五日大事记》、1907年创刊于香港的《社会公报》等均大量刊载各种类型的新小说。

近代报刊的涌现为中国新小说作家提供了强大的阵地。报载新小说具有很强的时效性,能迅速敏锐地反映时事政治和社会生活,揭批社会弊端,并且发行速度快,传播面广,无论是城市读者还是乡村读者,都可以及时阅读到这些新小说,从而使新小说的受众快速增加。可以说,近代报刊为新小说的发展与繁荣做出了巨大贡献。

三、新小说创作的繁荣

"小说界革命"为新小说提供了坚实的理论基础,域外小说为新小说提供了丰富的创作经验,报刊为新小说提供了强大的阵地,于是中国小说获得了强劲的变革动力,走出了陈陈相因、封闭沉闷的困境,走上了朝气蓬勃的新道路。广东新小说以开阔的视野、超前的意识、大胆的创新,成为中国新小说的开拓者和引领者。

广东新小说界产生了一大批具有共同理想和使命的作家,虽然他们在政治观点上不完全一致,或主张维新改良,或主张排满革命,但在新小说创作上,他们同声相应,同气相求,小说观念和小说实践十分接近。新小说浪潮中最早的一批作家是集结在《新民丛报》《新小说》阵地的梁启超、罗普、郑贯公、吴趼人。此时期梁启超、罗普、郑贯公的思想倾向和小说观念最为接近,都重视政治小说的启蒙作用。在1902年的一年间,他们共同致力于政治小说的创作,郑贯公发表了《瑞士建国志》,罗普发表了《东欧女豪杰》,梁启超发表了《新中国未来记》,他们以这三部政治小说作为批判的武器,批判专制、独裁的政治制度和腐朽黑暗的政治生态,以这三部小说作为建设的画笔,描绘了民族独立、社会平等、人民自由的美好政治图景,并勾勒了理想国家的宏伟蓝图。

新小说浪潮的弄潮儿,则非广东作家吴趼人莫属。吴趼人具有热忱的救世理想,积极响应梁启超"小说界革命"的号召,呕心沥血地进行新小说创作。1903年至1906年间,先后创作了《痛史》《二十年目睹之怪现状》《九命奇冤》《瞎骗奇闻》《新石头记》《糊涂世界》《恨海》《两晋演义》《上海游骖录》等中长篇小说;1907年又创作了《黑籍冤魂》《立宪万岁》《平步青云》《快升官》《查功课》《人境学社鬼哭传》等短篇小说。其小说或以写实手法,或以讽刺手法,抨击清王朝的腐朽黑暗、列强的侵略和社会层出不穷的丑恶现象,并在小说中注入民族独立和民族复兴的梦想。

受域外小说的启示,广东新小说的题材异常丰富。政治小说、历史小说、冒险小说、科学小说、侦探小说、写情小说、社会小说、近事小说异彩纷呈。政治小说、社会小说和近事小说尤为繁荣,并对当时的社会产生了广泛而深刻的影响。政治小说由维新派大力倡导,以鲜明的政治主张为内容,郑贯公的《瑞士建国志》、罗普的《东欧女豪杰》、梁启超的《新中国未来记》是政治小说的典范之作。社会小说以揭批社会问题为内容,吴趼人是社会小说的旗手,他的《二十年目睹之怪现状》《九命奇冤》《糊涂世界》《最近社会龌龊史》均为优秀的社会小说。近事小说由革命派大力倡导,以近代发生的具有重要社会影响力的事件为内容,黄小配创作了多部演绎近代重大政治事件的近事小说,如《宦海冤魂》《宦海潮》《党人碑》《义和团》《朝鲜血》《大马扁》等。

与长篇小说反映社会生活的全貌不同,现代短篇小说往往反映社会生活中某一具有典型意义的横截面,这些横截面的类型是广泛的多样的,因此现代短篇小说在题材上也是多种多样的。尽管现代短篇小说引进的时间并不久,但广东现代短篇小说发展迅速,作品数量众多,题材内容丰富多样,并且题材的分类更为细致。其中社会小说作品最多,题材分类也最细致,有狡骗小说、讽世小说、怪象小说、逼迫小说、戒烟小说、砭俗小说、涤垢小说、箴规小说。写情小说作品亦盛,题材分类也十分细致,有艳情小说、言情小说、盲情小说、幻情小说、贼情小说、绘情小说、哀情小说。此外,政治小说又细分为党祸小说、诛奸小说、复仇小说,近事小说细分为现事小说、近事写真小说,豪侠小说细分为任侠小说、义侠小说、侠情小说,警世小说细分为警幻小说、警醒小说、警嫖小说,语怪小说细分为神怪小说、怪诞小说、因果小说,滑稽小说细分为科学滑稽小说、伦理滑稽小说、社会滑稽小说等。

综上所述，中国新小说在风云激荡的清末产生、发展并走向勃兴，时代赋予了新小说新民和救国的历史使命，新小说以系统性的小说理论、极具创新精神的创作实践努力实现这一历史使命，并在不断的艺术探索中完成了小说文体自身的现代转型。中国新小说成为中国现代小说的先驱，在中国新小说浪潮中历练过的周作人、鲁迅、陈独秀、胡适等人成为五四新文化运动的干将，五四小说家在中国新小说开辟的道路上一路前行，取得了更为辉煌的成绩。广东新小说作为中国新小说的重要组成部分，以热忱的新民和救国理想，积极进取的开拓创新精神，呕心沥血的创作实践，向中国小说史交出了一份非凡的答卷。

第四节　政治小说《瑞士建国志》《东欧女豪杰》

1898年梁启超在《清议报》创刊号发表了《译印政治小说序》，呼吁以政治小说助推社会政治改良，由此导致《美利坚自立记》《女子救国美谈》《瑞士建国志》《洪水祸》《东欧女豪杰》《殖民伟绩》等政治小说应运而生。这类政治小说与域外翻译小说的"豪杰译""译述"不同，是以外国重大政治改革事件为故事蓝本，以介绍外国政治改革经验为创作目的，针对中国政治改革需求，对情节进行重新安排，对人物进行重新塑造，对结构进行重新布局，是具有明确创作意图的二次创作。

中国最早的政治小说是冯自由创作的《女子救国美谈》。该小说又名《贞德传》，五回。1900年发表于《开智录》，未完，署名"热诚爱国人"。1902年新民社出单行本，题"伟人小说"，前有署名"杞人"的序。热诚爱国人，即冯自由（1882—1958），广东南海人，兴中会会员，与郑贯公、冯斯栾创办《开智录》，历任香港《中国日报》记者、总编、社长。是书据十八世纪德国剧作家弗里德里希·席勒的历史剧《奥尔良姑娘》改写而成，叙英法战争时期，法国牧羊姑娘贞德挺身而出，救国救民于水火的故事，歌颂女子勇毅抗敌保家卫国的伟大精神。1902年8月广东作家郑贯公的《瑞士建国志》出版，1902年11月14日广东作家罗普的《东欧女豪杰》在《新小说》第一号连载，这两部小说分别以瑞士建国和俄罗斯虚无党反抗沙皇专制的政治事件为题材。《女子救国美谈》《瑞士建国志》《东欧女豪杰》与梁启超创作的以中国政治改革为题材的《新中国未来记》交相辉映，构成了中国小说史上一道独特的风景，并为中国政治改革实践提供了颇为生动的和可资借鉴的样本。

郑贯公（1880—1906），原名道，字贯一，后改字贯公，号自立。广东香山（今中山）人，中国同盟会会员。早年留学日本，担任《清议报》助理编辑，与冯自由、冯斯栾创办《开智录》，回国后任香港兴中会机关报《中国日报》记者和编辑，先后担任《世界公益报》《广东日报》《唯一趣报有所谓》总编辑。是中国近代杰出的报人,中国维新改良和民主革命的急先锋,也是中国政治小说的先驱之一。罗普(1876—1949),字熙明,号孝高,又号披发生、岭南羽衣女士。广东顺德人。康有为嫡传弟子,维新派骨干。留学日本早稻田大学,戊戌变法后,到梁启超创办的《清议报》《新民丛报》工作。后倾向于民主革命,1899年加入兴中会。1904年到上海创办《时报》《舆论日报》。

《瑞士建国志》,郑贯公撰,十回,政治小说。光绪二十八年壬寅(1902)香港中国华洋书局出版。前有赵必振序、李继耀校印小引、郑贯公自序、例言、瑞士国计表、瑞士地图。李继耀校印小引云"继而余返香港,而贯公又得港报之职","贯公即从行箧中出《瑞士建国志》稿示余",由此可知初稿在1901年郑贯公自日本至香港之前已经完成,后经李继耀再三要求,才于1902年8月出版,其成书时间早于梁启超的政治小说《新中国未来记》。该小说以十八世纪德国剧作家弗里德里希·席勒的历史剧《威廉·退尔》为蓝本,吸收其他素材创作而成。赵必振序云:"近复取瑞士建国之事,译而演之。"例言云:"复从日文译其意,著为小说,转接之多,增删遗略,在所难免。"叙公元十二世纪瑞士被强邻日耳曼国占领,日耳曼国的太子亚露霸和权臣倪士勒在瑞士实施苛政酷法,乌黎农夫维霖惕露,与其子华禄他、好友亚鲁拿、志士威里尼等人反抗日耳曼统治,带领人民打败日耳曼军队,瑞士获得独立,建立共和政体。

《东欧女豪杰》,五回,未完。1902年11月14日至1903年7月连载于《新小说》第一号至第五号,署岭南羽衣女士著,谈虎客批。谈虎客即韩文举,广东番禺人,康有为弟子。该小说以十九世纪彼得大帝时期俄国虚无党发起的政治运动为故事蓝本敷演而成。先叙中国女子华明卿在瑞士留学,结识了裴荽弥、桃宝华等俄国民党女子,俄国民党领袖苏菲亚被捕入狱,裴荽弥急返回俄国处理党内事务。接下来叙苏菲亚反抗专制故事。苏菲亚创立民党,深入矿山工厂发表演讲,鼓动人民,在佐露州被捕。再接下来叙赫子连从事工人运动故事。赫子连来到彼得堡,结识了济格士奇、裴荽弥、宝璧拉、棠松、瓜必乾等党人,他们在彼得堡暗中发动革命运动,小说情节至此中断。

一、波澜壮阔的政治改革图景

郑贯公和罗普都曾是维新派的骨干,但清王朝的衰败和腐朽令他们痛心疾首,他们渐渐不满康有为立宪、保皇的主张,于是转向资产阶级革命派,并加入孙中山创办的兴中会。郑贯公因在《开智录》上撰文鼓吹人权、自由和平等思想,被保皇派解除编辑职务。罗普参加康门十三弟子联名上书活动,吁请康有为与孙中山合作。孙中山倡导种族革命,排满兴汉,驱除鞑虏,推翻清王朝统治;倡导反抗专制政体,建立共和政体;倡导天赋民权。郑贯公和罗普深受孙中山这些思想的影响,瑞士独立和俄国虚无党革命这两件重大政治事件所蕴含的政治主张与郑贯公、罗普的思想不谋而合,于是他们将这两件重大政治事件演绎为小说,并在其中灌注种族革命、民主共和的思想。

《瑞士建国志》描绘了瑞士人民艰苦卓绝的争取民族独立的历程和民族独立后推行政治改革的宏伟图景。小说首先叙述瑞士土地被日耳曼人侵略、种族遭日耳曼人虐待的悲惨境遇:"此时瑞士国民,见自己已经国破家亡,无可呼告,惟有听其施苛政,行酷法,任日耳曼人斥为牛马奴隶,悉下心低首,饮恨吞声,不敢与较。"①士兵抢劫亚鲁拿父子耕田用的肥牛,并把亚鲁拿父亲打死。为了防止百姓反抗,权臣倪士勒实行专制统治,悬礼帽于途,令行人向礼帽鞠躬。倪士勒嘲笑瑞士人民软弱,"你看他们瑞士贱种,奴隶性质,想要恢复自己旧国,岂不是发了疯癫么,我下如许专制残忍的手段,都没有一人敢来抵抗"②。这时一位具有强烈爱国精神和反抗精神的大豪杰维霖惕露首先站出来反抗悬帽礼,父子二人挺然直行,绝不为礼,被抓捕后,维霖惕露视死如归,勇射苹果,人民受到极大鼓舞。维霖惕露成功刺杀倪士勒,激发起人民奋起反抗异族统治的精神。维霖惕露与亚鲁拿、华禄他等志士,带领瑞士义军打败亚露霸率领的日耳曼军队,将其驱逐出境,使瑞士获得了民族独立。瑞士独立后,维霖惕露破旧除新,推行政治改革,抛弃专制政体,"开上、中、下三大议院,立共和政体"③;赋予人民选举权,"国中无论诸色人等,皆有投筒举人的权"④;赋予人民平等的民权,"全国的人皆欣欣喜色,额手庆道:'我们的旧国今日恢复独立了,我国的人民自上至下皆是平等同权了,我们今日不做外人的奴隶'"⑤。维霖惕露的政治改革使瑞士欣欣向荣,"这时光天化日,士农工商安居乐业了,国政维新,民主共和,家喻户晓,无人不知有政治的思想爱国的心志"⑥。瑞士具有了雄视万邦的气势,"且欧洲各国及地球万国,皆赞美他是文明的国,互相来与他结会立约,如赤十字会,万国公会,及万国交通书信的邮政,皆是让瑞士国做盟主。那的国民,无论到何处何国,都有使馆保护,没有人敢乱来欺侮"⑦。至此,瑞士政治清明,人民幸福,国家富强,政治改革取得了巨大成功。

---

① 郑贯公:《瑞士建国志》,香港:中国华洋书局1902年版,第2页。
② 郑贯公:《瑞士建国志》,香港:中国华洋书局1902年版,第33页。
③ 郑贯公:《瑞士建国志》,香港:中国华洋书局1902年版,第57—58页。
④ 郑贯公:《瑞士建国志》,香港:中国华洋书局1902年版,第58页。
⑤ 郑贯公:《瑞士建国志》,香港:中国华洋书局1902年版,第58页。
⑥ 郑贯公:《瑞士建国志》,香港:中国华洋书局1902年版,第65页。
⑦ 郑贯公:《瑞士建国志》,香港:中国华洋书局1902年版,第65页。

《东欧女豪杰》描绘了俄国民党青年志士反抗沙皇专制统治、争取民权平等的斗争图景。小说描绘了沙皇俄国专制统治下广大劳动人民的贫穷和遭受的剥削,乌拉山的矿工"只见有无数焦头烂额、胼手胝足的老少男女,都蹲在一间大茅室里"[1],"翻过来看着我们平民,那些土地已经都被他们夺了去,连一寸都没有,还要替他做工,做牛做马。一年三百六十日,没得舒舒服服儿过一天……我们却拿那一宿两餐还拿不稳,连一点儿生趣都没有"[2]。而沙皇和贵族统治者则"把这俄罗斯国内的土地都占得干干净净"[3]。俄国沙皇和贵族为了保持统治地位,实行残酷野蛮的专制统治。俄国贵族女子苏菲亚和大侠济格士奇在彼得堡创建民党革命团,联合裴莪弥、桃宝华、晏德烈等志士,在学校、工场、村落中开展宣传鼓动活动,晏德烈"便自跑到各处村落,天天演说,靠着一口辩才,又是有识有胆,奋勇做事,因此运动不上半年,有好几处的人心都被他摩出热来"[4]。他们反对君权神授,反对专制压迫,主张社会自由,人民拥有平等民权,"如今人人的脑袋里头,既都有了一个社会平等、政治自由,是个天公地道的思想,这便任凭他有几十、百个路易第十四做皇帝,梅涅特、俾斯麦做宰相,也不能够挽回这个气运过来的"[5]。小说未完成,但其第一回写道:"你不信,试瞧瞧那地球上第一个大权力、大威势的人,岂不是被几个极娇小、极文弱的女孩弄倒吗?"[6]这预示着在苏菲亚的领导下,俄国民党的政治运动获得成功,政治主张得以实现。

二、切实可行的政治改革方法

《瑞士建国志》《东欧女豪杰》不仅提出了旗帜鲜明的政治改革主张,而且提出了切实可行的实现政治改革的方法,即政治改革以英雄人物为核心,蒐集同志,建立会党,通过刊物、演说、檄文发动群众,最后发起破坏和发动起义。

---

[1] 罗普:《东欧女豪杰》,《中国近代珍稀本小说》第13辑,沈阳:春风文艺出版社1997年版,第418页。
[2] 罗普:《东欧女豪杰》,《中国近代珍稀本小说》第13辑,沈阳:春风文艺出版社1997年版,第422页。
[3] 罗普:《东欧女豪杰》,《中国近代珍稀本小说》第13辑,沈阳:春风文艺出版社1997年版,第422页。
[4] 罗普:《东欧女豪杰》,《中国近代珍稀本小说》第13辑,沈阳:春风文艺出版社1997年版,第444页。
[5] 罗普:《东欧女豪杰》,《中国近代珍稀本小说》第13辑,沈阳:春风文艺出版社1997年版,第438页。
[6] 罗普:《东欧女豪杰》,《中国近代珍稀本小说》第13辑,沈阳:春风文艺出版社1997年版,第398页。

《瑞士建国志》推动政治改革的核心人物是大英雄维霖惕露。维霖惕露极具英雄气概，厚背圆胸，双目如电，身躯雄伟，气宇魁梧，临事不苟，随机应变；有武艺和智慧，射箭驾船无所不能，战策兵机烂熟于心；有远大的理想和抱负，欲建立一个富强繁荣的瑞士。维霖惕露联络有才能有爱国心的好友亚鲁拿、威里尼和儿子华禄他。亚鲁拿沐雨栉风、披星戴月，在民间开展秘密活动，成立爱国党。爱国党成立后，通过檄文、演说发动群众，"爱国党恢复瑞士檄"慷慨激昂，极有号召力："同心誓水，众志成城。独立旌旗，罨罨高张蔽日；自由钟鼓，轰轰振起如雷。以此脱陁，何陁不消？以此建功，何功不立？共愤同仇之慨，毋衰爱国之心。他日政体之共和，毕竟同胞之幸福。"①瑞士另有一个谋求复国的党，亚鲁拿结识了该党领袖翁德华丁、师格哇、卢多利。党会渐渐壮大，民心民智渐渐开化，时机渐渐成熟。于是维霖惕露公开挑战倪士勒权威，并成功刺杀倪士勒，使爱国志士和人民欢欣鼓舞。维霖惕露遂集合人马，揭竿起义。维霖惕露任大元帅，亚鲁拿为大将军，华禄他为先锋，以迅雷之势击败日耳曼军队。小说所呈现的政治改革方法是十分清晰的：以英雄维霖惕露为核心领袖，亚鲁拿、威里尼、华禄他等仁人志士为重要成员，建立和壮大复国会党，用鼓动性的檄文、演说发动人民，待时机成熟时，刺杀统治者，集合人民起义。

《东欧女豪杰》政治改革的核心人物是女英雄苏菲亚。苏菲亚出身贵族，秀慧绝伦，明眸善睐，红颜夺花，素手欺玉；有学识和智慧，知人善任；性格敦厚，慨然以救世自任，欲建立一个平等自由的国家。苏菲亚结识大侠济格士奇，招揽裴弥、桃宝华等志士，创建了民党革命团，志士闻风，争来景附。谈虎客总批赞叹道："苏菲亚是虚无党全党眉目，是本书主人，乃其出身却是俄罗斯天潢贵胄，阀阅名门。以彼之家世，安分守常，更何缺憾，顾乃卒投身于艰难困苦中而不悔者，可见其非有一毫私见存，不过认得公理所在，以身殉之而已。此种人格，真足令百世之下，闻者莫不兴起。"②革命团成立，苏菲娅、晏德烈等人在城市和乡村演说，鼓动人民反抗沙皇专制统治，苏菲亚"自到了一个村落，当了半年小学校的教习，日里头登堂讲学，夜里便聚众演说"③。民党还创办《现代人》《自由》《墨斯科》等机关报纸，用来宣传政治主张。苏菲亚和俄国侦探斗争，被捕后泰然自若，以文章为战斗武器，其精神又影响了赫子连、苏鲁业等一批志士，赫子连、苏鲁业加入革命团。小说未及写到苏菲亚等人用破坏手段刺杀沙皇的活动，但在第三回写了实现政治改革重要的一环——破坏，"又因读了德国唯

---

① 郑贯公：《瑞士建国志》，香港：中国华洋书局1902年版，第17页。
② 罗普：《东欧女豪杰》，见《中国近代珍稀本小说》第13辑，沈阳：春风文艺出版社1997年版，第429页。
③ 罗普：《东欧女豪杰》，见《中国近代珍稀本小说》第13辑，沈阳：春风文艺出版社1997年版，第415页。

物论的学说,增长了许多见识,因此他们把那破坏主义越发认得亲切"①。小说所呈现的政治改革方法虽不完整,但也是十分清晰的:女英雄苏菲亚为核心领袖,裴袈弥、桃宝华、晏德烈、赫子连、苏鲁业等仁人志士为重要成员,建立民党革命团,通过演说和报刊文章鼓舞人民,待时机成熟时,刺杀统治者。

综上所述,《瑞士建国志》《东欧女豪杰》生动地反映了世界历史上波澜壮阔的政治改革图景,提出了切实可行的清晰的政治改革方法,为寻求中国政治变革的仁人志士提供了可资借鉴的改革样本。小说塑造了维霖惕露和苏菲亚两位光彩照人的英雄形象和一大批艰难求索的仁人志士的光辉形象,饱含着深沉激越的爱国主义情感和救国救民理想,格调阳刚明朗,境界阔大壮美,令中国小说面目焕然一新。

---

① 罗普:《东欧女豪杰》,见《中国近代珍稀本小说》第13辑,沈阳:春风文艺出版社1997年版,第442页。

第九章 "新小说"的巨擘:吴趼人

梁启超出于维新改良的政治意图提出"小说界革命"后,一时间以开启民智、改良社会为己任的小说家景从云集,"新小说"作品层出不穷。吴趼人也是受"小说界革命"的感召,投入"新小说"创作的。他积极利用小说导愚启蒙、干预时政、为维新变法鸣锣开道,有力地推动了晚清社会的近代变革,在文学史上产生了深广的影响。

第一节 生平创作与小说观念

吴趼人(1866—1910),名沃尧,字小允,又字茧人,后改趼人,广东南海人。因为自幼生活在佛山镇,所以后来所作小说、诗文等多署名"我佛山人",以示不忘故土之意。他的笔名尚有趼、偈、佛、茧叟、趼廛、野史氏、岭南将叟、中国老少年等。他出身"簪缨之族,诗礼之家",深受传统文化熏陶。曾祖父吴荣光是清代后期著名学者,曾任湖南巡抚;祖父吴尚志,官至工部员外郎;父亲吴升福,做过浙江后补巡检。

吴趼人17岁时,父亲去世,所留上万金遗产为叔父侵吞,生活穷困。他18岁离家赴上海谋生,在江南制造局翻译馆做抄写工作,潜心于机械之学,由此对西方先进的器物文明有了初步认识,"中学为体,西学为用"的洋务思想对他产生了重要影响。

不久,他离开江南制造局,开始从事报业活动。1897年至1901年,他先后主编了《消闲报》《采风报》《奇新报》《寓言报》等娱乐性小报,扩大了眼界,见识了上海十里洋场五花八门的奇闻怪事,这为他后来从事小说创作积累了大量素材。此时,维新改良思想风行,吴趼人受到濡染,思想发生转变,开始鼓吹维新改良。

1902年,梁启超创办《新小说》,倡导"小说界革命",掀起轩然大波。1903年4月,吴趼人的挚友李伯元在报纸上连载《官场现形记》,一时"购阅者踵相接"。1903年9月,刘鹗的《老残游记》也陆续发表,收效甚著。这使吴趼人深受震撼,于是他开始借小说创作来寄托其开启民智、改良社会的梦想。

从1903年10月至1906年1月,他先后在《新小说》上发表了《痛史》《二十年目睹之怪现状》《电术奇谈》《九命奇冤》的部分章节或全文,一时声名鹊起。1905年,他在李伯元主编的《绣像小说》上发表了《瞎骗奇闻》,并在上海《南方报》上连载其《新石头记》。1906年在上海《世界繁华报》发表了《糊涂世界》,并由上海乐群书局出版了《胡宝玉》,上海广智书局出版了《恨海》。同年11月,《月月小说》在上海创刊,吴趼人任总撰述,在创刊号上,他发表了小说理论文章《月月小说序》《历史小说总序》,并连载其历史小说《两晋演义》。此时清廷迫于形势,预备立宪,维新派人士寄予厚望,但吴趼人却接连创作了短篇小说《庆祝立宪》《预备立宪》《大改革》等抨击清廷假立宪,嘲讽统治者的"大改革"欺世盗名,可见他对维新改革已不抱幻想,甚至产生了"厌世主义"情绪。

1907年冬天,吴趼人与居沪粤人开办了广志小学,肆力于学务,并继续创作小说,在《月月小说》上连载《两晋演义》《上海游骖录》《劫余灰》《剖心记》《云南野乘》《发财秘诀》等中长篇小说,发表《黑籍冤魂》《立宪万岁》《平步青云》《快升官》《查功课》《人境学社鬼哭传》等短篇小说。1908年,在《月月小说》继续连载《云南野乘》《发财秘诀》《劫余灰》,并发表短篇小说《无理取闹之西游记》《光绪万年》。1909年在上海《中外日报》连载《近十年之怪现状》。1910年在《舆论时事报》连载《我佛山人札记小说》和言情小说《情变》,并在广智书局出版了《趼廛笔记》。这一年10月21日,他因喘疾发作,卒于上海寓所,终年45岁,《情变》也因此只写到第八回。

吴趼人自1903年10月起直至1910年10月去世,先后在各种报刊上发表了中长篇小说17部、短篇小说12篇、文言笔记小说5种。他的小说风靡一时,尤以社会小说《二十年目睹之怪现状》《九命奇冤》、言情小说《恨海》、历史小说《痛史》、科幻小说《新石头记》等最为世人称道,他也因此成为近代文学史上最有影响力的小说家之一。

吴趼人在从事小说创作的同时,还从理论上阐述他对小说社会功能与艺术特性的认知。他对小说何以能改良群治有自己的思考:"年来吾国上下,竞言变法,百度维新",可"新民"乏术,他也"每思补救而苦无善法";一次"隐几假寐,闻窗外喁喁,窃听之,舆夫二人对谈三国史事也,虽附会无稽者十之五六,而正史事略亦十得三四焉。蹶然起,曰:道在是矣,此演义之功也。盖小说家言,兴趣浓厚,易于引人入胜也"①。他在百思不得其解时无意中发现小说的神奇功效,故而才情不自禁地发出"道在是矣"的惊叹。

在《月月小说序》中,他又进一步地从小说的"趣味性"入手,探讨了小说具有的两大能力,"一曰:足以补助记忆力也";"二曰:易输入知识也",因"读小说者,其专注

---

① 吴趼人:《历史小说总序》,陈平原、夏晓虹编:《清末民初小说理论资料》,北京:北京大学出版社2021年版,第193页。

在寻绎趣味,而新知识实即暗寓于趣味之中,故随趣味而输入之而不自觉也"。有鉴于此,他强调指出,"凡著小说者、译小说者,当如何其审慎耶!夫使读吾之小说者,记一善事焉,吾使之也;记一恶事焉,亦吾使之也。抑读吾小说者,得一善知识焉,得一恶知识焉,何莫非吾使之也"①。遗憾的是,当时以"改良群治"为名而新著或新译的小说,虽然汗牛充栋,可真正"能体关系群治之意者,吾不敢谓必无;然而怪诞支离之著作,诘屈聱牙之译本,吾盖数见不鲜矣!凡如是者,他人读之,不知谓之何,以吾观之,殊未足以动吾之感情也。于所谓群治之关系,杳乎其不相涉也"②。

既然如此,那么怎样才能更好地发挥小说改良群治的功能呢?他指出:"吾人丁此道德沦亡之时会,亦思所以挽此浇风耶?则当自小说始。"在他看来,当时社会之所以黑暗、窳败,乱象丛生,实在是因为"世风浇漓"、"道德沦丧",因此改良群治,必须"挽此浇风","借小说之趣味之感情,为德育之一助"③。

那么,吴趼人所说的"德育",其主要内涵是什么呢?他在《上海游骖录·跋》中说:"以仆之眼,观今日之社会,诚岌岌可危,固非急图恢复我固有之道德,不足以维持之,非徒言输入文明,即可以改良革新者也。"④在该小说第八回中,他又借人物之口说:"我所说的改良社会,是要首先提倡道德,务要使德育普及,人人有了个道德心,则社会不改自良。"⑤而在小说《情变》的"楔子"中,他还对崇洋媚外者冷嘲热讽:"样样都要说外国好,外国人放的屁都是香的,中国的孔圣人倒是迂腐;外国人的狗都是好的,中国的英雄倒是鄙夫。"⑥由此可见,他所谓的社会改良,就是"德育";他所谓的"德育",就是主张恢复旧道德,而不是输入西方精神文明。因此,同样提倡以小说来改良群治,他与梁启超所论实则貌合而神离。因为看不到社会腐坏的根源,他以小说来实施"德育"以改良社会的主张,也就不过是一种迂腐的幻想,他也因此产生了浓厚的悲观厌世思想,不时地悲叹:"世道人心如此,哪得不厌世!""世事如此,哪得不厌世!"⑦

总之,吴趼人小说观的核心要义,就是"借小说之趣味之感情,为德育之一助"。

---

① 吴趼人:《月月小说序》,陈平原、夏晓虹编:《清末民初小说理论资料》,北京:北京大学出版社2021年版,第191页。
② 吴趼人:《月月小说序》,陈平原、夏晓虹编:《清末民初小说理论资料》,北京:北京大学出版社2021年版,第190页。
③ 吴趼人:《月月小说序》,陈平原、夏晓虹编:《清末民初小说理论资料》,北京:北京大学出版社2021年版,第191页。
④ 魏绍昌编:《吴趼人研究资料》,上海:上海古籍出版社1980年版,第149页。
⑤ 吴趼人:《上海游骖录》,《吴趼人全集》第三卷,哈尔滨:北方文艺出版社1998年版,第476页。
⑥ 吴趼人:《情变》,《吴趼人全集》第五卷,哈尔滨:北方文艺出版社1998年版,第476页。
⑦ 吴趼人:《上海游骖录》第二回、第十回眉批,《吴趼人全集》第三卷,哈尔滨:北方文艺出版社1998年版,第444、490页。

秉此要义,他对历史小说创作的要求是,"非徒记其事实之谓也,旌善惩恶之意实寓焉"①;至于"社会小说、家庭小说及科学、冒险等,或奇言之,或正言之",也要"务使导之以入于道德范围之内"②;不管写何种小说,都应"寓教育于闲谈,使读者于消闲遣兴之中,仍可获益于消遣之际"③。

第二节 借古鉴今的《痛史》等

吴趼人非常重视历史教育。他鉴于"旧史之繁重,读之固不易矣;而新辑教科书,又适嫌其略"④,旧有的历史演义小说虽然通俗,但又"动以附会为能,转使历史真相隐而不彰;而一般无稽之言,徒乱人耳目"⑤,因此他便"发大誓愿,编撰历史小说,使今日读小说者,明日读正史如见故人;昨日读正史而不得入者,今日读小说而如身亲其境"⑥。那么,历史小说要怎样写,才能较好地发挥历史教育的功能呢?他认为:"撰历史小说者,当以发明正史事实为宗旨,以借古鉴今为诱导,不可过涉虚诞,与正史相剌谬,尤不可张冠李戴,以别朝之事实牵率羼入,贻误阅者。"但他同时又强调历史小说要写得有趣:"夫蹈虚附会,诚小说所不能免者,然既蹈虚附会矣,而仍不免失于简略无味,人亦何贵有此小说也?人亦何乐读此小说也?"⑦可见,他是主张"历史性""思想性"与"艺术性"的有机统一的,这无疑有助于纠正明清历史演义小说创作的积弊,促进历史小说创作的健康发展。而他创作的《痛史》《两晋演义》和《云南野史》也较好地践行了他的创作主张。

《痛史》,二十七回,未完稿。主要写南宋灭亡,元军入主中原,权奸贾似道卖国求荣,文天祥等忠臣义士奋勇抗元的故事。其叙事主要依据《宋史》《宋史纪事本末》

---

① 吴趼人:《月月小说序》,陈平原、夏晓虹编:《清末民初小说理论资料》,北京:北京大学出版社2021年版,第191页。
② 吴趼人:《月月小说序》,陈平原、夏晓虹编:《清末民初小说理论资料》,北京:北京大学出版社2021年版,第191页。
③ 吴趼人:《两晋演义序》,陈平原、夏晓虹编:《清末民初小说理论资料》,北京:北京大学出版社2021年版,第192—193页。
④ 吴趼人:《月月小说序》,陈平原、夏晓虹编:《清末民初小说理论资料》,北京:北京大学出版社2021年版,第191页。
⑤ 吴趼人:《两晋演义序》,陈平原、夏晓虹编:《清末民初小说理论资料》,北京:北京大学出版社2021年版,第192页。
⑥ 吴趼人:《历史小说总序》,陈平原、夏晓虹编:《清末民初小说理论资料》,北京:北京大学出版社2021年版,第194页。
⑦ 吴趼人:《两晋演义序》,陈平原、夏晓虹编:《清末民初小说理论资料》,北京:北京大学出版社2021年版,第192—193页。

等,兼采宋人文集及民间传闻。如书中所叙元军占领、洗劫临安城,南宋朝廷"三宫被掳往大都";文天祥、张世杰、陆秀夫等忠臣在福州"拥立幼主,兴兵拒敌";文天祥"兵败被俘",最终"严词拒降,慷慨就义";张世杰"兵败崖山,自沉殉国";陆秀夫"背负小皇帝,蹈海全节";等等,皆于史有征。作者有时还在叙事过程中有意点明史料来源,如第五回渲染贾似道葬母场面,作者插话道:"这一段话不是我诌出来的,倘或不信,请翻开《宋史》看看,这件事载得明明白白,可见不是我做书人撒谎呀。"《两晋演义》主要写东西晋兴废成败之事,据《月月小说》第十号附告,"全书计在百回以外",但是仅完成二十三回。小说"以通鉴为线索,以《晋书》《十六国春秋》为材料"①,其所叙晋武帝荒淫、惠帝昏庸、贾后淫乱、诸王纷争、外敌入侵等等,皆据史演绎,"一归于正"。《云南野史》,主要写战国时楚国将军庄蹻征服西南夷并建立滇国之事,然仅成三回。作者在"附白"中声明:"此书虽演义体裁,要皆取材于正史。除史册外,别取元人董庄慜《威楚日记》、明人杨用修《滇载记》,又程原道《绥辑暇录》《傜偀类考》《古滇风俗考》及国朝冯再来《滇考》等书,以为考证。"②由此可见,吴趼人创作历史小说,的确是"以发明正史事实为宗旨"的。

不过,吴趼人创作历史小说,更是为了"借古鉴今"。他写《痛史》,"其意图在写中华亡于异族的悲剧,用以借古讽今,揭露抨击晚清中国士大夫在几次与列强战争中,所表现的昏庸误国,与向敌人屈膝投降的可耻行为,借以唤起人们的爱国思想"③。小说一开篇,他即慷慨陈词:

> 我是恼着我们中国人,没有血性的太多,往往把自己祖国的江山,甘心双手去奉与敌人。还要带了敌人去杀戮自己同国的人,非但绝无一点恻隐羞恶之心,而且还自以为荣耀。这种人的心肝,我实在不懂他是用甚么材料造成的。所以我要将这些人的事迹,记些出来,也是借古鉴今的意思。

在正文中,他还不时借人物之口詈骂那些卖国求荣的汉奸。如第四回,写张贵就这样痛斥劝他投降的张弘范:

> ……你是个忘根背本的禽兽,只图着眼前的富贵,甘心做异种异族的奴隶!你去做奴隶倒也罢了,如何还要带着他的兵来,侵占中国的土地,杀戮中国的人民!我不懂中国人与你有何仇何怨,鞑子与你有何恩何德,你便丧心病狂,至此地步!……看你这不伦不类的,你祖宗讨给你的肢体,没有一毛不是中国种,你

---

① 吴趼人:《两晋演义序》,陈平原、夏晓虹编:《清末民初小说理论资料》,北京:北京大学出版社2021年版,第193页。
② 陈平原、夏晓虹编:《清末民初小说理论资料》,北京:北京大学出版社2021年版,第275页。
③ 任访秋:《吴沃尧论》,《河南师范大学学报》1981年第6期。

却守戴了一身的胡冠胡服,你死了之后,不讲见别人,你还有面目见你自家的祖宗么!这话不是我骂你,我只代中国的天地神圣祖宗骂你,还代你自家的祖宗骂你。

小说第八回,作者又借谢枋得之口说:"你看元兵势力虽大,倘使我中国守土之臣,都有三分气节,大众竭力御敌,我看元兵未必便能到此,都是这一班人忘廉丧耻,所以才肯卖国求荣,元兵乘势而来,才致如此。"诸如此类的议论,都是"对鸦片战争到八国联军几十年事件愤慨的总发泄,总暴露"①,用作者本人的话说:"余之撰《痛史》,因别有所感,故尔尔。"②

《两晋演义》之作,也明显带有针砭晚清政治的意图。如第十七回,作者写到"当夜杀得并州百姓携男带女,号哭之声震天动地,直杀至天明,百姓死亡大半",不由得悲从中来,于"眉批"中慨叹:"乙与丙争雄,甲乃坐受其祸,日俄战争时,东三省之百姓,毋乃类是!古今一辙,可为痛哭。"

《云南野乘》之作,"记云南史事……那时正有割弃云南与帝国主义的趋势,他之作此,是要使大家知道'古人开辟的艰难,就不容今人割弃的容易'"③。故作者在第一回开篇即大发感慨:"我国幅员之广,人民之众,若能振起精神来,非但可以雄长亚洲,更何难威慑全球?只因积弱不振,遂致今日赔款,明日割地,被外人指笑我为病夫国。瓜分豆剖之说,非但腾于口说,并且绘为详图,明定界限。幅员虽广,人民虽众,怎禁得日蹙百里,不上几年,只恐就要蹙完了,你说可怕不可怕?"对清政府之丧权卖国,可谓痛心疾首。

总之,吴趼人的历史小说"借古鉴今"的意图是一目了然的。

而为了更有效地实现历史小说"借古鉴今"的意图,吴趼人在叙事过程中力求"寓教于乐"。他深知"读小说者,其专注在寻绎趣味"④,因此为了使叙事饶有意味,他有时会背离正史,蹈虚附会。例如《痛史》第六回,写郑虎臣将贾似道溺毙在茅厕里,说:"好了,这才真个是'遗臭万年'呢!"这显然与史实不符,作者自言:"据正史上说起来,是陈宜中到漳州去把他拿住了,在狱中瘐毙了他,算抵贾似道的命的。但照这样说起来,没甚趣味,我这衍义书也用不着做,看官们只去看正史就得了。"又如《痛史》第二十一回,写仙霞岭上的疯道人胡仇,声称神农皇帝托他携带奇药,疗治汉

---

① 阿英:《晚清小说史》,北京:东方出版社1996年版,第176页。
② 吴趼人:《两晋演义序》,陈平原、夏晓虹编:《清末民初小说理论资料》,北京:北京大学出版社2021年版,第193页。
③ 阿英:《晚清小说史》,北京:东方出版社1996年版,第178页。
④ 吴趼人:《月月小说序》,陈平原、夏晓虹编:《清末民初小说理论资料》,北京:北京大学出版社2021年版,第191页。

人各种奇病:

> 你道是哪几种奇病?一忘根本病,二失心疯病,三没记性病,四丧良心病,五厚面皮病,六狐媚子病,七贪生怕死病。你想世人有了这许多奇病,眼见得群医束手,坐视沦亡。所以,神农皇帝对症发药,取轩辕黄帝战蚩尤之矛为君,以虞、舜两阶干羽为臣,佐以班超西征之弓,更取苏武使匈奴之节为使,共研为末;借近日文丞相就义之血,调和为丸;敬请孟夫子以浩然之气一阵呵干,善能治以上各种奇病。服时,以郭汾阳单骑见虏时免下之胄,煎汤为引,百发百中,其验如神。

这自然是采用嬉笑怒骂的形式,借自古及今中华民族英雄抗御外侮的壮举作为药方,来医治国人面临异族入侵而产生的"忘根本""失心疯""没记性""丧良心"等诸病,以期激发民众的爱国主义精神。

有时,作者还忍不住以新观念、新语词来戏说历史。如《痛史》第二回,写太监巫忠为巴结贾似道,欲骗出宫女叶氏送与他。巫忠问叶氏如能出宫是否愿意嫁一富人家,叶氏回答说,自己进宫,生就奴才命,这时巫忠说道:"依姐儿这么说,非但'女权'二字没有懂得,竟是生就的奴隶性质了。"叶氏道:"甚的'女权',甚的'奴隶性质',这是什么话?我都不懂呀。"巫忠呵呵大笑道:"你不懂得么?也难怪你。你可知还有什么'男女平等'、'女子世界'呢?你再过七百三十多年就知道了。"如此搬运"七百三十年"后的观念对古人进行人权启蒙,真让人忍俊不禁。

第三节 《二十年目睹之怪现状》及其他

吴趼人的历史小说固然值得称道,但真正使他名噪一时的,还是以《二十年目睹之怪现状》为代表的社会小说。社会小说以暴露社会丑恶现状、揭批各种社会问题为主要内容,以改良社会为己任,艺术上多用写实、讽刺、夸张乃至漫画式的手法来针砭时弊。鲁迅称《官场现形记》《二十年目睹之怪现状》等为"谴责小说",主要着眼于它们对丑恶现实的揭露与批判。吴趼人本人则明确将其所著《二十年目睹之怪现状》《九命奇冤》《发财秘诀》《上海游骖录》《胡宝玉》等视为"社会小说"①。

吴趼人最初创作社会小说,也是受梁启超的启发。梁启超在《新民议》中曾说:"今日中国群治之现象,殆无一不当从根柢处摧陷廓清,除旧而布新者也。"②在《新

---

① 吴趼人:《最近社会龌龊史叙》,陈平原、夏晓虹编:《清末民初小说理论资料》,北京:北京大学出版社2021年版,第367页。
② 梁启超:《梁启超全集》第四集,北京:中国人民大学出版社2018年版,第84页。

民丛报》第十九号(1902年10月)发表的《新小说社征文启》中,梁启超又声明:"又如《儒林外史》之例,描写现今社会情状,借以警醒时流,矫正弊俗,亦佳构也。"①吴趼人对梁启超的观点无疑是认同的,他的《二十年目睹之怪现状》等就是对"中国群治之现象"的全方位扫描,而其目的也正在于"警醒时流,矫正弊俗"。

一、《二十年目睹之怪现状》

《二十年目睹之怪现状》是吴趼人小说的代表作,该小说"以新闻之体裁而瞻列近世之事实"②,对五花八门的社会怪现状做了穷形尽相的反映。该书的整体构思、素材来源、叙事旨趣、叙事详略、叙事视角、人物刻画、叙事笔法等方面,均有令人耳目一新之处,也最能体现吴趼人的小说创作才华。

吴趼人在《近十年目睹之怪现状·自叙》中曾谈到他苦心构思、写作这部小说的经历:"惟《二十年目睹之怪现状》一书,部分百回,都凡五十万言,借一人为总机枢,写社会种种怪状,皆二十年前所亲见亲闻者,惨淡经营,历七年而犹未尽杀青。"③他所谓的"借一人为总机枢",是指该小说以"我"为线索,主要写"我"在二十年中"亲见亲闻"的"社会种种怪状"。"我",又名"九死一生",为何起这个名字呢?小说第二回这样解释道:

> 只因我出来应世的二十年中,回头想来,所遇见的只有三种东西:第一种是蛇虫鼠蚁;第二种是豺狼虎豹;第三种是魑魅魍魉。二十年之久,在此中过来,未曾被第一种所蚀,未曾被第二种所啖,未曾被第三种所攫,居然被我都避了过去,还不算是九死一生么?

小说所写的种种怪现状,几乎涉及了晚清社会的各个阶层,上自部堂督抚,下至三教九流,举凡贪官污吏、讼棍劣绅、奸商钱房、洋奴买办、江湖术士、洋场才子、娼妓娈童、流氓骗子等,狼奔豕突,层出不穷。而要将这形形色色的"蛇虫鼠蚁"、"豺狼虎豹"与"魑魅魍魉"有机地串联起来,次第暴露其丑行恶迹,诚非易事。作者的灵巧处在于,借"九死一生"为"总机枢",来建构故事情节,他"把九死一生放在官家的清客、为其出面经商的地位,使他既能了解官方,因至各地开创商业得涉足中国,而各方面的怪现状,便很自然的得到依附"④。作者自己也不无得意地说:"此书举定一人为

---

① 刘永文编:《晚清小说书目》之四《报刊所登广告》,上海:上海古籍出版社2008年版,第401页。
② 参见《时报》1905年9月19日所登小说广告。
③ 吴趼人:《吴趼人全集》第三卷,哈尔滨:北方文艺出版社1998年版,第300页。
④ 阿英:《吴趼人》,《吴趼人全集》第十卷,哈尔滨:北方文艺出版社1998年版,第139页。

主,如千军万马,均归一人操纵,处处有江汉朝宗之妙,遂成一团结之局。"①

让人匪夷所思的是,作者是从哪里获取如此繁夥的奇闻怪事的呢?曾向吴趼人请教小说作法的包天笑,透露了个中奥秘,他说:

> 当时写社会小说的人,最崇奉《儒林外史》一书,因此人人都模仿《儒林外史》。我就问他:"《二十年目睹之怪现状》中,先生何从得这许多材料?所谓目睹者,难道都是亲眼目睹吗?"吴先生笑着,给我瞧一本手抄册子,很像日记一般,里面抄写的,都是每次听得友人们所谈的怪怪奇奇的故事。也有从笔记上抄下来的,也有从报纸上剪下来的,杂乱无章的成了一巨册。他笑说:"所谓目睹者,都是从这里来的呀。"我说:"这些材料,将如何整理法呢?"吴先生道:"就是在这一点上,要用一个贯穿之法,大概写社会小说的,都是如此的吧。"②

据此可知,吴趼人主要靠剪报、笔录朋友所说等来集聚素材。吴本身是报人,还主编过《采风报》《奇新报》等,对"奇新"怪事比较敏感,这就为他搜罗"怪现状"提供了极大便利。小说中的"我"喜欢看报,还爱缠着别人讲故事,平时也爱写日记、做笔记,小说结尾"我"就将日记取名为"九死一生日记"。书中自然也有不少材料源自亲身亲历,如"我"的伯父凉薄无行,鲸吞"我"父亲留下的万金资财,几乎令"我"流落街头,就是作者亲历。作者在第一百零八回批语中还点明:"上回之觅弟,为著者生平第一快意事……此回之治丧,为著者生平第一懊恼事……为录于此,以见此虽小说,顾不尽空中楼阁也。"蒋瑞藻《小说考证》所引的《缺名笔记》还考索了该小说"影托"的"当代名人":

> 书中影托人名,凡著者亲属知友,则非深悉其身世者莫辨。当代名人如张文襄、张彪、盛杏荪及其继室、聂仲芳及其夫人(即曾文正之女)、太夫人、曾惠敏、邵友濂、梁鼎芬、文廷式、铁良、卫汝贵、洪述祖等,苟细绎之,不难按图而索也。③

可见,作者很注意多渠道地汲取故事素材,其小说所写有很强的现实依据与客观真实性。作者自称:"吾闻诸人言,是皆实事,非凭空构造者。"(第三回评)"确是当年实事,非虚构者。"(第二十六回评)作者"试图以新闻式的直观,报道过去二十年来的

---

① 吴趼人:《二十年目睹之怪现状·总评》,《吴趼人全集》第二卷,哈尔滨:北方文艺出版社1998年版,第936页。
② 包天笑:《钏影楼笔记》,见魏绍昌编《吴趼人研究资料》,上海:上海古籍出版社1980年版,第30页。
③ 蒋瑞藻:《小说考证·二十年目睹之怪现状》,上海:古典文学出版社1957年版,第222页。

日常体验,但他同样着迷于那些悖离日常生活与常规知识的怪异、不俗的事物"①。在小说《楔子》中,他就说:"里面所叙的事,千奇百怪,看得又惊又怕。"其所谓"千奇百怪"的事,就是指"社会种种怪状"。第十一回,"九死一生"还声称:"我只喜欢打听那古怪的事,闲事是不管的。"第六十回,吴继之又说"九死一生"平时"备了一本日记,除记正事之外,把那所见所闻的,都记在上面,很有两件稀奇古怪的事情"。小说结尾又再次点明:"又念我自从出门应世以来,一切奇奇怪怪的事,都写了笔记,这部笔记足足盘弄了二十年了。"可见,选取"奇奇怪怪"之事进行叙述,乃是本书叙事的主要旨趣。

那么什么样的事情才算是古怪的呢?从小说所写来看,其所谓"古怪"之事,并非指超自然的荒诞不经之事,而主要是指那些极其反常悖俗乃至伤风败俗的言行。诸如知县做贼,臬台盗银,宦家子弟黎景翼为夺家产逼死胞弟又将弟媳卖入娼门,吏部主事符弥轩高谈性理之学却逼祖父讨饭甚至将其打死,候补道想巴结上司命妻子为制台"按摩",苟观察为升官跪求寡媳做制台小老婆,以及五花八门的坑蒙拐骗偷,"一切稀奇古怪、梦想不到的事",实际上都是蔑伦悖理、逸出常轨之事。叙述这些新奇、反常之事,既可以令受众感到惊奇、震撼,又可以借此揭批种种社会痼疾,为作者提倡的道德改良张本。

从叙事的轻重详略来看,尽管作者声称要将"上中下三等社会一齐写尽",但还是以揭批"官场丑态"为主。如小说第九回评语指出:"一路写来,多是官场丑态。"书中多次谴责为官作吏之人,谩骂"官场中竟是男盗女娼的了!"(第四回)"这个官竟然不是人做的。头一件就要学会了卑污苟贱,才可以求得着差使;又要把良心搁过一边,放出那杀人不见血的手段,才能弄得着钱。"(第五十回)"如今做官的,那里还讲甚么能耐,讲甚么才情。会拉拢、会花钱就是能耐,会巴结就是才情。"(第八十九回)"官场的事情,也真是有天没日,只要贿赂通了,甚么事都办得到。"(第九十回)"现在那些中堂大人们,那一个不是棺材里伸出手来——死要的!"(第九十二回)"至于官,是拿钱捐来的,钱多官就大点,钱少官就小点……至于说是做官的规矩,那不过是叩头、请安、站班……至于骨子里头,第一个秘诀是要巴结,只要人家巴结不到的,你巴结得到;人家做不出的,你做得出。……你千万记着'不怕难为情'五个字的秘诀,做官是一定得法的。"(第九十九回)因此,张冥飞在评论《二十年目睹之怪现状》时指出:"官场为消磨人才之地,亦是造成罪恶之场,故所写怪状,终以官场中人之所作为多数。作者于第四回下'官场中简直是男盗女娼的了'之断语,骂世伤时至此,我知

---

① 王德威:《被压抑的现代性——晚清小说新论》,北京:北京大学出版社2005年版,第218—219页。

其深恫于厥心矣。"①

在暴露官场之黑暗、谴责官吏腐败的同时,作者对士林、科场、洋行、商界以及其他三教九流中的各种怪现状也时有涉猎。如第三十五回,写一帮上海名士举办竹汤饼会,每人起了一个奇怪的"别号",分明胸无点墨,却又故作风雅。其中有人居然将李商隐的别号"玉溪生"说成是杜牧的,又把杜牧的别号"樊川"加在杜甫头上;有人自称是杜少陵的一字师,却不知杜少陵为何人,竟说杜少陵与杜甫是父子关系;还有人盛赞其所见的唐代书法家颜鲁公(颜真卿)的墨迹如何如何好,别人问那幅墨迹写的是何内容,他竟然说是《前赤壁赋》……可见这帮名士是多么浅薄无知、沽名钓誉而又寡廉鲜耻。又如第四十三回,写江南贡院举行乡试,"我"去帮忙阅卷,发现有人竟用飞鸽将考题偷送出去,或将文章传递进号,或干脆偷换考卷,而负责阅卷的"房官",居然随身携带朱锭、朱砚,以便当场修改他看得上的,或想要照顾的考生试卷。科举舞弊、徇私之乱象,由此可见一斑。再如第八十一回,写某观察听人说煤油是从煤炭中提取的,于是大量购买、囤积煤炭,召人入股,准备开一个提煤油的公司,结果导致重庆周边煤价飙涨,平民百姓生活受累,惊动了外国领事,不仅亏了钱,坑了别人,还贻讥外族,闹出了一个天大的笑话。

从叙事技艺上看,该小说因为将怪现状大多纳入"我"之耳闻目睹,主要采用第一人称限制叙事,这样就易使读者产生逼真亲切、如临其境的艺术效果;并且小说中这个"我"明显带有作者的影子,在"我"身上可以看到吴趼人有侠气、讲义气、重然诺、慷慨磊落的个性,这就使第一人称叙事带上了一定的个性化色彩。对于当时已习惯于阅读传统小说的读者来说,这部通篇以"我"来讲故事的小说,无疑会产生较强烈的视觉冲击力与新鲜独特的艺术感受。因此,该小说采用的第一人称限制叙事,在中国近代小说史上可谓别开生面,有效地突破了中国古代小说"说书人"全知叙事的藩篱,对中国小说叙事视角的革新起到了较大的促进作用。此后,以第一人称叙事的小说开始大量涌现。

就人物形象的刻画而言,由于作者对"蛇虫鼠蚁"、"豺狼虎豹"与"魑魅魍魉"之类的人物深恶痛疾,因而常常采用写实与漫画式的夸张相结合的笔法,以勾画其特征,毕现其妍媸,达到谴责的目的。如第八十八回,写苟才跪求儿媳一节:

> 苟才向婆子丢个眼色,苟太太会意,走近少奶奶身边,猝然把少奶奶捺住,苟才正对了少奶奶,又跪下去。吓得少奶奶要起身时,却早被苟太太捺住了。况且苟太太也顺势跪下,两只手抱住了少奶奶双膝。苟才却摘下帽子,放在地下,然

---

① 魏绍昌编:《吴趼人研究资料》,上海:上海古籍出版社1980年版,第78页。

后"蓉的蓉的"碰了三个响头。……苟才道:"我此刻明告诉了媳妇,望媳妇大发慈悲,救我一救!这件事除了媳妇,没有第二个可做的。"……苟才仍是跪着不动道:"这里的大帅,前个月没了个姨太太,心中十分不乐,常对人说,怎生再得一个佳人,方才快活。我想媳妇生就的沉鱼落雁之容、闭月羞花之貌,大帅见了,一定欢喜的,所以我前两天托人对大帅说定,将媳妇送去给他做了姨太太,大帅已经答应下来。务乞媳妇屈节顺从,这便是救我一家性命了。"

作者抓住其下跪、磕头的丑行与摇尾乞怜的一段丑语,寥寥数笔,就活画出苟才"行止龌龊,无耻之尤"的丑恶嘴脸。为了彰显所写人物的道德品性,作者还有意采用了姓名谐音之法,来表达他对所写人物的厌憎之情。如苟才,即谐音"狗才";郦士图,谐音"利是图";濮固修,谐音"不顾羞";等等。作者在第十二回评语中写道:"一席六个人,已有了一个'狗才',还有一个'利是图',一个'不顾羞',写来可笑。"①

当然,小说也写了几个正人君子,如九死一生、吴继之、文述农、蔡伯坚等,他们或豁达、慷慨、精明,或颖悟、执着,或侠义、耿直、清廉等,或多或少地寄托了作者以道德救世的良苦用心。不过,考虑到这几个人物是书中所叙"怪现状"的耳闻目睹者,是叙事信息的主要提供者,因此为了加强叙事的真实性与可靠性,作者也必须将他们写成耿直清正与愤世嫉俗的人。

为了更好地突出所写现状之"怪",以收到耸动读者听闻的效果,作者还刻意追求叙事的曲折多变、情节的跌宕起伏。例如,第四回写苟才礼贤下士,令"我"惊叹,不料吴继之却嘲笑"我"大惊小怪,使"我"好生纳闷,至此收尾,作者评点道:"阅者且休阅下回,试掩卷思之,毕竟是何缘故?任是百思,当亦不得其解,此现状之所以为怪也!"②翻阅第五回,欲探究竟,作者却又故意岔开笔墨,还评点道:"此回偏不便表明,令读者捉摸不定。"③而在写完骗子设套骗了珠宝店后,作者又评道:"读者以为此一回文字,已叙完矣,不料下文余波,写来更觉骇人耳目。现状怪,笔墨也不得谓之非怪。"④如此叙事,自然会令读者欲罢不能。因此,作者多次借评点自鸣得意:

令人急欲追求,却又霎时勒住,诡秘如是,不怕阅者纳闷耶?(第十一回评)此书迂回曲折,不肯骤以真相示人,读者其宁心以俟之。(第十六回评)此一回全是机诈文章,无一笔无一处不是形容鬼蜮伎俩,写来闪烁不定。(第十九回评)笙歌竞奏之时,忽然杂以叫骂之声,正不知为着何事,令人急欲看下文。(第

---

① 吴趼人:《吴趼人全集》第一卷,哈尔滨:北方文艺出版社1998年版,第95页。
② 吴趼人:《吴趼人全集》第一卷,哈尔滨:北方文艺出版社1998年版,第40页。
③ 吴趼人:《吴趼人全集》第一卷,哈尔滨:北方文艺出版社1998年版,第47页。
④ 吴趼人:《吴趼人全集》第一卷,哈尔滨:北方文艺出版社1998年版,第47页。

四十三回评)下半回突如其来,出人意料,阅至篇终,始知为此谣言所致。(第五十八回评)上回写得如火如荼,戛然而止,以为此回必有一番扰乱恐慌现象矣!谁知竟是火灭烟消,冰清水冷,绝无此事,令人回想当时,可发一笑。(第五十九回评)

可见,作者是有意借"怪笔"来写"怪事"的。"怪笔"与"怪事"相辅相成,既出人意料之外,又在情理之中,有效地增添了小说的吸引力与感染力。作者这样做,也与小说是在报刊上连载密切相关的。梁启超曾谈及报刊连载小说创作的难处在于"虽一回不能苟简,稍有弱点,即全书皆为减色"①。因此,为了适应报刊连载的需要,作者便不得不精心结撰每期所载故事,力求叙事迂回曲折、悬念迭起,以期吸引读者持续不断地购报阅读。

总而言之,《二十年目睹之怪现状》全面地暴露并谴责了当时社会上与儒家的政治理想和传统道德相悖离的种种怪现状。这种暴露自然能"使人读之而知所警戒,于趣味之中,兼具教训之目的"②,客观上有助于社会的改良。不过,由于作者愤世嫉俗之情过于强烈,虽其命意在于匡时济世,但其"描写失之张皇,时或伤于溢恶,言违真实,则感人之力顿微"③,再加上该小说是在报刊上连载的,为了投俗众之所好,自不免有猎奇凑趣之嫌,这也使得一部以改良社会为己任的小说,在一定程度上变成了"连篇'话柄',仅足供闲散者谈笑之资而已"④,这不能不令人为之惋惜。

当然,该小说的叙事艺术水平还是相当高的,张冥飞就说它:"近世所出之社会小说,未有能驾而上之者。"⑤胡适曾将它与当时《官场现形记》等同类小说做过比较,说它在"同类之书中,独为最上物。所以者何?此书以'我'为主人。全书种种不相关属之材料,得此一个'我',乃有所附着,有所统系。此其特长之处,非李伯元所及"⑥。

---

① 梁启超:《〈新小说〉第一号》,《新民丛报》第一号,1902年。
② 成之:《小说丛话》,陈平原、夏晓红编《清末民初小说理论资料》,北京:北京大学出版社2021年版,第439页。
③ 鲁迅:《中国小说史略》第二十八篇《清末之谴责小说》,上海:上海古籍出版社1998年版,第209页。
④ 鲁迅:《中国小说史略》第二十八篇《清末之谴责小说》,上海:上海古籍出版社1998年版,第209页。
⑤ 张冥飞:《古今小说评林》,参见魏绍昌编《吴趼人研究资料》,上海:上海古籍出版社1980年版,第78页。
⑥ 胡适:《再寄陈独秀答钱玄同》,参见《胡适古典文学研究论集》,上海:上海古籍出版社1988年版,第719页。

二、《九命奇冤》

《九命奇冤》是吴趼人根据嘉庆十四年安和先生所著《警富新书》改编的。原书四十回，叙述雍正年间，广东番禺县梁天来、凌贵兴两家因"风水"问题发生纠葛，积怨成仇。凌家倚借财势，对梁家百般欺凌，最终发展到纠结强盗、武装打劫，纵火焚熏梁家石室，导致梁氏一家七口当场毙命，其中一名妇女还怀有身孕，遂酿成轰动一时的"七尸八命"惨案。事后被害人梁天来衔冤上告，历经县、府、按察使、巡抚等审讯，都因凌氏以重金行贿，不但大冤难伸，反将证人拷打致死。总督孔大鹏查明案情，捕获凌贵兴一伙，后竟又被肇庆知府受贿开释。最终梁天来冲破重重阻截，赴京告御状，终使沉冤得雪。小说旨在警示富人不可因追名逐利，骄横不法，害人害己，劝喻世人安分守己，多行善举。

吴趼人对《警富新书》进行了改编、重写，将原书中的"八命"增为"九命"（这是将作证而死的乞丐张凤也计入被害人之列），改名《九命奇冤》。全书三十六回，连载于《新小说》。该小说不同于一般的公案小说，"它所强调的并不是明断的官吏。像其他晚清小说一样，它的主导主题是抨击道德的败坏、迷信以及贪婪造成的极大罪恶"[①]，因此它实际上是一部揭批社会黑暗、政治腐败的社会小说。

《九命奇冤》基本保留了《警富新书》的情节内容。主要人物梁天来、凌贵兴，以及梁、凌两家的冤恨情仇，皆与原著大体一致。既然如此，吴趼人又何必重起炉灶，将同样的故事再写一遍呢？这除了吴氏对《警富新书》叙事芜杂、描写粗糙感到不满外，还与他想借这个震撼人心的典型案件，揭批社会的丑恶现象，寄托其改良社会政治的愿望有直接关系。在吴趼人笔下，《九命奇冤》不仅是为了警示富人，"旌善惩恶"，还有更为显豁的现实批判意义。它穷形尽相地刻画了乡豪富户、帮闲无赖、贪官污吏、地痞土匪等人物，入木三分地揭示了乡里恶俗之顽劣、乡豪富户之跋扈、清朝吏治之腐败，无论在题材内容还是在思想意义方面皆对原著有所拓展和深化。值得一提的是，作者还有意对原书中写到的风水、算命、鬼魂显灵等迷信风气进行揭批，并增写了鸦片的危害。如小说第六回写到凌贵兴迷信风水、受人误导之事时，作者忍不住发表议论："看官！须知这算命、风水、白虎、貔貅等事，都是荒诞无稽的，何必要叙上来？只因当时的民智不过如此，都以为这个是神乎其神的，他们要这样做出来，我也只可照样叙过去。不是我自命改良小说的，也跟着古人去迷信这无稽之言，不要误

[①] [英]吉尔伯特：《〈九命奇冤〉中的时间：西方影响与本国传统》，参见米列娜编、伍晓明译：《从传统到现代》，北京：北京大学出版社1991年版，第131页。

会了我的意思呀!"小说第十回还写何氏劝夫改邪归正，不料却被其夫打骂一顿，于是便吞食鸦片，含恨而死。这些描写都赋予小说以进步意义与时代气息，表达了作者改良社会的愿望。当然，吴趼人对《九命奇冤》的改编、创新，更多地表现在艺术方面。

首先，他对原书的故事情节进行了改造与重构。《警富新书》在情节的安排与叙述方面有时显得过于粗糙，其中一些与主干情节无关紧要的内容，也大肆铺叙。如凌贵兴之妹桂仙中秋之夜做客梁家，吟诗作赋，作者便将姊妹之诗一一记录下来，这与环境氛围、人物心情皆不相谐。吴趼人对此做了删改，改成桂仙中秋之夜前往梁家通风报信，删除赏月吟诗之乐。桂仙归家后与其兄凌贵兴发生口角，上吊自杀，遗书被其兄撕毁……这些叙述不仅衔接紧凑，并且合乎情理，对表现凌贵兴六亲不认、冷酷无情的性格也起到一定作用。《警富新书》不厌其烦地全文重现凌、梁的状词，从梁天来上告知县到殿前御状，多达六次，吴趼人对此也作了删除，避免了行文的重复与冗赘。另外，吴趼人还删除了与天来告御状无关的黄经冤案。这些删改使小说叙事简洁、明快，情节更为紧凑了。至于梁天来上京告御状，吴趼人也作了很大改动。《警富新书》对梁天来上京告状叙述极详，用了整整十二回的篇幅，其间插写苏沛之微行访察之事，余者尽叙天来赴京途中的艰难险阻。而《九命奇冤》自二十九回才涉笔天来上京之事，并且调整了叙事角度与重心，改从凌贵兴这一面写起，写凌得知天来上京之事后，千方百计围堵截杀，致使天来险象环生，故事情节环环相扣、跌宕起伏，充分地揭露了凌贵兴及其爪牙穷凶极恶的罪行与相关官吏贪鄙无耻的嘴脸。

其次，他对小说的叙述方式进行了变革。这是《九命奇冤》中最引人注目之处。例如，小说一开头就采用了对话、场景式的描写与倒叙手法：

"唅！伙计！到了地头了！你看大门紧闭，用甚么法子攻打？"

"呸！蠢材！这区区两扇木门，还攻打不开么？来，来，来！拿我的铁锤来！"

砰訇！砰訇！

"好响呀！"

"好了，好了！头门开了！呀！这二门是个铁门，怎么处呢？"

轰！

"好了，好了！……"

这一连串的对话与拟声，有意略去了传统小说中常见的"××道"或"××曰"，以戏剧化的手法逼真地展现了一群匪盗攻打梁家石室的情景。这原本是小说情节的高潮所在，要写到第十六回时才出现，然而吴趼人却拿来放在卷首，以倒叙之法制造了先声夺人的艺术效果。这种写法在传统小说中极为罕见。胡适指出:"这种倒装的叙述,一定是西洋小说的影响。"①有学者更明确指出,吴趼人借鉴了法国侦探小说《毒蛇圈》的写法②。《毒蛇圈》一开头就采用了对话、倒叙之法,吴趼人评点过这部小说,故而借鉴其开头方法也可谓顺理成章。

倒叙之法并非只出现在开头,在此后的叙事中也多次使用。例如,第十七回叙述关在石室的梁母起死回生后讲述烟熏石室时的情况及幸免于死的原因;第十八回凌贵兴一伙作恶后汇报各人作恶情况;第三十一回补叙区爵兴寻梁天来踪迹不得的缘由;第三十五回写凌贵兴与众盗匪正在庆贺打官司获胜,不料竟被一伙官兵冲进来全部缉拿归案,感觉像是在做梦。这时叙述者出面解释道:"看官!这等遭逢,犹如当头打了个闷棍一般,怎怪得他们疑是做梦呢!就是看官们看到这里,也是莫名其妙,也要疑惑闷气。待我先把这件事补了出来,破了这个闷罢。原来……"这几处都有意采用了倒叙、补叙的方法,时空交错而又头绪分明,有效地制造了悬念,增加了叙事的审美张力。

再次,他对人物塑造方法进行了丰富与创新。中国古代小说习惯于通过人物的言行来展示人物的性格,较少描写人物的内心活动,《警富新书》也不例外。吴趼人在重写该小说时有意增加了大量的心理描写,使之成为刻画人物性格的主要手段之一。例如,《九命奇冤》第四回写凌贵兴参加科考后等待放榜的焦急心情:

> 正说话间,忽听得门外面一声锣响,人声嘈杂,贵兴大喜,以为是报到了……贵兴不觉一阵心乱如麻,又想道:"我才头一次场,就中了,只怕没有这等容易……"忽然又转念道:"不管马半仙算命灵不灵,一万三千银子的关节,早就买定了,哪有不中之理!"想到这里,心里又是一乐,忽然又想道:"……忽又想道:"……"想到这里,不由的汗流浃背起来,坐不住,走到床上躺一下,一会又起来走走,又自己安慰自己道:"……"忽又回想道:"……"侧耳听听,外面已经打过三更了。"……虽然,盼了一夜,明日穿了衣帽去拜老师,簪花赴鹿鸣宴,也是开心的!"想到这里不禁噗嗤一声,自己笑起来。……贵兴大悟,暗想道:"……"贵兴只是无心理会,定了神侧着耳去听,……见天已发白,贵兴已是急得搓手顿足……
>
> 贵兴气恼一番,思量莫非那姓陈的是个骗子……又想到:"除非他再也不到广东,倘是再来时,我一定不放过他!"心中胡思乱想,又复睡去。

---

① 胡适:《五十年来中国之文学》,参见《胡适古典文学研究论集》,上海:上海古籍出版社1988年版,第146页。

② 苗怀明:《中国公案小说史论》,南京:南京大学出版社2005年版,第141页。

凌贵兴由"大喜",继而"心乱如麻",转念又想,接着安慰自己,大悟,笑起来,然后又无心理会,急得搓手顿足,气恼一番,"心中胡思乱想"……这一系列的心理活动变化与情绪化的动作、语言水乳交融,将凌贵兴梦想中举又疑心受骗、满怀期待又忐忑难安的精神状态勾魂摄魄地描绘了出来。

总之,吴趼人从思想与艺术上都对《警富新书》做了脱胎换骨的改造,因而《九命奇冤》一经问世,便产生了良好的社会反响,成为吴趼人的代表作之一。胡适指出:"《九命奇冤》可算是中国近代的一部全德的小说。……他用中国讽刺小说的技术来写家庭与官场,用中国北方强盗小说的技术来写强盗与强盗的军师,但他又用西洋侦探小说的布局来做一个总结构。繁文一概削尽,枝叶一齐扫光,只剩这一个大命案的起落因果做一个中心题目。故《九命奇冤》在技术一方面要算最完备的一部小说了。"①

第四节　别开生面的言情小说

言情小说,是以描叙男女爱情、婚姻以及与之相关的家庭、社会生活为主要内容的小说。吴趼人的言情小说主要有《恨海》《劫余灰》和《情变》等。

《恨海》是吴趼人创作的第一部言情小说,全书十回,由上海广智书局1906年10月出版。书叙广东京官陈戟临有二子,长子伯和聘商人张鹤亭之女棣华为妻,次子仲霭与京官王乐天之女娟娟订婚。两对小儿女自幼同窗,两小无猜,本可三生石上、永结同心,不料庚子乱起,伯和护送张氏母女南下上海寻找张鹤亭,途中失散,却得意外横财,到上海后吃喝嫖赌。棣华四处打听伯和下落,找到他时,他已沦落为乞丐,不久贫病而死,棣华万念俱灰,斩断青丝,遁入空门。陈戟临夫妇则在祸乱中被杀,仲霭只身避乱,幸遇父亲好友,推荐他到陕西某观察幕中做事,得蓄资产,并被保举功名,于是南下寻访娟娟,谁知娟娟已不幸堕入风尘,仲霭愤恨之极,斩断情缘,披发入山,不知所终。

《劫余灰》最初发表于《月月小说》第10、11、13、15至21、23、24号,全书十六回,以反美华工禁约运动为背景,叙述一对青年情侣的悲惨际遇。小说写朱婉贞与陈耕伯由父母订下亲事,耕伯考中秀才,却被婉贞叔父朱仲晦骗到香港卖了"猪仔"(即卖到美国做华工),婉贞本人也被仲晦骗到广西,卖入妓院,历经磨难,回家后听说耕伯

---

① 胡适:《五十年来中国之文学》,参见《胡适古典文学研究论集》,上海:上海古籍出版社1988年版,第147页。

已死,于是去陈家奔丧守节,长达十几年。最终,耕伯携妻从海外归来,双方团聚,而两女也以姊妹相称。

《情变》是一部未完成的作品,原载于《舆论时事报》,1910年6月22日开始刊登,连载至同年10月,因作者猝然去世而中断。该书包括"楔子"与正文十回,但仅完成前七回,第八回没有叙完。小说写扬州少女寇阿男与同村少年秦白凤同窗共读,青梅竹马,两小无猜。后来阿男随父母到外地卖艺,临行前两人私订终身。几年后,阿男回乡,见秦家要与何家联姻,心中不甘,便大胆与白凤私合。私情败露后,白凤被迫去了镇江,阿男痴心不改,赶到镇江与白凤私奔至杭州,不久又被父亲抓回嫁给表兄,白凤也由叔父做主,娶了何家女儿彩鸾。第八回至此中断。从作者拟定的回目来看,故事结局应该是阿男伙同白凤,杀死其丈夫,结果命丧刑场,而白凤也在刑场殉情。

吴趼人创作的言情小说虽然为数不多,但却较有特色,对清末言情小说及后来的鸳鸯蝴蝶派小说创作皆有重要影响。

一、与众不同的"言情"观

吴趼人创作言情小说,是与他对"情"的理解和认识分不开的。在《恨海》第一回中,他就对"情"做了开宗明义的解说,认为俗人所说的情,主要是"儿女私情",而他所说的"情"则是人类与生俱来的各类情感之和,其中尤以忠、孝、慈、义等伦理情感为主要内涵。小说即使要写男女爱情,也应当"发乎情,止乎礼义",否则就不是"写情"而是"写魔"了。在《劫余灰》第一回开头,吴趼人又将"情"的外延进一步扩展到了天地间一切有生机的事物,认为"情"是牵动人类一切活动的总线索,不仅人类,就连自然界的飞禽走兽、花草树木也都是有"情"的。"情"虽然无处不在,须臾不离,但其精神内核却是有关风化的伦理之情。因此,他指出:"近来小说家所言艳情、爱情、哀情、侠情之类,也不一而足,据我看去,却是痴情最多……自从世风不古以来,一般佻挞少年,只知道男女相悦独谓之情,非把'情'字弄得狭隘了,并且把'情'字也污蔑了,也算得是'情'字的劫运。到了此时,那'情'字也变成了劫余灰了。"由此可知,他之所以创作言情小说,也是因为对"近来小说家所言艳情、爱情、哀情、侠情"感到不满,觉得他们"非把'情'字弄得狭隘了,并且把'情'字也污蔑了",所以才觉得有必要亲自写几部言情小说,通过援情入礼,情礼互喻,来重新演绎"情"的伦理内涵。

不过,一个作家的观念、意图在其实际的创作中往往并不能得到充分的贯彻与落实,有时甚至会出现创作实践与观念、意图的脱节或背离。因为优秀的作家一旦进入小说创作中,就会不由自主地根据特定情境中人物的生活感受、个性情感与性格逻辑去生发故事,构建情节,描写人物的离合悲欢,而不会简单地从预定的观念、意图出发,去操纵人物,编造故事,使人物、故事成为观念的图解。就吴趼人创作的几部言情小说来看,情况正是如此。虽然作者开宗明义地声称"情"的描写要合乎传统的伦理规范,但在实际的创作中,他仍是以儿女之情作为艺术描写的中心,并没有刻意去肯定人物的忠孝节义之举,有时甚至还在有意无意中真实地反映了传统礼教对人情人性的扭曲与戕害。如《恨海》中张棣华因守礼避嫌,不敢与陈伯和同居一室、同乘一车,才被流民冲散,导致伯和交友不慎堕落为浪子,自己则为伯和守节而削发为尼;仲霭也因无法接受不幸失足的娟娟而遁入空门。可见,正是由于当事人在动乱的时局中拘泥礼教,或受贞节观念的左右,才导致爱情悲剧的产生。因此,吴趼人虽然本意是想借写儿女之情来弘扬传统道德,可实际效果却适得其反,这也许是作者始料不及的。吴趼人后来在谈到《恨海》的创作以及后来的阅读感受时曾说:

> 作小说令人喜易,令人悲难,令人笑易,令人哭难。吾前著《恨海》,仅十日而脱稿,未尝自审一过,即持以付广智书局。出版后偶取阅之,至悲惨处,辄自堕泪,亦不解当时何以下笔也。能为其难,窃用自喜。然其中之言论理想,大都皆陈腐常谈,殊无新趣,良用自谦。所幸全书虽是写情,犹未脱道德范围,或不致为大雅君子所唾弃耳。①

这段自白说明他在实际创作中并未怎样受到"言情"观念的束缚与影响,而是沉浸在对人物的性格行为、情感心理与悲剧命运的深入体察、悲悯之中,振笔直书,一气呵成,因而才会产生令人悲哭的艺术力量。虽然他仍说"全书虽是写情,犹未脱道德范围",但这恐怕也是以此应对有可能来自大雅君子的指责,实则他认为"其中之言论理想,大都皆陈腐常谈,殊无新趣"。可见以恢复传统道德为己任的吴趼人,一旦深入到对人物的爱情悲剧的具体体验与描写中,也会自觉不自觉地认识到礼教的陈腐与戕害人性的一面。而这,也正是其言情小说在思想内涵方面值得关注、玩味与肯定的地方。

二、"以男衬女"的人物配置

吴趼人的言情小说在对人物形象的塑造方面也有与众不同之处,即他喜欢以女性为主要表现对象,并有意弱化男性人物,使其成为女性形象的陪衬,因此形成了一种"以男衬女"的人物配置模式。《恨海》中的张棣华、《劫余灰》中的朱婉贞、《情变》

---

① 吴趼人:《说小说·杂说》,参见《吴趼人全集》第八卷,哈尔滨:北方文艺出版社1998年版,第220页。

中的寇阿男,都是作者浓墨重彩地加以描绘的对象。棣华、婉贞是守贞持节的奇女子,她们孝顺父母、尊敬长辈、忠于爱情,有牢不可破的、从一而终的节操观念。在逃难途中,棣华因为守礼避嫌,在客房不足、有母亲陪伴的情况下,因不愿与伯和同榻,致使伯和受冻染病。她想照顾伯和,又碍于礼数,内心异常纠结。后来,棣华与伯和被乱民冲散,千辛万苦回到上海,谁料伯和已因嫖妓吸毒,沦为乞丐,贫病缠身。棣华没有心生嫌怨,甚至认为这都是自己处处避嫌惹的祸。她怀着深深的自责将伯和接到家中治病,苦心劝说浪子回头,并在他病重时放下男女嫌忌,以未婚妻身份服侍伯和,甚至以口哺药,但最终于事无补。棣华本想殉情而死,"因恐死了,父亲更是伤心",所以只好断发出家,为伯和守节。用现代人的观点看,棣华本来可以开始新的生活,但是这对一个以孝义为重、甘心守节的女子来说又是不可能的选择。

同样的情况发生在《劫余灰》的朱婉贞身上。婉贞也是由父母包办,与陈耕伯订婚的。不料耕伯被"卖猪仔",婉贞也被叔父拐卖到妓院。为保全节操,婉贞"三番就死",被世人称为"奇节"女子;后来历经磨难回到家中,又听信谎言,以为耕伯已死,果断地去陈家奔丧守节。如果说棣华与伯和从小一起长大还有一点感情基础的话,那么婉贞和耕伯的关系则完全由婚姻礼教维系,耕伯甚至不知父母为自己订亲。棣华和婉贞都是作者着重描绘的女性,她们不仅道德品质高尚,而且在才能、胆识、心理承受力特别是在对待爱情的忠贞程度上都超过男性人物。作者也多次在作品中赞赏她们的保"节"行为和从一而终的观念。相反,对《恨海》中因战乱而不幸沦落风尘的王娟娟,对《情变》中勇敢追求爱情自由、蔑视封建礼教的寇阿男,作者则没有给予应有的怜悯,而是给她们安排了遭人唾弃的悲剧结局。这也说明作者弘扬传统道德的意图是很明确的。尽管如此,他并没有将张棣华等写成概念化的人物,而是在不同程度上写出了她们内心深处"情"与"礼"的矛盾冲突,这就使人物性格有了一定的深度和较高的审美认识价值。

相形之下,小说中的几个男主角几乎乏善可陈。实际上,作者描写他们,多半是为了从正面或反面衬托女主角的形象。在众多男性人物中,只有陈伯和的性格写得较为复杂、饱满,有所变化。他本来是个孝顺长辈、体贴女性的忠厚之人。只因意外地得到一笔横财,少年心性,把持不住,先因嫖妓被卷走全部财物,后又因吸毒成瘾而流落街头。等到张鹤亭招访他时,他已积习难改,终因贫病交迫、中毒过深而死。作为一个负面人物,他的存在主要是为了反衬棣华孝义重情、坚守节操的精神品格。至于其他男性人物如陈仲蔼、陈耕伯、秦白凤等,或自私无情,或胆小怕事,或软弱无能,都是无足轻重的陪衬人物。

从创作的角度来说,这种"以男衬女"的人物配置模式,颇便于作者集中笔力写好核心人物,而其他人物则依据其与核心人物的关系远近与不同程度的重要性,合理地分配笔墨,使其对核心人物的塑造起到或正衬或反衬的作用,这样一来小说的人物描写才会显得主次分明,能更好地体现作者的创作旨趣。

三、"珠花式"的叙事结构

与"以男衬女"的人物模式相适应,《恨海》《劫余灰》与《情变》均采用了一种"珠花式"的叙事结构方式①,即它们分别以其核心人物张棣华、朱婉贞和寇阿男为主线贯串故事始终,着重围绕她们的悲欢离合与命运播迁来生发、开展故事情节,这样既可以突出人物之间的关系,使情节的舒卷产生有机的联系,又能够更充分地塑造核心人物,彰显作品的主要思想倾向。

当然,以一人为主线来统贯故事情节,也会使故事情节的开展受到局限,不利于表现广阔的社会现实。为了解决这一矛盾,吴趼人在小说创作中采用了"一正一反,一主一从,一实一虚两条情节线纠结在一起"的结构模式,"借'正线''主线''实线'来获得小说的整体感,而借'反线''从线''虚线'来拓展小说的表现范围。"②如《恨海》,便是以棣华与伯和的爱情故事为主线,同时又在主线故事中穿插了仲蔼与娟娟的爱情悲剧。仲蔼在兄长伯和与棣华南下避难后,陪父母在京,父母不幸被害,他辗转来到陕西,后来命运有了转机,便赶到上海寻访亲人,这才得知哥哥已死,主次两条线在此交汇。故事结局是棣华因伯和之死削发为尼,仲蔼则因娟娟沦落风尘而遁入空门,一是男负女,一是女负男,让人觉得"造物弄人,未免太甚",诚所谓:"底事无情公子,不逢薄幸婵娟。安排颠倒遇颠连,到此真情乃见。"在《劫余灰》里,作者则创造性地使用了明线与暗线相结合的结构方式。全书用大部分篇幅写朱婉贞自被叔父拐卖后遭受的种种磨难和她面对磨难时的聪明才智与节烈性格,而作为正面描写的陈耕伯二十年的"猪仔"生活只是在结尾才以倒叙的手法交待出来,这条暗线很好地衬托了明线和中心人物。而饶有意味的是,隐于幕后的陈耕伯时时左右着中心人物的生活和命运;朱婉贞经历种种磨难,保守贞洁,是为他守住一己清白;奔丧守节十八载,是为奉养公婆,尽儿媳之职,全义妇之名。

由此可见,运用"珠花式"的结构方式,辅之以副线、暗线的叙事方法,也可谓别具匠心,体现了较强的艺术表现力。

---

① 陈平原:《陈平原小说史论集》(中册),石家庄:河北人民出版社1997年版,第720页。
② 陈平原:《陈平原小说史论集》(中册),石家庄:河北人民出版社1997年版,第723页。

四、限制叙事的有效运用

吴趼人的言情小说基本上采用第三人称全知视角来进行叙事,这自然有助于作者涉笔广阔的社会生活画面,但他又颇善于灵活地转换叙事视角,有意将叙事信息的传递限制在主要人物感知的范围内,这样便有效地增强了叙事的现场感、真实性与感染力,弥补了全知叙事的不足。例如,《恨海》一开头便采用全知视角介绍陈、张、王三家结亲及庚子事变后逃难的事情,不过随着故事情节的展开,作者又不时地将全知叙事转换成限制叙事,改从几个主要人物特别是张棣华的角度来进行叙述。请看小说第四回是如何描写棣华在逃难途中的见闻感受的:

> 棣华取了一根纸捻儿,点了个火,出到外间。四面一照,只见墙上挂着一盏马口铁洋油灯,便先把他点着了。……灶上安放着一口铁锅,旁边放着一个沙罐。拿过来一看,是空的,却没有盖,又没有水。吹着了纸捻,到院子里一照,并没有甚么,只有两匹牲口拴在那里。回到后院一看,有一口小缸,用一顶戴残的草帽盖住,揭开一看,喜得是半缸水。……棣华此时,一灯相对,又复万念交萦。想起伯和此时,到底不知在那里?身子究竟平安否?恨不能够即刻有个人代他通一个信。又悔恨错出了京,倘使同在京里,到了事急时,还可以相依,或不至散失。又想起父亲在上海,那里知道我母女困在此处。那一寸芳心,便似辘轳般转。……忽听得窗外一阵狂风过处,洒下雨来,打得纸窗淅沥,愈觉得愁肠百转,度夜如年。

由于叙事是从人物的角度渐次展开的,因此读者便在无形中与人物贴近了,就好像是站在了人物的身边,与人物一起去观察,去感受,去思考,去聆听,于是在一种恍入其境、感同身受的幻觉中,真切地感受到她内心的情绪波动,并深深地为缠绕在她心中的牵念、焦虑、惧怕、希望等多种情绪所感动,产生了对人物性格心理的深切体认和对其命运的强烈关注。美国学者韩南在《〈恨海〉的特定文学语境》一文中指出:"描写棣华,作者尤其成功,很少有小说能把一个道德完美的人物写得这样富有感染力,而且极尽一切细微之处。"[①]显然,这与作者善于采用人物视角展开叙事是有直接关系的。

后来,棣华与母亲白氏在济宁住下,作者又改用伯和的视角叙述其遭遇。伯和寻白氏母女不得,危难之际扮作拳匪,"回望自己住的车店,已经火起。那拳匪沿路焚杀,竟没有一个官兵出来拦阻。正行走之间,忽听得紫竹林那边连天炮响……弯弯曲

[①] [美]韩南:《〈恨海〉的特定文学语境》,《中国近代小说的兴起》,上海:上海教育出版社 2004 年版,第 209 页。

曲走了半里多路,只见一处烧不尽的颓垣败壁;这一片火烧场的尽处,却有一所房子,巍然独存。"(第六回)伯和躲避拳匪之乱后出来,"只见满目荒凉,房屋尽皆烧了,剩了一片瓦砾,路上还有许多死人,血肉模糊,十分狼藉"(第七回)。接下来,作者又调转笔墨,从仲霭角度叙述其在京城的见闻:"是夜,忽然听得远处一片喧嚷之声,火光冲天而起","只见街上往来的,没有一个不是义和团,拥挤不堪,口中乱嚷:'烧教堂!烧使馆!杀二毛子!杀二毛子!'……"(第七回)这样,作者便通过几个主要人物的见闻亲历,相当逼真地展现了庚子事变造成的生灵涂炭、疮痍满目的悲惨现实,让读者切身地感受到了个人情感与命运在社会大变乱中显得多么渺小与脆弱,从而有效地丰富了作品的现实内涵。

当然,由于限制叙事不像全知叙事那样具有无所不知的权威与操控力,因而作者在使用限制叙事时对读者能否理解人物的所作所为,难免会产生一些顾虑,有时便忍不住跳出来对人物的举措进行解析或评说。如《劫余灰》第六回是从朱婉贞的角度进行限制叙事的,当叙述到婉贞遭受鸨母鞭打表示顺从,却又以药膏脏而不愿疗伤时,作者忍不住解释道:"看官,你道婉贞是当真嫌脏,不怕痛,不肯搽么?原来他心中,此时已定了一个主意——姑且假意顺从,暂作缓兵之计,慢慢再作设施,缓得一时是一时。所以,生怕搽了药油,伤痕好得快,等伤痕好了,那鸨妇少不免要逼着出去应客,因此,只推说怕脏,不怕痛罢了。"另外,限制叙事的使用,也不便于作者借题发挥,针砭时弊,这对以改良社会为己任的吴趼人来说,自然是不堪拘囿的。如《情变》第三回写到寇四爷一家三口各怀心思、离心离德时,作者顿生感慨,于是便中断叙事,跳出来发一通议论:"这离心离德,是天下第一件不祥之事。在下每每看见世人,今日说团体,明日说机关,至于抉出他的心肝来,那团体两个字,便是他营私自利的面具;那机关的布置,更是他欺人自欺的奸谋。一个团体之中,一部机关之内,个个如此,人人这般,你想,这不是离心离德么?你想,这不是不祥之兆么?……罢!罢!我也不来讨列位的厌了,就言归正传罢。"这样做显然破坏了叙事的节奏、氛围与和谐感,即便见解独到,也严重削弱了小说的艺术性。

总之,吴趼人在转换叙事视角进行限制叙事方面,的确取得了较突出的艺术效果,尽管他对限制视角的运用还存在这样那样的缺陷,但是对推动中国小说叙事视角的转变与小说叙事艺术的发展,仍然是很有价值的。

五、细腻传神的心理描写

如前所述,吴趼人的言情小说是以张棣华、朱婉贞和寇阿男这几个女性作为贯串故事情节的主线人物的,为了集中笔力叙写她们的人生际遇,真切地描绘她们人生中的悲欢离合，作者便有意地采用了限制叙事，从人物的角度去揣摩、体验她们在不同生活处境、遭际中的情感心理；而这样一来，小说中便频繁地出现了精彩传神的心理描写。如前文所举张棣华逃难途中的心理活动，就颇为真切动人。在一定程度上，也可以说，女主角张棣华的性格刻画主要是借助心理描写完成的。《劫余灰》中也有大量心理描写，比如第五回写朱婉贞被拐卖妓院，对耕伯的思念，对叔父的埋怨，对父亲和公婆的担忧；第九回落水被救起后，对父亲的思念和对廖春亭和自己未来的担忧等。且看下面这一段：

　　（婉贞）想道：廖春亭与我同时落水，不知可曾遇救？若是经人救起，此时想已回到广州。他受了李知县所托，带我回去。我落水死了，他回去自然总要告诉父亲，我父亲不知我被人救起，又不知如何悲切？做儿女的不能承欢色笑，倒为了自己的事，再三令老人家担忧，真是令人难过。又想到陈耕伯，不知有无信息。我是一个女子，遇了这些磨难，尚且有人援救，他是个男子，想来总应该有法自存。但不知此时回来了不曾。若是回来了，知道我被人拐去，心中又不知怎生难过。（第九回）

这段描写就细腻入微地刻画了女主人公侥幸获救后思乡念亲、慈孝仁义的性格心理。除了直接描写人物心理外，作者还喜欢借梦境来展现人物心理。如《恨海》第五回，棣华因对伯和思念至极，做了一梦，梦见失散的伯和终于找回来了，但却对棣华心存气恼，先是不理不睬，接着又对她口出怨言，致令棣华柔肠寸断。这便深切地写出人物内心的思念、希望、自责与愁苦。可见，作者颇善于使用梦幻手法，将现实与梦境打成一片，从而将人物的心理变化写得真切传神，把爱情故事写得真幻相间，别具情韵。

考虑到中国古代小说很少如此频繁地运用心理与梦境描写来刻画人物的性格心理，推动故事情节的开展，营造特定的情境与氛围，因此吴趼人在言情小说中所作的艺术实践，无疑进一步丰富、发展了中国小说的写人叙事艺术。

第五节　科幻奇谈《新石头记》

　　清朝末年，伴随西学东渐和西方先进科技文明的冲击，科幻小说应运而生。不少维新派人士不仅积极翻译、刊印西方科幻小说名著如凡尔纳的《八十天环游地球》《海底旅行》等，还有意借助异想天开的科幻奇谈，展现心目中的理想国，寄托其美好的政治愿景，如梁启超《新中国未来记》、金作砺《新纪元》、荒江钓叟《月球殖民地小说》、海天独啸子《女娲石》、吴趼人《新石头记》、陆士谔《新中国》等。其中，吴趼人创作的《新石头记》,"无论从什么观点来看","都称得上是晚清最引人入胜的乌托邦小说"①。

《新石头记》,顾名思义是以曹雪芹《石头记》(即《红楼梦》)的续书名义出现的。在此之前,《红楼梦》已有多种续书,多半是为宝玉、黛玉吐气,使他们终谐良缘。吴趼人在《新石头记》第一回中就慨叹道:"自曹雪芹先生撰的《红楼梦》出版以来,后人又撰了多少续《红楼梦》:《红楼后梦》《红楼补梦》《绮楼重梦》……种种荒诞不经之言,不胜枚举。"既然如此,为何他还要重蹈覆辙呢?他解释说:"一个人提笔作文,总先有了一番意思。下笔的时候,他本来不是一定要人家赞赏的,不过自己随意所如,写写自家的怀抱罢了。"可见,他之所以续写《红楼梦》,乃是为了"写写自家的怀抱"。

那么,吴趼人创作《新石头记》,究竟要写什么样的怀抱呢?

一、再返红尘,补天酬愿

本来,《红楼梦》写贾宝玉的前身是女娲补天时弃置不用的一块灵石,因"无材可去补苍天"而自怨自艾,后来就被一僧一道作法,幻形为通灵宝玉,携入红尘,历尽了离合悲欢、炎凉世态,然后看破红尘,出家而去。《新石头记》则从贾宝玉为实现其"补天"之愿,再返红尘写起,说他出家以后,又不知过了几世几劫,一天凡心偶动,想起自己的补天之愿未酬,不觉心血来潮、热念如焚起来。于是养长头发,出了茅庵,又来到了尘世,并邂逅了已在玉霄宫做了仙童的焙茗,两人进了金陵城,向人打听荣国府,本以为"赫赫侯门,一问就知",谁知连问了五六人,竟无一人知道。他在"野蛮世界"(影射晚清社会)走南闯北,一路上见识了五花八门的新旧事物,听到了形形色色的奇谈怪论,尤其是由西方传进中国的火柴、蒸汽船、电灯泡、西餐和报纸等,"都是生平未曾经见的",这让他深感震撼,并引发了一连串的思考,诸如:"既是中国的船,为什么要用外国人驶?"当听到"中国人不会驶"时,宝玉道:"没有的话!外国人也不多两个眼睛,也不多两条膀子,有什么不会的?"又说:"那里有学不会的学问呢?咱们不赶早学会了,万一他们和咱们不对起来,撒手不干了,那可怎么好呢?这么大的船,不成了废物了么?"当他在街上看见十家店铺倒有九家卖洋货时,便道:"通商一层,是以我所有,易我所无,才叫做交易。请问有了这许多洋货铺子,可有什么土货铺子,做外国人的买卖么?"

为了赶上时代潮流,宝玉开始主动看报、读书,了解新生事物,还先后考察了炮弹厂、锅炉厂、水雷厂、机器厂、洋枪厂、铸铁厂、木工厂,充分认识到"以时势而论,这维

---

① 王德威:《被压抑的现代性——晚清小说新论》,北京:北京大学出版社2005年版,第310页。

新也是不可再缓的了",因而主张向洋人学习,从而完成了由厌恶"禄蠹"到喜谈"经济"的转变,成为得时代风气之先的新潮人物。尤为难得的是,宝玉在提倡学习西方时坚持了民族自尊。当洋行买办柏耀廉(谐音"不要脸")声称"中国人都靠不住"时,宝玉反驳道:"难道连你自己都骂在里头?"柏耀廉回答:"我虽是中国人,却有点外国脾气。"宝玉大怒道:"外国人的屎也是香的,只可惜我们没有福气,不曾做了外国狗,吃它不着!"并一针见血地指出:"外国人最重的是爱国,只怕那爱国的外国人,还不要这不肖子孙呢。"

在走街串巷的过程中,宝玉发现这个貌似有点"文明"气象的国度,依旧是野蛮当道,邪恶横行。如在上海,发财的往往是不识字的西崽、混混,他们虽然粗鄙不堪,但却混得风生水起;官场中人则不仅腐败透顶,还痛恨变革维新,他们"最恨的是新党,只要你带点新气,他便要想你的法子"。后来,宝玉来到京里,又遇到义和团之乱,满怀忧愤地说:"怪不得说是'野蛮之国',又怪不得说是'黑暗世界'!"后来,他因为在汉口发表了一番维新的议论,结果被诬为拳匪余党,一度被捕,几乎丧命。在历尽磨难、逃出"野蛮之国"后,宝玉不经意间来到了一个神秘的地方——"文明境界"。

二、文明境界,礼仪之邦

走进"文明境界",贾宝玉大开眼界,叹为观止。这里民康物阜,政通人和,路不拾遗,夜不闭户。既无作奸犯科之徒,也无娼优乞丐之流。物质技术文明高度发达,境内一年四季由人工调温,四时八节花木常青,居民饮食皆经科学调配,全为流体,营养美容,又便于消化。医疗技术之发达,自然不在话下,更有增强脑"筋",制造聪明的奇方妙药。日常生活有司时器、千里镜、助听器、机器人以及"地火"等设备;交通运输则上有飞车,下有隧车,水中来去则有水靴,"不烦举步"而又秩序井然。宝玉和"老少年"(是作者本人的化身,《新石头记》即署名"老少年撰"),先是驾驶空中飞车,到中非洲猎获巨型鹏鸟,后来又乘坐潜水艇,带了透水镜、透金镜、助明镜等,到太平洋中猎取海鳅,惊见人鱼,又到南极,猎获海貂,收集珊瑚、寒翠石等奇珍异宝。想当初,自己一天到晚宅在大观园,何曾想到世界这等奇妙,文明如此之新?!

耐人寻味的是,"文明境界"还是礼仪之邦。其境内设有二百万区,每区一百平方里,分东西南北中五大部。每区用一个字作符识,中央是"礼、乐、文、章",东方是"仁、义、礼、智",南方是"友、慈、恭、信",西方是"刚、强、勇、毅",北方是"忠、孝、廉、节"。境中有一个"自由村",创建者复姓东方,名强,表字文明,所生三子一女,子名东方英、东方德、东方法,女名东方美,招一位女婿,是再造天之后,名叫华自立。

宝玉在遍游"文明境界"之后,因为久仰东方文明的大名,便约老少年同往东部仁字第一区探访。东方文明见到宝玉,称为"故人"。宝玉大感不解。谈及文明法则,东方文明说他欲救红、黑、棕各种人于水火之中。谈话间,东方文明的子、女、婿归来省亲,一问才知东方文明的子孙后代瓜瓞延绵,昌盛不已。孙子辈有东方文、武、韬、钤和外孙华务本等,都在政府供职;曾孙辈东方新、盛、振、兴、锐、勇、猛、威与外曾孙华日进、日新,各在大学读书。元孙东方大同、大治和外玄孙华抚夷等,则在幼稚园受教。

另外,境内政体,则采用"文明专制",认为"共和是最野蛮的办法",立宪也不可取。境内一位英雄,姓万名虑字周详,从事德育五十多年,临终说了八个字:"德育普及,宪政可废!"国人开会研究,各议员都把政权纳还皇帝,仍旧复了专制政体。不过,做官的和做皇帝的,都实行《大学》中的两句话:"民之所好,好之;民之所恶,恶之。"百姓有了这个好政府,便都安居乐业,各自去研究自家的专门学问了。

小说最后写宝玉作了一场大梦,梦中见到中国已摆脱帝国主义欺凌,日益富强。北京城内正举行万国和平会,扬子江头则是工厂林立,车水马龙。宝玉也参加了万国和平会,当中国皇帝出场演讲,赫然正是东方文明。宝玉听演讲听得兴起,忽的一脚踏空,跌落深渊,醒来方知是南柯一梦。

明眼人一看就知道吴趼人描绘的"文明境界",实际上就是他憧憬的未来新中国。他因为痛感于中国的积弱积贫,受够了洋人的欺凌,所以在畅想未来的新中国时,将"东方文明"说得无与伦比,就连英、德、法、美等西方列强都是"东方文明"的子女;他因为痛恨当时许多国人崇洋媚外,吃里扒外,所以在推崇科技创新、富国强兵时,强调要固守东方文明,普及德育,实行文明专制,以仁治天下。不得不说,吴趼人是一个家国情怀极其深厚的人,他怀抱强烈的救国热忱,又有坚定的文化自信,因此不论他的科学探险和乌托邦狂想有多么神奇,他都始终不忘大力弘扬中华优秀传统文化,极力强调东方文明可以化腐朽为神奇,能够拯时济世,生生不息。尽管这在当时看来,未免不合时宜,甚至难免保守、迂腐之讥。但是他强烈要求"爱种爱国""保全国粹",反对一味崇洋媚外,无论如何都是值得尊敬和肯定的。如果联系吴趼人的畅想,对照一下现在的中国,科技发达、文化自信、物阜民康、民族昌盛,其美好的愿景多半都已实现,不知我们又该作何感想?!

三、穿越时空,想落天外

吴趼人巧妙地"借用"了《红楼梦》里的贾宝玉,让其穿越时空,上天入地,先是在"野蛮世界"中目睹了种种怪现状而愤世嫉俗,后来又在"文明境界"中面对匪夷所思的高科技眼花缭乱,望洋兴叹。今天,当我们读到《新石头记》中居然充斥着机器人、司时器、制冰机、脏腑镜、验血镜、验骨镜、助听筒、助明镜、千里镜、无线电话,特别是绕地球飞行的飞车、地下通行的隧车,以及水下行驶的猎艇时,我们不能不为吴趼人如此大胆神奇的想象力而惊叹不已。因为这些高科技产物,在吴趼人那个时代是前所未有的,听起来绝对是天方夜谭,可如今他的大部分幻想都变成了现实,这怎不叫人拍案叫绝!

就叙事方法而言,《新石头记》主要借贾宝玉的耳闻目睹来展开叙事,他在"野蛮世界"与"文明境界"的亲历亲闻与穿越历险,充满陌生化、新奇感和趣味性,读起来悬念丛生,引人入胜。这得力于他对谴责小说的"目睹体""现形记"能够驾轻就熟,又能对西洋科幻冒险小说的"游历体""历险记"进行灵活化用。实际上,在创作《新石头记》之前,吴趼人与周桂笙合办的《月月小说》杂志,就已译介了不少西方科幻作品,其中包括法国著名科幻小说家儒勒·凡尔纳的作品,因此《新石头记》中贾宝玉坐潜艇在海底猎奇历险的故事,明显可见凡尔纳小说《海底两万里》的影响。

当然,《新石头记》因为借径于《石头记》,在写法上也自然会受到《石头记》的影响,且不说它的首尾都附骥在《石头记》的神话中,以顽石志在补天、重入红尘写起,以补天乏术、还原本相作结,即使是一些细枝末节,也能看到《石头记》的遗传因子。如《石头记》善于运用谐音、双关之法来描写人物,隐喻褒贬,像书中的詹光谐音"沾光",单聘仁谐音"善骗人",卜固修谐音"不顾羞",等等。《新石头记》继承了这种写法,书中人物姓名大都别有寓意。如无伯惠、柏耀廉、柏耀明,分别谐音"吾不悔""不要脸""不要命",刘学笙(茂明)谐音"留学生(冒名)"。"文明境界"内"东方文明"一家老幼的名字,寓意更为明显,隐含了国家繁荣昌盛、东方大放光明的美好寓意。

总之,《新石头记》是晚清最有想象力、创造性和艺术水准的一部科幻小说。诚如当时一位笔名"报癖"的文人所赞叹的:"南海吴趼人先生,近世小说界之泰斗也,灵心独具,异想天开,撰成《新石头记》,刊诸沪上《南方报》,其目的之正大,文笔之离奇,眼光之深宏,理想之高尚,殆绝无而仅有……而其所发明之新理,千奇百怪,花样翻新,大都与实际有密切之关系,循天演之公例,愈研愈进,为极文明极进化之二十世纪所未有。"[①]

第六节　吴趼人小说的贡献

以上,我们对吴趼人的小说创作情况做了较为全面的梳理与阐述,由此可以看出

[①] 魏绍昌编:《吴趼人研究资料》,上海:上海古籍出版社1980年版,第118页。

吴趼人是一个满怀救国热忱与改良社会之梦想的作家。他从小饱受儒家传统文化的熏陶,生逢国势日蹙、世风浇漓、乱象丛生的晚清末世,也受到了西方先进文明的浸染与国内维新思潮的激荡,明确主张社会改良。不过,他认为导致清王朝危如累卵的根本原因在于世风日下、道德沦丧,因此他所倡导的改良,"其大要则在'主张恢复旧道德'"①,而并不相信仅从西洋输入文明就能拯救中国。他说:"观于今日之社会,诚岌岌可危,固非急图恢复我固有之道德,不足以维持之,非徒言输入文明,即可以改良革新者也。"②

他对梁启超提倡的以小说来改良群治的主张表示认同,之所以从事小说创作,也是为了用小说来改良社会。他说:"吾人丁此道德沦亡之时会,亦思所以挽此浇风耶?则当自小说始。"③又说:"余向以滑稽自喜,年来更从事小说,盖改良社会之心,无一息敢自已焉。"④不过,他借小说改良社会的办法,主要不是传播新知识、新思想,而是"寓教于乐",也即通过生动有趣的人物故事吸引读者,使其在潜移默化中接受其中的传统道德,由此达到教育民众、改良社会的目的。因此,不管创作何种小说,他都自觉地追求趣味性和道德性的统一。

他的历史小说创作,皆"以发明正史事实为宗旨,以借古鉴今为诱导",同时又"借趣味以佐阅者",⑤以期激发读者大众的民族意识与爱国精神。他的社会小说创作,则以写实的手法,讽刺的笔调,揭批晚清社会各阶层涌现的五花八门的怪现状,鞭笞各种唯利是图、伤风败俗、崇洋媚外、贪赃枉法的丑恶行径,以期"砭愚订顽",救正风俗,匡补时世。他的言情小说也是借儿女离合之情反映世风日下、民不聊生的乱世景象,体现他以道德救世的良苦用心。他的科幻小说,则通过乌托邦的奇妙构想,寄托了他的科技强国、文化复兴的梦想。从他的这些小说所反映的创作旨趣与思想倾向来看,"他对现实政治的黑暗、帝国主义的侵略,以及社会上人心的奸诈、世风的浇漓,是深恶痛绝的。他有强烈的爱国主义思想,他要借他的笔来揭露并抨击现实中种种怪现状,从而希望对之加以改革"⑥。但是,让人遗憾的是,"他虽然以改良主义自

---

① 鲁迅:《中国小说史略》第二十八篇《清末之谴责小说》,上海:上海古籍出版社1998年版,第211页。
② 吴趼人:《上海游骖录》文末按语,参见《吴趼人全集》第三卷,哈尔滨:北方文艺出版社1998年版,第491页。
③ 吴趼人:《月月小说序》,陈平原、夏晓红编:《清末民初小说理论资料》,北京:北京大学出版社2021年版,第191页。
④ 吴趼人:《两晋演义序》,陈平原、夏晓红编:《清末民初小说理论资料》,北京:北京大学出版社2021年版,第192页。
⑤ 吴趼人:《两晋演义序》,陈平原、夏晓红编:《清末民初小说理论资料》,北京:北京大学出版社2021年版,第193页。
⑥ 任访秋:《吴沃尧论》,《河南师范大学学报》1981年第6期。

命,但他对维新派的一些思想家的论著和译著中所提倡的科学与民主并不真正理解,至于以后革命派的论著,他更是一概反对"①。他就像晚清社会的"堂吉诃德"一样,满怀着爱国情和正义感,义无反顾地操持传统道德的长矛,对一切伤风败俗的魑魅魍魉、崇洋媚外的汉奸洋奴,发起了愤怒、激烈的冲击与挞伐。可结果呢,自然是伤痕累累,于事无补,最后只能徒唤奈何。请听他义愤填膺的悲鸣:

  吾怒吾目视之,而眦为之裂;吾切吾齿恨之,而牙为之磨;吾抚剑而斫之,而不及其头颅;吾拔吾矢而射之,而不及其嗓咽;吾欲不视此辈,而吾目不肯盲;吾欲不听此辈,而吾耳不肯聋;吾欲不遇此辈,而吾之魂灵不肯死。吾奈之何!吾奈之何!(《中国侦探案·弁言》)

  他的悲剧就在于虽然一心想要拯时济世、匡正社会,但却不能洞悉造成那个时代巨变(诸如官场腐败、崇洋媚外、唯利是图、丧德灭伦等)的根本原因,因此他操持传统道德的长矛冲杀的"巨人",却原来是"大风车"!鲁迅先生曾说,堂吉诃德的"立志去打不平,是不能说他错误的……错误是在他的打法。因为胡涂的思想,引出了错误的打法"②。如果借用此话来评价吴趼人,似乎也很贴切。不过,我们也要看到,吴趼人的"打法"也并非没有积极的意义。他的小说通过揭批各种社会怪现状,客观上也能加深当时民众对于清政府腐败、黑暗之本质的认识、失望与痛恨,从而也能加速专制政府的灭亡。只是从社会发展的潮流来看,其作品对时代变革与社会进步的推动力毕竟是有限的。

  而就其小说创作的艺术成就来说,吴趼人不仅创作了《二十年目睹之怪现状》《痛史》《恨海》《九命奇冤》等在近代小说中堪称一流的作品,充分显示了"小说界革命"时期新小说的创作实绩,而且他通过小说创作实践,融汇中西,推陈出新,对促进中国小说叙事艺术由传统向近代的转变做出了不可磨灭的贡献。他很善于借鉴西洋小说的叙事技艺,革新中国传统小说固有的叙事模式,如他在第三人称全知叙事之外,还创造性地使用了第一人称限制叙事、第三人称限制叙事,纵使手法还不够纯熟、严谨,但这样的突破还是产生了很大的影响,推动了中国小说叙事视角的转变。又如他汲取了西洋小说处理叙事时间的经验,在自己的小说创作中,大胆地尝试运用倒叙、补叙、插叙等多种技巧,从而有效地打破了中国传统小说以顺序为主的线性叙事模式,令人耳目一新。而在人物性格塑造方面,他又借鉴了西洋小说善于描写人物心理的艺术经验,注重通过人物的心理活动来揭示人物的性格内涵,表现人物性格的丰

---

① 任访秋:《吴沃尧论》,《河南师范大学学报》1981年第6期。
② 鲁迅:《〈解放了的堂·吉诃德〉后记》,《鲁迅全集》第七卷,北京:人民文学出版社2005年版,第419页。

富性、复杂性与流动性,拓新了中国小说的人物塑造之法。另外,吴趼人在小说文体方面也对中国传统小说有所变革,诸如取消传统小说中"有诗为证"的程式和大量引录诗词曲赋的惯例、摒弃传统小说在对人物描绘时递相承袭的套语典故与陈词滥调等,从而在一定程度上革新了小说文体。至于他对各种题材类型小说的尝试及其取得的不俗成就,也令人叹为观止。因此,可以说他是晚清小说界最有开拓意识与创新精神的小说家,为清末民初中国小说艺术的创新与发展开辟了广阔的道路。

第十章 戏曲改良与说唱启蒙

广东戏曲在本地及外埠的发展演进,与商人活动和商品经济的发展有密切关系。商人们的积极参与和热情襄助,为广东戏曲的发展创造了适宜的经济环境,影响并推动了本地戏曲剧种的本土化改造和革新,他们的商业经营活动也与他们组织参与的戏曲活动相辅相成、相得益彰。①

在清末救亡图存的大潮中,广州、香港、澳门等地的革命党人与粤剧界艺人密切合作,将粤剧改良与革命活动融合起来,从编撰、发表戏剧歌谣在时兴报刊中入手,继而创办戏剧学校培养演员,组织粤剧"志士班"宣传革命,既革新了粤剧旧貌,推动了粤剧艺术的发展,又教育了群众,宣传了民族民主革命主张,为广东辛亥革命的顺利开展奠定了良好的群众基础。②

该时期是广东戏剧、说唱等民间文学改良活动的酝酿时期,宣传民主主义的说唱文学和案头剧见诸省港澳各大报刊。而且,至迟于1905年,粤剧改良活动也正式见诸舞台。③

第一节 粤剧城市化与商业化的初步交织

清光绪以来,广东的戏曲市场进一步繁荣发展,本地班完全取代外江班的剧坛"霸主"之位,成为风靡广府城市、乡镇和农村的主要戏班。这一时期,正是广州城市戏院纷纷设立并日渐完善的时候,加之广东商人的资本介入戏行,开始成立戏班公司,掌管戏班的接戏、演出和管理等事宜,粤剧在这一时期发展的突出特点就是实现了农村向城市的中心转移,开启城市化和商业化的交织发展。

---

① 徐燕琳:《清以后商品经济影响下广东戏曲活动的组织和传播》,《戏曲研究》第96辑,北京:文化艺术出版社2015年,第283页。
② 参陈永祥:《清末粤剧改良与辛亥革命》,载广州市人民政府地方志办公室编《地方史志与广州城市发展研究》,广州:广州出版社2013年版,第222页。
③ 谢彬筹:《清末民初的粤剧改良活动》,《学术研究》1982年第1期,第87—88页。

商业剧场在香港和广州的出现,为城市提供大众娱乐空间,再加上商人资本介入戏行,成立戏班公司,迈出粤剧城市化的第一步,为粤剧的改革发展提供了历史性的机遇,这其实是粤剧都市化的第一步,也是省港班成立背后的两个主要因素。①

一、清末时期广州城市戏院的建立和变迁

清代中叶以前,外江班称霸广州时,实际上只是为达官贵人及其眷属演出,因此演出场地多是官衙、会馆或私宅之内。可供大众观看的公开舞台实则并无固定场所,每逢重大节令,多在闹市区的神庙戏台,如渡头、北帝庙、油栏直街神庙,以及后来兴建的刘园等地搭台演戏。② 彼时本地班不为文人官绅重视,较少可以进入城市演出,多在广州周边城镇和农村演出,演出场所多是寺庙、祠堂前甚至乡间旷野的露天空地,用竹木搭架,以树皮、棕榈叶、草席等盖顶搭建出来的临时戏棚。

关于广州第一家商业戏园,有多种记载和说法。《香港华字日报》曾刊登有《论粤省禁设戏园》一文,称:"广州向无戏园,嘉庆季年,蹉商李氏豪富甲第,池台擅胜一时……至辛卯春(按,1891年),前督李制军许商人承饷重办,复有南关、西关、河南、佛山四大戏园之设。"③按照排列顺序,应以南关开设的戏院为先。

徐珂在《广州戏园》中记载:"及刘学询于其所建之刘园,演戏射利,又于刘园附近建广庆戏园,是为西关有戏园之始。自是而南关、东关、河南亦各有戏园,然广庆不久即废,余亦往往辍演也。"④

1933年的《越华报》曾先后刊载了两篇有关广州戏园的文章,考察清末广州戏院的兴建始末:一是3月31日的《广州戏院沿革考》,认为光绪十七年(1891),多宝大街尾的广庆戏园、南关同乐戏院以及河南大观园三家戏院同年面世⑤;二是9月8日的《棉市戏院略历》,该文认为约在光绪十六、七年间,大观园、广庆戏园和同乐戏院先后开业⑥。

据赖伯疆、黄镜明《粤剧史》载,光绪二十四年(1898)由广州富商中的潘、卢、伍、叶四家在河南(珠江南岸)合建的"大观园"乃广州第一间商业性戏院。该戏院设置

---

① 伍荣仲:《粤剧的兴起:二次大战前省港与海外舞台》,香港:中华书局(香港)有限公司2019年版,第64页。
② 赖伯疆:《广东戏曲简史》,广州:广东人民出版社2001年版,第188—189页。
③ 《论粤省禁设戏园》,载《香港华字日报》1895年8月3日,《中外新闻》一栏。
④ 《广州戏园》,载徐珂编撰《清稗类钞》第三十七册《戏剧类》,上海:商务印书馆1917年版,第5048页。
⑤ 延陵季子:《广州戏院沿革考》,《越华报》1933年3月31日,第1页。
⑥ 鼎铭:《棉市戏院略历》,《越华报》1933年9月8日,第1页。

了三种票价的观众座位,供不同消费层次民众选择。至光绪二十八年(1902),"大观园"更名为"河南戏院",戏班红船可以直接停泊在其后门,十分便利红船戏班来往。①

上海《申报》作为近代颇具权威性的报纸,其中刊登的几则广州戏园报道可一解它们之间孰先孰后的疑团,而且报纸所载皆为当时之人所记所闻,更具真实性和可靠性:

> 商人许某禀准大宪在南关新筑长堤内建设同乐戏院,于十一月十四日兴工,限年内落成,以便明春开演。大宪以事当始创,难保无刁绅劣棍滋生事端,……(《岭南寒景》一栏,《申报》1891 年 1 月 14 日,第 2 版)

> 南关长堤所筑戏园新岁已落成,定期正月十六七日开台演剧,笙歌互奏,士女来观,殊热闹也。(《穗垣杂事》一栏,《申报》1891 年 3 月 4 日,第 2 版)

> 河南戏园刻已落成,命名曰大观园,于上月二十一日开台演唱,倾城士女联袂往观。颇有如水如云之盛。(《东粤邮音》一栏,《申报》1891 年 7 月 15 日第 2 版)

从以上三则报道来看,南关同乐戏院被认为是"始创",且其开台时间在 1891 年正月,较大观园同年 6 月开台为更早。② 这是广州有史以来第一批真正公开对外营业的戏院,虽然大多设备简陋,不堪长期使用,但它们事实上开启了广东戏曲从乡村走向城市,从传统迈向现代化、商业化的大门。周边城镇诸如佛山、顺德等也相继效仿建设戏园。光绪末年,佛山筷子街的"花园戏院"开始动工兴建,到宣统年间又改名为"清平戏院"。③

自同乐戏院等先后落成及投入使用,一时间城市民众观戏风气颇盛,引来更多商人大绅兴建或投资戏院经营。在 1898 年后十年间,广州便有大概十间戏院先后出现,在充分吸收第一批次戏院建筑的形制经验基础上,又效仿上海剧院的形式来建造。④ 因为资料匮乏,我们当下无法还原清末广州戏园的建筑风格及其设备规模等情形。幸运的是,同时期出版刊行的《时事画报》《赏奇画报》等石印画报中曾刊载了几幅描绘戏园斗殴事件的图画,可供今人一探这一时期戏院的外部和内部构造。

著名戏曲研究专家康保成曾就《赏奇画报》丙午年(1906)第二十二期的《巡官拍戏滋闹》和第二十六期的《尼姑救苦》为例,分析了光绪三十年(1904)兴建在广州西

---

① 赖伯疆、黄镜明:《粤剧史》,北京:中国戏剧出版社 1988 年版,第 314 页。
② 有关广州第一家戏园的考述,可详见黄纯《晚清民国时期广州粤剧城市化研究》,广州:中山大学出版社 2018 年版,第 82—84 页。
③ 刘国兴:《戏班和戏院》,载广东省戏剧研究室编《粤剧研究资料选》,1983 年版,第 361 页。
④ 黄纯:《晚清民国时期广州粤剧城市化研究》,广州:中山大学出版社 2018 年版,第 95 页。

关的乐善戏院内外部的戏台建筑及相关陈设情况。康保成教授认为《尼姑救苦》一图(见图1)"客观上描绘出乐善戏院的外部建筑情况。从图上看,该戏院是一座两层建筑。底层门外走廊用八根水泥立柱支撑(只绘出一半,露出四根立柱)屋顶,每两根立柱之间呈拱形门洞,近西洋风格。二层阳台周围有栏杆,房顶为歇山形,其山花中部写有'乐善戏院'四个大字。很显然,这是一座清末在广州比较时髦的中西合璧式的建筑"。①

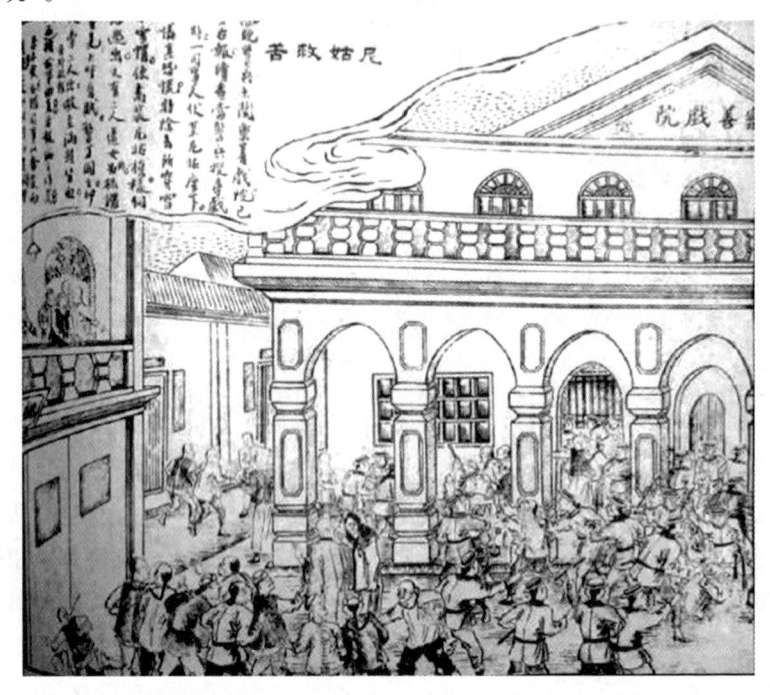

图1:《尼姑救苦》

《巡官拍戏滋闹》图(见图2)描绘的是乐善戏院的内部戏台及其相关陈设情况:"从图上看,剧院内戏台呈三面观,而非典型的镜框式舞台。一楼第二排正中为女座,可见女座不在两侧。该图文字说明有'二等女位'云,也可旁证女座不会在两侧。观众座位为长条木椅,背后有可放茶盅之木板,与《大辞典》(笔者注:《粤剧大辞典》)介绍相吻合。一楼两侧看台与中间座位之间用勾栏隔开,还有几根木柱支撑二楼。二楼看台似较狭窄,未见有包厢。"②

清末时期广州的戏园已经开始在报刊上刊登广告以进行宣传,招徕观众。透过

---

① 康保成:《清末广府戏剧演出图像说略——以〈时事画报〉〈赏奇画报〉为对象》,《学术研究》2011年第2期,第132页。
② 康保成:《清末广府戏剧演出图像说略——以〈时事画报〉〈赏奇画报〉为对象》,《学术研究》2011年第2期,第132页。

图2:《巡官拍戏滋闹》

这些广告,我们可以了解到当时戏园的演出形态。《中西日报》1892年5月21日刊有"西关广庆戏院"一则广告:

西关广庆戏院 接演舜丰年班 四月廿四晚开台演至廿七晚止
廿五日　正本　河边会
格外好看出头　鸳鸯同心　柳底莺眠　强僧逼辱　成套　退司马
男　藤位日收银钱二　藤位夜收银钱六　木位日收银五分　木位夜收银五分
女　藤位日收银钱六　藤位夜收银二钱二　木位日收银五分　木位夜收银五分

《岭南日报》1894年10月20日第5页有河南大观园戏院广告:

敬启者本院定到颂尧天班廿一日正本至廿二晚止共戏四套
廿二日　正本　战丹阳　出头　再结莲花　郑苑藏龙　还醒芍药　作双成套　玉鸾凤
藤椅每位收银三钱七分　夜四钱四分　木椅每位收银一钱一分　男女同价
河南大观戏院谨启

从以上戏院广告来看,不同戏院的座位和票价设置不一,根据男女座位之分、藤椅和木位之别而票价不一,日戏、夜戏的票价也有差别,但是总体而言都算较为廉价、差距不大的,可以看出这一时期的戏院大众化营业的目标和追求。从演出内容来看,不少戏院仍沿袭旧有戏班在乡村演出时的体制,按照正本、出头和成套等演出模式来安排剧目,但是他们的演出时间已经随着城市日常生活的节奏而固定化,不会再有演戏到"天光"这样的事情了。①

二、资本的投入和经营:清末广东粤剧戏班公司

粤剧在发展早期一直处于城市文化的边缘地带,它以本地班和红船班的形式游走于珠江三角洲各地,在城乡之间反复地做流动性演出,并逐渐深入到城乡民众的日常生活中。清末时期,广州城市戏院的相继设立,大大加快了粤剧进入城市与商业化的步伐。在这一过程中,戏班公司的成立和运营亦扮演着非常重要的角色。

最早的戏班公司可能在 1880 年代就已经出现。当时本地班正逐步兴旺,会馆筹备和组建工作促使戏行上下生机勃勃。据粤剧老艺人豆皮元回忆,最早的戏班公司都是从小做起,逐渐发展而羽翼丰盛的。他以宝昌公司为例,称该公司初办时经费有限,仅拥有一个名为"瑞麟仪"的戏班,到 19 世纪、20 世纪之交时,业务蒸蒸日上,名下戏班众多,而且还包括人寿年、国丰年、周丰年等大班、名班。②

《广东戏曲简史》曾详细统计清末广府出现的商业化戏班公司的具体情况,现引述如下:

> 宝昌公司:班主何萼楼,拥有人寿年、国丰年、周丰年、国中兴、华人天乐等班。还经营几个戏院,有广州的海珠、乐善、河南和东关等,香港的高升戏院,澳门的清平戏院等。这是当时最具实力的戏班公司。
>
> 宏顺公司:班主是邓瓜兄弟俩,拥有祝华年、祝康年、祝尧年等班。
>
> 怡顺公司:班主是矮仔森,后来由海味行大老板何寿南及其妻继任。拥有乐同春、永同春、宝同春等班。
>
> 太安公司:班主是源杏翘,是煤油公司的买办。拥有颂太平、咏太平、祝太平等班。
>
> 兴利公司,班主是南海县地平乡一个王姓地主。拥有乐千秋、永千秋、祝千

---

① 有关清末广州第一批戏园的演出形态,可参见黄纯《晚清民国时期广州粤剧城市化研究》,广州:中山大学出版社 2018 年版,第 87—88 页。
② 刘国兴:《粤剧班主对艺人的剥削》,载政协广东省广州市委员会文史资料研究委员会编《广州文史资料》第 3 辑,内部发行,1961 年,第 130—132 页。

秋等班。

汉昌公司：班主是一个华侨资本家。拥有汉天乐、汉维新等班。①

上述戏班公司中，以宝昌公司和宏顺公司最为著名，且经营时间最长，直至1930年才解体。各大戏班公司的投资人、主理人基本都是本地赫赫有名的富商，正因为有商人投资粤剧，这一时期省港澳才呈现出如此阵容鼎盛的粤戏班。②

据学者不完全统计，从光绪末年至20世纪30年代初，共有15家粤剧戏班公司，管理着30多个戏班。③公司的经营和管理使得粤剧戏班采用了更具商业竞争的运作模式，戏班公司会为旗下的戏班印制宣传单、演出戏桥、横头单以及特刊，报刊中也日渐出现更多的戏院和戏班广告。尚未发展成熟的早期粤剧，在城市戏院和戏班公司的裹挟下，经历了它第一次的商业竞争洗礼，将商业经济性这一特征深深地刻印在它的发展基因中，并在粤剧地方化改革过程中不断强化这一特性。

粤剧戏班以公司形式经营的情况一直持续至20世纪30年代初。彼时，电台、电影等新兴娱乐方式的出现，对粤剧演出市场冲击很大，粤剧行业出现了严重的危机，商家才纷纷结束对粤戏班的投资。

综上，20世纪初，粤剧在城市剧场开始蓬勃发展，粤商资金透过戏班公司，把昔日以农村为基地的本土戏曲，引入到城市的戏院舞台。虽然，这一时期的粤剧在乡村市集仍有大量观众，但此时已经开始逐渐变为商业化的城市大众娱乐。粤剧的城市化和商业化两个过程相互交织，使其在粤港澳各地进一步盛行，到1920年代将粤剧的发展带入了高潮，省港班也因此应运而生。

第二节　革命家、报刊同人的粤剧创作

和其他地方戏曲一样，早期粤剧的演出剧目多改编自传统小说和戏曲，或沿袭昆腔、皮黄腔和梆子腔的旧有剧目，这些多属于"世代累积"型作品，少有明确的作家可考。再从现存清代广府本地班的剧本来看，书坊刊行的剧本也基本没有署明作者。麦啸霞在《广东戏剧史略》中考述清末以来粤剧"剧本及作家"时说："逊清末叶，乃有梁启超、曼殊室主人诸人，然亦均属案头剧本，未尝以之上演舞台也。同治粤剧复兴，

---

① 赖伯疆：《广东戏曲简史》，广州：广东人民出版社2001年版，第187页。
② 事实上，自19世纪中期开始，粤商便开始在北美旧金山、上海等城市投资兴建戏院。可详见程美宝：《清末粤商所建戏园与戏院管窥》，《史学月刊》2008年第6期，第101—112页。
③ 李婉霞：《论清末民初公司经管的粤戏班》，《佛山科学技术学院学报》2015年第4期，第34—35页。

新剧始萌芽,其时作者多属老伶官,邝新华、公脚贯、蛇王苏其著者也。文人涉猎剧作,则以刘华东为始,黄鲁逸继之,后此作家辈出,风起云涌,颇极蓬勃之盛。"①

以康有为、梁启超为代表的维新派积极探索救国救民的道路,虽然戊戌变法仅维持百日,但当时的改良派先后倡导并推行了"诗界革命""文界革命"和"小说界革命",他们通过兴办新式学校、创办报纸和杂志等方式,传播民主新思想、新文化,抨击封建社会的腐朽糟粕,在社会上起到了很好的思想启蒙作用,促进中国人民的觉醒。

虽然梁启超对"曲界革命"没有展开论述②,但在整个文艺改良浪潮的催动下,许多具有维新改良思想或资产阶级民主革命思想的文艺界人士充分利用了中国传统戏曲、地方戏曲和说唱等民间文学的通俗性和大众性,他们以"旧瓶子"来装"新酒",使之成为启发民智、改良社会的利器。广东地区尤为显著。据《广东戏曲简史》介绍,此时期广东文艺界新创了一批思想和艺术都颇有新意的戏曲和曲艺作品:"梁启超有《劫灰梦》《新罗马传奇》《侠情记》等,吴趼人有《曾芳四传奇》《邬烈士殉路戏文》,玉桥有《新广东女儿传奇》,曼殊室主人有《班定远平西域》,新广东武生有《黄萧养回头》,广东新小武有《易水饯荆卿》,百闽有《志士救国新剧本》,亚剑有《梁鹤琴演说惑香娘》,拔剑狂歌客有《歌台炽(真好唱)》,梁垣三有《海盗名流》等,肖丽康有《万古佳人》等,姜魂侠有《盲公问米》等。"③

麦氏《广东戏剧史略》一书在粤剧研究史上有开创之功,《广东戏曲简史》《粤剧史》亦是广东戏曲研究的集大成之作。然而限于史料不全,以上著作的些许表述在当下已得到后辈学人的推进和重新考论。比如《班定远平西域》的作者曼殊室主人,在21世纪以前,学界多以此笔名之故,而将这部作品归于梁启超的胞弟梁启勋,然而这部广东戏曲班本其实是梁启超借其弟的笔名而发表行世的。④ 下文重点介绍梁启超的广东戏曲创作以及《时事画报》中刊登的广东班本,并结合这些作品所表达的戏曲观,尝试探讨清末维新运动前后革命志士、报刊同人这两个文学群体在近代中国戏剧改革过程中的作用和影响。

一、梁启超的戏曲观及其粤剧创作

梁启超首先在体裁上肯定戏曲为最高等的文学,他认为戏曲是集中国古典小说、

---

① 麦啸霞:《广东戏剧史略》,载广东文物展览会编辑《广东文物》(下册),香港:中国文化协进会1941年版,第819页。
② "曲界革命"的说法见于梁启超《释革》一文,刊载在1902年12月的《新民丛报》22号。
③ 赖伯疆:《广东戏曲简史》,广州:广东人民出版社2001年版,第198页。
④ 夏晓红:《梁启超曲论与剧作探微》,载夏晓红《阅读梁启超》,北京:生活·读书·新知三联书店2006年版,第93—94页。该文原刊于《现代中国》第七辑,北京:北京大学出版社2006年版。

诗歌和词乐为一体的综合性文学体,应以西方社会的眼光视之,肯定其为"优美文学之一种",是广义的"诗",而且比传统诗歌更为生动和形象,是"目的诗"和"耳的诗",有"怡魂悦目"之感。① 他认为包含中国传统戏曲以及地方戏曲在内的"俗剧""俗乐"不仅兼具小说的娱乐性,而且在民间具有更大的影响力和号召力,可以更广泛地应用于国民精神教育:

> 俗乐缘旧社会之嗜好,势力最大。士大夫鄙夷之,而转移风化之权,悉委诸俗伶,而社会之腐败益甚。此亦不可不察也。②

认识到改革戏曲之必要性和紧迫性的,不独梁启超一人。在更早的光绪二十八年(1902),梁氏在万木草堂的同学——欧榘甲以"无涯生"为笔名发表《观戏记》,批评当时广东戏曲存在的弊端,发出改革戏曲的呼吁。

欧榘甲,近代教育启蒙者,广东惠州淡水人,生于同治九年(1890),师从康有为,是广州万木草堂最早的康门弟子之一,深受康有为赏识,曾任《知新报》《时务报》等维新报刊的主笔,以"无涯生"为笔名在《清议报》《文兴日报》等报刊中发表多篇时论文章。③

《观戏记》一文先是以法国和日本借助舞台表演来激扬民心、民气为例,说明戏剧、戏曲演出对于激发民众爱国之心有巨大收效。他认为"演戏之移易人志,真如镜之照物,靛之染衣,无所遁脱"。优秀的戏剧可以"激发国民爱国之精神",其作用比千万演说和报章多得多。欧榘甲还对广东班、潮州班提出了不少批评和改革建议,他认为广东班演戏重在花旦,多是些"床笫狎亵之状",应尽快提升极具英雄气象的武生戏;潮剧则专演古代旧事,全然不顾当今形势。若继续故步自封,不加改革,恐怕"十年后,皆归消灭无疑也"。这些说法应该给了梁启超更大的启示,他也确实依照欧榘甲所提出的改革方案来——践行:

> 中国不欲振兴则已,如欲振兴,可不于演戏加之意乎?加之意奈何?一曰改班本,二曰改乐器。改之之道如何?曰请详他日。曰请自广东戏始。④

---

① 有关梁启超对戏曲体裁的看法,详见夏晓红《梁启超曲论与剧作探微》,载夏晓红《阅读梁启超》,北京:生活·读书·新知三联书店2006年版,第94—97页。
② 饮冰子:《饮冰室诗话》,《新民丛报》78号,103页。
③ 有关欧榘甲生平及事迹,参见罗更晓、李青海《家国之光耀百年——记近代教育启蒙者、光祖中学首任校长欧榘甲》,《未来教育家》2013年第5期,第54—56页。
④ 林杰祥:《潮汕戏剧文献史料汇编》,广州:暨南大学出版社2018年版,第222页。按,欧榘甲《观戏记》,刊登于1902年旧金山的《文兴日报》,未见原报。阿英曾编入此文的《黄帝魂》的刊载时间而定其为1903年发表(阿英:《晚清俗文学丛钞·小说戏曲研究卷》,北京:中华书局1960年版),后人多从此说。然而,该文亦被1902年编成的《清议报全编》(横滨新民社辑印)收入附录一《群报撷华通论》之中。参见夏晓红:《梁启超曲论与剧作探微》,载夏晓红《阅读梁启超》,北京:生活·读书·新知三联书店2006年版,第113页脚注62。

梁启超的戏曲作品共有三种传奇——《劫灰梦》《新罗马》①《侠情记》②和一种广东粤剧班本《班定远平西域》(下文简称《班》剧)。其中《劫灰梦》《侠情记》只完成一出,《新罗马》完成七出,广东戏曲《班》剧则全部完成,而且也是梁启超戏曲作品中唯一一部曾在舞台上搬演的剧本。

《班》剧共六幕,基本依据《后汉书·班超传》编排:第一幕"言志"抒发班超投笔从戎的志向,决心"为国尽力,在世界上做一个大大的军人,替国史上增一回大大的名誉"。第二幕"出师"表演班超奉命出征,"军容肃肃,武夫洸洸",众军士合唱《出军歌》,气势如虹。第三幕"平虏"为高潮重头戏,表现班超派人斩杀匈奴使节,收复鄯善国,最终完成了平定西域的功业。第四幕"上书"描述班惠为了其兄长上奏,请求汉和帝准许班超"生入玉门关"。第五幕"军谈"主要讲述军士竞相演唱军歌,振起尚武精神,正面表达对"好铁不打钉,好男不当兵"传统陋识的批驳。最后一幕"凯旋"极写班超之荣归祖国。

该剧本是专门为横滨大同学校学生演出而创作,最迟于1905年暑假前就曾于舞台上敷演过,而且在同年分三期连载于《新小说》杂志(原第十九号至第二十一号)。③ 为了适应学校学生排演的特殊需要,他还特意做了一些技术处理和情节改动。据梁启超研究专家夏晓红考论,梁启超用心编写《班》剧,有受到《易水饯荆卿》成功上演的感染和鼓励。④

《班》剧在连载时,剧名前有界定语"通俗精神教育新剧本",彰显了梁启超的剧作理念和目标。

> 此剧科白仪式等项,全仿俗剧,实则俗剧有许多可厌之处,本亟宜改良,今乃沿袭之者,因欲使登场,可以实演,不得不仍旧社会之所习,否则教授殊不易易耳。欲全出新轴,则舞台乐器、画图等,无一不须别制,实非力之所逮也。阅者谅之。⑤

先前创作《新罗马传奇》等传奇剧本时,梁启超实际是严格依照格律填词作曲的,但难改其"案头剧"的属性,只能供读者阅读,所收成效不佳。因此在写作广东戏

---

① 《劫灰梦》《新罗马》分出刊登在1902至1903年的《新民丛报》中。
② 1902年11月发表在《新小说》创刊号。
③ 该剧本在《新小说》中发表,起始于1905年8月,而且剧本"例言"中提及"经已演验",所以可据此推算大致演出时间。
④ 夏晓红:《梁启超曲论与剧作探微》,载夏晓红《阅读梁启超》,北京:生活·读书·新知三联书店2006年版,第119—121页。
⑤ 曼殊室主人:《班定远平西域·例言》,阿英编《晚清文学丛钞·说唱文学卷》(全二册),北京:中华书局1960年版,第412页。

《班》剧时十分关切声情表演一道,也切实做到了付诸舞台演出的目标。《例言》中言明:"此剧已经演验,其腔调节目,皆与常剧吻合。可即以原本登场,免被俗伶挦扯点窜。"又说:"此剧用粤剧旧调旧式,其粤省以外诸省,不能以原本登场,而大致亦固不远。"①其中自豪之意显露无遗。而且梁启超也确实为了适应大同学校学生的排演需求,在剧本中做了一些技术处理和情节改动。比如因为学校没有女生肯登场扮演班超之妹班昭,"以男饰女"又让师生"尤骇闻见",只能捏造出班超之弟"班惠"一人。此外,为了普通场上演出考虑,还特意在《例言》中说明了应在哪一幕增加什么旦角如何敷演,才能"兴采更觉壮烈"。

《班》剧六幕之中,"军谈"一幕最具新粤剧特色。在这一场戏中,多用广府白话方言来表现军士们的所说所唱,地方曲艺意蕴浓重。梁启超不仅套用龙舟歌体制谱写新词,更将一向被视为"靡靡之音"的民间小调《梳妆台》(又名《十杯酒》)重新创作曲词,配以军乐队,改造为慷慨雄壮的《从军乐》:

> 从军乐,告国民。世界上,国并立,竞生存。献身护国谁无份?好男儿,莫退让,发愿做军人。
>
> 从军乐,初进营。排乐队,唱万岁,送我行。爷娘慷慨申严命。弧矢悬,四方志,今日慰生平。
>
> ……
>
> 从军乐,乐凯旋。华灯张,采胜结,国旗悬,国门十里欢迎宴。天自长,地自久,中国万斯年。②

这段军歌共十二章,连同曲谱一起不仅出现在《班》剧中,梁启超还将之全部收录在《饮冰室诗话》中③,可见他对这段创作的自珍自重。

《班》剧中不仅大量运用了粤方言,在第三幕"平虏"中更是出现了多个粤语、日语、英语语汇杂糅的片段,形成了广东粤剧新创剧中独具一格的语言形态和文本形态。④ 比如为了烘托匈奴钦差及其随行人员的人物形象,营造强烈的喜剧气氛,梁启超在第三幕中设置了如下说白和演唱:

> (钦差唱杂句)我个种名叫做 Turkey,我个国名叫做 Hungary,天上玉皇系我 Family,地下国王都系我嘅 Baby。今日来到呢个 Country,(作竖一指状)堂堂钦

---

① 曼殊室主人:《班定远平西域·例言》,阿英编《晚清文学丛钞·说唱文学卷》(全二册),北京:中华书局1960年版,第411页。
② 曼殊室主人:《班定远平西域》第五幕,阿英编《晚清文学丛钞·说唱文学卷》(全二册),北京:中华书局1960年版,第428—429页。
③ 饮冰子:《饮冰室诗话》,《新民丛报》78号,1906年4月。
④ 左鹏军:《传统与变革:近代戏曲新论》,广州:中山大学出版社2018年版,第22—26页。

差实在 Proudly。可笑老班 Crazy,想在老虎头上 To Play。……(随员唱杂句)オレ系匈奴嘅副钦差,(作以手指钦差状)除了アノ就到我エライ。(作顿足昂头状)哈哈好笑シナ也闹是讲出ヘタイ,叫老班个嘅ヤツ来ウルサイ,佢都唔闻得オレ嘅声名咁タッカイ,真系オーバカ咯オマへ。

……

(钦差白)I am 匈奴国钦差乌哩单都呀。(随员白)ワタシハ,匈奴国随员モモターロッ呀。(钦差白)未士打摩摩,(Mr モモ)你满口叽叽咕噜,呷的乜野傢伙呀喂。(随员白)未士打乌,我讲的系 Japanese Language 唎唏。你唔知道咯。近日日本话都唔知几时兴,唔哈讲几句唔算阔佬,好彩我做横滨领事个阵,就学哈了,只怕将来中国皇太后都要请我去传话哩。(钦差白)喂喂喂!咪讲咁多闲话咯,个嘅老班嚟到,点样作置佢好呢?①

这是一段英语、日语和粤方言的交杂混合的对话,诙谐生动,又充满各种语言的形象表现和舞台张力,是梁启超戏曲作品中灵活运用多种语言的最典型例子。从中可以探知梁启超在创作时的所思所想,更能推测到当时在大同学校演出现场可能引发的舞台效果。这种极具时代特性和地域特色的独特文本的出现,也启发、奠定并形成近代粤剧改革过程中极为重要的特质,即海纳百川的极强的包容性和吸纳性。②

夏晓红认为《班定远平西域》在剧作语言、戏剧体制、角色比重等方面都有新创和改造,对粤剧改革具有重要意义。而且,随着《新小说》杂志以及剧本单行本在上海的刊行,其影响力更是远远超越国界。《班》剧和同时期发表在日本的《易水饯荆卿》《黄萧养回头》等在内的一批广东新班本,显然为其后革命派组织的"志士班"开了先声。③

梁启超的戏曲创作固然有其政治功利性和体制局限性,也多是无法付诸场上演出的案头之本,但他在近代戏曲改良过程中所起到的承前启后的重要作用,同样无法抹煞。他在戏剧样式、戏剧题材、戏剧角色、戏剧结构和戏剧语言等方面都有新的探索和尝试④,现存作品具有强烈的时代感和深刻的文化史意味,更具有深远的近代文学史意义和文体学意义。

---

① 曼殊室主人:《班定远平西域》,阿英编《晚清文学丛钞·说唱文学卷》(全二册),北京:中华书局1960年版,第419页。
② 有关《班定远平西域》的特点和价值,亦可参见李婉薇《晚清粤剧改良先声——论梁启超的〈班定远平西域〉》,《学术研究》2007年第12期,第148—153页。
③ 夏晓红:《梁启超曲论与剧作探微》,载夏晓红《阅读梁启超》,北京:生活·读书·新知三联书店2006年版,第119—124页。
④ 左鹏军:《梁启超的戏曲创作与近代戏曲变革》,《中州学刊》1999年第4期,第94—100页。该文后收录到左鹏军《传统与变革:近代戏曲新论》(广州:中山大学出版社2018年版)一书中。

二、清末报刊同人的粤剧创作

19世纪末,随着维新运动的开展,启迪民智、除旧布新的革命需求愈加旺盛,戏曲作为中国大众接受度最广的民间文学,成为革命志士、文人记者们手中的"利器",新创、新编的戏曲成为广州、香港各大报刊中的固定板块,尤以广东粤剧班本为多。

冯自由在《革命逸史》中曾概括当时出现大量报章班本的缘由,他说:"广东号称革命策源地,世人感归功于新学书报之宣传,然剧本之改良及维新志士之现身说法,亦与有大力焉。……及庚子以后,清廷辱国丧师之罪,举国同愤,民智因而大开,有心人士主张非实行革命排满不足以救亡者,缤纷并起,或则以报纸鼓吹,或则藉演说倡导,然皆未能深入民间,使种族思想普遍于各级社会,以收实效。职是之故,革命主义之香港各报,遂有编撰戏曲唱本以引人入胜之举。"①

报刊登载民间戏曲、说唱,肇始于光绪二十四年(1898)创刊的《中国日报》,其副刊《旬报》有《鼓吹录》一门,由杨肖欧、黄鲁逸等记者撰作戏曲、歌谣和说唱,《革命逸史》评价这些作品"或讽刺时政得失,或称颂爱国英雄,庄谐杂出,感人至深"②。此后一段时间,广州、香港等地的许多报刊,如《时事画报》《群报》《国民报》《人权报》《南越报》《齐民报》《世界公益报》《广东报》《有所谓报》《少年报》《游艺报》等均注重戏剧歌谣一门。

据考察,经常在各大报刊中发表粤剧班本的作者们多署笔名,而且笔名之间存在着简化和重复的变化,比如《时事画报》的发起人之一——岭南著名画家陈树人,曾在该报刊中以"若明女士""美魂女士""美魂""若明""哲郎""老哲""切生""切"等笔名发表班本作品。在《时事画报》中发表粤剧班本的25位作者中,有潘达微、何剑士、高剑父、陈树人、赖亦陶、毅伯、痴汉、兰父、拔剑狂歌客、情侠、愤子、温文狂侠、卫汉夫、郑苌等共14位都是该报同人,包括发起人、文字撰述员、美术家等编绘者。③而且,这并非孤例。《南越报》中的班本多是署名"拍鸣"者所作,《振华五日大事记》《半星期报》中发表的班本作品则主要来自亚魂、轩胄、一旅几位作者,显示出近代广东报刊班本具有创作群体固定化的共同性。

《时事画报》作为广东发行最早且政治上最为激进的石印画报,其上刊载的粤剧班本很好地表现出近代报章体戏曲在题材内容和文体表达上的普遍性。

---

① 冯自由:《革命逸史》(第二集),台北:台湾商务印书馆1953年版,第241页。
② 冯自由:《革命逸史》(第二集),台北:台湾商务印书馆1953年版,第241页。
③ 周丹杰:《晚清报刊中的粤剧班本及其创作群体探考——以〈时事画报〉为主要考察对象》,《中华戏曲》第59辑,2019年,第171—179页。

(一)聚焦时事,追踪报道

在已经影印出版的 139 期《时事画报》(十册)中,共有 62 期刊发了 86 种新编班本。① 根据题材和内容,这些班本可分为两大类:一是在发表数量上占绝对主体的时事新闻班本;二是仅有数种的感时伤怀班本。

时事新闻班本指以报道时事新闻事件为主要内容的班本。《时事画报》中此类班本关涉到的时事中,不仅有持续时间长、影响范围大的革命运动,也有街头巷尾的乡人叹苦、警民争执、门铺关张等市井杂事,可谓包罗社会生活的方方面面。其中尤以 1905 年的抵制美约运动和 1906 年粤汉铁路集股商办两大政治事件相关的班本为多。

《时事画报》创刊伊始,便积极投身抵制美约运动的大浪潮,通过图画、时论、旬日要事记、班本等形式追踪报道该运动的发展情况。何剑士、隐庵、拔剑狂歌客等画报同人创作班本,报道拒约时事热点,讲述事情经过,抒发民众愤慨之情。例如自创刊号开始连载三期的《蒋女士生祭曾少乡》,以上海拒约会主席曾公(即曾铸,1849—1908)险遭奸人陷害一事为内容,展现曾公为救国民而不惧艰险和牺牲的革命大义;《冯夏威诉恨》《冯夏威殉约一周岁纪念》《食月饼哭吊冯夏威》《班本清明节哭祭冯夏威(河调)》四种班本以殉约烈士冯夏威为主角,讲述他英勇殉约的事迹,泣之以泪而叹之已逝,从而警醒国民奋起反抗;引发广州各界人士强烈不满和救援活动的"马潘夏"被捕事件,也有《竭热诚生祭三士》《华侨电请释三士》两个班本做介绍和后续报道。此外,《华侨失望》《拒约员预筹连州案》《荷兰华侨叹苦》三种班本也是对拒约运动中发生事件的情境再现。以上班本的主旨都是希冀以此呼吁民众的觉醒,共同抵制美帝国主义的暴行,同时讽刺和鞭挞政府的软弱无能,宣扬和讴歌革命英雄的斗争精神。

1905 年 8 月,清政府收回粤汉铁路经办权,为防止"官督商办"带来的贪污腐败,广东商民与时任两广总督的岑春煊相互较量,力主粤路商办,由民众自愿筹股、自主经营。由此,掀起一场空前规模的民间集股运动,并成功筹建商办广东粤汉铁路公司。广州总商会、九善堂、七十二行等绅商开会选举公司临时主事人,举郑观应为总办,黄景棠为副办,许虚鸿、周麟述、左宗藩、罗宝臣等为坐办。② 由于此次选举不合

---

① 《时事画报》刊载粤剧班本的目录及作者、刊登期数、出版日期及班本的序文等信息,详见周丹杰《晚清报刊中的粤剧班本及其创作群体探考——以〈时事画报〉为主要考察对象》,《中华戏曲》第 59 辑,2019 年,第 163—171 页。
② 陈泽泓、胡巧利主编:《广州近现代大事典 1840—2000 年》,广州:广州出版社 2003 年版,第 93 页;杨万秀主编《广州通史·近代卷》(下),北京:中华书局 2010 年版,第 789—790 页。

商律和路章而引发内部矛盾,股民不承认郑、黄等人的地位,还提出了账目不清的问题,主理人之间亦萌生嫌隙。① 这场粤路集股商办引发的社会风潮以及官商矛盾、商民矛盾等一连串事件,在《时事画报》的班本中都有呈现,如陈树人《仗大义盲丐认路股》和何剑士《梁鹤琴演说感香娘》讲述了在全民集股热潮中,有盲人乞丐和火车站中卖香榄的香榄娘为支持铁路自治而热心集股的真实事件;而《梁苹甫闯席》《郑陶斋毒谋败露》《黄诏平电诉背签》《左状元叹病》《罗宝臣自叹》《岑春煊林泉养晦》六种班本是针对粤路公司成立后的违律背章、账目不清以及其他相关事件而写就,揭露官商勾结的阴谋,并抨击他们的所作所为。②

除上述两大事件外,《时事画报》中时事新闻班本还包罗丰富的民生百态、社会万象,例如以表扬和缅怀革命志士(留日学生直隶潘宗礼、福州陈不浮和绍兴秋瑾)为主旨的《潘烈士蹈海》《陈烈士幽魂诉恨》《泉台秋恨》;劝善惩恶的有《右状元海上怨漂流》《赵凶徒途中伤落魂》;批判封建迷信、神鬼邪说和烟赌娼妓等社会陋俗的班本有《全套出头迷信镜》《斩菩萨》《辟神权》《烟精自叹》《见出游烟精懊悔》《自强员佛山演说》《巡警叹风流》《留学生恋娼辱国》等;《明远楼学究哭魁星》《考师范学究落第》《哀学界》《祝优天影出世》《最青年》《周督注重报纸》等班本则是与社会文化教育的新闻事件相关;还有反应民众生活的《盲妹闹巡警》《剃头铺罢市》《避军锋乡民逃难》《教习栏饮马》《花枝临水》等班本。

最后,是《时事画报》刊登班本中仅占少数的"感时伤怀班本",分别是:《志士感年》《人日游花地》《度中秋秀士伤情》《牛郎道情》《织女诉恨》《牛郎叹情》《重阳菊酒》《逢佳节遗民思国》。有趣的是,这些班本都是创作者在春节、七夕、中秋和重阳等传统节日里的有感而发,或睹物思人,或触景生情,或借事咏怀。而且除了牛郎织女的爱恋之情外,无一不是借此抒发作者心中忧国忧民的情感和爱国热情。

所以,《时事画报》中刊登的班本内容含括了社会、政治、文化等方方面面,具有新闻性和纪实性的明显特点,并非是单纯用以敷衍故事而创作的"一剧之本",而是更接近于一种"新闻评论式"的报刊文学。而且,这只是《时事画报》多种新闻报道方式中的一种,时事班本是和新闻图像、"庄部"说论及其他"谐部"文类相互补充、配合的,并共同组成《时事画报》的灵与肉。

---

① 邱捷:《黄景棠与清末广东铁路》,载王美怡主编《近代广州研究》第 2 辑,广州:广东人民出版社 2014 年版,第 12 页。
② 除上列八种班本,《时事画报》所刊粤汉铁路相关内容的班本,还有《善棍叹情》《路棍殴股东》和《路棍失败》。

(二)代言立说,抒怀言志

作为发表在报刊上的粤剧剧本,报刊班本较之传统剧本发生改变的不仅有题材内容,还有叙事、抒情的表达形式。

《时事画报》刊登的班本中有近半数附"小序"说明班本事由,或是在标题下用小字注明。这些交代性的文字详略皆有,例如《河清乡农民叹苦》仅在标题下注明"事见本期报是勇是贼一段"①,而诸如《吊粤东新报》《起暴动韩民报国仇》《泉台秋恨》等班本的"小序"则以百余字甚至更大的篇幅来详述事件情形,并且兼有作者的评论。

班本的正文部分多数是以时事新闻人物为剧中人,如陈天华、秋瑾、冯夏威、岑春煊或某个华侨、烟民等,让这些当事人"亲自"演绎事件始末,讲述心理活动,抒发真情实感。同时,创作者也假剧中人物的言语和行动来抒情、言志或评骘。虽然这些班本通常角色行当不明,只是以"鄙人""本公"来代称剧中人物,而且几乎没有科介和宾白,也只有"剧中人"的曲词,但是这种当事人"现身说法"的真实感和现场感,能迅速引领读者进入情境,打动他们的内心。这是"代言体"戏曲在叙事、抒情上相较其他文体的优势。

中国传统戏曲(包含粤剧在内)的文体结构是代言体,它们的话语言说方式主要表现在剧作家代人物立言以及演员扮演人物"现身说法"代人物言说,以此方式叙述故事,表达情感。② 所以,无论剧本文本还是舞台演出,故事与情感主要通过剧中人物第一人称的说白和曲词来呈现和传递,剧作家作为隐蔽于剧中人物背后的全知叙事者,只在极少情况下"现身",通过第三人称的叙述、议论或是后台的帮腔、合唱等方式,给观众以提示。相较之下,《时事画报》中班本的创作者则更多地且随意地"出入"于自己的作品。

《时事画报》刊登的班本中有十多种较为独特。这些班本没有科介宾白、行当以及其他人物,通篇仅是"我"的自我言说和情感表达,而且其中的议论抒情远多于叙事。如班本《哀学界》里称"本记者每念吾郡数载人才弃于一旦,亦不免怒发冠冲……但今日抚时事我就感慨无穷"③;《辟神权》中直言"我这里唱一出辟神权,望众位同胞就此回头觉岸"④;《西人无理》则交代了"昨日里有一事真不好睇,待我从

---

① 心时:《河清乡农民叹苦》,《时事画报》1905年第8期。
② 陈建森在《戏曲"代言体"论》(《文学评论》2002年第4期)一文中指出还有行当"代"剧作家"言"、剧中人物"代"剧作家"言"及剧作家巧设"内云""外呈答云"等形式"代"剧场观众"言"这三种表现方式。
③ 愤:《哀学界》,《时事画报》1906年第15期。
④ 愤:《辟神权》,《时事画报》1906年第17期。

头始末来说我地怎样熟亏"①;《清明节哭祭冯夏威》也出现了"我本是伤时者、满腔积愤无人可告,没奈何、对死者、抒发牢骚"的表述②。

显然,上述四种班本的文体结构并不是严格意义上的第一人称"代言体",虽然同样是从剧中人物"我"的视角、口吻来叙述、抒情,但此处的"我"毋庸置疑是作者本人,即本应该隐身于剧中人物或行当中的剧作家,扯去层层遮掩的面纱,张开紧闭的嘴唇,代"自己"言说,成为自己作品中的主人公。这种有别于常态的代言形式,可以视为"班本"文体的一种"变体",它游离于代言体戏曲和第一人称抒情文之间,并兼有二者之长,是《时事画报》班本创作者有机结合了报刊的"新闻性"、戏曲的"叙事性"以及本人的"托物言志"三种特质而共同组成的。同时,也直接印证了画报同人将"班本"看作是一种写作文体的认知,他们用"旧瓶装新酒"的方法,使"班本"既可以是新闻评论,也可以是传统戏曲,成为发表言论、抒发情感的有力载体。

此外,在这些作者自我代言的班本中,还有不满足于仅仅代表"自己"发声而试图通过"大众"视角来影响和改变读者的情况。如《最青年》中情真意切地呼喊"少年人时刻比较黄金更觉难能可贵,岳武穆已有'莫等闲、将头白了'这句言辞,况我们生当廿世纪时期同立舞台不易。更须要力图振奋方不负志切匡时……唱一声问诸君是否以鄙言为是。(收板)须知道此时候白祸燃眉"③;《冯夏威殉约一周岁纪念》里对爱国志士的牺牲感慨万分,追问世人"想鄙人也是国民份子,见此景那能得不到会一表心微……思想起拒约现象,那能忍得住泪落如丝。……想必是死一次死再次,死千万次死到无了之期,众同胞对此情形试问如何心事,马潘夏缘何事到今日说者人稀……"④曲文中的"少年人""我们""国民""众同胞"等语词,饱含强烈的身份认同感和民族责任感,受众在阅读和接受过程中,很容易置身于其中,从而引动他们的同理心和同情心,产生出感同身受的情感,如此便能更好地达到作者撰写这个班本的目的,即振奋国民的爱国热情,呼唤大众参与革命救国救民。

以上,由于出版篇幅的限制和画报自身宣传革命、开启民智的取向,《时事画报》中的班本多以时事新闻为内容,叙述新闻事件,重现时事场景,同时它们的意旨并不止步于此,而是朝着议论抒情的方向走得更远。值得肯定的是,这些班本并没有因为要凸显"新闻性"和"纪实性"而放弃戏曲文学应有的"文学性",创作者们十分擅长使用对比参照、连续排比、反复渲染、层层推进、反讽隐喻、夸张放大等艺术手段来增

---

① 愤:《西人无理》,《时事画报》1906 年第 34 期。
② 忉:《清明节哭祭冯夏威》,《时事画报》1907 年第 6 期。
③ 温文狂侠:《最青年》,《时事画报》1906 年第 18 期。
④ 拔剑狂歌客:《冯夏威殉约一周岁纪念》,《时事画报》1906 年第 19 期。

强班本的说服力和感染力。

　　报刊同人的参与创作和积极倡导,使得粤剧班本在传统书坊之外另有了全新的发表平台。他们大量采用时事事件作为班本内容,不仅丰富了传统粤剧的题材内容,而且更加突出了班本的宣传功能,带有极强的新闻性、政治性和革命性。这些班本一定程度上真实再现了清末粤地报刊刊载文艺作品的整体风貌,其中反映出来的文体、题材及内容等文学观念,充分体现了清末民初时期文学与时代相结合的思潮,具有重要的研究价值。①

　　自《中国日报》以来在报刊中发表粤剧剧本的文人、画家乃至革命党人,当然包括上述《时事画报》中的班本创作者们,虽然他们并非专事于此,但仍然可以视为是第一代粤剧的文人剧作家。② 他们大多没有舞台演出的实践经验,加之创作的目的重在快捷、有效地直击人心、改天换地,剧中人往往是作者政治、革命思想的传声筒。因此,作品的艺术感染力也就比较差。更没有认真地考虑并解决新内容与旧形式之间的矛盾。③ 同时,我们亦不能否决报刊班本这种时事案头剧的改良和革新。毕竟,新事物、新主义的出现,总要经历万千的磋磨,才会迎来胜利的一刻。

第三节　粤调说唱与思想启蒙

　　自《中国日报》一开登载民间曲艺之滥觞后,广州、香港大量新创报刊纷纷效仿。至1905年,至少有广州发行的《岭海报》、《亚洲日报》、《时敏报》(1909年改名《时敏新报》)、《游艺报》、《广州旬报》、《时事画报》等,以及香港地区的《世界公益报》(附刊《一嚛报》)、《广东日报》(附刊《无所谓》《一声钟》)、《香港商报》、《唯一趣报有所谓》等十多种报刊,均设置了内含多种通俗文艺形式的"谐部",刊载了大量龙舟、南音、粤讴和班本,为振奋国民精神和开发国民智识助力。

　　陆丹林在《革命史谭》中曾说:"在前清的时候,党人们宣传革命,采用原来民间歌曲的调子很多,因利用它较易普遍深入人们脑海的缘故。当时广州香港的革命党

---

① 周丹杰:《晚清报刊中的粤剧班本及其创作群体探考——以〈时事画报〉为主要考察对象》,《中华戏曲》第59辑,2019年,第180页。
② 周丹杰:《晚清报刊中的粤剧班本及其创作群体探考——以〈时事画报〉为主要考察对象》,《中华戏曲》第59辑,2019年,第180页。同时期,也有不少粤剧艺人如邝新华、梁垣三、肖丽康等有尝试编撰新剧。
③ 谢彬筹:《清末民初的粤剧改良活动》,《学术研究》1982年第1期,第87页。

人主持的报纸杂志,在副刊的作品,渗入了宣传排满的剧本、南音、粤讴等,不可胜数了。"①事实上,广东地区近代报刊中刊载民间说唱文本数量最多者,当属粤讴。粤讴也是最早被学者关注且获得整理、研究力度最大的报章文体之一。早在1960年代,中山大学冼玉清教授从晚清民国报刊中辑录出69首粤讴,并加以注释和解题说明,依以此基础撰写论文《粤讴与晚清政治》,探讨了报刊中的新式粤讴对晚清社会政治、文化及革命等方面的反映和影响。② 这是学术界关注和整理报刊刊载广东说唱文学的开端,此后渐次有学者做此类作品的收集、整理和研究。

除了上文提及的冼玉清教授,香港的朱少璋先生也用力颇多,他出版有《粤讴采辑》(广东人民出版社2016年版)一书,收录、整理了来自43家报刊上刊登的283首粤讴作品。然而,粤讴之外,近代报刊中曾刊载的其他种类广东说唱,如木鱼歌、龙舟歌、南音等作品的发表数目如何,此前并没有人完整统计过。21世纪以来,随着多种近代报刊数据库的建立以及结集出版,摸清此类文艺作品的"家底"如何,正逐步成为可能。据李继明博士翻检、统计,现已知近代曾刊登过广府说唱曲艺的报刊至少有94种,共刊登有南音99首、龙舟歌54首、板眼28首、木鱼书3首。③

报刊作为近代新兴的文化空间和文学场域,刊登的说唱作品在形式和内容上与流行在民间的通俗唱本有本质上的差异。下面以当时的具体作品为例来一一论述。

清光绪三十一年(1905)五月,反美华工禁约运动在上海、广东等地揭开序幕,广东、香港报界迅速做出响应。同盟会会员、著名报人郑贯公(1880—1906)创办《唯一趣报有所谓》(即《有所谓报》),撰写发表民谣、粤讴、南音、班本和小说等多种通俗文学作品,以达到批评时弊、唤醒民众、救国救民的目的。该报纸和同时期的《拒约报》《广东日报》等报刊一起痛斥美国,是这场爱国运动中最有影响的报纸之一。

郑贯公曾以"仍旧"为笔名在《有所谓报》上发表过多篇广东民间文学作品,比如1905年7月7日发表的粤讴《广州湾》,痛诉法国在中国国土之上的无理要求和行径,反映广大人民反对帝国主义侵略与迫害的心声:

　　痛定痛,我个广州湾。不堪回首,珠泪偷弹,虽则地土无多,人亦有限,亦算个通商良港,都系大汉嘅河山。自记把租界划与法人,我就知有后患,又有别人想着开埠呀,几咁心烦。几国都想分的杯羹,惊死手慢,好似鲜鱼争饵,天咁交关。是以法国知机,忙把铁路要办,佢央求清政府,切勿为难。我想一揸倒路权,

---

① 陆丹林:《革命史谭》,载荣孟源、章伯锋主编《近代稗海》(第一辑),成都:四川人民出版社1985年版,第690页。
② 该文章分三期发表于《岭南文史》,分别是1983年第1期和第2期以及1984年第1期。
③ 李继明:《近代报刊所载南音、龙舟、板眼和木鱼书目录》,载广州大典研究中心:《地方曲艺与戏曲研讨会论文集》,2020年11月,第148—151页。

就可以将死命制硬。唉！真可叹,大局成鱼烂。恨只恨政府慷他人慨,不肯把汉土交还。①

生动形象地描述了近代中国如"饵料"、一众资本主义大国"鲜鱼"相争的局势。在痛斥侵略国的同时,亦表露了对满清政府无作为行径的失望和反对。

同年 9 至 10 月,《有所谓报》持续大量地刊登各界人士撰写的以时事、革命为内容的粤讴作品。之如《拉人》(作者嫉恶,9 月 7 日)、《知到错》(作者仍旧,9 月 8 日)、《一味构陷》(作者猛进,10 月 4 日)、《又话保拒》(作者猛进,10 月 14 日)、《做乜野善董》(作者风萍旧主,10 月 19 日)等。这几首粤讴,集中反映了在 1905 年反美爱国运动中,两广总督岑春煊逮捕拒约会委员马达臣、潘信明及夏重文三人,引起舆论的指摘和人民抗议的情况。②

积极参与以撰写广东戏曲、说唱作品来表达抵制美约运动文学浪潮的还有当时《广东日报》的附刊《一声钟》。1905 年 5 月 31 日,"商业中一人"发表粤讴《除是冇血》,颇能代表当时广东商业人士的心声:

除是冇血,正得话唔嬲！君呀！你睇吓花旗,几毒嘅计谋！条条禁约,总总唔相就,要把我地华人,逐个个去收。计吓二十年来,个的咸苦搽够,望得呢阵从新订约,点好重爱惜咙喉。快的商量抵制,开吓同胞口。有四万万人声,不必靠到满洲。第一要把佢货物唔销,等佢知到吓伯爷系老豆。不久佢地个的工人喊苦,就要把我地哀求。个阵我只耳仔冇咁得闲,游了去别埠。好似阿跛踢燕,一味唔兜。佢一日唔肯转心,我一日唔肯罢手。唉！真正抵首,此计系谁人扭？舍得大众都系咁齐心,怕乜共咁做对头。③

该粤讴不仅代表广州商业中人士对于抵制美货运动的拥护,更提出了不必倚靠满清政府的主张。反映当时爱国商人的激愤情绪,以及抵制美货的坚决态度。

《一声钟》同时刊载了不少其他体裁的广东说唱作品,比如木鱼歌、龙舟歌等。这些作品中的时事性、革命性意味较同时期报刊中的粤讴作品较弱,也多有描绘民间生活场面、展现民俗民生的作品,也有表达伤春悲秋的多愁善感和哀叹遭遇、感怀时事的长篇连载作品。

1905 年 6 月 16 日,《一声钟》刊登"哲郎"所作的龙舟歌《文武庙建醮》,8 月 15 日至 16 日,连载了"陇西三郎"所作的木鱼歌《盂兰会记》,两种作品都是讲述作者在民俗节日、祭祀庙会等活动中的所见、所闻和所想:

---

① 仍旧:《广州湾》,《唯一趣报有所谓》,1905 年 7 月 7 日,第 2 页。
② 冼玉清:《粤讴与晚清政治(中)》,《岭南文史》1983 年第 2 期,第 68—71 页。
③ 商业中一人:《除是冇血》,《一声钟》(《广东日报》附刊),1905 年 5 月 31 日,第 1 页。

关帝诞,个个都话去参神。文武庙前、逼到冇转身。我今日得闲、就随着大众去混。只见红男绿女、结队联群。一路个的食箱、好似摆阵。……除了丁财贵寿、就冇别句诗文。可笑个的世人、真正系慎。……行至庙外、见有八音棚,挂起个牌名、话系第一班。班中个的、生和旦。一边来唱、一边弹。正话上箱、唔怕撞板。高山流水、在其间。……(《文武庙建醮》)①

红日落,夜色苍苍。风清月白、好景非常。忽听得街前人语响。都话今晚系盂兰胜会,去睇吓妇女烧香。睇见三群二队系咁人来往。有的话去无着地(菴名)、有的话去地藏菴堂。我均是得闲、又去行一躺。就跟住个班慎仔、睇佢去何方……好似唱起懒梳妆。又听得妇人痛哭、好似将歌唱。有的哭一句夫君、有的喊一句我郎。佢乜事得咁凄凉、情亦可想。……(《盂兰会记》)②

南音是除了粤讴以外,在近代广东报刊中较常见的民间文学体裁。传统南音多以长篇为主,虽然报刊中版面有限,但相较粤讴,其本身的文体特性更适用于铺陈事件和抒发感慨。甚至有些报刊(如《南越报》附张)借用南音形式创作小说连载发表。③ 1905年7月9日,《游艺报》刊登的作者不详的南音作品《祭江》,很能代表当时传统书生文人的心境:

心想越怆,万籁无声,寒云黯淡落日微明。楼台倒影两岸炊烟袅,天地为愁草木青。阴风飒飒卿来也,海水横飞四显杳冥。意欲疾呼卿负我,点想气咽喉嘶叫不出声。几回纠撇正得神魂定,禁不住珠飞玉屑两泪飘零。哭一句多病多愁我地痴姐姐,哭一句多情多义我地爱卿卿。卿呀造乜哭极千声,唔日你有一句应。莫不是生前多义,死后就咁无情。虽则系哭极唔哭得你翻生,我哭亦无乜谓。不若拨埋心事,造一个薄悻书生。总系天下个种痴郎,偏有个种痴心事。系恐我对卿唔住,唔系恐卿你怪我无情。想话多哭几场表吓。④

以上刊登在近代报刊中的广东曲艺作品,普遍反映了甲午战争后民族危机严重的国情,以及爱国志士们呼吁团结救国、共挽危亡的呼声。作品撰写者都希望借此类通俗文艺作品来灌输文明、开通民智和警醒国民,宣传革命思想。

值得关注的是,这一时期已经出现了有心人士收罗、选辑报刊中的广东文艺作品编纂成集,流传至今并产生一定影响的主要有《歌台帜(真好唱)》和《时谐新集》。

《歌台帜(真好唱)》是一部收录近代报刊中刊登的班本、粤讴和南音三种民间文

---

① 哲郎:《文武庙建醮》,《一声钟》,1905年6月16日,第1页。
② 陇西三郎:《盂兰会记》,《一声钟》,1905年8月15日,第1页。
③ 李继明:《近代报刊所载南音、龙舟、板眼和木鱼书目录》,第154—155页。
④ 佚名:《祭江》(再续),《游艺报》,1905年7月9日,第3页。

艺体裁的选集。编选者为拔剑狂歌客,其生平不详,现可考知的是他曾担任《时事画报》的撰述员和记者,发表多篇时论和班本、粤讴、南音等作品。《时谐新集》则是在1906年9月之前,由郑贯公选取时兴报刊中有关政治风俗的诗文、小说和曲艺(其中分粤讴、南音、小调和班本)编就而成,香港中华印务有限公司出版发行。①

《歌台帜(真好唱)》因为多次付梓,所以现存版本众多,最多者收录138种作品。其中半数为时事题材的粤剧班本,另有44种新粤讴和1种南音。郑贯公秉承"别有用心,独开生面,上关政治,下益人群"的原则,编选《时谐新集》的各门类篇目。他在"曲界"一门共收录了来自1900—1907年之间省港两地报刊中的20首粤讴、3种南音、7种小调、10种班本及《劫灰梦传奇》一种,共计41种文艺作品。胡从经曾评价此书是"一本晚清革命文学与讽刺文学的集大成者"②,可见此书内容和题旨之一斑。两种广东近代报刊文艺选集收录的作品内容,大多为反清排满及鼓吹民族、民主思想的政治宣传。

《时谐新集》封面标榜此书"仿《岭南即事杂咏》文章游戏之体裁,分别门类,翻陈出新,可读可歌,可惊可泣,可以新民智,可以解人颐,诚为近日新书中之别开生面者也。"③署名"墨隐主人"所撰《凡例》,称"是书选各报最近之游戏笔墨,有关于政治、风俗者分为四门,一文界、二小说界、三诗界、四曲界(其中分粤讴、南音、小调、班本),汇成一篇,诹曰《时谐新集》",并指出因不能尽知各篇出自谁手,所以略去了著者姓名信息。④

《时谐新集》《歌台帜(真好唱)》二种文学选集,诞生于革命汹涌和报刊迭出的特殊年代,它们收录的作品一定程度上真实再现了清末粤地报刊刊载文艺作品的整体风貌,其中反映出来的文体、题材及内容等文学观念,体现了清末民初时期文学与时代相结合的思潮。

---

① 有关《时谐新集》的出版时间,曾出现过1900年(以《中国曲艺志·广东卷》为代表)、1904年(《广州非物质文化遗产志》,2015年,第468页)以及1906年三种说法,其中以胡从经在《南中国一隅的反清号笛——〈时谐新集〉》(载胡从经著《晚清儿童文学钩沉》,上海:少年儿童出版社1982年版)中的"1906年9月之前"为更准确。另参见许翼心《辛亥革命与香港的文界革命》,《香港文学》1999年第7期,第4—12页,后收入《香港文学的历史观察 许翼心选集》(广州:花城出版社2014年版)中。
② 胡从经:《试论为辛亥革命作鼓吹的革命文学是中国新文学的重要源流——〈时谐新集〉个案剖析》,收录于鲁谆、王正强、徐995杰等主编《武昌首义与中华文化——纪念辛亥革命100周年学术研讨会论文集》,武汉:武汉出版社2012年版,第363页。
③ 郑贯公:《时谐新集》,香港:中华印务有限公司承印,1906年9月前出版。
④ 郑贯公:《时谐新集》,香港:中华印务有限公司承印,1906年9月前出版,第3页。

第三编　民主革命与革命派文学

概　　述

甲午战争之后,资产阶级改良派与民主革命派相继登上了历史舞台。在维新运动中,两派皆以新民与救亡为宗旨,分途并进,互相声援。"戊戌变政既不成,越二年即庚子岁而义和团之变,群乃知政府不足与图治,顿有掊击之意矣。"①。由孙中山领导的民主革命派,于是日倡革命排满与民主共和之论,与主张君主立宪的维新改良派分道扬镳。1905年8月中国同盟会成立,确立了"驱除鞑虏,恢复中华"的政治纲领,民主革命派日益发展壮大。1905年至1907年间,民主革命派以机关报《民报》为阵地,维新改良派则以《新民丛报》为阵地,开展了一场深入持久的关于国家和民族未来的论战,鼓吹君主立宪的维新改良派受到了主张民主共和的革命派的猛烈抨击,部分维新改良派人士最终抛弃了对清王朝的幻想,转而投身于民主革命阵营。历史在维新改良与民主革命之间做出了明智的选择,民主革命派以先进的思想主导了社会舆论。此后民主革命派志士以一往无前的勇气,发起了声势浩大的武装革命。1911年10月10日武昌起义爆发,民主革命派推翻了统治中国二百多年的清王朝,结束了中国绵延数千年的封建君主专制,建立了全新的民主共和政体。

与之相应,资产阶级民主革命派的文学主张与创作实践,也是围绕倡导民主革命、建立民主共和制这个主题进行的。孙中山明确主张文艺创作要为宣传"党的主义"服务,期望革命党人能创作出宣传、鼓动民族民主革命的作品。他本人所作的政论、发表的演讲,如《伦敦被难记》《三民主义与中国民族之前途》等,就充分表达了民主革命派的政治诉求。而追随在孙中山左右的广东革命党人,如陈少白、汪精卫、朱执信、汪兆铭、胡汉民、黄世仲,以及广东籍南社诗人苏曼殊、黄节、潘飞声、蔡哲夫、马骏声和邓尔雅等,则以报刊为阵地,以诗文为号角,齐心协力吹响了埋葬清王朝、建立民主共和制的时代最强音。

作为民主革命派的宣传家、报人、小说家,黄世仲接连创作了《洪秀全演义》《党人碑》《宦海潮》《宦海升沉录》《大马扁》《五日风声》等一系列抨击清朝腐朽政治、反对君主立宪、鼓吹资产阶级民主革命的小说,并从理论上对"小说界革命"的内涵进

---

① 鲁迅:《中国小说史略》,上海:上海古籍出版社1998年版,第205页。

行了丰富、修正与提升,在当时产生了广泛影响。而从海外归来,任广州报馆主笔的梁纪佩,则于1909年创办广州悟群著书社,至1911年辛亥革命,先后创作了《叶名琛失城记》《岑督征西》《禁烟伟人林则徐》《革党赵声历史》《七载繁华梦》等时事小说,揭批清朝统治者的昏庸、腐朽,讴歌民族英雄、革命党人不屈不挠的斗争精神。王斧、黄伯耀等,则擅长以短篇小说的形式揭批社会弊恶、开导愚蒙、警醒国人,并从形式上推进小说叙事艺术的现代化。苏曼殊早年向往民主革命,曾通过改译雨果的《悲惨世界》,表达其改造国民劣根性、唤醒民众起来革命的诉求;而他采用第一人称内心独白、自诉的方式书写身世之恫、飘零之悲的小说《断鸿零雁记》,则颠覆了传统小说的叙事模式和理念,充当了中国小说叙事方式革命性变迁的先锋角色,对"五四"作家的文学创作产生了深刻的影响。

至于戏曲与说唱文学,自然也被革命党人、爱国志士作为思想启蒙、革命宣传的工具。如由同盟会中一批革命党人创办的"志士班",新创、编演了《火烧大沙头》《温生才打孚琦》《云南起义师》《秋瑾》《徐锡麟行刺恩铭》《熊飞起义》等数十种"文明新戏",大力宣传民主革命,为辛亥革命的到来做了充分的思想政治动员。而粤剧也在商业经济和民主革命的双重刺激下发生了脱胎换骨的变化,其中粤剧大师千里驹等在粤剧的近代转型中发挥了关键性作用。另外,潮剧、汉剧、琼剧、西秦戏、正字戏和木偶戏等民间戏曲,以及"时事粤讴"和"社会龙舟"等说唱文学,也受民主革命风潮的激荡,在内容与形式上发生了不同程度的革新,为社会启蒙、革命宣传等做出了一定的贡献。

第十一章 民主革命派的诗文创作

广东既是维新运动的发源地,更是资产阶级革命运动的策祥地,孙中山先生早年曾短暂地寄希望于维新派,但很快发现这是行不通的,同时开始了针对清朝统治者、改良派的攻击,呼唤进行武装斗争推翻封建专制制度,建立起一种新的社会政治制度,实现救亡图存的理想。广东迅速成为孙中山领导的资产阶级革命和"革命文学"的大本营。孙中山先生所领导的革命党人发起的"革命文学"运动,代表这个风云时代的先进文学创作潮流,建构起了一种全新的"革命文学"话语范式,实现了中国文学的近代转型。

第一节 孙中山与"革命文学"的勃兴

孙中山(1866—1925),名文,字德明,号日新,后改号逸仙(粤语"日新"的谐音),又曾化名中山樵等。广东香山(今属广东省中山市)翠亨村人。我国伟大的民主革命先行者,中华民国的缔造者。早年在广州、香港、檀香山接受教育,获得行医资格。1894年(光绪二十年)11月,联络会党在檀香山组织"兴中会",正式提出"驱除鞑虏,恢复中华"的口号。次年10月,孙中山率陆皓东、陈少白等发动第一次广州起义,打响了革命的第一枪。失败后,游历欧美各国,组织爱国华侨从事革命活动。1905年,组建"中国革命同盟会",曾多次在广东、广西、云南等地组织和领导武装起义,几经失败,百折不挠。1911年10月10日,武昌起义爆发,清王朝轰然倒塌。1912年元旦,他在南京就任中华民国"临时大总统"。旋即让位于袁世凯,从事实业革命。鉴于北洋军阀的倒行逆施,他先后发起"二次革命""护法运动"。1919年11月,在共产国际帮助下,成功改组"中国国民党",领导革命队伍统一两广地区,又实行"联俄、联共、扶助农工"的三大政策。1925年病逝于北京。毛泽东《纪念孙中山先生》高度评价道:"他全心意地为了改造中国而耗尽了毕生精力,真是鞠躬尽瘁,死而后已。"[①]在

[①] 毛泽东:《纪念孙中山先生》,《毛泽东选集》第五卷,北京:人民出版社1977年版,第312页。

《论人民民主专政》中又把他称作"代表了在中国共产党出世以前向西方寻找真理的一派人物"。① 其著作有《建国方略》《建国大纲》《三民主义》等,遗著编为《中山全书》《总理全集》《孙中山选集》《孙中山全集》等多种。

一、孙中山的文学观念

孙中山一生奔走革命,不遑启处,文学创作数量不多,所著主要为报刊政论文、演讲、书札、祭文、少数旧体诗词、挽联及纪实文学,而在文学论述上,仅就"个别"文学问题发表过意见,显得不够系统、深入。但从其学习生涯和革命经历的"整体性"切入,其论文之"主脉"不难把握。

孙中山自幼接受传统蒙学教育,刻苦攻读《论语》《孟子》《大学》《中庸》《诗经》《楚辞》等文化经典,后来又在广州、香港、檀香山接受西式现代教育,形成了汇通中西文学的"整体性"视野。他曾这样谈《黑奴吁天录》:"自这本书做出之后,大家都知道黑奴是怎么样受苦,便替黑奴来抱不平","到了六十年前,才爆发出来,构成美国的南北战争。"②可见,他对文学的"社会功能"有明确的认知。1919年6月,他在回答邹鲁关于"好文章"的提问时说:"一篇文章能当做一章读,一章文章能当做一段读,一段文字能当做一句读,这便是好文章。因为唯有这样的文章,全篇气势方能贯注,作文之道亦如此。"③一语道破了"好文章"的真谛。他对中国传统文学给予极高评价,指出中国很早就发明了汉字,用汉字书写的文学传诵久远,影响及于朝鲜、日本、越南等,号曰"同文",断言中国"以文字实用久远言,则远胜于巴比伦、埃及、希腊、罗马之死语;以文字传布流用言,则虽以今日之英语号称流布最广,而用者不过二万万人,曾未及中国文字者之半"④,字里行间充满了自豪感。

1918年,他与胡汉民谈诗时说:"中国诗之美,逾越各国,如《三百篇》以逮唐宋名家,有一韵数句,可演为彼方数千百言而不尽者,或以格律为束缚,不知能者以是益见工巧,至于涂饰无意味,自非好诗。然如'窗前明月光'之绝唱,谓妙手偶得则可,惟决非寻常人能道也。"又说:"今倡为至粗率浅俚之诗,不复求二千余年吾国之粹美,或者人人能诗,而中国已无诗矣。"⑤他指出中国诗歌之"美"远迈世界各国之诗,原因在于言简义丰,工巧有味;诗求"粹美",若雕镂涂饰而无意味,绝非好诗;作诗靠灵

---

① 毛泽东:《论人民民主专政》,《毛泽东选集》第四卷,北京:人民出版社1991年版,第1469页。
② 孙中山:《三民主义·民权主义》,《孙中山全集》第9卷,北京:中华书局1981年版,第290页。
③ 孙中山:《与邹鲁的谈话》,《孙中山全集》第5卷,北京:中华书局1981年版,第80页。
④ 孙中山:《建国方略》,《孙中山全集》第6卷,北京:中华书局1981年版,第180页。
⑤ 孙中山:《诗学偶谈》,《孙中山全集》第4卷,北京:中华书局1981年版,第539页。

感,诗中绝唱往往是妙手偶得的,绝非寻常人所能道;倘若倡导"粗率浅俚",不求传统诗歌之"粹美",就会导致"中国已无诗"的后果。其所论可谓切中肯綮,启人心智。

他也对中国传统文学的积弊提出了尖锐批评:"中国数千年来,以文为尚,上自帝王,下逮黎庶,乃至山贼海盗,无不羡仰文艺。其弊也,乃至以能文为万能。多数才俊之士,废弃百艺,惟文是务。此国势所以弱,而民事所以不进也。"①这就一针见血地指出了"惟文是务"的危害。有鉴于此,他在"一切为革命服务"的框架内重新思考、定位文艺问题,强调文艺应为革命宣传服务,"宣传工夫,就是以党治国的第一步工夫"②;认为"吾党"在武昌起义、反袁护法、反张勋复辟、平定陈炯明谋叛中都取得了兵力上的成功,"而革命仍未成功,因为吾党尚欠缺力量之故。所欠缺者是何种力量? 就是人民心力。当时中国人民不赞成革命,多数人民不为革命而奋斗。革命行动而欠缺人民心力,无异无源之水,无根之木","所以吾党想立于不败之地,今后奋斗之途径,必是要得民心";而要"得民心","凡属党员,皆负有一种责任,人人皆为党而奋斗,人人皆为党的主义而宣传。一个党员,努力为吾党主义宣传,能感化一千几百人,此一千几百人,亦努力为吾党主义宣传,再能感化数十万人或数百万人。如此推去,吾党主义自能普遍于全中国人民。此种奋斗,可谓之'以主义征服'。'以主义征服'者,是人民心悦诚服也,所谓'得其心者得其民,得其民者得其国',即此之谓也"。③

为此,他真诚期望革命者能自觉创作出支持、鼓舞、赞扬和宣传革命的文艺作品。如1902年他邀请革命元老、"深明汉学"的刘成禺写作《太平天国战史》,并亲为之序,称其"发扬先烈,用昭信史,为今日吾党宣传排满好资料"④;1907年他又邀请日本友人池亨吉来中国参加反清武装起义,希望他将"亲身见闻,自始至终,笔之于书",用以鼓舞革命⑤。总之,孙中山以"主义"话语逻辑,阐述了政党文化观念,指引、规范了革命派的"革命文学"实践。

---

① 孙中山:《建国方略》,《孙中山全集》第6卷,北京:中华书局1981年版,第179页。
② 孙中山:《在广州中国国民党恳亲大会上的演说》,《孙中山全集》第8卷,北京:中华书局1981年版,第285页。
③ 孙中山:《在广州大本营对国民党员的演说》,《孙中山全集》第8卷,北京:中华书局1981年版,第432页。
④ 刘成禺:《先总理旧德录》,尚明轩等编:《孙中山生平事业追忆录》,北京:人民出版社1986年版,第673页。
⑤ [日]池亨吉:《支那革命实见记》附录《嗷岩枕涛录》,《孙中山全集》第1卷,北京:中华书局1981年版,第333页。

二、孙中山的政论、演讲与祭文

孙中山本人则以政论文、讲演词等形式,以激情澎湃的语言、思理深邃的阐述,宣传"驱逐鞑虏,恢复中华"、建立共和的政治主张。请看他在《中国革命史》中的一段自述:

> 余之从事革命,以中国非民主不可。其理有三:既知民为邦本,一国之内,人人平等,君主何复有存在之余地!此为自学理言之者也。满洲之入据中国,使中国民族处于被征服之地位,国民之痛,二百六十余年如一日,故君主立宪在他国君民无甚深之恶感者,独或可暂安于一时,中国则必不能行。此自历史事实而言之者也。中国历史上之革命,其混乱时间所以延长者,皆由人各欲帝制自为,遂相争相夺而不已。行民主之制,则争自绝!此自将来建设而言之者也。有此三者,故余之民权主义,第一决定者为民主。①

以"我"的自述角度切入,从学理、历史事实和将来建设等三个方面加以解说,尤其强调世界范围内的民族自治潮流波澜壮阔,民主、自由、平等是一个不可抵挡的历史必然,中国的变革势在必行。而清朝统治者盘踞中原,对内残酷奴役各族民众,对外闭关锁国,屡受外侮,不知自振,激发了统治者与普通民众的矛盾。对比中、西政治现实,他坚定地认为"中国非民主不可",非建立共和政体不可,号召广大人民以武装力量推翻君主专制暴政,抛弃君主立宪的幻想,建立资产阶级共和国,顺应世界发展潮流。

他在《三民主义》中则以设问作答的方式,论证了实现"民权主义"的必然性:"夫世界古今何为而有革命?乃所以破除人类之不平等也","专制君王,本弱肉强食之兽性,野蛮争夺之遗传,以一人而享有天下,视亿兆为臣仆,生杀予夺,为所欲为,此人类之至不平等也;而人民欲图平等自由,不得不行民权主义者也。"他进而以西方"民有""民治""民享"的观念为武器,揭露清王朝从十一个方面侵犯了广大人民"不可让的生存权、自由权和财产权",强调"凡革命的人,如果存在一些皇帝思想,就会弄到亡国","所以我们定要由平民革命,建国民政府"。在《伦敦被难记》中,他又猛烈鞭笞封建专制"涂饰人民之耳目,锢蔽人民之聪明"的罪恶,指陈"不幸中国之政,习尚专制",导致民众"养成其盲从之性",因此清除封建帝王思想,无疑对促进革命非常必要且异常迫切。

---

① 孙中山:《中国革命史》,《孙中山全集》第7卷,北京:中华书局1981年版,第60—61页。

他多次谈到西方文化对自己的影响:一方面,西方民主思想是"吾所独见而创获者",是取之不尽、用之不竭的理论来源;可另一方面,西方列强野蛮入侵,掠夺我国资源,剥削我国人民,又制造了中华民族与西方列强的矛盾。他在1894年11月24日发布的《檀香山兴中会章程》中指出:"方今强邻列势,虎视鹰瞵,久垂涎于中华五金之富,物产之饶。蚕食鲸吞,已效尤于接踵;瓜分豆剖,实堪虑于目前。有心人不禁大声疾呼,亟拯斯民于水火,切扶大厦之将倾。"①而这也构成了革命派文学反帝爱国的主要精神内涵。

他擘画中国美好的未来,描绘现代化转型的美丽画卷,充满革命浪漫主义激情。如1906年12月2日,他在日本东京发表《三民主义与中国民族之前途》的演讲,正式提出"三民主义"和"五权宪法"的政治主张。此后,又在《在东京〈民报〉创刊周年庆祝大会上的演说》中预言,在"三民主义"指导下,"我们中国当成为至完美的国家"②。在《三民主义·民生主义》中,他又断言:"世界潮流的趋势,好比长江、黄河的水流一样……都阻止不住的。所以世界的潮流,由神权流到君权,由君权流到民权;现在流到了民权,便没有方法可以反抗。如果反抗潮流,就是有很大的大量像袁世凯,很蛮悍的军人像张勋,都终归失败。"因此,他一方面激励将士们"为国家、为人民、为世界来服务",强调"若因革命而死,因改造世界而死,则为死重于泰山,其价值乃无量之价值"③,另一方面则以"世界潮流,浩浩荡荡,顺之则昌,逆之则亡"为座右铭,强调要"内审中国之情势,外察世界之潮流,兼收众长,益以新创"④,以期"驾于欧美以上,作成一中西合璧的中国"。⑤

他对于革命持高度乐观的态度,曾高度评价"五四运动"的革命意义:

> 自北京大学学生发生五四运动以来,一般爱国青年,无不以革新思想,为将来革新事业之预备。于是蓬蓬勃勃,抒发言论。国内各界舆论,一致同倡。各种新出版物,为热心青年所举办者,纷纷应时而出。扬葩吐艳,各极其致,社会遂蒙绝大之影响。虽以顽劣之伪政府,犹且不敢撄其锋。此种新文化运动,在我国今日,诚思想界空前之大变动。推其原始,不过由于出版界之一二觉悟者从事提倡,遂至舆论放大异彩,学潮弥漫全国,人皆激发天良,誓死为爱国之运动。倘能

---

① 孙中山:《孙中山全集》第1卷,北京:中华书局1981年版,第19页。
② 孙中山:《在东京〈民报〉创刊周年庆祝大会上的演说》,《孙中山全集》第1卷,北京:中华书局1981年版,第329页。
③ 孙中山:《在桂林对滇赣粤军的演说》,《孙中山全集》第6卷,北京:中华书局1981年版,第24页。
④ 孙中山:《张鹏云〈英汉习语文学大辞典〉序》,《孙中山全集》第8卷,北京:中华书局1981年版,第580页。
⑤ 孙中山:《宴请国会及省议会议员时的演说》,《孙中山全集》第4卷,北京:中华书局1981年版,第332页。

继长增高,其将来收效之伟大且久远者,可无疑也。吾党欲收革命之成功,必有赖于思想之变化,兵法"攻心",《语》曰"革心",皆此之故。故此种新文化运动,实为最有价值之事。最近本党同志,激扬新文化之波浪,灌输新思想之萌蘖,树立新事业之基础,描绘新计划之雏形者,则有两大出版物,如《建设》杂志、《星期评论》等,已受社会欢迎。然而尚自慊于力有不逮者,即印刷机关之缺乏是也。①

这段热情洋溢的文字,肯定了"五四运动以来"青年的种种革新事业,认为这是"在我国今日,诚思想界空前之大变动",而这一"革新事业"起于"出版界之一二觉悟者从事提倡"之功,显然印证了自己早年对革命宣传所提出的刚性规定,因而要求革命党努力跟上"新文化运动"的步伐。这也从另一方面彰显了他的积极乐观的"开放"的文化心态,展示了中国革命无限美好的前景。

孙中山的祭文,数量颇多,绝大多数是为革命捐躯的先烈而作的。从纪念对象来划分,可分为两类:如《祭革命死义诸烈士文》《祭武汉死义诸烈士文》《祭江皖倡义诸烈士文》《祭黄花岗七十二烈士文》等,属于公祭群体的祭文;而如《祭陈其美文》《祭居母胡太夫人文》一类等则属祭奠个人的祭文,主旨鲜明,情感真挚,感人至深。如《黄花岗七十二烈士墓碑序》从自己领导的"辛亥广州起义"的艰辛与苦痛出发,对"辛亥广州起义"的革命功绩与历史地位作了纲领性的表述,而字里行间流淌着一片深情:

> 自广州一役之后,各省已风声鹤唳,草木皆兵,而清吏皆进入恐慌之地,而尤以武昌为甚……满清末造,革命党人历艰难险峨,以坚毅不挠之精神,与民贼相搏,踬踣者屡,死事之惨,以辛亥三月二十九日围攻两广督署之役为最,吾党菁华,付之一炬,其损失可谓大矣!然是役也,全国久蛰之人心,乃大兴奋,怨愤所积,如怒涛排壑,不可遏抑,不半载而武昌之大革命以成。则斯役之价值,直可惊天地、泣鬼神,与武昌之役并寿!

作为"辛亥广州起义"的领袖,作者熟悉每一位死难战友的音容笑貌,但全篇没有受到个人感情的影响和个别史实的拘束,而是运注那股充塞天地的浩然之气于字里行间,将叙事、议论、抒情有机地糅为一体,真挚感人而思理深邃,作品径将死难战友的形象上升为革命理想的化身,创造了一个崇高、神圣的精神境界。作者娴熟地驾驭文白相间的语言,以情行文,音节抑扬顿挫,文气疾徐流转,慷慨激昂,激励人心,真可谓"志深而笔长,慷慨而多气"(《文心雕龙》)。

---

① 孙中山:《致海外国民党同志函》,《孙中山全集》第5卷,北京:中华书局1981年版,第209—210页。

《祭陈其美文》乃祭奠亲密战友陈其美的祭文,开篇即言:"呜呼英士,生为人杰,死为鬼雄!"接着以祭文惯用的四字句追忆陈其美充满传奇的革命生涯和卓越的功勋,一字一顿,字字泣血,尤其是写到遇刺之夕,"我时抚尸,犹弗瞑目"的情景,生动地表现了作者的至情:

> 君死之夕,屋唏巷哭,我时抚尸,犹弗瞑目。曾不逾月,贼忽暴殂,君傥无知,天胡此怒?含笑九原,当自兹始,文老幸生,必成君志。呜呼哀哉!尚飨!①

在唏嘘和哭泣声中,作者静静抚摸英烈的尸骨,深切理解其死不瞑目的心愿。袁世凯一个月后暴卒,英雄当含笑九泉,我孙文今天活着更应取得革命的成功,实现英烈未酬的壮志。

《祭居母胡太夫人文》祭奠战友居正之母胡太夫人,却另辟蹊径,起笔即写自己与居正并肩从事革命斗争:"文自与令子,于今二十余年,患难相从,莫或尤愈,试以大事,众佥曰贤。"风雨与共,长达二十余年,矢志不移,绝非常人所能致,究其原因,乃在于胡太夫人对革命事业的信任与支持:"母德愔愔,母教醰醰,江回汉抱,忠义之门。时值倾覆,绝裾而走,颠沛流离,不遑回首。谁无兄弟,如金如玉;谁无父母,多寿多福。孝子之心,百年不足,乃为国家,天涯地角。生不视药,死不凭棺,虽非我故,我则何安?"现在,革命取得成功,可以告慰母亲在天之灵了:"自起义师,血流如水,我故我旧,死者相继;天留郎君,安母穸窆,母而有知,庶几目瞑。"②情真语挚地描绘出一个新时代妇女楷模的高大形象,热忱讴歌其高风亮节、勇于牺牲的精神,是革命性与艺术性完美统一的范文。

三、孙中山的诗词创作

孙中山存诗仅数首,但皆是配合革命斗争而作的,充满了革命的浪漫想象,颇具特色。他在1899年派员潜回内地,与各省洪门通声气,遂仿康熙年间陈近南制作歌谣办法,亲拟"万象阴霾打不开"四句歌谣,以为联络暗号:

> 万象阴霾打不开,红羊劫运日相催。
> 顶天立地奇男子,要把乾坤扭转来。

"红羊劫"代指太平天国运动。这首《革命歌》气势磅礴,朗朗上口,号召同门发扬太平军的战斗精神,驱逐鞑虏,一举扭转乾坤,通篇洋溢着理想的光辉。

---

① 孙中山:《祭陈其美文》,《孙中山全集》第3卷,北京:中华书局1981年版,第309页。
② 孙中山:《祭居母胡太夫人文》,《孙中山全集》第7卷,北京:中华书局1981年版,第502页。

1907年2月3日,东京同盟会举行"萍浏醴起义"领导人刘道一追悼会,孙中山睹物思人,泫然赋诗:

半壁东南三楚雄,刘郎死去霸图空。
尚余遗孽艰难甚,谁与斯人慷慨同?
塞上秋风嘶战马,神州落日泣哀鸿。
几时痛饮黄龙酒,横榄江流一奠公!①

刘道一不仅是湖南的杰出人才,更是同盟会的豪杰。他英勇就义,激起了全会同志的革命斗志,相信一定会有直捣清廷、取得革命胜利的一天,那时同志们将在江上洒上一杯清酒,祭奠刘道一烈士。全诗以"情"驭词,在哀伤感人与豪情满怀之间、思想性与艺术性之间取得绝妙的平衡,洵为"粹美"之作。

1918年5月26日,孙中山途经松口堡,宿爱国华侨谢良牧、谢逸桥兄弟家,阅谢逸桥《诗钞》,赋《虞美人》:"吉光片羽珍同璧,潇洒追秦七。好诗读到谢先生,别有一番天籁任纵横。　　五陵结客赊豪兴,挥金为革命。凭君钮带作桥梁,输送侨胞热血慨而慷。"②谢氏兄弟追随孙中山从事革命活动,捐款诩赞革命,"挥金为革命",同时向革命输送大量的侨胞。孙中山慷慨填词,表达对谢氏兄弟的鼓励与勖勉,字句间见出"热血慨而慷"的情志。

孙中山所作哀悼革命同志的挽联,情真意切,传诵一时。《挽秋瑾联》:"江石矢丹忱,多君首赞同盟会;轩亭留碧血,恨我迟招女侠魂。"《挽黄兴联》:"常恨随陆无武,绛灌无文,纵九等论交到古人,此才不易;试问夷惠谁贤,彭殇谁寿,只十载同盟有今日,后死何堪。"《挽粤军阵亡将士联》:"杀敌致果,杀身成仁;为民请命,为国捐躯。"均属事贴切,对仗精工,语句铿锵,表现了崇高的思想境界与无畏的革命意志。

孙中山领导的资产阶级革命,对中国发展的影响是极其深刻的。梁启超指出"辛亥革命"是中国历史上"三大革命"中最具"空前绝大的意义"的一次革命,彻底"唤醒了国民的自觉心":第一"叫做民族精神的自觉","觉得凡不是中国人,都没有权来管中国的事";第二"叫做民主精神的自觉","觉得凡是中国人,都有权来管中国的事",是政治自由、平等的张扬。③ 这种"精神的自觉",都在孙中山的文学创作上得到了极其深刻而形象的表现。在孙中山的倡导下,"革命话语逻辑"迅即上升为舆论宣传和文字书写的"主旋律"。这不仅成了中国文学史上一个光彩耀眼的"华章",

---

① 孙中山:《挽刘道一诗》,《孙中山全集》第1卷,北京:中华书局1981年版,第334页。
② 孙中山:《虞美人·为〈谢逸桥诗钞〉题词》,《孙中山全集》第4卷,北京:中华书局1981年版,第482页。
③ 梁启超:《辛亥革命之意义与十年双十节之乐观》,汤志钧、汤仁泽编:《梁启超全集》第15集,北京:中国人民大学出版社2018年版,第221页。

更成了中国文学史上一个"现象级"的文学事件。

第二节 革命派作家的诗文创作

孙中山身体力行"文艺为革命服务"的主张,直接引领了革命文学的发展。当时紧紧团结在他周围的广东作家有两类:一是与早年孙中山并肩崛起于香港,号称"四大寇"的陈少白、尤列、杨鹤龄;二是追随孙中山从事革命活动的兴中会员、同盟会员和早期国民党员,如廖仲恺、朱执信、汪兆铭、胡汉民、陈融等,他们前赴后继,勠力同心,将"革命文学"推向了时代潮头,并以锐不可挡之势席卷全国,掌握了革命宣传、文学革新的主动权,展现出鲜明的时代特色。

一、建构"革命"话语体系,展现时代精神风貌

革命派作家围绕孙中山先生的革命思想,建设起一支革命立场坚定、精力充沛的创作队伍,组织起多个文学社团,创办《中国日报》《民报》等报刊,主导宣传舆论。他们身兼革命家、理论家、宣传家、文学家,以笔作枪,写下了一篇篇"战斗的文章",初步实现了革命性与普及性的统一,有效动员了广大国民,正如冯自由所赞:"中华民国之创造,归功于辛亥前革命党之实行及宣传之二大工作。而文字宣传之工作,尤较军事实行之工作为有力而且普遍。"[1]

革命派作家以"文字宣传"为导向的创作活动,对于建设"美丽新世界"的畅想,最具思想冲击力,表达了强烈的革命诉求。汪精卫《〈南社丛选〉序》从"近世各国之革命"的发展规律入手,总结"革命文学"的必然性:"近世各国之革命,必有革命文学为之前驱,其革命文学之彩色,必灿然有以异于其时代之前后。中国之革命文学亦然。"进而揭示道:"其内容与其形式,固不与庚子以前之时务论相类,亦与民国以后之政论绝非同物,盖其内容则民族、民权、民生之主义也。"[2]在他看来,革命文学迥异于此前的维新派和稍后的"五四新文学",其核心内容就是宣传孙中山的"三民主义"。在《论革命之趋势》一文中,汪精卫对革命形势表达了高度乐观的情绪:"盖自庚子以来,革命之说,日炽于神州,有志者仓皇奔走,于外为鼓吹,于内为秘密之组织,所惟日孜孜者,革命之进行而已。"这与他早年畅想的"一旦闻革命军之旗鼓建于东

---

[1] 冯自由:《革命逸史》,北京:新星出版社2009年版,第481页。
[2] 汪精卫:《〈南社丛选〉序》,胡朴安:《南社丛选》,上海:上海科学技术文献出版社2020年版,第1页。

南,人人攘臂,虽卧病者犹蹶然而起"的热烈场景,颇为吻合。①

革命派作家"知和平之法无可复施",对于革命的艰辛与残酷,有着清晰的体认。黄世仲《说乱》对"革命"进行"正名":"独是'革命'之界说,亦非一途,有既立其名而务其实者,有好行其实而恶居其名者。"援引古今中外"革命"事例进行分析,指出革命的目的乃是"振国民之精神,反奴隶制性质",取得"一乱而即治之机"的政治局面②。胡汉民《就土耳其革命告我国军人》描绘了土耳其革命党人率军人推翻皇帝的过程,"革命军入,悉更张旧党所为,废土皇哈美而放逐之,定变于旬日以内,其手段之敏捷,历史所载未尝有也",赞美革命军的果断与勇敢。由此联想到英军、法军、俄军造反成功的例子,质问中国军人:"见土耳其军队革命之捷报,胡不为之拔剑而起舞?闻满洲人练兵防贼之鸦声,胡不磨刀霍霍以相向?"并热切地向广大军民呼唤"军魂兮归来",一起勇敢举起"革命义旗"。③

革命派作家积极发展孙中山"国民革命"思想,重新界定"国民"的政治作用。受德国政治学家约翰·卡斯帕·伯伦知理"国家有机体论"的启发,革命派作家认为国家、国民各为有生命的生物体,固有其独立的意志和精神,"国家本人民之公产,人民乃国土之主人",二者相互依存,是一个不可分割的有机整体。革命党人无不以"国民"自命或为"国民"请命,利用多样化宣传形式制造舆论声势。国民会、国民军等组织,《国民报》《国民日报》《民呼日报》《民吁日报》《民立报》《民声丛报》《民心》等报刊,应运而生。孙中山欣然将自己所从事的资产阶级民主革命称为"国民革命"。黄节等人创办《国粹学报》表达"保种、爱国、存学之志",名"虽重旧学",而"实寓种族革命思想,是其特色",强调"国学与君学不两立",国学为"只知有国"的"真儒学",故"国粹无阻于欧化"却能申《春秋》"夷夏之防"的思想,通过表彰宋明反"夷"志士、遗民的志行以宣传"排满"思想。胡汉民《〈民报〉之六大主义》探讨了民众接受舆论宣传的深层次规律:"革命报之作,所以使人知革命也。盖革命有秘密之举动,而革命之主义,则无当秘密者。非惟不当秘密而已,直当普遍之于社会,以斟灌其心理而造成舆论","或谓革命者,非徒以触发社会之感情而已,必且导其知识,养其能力,三者具而后革命可言。"④强调革命机关报的舆论宣传,要兼顾以理服人、以情感人,缺一不可,革命报刊首先要打动人心,以感情引导国民对革命的接受,进而使国民真正

---

① 汪精卫:《论革命之趋势》,张枬、王忍之编:《辛亥革命前十年间时论选集》第三卷,北京:生活·读书·新知三联书店1977年版,第524页。
② 黄世仲:《说乱》,傅杰编:《辛亥先哲诗文选》,上海:上海文艺出版社2012年版,第42页。
③ 胡汉民:《就土耳其革命告我国军人》,张枬、王忍之编:《辛亥革命前十年间时论选集》第二卷上册,北京:生活·读书·新知三联书店1963年版,第561页。
④ 胡汉民:《〈民报〉之六大主义》,张枬、王忍之编:《辛亥革命前十年间时论选集》第二卷上册,北京:生活·读书·新知三联书店1963年版,第373页。

懂得革命的目标和道理,方能一步步推进革命。这一论述,深刻揭示了革命宣传如何动员国民的规律性问题,进一步深化了孙中山的相关论述。

以陈少白、胡汉民、汪精卫等人为代表的革命党人,在赞襄政务、宣传革命等多个方面,取得了卓越成就,举凡"讨伐满洲伪业",鼓吹"泰西文明政体",付出了全副的生命,"靠着文字有灵,鼓动一世风潮",为推翻清朝统治作了充足的理论准备,为五四运动的喝彩助威,最终实现了由排满的革命话语向民族国家建构的革命话语的深刻嬗变。他们的作品,既有"五色旗""旧邦新造""民国"等建国理念话语,更有"开化""鼓舞文明""世界和平永保"等对中国文明开化的期待和未来世界和谐共处的话语,令久为人乐道的"师夷"话语、"自强"话语彻底失去了其主导价值,梁启超不禁感慨道:"近数年来中国之言论,复杂不可殚数。若革命论者,可谓其最有力之一种也已矣。"①

二、揭露黑暗现实,热情讴歌光明

革命,无疑同时承担着建设与破坏的双重任务,对于应该破坏、清除的"历史障碍",革命派作家发起了一波波勇猛的冲锋。他们猛烈抨击满清王朝的腐朽黑暗,号召广大国民驱逐鞑虏,建立民国,如陈少白《中国报序》称:"报主人见众人皆醉而欲醒之"、"因思风行朝野,感惑人心,莫如报纸,故欲借此一报,大声疾呼,发声振馈,中国之人尽知中国之可兴,而闻之起舞,奋发有为也。"在上海"中国国会"上,章太炎热血沸腾,当场剪辫,称"避断辫发以明不臣满洲之志",作《剪辫发说》寄给陈少白,要求《中国日报》全文发表。陈少白刊发全文,专写按语道:"章君炳麟,余杭人也,蕴结孤愤,发为罪言,霹雳半天,壮者失色,长枪大戟,一往无前。有清以来,士气之壮,文字之痛,当推此次之第一。"这是章太炎最早见诸报端的革命文字,也是《中国日报》较早刊载的具有强烈反清色彩的革命文字。朱执信《心理的国家主义》一文通过揭露清王朝统治的专制本质,批驳维新派"保皇"的落伍面目,论证要改变中国现状"舍革命更无他术",主张"要纠合同民族创建共和国为理想,而驱除鞑虏,恢复中华",即通过政治革命,推翻封建君主专制,建立"中华共和国"。② 他在《论社会革命当与政治革命并行》中指出"社会经济组织不完全",存在"放任竞争,绝对承认私有财产权之制度",直接造成细民贫困,进而成为国家衰败的一个主因;作为"力役自养之人",细民自身的苦难最终形成了催生社会革命的"动力";社会革命的对象是社会的不

---

① 梁启超:《中国历史革命之研究》,汤志钧、汤仁泽编:《梁启超全集》第4集,北京:中国人民大学出版社2018年版,第273页。
② 朱执信:《心理的国家主义》,《朱执信文存》上册,北京:中华书局2018年版,第141页。

公,是拥有垄断权力的"豪右";革命的结果,绝非"夺富民之财产",而是重新制定生产制度与分配制度,使贫富之分避免"悬隔"而达致"平均"与"合理",实现真正意义上的"民生主义"。① 汪精卫《论革命之大势》首先将"革命党"定位为"民党","革命之主义,非党人所能造也,由平民所身受之疾苦而发生者也",由此切入,系统揭露了清廷"戕贼人民之生命"、"剥削人民之财产"、"不惜举中国之土地人民"媚外的种种罪行,所以,革命党人"一念及人民之疾苦,未有不奋然投袂而起者也"。②

革命派作家对东、西方列强的野蛮侵略行径,表达了无比的愤怒,笔底皆是风云之气。陈少白在第一次广州起义失败后,遵照孙中山指示潜入台湾,成立"兴中会台湾分会",目睹台湾沦陷的惨状,作《咏基隆港》《初到台偶作》《吊刘抚》《咏台北城》《澎湖岛》《吊澎湖岛》《安平泊》《台南府城》《谒郑国姓庙》《小岛楼上赠别日友》等诗,写景抒情,寄托遥深。如《吊澎湖岛》:

> 天南之南海之浒,魑魅龙蛇不可数。魑魅伎俩为善迷,龙蛇精神在善怒。一迷一怒时复时,三百年来无宁宇。隐隐阴霾鬼电青,波立矗作水晶柱。西风万里吹蛮烟,幻出海市多胡贾。玉盏琉屏琥珀杯,陆离光怪疑鬼斧。偶然开锁又东风,疾涛掩空摧楫橹。岛国其鱼剧可怜,横流淹没万千户。只余数粟沧海中,起伏疏密若卒伍。三十六岛七十村,回环拱卫如护主。孤城低小与山齐,徒颂丰年无稔黍。一顿薯糜羡富贵,蓬头菜色身蓝缕。平原高野总不毛,蛮头童童如摄土。大海鼓荡多怪风,新潮怒喷成盐雨。日星翻转天地昏,魑魅龙蛇喜萃聚。含沙喷雾时伤人,请缨应请吴王弩。施琅将军非伏波,愧煞当年汉梁父!

诗人将澎湖列岛风云多变的气候与割让台湾之后日本殖民主义者残暴统治联系在一起,指出清朝统治者和日寇都如魑魅龙蛇,嗜血成性,蹂躏百姓,可叹朝中无人,何时收回台湾,怕是要等伏波将军、诸葛亮那样的人再世了。全诗笔力豪宕,气势撼人,篇章穿插巧妙,爱国情感喷薄而出。朱执信《朝鲜代表在和会之请愿》深刻揭露日本军国主义对朝鲜的占领和剥削,分析这种残暴统治必将转化为朝鲜"独立之原动力",朝鲜革命"惟有以血得之"。他进而指出以日本军国主义侵略、奴役弱小国家的罪恶事实,实为全球帝国主义侵略狂潮中的一个真实反映,是当今世界"不靖之根源",故朝鲜革命实质上乃是"世界革命之一部",属于"世界的阶级斗争"。据此,他发出"夫革命精神之故乡,在于面包缺乏之所"的名言。③ 他无私地支持世界上被压迫、被剥

---

① 朱执信:《论社会革命当与政治革命并行》,《朱执信文存》上册,北京:中华书局2018年版,第60页。
② 汪精卫:《论革命之大势》,张枬、王忍之编:《辛亥革命前十年间时论选集》第三卷,北京:生活·读书·新知三联书店,1977年版,第546页。
③ 朱执信:《朝鲜代表在和会之请愿》,《朱执信文存》上册,北京:中华书局,2018年版,第560页。

削的国家争取独立、自由的武装斗争,坚决主张民族自觉,展现了一个革命志士的宽广胸怀和深邃思想。谢缵泰绘制《东亚时局形势图》,自题诗小序云:"一八九八年光绪廿四年戊戌六月,缵泰绘《东亚时局形势图》,图中以熊代俄国、犬代英国、蛙代法国、鹰代美国、日光代日本、肠代德国,图旁题辞云:'沉沉酣睡我中华,那知爱国即爱家。国民知醒宜今醒,莫待土分裂似瓜!'"冯自由《爱国歌》云:"懋龙少年负奇气,折矢誓拯神州溺。每闻时事怒冲冠,要把强夷一缨缚。"何香凝《无题》云:"故国经年别,求学走他邦。驱除鞑虏贼,还我好边疆!"以"弱女子"出"豪壮语",令人感佩不已。这些以文学"觉民"的创作观,产生了"合理想美学、感情美学而一之"的"感觉力之宏大"的作品,结构工巧,文采斐然,生动地体现了一种新的文学追求。

在辛亥革命前夜,社会上广泛流行"满洲一倒,万事自好"的信念,但民国成立后,接踵出现的社会、政治、文化状态,总在否定"万事自好"的梦想。孙中山痛心地指出:"今日之民国,竟变成亡国大夫之天下也","今日何日? 正官僚得志,武人专横,政客捣乱,民不聊生之日也。"感叹:"革命之事业,尚未成功也,革命之目的,尚未达到也,尚有待于后起者之继成大业也。"①故反袁反军阀自然成了"革命"的"新内容"。朱执信《开明专制论》批驳袁世凯所谓"开明专制"谬说,讥刺这不过是为称帝制造舆论。他说:"智识者,有学而知,有习而得,前者所谓教育,后者所谓经验也。而在专制之下,为立宪之教育,果可得昌乎?"又从学理上进行阐说:"其教育若是矣,于经验尤然。经验由事物而生,未有事实,何由有经验? 以经验之缺乏,而言程度不足,则正当疾渴蠲除专制,而取立宪之事实,陶铸其人民。人民既得于政治,乃有经验可言。以无经验之故,而不使参政,则终古不参政可也,何言进步! 故总人民智识而论,在专制之下,不能进至适于立宪之程度,则求人民有立宪国民之程度,惟有先取立宪之制以为先。如是始有立宪之教育可施,其人民有得立宪的经验之途也。"②指出"开明专制"之说,实为专制之"一种",是违反人的认识规律的,无论是理论上,还是在民众政治生活中,皆不成立。至于袁氏宣扬所谓中国人缺乏民主共和知识、缺乏参政经验等等,更是不敢实施"真正的民主"的明证,"惟有人民感知一事实之必要,而要求之于社会,则其事实既显以用,人民自有适应之道",据此可知"近日言开明专制者,其志固在专制不在开明也",入木三分,而又富哲理意味。在策划反袁武装斗争过程中,朱执信面对复杂的形势、多变的人心,感发兴叹,《观物》其一:"沉麝各多忌,木雁皆不材。巷谈尊狗曲,物变剧牛哀。乌竟瞻谁止? 虫仍出怪哉! 漫持白马论,辛苦度关来。"其二:"世事衣苍狗,人言海大鱼。沐猴冠已久,腐鼠璞何殊! 问鹿争征

---

① 孙中山:《八年今日》,《孙中山全集》第5卷,北京:中华书局1981年版,第131—132页。
② 朱执信:《开明专制论》,《朱执信文存》上册,北京:中华书局2018年版,第222页。

马,占龟便献图。如闻避风鸟,不独是爱居。"政坛上处处是"沉麝""木雁"一般苟合取容、明哲保身的人,搭起"筹安会"等草台班子,出演"劝进"丑剧,但世事终将如"白云苍狗"那样以变幻无常的方式无情击碎这些政治投机分子"黄袍加身"的美梦。

革命派作家对外分析国际大势,抨击东、西列强的野蛮侵略,"抗其帝国主义之横风逆潮",对内抨击清朝封建专制的反动腐朽,鼓吹"排满",批驳康、梁维新派"保皇""立宪"的落后实质,揭露袁世凯出卖革命成果、妄图"黄袍加身"的邪恶行径,反对各路军阀的倒行逆施,突显了革命的真实语境与底层逻辑,一而再再而三地证明"不断革命"才是改变中国现状的"唯一法门"。

三、讴歌民族英雄,赞颂牺牲精神

革命派作家重新梳理中国历史,发掘并整合"历史英雄"的谱系,或撰文,或作诗,歌之咏之,除重新阐发陈胜、吴广、郭子仪、岳飞、韩世忠、文天祥、张煌言、张国维、夏完淳一系列英雄形象,还发掘出了洪秀全、秋瑾等新型革命英雄形象。

孙中山少年时倾慕太平天国,一位常来塾中讲故事的太平天国老军以"洪秀全第二"相激励,少年孙中山"得此徽号,视为无上光荣,亦慨然以洪秀全自居"。黄小配也"搜集旧闻,并师诸说集流风余韵之犹存者,悉记之",创作长篇历史小说《洪秀全演义》,表现波澜壮阔的太平天国运动。章太炎为之作《序》认为"夫国家种族之事,闻者愈多,则兴起愈广",称赞该小说"其遗事既得之故老,文亦适从。自兹以往,余知尊念洪王者,当与尊念葛、岳二公相等"①。黄小配《自序》一反"成王败寇"的陈旧观念,称赞以洪秀全为代表的太平天国将士是"愤愤百年亡国之惨,起而与民请命之英雄",不限于推翻清王朝,更致力于建设国民当家的现代民主国,称得上"此自有中国以来第一人也"。其所建立的太平天国乃"新国","雅得文明风气之先","视泰西文明政体,又宁多让乎",是"汉族之光荣",展现了一个资产阶级民主革命者不以排满为唯一目的,更钟情于欧美民主政体的思想感情。② 刘栽甫《伤故国》其二云:"崖海孤舟魂已断,金田一旅恨难平。龙光半夜摩天去,万马萧萧向北鸣!"宋末精英尽皆牺牲在崖山之战,洪秀全金田起义直捣东南,可惜功亏一篑,我们一定要向北杀去,驱逐北虏,恢复中华。

革命派作家从先烈身上汲取了英勇的战斗勇气,互相勖勉,共赴国难,如九列《星洲秋夜书怀即柬天南叟》其一:"每说神州恨有余,况当携手论交初。十年交友无

---

① 章炳麟:《洪秀全演义·序》,黄小配:《洪秀全演义》,北京:人民文学出版社1984年版,第1—2页。
② 黄小配:《洪秀全演义·自序》,《洪秀全演义》,北京:人民文学出版社1984年版,第3—4页。

鲍叔,千古怀人吊楚胥。机已陆沉埋组织,势难天问混车书。与君倾盖欣投分,壶碎今犹兴勃如。"这是吟诵同志间革命意志的砥砺。朱执信《拟古决绝词》:"决绝复决绝。萧艾萋萋生,不如蕙兰折。白露泠泠群卉尽,只剩柔条倚风泣。中夜出门去,三步两徘徊。言念同心人,中情自崩摧。我心固匪石,千言万言空尔为。月光皎皎决复圆,星光晱晱繁复稀。月光星光两澹荡,欲明未明鸡唱时。美蓉江上好,幽兰窗下洁,所宝在素心,不向西风弄颜色。水流还朝宗,叶落还肥根,来岁当三户,伫看万木繁。人生在世亦如此,此身何惜秋前萎。"这是为革命同志壮行。胡汉民《在星洲得港讯知精卫等失陷》:"挟策当兴汉,持锥复入秦。问谁堪作釜,使子竟为薪? 智勇岂无用,牺牲共几人? 此时真决绝,泪早落江滨。"这是对战友行刺失败的惋惜。廖仲恺《和吴禄贞春怀》其一:"托根情愿作菩提,风转崇兰遇隅溪。眉谱乍描青石黛,歌声愁杂《白铜鞮》。"这是对"出师未捷身先死"的战友的崇高敬意。何香凝《辛亥前二年送仲恺去天津与法国社会党人联系》诗云:"国仇未报心难死,忍作寻常泣别声。劝君莫惜头颅贵,留得支那史上名!"这是妻子对丈夫的鼓励。

革命派作家更多地从崇高的革命信念出发,"抒思古之幽情,振大汉之天声",抒发"殉身道义"而誓不回头的决心。朱执信《代答》以长短参差的句子,表现出澎湃的革命激情:

蒲柳望秋零,冻雀守纥干。所贵特达人,贞心盟岁寒。齐鸟三年不飞飞冲天,所争讵在须臾间! 我有变徵歌,欲奏先决澜。歌中何所言? 意气倾丘山。丈夫各有千秋意,毋为区区女儿颜。相期譬金石,誓涤尘垢清人寰。何意中道去,一往逝不还。此情谁为言? 心摧力已殚。不惜此身苦,恐令心期负。合辛进此歌,愿君一回顾!

虽是代所赠者作答的形式,却是革命者的果敢语气。作者誓言要像岁寒的松柏那样,巍然屹立,也要像齐王那般隐忍坚毅,从容克敌,更要像荆轲那样义无反顾,勇于献身。全篇悲壮慷慨,感情诚挚,是一个"须知世界文明价,尽是英雄血换来"道理的志士的誓言。

1905年,陈鹏超在孙中山主盟下加入同盟会,兴奋异常,作《民元前戊申五月在星洲参加同盟会,介绍者卢礼明,主盟者孙中山先生》二首,其一云:"北向中原望,正宜用武时。欲犁胡虏穴,先树汉家旗。一誓青天在,寸心黄帝知。国仇如不报,讵算好男儿!"其二云:"诸葛逢先主,情怀似水鱼。中华图克复,汉贼誓驱除。浩气高千古,秘符授一庐。满园花怒发,助我写盟书。"诗作中充满对孙中山的敬仰之情,发誓追随孙中山推翻清朝,建立民国。

郭公接曾参加潮州黄冈起义,其《伤时》二首表达了肃清鞑虏、恢复中原的决心。

其一云:"寄去扬州百日屠,中原儿女半为奴。留头谁愿不留发,有愧堂堂大丈夫!"其二云:"忧深难得紫仙医,慷慨悲歌正此时。愿得龙泉三尺剑,中原不复见胡儿!"控诉清朝统治者的残暴,誓言驱除鞑虏,廓清中原。

罗仲霍客居南洋,"十年浪走天涯路",时时心系祖国,"为怀家国频挥泪",毅然投身革命,《辛亥春返国留别诸同志》其二云:"英雄老至忽如电,世事云翻雨覆时。漫把先鞭让祖逖,黄龙置酒岂无期!"参加黄花岗起义,壮烈牺牲,为"七十二烈士"之一。

1910年,汪精卫前往北京谋刺摄政王载沣,事泄被捕,被清廷判"大逆不道,立即处斩"。在狱中,他写下风传一时的《被逮口占》四首:

衔石成痴绝,沧波万里愁。孤飞终不倦,羞逐海鸥浮。

姹紫嫣红色,从知渲染难。他时好花发,忍取血痕斑。

留得心魂在,残躯赴劫灰。青磷光不灭,夜夜照高台。

慷慨歌燕市,从容作楚囚。引刀成一快,不负少年头。

字句铿锵,意志坚定,形象地表现了青年志士献身革命的勇敢和出众的诗才。

袁世凯窃国期间,龙济光为虎作伥,监禁、屠杀了一大批革命志士。黄显成在狱中作《狱中读何君〈黑狱记〉》,抨击袁世凯、龙济光为窃国阴谋,私自囚禁革命党人:"三年醉梦付春明,志士如今半死生。鬼趣新图罗刹国,人间黑狱尉佗城。飞鸢竟召苍鹰妒,忍死能看走狗烹。惨淡一篇狌狋史,公仇私恨两难平!"又作《狱中和太息》:"酒斟千日醉平原,磨剑天涯解报恩。未肯风尘埋白骨,要从汤火拯黎元。汉宫禾黍悲无地,秦代桃花尚有源?腊鼓摧残惊岁晚,几回翘首怅诗魂。"虽身陷囹圄,但坚信袁、龙很快遭到历史的审批。

革命派作家的诗文创作涵摄了多方面的内容,他们"鼓吹新学思潮,标榜爱国主义",以如椽大笔描绘一幅幅自由民主、男女平权、博爱大同的"未来新世界"画卷,巧妙利用"革命天然是感情的事"的创作规律,用兼具理性与感性的文学语言"攻击现制度","鼓吹人权,排斥专制,唤起人民独立思想,增进人民种族观念",不断唤醒民心,"达到社会改造底目的"。[1] 而字句间"活泼淋漓,有少壮朝气","思以淋漓慷慨之音,一洗柔软卑下之气",展示了中华民族的"新生"。[2]

---

[1] 西谛:《文学与革命》,《文学旬刊》第九号,1921年7月30日。
[2] 周实:《无尽庵诗话》,《无尽庵遗集》,1912年上海铅行本。

第三节 广东籍南社诗人的艺术追求

随着孙中山领导的资产阶级革命运动的兴起,代表革命文学观的文学社团"南社"应运而生。1909年11月13日,"南社"在苏州虎丘张东阳祠正式宣告成立,参加第一次雅集的17个诗人中有14人是同盟会会员,其中有一个广东诗人蔡哲夫。辛亥革命后,南社社友发展到一两千余人,遍及全国十多个省份,其中以江浙籍居多,广东次之。1912年,南社广东分社——"广南社"正式成立。据柳亚子《南社纪略附录》《南社社友姓氏录》及《新南社社员录》《南社广东分社社员姓氏录》所列名单统计,广东籍诗人达200多人,而以苏曼殊、黄节、潘飞声、蔡哲夫、马骏声、邓尔雅、居正、易孺、沈宗畸、姚雨平、汪精卫、李怀霜、蔡守等人的诗歌艺术成就尤为突出。

黄节、蔡哲夫、邓尔雅等人的民族民主思想非常强烈,将孙中山"驱除鞑虏,恢复中华"的口号引入以种族革命为核心的"国粹"运动,注重弘扬传统文化精髓,当时风行一时的宋诗派亦被视为传统诗歌的典范,很自然地影响了他们的诗歌创作,直接将南社内部"唐、宋之争"暴露无遗。这批人在辛亥革命之后基本上脱离了政治,从事国学、国画、篆刻等传统文化的教学和研究工作,因此或多或少地表现出遗世独立、孤芳自赏的味道来。

一、黄节"南社"时期的诗歌创作

黄节与梁鼎芬、罗惇曧、曾习经并称"广东近代四大家",又与词人陈洵合称"黄诗陈词",体现了南社"宗宋派"的思想倾向、审美情趣和艺术造诣,代表着辛亥前后广东诗歌创作的最高成就。他的思想以辛亥革命为界分前后两期,前期不惜毁家捐资,鼓吹种族革命,诗歌洋溢着高昂激越的革命斗志;辛亥革命后,面对军阀割据、国事日蹙,他无力回天,内心深处的"传统文化情结"促使他黯然远离政治旋涡,终日郁郁寡欢,诗歌也渐趋悲慨沉郁,充满了末日伤感。不可否定,其前、后期诗歌一以贯之的主题,始终是深深的忧国忧民之思。他追随孙中山进行民族民主革命之前的诗歌,特别注重将诗歌情境置于帝国主义与中华民族的矛盾中,突出表现反帝反封建的时代情感。如中日甲午战争失败时所作《宴集桃李花下,兴言边患,夜分不寐》诗:

春色满中原,东风忽吹至。繁彼桃李花,笑如酒阑意,古人秉烛游,吾今独何志?草草故人来,为我道时事。坐花且开筵,芳菲拂剑鼻。草木春犹荣,世运何大异!东望春可怜,千里碧血渍。山高风鹤哀,将军死无地。泱泱东海雄,一旦委地利。岂无鸦儿军？不可收指臂。兵事三十年,嗟嗟阃外帅！丈夫拊髀惊,冲冠裂目眦。我少学兵法,亦明古武备。何必怯舟师？何必畏利器？苟得死士心,无敌有大义,天下岂无人,苍苍果谁寄？边风吹虫沙,霾雾走魑魅。壮士怀关东,举酒问天醉。花落竟何言,奈何夜不寐！

又如,1900年"八国联军"入侵时所作《庚子重九登镇海楼》诗：

> 东南佳气郁高楼,天到沧溟地陡收。
> 万舶青烟瀛海晚,千山红树越台秋。
> 曾闻栗里归陶令,谁作新亭泣楚囚？
> 凭眺莫遗桓武恨,陆沉何日起神州！

这类诗歌强烈谴责清政府的腐败无能,无论是陶渊明般的归隐,抑或过江人物的新亭之泣,都不可能解救国难。唯愿众人能像桓温当年登平乘楼,远眺中原那样慷慨自任,愿赴国难。如果说《宴集桃李花下,兴言边患,夜分不寐》充满年轻人的敏感和果决的话,那么《庚子重九登镇海楼》便多了一份知识分子特有的郁勃悱恻,期待振兴中华的信心也更加坚定了。

黄节自廿八岁起便走出广东,壮游中原,并远赴扶桑,追随孙中山从事反清民族民主革命。他力主保存国学、弘扬国粹以揭露清学的奴性,宣传排满革命,驱除清统治者。这一时期的诗歌创作有两大主题取向,一是揭露近代时局的黑暗,忧时伤世,坚信只有革命才能解救民族;二是宣扬历代民族英雄,阐扬宋、明遗民之幽光,以此激励斗志。前者的代表作当推《秋深得宪庵香江寄诗,还答一首》,诗云："十日秋阴不出门,海天遥寄断鸿声。几时旧国归吾土,无地新亭哭老伧。扪舌莫谈天下事,丧心宁爱草间名！北风瑟瑟黄花晚,尚有枝头未落英。"在这里,以瑟瑟北风喻黑暗残酷的清政府,将清王朝统治下的中国视为沦陷的故国,诗人除了像东晋过江诸人那样作新亭恸哭之外,还以王导的恢复之志自励,瑟瑟北风和严霜永远不可能摧残秋菊,寄寓了诗人与清政权斗争到底的决心。这一思想感情,正与《〈国粹学报〉叙》"光复吾巴克之族,黄帝尧舜禹汤文武周公孔子之学"的民族革命理想产生了强烈的共振。

在黄节的诗歌中,历代英勇御外的民族英雄、宋明遗民,常常占据感情共鸣的中心位置,爱国情怀和战斗精神自然随之高扬。他在短短的十年间拜谒了各地民族英雄的遗迹,北京、开封、杭州等地留下诗人徘徊不忍去的诗踪,如在杭州,有《初过杭州宿三潭晓起望湖》诗云："照眼西湖今始过,晓种真奈不眠何！断虹带雨生初日,森柳排山覆晚荷。浅水蓬莱行再见,两堤菱芡已无多！平时梦想江山处,不独伤心唤渡河。"这里,"照眼西湖"的晨景,虽令人陶醉,但南宋沦亡的耻辱终究是无法洗刷的,而且历时数百年后又重现于诗人所处的时代,饱尝着这一民族耻辱,因此,宗泽临终

三呼渡河的遗愿,有着特别重要的时代意义,激励着诗人誓死报国、推翻清政府的决心。而《岳坟》一诗云:

> 中原十载拜祠堂,不及西湖山更苍。
> 大汉天声垂断绝,万方兵气此潜藏。
> 双坟晚蝉鸣乌石,一市秋茶说岳王。
> 独有匹夫凭吊去,从来忠愤使人伤。

诗人是在敬谒抗清民族英雄张煌言之墓后来西湖岳庙的,十年内分别拜谒朱仙镇岳王庙、西湖岳庙,"不及西湖山更苍"与前诗相呼应,写出了汉民族"天声垂断绝"、抗金英雄殒志以殁的悲愤,苍凉的格调笼罩全诗,但诗人决心抗争到底的意志在民族英雄的感召下更加坚定、成熟了。又如《题陈白沙先生自写诗卷后》一诗通过题写自己童年即藏有陈献章诗卷,缅怀宋元旧事,表达对抗敌殉国的民族英雄的仰慕怀念之情,抒发了强烈的反清民族革命思想:

> 风雨茅龙落笔奇,文章千古在南陲。
> 荒崖莽莽三忠庙,奇石阴阴一字碑。
> 我已汍澜频掩卷,不堪零落未收辞。
> 休论三百年来事,野马游尘满绢丝。

这类借历代民族英雄或气节高尚之士寄寓反清志向的诗作很多,《二月十日过新汀屈翁山先生故里望泣墓亭》《南屏谒张苍水墓》《题陈云淙霜钟琴拓本》等都很典型。而作于袁世凯窃国之时的《闭门》诗,同样体现了黄节的心志:"闭门聊就熨炉温,朝报看余一一焚。不雪冬旸知有厉,未灯楼望初昏。意摧百感横将决,天压重寒似乱原。愁把老妻函卒读,破家谁为讼贫冤?"革命党人在这"重寒"的政治形势下连连遭受打击,报纸上满是"劝进""颂圣"的话语,千篇一律,阿谀肉麻,因密切关心时局,不得不看,看后又更加愤慨,决意一再发表公开信,痛斥"筹安会"鼓吹"君主立宪"的丑行。1916年,袁世凯演出冒认明末英雄袁崇焕为祖先的闹剧,黄节更加鄙夷不屑,作《清明谒袁督师墓》嘲讽袁氏"张冠李戴"的险恶阴谋:

> 南人帅边非常功,易祀三百无此雄。英名不掩故坟在,清明野烧青回红。迩
> 来正值国多事,蹙地万里辽东东。视明亡征系公死,季清诸将犹沙虫。《春秋》
> 内外大异义,诸夏自杀今为讧。人才由蘖亦复尽,独寻旧史追前踪。当年和议岂
> 得已,盖欲以暇营锦中。收拾散亡计恢复,肘腋之患除文龙。遵化三屯一战衄,
> 间关入卫宁非忠。维公业自千祀,事去历历犹能穷。上炳日星下河岳,讵藉土
> 壤增崇隆。我来墓祭辄三叹,瞻徊惟敬堂前松。谁令丹垩蚀风雨,乃请庙飨为迎

逢。援唐宗姓祀李耳,希宋濮议跻欧公。时流无耻可足道,于公不啻筳撞钟。

此诗从历史的高度,歌颂袁崇焕的勇猛精神和民族气节,当年督军辽东的军功气压三军,三百年来依然传颂人口,这样的英雄怎会有窃国大盗的子孙呢?全篇一唱三叹,笔力扛鼎,气韵俱高。

黄节的诗,是典型的"学人之诗",书卷气非常浓郁,甫一开卷便扑面而来,他曾对李商隐、陈师道和屈大均的诗下过很大的研读功夫,因而他的诗"三山回响,壮泪还飘",笔力慷慨苍凉,篇幅开阖吞吐,一唱三叹,令人荡气回肠。

二、蔡哲夫、马骏声和邓尔雅的诗歌创作

蔡哲夫、马骏声和邓尔雅是成就卓著的广东籍南社诗人。光绪末年,蔡哲夫曾参与同乡黄节等组织的"国学保存会",并积极为其会刊《政艺通报》和《国粹学报》撰文绘图。辛亥革命后,参与由宁调元、谢英伯等发起并组建的南社广东分社"粤社"的活动,后被推任社长。柳亚子称赞他"磊落是奇才",评其诗如"狂飙骤雨",赞叹"诗坛久已降幡树,犄角中原况有人"(《四次韵和哲夫并示天梅》句),"昭苏大陆龙蛇起,倒挽银河天地回"(《读哲夫云起楼赏雨诗奉和》句)。邓尔雅幼承家学,习诵唐诗,《小时》诗不无神往地追忆道:"惝恍心神病,回头忆小时。温诗放学后,逃塾畏亲知。泣诉争牌赌,扶持共雪嬉。天涯多噩梦,夜夜不能归。"自注:"忆与史姊共读,独予屡逃塾,惟爱诵唐诗,争以熟记为荣,因叹斯乐不可复得。"但随着学识的增长,他逐渐偏向宋诗,最终以宋诗名家。

他们都极重气节,多与南社同仁相与酬唱,同声相求,倡导革命、抨击清政府的腐败是其作品的重要主题,如马骏声《过基隆书感》云:"一代雄风今已矣,江山如昨主人非。伤心怕听渔樵语,指点山前当日旗。"邓尔雅《题太平天国文献卷首》云:"城郭人民奈是非,六朝如梦夕阳知。寻常燕子都生感,又值金陵瓦解时。"《题画红杜鹃花》:"望帝托杜鹃,春风吹故国。蜀山阒无人,独与花相泣","国破春心在,魂归蜀道难。至今花朵上,口血未曾干。"充分流露出诗人关心祖国、关心人民的深挚感情。

这样一来,如何对付清朝统治者的腐败无能、如何改造和建设祖国,就成了他们抒发慷慨激昂之志的支点了,如蔡哲夫《醉题酒家壁》云:

少年意气豪且奇,白马雕弓入燕市。黄金浪掷唱呼鹰,饭牛屠狗皆知己。相逢把臂说恩仇,按剑誓取仇人头……回首河山尽垢氛,空余壮语凌风云。何年共遂黄龙饮,斫尽胡儿著伟勋。

他们把朋友之情当作支撑反清事业的重要组成部分,与南社巨子柳亚子、刘三等肝胆

相照、同仇敌忾,相互赠诗很多,如柳亚子有《四次韵和蔡哲夫并示高天梅》《酬尔雅即次其韵》《答邓尔雅,借哲夫韵》等。这些辛亥革命前夕的唱和之作,隐隐滚动着时代的风雷,如邓尔雅《寄柳亚子》云:

> 传书有柳毅,正值春风时。
> 求之不可即,远而徒尔思。
> 渴饥琼树意,瘖瘶古松姿。
> 沪渎怀之子,空吟南社诗。

蔡哲夫《辛亥八月二十五日送尔雅归东莞》云:

> 满地江湖归是计,祖樽拼却一经程。
> 秋旗挂眼因风起,寒角销魂挟雨声。
> 吾党已孤君更去,尔乡非远路难行。
> 重阳珠海还无恙,索共黄花载酒迎。

诗中所表达的不仅仅是挚友间的殷勤珍重,更多的是英雄惺惺相惜和黾勉鼓励。他们走出国门,寻求救国、建国之道,如马骏声赴美留学,蔡哲夫赋《答小进和留别原韵》壮行:

> 未获相逢反远别,江楼望断水天寒。
> 参商妒杀银河渡,魂梦迷将碧海烟。
> 去国好求匡国策,离家暂学忘家禅。
> 归来他日须招我,白首同耕泪溺田。(自注:君去求农学)

马骏声远赴美国哥伦比亚大学学习实业,代表了那个时代最先进的知识分子的积极进取精神,这种建设祖国的价值取向对于旧中国来说恐怕是最可宝贵的了。

广东南社诗人在诗歌创新和发展上贡献良多,在诗歌的思想内容方面开拓之功尤其显著,正是他们将近代最先进、最开放的西方资产阶级思想和传统知识分子的爱国精神融为一体,提炼出了一种全新的、极富时代气息的诗歌主题,实现了中国传统诗歌的近代转型。对此,南社巨擘高旭《闻广南社将继越南社出世而为南社应声,喜而赋此,寄哲夫、孝则》其一赞道:"一枝梅放岭南春,堪与孤山作比邻。太息乾坤正萧瑟,扬《风》扢《雅》要斯人。"以"梅"为纽带,从精神层面将岭南之梅与孤山之梅贯通起来,象征广东南社诗人与浙江南社诗人正可为"同一战壕"的诗友,都能在艰苦卓绝的武装斗争中,把革命的号角吹得更响,鼓舞革命党人的精神和意志,迸发出"文学革命"的巨大精神力量。

第十二章 民主革命与小说转向

1906年至1912年间,广东民主革命派小说在风云激荡、新旧思想交锋的背景下强势崛起。广东民主革命派报刊为新小说提供了广阔的阵地;黄世仲和黄伯耀昆仲高扬"小说界革命"的旗帜,完善和提升"小说界革命"理论,为新小说提供高屋建瓴的理论指导;域外翻译小说如潮水般引进,为新小说提供新题材、新内容和新艺术表现手法。于是以新民和救国为己任的广东民主革命派小说走上了蓬勃发展之路:新小说作家和作品数量众多,灿若星辰;长篇小说和短篇小说交相辉映,杰作频现;现代小说技法广泛使用,小说文体具有鲜明的现代性。广东民主革命派小说为中国近代民主革命运动奋力呐喊,为推翻清王朝的专制政体、实现民主共和做出了卓越的贡献。1912年以后,广东民主革命派小说在完成了时代赋予的新民与救亡的使命后,渐渐地沉寂下来,并最终退出了历史舞台,但具有鲜明浪漫主义气质的广东作家苏曼殊却登上了新小说的舞台,开启了现代浪漫主义小说的先河。

第一节 资产阶级革命派小说的崛起

1905年8月中国同盟会成立后,广东民主革命派志士策动了惠州七女湖起义、潮州黄冈起义、广州新军起义、广州起义等武装斗争,其中1911年4月27日的广州起义成为武昌起义的先声。1911年辛亥革命爆发,同年11月9日广东宣布独立。此时期广东的民主革命派报人、译者和作家联合起来,以空前的热情投身于民主革命运动之中。他们以报刊为阵地,以小说为批判的武器,猛烈攻击专制陈腐的清王朝;以小说为启蒙的工具,唤醒沉睡麻木的国民。民主革命派小说理论鲜明,敢于实践和探索,具有强烈的使命感和炽热的爱国情怀,从而成为中国近代小说史上极富个性的小说流派。

一、民主革命派报刊的繁荣

1905年中国同盟会在香港建立了南方支部,黄世仲、黄伯耀、潘达微、陈树人、廖平子、李孟哲等报人都加入了同盟会,他们立足广州和香港,以省港为根据地,向内地延伸,从而形成了一个庞大的革命派报刊网络。1906年至1912年间,广州民主革命派报刊十分兴盛,先后有《珠江镜》《国民报》《二十世纪军国民报》《广东白话报》《岭南白话杂志》《南越报》《平民日报》《中原报》《人权报》《齐民报》《可报》《平民画报》等十余种报刊创刊。香港的民主革命派报刊,除此前创办的《中国日报》《广东日报》《世界公益报》《唯一趣报有所谓》外,又陆续创办了《日日新报》《香港少年报》《东方报》《社会公报》《人道日报》《新少年报》《新汉日报》《珠江镜(香港)》《时事画报(香港)》等。

民主革命派在利用报刊进行革命宣传时充分认识到小说的社会功用。1907年著名报人黄世仲在《中外小说林》第十一期发表《小说之功用比报纸之影响为更普及》,认为小说的影响比报刊还巨大,"种种世界,无不可由小说造;种种世界,无不可由小说毁","报纸之功在一时,而小说之功则在万世"①。因此,革命派报刊纷纷设置小说栏目,刊载翻译小说和自著新小说。如《珠江镜》1906年春创刊于广州,日报,何言任总编辑,谐部设《小说》栏目,刊载《情侠》《本地状元》《戆旅行》《崖门余痛》《险里姻缘》等自著小说。《国民报》1906年11月1日创刊于广州,日报,卢谔生主办,谐部设《小说丛》栏目,刊登《红露》《社会主义果实行》《佳人运命》《大盗来》《春怨》《飞絮影》等翻译小说。《广东白话报》1907年5月2日创刊于广州,旬刊,黄世仲、欧博明等任主编,设《小说》栏目,刊登《打贼》《好箭法》《妖魔声》《七姐》《女侠血》等自著小说。《二十世纪军国民报》1907年11月13日创刊于广州,周刊,卢谔生任主编,设《小说》栏目,刊登《一夜夫妻》等翻译小说。《时事画报》1905年创刊于广州,谢英伯、潘达微、高剑父等任编辑,在谐部设《小说》《短篇小说》栏目,刊登《精卫冤》《科举梦》《活地狱》《尊制》《现在及将来》等自著小说和《艳镜》《一夕之险影》《医之神用》《钢矛记》等翻译小说。《人权报》1911年3月29日创刊于广州,日报,在谐部设《小说》栏目,刊登《京华梦》《野兽性》《亡清纪念品》《纸世界》《帽之泪》《两面观》等自著小说。《香港少年报》1906年5月28日创刊于香港,设《故事丛》《新说部》《演义》栏目,刊登《生死恨》《走狗》《醒狮》《中国之摆伦》《芙蓉血》等自著小说和《蒸人甑》等翻译小说。《东方报》1906年7月29日创刊于香港,黄世仲任总

---

① 亚荛:《小说之功用比报纸之影响为更普及》,《中外小说林》1907年第十一期。

编辑,在谐部设《说部丛》栏目,刊登《指环故事》《色迷》《醋海波》等自著小说和《虚无弹》《侠痴记》等翻译小说。《社会公报》1907年12月5日创刊,黄伯耀任总编辑,刊登《文明战》《女侠》《自作孽》《幻境》《恶姻缘》等自著小说。《南越报》1909年6月22日创刊于广州,日报,在谐部设《说部》栏目。《中原报》1911年9月19日创刊于广州,副刊设《小说》栏目。《新少年报》于辛亥革命前创刊于香港,谐部设《长篇小说》《短篇小说》栏目。《新汉日报》1911年11月9日创刊于香港,设《小说》栏目。

此时期还出现了一批小说专刊,如1907年创刊于广州的《广东戒烟新小说》,1908年创刊于香港、以刊登域外翻译小说为主的《新小说丛》。而影响力最大的,是黄伯耀和黄世仲兄弟1906年在广州创办的《粤东小说林》,旬刊;1907年易名为《中外小说林》,迁至香港发行;1908年由公理堂接办,易名为《绘图中外小说林》。这三种《小说林》,可统称为《中外小说林》,每期皆刊登小说理论文章,鼓吹小说的功用与艺术价值,并集结了一大批作家和译者,连载了黄世仲的《黄粱梦》《宦海潮》、黄伯耀的《宦海恶涛》《恶因果》《猛回头》《凶仇报》等自著小说和《加道会》《并蒂莲》《毒刀案》《匣里亡尸记》《狡女谋》等翻译小说。《中外小说林》以系统的小说理论和出色的小说实践,成为广东革命派小说最主要的阵地,为革命派小说的崛起做出了重要贡献。

二、"小说界革命"理论的提升

1902年11月梁启超在《新小说》创刊号发表了《论小说与群治之关系》,开启了以新民和救亡为目的的"小说界革命"浪潮。自"小说界革命"起,新小说走上一条充满勃勃生机的道路,黄氏昆仲于1906年创办的《粤东小说林》,正是"小说界革命"浪潮推动的结果。但三种《中外小说林》并非被动地接受与吸纳"小说界革命"理论,而是进一步完善和提升了"小说界革命"理论,主动将"小说界革命"推向新的高潮。

三种《中外小说林》现仅存22期,每期均设置《外书》栏目,用以刊登小说理论文章,现存22篇外书。由于三种《中外小说林》至少散佚30期,这30期亦应有小说理论文章刊登,因此可以推测三种《中外小说林》刊登的小说理论文章应有50余篇。小说期刊如此大规模地刊登理论文章,这在近代小说史上是罕见的。在现存的22篇外书中,除《论小说文字何为佳品何为劣品的比较》为拾言所撰,其余皆为以"世次郎""世""老棣""伯""耀""棠""亚尧"等为笔名的黄世仲、黄伯耀昆仲所撰。

《中外小说林》《外书》栏目目录

刊名	时间	期号	文章名称	署名
粤东小说林	1906	第三期	《水浒传》于转移社会之能力及施耐庵对于社会之关系	世次郎
	1906	第七期	文言小说《金瓶梅》于人情上之观感	世次郎
	1906	第八期	论小说文字何为佳品何为劣品的比较	拾言
中外小说林	1907	第一期	《(中外)小说林》之趣旨	无
	1907	第六期	文风之变迁与小说将来之位置	老棣
	1907	第七期	义侠小说与艳情小说具有输灌社会感情之速力	伯
	1907	第八期	学校教育当以小说为钥智之利导	耀
	1907	第九期	中国小说家向多托言鬼神最阻人群慧力之进步	棠
	1907	第十一期	小说之功用比报纸之影响更为普及	亚荛
	1907	第十三期	小说种类之区别实足移易社会之灵魂	棣
	1907	第十五期	小说之支配于世界上纯以情理之真趣为观感	伯耀
绘图中外小说林	1908	第十七期	淫词惑世与艳情感人之界线	光翟
	1908	第十八期	学堂宜推广以小说为教科书	老棣
	1908	第二年第一期	小说发达足以增长人群学问之进步	耀公
	1908	第二年第二期	改良剧本与改良小说关系于社会之重轻	棣
	1908	第二年第三期	普及乡间教化宜倡办演讲小说会	耀公
	1908	第二年第四期	小说风尚之进步以翻译说部为风气之光	世
	1908	第二年第五期	小说与风俗之关系	耀公
	1908	第二年第六期	曲本小说与白话小说之宜于普通社会	老伯
	1908	第二年第七期	灯界嫖界两大魔鬼与人群之关系	公
	1908	第二年第八期	著《水浒传》之施耐庵与施耐庵之著《水浒传》一	世
	1908	第二年第十一期	历史小说《东周列国演义》与时局进化之关系	世

《外书》继承了梁启超关于小说功用的理论精华,反复强调小说新民与救国功

用。1907年第一期发刊词明确了该刊的办刊宗旨,即以小说为"启迪国民之义务","为文明之先导"①,并论述了小说对于国家、民族、社会、民众的积极影响,"各国民智之进步,小说之影响于社会者巨矣。《佳人奇遇》之于政治感情,《宗教趣谭》之于宗教思想,《航海述奇》之于冒险性质,余如侦探小说之生人机警心,种族小说之生人爱国心,功效如响斯应"②。

《外书》进一步提升了小说的功用,认为小说是社会变革的关键,具有"移易社会之能力"和"隐握转移社会之枘柄"的巨大功用,"一代之文学,即一代之风气所关焉;一代之风气,即一代之盛衰所系焉。……呜呼,文章游戏,众人盲从,即小说之撰述,何莫不然哉!且于小说之撰述,所以灌输人群之脑海者,更何莫不然哉!"③外书将转移社会的功用,直接指向了排满兴汉、种族独立和民主革命。

《外书》提出了实现小说功用的四种具体方法。一是"学校教育当以小说为钥智之利导"④,主张让小说进入学校教育,"于学校植其基础,即举国受其陶镕。将来汉族江山,如荼如火,安知非由今日编辑小说鼓吹之力也哉"⑤;二是"学堂宜推广以小说为教科书"⑥,主张学堂欲求进步,就应学习小说;三是"普及乡间教化宜倡办演讲小说会"⑦,主张于农隙闲暇之时,于祠堂庙宇、社下树前,设立小说会演说小说,"宣布小说之宗旨","绘演小说之神情"⑧,激发人民的发奋心、冒险心、种族心、政治心;四是"白话小说之宜于普通社会"⑨,主张小说不应脱离普通民众,应符合普通民众的审美需求。

梁启超把古典小说视为中国群治腐败之总根源,对中国古典小说提出了尖锐批评。《外书》提出了鲜明的反对意见。《外书》对中国古典小说极为重视,22篇外书鲜有不论及中国古典小说的。认为中国古典小说五光十色,美不胜收,《水浒传》发独立之思想,《三国演义》"寓尊汉统,排窃据之微言"⑩,义侠小说与艳情小说具有输灌社会感情之力。但外书也对《封神演义》《西游记》《聊斋志异》等托言鬼神之作,提出了尖锐批评,认为这些鬼神之作最阻人群慧力之进步。

《外书》系统阐述了小说的艺术性,弥补了"小说界革命"理论中缺失的部分。首

---

① 《〈中外小说林〉之趣旨》,《中外小说林》1907年第一期。
② 世:《小说风尚之进步以翻译说部为风气之先》,《中外小说林》1908年第二年第四期。
③ 棠:《中国小说家向多托言鬼神最阻人群慧力之进步》,《中外小说林》1907年第九期。
④ 耀:《学校教育当以小说为钥智之利导》,《中外小说林》1907年第八期。
⑤ 耀:《学校教育当以小说为钥智之利导》,《中外小说林》1907年第八期。
⑥ 老棣:《学堂宜推广以小说为教科书》,《中外小说林》1908年第十八期。
⑦ 耀公:《普及乡间教化宜倡办演讲小说会》,《中外小说林》1908年第二年第三期。
⑧ 耀公:《普及乡间教化宜倡办演讲小说会》,《中外小说林》1908年第二年第三期。
⑨ 老棣:《文风之变迁与小说将来之位置》,《中外小说林》1907年第六期。
⑩ 老棣:《文风之变迁与小说将来之位置》,《中外小说林》1907年第六期。

先抠出"情理"二字,"天下事固勿论其远者大者,家国之治,古今之变,可以理括焉,可以情通焉。何疑乎《水浒》《西厢》,更何疑乎普通之小说,懿夫!情理之真趣,为小说家之无量作用也乎。"①"情理"指的是生活中的情与理,小说要反映的就是生活中真实的且符合逻辑的情与理,这实际上是主张小说应具备现实主义精神。《外书》结合中国古典小说和域外小说,论述了小说的体裁、格式、篇章、结构、字句等特点,如"盖其起、其结、其应、其伏、其布局、其运笔、其造句,如云锦裳焉,其剪裁针线无迹;如常山蛇焉,其首尾回环互应。不如是不足以成小说也"②,关于艺术性的论述在《外书》中随处可见,极为丰富。

除以上观点外,《外书》还论述了域外小说的作用和价值,域外小说和自著小说的关系等问题。虽仅存22篇,但《外书》已显示了系统的全面的小说观念,也为"小说界革命"理论注入了新的观点,弥补了"小说界革命"理论的不足,提升了"小说界革命"理论的高度,为当时的新小说创作提供了理论指导,有力地促进了新小说的发展。

三、域外小说译介的兴盛

民主革命派承袭了维新改良派对域外小说功用的认识,《中外小说林》于1907年第六期发表了《文风之变迁与小说将来之位置》,强调了域外小说在振奋国民、开启民智方面的巨大功用,"观各国诸名小说,如美国之《英雄救世》,英国之《航海述奇》,法国之《殖民赈喻》,日本之《佳人奇遇》,德国之《宗教趣谈》,皆借小说以振国民之灵魂。甚至学校中以小说为教科书,故其民智发达,如水银泻地"③。英国、法国、德国、美国、日本等国的小说受到了民主革命派报人的青睐和追捧,《香港少年报》《粤东小说林》《中外小说林》《绘图中外小说林》《新小说丛》《广东戒烟新小说》等民主革命派报刊纷纷刊载这些国家的小说。自鸦片战争后,广东读者已开始接受西方文化的浸润,此时期西风东渐之风更甚,广东读者更加渴望通过小说了解西方的历史、文化、制度、科学技术、生活方式。此时期广东海外留学生和西式学堂的学生数量大增,通晓外文的人才纷纷加入译者队伍。在革命派报人、广大读者、译者的共同合作下,广东域外小说肩负起了新民与救国的历史任务,其先进的思想与艺术被当时和其后的新小说吸收,并转化为新小说发展的营养和动力。

---

① 伯耀:《小说之支配于世界上纯以情理之真趣为观感》,《中外小说林》1907年第十五期。
② 棣:《小说种类之区别实足移易社会之灵魂》,《中外小说林》1907年第十三期。
③ 老棣:《文风之变迁与小说将来之位置》,《中外小说林》1907年第六期。

（一）民主革命派报刊译作的繁荣

1906至1908年，是广东域外小说译介极为辉煌的时期。译者队伍迅速壮大，涌现了一批优秀的译者，如晴岚山人（即陆庆南）、励学校长白光明、陈少白、树人、中国燕红生、公勇太郎、水共六郎、厉剑四郎、树珊、拾言、亚猛，以及《新小说丛》的一批译员。译本数量激增，仅仅三年间，涌现了五十余种译本。1906年有15种译本，包括《渐渐女仙》《七王会》《鬼林》《美人发》《火坑莲》《艳镜》《虚无弹》《花酒梦》《剧盗遗嘱》《侠痴记》《美人计》《加道会》《蒸人甑》《梨花影》《捉鬼》。1907年有18种译本，包括《黄金藏》《美人黄鹤》《活地狱》《一夕之险影》《医之神用》《爱河潮》《失女奇案》《美人首》《毒刀案》《黄钻石》《难中缘》《狡窃》《黠者祸》《狡女谋》《一夜夫妻》《厌世之富翁》《面包党》《东莲院》。1908年达到高峰，有21种译本，包括《狡骗》《亡羊归牧》《奇缘》《破堡怪》《奇蓝珠》《血刀缘》《情天孽障》《窃书》《补情天》《八奶秘录》《匣里亡尸记》《波兰公主》《盗尸》《女奸细》《装愁屋》《千里马》《噩梦》《一羽媒》《中国瓶》《盗巢艳迹》《腹中帛》。译本题材丰富多样，异彩纷呈，有政治小说、历史小说、军事小说、社会小说、冒险小说、侦探小说、离奇小说、家庭小说。译本水平较高，叙事手法花样繁多，环境描写和心理描写大放异彩，语言以浅近文言为主，有时也使用白话和粤方言。

1909至1912年，广东域外小说的高潮渐渐退却，但仍取得了不俗的成绩。这四年间，涌现了29种译本，包括：1909年的《金不换》《钢矛记》《九点牌》；1910年的《麻雀侦探》《侦探和尚》《梨园剧》《近百年欧洲战争史》《温犀镜》《红露》《奇盗案》《无声枪》《小驼子》《波兰人之从军》《侠义之看护妇》《长堤苦》，以及一篇缺名小说；1911年的《密约案》《天伦乐》《英人胆》《劫花血传》《黑劫》《智囊》《小女佣》《钻石丑闻》《战骡》；1912年的《二滴血痕案》《社会主义果实行》《佳人运命》《大盗来》《春怨》。

1912年以后，清王朝已被推翻，辛亥革命取得成功，广东域外小说在完成了新民与救国的历史任务后，不可避免且令人遗憾地失去了发展的动力和繁荣的土壤。1913至1915年这三年间，仅有零星作品问世，有1913年《飞絮影》，1914年《石像》，1915年《雪中之拿破仑》。至此，由"小说界革命"引发的域外小说译介的风潮，经历了蓬勃的发展期、辉煌的黄金期，最终走向了沉寂的衰落期。

（二）女性译者的出现

随着思想启蒙运动的开展和女性受教育机会的增加，长久处于社会权力边缘的女性逐渐觉醒，开始参与由男性主导的社会变革，一部分学贯中西的女性借由译介域外小说从社会权力的边缘走向了思想启蒙运动的前沿。广东出现了两位耀眼的女性译者,一是陈鸿璧,一是黄翠凝,她们以过人的才华和富有影响力的译作,参与了新民与救国的历史任务,成为翻译界和小说界耀眼的新女性。

陈鸿璧(1884—1966),原名陈碧珍,广东新会人。生于香港,长于上海。父亲曾任招商局翻译,译印《万国舆图》。幼年受业于康有为弟子郑宪成,学习古文。少年就学于上海中西女塾和教会学校,毕业后任英语教师。一生致力于妇女解放运动和教育事业。辛亥革命后,和张昭汉、张侠魂创办《大汉报》,和张昭汉创办"神州女界共和协济社"。"五四"运动后,在上海创办广东幼稚园、广东中小学。陈鸿璧有较高的双语水平,担任《小说林》译员,其译本质量较高,受到上海《小说林》创办人徐念慈的青睐。1907年3月9日上海《小说林》创刊号同时连载了陈鸿璧的三部译作,此后上海《小说林》每期都载有陈鸿璧的译作。她共翻译小说八种,即科学小说《电冠》、侦探小说《第一百十三案》《薛蕙霞》《盗面》、历史小说《苏格兰独立记》、哲理小说《捕鬼奇案》、德育小说《女儿镜》、义勇小说《新押衙》。

《电冠》,长篇小说,连载于1907年3月9日《小说林》第一期至1908年1月28日第八期,共二十五章,标科学小说,题[英]佳汉著、陈鸿璧译。叙心理扭曲的大科学家高德士用自己发明的科技产品"电冠"报复情敌叶乐生的故事。《第一百十三案》,长篇小说,连载于1907年3月9日《小说林》第一期至1908年10月24日第十二期,未完,标侦探小说,题[法]加宝耳奥著、陈鸿璧译、觉我(徐念慈)赘语。1909年广智书局出版单行本。叙神探刘谷侦破傅安德银行3500万法郎失窃案的故事。《苏格兰独立记》,长篇小说,1906年上海小说林出版社出版。后连载于《小说林》1907年3月9日第一期至1908年10月24日第十二期,未完,十五章,标历史小说,题陈鸿璧译、东海觉我(徐念慈)润辞。叙女英雄和耳士领导苏格兰人民反抗外国侵略、争取民族解放和独立的故事。

陈鸿璧译本采用浅近文言文,语言流畅优美,极富表现力。虽也具有"豪杰译"的风格,但较忠实于原作。近代译本往往将原作中的环境描写和心理描写视为赘言,加以删除或压缩,陈鸿璧译本则大量保留了原作的环境描写和心理描写。近代译本大多采用章回体制,添加回目,而陈鸿璧译本则采用原著的章节体。陈鸿璧的译本,尤其是长篇小说译本,在当时广为流传,陈鸿璧也因之成为20世纪初期翻译文学史上一颗耀眼的明星。

黄翠凝(1875—1917后),广东番禺人。女作家和女翻译家。通晓英文和日文。其夫早逝,以卖文为生抚育其子张其功。张其功即张毅汉,民国初年著名的翻译家和小说家。黄翠凝既是翻译者,也是著者。与包笑天相识,常常委托包天笑介绍和出版作品。自著短篇小说三篇,即1908年发表于《月月小说》第21期的《猴刺客》,1908年发表于《神州日报》第480号至508号的《奋回头》,1917年发表于《小说画报》第7

号的《离雏记》。自著长篇小说一篇,即1908年改良小说社出版的《姊妹花》。

  黄翠凝的翻译小说有两部。一是长篇小说《地狱村》,与陈信芳合作翻译,连载于《小说林》1908年3月2日第九期至1908年10月24日第十二期,标奇情小说,题[日]雨乃舍主人原译,女士黄翠凝、陈信芳重译。译本据日译本转译而成。叙美国医生威里夫在海上旅行,与美女英姿遭遇大难的故事。一是长篇小说《牧羊少年》,1915年由上海中国图书公司和记发行所出版,标言情小说,署[英]却而斯士著,番禺女士黄翠凝译述。有上中下三卷,上卷十五章、中卷十三章、下卷十四章,共计四十二章。叙牧羊少年约翰·温葛的故事。约翰与好友积·高顿在澳州放牧淘金,积·高顿被枪杀,为了给好友报仇,兑现好友嘱其照顾妹妹伊雪打的重托,约翰以积·高顿的名字返回英国。约翰是温葛男爵之侄,男爵去世,据其遗嘱,男爵爵位和遗产由约翰继承,如约翰已死,则由男爵远族伊雪打·温葛小姐继承。此时伊雪打已继承爵位和遗产,约翰没有披露其真实身份,在庄园里照顾伊雪打。青年奈敦为霸占遗产,追求伊雪打,杀死电斯奴,嫁祸约翰。约翰洗清罪名,恢复了男爵之侄的身份,与伊雪打结婚。《牧羊少年》是黄翠凝代表性译作,该译作最大限度地忠实于原作,采用章节体,叙事曲折流畅,用词稳妥准确,语言优美精练,极富表现力。译作保留了原作大量细腻的心理描写,再现了人物的内心世界和精神风貌,人物形象栩栩如生。

四、革命派小说的崛起

  1906年至1912年是广东新小说最辉煌的时期。民主革命派作家崛起,涌现了黄世仲、梁纪佩、王斧、黄伯耀、杨计伯、谭荔浣、欧博明、黄翠凝等一大批知名作家,还涌现了不少仅以笔名存世的作家,如《时事画报》的述奇、奇、喆、劳人、自在、苍生、铁氓,《中外小说林》的放光、水共六郎、钜鹿六郎、佩铿、亦然、忏痴、警庵、乱劈,《香港少年报》的遯生、嗤、金人、神父,《广东戒烟新小说》的毅伯、哲、金夫,《广东白话报》的侠庵、明园主人、陈铁庵,《振华五日大事记》的轩嵓、而优、辕系、缕述、辛令、铁樵、大同,《南越报》的百钢少年、拍鸣、芳郎、汉钟、去庆虎、警黄、芳畹、隐明、驱鬼,《国民报》的诛奸、辟臭、百罹子、雷、不剃头者、一棒、无我、废帝、瀑石、痴萍、昂孙,这些无名作家虽已湮没于历史的长河,但他们的小说作品至今仍闪耀着思想的光芒。

  黄世仲"以文字之功臣,作国民之向导"①,是民主革命派小说的伟大旗手。为宣传种族独立、民主革命和开启民智,创作了《洪秀全演义》《甘载繁华梦》《镜中影》

---

① 蔡敦祺:《以文字之功臣,作国民之向导——论黄世仲三种〈小说林〉的历史意义和文学价值》,见《中外小说林》上册,香港:夏菲尔国际出版有限公司2000年版,第11页。

《黄粱梦》《宦海潮》《党人碑》《宦海升沉录》《五日风声》二十多部中长篇小说。

梁纪佩是民主革命派小说的干将。自1909年创办悟群著书社至1911年辛亥革命，在这短短的三年间，创作了《革党赵声历史》《岑督征西》《禁烟伟人林则徐》《七载繁华梦》《刘华东故事》等时事小说。梁纪佩以犀利之笔描摹危机四伏的社会，批判摇摇欲坠的清王朝；以悲壮之笔书写革命党人的奋斗和牺牲，讴歌革命党人的爱国精神和反抗精神。

王斧、黄伯耀则是短篇小说的急先锋。他们以报刊为阵地，创作篇幅短小却能集中迅速反映社会生活的短篇小说。王斧在《香港少年报》《唯一趣报有所谓》《中外小说林》《中兴日报》发表了30余篇短篇小说，包括《牛背笛》《专制果》《肝胆镜》《美人墓》《女贼》《鸟媒》《锦囊》《茅店月》《葡萄酒》《偷侦探》《疑团》《千钧一发》《中国之摆伦》等。黄伯耀在《中外小说林》发表了《好姻缘》《烟海回澜》《长恨天》《双美缘》《侠女奇男》《宦海恶涛》《恶因果》《猛回头》《凶仇报》《片帆影》等十余篇短篇小说，在《社会公报》发表了《文明战》《女侠》《恶姻缘》《淫贼》四篇短篇小说。此外，杨计伯、谭荔浣、欧博明等，也是革命派短篇小说的重要作家。而广东短篇小说的繁荣更多地依赖于以笔名存世的一大批作家，目前可见的五百余篇短篇小说主要出自这些无名作家之手。

女作家黄翠凝则以新知识女性的形象出现在广东新小说界。她既是一名出色的译者，又是一名优秀的创作者。她倡导女学和女权，主张女性自强自立，但其思想温和而不激进。1908年是黄翠凝创作的活跃期，先后发表了长篇小说《姊妹花》，短篇小说《猴刺客》《奋回头》。《姊妹花》高扬女性思想解放的旗帜，塑造了一群在启蒙思潮中成长起来的新女性，她们接受新思想、新风尚，追求女性独立和婚姻自由，这群具有鲜明的启蒙色彩和时代特征的女性人物为中国新小说增添了瑰丽的色彩。

综上所述，以黄世仲、梁纪佩、黄伯耀、王斧、黄翠凝等为代表的广东民主革命派作家，是中国近代小说史上最先进的一支小说队伍。这支队伍由改良派小说作家队伍发展而来，但较改良派小说家更富有创造力。他们拥有更为宽广的视野，从中西方小说中汲取养分，提出了更为科学的小说理论。他们拥有更为坚定的目标，披荆斩棘，一路前行，为新小说开辟了一条生机勃勃的道路，并实现了新小说终点和"五四"小说起点的交汇贯通。

第二节　短篇小说的现代性

吴趼人是中国现代短篇小说的拓荒者之一。1906年11月1日新小说专刊《月月小说》创刊,吴趼人任《月月小说》主编,在创刊号开辟了《短篇小说》栏目,并刊载了吴趼人的短篇小说《庆祝立宪》,此后《短篇小说》栏目相继刊载了吴趼人的短篇小说《预备立宪》《大改革》《义盗记》《黑籍冤魂》《立宪万岁》《平步青云》《快升官》《查功课》《人镜学社鬼哭传》《无理取闹之西游记》《光绪万年》。这十二篇短篇小说与中国传统短篇小说的风格迥异,与域外现代短篇小说高度契合。

此后,王斧、黄伯耀在现代短篇小说领域大展其才,成为广东短篇小说创作的急先锋;杨计伯、谭荔浣、黄翠凝等作家积极响应,成为广东短篇小说创作的得力干将;述奇、自在、亚退、美魂女史、朕、劳人、铁苍、铁庵、毅伯、喆、铁樵、雷、百钢少年等作家枝附影从,成为广东短篇小说创作的无名战士。这些作家组成了声势浩大的创作队伍,这支队伍极具战力,以报刊为阵地,以短篇小说为匕首,对社会的沉疴和痼疾发起了猛烈的攻击。这支队伍一方面继承了旧小说的创作传统,在旧小说中注入鲜明的时代精神;另一方面则自觉抛弃旧小说的创作方法,学习域外短篇小说的创作经验,以生活的横截面结构小说,追求起局的奇突效果,以人物对话结构小说,采用象征主义创作手法,从而使短篇小说从所有文学体裁中脱颖而出,率先完成了由近代转向现代的文体变革。

一、以横截面结构小说

结构是小说文体最重要的特征之一。中国传统短篇小说的结构是有头有尾的封闭型结构,即以故事为中心,开篇介绍人物,接下来叙述人物事迹,结尾交代人物结局。1903年知新室主人(周桂笙)就对中国小说这种千篇一律的结构提出了批评,并通过译本展示了新的小说结构,他在《〈毒蛇圈〉译者识语》中云:

> 我国小说体裁,往往先将书中主人翁之姓氏、来历,叙述一番,然后详其事迹于后;或亦有用楔子、引子、词章、言论之属,以为之冠者,盖非如是则无下手处矣。陈陈相因,几于千篇一律,当为读者所共知。此篇为法国小说巨子鲍福所著。其起笔处即就父母[女]问答之词,凭空落墨,恍如奇峰突兀,从天外飞来,又如燃放花炮,火星乱起。然细察之,皆有条理。自非能手,不敢出此。虽然,此亦欧西小说家之常态耳。爰照译之,以介绍于吾国小说界中,幸弗以不健全讥之。[1]

1918年胡适在《新青年》第五号提出了横截面的结构理论,"一人的生活,一国的

---

[1] 周桂笙:《〈毒蛇圈〉译者识语》,《新小说》1903年第八号。

历史,一个社会的变迁,都有一个'纵剖面'和无数'横截面'","短篇小说是用最经济的文学手段,描写事实中最精彩的一段,或一方面,而能使人充分满意的文章"①。胡适认为,现代短篇小说不再像传统短篇小说那样,以完整的纵剖面为结构,叙述一个首尾俱全的故事,而是截取生活中最精彩的横截面,展现社会生活中具有典型意义的生活片段。胡适的横截面理论确立了五四以后中国现代短篇小说的基本特征,这一理论来自域外翻译小说的启示,更来自近代中国短篇小说的创作实践。

最早使用横截面结构小说的是吴趼人的《庆祝立宪》。《庆祝立宪》1906年11月发表于《月月小说》,此时正是主张君主立宪的维新改良派与主张民主共和的民主革命派论争最尖锐的时期。《庆祝立宪》不再以故事情节为中心,不再追求首尾俱足的情节,而是截取立宪庆典这一横截面,集中笔墨叙写典礼上保皇派和义士"莽夫"的矛盾冲突,借此批判保皇派的迂腐和清廷预备立宪的骗局,歌颂义士"莽夫"的清醒和抗争。小说的开头先描绘风和日丽的自然环境和礼乐彬彬的社会环境:

> 已凉天气未寒时,风和日丽,景物一新。散步于半城半廓间,则见盈丈之黄龙国徽,高矗于层楼之上,迎风招展。游人相与语曰:"此会场也,今日庆祝立宪。"伫足望之,会场之外,乐人排列。有显者至,则鸣乐以迎,曰礼也。②

接下来写身份显贵的保皇派人士甲、乙的出场和演说者对预备立宪的颂扬:

> 俄有肩舆二,坌息至,止于会场之外。乐大作。二老人佝偻自舆中出,相与揖让再三而后进。既入内,择前列之座而坐。甲语乙曰:"此旷古大典也,吾辈垂老,犹得一开眼界,幸哉!"乙曰:"唯唯。然吾究不知立宪之状奚似?闻今日有名人演说,老夫特来聆高论也。"
>
> 俄而铃声锵然,阖场皆寂,亦颇类夫文明。有三四人先后登坛演说毕,无非颂扬体。坛下鼓掌声如爆栗,杂以涕唾咳嗽之声。③

再接下来写"莽夫"登坛怒骂预备立宪的虚假和热衷于预备立宪的保皇派:

> 忽一莽夫攘臂登坛,居中立,怒目四顾,抃几大言曰:"立宪,立宪,做梦,做梦!庆祝立宪,庆祝立宪,这是在那里发大热病,说梦话!咳!诸公没睡醒,有那醒的在旁边醒着,笑痛了肚子呢!咳!羞不羞啊,羞不羞……"④
>
> 莽夫又曰:"不然啊,咱们中国的官儿,没有一个不讲究侵人自由的,立了

---

① 胡适:《论短篇小说》,《胡适文集》第二册,北京:北京大学出版社2013年版,第95页。
② 吴趼人著,刘敬圻主编:《吴趼人全集·短篇小说集》,哈尔滨:北方文艺出版社2019年,第51页。
③ 吴趼人著,刘敬圻主编:《吴趼人全集·短篇小说集》,哈尔滨:北方文艺出版社2019年,第51页。
④ 吴趼人著,刘敬圻主编:《吴趼人全集·短篇小说集》,哈尔滨:北方文艺出版社2019年,第51页。

宪,这宪法是上下共守的,他怎么肯轻轻的放过了那本有的侵人自由的权利?还有不竭力压制咱们预备的吗?"①

最后,保皇派人士甲和乙悻悻离场,小说自此也戛然而止:

> 甲勃然顾乙曰:"颂朝廷只颂万世无疆,无颂万岁之理,已经失体。颂皇太后、皇上可也,至于立宪,是何事物,乃举与两宫并称,嵩呼万见?天无二日,民无二主,此真大逆不道者哉!吾不欲观之矣!"牵乙裾,悻悻径行。②

《庆祝立宪》的情节看似残缺不全,人物来历不清不楚,但却通过具有典型意义的庆典这一横截面,实现了对政治现状的尖锐批判。小说体制紧凑,人物形象鲜明,尽管"莽夫"的演说内容拖延了叙事节奏,但仍不失为一篇优秀的现代短篇小说。

在吴趼人的开拓与示范下,广东短篇小说作家以积极的心态拥抱了这种写作手法,以横截面为结构的小说不断涌现,使短篇小说文体焕然一新,充满了勃勃生气。此类作品有一百余篇,占目前可见的广东短篇小说的五分之一,如《鬼王会》《烟侦探》《烟缉捕》《妖魔声》《文明战》《撞饮》《快梦》《飞侠》《鸦片梦》《南无阿弥陀佛》《醒狮》《走狗》《西狩》《瞒瘾》《长辫梦》《冯秋绮》《烟猪》《健蟑》《晏起》《中国魂》《女权》《贱格鬼》《鸡谈》《贼!贼!》《困新城》《兵上谈纸》《官官相卫》《客观梦》《选举镜》《阴寒世界》《鸦怪》《铲穿地球》《魍魉影》《高等强盗》《米中蠹》《野兽性》《纸世界》等等。

以横截面结构小说的手法,将短篇小说从传统的纵向结构的桎梏中解放出来,为短篇小说提供了宽松的时间和空间,连贯叙事的突破,环境描写、心理描写、内心独白、梦境、讽刺、象征等手法的应用,以及对话的大量应用,几乎都是在这种文体结构中进行的。

二、起局必奇突

1905年侠人在《小说丛话》的《中西小说之长短》一文中谈及中西小说结构时说:

> 中国小说起局必平正,而其后则愈出愈奇。西洋小说起局必奇突,而以后则渐行渐驰。大抵中国小说,不徒以局势疑阵见长,其深味在事之始末、人之风采、文笔之生动也。西洋小说专取中国之所弃,亦未始非文学中一特别境界,而已低

---

① 吴趼人著,刘敬圻主编:《吴趼人全集·短篇小说集》,哈尔滨:北方文艺出版社2019年,第53页。
② 吴趼人著,刘敬圻主编:《吴趼人全集·短篇小说集》,哈尔滨:北方文艺出版社2019年,第53页。

一着矣。"①

侠人认为中西小说各有所长,强调中国传统小说的优势,但在新小说浪潮中,传统小说的优势正在逐渐消减,域外小说的艺术表现方式逐渐成为新的文学潮流,"起局必奇突"、"以局势疑阵见长"成为流行一时的写作手法。广东短篇小说站在了文学的前沿,实践了以悬念、描写、拟声词等起局的写作手法,为新小说增添了新鲜的艺术魅力。

(一)以悬念起局

以悬念起局是广东现代短篇小说重要的写作手法之一。在中国传统小说中,悬念通常设置在情节发展的过程中,广东现代短篇小说则常于起局处设置紧张惊险的情节或令人惊异的描写,以激发读者的关注、牵念和好奇心,甚至为了加大悬念的艺术效果,还辅以大量的设问修辞,采用问答的形式或只问不答的形式,调动读者的情绪。有悬念,就要有对悬念的解释,就要在此后的情节中将悬念逐渐剥开,在结局处将悬念解释清楚,从而满足读者的好奇心和阅读期待。这类小说有 1906 年发表于《香港少年报》的《南无阿弥陀佛》《冤业》,1907 年发表于《中国日报》的《鬼王》《打》和发表于《时事画报》的《捉贼》《骗之骗》《封女摊》,1908 年发表于《时事画报》的《女权》和发表于《中外小说林》的《烟侦探》,1910 年发表于《南越报》的《客观梦》,1913 年发表于《时事画报》的《贼！贼！》。

较早以悬念起局的是王斧的《南无阿弥陀佛》。小说仅五百余字,起局即设置悬念:

"南无阿弥陀佛,南无阿弥陀佛。"此何声？此何声？梵音也。

"钞,钞钞,钞钞钞。"此何声？此何声？铍音也。

地球之东,亚洲之南,来一和尚。

和尚,眇一目,跛一足,衣破衲,披袈裟,左锡而右铍。口儿喃喃。咄咄,和尚胡为乎来哉？②

小说起局先描写突兀的铍声和梵音,然后两次设问,两次回答,引出一个和尚,悬念顿生;和尚眇目、跛足,衣衫褴褛,但却来自地球、亚洲这样阔大的世界,和尚与地球、亚洲形成了强烈反差,悬念加重;接下来又设一问——"和尚胡为乎来哉",此问并未有回答,悬念进一步加重。起局通过声音描写、人物外貌描写和三次设问,形成了令人

---

① 侠人:《中西小说之长短》,《小说丛话》,《新小说》1905 年第十三号。
② 梁冬丽、刘晓宁整理:《近代岭南报刊短篇小说初集》,南京:凤凰出版社 2019 年版,283 页。

好奇的悬念——和尚是什么人,为什么衣衫褴褛,他要做什么。接下来进入解释悬念的过程,和尚展示神奇的异能,化钹为酒瓮,众人大奇,以酒馈之,和尚作牛饮,俄而大呕,吐出腹内之物,至此小说达到了高潮:

> 众视之:陆裕东也,史坚如也,杨衢云也,邹容也,陈天华也,吴樾也。将也,兵也,船也,炮也,车也,马也,枪也,刀也,炸药也,旗帜也,次第腾空飞去。
> 忽而有物自空落。咄咄!是何物?是何物?
> 众视之:胡后也,胡帝也,民贼也,奴隶也,一一纳诸瓮。用杖一击,瓮碎而化为钹,杖折而化为龙,和尚跨之。
> 复"南无阿弥陀佛,南无阿弥陀佛""钞钞"竟去。出酒者,见地土遗一瓮碎,拾视黑金也,易之,得千贯。①

陆裕东、史坚如、杨衢云、邹容、陈天华、吴樾是在民族独立运动中壮烈牺牲的革命志士,车船、枪炮、旗帜、军队是推翻满清王朝的力量,革命烈士、武器、军队腾空而去,象征着革命的成功。胡后、胡帝指慈禧太后和光绪皇帝,统治者、民贼、奴隶被收入钹中,象征着清王朝最终被推翻。结局和尚折杖为龙,龙为中国的图腾,和尚是中国的象征。小说的悬念至此全部解开——庞大但破碎的中国,通过武装革命推翻了清王朝,实现了民族独立。小说布局十分精巧,以悬念起局,以解释悬念推动情节,结局完成了对悬念的解释,体现了王斧高超的布局能力。

(二) 以描写起局

自然环境描写、社会环境描写、场面描写、人物描写是广东现代短篇小说起局常用的手法,通常用来展现小说的社会背景和时代风貌,渲染情调氛围,刻画人物心理和人物精神,从而调动起读者的情感,为读者带来"起局必奇突"的阅读体验。这类小说有1907年发表于《时事画报》的《冯秋绮》《烟猪》《健蝉》《孖指印》,1908年发表于《时事画报》的《技勇》《竞渡》《活地狱》和《中外小说林》的《快梦》,1909年发表于《广粹旬报》的《鸦片梦》,1910年发表于《南越报》的《掷石狗》《后周游》《某州牧》和发表于《国民报》的《高等强盗》《会客》《电一通》等。

在创作实践中,或用一种描写手法起局。署名"述奇"的《冯秋绮》写身负家仇的冯秋绮不远万里从秦地入湘暗杀清廷官员的故事,小说起局即为环境描写:

> 野店秋高,霜气欲滴,午间人静,隐隐闻邻鸡粥粥声。推窗远望,见高柳衰黄,夹着一条大路。一车从山脚转来,蹇驴两头,牵之慢走,跨车沿者二人,一持

---

① 梁冬丽、刘晓宁整理:《近代岭南报刊短篇小说初集》,南京:凤凰出版社2019年版,283—284页。

鞭,知为车夫,余一人男女尚未分晰。呆呆望着,不知已历时许。①

在寒气逼人、枯败荒凉的环境中引出身负秘密使命的冯秋绮,为冯秋绮的复仇营造了肃杀神秘的氛围。

或用几种描写手法起局,即将自然环境描写、社会环境描写、场面描写、人物描写融合在一起,共同营造"奇突"的效果。署名"自在"的《医医》写路人救助幼儿但幼儿仍旧死亡的故事,小说充满浓重的悲伤情感,起局采用自然环境描写和社会环境描写两种方法:

> 木叶萧萧,夕阳黄瘦,秋月阴惨。路人状至瑟缩,捉襟掩肘,若恐寒气之袭体者。风际耳边过,呜呜作响。故路人有所闻,闻风声、树声,一片交耳声。路人尽贫苦者流,路为村落通市孔道,有荷锄者,有肩挑者。②

木叶、夕阳、秋月、风声勾勒了一幅萧索的秋天景色,流离失所、饥寒交迫的路人勾勒了一幅悲凉的社会场景,自然环境和社会环境共同渲染出悲剧的氛围,为接下来的悲剧情节奠定了情感的基调。署名"述奇"的《烟猪》写沉迷鸦片的烟精被拐卖为南洋猪仔的故事,起局采用社会环境描写和人物描写两种方法:

> 一室如墨,短榻数具,灯光荧荧,烟流有声。形容黝黑,皮黄骨瘠数辈,捉襟露肘,对榻横眠,相与谈天下事,声沉而浊,若有格格不吐之瘀。③

小说起局描写了黑暗的烟馆的社会环境,描写了疲弱的烟精的外貌,这两种描写激起了读者的厌恶和憎恨之心。

心理描写是人物描写的重要手法之一,通过描写人物的情感波澜和心理变化刻画人物的性格和形象,易于引发读者的情感共鸣。署名"凿"的《快梦》写"我"在梦中梦见"大汉侠儿"公开击杀出卖国家利益的民贼的故事,起局采用心理描写:

> 辰丸案后,时事怅触,脑筋激刺,愤从中来,不知所极。
> 呼童,沽酒,据案独酌,随酌随思。忽然热血满腔,与酒俱升,时口雪茄,身云几,手所致玻璃盅如故,而玉山已颓矣。④

辰丸案,1908 年日本"二辰丸"号商船走私军火被广东水师缉拿,无能的清政府被迫向日本道歉,致歉当天,广东人民义愤填膺,自发掀起抗日示威和抵制日货行动。小说就是在这样的政治背景下展开,起局写"我"入梦前无可抑制的悲愤、痛苦和满腔

---

① 梁冬丽、刘晓宁整理:《近代岭南报刊短篇小说初集》,南京:凤凰出版社 2019 年版,第 164 页。
② 梁冬丽、刘晓宁整理:《近代岭南报刊短篇小说初集》,南京:凤凰出版社 2019 年版,第 247 页。
③ 梁冬丽、刘晓宁整理:《近代岭南报刊短篇小说初集》,南京:凤凰出版社 2019 年版,第 171 页。
④ 梁冬丽、刘晓宁整理:《近代岭南报刊短篇小说初集》,南京:凤凰出版社 2019 年版,第 518 页。

浓烈的爱国情怀,情感悲壮高亢,从而引起读者强烈的共鸣。

(三)以拟声词起局

拟声词也称为象声词、模声词,是模拟客观事物声音的词汇。现实世界的各种声音,人的说笑啼哭、动物的鸣叫、硬物的碰撞、雨雪的飘落,都可以用拟声词进行生动形象的模拟。拟声词虽然模拟的是声音,但却可以表现发出声音的人或物的状态、动作甚至情感,因此在小说中,拟声词被广泛运用,用来表现人物情感,刻画人物形象,烘托渲染环境氛围,修辞效果十分突出。

将拟声词用于小说的起局,见于1906年发表于《时事画报》署名"亚退"的《瞒瘾》。《瞒瘾》写一个烟精到烟馆吸鸦片的故事,全篇用粤方言,起局使用了8个"呵"和5个"唔":

> 呵、呵、呵、呵、吙。(打欠呵声)吙、吙、吙。做乜、做乜,咁眼瞓唎喂,眼瞓呀。枝笔都揸唔起咯。捱、捱、捱。(伸腰介)唔做得,出去行阵咋,呵、呵、呵、呵、唔。①

拟声词"呵"、"吙"重复使用,模拟打哈欠声,描摹出烟精犯烟瘾时的疲惫无力。

1907年发表于《时事画报》署名"述奇"的《晏起》写一个晚起的烟精不食饭先食鸦片的故事,全篇亦用粤方言,起局使用了大量的拟声词:

> "丁、丁、丁、丁、丁。"时辰钟声。"吖啮。"打喊露②声。"吖、吖、吖、吖、啮——"频频打喊露声。"乞痴!"打喷嚏声。"霹北!"画火柴声。"啡——(沉读)"火柴着声。"的得。"开烟盒声。"吱。"烟荷罉大起泡声。"吖、吖、吖、吖、啮——"又打喊露声。"居居居,居居居,居居居居居居,居居,居居。"蟋蟀叫声,而非蟋蟀叫声,丹田力食鸦片烟声。③

用拟声词"丁"模拟钟声,"丁"的声音五下,表明时间是下午五点钟;用"吖啮""乞痴"模拟人物的哈欠声和喷嚏声,描摹出烟精的无力和难受;用"霹北""啡""的得""吱"模拟划火柴声、开烟盒声、烧烟泡声,描摹出烧烟动作的流畅和熟练;用16个富有节奏感的"居居"声模拟烟精的吸烟声,描摹出烟精吸烟时的沉迷。拟声词和烟精的动作紧密结合,可以使读者由拟声词联想到烟精的动作,再由烟精的动作联想到烟精的形象,从而生动刻画了一个沉迷于鸦片的烟精形象。

---

① 梁冬丽、刘晓宁整理:《近代岭南报刊短篇小说初集》,南京:凤凰出版社2019年版,第135页。
② 打喊露:粤方言,指打哈欠。
③ 梁冬丽、刘晓宁整理:《近代岭南报刊短篇小说初集》,南京:凤凰出版社2019年版,第184页。

1908年发表于《时事画报》署名"美魂女史"的《鸡谈》写公鸡打鸣欲唤醒沉睡的人民却遭到猪阻挠的故事，起局描写破晓之前公鸡的"哥哥哥"声，拟声词"哥哥哥"就具有了号角一样的象征意义。1907年发表于《广东白话报》署名"庐亚"的《妖魔声》写保皇派与革命派的斗争，起局写天字码头的热闹场景，"呜呜——呜呜——"形容船声，"罗罗，罗罗罗，罗罗罗罗"形容船靠岸的声音。

除了以上起局手法，广东现代短篇小说还采用议论起局、独白起局、对话起局等手法，这些手法打破了传统小说千篇一律的起局模式，极大地增强了小说的艺术感染力，为读者带来了新鲜的多样的阅读体验。

三、全新的对话体小说

一种全新的现代小说文体——对话体小说于1906年登上了广东新小说的舞台。对话体小说的特别之处在于以人物对话结构小说，全篇运用人物对话叙述事件，推进情节，塑造人物，进行环境描写，从而实现对社会生活的反映。对话体小说的叙述者隐身于作品背后，不再承担叙事功能，读者和人物直接见面，从而缩短了小说与读者的距离。

对话体小说是全新的舶来品，起源自18世纪法国启蒙作家德尼·狄德罗（1713—1784），其《宿命论者雅克和他的主人》《拉摩的侄儿》被认为是最早的对话体小说。《宿命论者雅克和他的主人》1796年出版，通过雅克和主人的对话建构整个小说，时间、空间、人物、情节和所有叙事策略都由人物对话承担。该作是对小说文体的一次革命性颠覆，在短时间内震动了欧洲文坛，狄德罗也因此被誉为现代小说的先驱。

目前可见的中国近代最早的对话体小说是《西狩》，发表于1906年11月15日的《香港少年报》，作者为"朕"。小说仅五百余字，以酒楼和妓馆为横截面，在酒楼和妓馆这两个空间中，设置社会闲人、酒楼伙计、妓女、老鸨等人物，以这些人物的对话结构全篇，从而描绘了社会闲人荒淫放荡的生活。

小说的叙述者隐藏起来，没有发表任何观点，没有表露任何情感，仅通过人物对话，还原当时的社会生活场景。标题《西狩》和笔名"朕"是点睛之笔，具有象征意义。根据春秋笔法，通常将帝王的逃亡美其名曰"西狩"。1900年8月八国联军攻进北京，慈禧太后带着光绪皇帝和少数侍从仓皇离开紫禁城，向西逃亡，1901年9月签订了丧权辱国的《辛丑条约》，1902年1月慈禧太后和光绪皇帝才返回紫禁城。这次西狩被称为"庚子西狩"。小说以《西狩》为标题，以"朕"为笔名，意味着小说的大背景为皇帝的庚子逃亡和国家的危亡，在这样的大背景下，一群社会闲人胡吃海喝、吸鸦片、嫖妓、荒淫堕落,毫无家国之情和奋起之精神,这使小说具有了强烈的谴责意味。

1907年5月26日《月月小说》第八号刊载了吴趼人的《查功课》。《查功课》以夜晚督署派员搜查革命派学生为横截面,以督署委员、学堂监督、学堂提调、学堂教员、北京学生、广东学生、江北学生的对话结构全篇,展现了统治阶级和革命派学生的尖锐对立,同时也展现了学生的机智和无畏:

> 甲学生问曰:"你的呢?"
> 乙曰:"在裤裆里。"
> "你的呢?"
> "也在裤裆里。"
> "他的呢?"
> "也在裤裆里。"
> 一人曰:"我的却在袖里。"
> 众曰:"冒险!冒险!一把臂就破露了。"
> "拿来看是甚么?"
> "是《民报》。"
> "你的呢?"
> "也是《民报》。"
> "他的呢?"
> "也是《民报》。"
> "统共有多少?"
> "四十份。"①

小说基本采用一问一答的形式,叙事者不进行主观评价,不表现人物心理,给读者留下了极大的想象空间;对话语句短促有力,重要句子反复重复,表现了搜查现场的紧张气氛。《民报》是民主革命派的机关报,从这篇小说可以看出维新改良派的吴趼人此时已经向民主革命派靠拢。

此后广东出现了5篇对话体小说,包括:1907年《社会公报》的《撞饮》,作者署名"太岁";1910年《国民报》的《睇出神》,作者署名"百擢子";1910年《国民报》的《剃头失妻》,作者署名"不剃头者";1912年《国民报》的《纸世界》,作者署名"废帝";1912年《国民报》的《两面观》,作者署名"痴萍"。前三篇的对话全部使用粤方言,后两篇的对话全部使用通俗白话。

---

① 吴趼人著,刘敬圻主编:《吴趼人全集·短篇小说集》,哈尔滨:北方文艺出版社2019年版,第97页。

广东对话体小说打破了传统小说的写作规范,是一次成功的小说文体实验,为现代小说提供了一种新的写作路径,此后对话体小说成为现代小说的一种类型。民国时期的沈从文,新中国成立后蒋子龙、沙叶新、林斤澜、刘心武等人均创作过对话体小说。

四、隐喻现实政治的象征主义小说

象征是一种古老的艺术表现手法,在中国传统小说中广泛使用。中国传统小说的象征手法具有片段性和简单性特点,往往通过某一情节片段、某一人物、某一细节隐喻某一思想,并未贯穿于小说的基本情节和主要形象。十九世纪末,欧洲象征主义形成了一股文学思潮,并随着域外小说的译介进入中国,逐渐成为中国现代小说的常用手法。现代象征主义小说的基本特征是整体的暗示性和隐喻性,通过某一故事的整体,一个或几个主要形象,暗示和隐喻某一思想或某一情感,全篇均由象征手法结构而成。与现实主义小说的平实客观不同,与浪漫主义小说的狂欢式抒情相异,现代象征主义小说通过含蓄的多维度的隐喻来暗示作品的主题意蕴,从而具有了更耐人寻味的艺术价值。

1921年7月9日,《时事新报·学灯》上发表了洪瑞钊的《中国新兴的象征主义文学》,该文批判了自然主义,"欣幸"象征主义的发生,认为冰心的《超儿》《月光》、叶圣陶的《低能儿》、许地山的《革命鸟》均属象征主义作品。实际上,中国象征主义小说的萌生,远早于这个时期。早在1906年广东短篇小说《长辫梦》就已开始运用象征主义手法建构小说,此后这类小说有:1907年发表于《中国日报》的《鬼王会》,1907年发表于《时事画报》的《健蟀》《中国魂》和发表于《社会公报》的《文明战》,1908年发表于《中外小说林》的《快梦》,1909年发表于《时事画报》的《鸡谈》,1910年发表于《南越报》的《客观梦》《铲穿地球》《后周游》和发表于《国民报》的《大虫》,等等。这些象征主义短篇小说,不再拘泥于现实主义的客观写实,而是通过非现实主义的梦境、异域、寓言隐喻现实政治,表达现实世界的政治理念——排满、革命、民主、文明,将抽象的政治理念转化为具体可感的贴切生动的形象,从而使政治理念更为感性,意蕴更为丰富。

辫子是满清王朝独有的发式,清初汉人被迫剃发留辫。清末随着民族意识的觉醒,辫子成为民族奴役和民族压迫的象征,剪辫子则成为反抗民族奴役压迫、追求民族独立自主的象征。署名"铁苍"的《长辫梦》以梦境营造非现实空间,赋予余、美人、亚剑、白鹤、长发以鲜明的象征意义,从而表达出排满、革命的主题意蕴。小说描绘了两种对比鲜明的环境:一是山前险峻压抑寒冷的环境,"时面豁眸四望,密云蔽野,朔风吹面,倏已堕于两峰之间,壁立万仞,下临绝壑"①;一是山后仙境般的环境,"精舍数楹,竹篱周折,柴扉俨然。内植梅树万株,花开正盛,清馥袭人"②。这两种环境隐喻中国当时政治现实:汉族奴隶居于窘迫封闭的空间,清朝统治者居于优美舒适的空间。在这样的大环境中,仙鹤"羽衣回翔,一白如雪"③,仙鹤隐喻清王朝的统治阶级;美人"以手调鹤"④,管理鹤粮,美人隐喻统治者的供养者;养鹤的条件是留辫,留辫隐喻接受统治和奴役;余本已剪辫,但受仙境诱惑,遂留辫做鹤奴,"荏苒三日,余已发长委地。美人乃殷勤代梳理,已又遍为巨绠"⑤,这一情节隐喻余在诱惑下思想动摇,向清统治者屈服;美人和余亦同种类,美人觉余有去志,怒斥余"操纵由我,不任汝之自由否乎"⑥,这一情节隐喻保皇的供养者对反抗者的攻击和绞杀;同事亚剑"剑光一闪,辫发尽断,回视美人已失所在"⑦,亚剑隐喻目标坚定的革命者,断辫隐喻余又重新回到了革命之路。小说以象征主义结构全篇,描绘了一场奇异的令人窒息的梦境,以此表达了强烈的反满与革命的政治理想。

  1910年署名"百钢少年"的《客观梦》则通过恐怖的梦中异域隐喻中国社会的政治制度。梦中的异域由金字塔形的台阶构成,台阶层级井然,百级一层,台阶隐喻中国社会固化的阶层秩序。上层"高坐者一小子,年极幼。次二三人,再七八人,以次遽加"⑧,这隐喻由少数人构成的统治阶层,庄严威武,令下层望而却步,地位不可撼动;中层"层级较多数百,人较多数万,时或升上,时或塌下。骈肩累足,毂击肩摩。抗衡排挤,如丝撩乱","下者待上,奴颜婢膝,媚语谄容,以取其悦。而对下则手椎足蹴,秽语污言"⑨,这隐喻处于社会中层的官僚士大夫阶层和有产者阶层,人数较多,但秩序混乱,互相倾轧和排挤;下层"人类亦多。手足茧缚,口若钢铁。鹑衣百结,体无完肤。火热水深,羹残饭冷"⑩,这隐喻被压迫被奴役的无产阶层,人数庞大,生活在黑暗绝望之中。等级森严的社会阶层不是不可以被打破的,"忽见中下层级,风起水涌,金物鼎沸。数千怪人,蓬蓬勃勃,直上第一层,推小子于下层"⑪,这一情节隐喻

---

① 梁冬丽、刘晓宁整理:《近代岭南报刊短篇小说初集》,南京:凤凰出版社2019年版,第141页。
② 梁冬丽、刘晓宁整理:《近代岭南报刊短篇小说初集》,南京:凤凰出版社2019年版,第141页。
③ 梁冬丽、刘晓宁整理:《近代岭南报刊短篇小说初集》,南京:凤凰出版社2019年版,第141页。
④ 梁冬丽、刘晓宁整理:《近代岭南报刊短篇小说初集》,南京:凤凰出版社2019年版,第141页。
⑤ 梁冬丽、刘晓宁整理:《近代岭南报刊短篇小说初集》,南京:凤凰出版社2019年版,第142页。
⑥ 梁冬丽、刘晓宁整理:《近代岭南报刊短篇小说初集》,南京:凤凰出版社2019年版,第142页。
⑦ 梁冬丽、刘晓宁整理:《近代岭南报刊短篇小说初集》,南京:凤凰出版社2019年版,第142页。
⑧ 梁冬丽、刘晓宁整理:《近代岭南报刊短篇小说初集》,南京:凤凰出版社2019年版,第636页。
⑨ 梁冬丽、刘晓宁整理:《近代岭南报刊短篇小说初集》,南京:凤凰出版社2019年版,第636页。
⑩ 梁冬丽、刘晓宁整理:《近代岭南报刊短篇小说初集》,南京:凤凰出版社2019年版,第636—637页。
⑪ 梁冬丽、刘晓宁整理:《近代岭南报刊短篇小说初集》,南京:凤凰出版社2019年版,第637页。

中下层人民奋起反抗,推翻了最高统治者;"轰然一声,怪人已渺。于是层级如故,谄媚如故,残忍如故,且较昨日尤甚"①,这一情节隐喻社会阶层被短暂地打破后又回归原样。小说通过台阶、上层、中层、下层、怪人、怪物等营造了一个充满象征意味的空间,以此隐喻中国数千年来循环往复的政治制度和底层人民永无翻身之日的政治现实。

此外,1907年署名"奇"的《中国魂》写中国的"老大"有三个魂头,三个魂分别丢在了销魂柳(妓院)、番摊馆(赌馆)、芙蓉城(鸦片馆),招魂使者为"老大"招魂,招出了一个中国魂,隐喻了因黄赌毒而失魂落魄的中国在革命者引领下获得新生的历程。1907年黄伯耀的《文明战》写文明国以利害的炮火击败落后的野蛮国,隐喻了先进文明对落后文明的驱逐。1910年署名"雷"的《大虫》写番邑荒园中有蚁、鼠、蛇和大虫,大虫重八百余斤,由鼠供养,一夜风雨大作,蚁鼠蛇被水冲走,大虫不得食,软睡不能动,小说以荒园隐喻中国,以大虫隐喻统治者,以蚁、鼠、蛇隐喻被压迫者,以风雨隐喻中国遭受的危机。

相比于《新中国未来记》《东欧女豪杰》《洪秀全演义》等以现实主义为基调的政治小说,指涉政治现实的广东象征主义短篇小说则以精巧的构思、灵活的形式、意蕴丰富的情节和形象,将政治小说从直白的政治批判中解脱出来,为中国小说带来新的审美趣味。广东象征主义短篇小说是中国象征主义小说的开拓者和引领者,为此后中国象征主义小说的发展壮大做出了贡献。

综上所述,广东现代短篇小说作家以积极的开放精神和创新精神,实践了来自域外短篇小说的先进经验,创作了反映中国社会生活的现代短篇小说,初步确立了中国现代短篇小说的文体规范和审美趣味,使广东现代短篇小说成为中国现代短篇小说的起点。虽然此时期的广东现代短篇小说仍处于模仿和探索阶段,笔法略显生硬,人物形象概念化,情节简单缺乏变化,语言新旧夹杂,但瑕不掩瑜,仍堪称是中国小说史上一颗美丽的明珠。

第三节　梁纪佩及其时事小说

梁纪佩(约1879—约1920),名祖修,又名颂虞,字纪佩,号醉眠山人。南海县(今广州芳村区)人。为清初岭南三大家之一梁佩兰的后人。早年游历海外,吸收了先进的思想文化。宣统年间回国投身于民主革命活动,充任《觉魂报》《安雅报》《羊城

---

① 梁冬丽、刘晓宁整理:《近代岭南报刊短篇小说初集》,南京:凤凰出版社2019年版,第637页。

报》主笔,并与友人潘侠魂、陈颖侣创办悟群著书社,1910年改悟群著书社为觉群小说社,成为广东报界精英和小说界干将。先后出版发行新小说《刘华东故事》《岑督征西》《禁烟伟人林则徐》《外交泪》《叶名琛失城记》《黄萧养演义》《陈塘南风月记》《山东响马》《梁三颠》《自由女》《粤汉铁路废约记》《刘义打佛兰西》等。1911年与曾少谷创办岭南小说社,出版发行新小说《革党赵声历史》《佛山闹酒捐》《入朝三不问》《近世党人碑》。辛亥革命后,任南海县议员,因不愿与军阀官僚为伍,遂隐居南海学宫和药洲仙馆著书。

梁纪佩著述新小说十余种,但散佚严重,《缅甸亡国史》《梁三颠》《孔明传》《二十世纪新人格》《李莲英》均已散佚,目前可见有8种:《刘华东故事》,与陈颖侣合著,九章,1909年春出版;《岑督征西》,与潘侠魂合著,十回,1909年5月出版;《禁烟伟人林则徐》,陈颖侣撰,梁纪佩辑,十章,1909年6月出版;《七载繁华梦》,十五回,1911年春出版;《革党赵声历史》,十章,1911年6月出版;《粤东新聊斋初集》,46则,1918年9月出版;《粤东新聊斋二集》,40则,出版时间不详;《广东黑幕大观》,20则,约在民初出版。

梁纪佩以小说为开通民智的钥匙,凡有益于增长社会和人群智识的粤中近事,皆敷演为小说。《革党赵声历史》曾少谷序云:"今梁君蝜而未伸,鱼未变化,故隐居著书以行世。凡粤中时事,与及诸前人,或有大造功于社会,或有蠹蠧夫人群,或时事,或侦探,皆著成一卷,刊诸坊间,以开通时人之知识。"[1]梁纪佩以小说作为强种强国的武器,期望民众通过阅读小说发愤图强,改变弱种弱国的现状。他在《禁烟伟人林则徐》例言中说:"是书之著,专为今日预备九年立宪而刊,使同胞有染烟霞疾痼者,奋起戒除,得有完全人格,为日后立宪之公民,一洗外人低视之耻。""著此书之深心,使同胞得知禁烟事非独今日已也,愿毋忘林公当日任劳任怨之苦心,为强种造福,为中兴关键。"[2]可见,其小说多为开通民众智识和唤醒民众种族国家意识而作,因此那些民众关注的、能够振奋民众精神的和具有针砭时弊价值的广东时人时事,就成为梁纪佩小说的敷演对象。他的小说代表作,主要有《革党赵声历史》《岑督征西》《七载繁华梦》等。

《革党赵声历史》记黄花岗起义策划者、民主革命派先驱赵声的事迹。赵声(1881—1911),字伯先,江苏丹徒(今镇江)人。1905年与吴樾策划刺杀五大臣的暗杀行动。1906年加入同盟会。1910年策划广州新军起义,起义失败后赴南洋筹款。1910年与黄兴等人策划广州起义,在香港设立统筹部,担任起义总指挥。1911年3

---

[1] 曾少谷:《革党赵声历史·序》,广州:岭南小说社1911年版。
[2] 梁纪佩:《禁烟伟人林则徐·例言》,广州:悟群著书社1909年版。

月29日率部赶往广州参加起义,起义失败后忧愤成疾,1911年5月18日在香港溘然长逝,年仅30岁。去世后省内外震动,一个月后梁纪佩即草成《革党赵声历史》,一以慰藉赵声英灵,一以激发民众种族国家之心志。该小说以纪传体的形式,以朴实无华的语言,以饱含激情的笔触,记叙了赵声少年时代和青年时代艰辛曲折的革命历程,塑造了一个具有强烈爱国主义精神且才华横溢的青年革命者形象。小说以一首题墓词开篇:

弹雨歇,硝烟灭,党人碑染杜鹃血,冈上恨迢迢,梦里天涯云中月,魂会泉台,好趁花前栩栩双蝴蝶。①

题墓词之后,又有六首题词,有"只因时局争分鹿,遂起神州独立旗""热血漾回结满胸,巴黎遗恨逞英雄""青苗思革除秦政,白芳徒劳失楚弓""主义民权思独立,当车螳臂被残推"②等句。这些诗词描绘了广州黄花岗起义的弹雨和硝烟,讴歌了起义志士螳臂当车般的牺牲精神,抒发了牺牲志士的遗恨和悲愤,表达了种族独立和民主革命的思想,为小说奠定了激昂的思想情感基调,革命党人赵声的形象在也这种激昂的基调中徐徐展开。

赵声有强烈的爱国主义精神。甲午战败,他"悲愤不胜,土室抚膺,闭门饮泣"③;康梁变法失败,他郁而不乐,义愤填膺,咨嗟抚叹。为了探索救国救民的道路,他放弃科举,赴日本考察政治、学习法律,继而进入北洋陆军学堂学习兵学,肄业后进入江南新军和广东新军,积极开展革命斗争。新军起义失败后,他到南洋各地活动,筹措经费和军火,联络革命志士,在广州设置秘密据点,开展革命活动,并趁机发动武装起义。

赵声有优秀的军事素质,任江南新军标统时,因精通兵法、教习得当,受到袁世凯和周总督赏识。被革去江南标统职务后,周总督爱其才复召其任广东标统。赵声有强大的感召力,善于笼络人心。偶遇明末抗清志士之墓,他便趁机给兵士灌输种族革命观念,"演说明末清初之历史,及明季稗史等事,慷慨淋漓,军人听之,无不堕泪"④;视财如流水,月薪九百,或用于与部下喝酒,或用于周济士兵,自己则"被袱床具,自安粗朴,冷天则衣以粗棉袄,出入所穿者,则一袭蓝布之缝破长衣。暑天则短褐,行游亦一袭旧机白长衫"⑤从而获得了士兵的信赖和倚重,"营中各兵士,上至排长队官,

---

① 梁纪佩:《革党赵声历史》,辛亥六月刊本,第1页。
② 梁纪佩:《革党赵声历史》,辛亥六月刊本,第7页。
③ 梁纪佩:《革党赵声历史》,辛亥六月刊本,第14页。
④ 梁纪佩:《革党赵声历史》,辛亥六月刊本,第22页。
⑤ 梁纪佩:《革党赵声历史》,辛亥六月刊本,第28页。

下至伙夫侍仆,皆口碑道载,倚重如山"①。赵声也颇擅长联络同志。被悬赏通缉后,结识陈更新、李少若、林时爽等,与他们肝胆相照,共谋革命大业,"少若后往外洋留学,屡与赵通信,诙谐中,少若则称赵为赵子龙一身都是胆,赵答少若,则称其为粤东明末之陈子壮"②,这些志士后来都在广州起义中牺牲。赵声有军人的威严气质。粤藩胡湘林倾慕赵声,召之欲见其人,见赵声满面凶煞气,突发心悸,遂避而不见。但赵声也具有风流儒雅的气质,在平定廉州乱党后,设宴于南门外海角亭,招待诸将痛饮,酒至半酣,即席赋诗两首,有"八百健儿多踊跃,自惭不足岳家军"③句。赵声具有急公好义的侠义精神。在北洋陆军学堂与同学范毅生肝胆相照,结为昆仲,范毅生染病身亡,赵声急趋范毅生的家乡河间府吊唁,怜其家境贫寒,返学堂募集善款八百元,自己则倾囊倒箧,典当春衣,捐助数十金,而后返回河间府,将善款交给范毅生老母寡妻,自此河间范氏宗族,皆感其义。

赵声不顾个人安危,将整个生命都献给了民主革命事业。与吴樾策划刺杀五大臣时,慷慨赋诗"一腔热血行行泪,慷慨淋漓为我言。大好头颅同一掷,太空追攫国民魂"④,抒发了甘为国家抛头颅洒热血的热望。

《革党赵声历史》充盈着荡气回肠的革命精神,再现了民主革命先驱的动人事迹和光辉形象。与黄世仲的《五日风声》互为呼应,共同吹响了民主革命派进军的号角。

《岑督征西》记平定广西叛乱的两广总督岑春萱(即岑春煊)的事迹。岑春煊(1861—1933),广西西林人。壮族。清光绪举人。历任甘肃布政使、陕西巡抚、四川总督、两广总督、云贵总督,多次镇压反清斗争。民国成立后任福建宣抚使。1916年护国运动期间,与梁启超在广东肇庆成立军务院,任副抚军长。1917年参加护法运动。为人刚烈,不畏权贵,任内弹劾了大批贪官庸官,有"官屠猛虎"之称。

作为民主革命派的梁纪佩为何要写岑春煊这个清政府的官僚呢?陈颖侣在《岑督征西》序云:"吾国以二万里称雄天府之国,不数十年间,而安南失,胶旅燏,台澎割,而犹无一人以冲折其间,区区此一戎一旅之功,夫何足述? 然中国之兵力,以之备外敌则不足,定内寇则有余,前人已屡言之,使于此而犹不足,则中国内容之腐败,更不知将何若耳。"梁纪佩痛心于神州沉陆,腐败滋生,期望有伟人出现拯救中国,"岑氏不足之处,未遑道及,独于征西一事,则条分缕晰,备列而详纪之,窃谓岑于军事上,虽未足以步膑起,轶曹萧,为中国战斗男儿钜手,然勇于任事,奋于图功,尚足以愧一

---

① 梁纪佩:《革党赵声历史》,辛亥六月刊本,第28页。
② 梁纪佩:《革党赵声历史》,辛亥六月刊本,第26页。
③ 梁纪佩:《革党赵声历史》,辛亥六月刊本,第31页。
④ 梁纪佩:《革党赵声历史》,辛亥六月刊本,第24页。

切之失地丧师怯懦庸顽之辈"①。岑春煊是清朝少有的刚正勇毅的能员,因此梁纪佩选择了岑春煊作为小说敷演对象,描绘其勇于任事、奋于图功的精神,以此批判清王朝的腐败黑暗,改变社会怯懦软弱的风气。

《岑督征西》的开头并没有立即写主人公岑春萱,而是先描绘了提督苏元春、巡抚王之春、粤督德寿的胆小怕事、自私愚昧、昏庸软弱。庚子国乱,苏元春统领的勤王之师,因缺少粮饷,兵士饥火中烧,怨声载道,于是劫抢村市,杀人放火,苏元春恐羁縻不住,遂将部属解散。兵士无资返乡,在麦子二、黄和顺、黄九姑、张景宁等人带领下,啸聚山林,四出抢掠。面对匪患,广西巡抚王之春爱惜生命,驻扎梧州,裹足不前;粤督德寿溺于佛家,每日诵《金刚经》,意谓可以已乱也。在这些庸官的祸乱下,广西土匪队伍发展壮大,设立三点会,拥兵至数十万之众,十分猖獗,恣意蹂躏屠戮百姓,不将官府放在眼里。

接下来小说才开始写岑春萱勇于任事、奋于图功的精神。他"感故乡之离乱,嗟疆吏之无才,不禁赫然震怒,抗章弹劾"②,遂被朝廷委派为两广总督。他善于提前谋划布置,保奏遇事镇静的张仁骏为广东巡抚,为筹饷筹兵做好准备。他雷厉风行,铁血无情,对广西官场进行严厉整顿,赴任途中查办广西各府厅州县,拿问贪酷,伸理冤抑,柳州收复后,得知广西匪乱缘由,"不禁拍案大叫曰:'臣子受君之禄,而贪生畏死,贻误大局,岂复足膺疆寄?'"③遂将王之春革职,将苏元春解京审问,有力地震慑了广西官场,为后续剿匪提供了基本保障。他清醒睿智,剿抚兼施,指挥军队与匪徒斗智斗勇,先后收复柳州、郁林、来宾等地,剿杀麦子二等悍匪。平定广西后,获三点会名册,幕僚建议将名册抄发府州,按名缉购,但他却说:"广西连年扰乱,田野荒芜,农民无所得食,乃折而从贼,事前既不能保护善良,事平又复株连无辜,徒多杀民命,以资乱贼之口。"④他知人善任,从善如流,任用足智多谋、经验丰富的军事人才郑孝胥。剿匪之初,郑孝胥建议先削平柳州再进军桂林,岑即命秦军门领兵往柳州而去,后果将柳州收复;紫荆山血战失败后,郑孝胥建议用圈围之法,岑春萱依郑所言,果获大胜。岑春萱对官员严苛无情,但对广西百姓却怀着深厚情感,尽心尽力爱护和保育百姓。当听到黄九姑率匪徒血洗安定城时,岑春萱泪洒连连地哀叹:"哀我黎民,何遽遭此?"⑤匪乱平定后,岑春萱见广西盗贼时常复起,民不聊生,遂仿王安石保甲法,在广西推行保甲制度,令良民自相保护。见田野杂草丛生,谷种牛只不敷,遣人往广

---

① 陈颖侣:《岑督征西·序》,悟群著书社1909年版。
② 梁纪佩:《岑督征西》,悟群著书社1909年版,第10页。
③ 梁纪佩:《岑督征西》,悟群著书社1909年版,第16页。
④ 梁纪佩:《岑督征西》,悟群著书社1909年版,第32页。
⑤ 梁纪佩:《岑督征西》,悟群著书社1909年版,第23页。

东,"穷搜粤库及一切杂捐各项,务期多筹数百万,以备抚绥西省之用,且示谕各善堂,着踊跃捐助,无分畛域"①。

梁纪佩隐去了历史上岑春煊任职期间的不足,仅以他平定广西的功绩结构小说,着力塑造了一位刚正不阿、铁血无情、雷厉风行、勇于任事的官员形象,通过这一形象讽刺与批判清政府那些昏庸无能、胆小怕事的官吏。小说虽然将岑春煊作为正面形象,将凶残的土匪作为反面形象,但作为民主革命的干将,梁纪佩仍自觉地赋予了广西土匪以种族思想和反抗精神,匪首麦子二被俘后对岑春萱说道:"我国以四万户口,受制外人,在廷诸臣工,暮气已深,谁复能击鼓张旗,夺回中国主权,深造吾民幸福?子二生平,具风云万里之志,铜铁铸就之躯,只好为民族牺牲,安能为官吏稽首耶?"②

《七载繁华梦》的原型是清末民初广东著名赌商苏星衢。苏星衢,绰号苏大阔,曾任广东省议员,反对陈炯明禁赌政策。据梁纪佩《七载繁华梦》自序云:"以近日苏氏之阔绰,名震羊城,征其起家之由,是由山铺票公司之东,同宗某某之囊中倾致,后累同宗某某以素著名世代之富,一日竭泽因而身亡,可谓惨矣。又不期复有张鸣岐督臣,以其欠饷而又查抄之。"由此序可知,苏星衢以赌兴家,累至巨富,因欠赌饷而身亡。

《七载繁华梦》开篇云:"我粤近来的世界,不比从前的朴古,就无论贫富人家,都要繁华奢侈,摆起这个大架子来,方为阔绰,更有一种冲撑的手段,无论囊中空实,也要的装腔豪侠。"③梁纪佩为了抨击广东奢靡摆阔的风气,遂以苏星衢为原型,塑造了一个金钱至上、穷奢极欲的赌商苏警诸,描绘了苏警诸从光绪甲辰(1904)至宣统庚戌(1910)的七年时间,从一个一文不名的穷秀才发迹为广东巨富再到家败人亡的跌宕人生,生动展现了人性的贪婪虚伪、狡诈凶残。

苏警诸善于巴结钻营,通过结识商界和政界名流,开启了发财致富的人生。初到广州,他在西关一带卖柴,见苏端宜"是个在籍的道台,而且又属同姓,一进的巴结手段,就从这里做功夫"④。他用十余担的平柴和一次宴请就和苏端宜称兄道弟。通过苏端宜,他结识山铺票公司的大赌商苏仲器,"一时想起前程远大,就向仲器拜把为骨肉","这个阿谀谄媚的警诸,趋其所好,因此一夕话,被他弄得颠颠倒倒十分欢喜"⑤,于是顺利谋得了山铺票公司的高薪职位。他结识有地位但清贫的吴太史,拉

---

① 梁纪佩:《岑督征西》,悟群著书社1909年版,第35页。
② 梁纪佩:《岑督征西》,悟群著书社1909年版,第25页。
③ 梁纪佩:《七载繁华梦》,1911年,第7页。
④ 梁纪佩:《七载繁华梦》,1911年,第13页。
⑤ 梁纪佩:《七载繁华梦》,1911年,第15页。

拢拉拢,巴结巴结,送了三千金,拜在了吴太史门下,通过吴太史阴行贿赂,谋得了三品京堂的头衔。苏警诸靠着察言观色、巴结奉承、金钱贿赂,为自己开辟了一条暴富之路。

苏警诸狡诈凶残,为了金钱不择手段,无恶不作。作卖柴经纪时,伙同赌友陈子芬、蔡简池设假局,骗取太史公子潘竹园一万金。苏仲器十分信任苏警诸,然而苏警诸却趁着苏仲器危难时,与洋行经纪岑鹤轩暗中联手,诱导苏仲器抵押山铺票公司,借三分息的高利贷一百二十万,从中吃掉巨额利息,导致苏仲器负债累累,一年而亡。立宪时期,他通过贿赂谋得了议员身份,咨议局商议禁赌事宜时,苏警诸伙同陈子芬、蔡简池,贿赂议员,操纵投票,在禁赌投票中获胜,"这时一班赌棍的否议员,扬扬得意,那的可议员,见此黑暗就步步儿飞奔出去"[1],咨议局遂"成了一个否议员的黑暗世界"[2]。

当苏警诸尚未发迹时,饮花酒,吃大烟,开麻雀局,毫不吝惜,已经有了"大阔"的绰号。任山铺票公司出官时,到了新年,为了摆阔送年礼,预支薪水百金,"一一备办各礼物,点与公司诸后生,按户送去。仲器府里自然要厚送的"[3];又和赌友蔡简池借了二十金,分发红包利市;为了乘坐轿子体面地进苏仲器府邸贺年,迫不得已典当了裤子,"寻着一间厕所走进里,脱下下体一对绫绸套裤子,复用乌缎带束回裤脚,鬼头鬼脑,左瞻右盼,拈往邻街某典当肆,当了一元票子回来"[4]。

有了巨额的金钱后,苏警诸开始了穷奢极欲、挥霍浪费、招摇摆阔的堕落生活。为了扩建豪宅,以十倍市价买下右邻张氏的大屋,将张氏屋子重新修建,建得金碧辉煌,五光十色,四处锦绣,还挂了一幅"大夫第"的牌匾。苏警诸是花艇的常客,陆续高价买回秀英、桂好、八妹等妓女为姨太太,苏警诸赚的钱越多,他的出手越阔绰,姨太太的赎金也一次比一次高。中元节在珠江花重金作盂兰盆会超度鬼魂,"金鼓喧天,灯明海面,金银纸帛,随棹随化,满海面都飞下纸灰片片,木鱼玉磬梵语经音洞箫相和,一若金吾的景象,真个庆闹","一时岸上的诸人,见了都道苏大阔钱多作怪"[5]。然而好景不长,苏警诸因挥霍奢靡欠下巨额赌饷,被羁押狱中,与他一同作恶的陈子芬、蔡简池消失得无影无踪,给他托大脚的吴太史、汪太史、陶师爷拒绝出手相救,姨太太们莺飞燕散,仆人卷袱而去,七载繁华化为乌有,苏警诸"心灰意冷,热度

---

[1] 梁纪佩:《七载繁华梦》,1911年,第82页。
[2] 梁纪佩:《七载繁华梦》,1911年,第82页。
[3] 梁纪佩:《七载繁华梦》,1911年,第20页。
[4] 梁纪佩:《七载繁华梦》,1911年,第22页。
[5] 梁纪佩:《七载繁华梦》,1911年,第74页。

尽去,计不自尽而死"①。

梁纪佩将苏警诸的金钱至上、投机钻营、浮华摆阔的形象活灵活现地描绘出来,同时通过苏警诸上下勾连各色人物,展现了清末广东上至政府官员下至市井小民的贪婪奢靡。梁纪佩受黄世仲《廿载繁华梦》的影响而作《七载繁华梦》,亦有向《廿载繁华梦》致敬之意。梁纪佩在《七载繁华梦》自序云:"以前之周东生,一库书起家,不十余年,而资富数百万","呜呼,周氏之廿载繁华,已成一梦;今苏氏之七载繁华,亦成一梦。"虽然《七载繁华梦》在艺术上较《廿载繁华梦》有所不及,但它亦如《廿载繁华梦》一样,以个体人物的挥霍摆阔昭示了清王朝的自大愚昧,以个体人物没落的命运昭示了清王朝崩溃的结局。

综上所述,梁纪佩的小说反映了清末广东社会的重大事件,如禁烟事件、禁赌事件、预备立宪、黄花岗起义等;反映了清末广东有巨大影响力的人物,如赵声、岑春煊、苏星衢、林则徐等。通过这些重要的时事和时人,批判清王朝末期朝野上下的沉沉暮气和无边黑暗,讴歌具有先进思想和勇于任事的重要历史人物,从而使小说具有了鲜明的时代色彩和现实主义精神,并具有了强烈的道德批判色彩,正如曾少谷评价的"笔同斧钺,言如毛瑟,不避权贵,不呵绅富,据理而述,堂堂正正"②。当然,梁纪佩的小说在艺术上也存在明显不足,其所写人物形象往往缺乏血肉,叙事平铺直叙,语言也缺乏艺术感染力。

---

① 梁纪佩:《七载繁华梦》,1911年,第90页。
② 梁纪佩:《革党赵声历史》,辛亥六月刊本,第1页。

第十三章　民主革命派小说家黄世仲

戊戌政变后,当避居日本的梁启超等维新派人士积极利用小说来开启民智、新民救国时,追随孙中山的一批革命派小说家,则借助小说鼓吹民族民主革命,为推翻清王朝的专制统治,建立资产阶级民主共和国鸣锣开道,而黄世仲就是其中的佼佼者。黄世仲生前主编或参与编创过十多种革命报刊,特别是创作了二十多部中长篇小说,以此作为宣传革命的利器,这使他成为晚清最有代表性的资产阶级革命派小说家,在近代小说史上占有重要地位。

第一节　生平与创作活动

黄世仲(1872—1912),字小配,号禺山世次郎,笔名黄帝嫡裔,又署世、世次郎、老棣、棠、棣、芜、亚芜等,广州番禺大桥乡(今属荔湾区)人。他从小因家道中落,与其兄黄伯耀一起赴南洋谋生。在新加坡,他受丘菽园创办的《天南新报》的影响,不仅思想政治上追随改良派,而且常向该报投稿,并成为该报记者。但他追随改良派的时间并不长,大约1901年,他受革命党人尤列的启发,在思想政治上发生了重大变化,开始走上资产阶级民主革命的道路。此后,便在孙中山指导下同尤列等一起从事革命宣传工作。

1903年春,他回到香港,开始利用报刊宣传资产阶级民主革命。在不到三年的时间里,他除了在《中国日报》担任记者、主持笔政外,还参与了《世界公益报》《广东日报》《有所谓报》《时事画报》等革命派报纸的编辑、撰述工作。此后,他又陆续创办了《香港少年报》《粤东小说林》(后改名《中外小说林》《绘图中外小说林》),参与创办了《广东白话报》《社会公报》《南越报》等,热情宣传民族民主革命,抨击改良派的保皇谬论。

为了配合民主革命宣传,他高度重视小说的思想启蒙效果,认为"处二十世纪时代,文野过渡,其足以唤醒国魂,开通民智,诚莫小说若"①,主张小说创作应该"有益

---

① 黄世仲:《〈中外小说林〉之趣旨》,《中外小说林》1907年第一期。

于人群之进化",反对传统小说侈谈因果,杜撰"谶兆","铺张仙佛鬼神之事"①,强调小说改良应"去锢习而导以新思,顺眼光以生其意境"②,并能以情动人,"务令普通社会均能领略欢迎"③。从 1905 年开始,他陆续在报刊上发表了二十多部中长篇小说。为醒目起见,兹将黄世仲发表在报刊上的一些主要小说,列一简表,示意如下:

作品名称	发表刊物	发表或出版时间
《洪秀全演义》	《有所谓报》	1905 年 6 月 4 日起连载了前 30 回
	《香港少年报》	1907 年 7 月 26 日起续载了后 24 回
《廿载繁华梦》	《时事画报》	1905 年 12 月 6 日至 1907 年 11 月 10 日连载
《镜中影》	《循环日报》（香港）	1906 年 6 月出版
《宦海冤魂》	《香港少年报》	1906 年 9 月 22 日至 10 月 6 日
《黄粱梦》	《粤东小说林》	1906 年 10 月 16 日起连载 7 回
	《中外小说林》（香港）	1907 年 7 月 1 日起从第 8 回连载
《宦海潮》	《中外小说林》（香港）	1907 年 6 月 21 日起连载
《党人碑》	《时事画报》	1907 年 10 月至 1908 年 8 月连载
《野蛮怪状》	《时事画报》	1908 年 8 月至 1909 年 2 月连载
《南汉演义》	《世界公益报》	1908 年约 11—12 月连载
《义和团》	《世界公益报》	1909 年 4 月约中下旬连载,至 1910 年 5 月 23 日止。
《朝鲜血》	《南越报》	1909 年约 11 月下旬至 12 月上旬连载

① 棠:《中国小说家向多托言鬼神最阻人群慧力之进步》,《中外小说林》1907 年第九期。
② 棣:《改良剧本与改良小说关于社会之重轻》,《绘图中外小说林》1908 年第二年第二期。
③ 黄世仲:《〈中外小说林〉之趣旨》,《中外小说林》1907 年第一期。

《宦海升沉录》	《实报》（香港）	1910年春出版
《十日建国志》	《南越报》	1910年11月1日起连载，至1911年1月16日止。
《妾薄命》	《南越报》	1911年1月18日起连载
《五日风声》	《南越报》	1911年6月14日起连载
《吴三桂演义》	《循环日报》（香港）	1911年8月15日出版
《孽债》	《南越报》	1911年10月约上旬连载

除上表所列外，黄世仲尚著有《大马扁》（1909年日本东京三光堂排印本），以及《广东世家传》《岑春煊》《陈开演义》《新汉建国志》等或已失传，或虽存世而迄今未见的中、长篇小说。通过这些小说，作者或借历史人物故事，宣扬种族革命思想；或暴露晚清官场黑暗，谴责清朝腐朽政治；或丑化保皇派，揭露改良主义的诈伪本质；或歌颂革命党人，推动资产阶级民主革命，在当时产生了相当大的社会影响。

辛亥武昌起义后，广东革命党人起而响应，谋求光复广东。黄世仲被任命为广东军政府枢密处参议、民团总局局长、军团协会副会长等。可是，1912年春，广东军政府代理都督陈炯明却提出了一个排除异己、扩大其实力的裁军计划。黄世仲看出陈炯明包藏祸心，坚决反对裁军，因而遭到陈炯明忌恨。1912年4月9日，陈炯明罗织罪名，将黄世仲逮捕，并假手胡汉民，于5月3日将其杀害。

第二节　为太平天国正名的《洪秀全演义》

《洪秀全演义》是黄世仲创作的第一部小说，也是其小说的代表作。该小说1905年6月4日起在《有所谓报》连载了前30回，1907年7月26日起转到《香港少年报》续载了后24回，1908年由香港中国日报社出版单行本，全书共54回，尚未叙完，后由他人增改卒篇。该小说描绘了波澜壮阔的太平天国运动，热情地讴歌了太平军将士浴血奋战、摧枯拉朽的革命精神，生动地展示了人民群众拥护革命、"箪食壶浆以迎王师"的动人情景,愤怒地揭批了清朝统治者的腐朽、官兵的残暴、曾国藩之流与外国侵略者勾结起来穷凶极恶地镇压太平天国运动的罪行,充分地表现了作者"全从种族着想"和"为英雄生色"的政治立场。小说思想意蕴丰富、艺术水平高超,堪称近代历史小说的扛鼎之作。

一、《洪秀全演义》的创作主旨

黄世仲为何创作《洪秀全演义》?要回答这个问题,必须了解该小说创作前后的时局背景以及作者在这一时局背景下的思想状态和社会活动情况。黄世仲是广州番禺人,与洪秀全的家乡花县毗邻。他出生时,轰轰烈烈的太平天国革命刚过去不到十年。他少年时就听父老讲说过太平军的传奇,对太平军将领心向往之,并暗生为其作文立传的愿望。

鸦片战争爆发后,广州地区因深受帝国主义的严重侵害与清政府的残酷压榨而成为反帝反清的策源地。如三元里人民抗英、洪秀全起义、陈开起义,以及后来孙中山领导的资产阶级民主革命,或抗侮图存,或反清自立,一时主导了中国近代革命的潮流。而洪秀全在广东民众的心目中也因此成为伸张种族大义的民族英雄。这种对以洪秀全为首的太平天国领袖的英雄式认同,无疑是黄世仲以太平天国革命为题材创作《洪秀全演义》的重要动因之一。

1893年以后,黄世仲在政治思想上经历了由接近改良派到追随革命派的转变,他开始自觉地利用革命报刊发表政论如《辩康有为政见书》等,宣传资产阶级种族革命思想。不久,孙中山授意刘成禺撰写《太平天国战史》,宣传种族革命,赢得了海内外洪门会党组织的有力支持。然而,作为一部史书,它在记述太平天国运动时,终究不宜明显失实、夸张并过于美化太平天国领袖,其故事性、传奇性和趣味性均不强,因而对洪门会众及华人华侨的吸引力也就有限。

正是在上述背景下,黄世仲动手创作了《洪秀全演义》。该小说主要根据作者年少时的记闻、《近世中国秘史》《太平天国战史》等文献记载,加上丰富的虚构、想象,创作而成。其创作宗旨就是为了更有效地配合当时资产阶级革命派所从事的种族革命与民主革命斗争。黄世仲在《洪秀全演义·自序》中就公开为洪秀全正名:"昔之贬洪王曰匪曰逆者,皆戕同媚异忘国颂仇之辈,又狃于成王败寇之说,故颠倒其是非,此皆媚上之文章,而非史笔之传记也。"并指出该小说的创作,在于"传汉族之光荣"。在《洪秀全演义·例言》中,他又一次申述此书之撰写,"全从种族着想"。在小说第一回,他又借冯云山之口说:"种族之界不辨,非丈夫也!"而在叙事过程中,他还直接采用各类史料中所记载的太平军檄文,如第九回中的胡以晃讨清檄文、第十四回中的石达开讨清檄文、第二十回中的钱江《兴王策》等,猛烈抨击清朝政府的腐朽与罪恶。

与之同时,他在小说中竭力将太平军描绘成救民于水火的仁义之师,"所过秋毫无犯。乡民纷纷助饷从军,声势愈大",太平军攻破城池后,必"安置难民""发帑赈济",帮助百姓重建家园。对太平天国的政治制度,作者也进行了热情的褒赞和美化,将它描绘成一个资产阶级性质的民主政权。如在男女平权方面,"设立女官,以洪宣娇及萧三娘皆为指挥使,更立制度"。在民生方面,发帑赈济人民,减免粮税,并禁绝人民吸食鸦片,订立市政制度,"愿者从军,不愿者营业;男女街行,各有一路,不得混杂;百工商贾,凡累重的货物,准用车运,不得肩挑背负,以省人力;官兵不得私入民居,违者立斩;工商士庶,七日一休息"。在参政议政方面,"议事时,诸臣皆有座位,扫去一人独尊的习气。其有请见论事者,一体官民,皆免拜跪"。在外交方面,则遣使美国,共通友好,等等。

不仅如此,作者还描写了民众及洋人对太平天国政权的态度和反应,以反观太平天国政权的民主与进步。如第二十五回写太平军于金陵定鼎后改订制度,焕然一新,以至于连美国人也深感太平天国政权"深合文明政体",而"不胜惊异"。第三十二回写清朝将领胡林翼收复武昌城后,"那些居民,多年沐洪氏和平政体,一旦又遭如此专制,自多怨言。越日竟有些人民思念洪家的,相聚数百人,在东门里放起火来,欲乘火往武昌请谭绍洸为外应"。诸如此类的情节设置与描写,显然可使读者对太平天国政治文明有更多的认同。

实际上,作者在小说中描绘的太平天国治国图景,大部分出于他本人的理想化设计,具有明显的西方近代资本主义色彩,并非太平天国军队及政体的忠实反映。这种带理想色彩的美化,形象地表达了20世纪初以孙中山为首的资产阶级革命派的民主革命诉求。小说创作的意旨,不在于还原历史,也不仅仅在于文学,而在于更好地宣传种族革命,统一党众的思想。因此,《洪秀全演义》不单是小说,同时是种族革命宣传的一部分,即欲借小说来化育人心,使民众的心灵滋生出种族革命的信念与理想。

由于作者以资产阶级种族革命的信念与理想来支配《洪秀全演义》的创作,因而该小说在人物塑造与情节结构上便呈现出独特的精神风貌。

二、《洪秀全演义》塑造的主要人物

由于作者在塑造人物时有意将种族革命的信念植入太平军将领的思想深处,从而使太平军将领克服了本来明显存在的小农狭隘意识,摆脱了基于宗教崇拜的盲动倾向,闪现出纯粹的救国救民的信仰光辉,表现出大无畏的英雄本色。

作者笔下的洪秀全,始终秉持种族革命的信念,在桂平教堂宣讲种族革命道理时,竟"不觉大哭起来"。他慷慨仗义、有情有义,如听说秦日纲有被捕的危险时,毅然入城通风报信;得知冯云山、萧朝贵、韦昌辉之死,石达开、钱江出走时,不觉悲恸下泪,数度昏迷。他心怀天下,以大局为重,当杨秀清流露篡位之心时,他慨然说道:"但得大事已成,让他登其大位,某有何怨?"他爱才如命,石达开明知他以计相陷,仍感其虔诚,投入麾下,共谋义举。他能同荣共贵,在岳州不顾钱江之谏,封王赏将。正是因为他有这些人格魅力,他才受到将士们的拥戴与推崇。又如冯云山,他在身负重伤、临终之际,犹念念不忘种族革命大业;林启荣修德爱民,精勤固守九江军事重镇,数年屡挫清军,力挽危城于既倒。凡此种种舍生取义、为反清事业鞠躬尽瘁的情节内容,在小说中不胜枚举。它所体现的太平军将士慷慨义勇的人格情操和矢志不移的反清信念,每每令人愀然动容。这种将种族革命的使命感赋予小说人物,从而树立起人物崇高形象的方法,乃是以往历史演义惯常采用的"王侯将相,宁有种乎"的个人功利化的、图王霸业式的人物塑造所不具备的。

小说对钱江、李秀成、石达开等太平军将领的塑造尤为成功。关于钱江,扪虱谈虎客(即韩文举)在《近世中国秘史》中曾慨叹其"意气才略"无一不与左宗棠仿佛,可惜洪秀全不能用之,导致其投附清朝刑部右侍郎雷以诚被杀,而其所写《兴王策》也失传了。这一番慨叹,无疑激发了黄世仲的创作灵感,故而他将钱江写入小说,并进行改造:一是让钱江得到洪秀全的赏识、重用,以补其功业未遂之憾;二是编撰《兴王策》十二条,以补其才情未以文传之憾;三是写钱江没有被雷以诚所杀,而是飘然隐退于江湖,以补其功未成而身先死之憾。在黄世仲的精心塑造下,钱江之雄才大略得到了淋漓尽致的展示,不过当他明察种族革命大业难成时,终不能如诸葛亮般"鞠躬尽瘁,死而后已"。

实际上,与诸葛亮精神情操一脉相承的是李秀成。当李秀成得到钱江留书,预感太平军终将失败的命运后,他并未像钱江选择放弃,而是决定"以国家为重","吾辈惟以国家为念,其不济则天也",显示出知其不可为而为之的忠贞品格。而这也使李秀成与石达开等有别,小说中石达开受洪秀全兄弟猜忌,即率亲信离天京以图自立;而李秀成则纵知安王、福王谗言陷害,仍能尽心事主,不计个人安危。李秀成还是太平天国最杰出的军事家。小说中写他指挥的战役甚多,如他初出茅庐,便奇袭柳州、永福;定鼎金陵后,奉命西征,攻陷南康、汝宁、饶州、岳州、汉阳,又计杀江忠源而取庐州;天京事变后,一举攻占常州、苏州;北援不利后,挥师入皖,再拔庐州,并回军解除天京之围;复陷武昌、取六合、破杭州,再溃金陵围军,进击丹阳,逼死张国梁;随即又收复建德,顺势攻破繁昌、南陵、铜陵三城;九江为曾国藩占领后,秀成再次出京,于湖口大败曾国藩……凡此数十战,无不指挥若定,所向披靡,充分体现了他卓越的军事才干。此外,他还非常仁义爱民,如善于慰抚士人,经常收容难民、发赈救助等,深受士民拥戴。总之，他既不像钱江有逸士般的超脱，也不似石达开另立山头，而是表现出心忧天下、济世安民的悲悯情怀。

至于石达开，也有其独特的人格魅力。他智识超卓，气势恢宏，儒雅过人。小说第三十回精心地安排了石达开作诗寄送曾国藩，使其知难而退的情节，将石达开之才情志向、经纶满腹与义干云天渲染得酣畅淋漓，读来诗意盎然，令人有清音绕梁之感。

小说中清方身怀韬略、识见超群的将帅，亦不乏其人。如曾国藩即有非凡的帅才，他大兴团练，创办水师，每每主持清方的关键决策，扭转战争胜负的局势，但其为人城府世故、表里不一、嫉贤妒能、矫情务虚，作者在小说中就巧借清方名将胡林翼之口对他的这些性格缺点做了辛辣讽刺，又通过曾国藩挫折李鸿章之傲气而驾驭之、在左宗棠借饷时虚与委蛇等，将他忌才而偏能用才、小器而外表谦恂的性格作了进一步渲染。胡林翼则堪称清方头号智囊。他善于审时度势，权衡强弱，如衡州一战，独悉太平军退军为虚、诱敌是实，惜乎曾国藩贪功冒进而致惨败，好在他力挽狂澜，依败势设埋伏，枪杀太平军大将萧朝贵，才于大败中取得小胜。他精于用兵，指挥战争时，能避实就虚，攻敌所必救，且擅长扼势，占据战略要点。如第二十七回，胡林翼知李秀成赴攻庐州，以致汉阳空虚，故趁虚而入，先扼守纸坊、蔡店，再凭实力以攻汉阳，眼见城破，幸李秀成及时回救，方保汉阳未失。他知人善任，对清朝诸将了如指掌，力荐左宗棠，可谓慧眼独具。他驭将有方，善于激发士气，如太湖之战，胡林翼驰书激励鲍超、多隆阿道："世称多龙、鲍虎，吾闻其名，欲一观龙争虎斗，毋徒负此虚名也。"多、鲍得书后雄心大壮，力挫太平军大将陈玉成。

值得一提的是，对于杨秀清这个人物，作者却有意进行了歪曲与重构。如把本来出身贫贱、以烧炭为业的杨秀清改写为"富绅"，一方面淡化其为太平天国革命立下的汗马功劳，凸显其妄自尊大、刚愎自用给革命带来的惨重损失，另一方面又刻意描绘其阴险狡诈、鹰视狼顾、野心勃勃、图谋篡位的野心家嘴脸；而对于洪秀全授意韦昌辉铲除杨秀清的历史真相，作者则曲意回护，并将责任推给韦昌辉之弟韦昌祚，写他擅自屠杀杨秀清一家五十余口，实则被韦昌辉、秦日纲杀掉的太平天国将士多达两万余人。这些歪曲与重构，从根本上也是为了回护洪秀全，体现"非种即锄"的种族革命思想。

由于小说描写的是热兵器战争，因而个人的武勇技能已被极度边缘化。不过，一些慓勇耐战的武将如陈玉成、鲍超等，还是写得虎虎生风。陈玉成本系童子参军，身怀武功绝技，以豪勇名震湘、桂。他隶属于石达开部，北征湘鄂，东伐金陵，英勇当先，战无不捷。石达开出走后，朝中无人，李秀成与陈玉成遂成为统帅一方的主将，转战于皖、鄂、赣诸省，经数十战而所向披靡。其中八斗岭大败胜保，三河镇先后覆灭李续宾、李孟群，无不是慑人心魄的大战。鲍超则为清军中慓勇善战的骁将。他武艺高强,"逾山过岭,轻捷如猿"。交战时,常策马当先,"马头到处,洪军皆不敢当"。他生性好战,人称"虎痴",往往愈挫愈勇,视死如归。如许湾一战,太平军将领李世贤先胜,鲍超奋起神威,大声喊道:"战若败,非死二万人不可。退而必死,不如进求不死。诸君可怜鲍某从军七八年,未尝少挫,今若丧于此地,诸君亦损威名也。"部将闻之,无不奋勇,遂反败为胜,一场恶战后,"垒尸十余里,沿山遍野,皆为血水流注"。其人之勇悍,可见一斑。

综上,黄世仲出于种族革命的立场,结合热兵器战争的特点,塑造一批感人至深的人物形象,既达到了为太平军将领树碑立传的目的,又有力地彰显了作品的创作主旨。

三、《洪秀全演义》的叙事艺术

与以往的历史演义小说相比,《洪秀全演义》在叙事艺术方面也有不少突破与创新,体现了较突出的个性特色与较高的艺术水准。

其一,热兵器战争描写,特色鲜明。历史演义小说自宋元产生以来,至清光绪前中期,其战争描写以冷兵器为主,直到《洪秀全演义》问世,才生动展示出热兵器战争的特点。热兵器在清末主要指短管之手枪、长管抬枪或步枪、地雷、大炮等。热兵器战争导致个人武力被边缘化,而战争策略对战局的影响则是关键性的。因此,作者在小说中不惜笔墨多处铺叙钱江、李秀成的战略决策,曾国藩、胡林翼的战略会议等,这是基于热兵器战争做出的叙事调整。当然,战术也是决定战争胜负的重要因素。通观小说全文,战术描写可谓变化莫测,诸如趁虚偷袭(第十四回李秀成破柳州)、声东击西(第四十九回李秀成湖口破曾国藩)、诱敌伏击(第二十四回钱江安庆败向荣)、避锐反攻(第五十回李秀成桐城破鲍超)、张势恫愒(第四十三回李秀成陷常州)、擒贼擒王(第四十回罗大纲克扬州)等,不一而足。这些战术描写,有的效仿《三国演义》,但大多能于模仿中见出作者的智慧与匠心。与此相应,书中很少夸张战将个人武勇、渲染单打独斗,而是大量增加了对将帅智谋的描绘,力求符合热兵器战争的特点。

其二,叙事结构脉络清晰、主次分明。小说涉及五百余个清代历史人物,二百余次战争,触及政治、军事、经济、文化、外交等方方面面,情节内容洋洋大观。然而,透过如此宏阔、纷繁的情节内容,仍可以找到一条清晰的叙事脉络,即小说中的所有情节都是围绕种族革命来生发、牵连、流动的,这使全书呈现出革命自准备至发生、发展、高潮,进而走向没落的清晰脉络。简言之,第一回至第八回,叙述太平天国种族革命从酝酿到发起的经过,重点写洪秀全结识钱江,以传教为名,入广西筹备起事,先后赚杨秀清、石达开等入伙,经过一番周密安排后,在金田发动起义。第九回至第二十四回,叙述革命初兴至革命高潮的经过,主要写太平军从广西革命初期时之小本经营,到北上湘鄂时声势渐隆,再到定鼎金陵,一路摧枯拉朽,势不可挡。第二十五回至第三十六回,叙述革命高潮至革命受挫的经过,主要写李秀成西征,天京内乱,杨秀清身死,韦昌辉自杀,石达开出走,钱江隐逸,太平军领导集团分崩离析,林凤翔北伐失败,天京政权陷入风雨飘摇之中。第三十七回至第五十四回,叙述革命重振、支撑至衰落的经过,主要写李秀成、陈玉成等为保全天京、谋求北伐而进行的一系列战争,写到李昭寿背叛革命、投身清军时,全书戛然而止。以上四部分,前后衔接,构成了太平天国革命自发生、发展至衰落的主线。与此相对应,还有一条副线,即清朝官兵对太平军的防剿堵截,虽然描写相对简略,但对于故事叙述的顺畅与均衡,也是不可或缺的。总之,作者围绕种族革命而设计的主线与副线,既相比照、辉映,又彼此牵缠、拧合,使全书呈现出双线共进、跌宕起伏的叙事结构形态。

其三,叙事视角灵活变换、相辅相成。小说主要采用第三人称全知视角,以便于对太平天国革命进行全方位的扫描;不过,为了追求戏剧化的叙事效果,作者也会巧借人物视角展开叙事。如第十回写永安之战:

> 陈国栋见所发枪弹全不中要害,又见秀全绝无动静,便向国恩道:"张奋扬久参军幕,料事多才,今敌军如此动静,不可不防。"……这时乌兰泰听得前军得胜,便号令一声,率大队前进。正到阵前,只见洪军旌旗纷纷变换,忽改后军为前军,绕东而来,却打着黄文金的旗号。乌兰泰急令分军,以陈国栋、国恩会追洪秀全,然后单迎黄文金接战。不料黄文金这一支军,如生龙活虎,望乌兰泰本军弹如雨下。乌兰泰正在酣战,忽流星马飞报祸事……那乌兰泰听了,吓得几乎坠马,回顾张奋扬叹道:"果不出足下所料!永安若失,何处可归?不如退兵。"

此处叙事,其叙述视角先附着在清将陈国栋身上,接着又转附在乌兰泰身上,用此二人的眼光来审察、判断与决策,从而将清军将领由犹疑到躁进、由惊恐到泄气的战争心理氛围描绘得真切可感;而对太平军将士虽不着一字,但其静如砥、动如潮的军势与料敌机先的作战智慧却跃然纸上。

其四,叙事技巧运用巧妙,别具匠心。作者颇擅长设置悬念、巧用伏笔,增强叙事的审美张力。如小说第三回,钱江听说自己将被发配伊犁,不禁呵呵大笑,并向冯云山透露,他将于韶州脱身。可接下来,作者却将笔锋一转,写洪秀全等入广西筹备起义。直到第十回,才重接前文,交待钱江脱身经过。如此设置悬念,可谓一波三折,甚为巧妙。至于伏笔的运用,也别具匠心。小说中就有不少基于人物性格埋下的伏笔,如先有萧朝贵的好胜自信,才有后来邀功急进、中伏身死之事;先有杨秀清之贪荣好谀,才有后来骄奢专横,自称九千岁之事;先有韦昌辉之刚烈暴躁,才有后来不顾大局,贸然刺杀杨秀清之事;等等。还有一些是基于情节建构而设置的伏笔,如第十一回写钱江得韶州知府胡元炜相救脱身,临别时,嘱胡元炜改调别省,结果就有了第二十六回所写的胡元炜计陷江忠源、献出庐州城,原来他听钱江之劝,早已请调庐州知府。

综上,《洪秀全演义》是第一部成功地反映太平天国革命的历史演义。由于它切合了清末民众重拾民族自尊心、释放反清情绪的政治需要,并且体现了相当不俗的艺术水准,所以一经问世便在海内外广为流传。据冯自由回忆:"是书出版后风行海内外,南洋、美洲各地华侨几于家喻户晓,且有编作戏剧者,其发挥种族观念之影响,可谓至深至巨。"[1]

第三节 黄世仲的近事小说创作

黄世仲创作的小说,除《洪秀全演义》名震一时外,还有《廿载繁华梦》《宦海潮》《宦海升沉录》《大马扁》《五日风声》等,也在当时产生了广泛的社会影响。黄世仲本人称这些小说为"近事小说",盖因它们所写多为当时政治、军事、外交方面之风云人物的故事,或为新近发生的社会热点事件,具有一定的新闻性和时效性。黄世仲创作这些小说,或是为了批判社会世态之炎凉,揭露宦海升沉之悲哀;或是为了反对专制独裁,推翻清朝贵族统治,倡导革命救国;或是为了表达对国势衰败、外族入侵的悲愤,希图激发国人的爱国主义情感;或是为了发泄私愤,对以康有为为代表的保皇派进行人身攻击。

一、社会小说《廿载繁华梦》

《廿载繁华梦》是据真人真事写成的一部近事小说,就其题材内容而言,当然也可以视为社会小说。清代光绪乙巳年九月初七日(1905年10月5日),粤海关库书(负责关税册籍登记、账目核算等业务的书吏)周荣曜,因侵吞巨额库款,被两广总督岑春煊参劾、查抄,一时舆论哗然。《时事画报》《有所谓报》等连续报道此事,引起了社会的广泛关注,激起了当地读者了解此事内幕的强烈兴趣。于是,黄世仲立即着手收集有关周荣曜的素材,构思、创作《廿载繁华梦》,两个月后,便在《时事画报》乙巳

---

[1] 冯自由:《〈洪秀全演义〉作者黄世仲》,《革命逸史》第二集,北京:中华书局1981年版,第46页。

年第八期(1905年12月6日)连载该小说,至丁未年第二十六期(1907年11月10日)刊毕,并由《时事画报》于丁未十月初十日(1907年11月15日)出版单行本。

该小说主人公周庸祐(周荣曜的谐音),原本为浮浪破落户子弟,依靠在粤海关做库书的舅舅傅成拉扯,入关当差,此后乘机充顶了舅舅的职位。他百般巴结粤海关监督晋祥,通过串抬金价、暗移公款、捏造虚报、发放收利等手段,转眼弄了数十万家资。又在随晋祥赴京谋官的途中,乘晋祥病故,占有其小妾香屏及四十余万资财。接着,又花二三十万银子帮京官联元谋任粤海关监督。联元到任后,衙内诸事均由他操持。两广总督张之洞因粤东财政吃紧,海防经费无处着落,于是开办"闱姓"(以科举考试中榜者名字为猜射对象的一种博戏)筹资,他又乘机勾结官绅,从中渔利百十万。为了圆做官之梦,他在上海购买美妓,连同十万两银子,送给宁王,被宁王保荐为驻英国头等参赞。他逐日寻花问柳,携妓纳妾,挥金如土,为嫁女竟花十六万金买下豪宅,又花二万银子为幼子捐了举人。后来,他风闻朝廷要裁撤粤海关监督,为逃避追查,又花巨资贿赂庆亲王,谋得出使比利时之职。不料新任两广总督岑春煊趁他尚未出国,立即上书参劾,查抄其在粤家产。他见势不妙,慌忙逃往暹罗,最终落得妻妾反目、友朋成仇、家财一空、身败名裂,廿载繁华,终成一梦。

该小说的创作旨趣与突出特色,主要表现在三个方面:

其一,它以周庸祐一家的兴衰荣枯作为描写中心,通过其上下勾连、往来酬酢,将上至朝廷权贵,下至商人伙计、妓女老鸨、媒婆医生、僧道术士、帮闲篾片等三教九流尽入笔底,充分揭露了清末官商勾结、营私舞弊、卖官鬻爵、奢靡成风等龌龊不堪的社会现实。除此之外,小说还不惜笔墨对周庸祐的继室马氏作了穷形尽相的刻画,写她千方百计揽权私储,排挤压制其他姬妾,骄奢淫逸,挥霍无度。作者认为周氏之败,主要败在马氏"牝鸡司晨",还说:"若是在宫廷里,她还要做起武则天来了!"(第三十七回)小说结尾,作者又刻意作了一首"咏马氏"诗,云:"势埒皇妃旧有名,檀床宝镜梦初醒。妒工欲杀偏房宠,兴尽翻怜大厦倾。空有私储遗铁匣,再无公论赞银精。骄奢且足倾人国,况复晨鸡只牝鸣。"(第四十回)明眼人一看,就知道这是有意以家喻国,以马氏影射慈禧,暗示清王室"大厦"之倾覆主要是由慈禧太后独揽朝纲、牝鸡司晨、骄奢淫逸导致的。因此,小说虽然写的是周氏廿载繁华如同一梦,但又通过以家喻国的方式,预示了清王朝行将崩溃的历史命运。

其二,它成功地塑造了一个较有时代特色的买办型官商巨富周庸祐形象。周以粤海关库书起家,依靠与海关官员狼狈为奸、通同作弊等手段,攫取了巨额财富。发财后,他便以财谋官、以官保财,所谓"官场当比商场弄,利路都从仕路谋"(第四回),结果由库书而道员,由道员而升任驻英头等参赞,又升四品京堂,后来竟放钦差,官至二品京堂。与此同时,他又在香港置办产业、投资银行、入股开矿等。不过,其巨额收

357

入又有相当一部分被他花天酒地恣意挥霍掉了。因此,他既不像传统商贾那样发财后便去置办田产,又与近代西方处于资本原始积累时期的大商人有着很大区别,其个性特征的形成与时代环境的熏染密不可分,明显打上了半殖民地半封建社会的时代烙印。

作者很注意从时代环境出发描绘周庸祐性格的丰富性与复杂性,既写出了他善于投机钻营、贪财好利、忘恩负义、骄奢淫逸的主导性格特征,又揭示了他人性未泯、为人厚道的性格侧面。如他与原配邓氏琴瑟失调,但是邓氏病死后,他念及"邓氏生平没有失德,心上也不觉感伤起来"(第四回),予以厚葬;他回乡祭祖,见乡亲们住房湫陋,就每家送五百两银子,作为改建屋宇之用;他被抄家时,也有人说:"周某还有一点好处,生平不好对旁边说某人过失,即是对他不住的人,他却不言,倒算有些厚道。"(第三十七回)

作者围绕周庸祐还写了一群与他臭味相投的绅商,如豪绅潘飞虎、办捐务能手苏如绪、钻营高手邓子良、洋务局委员李庆年、外教中人杨积臣等,他们在商业繁华的珠江谷埠建立"谈瀛社",平时"请官宴、闹娼筵","互成羽翼","尽可把持省里的大事"(第五回)。在香港,周庸祐与梁早田、徐雨琴等也形成了一个互通声气、彼此援引的商业圈子。周庸祐在新加坡因私烟问题与当地烟草公司发生纠纷,就是梁早田托人为之斡旋、解决的。

总之,小说以周庸祐为中心,比较真实地描写了一群活跃在粤港地区的绅商,展现了半封建半殖民地时代的粤商特征,具有较高的审美认识价值。

其三,它逼真地描绘了当时广府地区的商业风情、礼仪习俗、岁时节庆、娱乐习尚等,生动地展示了一幅幅多姿多彩的市井风情画。如小说写广府人经商很有开拓冒险精神,商人梁早田不仅在香港开办"□记","供应轮船伙食,兼又租写轮船出外洋去",又在"上海棋盘街有一家'□盛祥'的字号,专供给船务的煤炭伙食,年中生意很大,差不多有三四百万上下",后又向周庸祐借资十万银,到广西江州开办煤矿,生意分驻三地。广府人经商也很讲"忠厚至诚",如周庸祐岳父就因为做生意"忠厚至诚"而成为"一个市廛班首"(第二回);香港商人也认为"商场中人,正要朴实"(第二十四回)。因为"忠厚至诚",所以他们注重商业信誉,维护品牌声誉,如小说写佛山有名的婚姻礼仪店有"五福""吉祥"两家(第二回);经营鸦片的名铺,"往城内,就说'燕喜堂'字号,城外就说是'贺隆'的好了"(第二十六回)。广府人婚丧嫁娶有诸多礼仪,如小说写周庸祐迎娶邓氏,"第一度是金锣十三响,震动远近,堂倌骑马,拿着拜帖,拥着执事牌伞先行。跟手一匹飞报马,一副大乐,随后就是仪仗。每两座彩亭子,隔两座飘色,硬彩软彩各两度,每隔两匹文马。第二度安排倒是一样,中间迎亲器具,如龙香三星钱狮子,都不消说。其余马务鼓乐,排匀队伍,都有十数名堂倌随着。

最后八名人夫,扛着一顶彩红大轿,炮响喧天,锣鸣震地。做媒的乘了轿子,宅子里人声喧做一团,无非是说奉承吉祥的话。起程后,在村边四面行一个圆场,浩浩荡荡,直望邓家进发"(第二回)。周庸祐长子诞生,要"着丫环点长明灯,掌香烛拜神",又要"到各庙里许个保安愿,又要打点着人分头往各亲串那里报生"(第六回)。广府人年节也较有特色,如小说写除夕到了,各家各户都在大门口贴春联,挂大红灯笼,以花草装点新春,还在繁华地段设置"花市",供人玩赏。至于娱乐习尚,如看戏、赌博、喝花酒、抽大烟等,不一而足,特别是唱戏,最为时兴,那些官宦富商等有钱有势人家,为升官发财、结婚诞子、祝寿庆生、年节祭祀等,经常办堂会,娱宾遣兴。如小说第八回写洋务局委员李庆年续娶继室,在府里唱堂戏,请了赫赫有名的"双福班","内中都是声色俱备的女伶,如小旦春桂、红净金凤、老生润莲"等。演员登台亮相后,"未几就拿剧本来,让客点剧",演唱的剧目主要有《打洞》《一夜九更天》《红娘递柬》等。每唱完一出,观众便"齐声喝彩,纷纷把赏封掷到场上去"。歇场宴宾时,各名角"都下场与宾客把盏"。诸如此类的描写,就真实地展现了广府地区的风俗民情,为小说平添了几许地域文化魅力。

其四,它确立了小说叙事的"主脑"周庸祐,围绕他的生平遭际来结撰情节,贯串故事,使小说情节前后关锁,起伏照应,形成一个有机的艺术整体,有效地克服了报刊连载小说"缀段式"的结构弊端。当时,有不少小说如《官场现形记》《文明小史》《负曝闲谈》等,主要采用"其记事遂率与一人俱起,亦即与其人俱迄,若断若续"[①]的"缀段式"结构方式,将若干官场丑闻连缀成篇;《二十年目睹之怪现状》《老残游记》《新上海》等,虽然克服了"有枝无干"的弊病,采用了"串连式"结构,但由于小说中用以串连故事的主要角色如九死一生、老残、李梅伯等并没有进入故事情节之中,所以故事情节并不是围绕他们来展开的,只是随其足迹所至,凭其耳闻目睹,引出一桩又一桩的奇闻怪事,而这些奇闻怪事又都另有其主人公,彼此之间不相关联,因此这些小说仍然存在黄世仲所说的"见事写事,七断八续"的弊病。而《廿载繁华梦》,则围绕核心人物周庸祐来组织纷纭复杂的人物与事件,次第展开叙述,演说周庸祐本人二十年间由盛转衰的全过程。由于周庸祐是当事人,所有重要的人物与事件又都与周发生了联系,所以不仅前后事件相互关联,人物的性格行为得到了充分的刻画,而且主要人物周庸祐还起到了贯串全书、凝聚情节结构的作用。

《廿载繁华梦》出版后,因为思想艺术成就比较突出,受到了革命党人冯自由的高度评价,认为:"该书演述富绅周某宦途及家庭琐事,绘声绘影,极尽能事,大受社

[①] 鲁迅:《中国小说史略》,上海:上海古籍出版社1998年版,第206页。

会欢迎,在清季出版之社会小说名著中,实为巨擘。"①

二、《宦海潮》与《宦海升沉录》

黄世仲创作的近事小说中有两部是以"宦海"命名的,即《宦海潮》和《宦海升沉录》。《宦海潮》写外交名臣张荫桓,《宦海升沉录》写朝廷重臣袁世凯,他们的宦海浮沉,自然容易引发时人的高度关注。

(一)《宦海潮》

《宦海潮》三十二回,原刊于《中外小说林》,1908年香港世界公益报刊行。小说所叙张任磐的遭遇,实为影射清末外交官张荫桓。张荫桓(1837—1900),字樵野,广东南海人,曾在总理衙门任职。1885年出任西班牙、美国、秘鲁等国使臣。1890年回国后累迁户部左侍郎,任职于总理衙门。1898年因参与戊戌变法,被发配新疆。1900年遭到杀害。

小说从张任磐少年时代叙起,写他出身于商人之家,自幼聪明,有"神童"之誉,但科举屡试不第,致使"家庭视同陌路,世人以白眼相加"。走投无路之际,得知姻亲利宗岳在山东做道台,便前往依附,逐渐深谙"刑名工夫""仕途精要",凭口舌"倾倒山左官场",竟得以加捐三品衔候补道,被保荐充任出使俄国参赞。宗岳开办莒州矿,他又游说曾文泽出面借洋债四十万;莒州矿破产,他从中斡旋,不仅由清廷代偿了洋债,他本人还得加二品顶带、布政使衔,补授津海关道肥缺。他大肆贪污,用巨款购书画玩器,巴结翁同龢等权要,从此风生水起。他奉札修理大沽炮台,治理黄河决口,侵吞工程款项,欺上瞒下,李中堂反称他"讲外交,办工程,可称奇才",不久便升他为出使美国、西班牙、秘鲁大臣。在美国,他受理美国人残害华人各案,保护华侨利益,又经巴黎至西班牙,后因处理美国虐禁华工案不力,被京官参劾,回到上海,又趁机窃取王子成珍藏名画,献媚于李中堂,得以荣升户部右侍郎兼总理各国事务大臣衙门行走。甲午海战,中国大败,他出任议和大臣。戊戌变法时,他因结交康尚言(康有为),被告发为"康逆密友",以"党案"严办,革职发配新疆。庚子事变后,他被清廷顽固党以"私通俄人,图谋不轨"的罪名处死。

作者自云:"吾之为是书也,非所以表扬张氏",而为"世态之炎凉,宦海之升沉,吾固不能无感"②。在《宦海潮·凡例》中又说:"说部描写世态炎凉,至《金瓶梅》极

---

① 冯自由:《〈洪秀全演义〉作者黄世仲》,《革命逸史》第2集,北京:中华书局1981年版,第42页。
② 黄世仲:《宦海潮·叙文》,杭州:浙江古籍出版社1995年版,第2页。

矣;不知世态炎凉,于官场更有甚者。故是书上半截,写张氏失志,宗族交游均以白眼相加;及张氏到山左,稍得机势,趋炎者即奔走盈门,即张氏投拜权贵,亦遑如不及。""是书以人情世故、反面炎凉为大主脑。观张氏与洪稚园,其际遇相同,初时何等相知,竟能翻覆云雨,尽力排挤。故张氏后与凌相结异姓亲,而卒被挤于凌相之手。""书中不特于张氏挤洪云、凌相排张氏见之,即翁、潘等大臣,有馈遗则为之援引,及张氏被劾,李相之雄,亦畏惧权贵,不敢置一词以为之营救。"揆诸小说所写,也确实如此。

不过,作者写张任磐的宦海升沉,绝不仅仅是为了"借张氏以写人情世故之变幻无常",同时更在于揭批晚清政治的黑暗与腐朽,"隐寓国势盛衰之感情"①。试想,一个市井无赖靠趋炎附势、坑蒙拐骗、贪污行贿,就能在官场上风生水起、青云直上,那么这样的政治生态岂不是腐败透顶了吗?小说后半部写张任磐出使美国、法国等,参观博物院,"暗忖中国若有此等堂院,实增人博物见识不少";看到美国南北战争所用战船时又想:"南北美之战,至今不过数十年,战具进步已日新月异。若中国现时还始创海军,那里能够与人对敌?"(第廿一回)后来,在公署听人说留声机辨冤之事,又感慨道:"今有留声机能报出案情,我们中国人那里见过?可见西人考求技艺,没一件不精的了!"(第廿五回)在交涉"华工禁约"失利时,他又情不自禁地哀叹:"外交情势,全靠自己国家里头兵力强盛,就易增胜。"(第二十回)而反观当时的清廷大员,整天沉湎声色、流连古董、提倡旧学、拉帮结派、互相倾轧,根本不思如何富国强兵,因此,"当环球斗智时代,以若辈当国,安得不危"②!显然,作者是刻意借张氏在西方文明冲击下产生的文化震惊与文化自省,来表现他希望借西方文明革新本土文化的强烈诉求。

就艺术效果而言,由于作者自觉摒弃"寻常著书褒贬过甚"之弊,主张描写人物应"在不褒不贬之间"(《宦海潮·凡例》),所以他在塑造张氏时,往往能根据现实生活逻辑和人物自身性格,去描写人物的所作所为,既写出了人物丑恶的一面,同时也揭示了人物身上存在的若干美和善的光彩。如小说第十三回,张氏写给妓女银屏的情书,就显得情真意长,饶有意味。而对于张氏的外交活动,作者虽然认为他不能"内审诸己,外征诸时,辨种族,识时务"以"奋作国民",但还是对这位"于外交肆应间以与列雄相见"(《宦海潮·叙文》)的外交人才流露了赞许之情。比如,写他出使俄国时大力协助曾文泽,终于使丧权辱国的条约作废,博得了曾文泽"熟悉外交,能办大事"的称赞;在出使美、日等国时,他也能在大势许可的情势下,尽量挣回一些权

---

① 黄世仲:《宦海潮·凡例》,杭州:浙江古籍出版社1995年版,第1—2页。
② 黄世仲:《宦海潮·凡例》,杭州:浙江古籍出版社1995年版,第2页。

益,并且通过对西方先进文明的观察,引发对国势强弱之由来的反思。因此,总体上说,张任磐是一个塑造得比较成功的艺术典型。

(二)《宦海升沉录》

《宦海升沉录》二十二回,1910年初由香港实报馆出版。小说主要写袁世凯之宦海升沉,堪称《宦海潮》之姊妹篇。该小说写于1909年,当时致力于推翻清朝贵族统治、建立由汉族掌权的新政府的资产阶级民主革命,正呈如火如荼之势,作者写袁世凯的宦海升沉,其主旨就在于用兔死狗烹、鸟尽弓藏之理,告诫那些置身于宦海、为清廷效力的汉族官僚,希望他们审时度势,倒戈反清;否则,袁世凯的遭遇就是他们的前车之鉴。黄世仲之兄黄伯耀在《宦海升沉录·序》中就称该小说为"宦海中人之唯一龟鉴"。

实际上,早在1906年,黄世仲就已写过几篇关于袁世凯的政论,如《袁世凯之前途》《袁世凯殆不能自安矣》等,指出袁世凯虽然甘心为清王朝效死力,但因其权势炙手可热,又锐意改革,触动了清朝贵族的切身利益,所以不可避免要遭受清廷当权派和守旧派的畏忌和排挤,若不"谋有以自处",前途实在堪忧。不过,受政论体裁的限制,黄世仲对袁世凯出身如何,是怎样进入仕途、担任要职的,参与了哪些重大的政治、军事事件,与清廷哪些人交好或交恶,又是缘何被排挤出局的,等等,均未遑论及。因此,时隔三年,他又创作了《宦海升沉录》,用以配合正在兴盛的资产阶级种族革命运动。

该小说生动地叙述了袁世凯由入仕到下野的传奇经历,并将其宦海升沉与甲午战争、戊戌维新、义和团运动、日俄战争等清末重大史事相联系,既刻画了袁世凯善于投机钻营、玩弄权术、胆识过人、才干非凡的复杂形象,又揭示了清廷统治者腐败无能、勾心斗角与防忌汉臣等历史事实。小说中的袁世凯机警过人,善于察言观色、交通权贵,他通过张佩纶投靠李鸿章,受到赏识,又靠李推荐,拜谒宰相翁同龢,以古籍字画为寿礼,投其所好,被翁视为清流好学之辈。登上政坛后,袁很快展示出过人的政治见识与军事才干。朝鲜东学党起义时,袁建议派员驻韩监视朝鲜行政,自此,"军机及总署各大臣,倒叹服袁世凯有才,且能言办事"(第二回)。在朝鲜,袁恪尽职守,李鸿章赞叹说:"自年前军兴以来,没一个不误事的,惟那姓袁的报告军情,没一点差错。"(第五回)甲午战败后,袁因李鸿章举荐,受命于荣禄,在天津操练新兵。戊戌变法时,康有为劝袁出兵控制慈禧,袁虚与委蛇,暗禀荣禄,致使变法失败,可见其阴险狡诈的一面。义和团起事,袁坚决反对清廷利用邪术攻击洋人的愚蠢做法,认为"自古断无崇尚邪术能治国家的。今团党自称能弄法术,使刀枪不能伤,枪炮不能损,只能瞒得三岁孩童,焉能欺得智者?且看他们借扶清灭洋之名,专一残害外人,实在有违公法,破坏国际,又复大伤人道,将来各国必要兴师问罪。试问己国能对敌各国否呢?若不及早见机,必贻后来大祸。"(第十一回)端王矫诏与各国宣战,袁默念此事关系安危,遂分电各省督抚,"力言各国不易抵御,外人不宜残杀",促成东南督抚同盟,与各领事订约,声明东南各省照公法尽力保护洋人,各国亦不得攻击东南各省(第十一回)。可见,袁确有远见卓识,并勇于任事。日俄战争时,袁因调度得法,"所以辽西地方,俄国屡思破坏中立,倒无从下手","事后论功,自然以袁世凯居首,就赏他一个太子少保的官衔"(第十四回)。袁工于心计,善耍手腕,以笼络人心,如留日学生听说中俄有联盟之议,就组织义勇队,公推代表归国见袁申明拒俄大义,袁坚称并无联俄之事,并对代表勖勉有加,寄予厚望;又有刺客被获,袁亦坦诚相待,赠金开释。留欧学生见其权倾一时,联名致信劝其反清,袁置之不理。然袁终因位高权重,屡遭清宗室排挤,兵权亦被削减,后竟因议新政而遭醇王辱骂并欲枪击之,请看书中这一段描写:

  醇王道:"我知道此事为足下所赞成,因内阁若成,政权可在足下手上,任如何播弄,亦无人敢抗了。但我国开基二百余年,许多宗室人员,承继先勋,得个袭荫,未必便无人才。断不把政体放在你手里,你休要妄想。"袁世凯道:"政党既立,自然因才而选,断不能因亲而用。若云立宪,又欲使宗室人员盘踞权要,不特与朝旨满汉平等之说不符,且既云立宪,亦无此理。"醇王怒道:"什么政党,你也要做党人?我偏不愿闻那个党字。你说没有此理,我偏说有的,看我这话验不验!你不过要夺我宗室的政权罢了,我偏不着你的道儿。"袁世凯亦怒道:"王爷你如何说这话?只说要建内阁,并不曾说我要做内阁总理大臣,夺你们什么权柄?王爷此话,好欺负人!"醇王道:"有什么欺负不欺负,你做那直隶总督,喜欢时只管做。若防人欺负,不喜欢时,只管辞去,谁来强你!"袁世凯此时更忍不住,便道:"今日只是议政,并不是闹气。但我不得不对王爷说,我做直隶总督,没什么喜欢不喜欢。若王爷不喜欢我做时,只管参我。"醇王至此大怒道:"你量我不能参么?我不特能参你,我更能杀你,看你奈我什么何!"说着,就在身上拿出一根短枪出来,拟向袁世凯射击。各人无不吃惊,或上前抱定醇王不令放枪,或将醇王手上的短枪夺去。(第十七回)

可见,满汉矛盾,已势同水火。究其原因,袁世凯力倡君主立宪,建立内阁,设置议院,虽然是为了国家的长治久安,但却严重触犯了以醇王为代表的清室贵族的权益。光绪帝殁,慈禧遗诏醇王长子溥仪入祧,袁见事不可为,只得辞职回归故里。

  作者以一个种族革命者的眼光、态度和方法,聚焦于满汉矛盾,将袁世凯的宦海升沉作为清室贵族统治下的病态标本来剖析,旨在激起汉族人民对清室贵族统治的强烈不满,为种族革命摇旗呐喊。也正因如此,他在小说中对袁世凯难免有所美化,将袁"写得过于英雄",寄希望于袁能幡然醒悟,深明种族大义,支持种族革命。虽然作者也预感到"袁世凯固是无此思想,向做专制官吏,便是独立得来,终不脱专制政治,于国民断无幸福"(第十五回),但在感情上依旧倾心于袁氏,对袁仍抱有不切实际的幻想。由此看来,"辛亥革命之后革命党人轻易地把政权拱手让给了袁世凯,确实可以在其自身找到内因"[1]。

除了集中笔墨塑造袁世凯形象外,黄世仲还以漫画式的笔墨勾画了其他一些达官贵人无知、贪婪、骄横跋扈的丑恶嘴脸。如小说第三回写徐荫轩竟然不相信世界上存在铁甲船,其理论是:"你试拿一块铁儿,放在水上,看他沉不沉?那有把铁能造船,可能浮在海上的呢!李中堂要兴海军,被人所弄,白掉了钱是真……休要着这个道儿。"如此愚妄无知、自以为是,真让人"又好笑,又好气"!户部尚书刚毅到东南各省"调查"财政,为端王造反"提了千来万","自己私囊,又得了数百万",如此蠹国害民,清廷又焉能不亡!袁世凯倡言立宪改制,醇王怒不可遏,当面驳斥道:"我国开基二百余年,许多宗室人员,承继先勋,得个袭荫,未必便无人才,断不把政体放在你手里,休要妄想!""你不过要夺我宗室的政权罢了,我偏不着你的道儿!"(第十七回)说毕,居然拔枪相向。其忌恨汉族官僚夺权、必欲除之而后快的思想性格跃然纸上。

就艺术水准而言,《宦海升沉录》"在当时暴露官场的小说里,是很优秀的",它"用了一个很强的干线,沿着干线的发展,写了晚清十余年的中国军事政治",不像"一般的暴露官僚小说,只暴露他们的丑态"[2],而是精心塑造了一个有胆识、有权谋、机警过人的奸雄形象,具有较高的审美认识价值。

三、《大马扁》

黄世仲因为反对清朝专制统治,提倡种族革命,所以他对康有为、梁启超等试图通过变法维新、君主立宪来复兴清王朝的做法颇为反感。戊戌变法失败后,康有为流亡海外,先后组织帝国宪政会和政闻社等,主张君主立宪,反对革命排满,在海外影响很大。为了消除这种影响,黄世仲于1903年率先在《中国日报》发表长篇政论《辨康有为政见书》,批驳康氏"只可立宪,不可行革命"的主张;此后又于1905年在《有所谓报》发表《康有为》《明夷》《呆人》《慎人》《为,母猴也》《长素》等,肆意诋毁康有为;1909年又撰长篇小说《大马扁》,把康有为描写成一个集"酒、色、谎"于一身的大

---

[1] 欧阳健:《晚清小说史》,杭州:浙江古籍出版社1997年版,第331页。
[2] 阿英:《晚清小说史》,北京:东方出版社1996年版,第159页。

骗子。

《大马扁》书名即取"大骗子"之意,"马扁"合写即为"骗"。在作者笔下,康有为就是一个擅长投机钻营、欺世盗名的大骗子。他赶了多次科场却名落孙山,听说讲"公羊学"的顾瑗当了广东主考,马上"眉飞色舞",花了三百金托人买通关节,录了监生遗才;"自此天天拿《公羊春秋》来看,到时好搬几句《公羊》出来,取悦试官之眼"(第三回),果然中了第八名举人。在京城时,他赚骗缪寄萍新著《新学伪经辨》,只改一字,就变成了他本人的《新学伪经考》,广东籍官员对缪寄萍说:"亏你还信康有为那人!我广东人那个不唤他做'颠康'?实则他诈颠扮憨,专一欺骗他人,本没点学问,又自称要做孔子,其实不过是个无赖子罢了。"(第二回)他策动公车上书,就是想借此"博取虚名";而力主戊戌变法,更是为了贪求富贵,甚至图谋篡位。作者指出:"原来康有为有许多瘾癖的:第一是做圣人的瘾,像明末魏阉一般,要学孔子;第二是做教主的瘾,像欧洲前时的耶稣,今时的罗马教皇;第三就是做大官的瘾了。"(第九回)

康有为平时又很贪财好色。上京赶考时借人钱财,回乡后却花言巧语,借故不还。师从朱次琦时,他常偷偷溜去眠花宿柳,"夜里不在馆歇宿,就把床子放下帐子,又把鞋子放床口地上",以欺骗老师和同学(第一回)。他在上海滩冶游,拖欠妓债,被人追讨,仓皇逃匿,还作诗自嘲:"避债无台幸有舟,是真名士自风流。"(第五回)后来逃到日本,又"戏雏姬失礼相臣家",日本大员犬养毅讥斥他只有三件本领:"第一是酒,第二是色,第三是说谎。"(第十六回)

康有为还是一个冷酷无情、忘恩负义的小人。戊戌变法一失败,他就逃进日本领事馆,弃众维新同志于不顾,在日本义士宫崎寅藏的援救下,被装在一口木头箱子里,当作货物运到日本。可事后他却谎称是自己认识领事,得以脱身的。宫崎寅藏朋友平川甚抱不平:"枉你千辛万苦救了康有为,他却直认自己是认识日领事。此人好夸大,且忘恩负义,你要仔细识他才好。"(第十六回)

总之,经过作者的极力丑化,康有为被写成了一个"保国保皇原是假,为贤为圣总相欺"的大骗子。卢信公在《大马扁序》中说,黄世仲写此书是因为"康梁二人,招摇海外,借题棍骗,于马扁界中,别开一新面目,而遂为康梁罪"[①]。阿英在《晚清小说史》中也指出黄世仲"是为着种族革命的利益而作此"[②]。从丑诋康有为、否定保皇派的角度看,作者这样写无可厚非,并且也的确有助于种族革命的宣传。不过,从艺术角度说,作者不顾事实,肆意丑化康有为,显然有失分寸,不能历史地、全面地评价

[①] 黄世仲:《大马扁》,阿英编:《晚清文学丛钞》(小说三卷上),北京:中华书局1960年版,第213页。

[②] 阿英:《晚清小说史》,北京:东方出版社1996年版,第96页。

康有为的历史功过。

四、辛亥革命的号角:《五日风声》

为了宣传资产阶级民主革命,黄世仲还创作了《朝鲜血》《十日建国志》和《五日风声》。学界有人称它们为报告文学,因为它们兼有新闻性、政论性与文学性。不过黄世仲本人是将它们当做小说的,在报纸连载时标注为"近事小说"或"最新历史小说",因此不妨将它们视为报告文学式的小说。

《朝鲜血》叙写朝鲜爱国志士安重根成功刺杀伊藤博文一事,意在"通过这部作品,来为推翻清朝腐败政权大造舆论,大长革命者的志气"①。《十日建国志》则叙写1910年葡萄牙资产阶级共和革命,旨在为中国资产阶级民主革命提供借鉴,鼓舞革命党人的士气。至于《五日风声》,则直接叙写1911年4月27日(农历3月29日)资产阶级民主革命志士在广州举行的黄花岗起义,为加速推翻清王朝统治造势,因此本节主要述评《五日风声》。

《五日风声》是黄世仲在黄花岗起义失败约四十八天后动笔撰写的。该小说从辛亥年五月十八日(1911年6月14日)起在广东同盟会机关报《南越报》上连载,分五十七次载完,内容由十一章构成,具体地记述了"黄花岗起义的酝酿、准备、发动、巷战、失败及失败后被捕党人的英勇就义,以及就义党人被未罹难党人营葬黄花岗的全过程"②,它"以饱蘸深情的笔触,以火一般的革命热情,及时地反映了革命党人为推翻清朝统治而进行的这场斗争,颂扬了革命党人不屈不挠的牺牲精神,总结了失败的教训"③。小说开篇即这样写道:

> 夕阳将下,起视时计,已迄三点有奇。突闻有怪声自城内出:"乒乒"焉,"隆隆"焉,不绝于耳,以震人心胆,此则枪炮之轰鸣声也,俄而若天崩地陷,石破天惊,烟火迷漫,势若燎原,"烘烘"焉,"烘烘"焉,所至即倒,此炸弹发时也。探者走相告曰:"被焚矣!督署被焚矣!"火如自焚,戢即自灭。彼枪炮炸弹,胡骇人眼帘,而震余耳鼓!徐见将令军符,络绎于道,马蹄响动,金鼓争鸣,防营也,卫队也,仓皇奔走,纷向内城,望督辕而去。探者又走相告曰:"革命党来矣!革命党来矣!"

---

① 颜廷亮:《黄世仲革命生涯与小说生涯考论》,北京:人民出版社2012年版,第645页。
② 颜廷亮:《黄世仲革命生涯与小说生涯考论》,北京:人民出版社2012年版,第666页。
③ 钟贤培、谢飘云:《中国最早的报告文学——黄小佩〈五日风声〉浅论》,《广州研究》1984年第6期。

小说一开头就写枪炮声大作、烟火弥漫、督署被焚、兵荒马乱,对革命党人铤而走险发动起义的场景作了绘声绘色的渲染,激起了读者急欲一探究竟的强烈好奇心,收到了开台锣鼓先声夺人的艺术效果。接着,便对革命党人在海外筹款购械、偷运军火、部署各路人马、泄露风声、迭次改期,最后不得已仓促起事的经过进行了倒叙。然后,再接叙黄兴身先士卒,率敢死队百余人直扑督署的战斗场面。黄兴冲锋时不幸右手受伤,但仍愈战愈勇,奋力击毙卫队管带,火焚督署,分兵撤退,最后单枪匹马,易装脱险。虽然叙事简要,但黄兴智勇双全、奋不顾身、指挥若定的领袖风采却跃然纸上。小说对刘梅卿等在撤退途中遇敌围堵,转入巷战,袭击清兵,在莲塘街浴血突围,也作了生动描述,凸显了刘梅卿临难不避、机警神勇的英雄气概。另外,对于那些不幸被捕的革命党人受讯时视死如归、从容就义的大无畏精神,小说也有浓墨重彩的描绘。如陈少若受讯时昂然不跪,直言焚烧督署是其一人所为,问官提醒他"须知认供后,即当处决",他慨然陈词:

> 吾今生已为奴隶多年矣。今生再不愿为双重奴隶,不如再世投胎。尚期早行斩首,以谢同胞可矣。吾等此来,非有帝王思想也,成则救民水火,定立宪章;败亦警醒同胞,以使发奋有为耳。以时事艰难,犹恬嬉如故,长在梦中,虽欲不为双重奴隶,其可得乎?

考虑到《五日风声》是在武昌起义前约两个多月才发表完毕的,因此它对黄花岗起义的具体记述,特别是对革命党人不怕牺牲、前赴后继之大无畏精神的讴歌,不仅可以重振革命党人东山再起的士气,而且对武昌起义的爆发也必定有推波助澜之功。从这个意义上说,《五日风声》有力地吹响了辛亥革命的号角。

第四节　黄世仲小说的贡献

关于黄世仲小说的影响,阿英曾作出这样的评价:"黄小配(世仲)是辛亥革命时期最可称道的小说作家。主要有宣传种族革命的《洪秀全演义》,抨击保皇党的《大马扁》,和揭露清官声腐朽的《廿载繁华梦》。这几部小说,在当时都收到了很大的政治宣传效果。"[1]不仅如此,他的小说也体现了较高的艺术水准,为中国小说的近代化做出了重要贡献。

首先,黄世仲的小说多半取材于清末具有重要影响的历史事件与历史人物,善于

---

[1] 阿英:《黄小配的小说——辛亥革命文谈之四》,《人民日报》1961年10月30日。

通过主要人物的兴衰际遇来艺术地再现那个时代的风云变幻,因而他的小说在促进清末政治与社会变革、推动资产阶级民主革命方面产生了广泛的社会影响,具有重要的认识价值和进步意义。他是自觉地以小说为武器,参与当时的政治斗争的。救国的热忱、济世的抱负、变革现实政治的强烈愿望,构成了其历史小说和近事小说创作的主要动因。唯其如此,他才能以敏锐的政治眼光,烛察当时政治运动的走向,及时地反映重大的社会历史事件,揭批清末官场腐败和专制独裁的本质,反对保皇党的政治改良主义,宣扬资产阶级民主革命,为当时的中国寻求救世的良方。也许在某些人看来,黄世仲从事小说创作的政治功利性未免太强了,这在一定程度上影响了其作品的艺术价值。这固然有理,但是如若放在当时救亡图存的历史环境中去看这个问题,这却正是时代的要求使然。黄世仲生活的时代,乃是一个"有着逼人的问题的而不是艺术的时代","在这种非艺术的时代,一部在艺术上平庸的,但却予社会意识以刺激、提出或解决某些问题的作品,比高度艺术的、除艺术而外不给意识加添任何东西的作品重要得多"①。因为在非艺术的时代里,人们普遍关注的是有关国家民族命运的一些重大的社会问题,所以作为一个有强烈的历史使命感和时代责任感的小说家,黄世仲也自然不能不卷入对这些社会问题的思考和探索当中,这就使他的小说创作能够深深地植根于现实社会的土壤之中,紧扣时代的脉搏,揭示社会的弊病,提出变革的路径,推动社会历史的进步,从而在一定程度上成了他那个时代先进思想的代言人。即使放在今天,他的作品也仍然有助于我们回顾鸦片战争至辛亥革命这段风雨辛酸的历史,认识这段历史中中国人民所遭受的苦难和所做的抗争,从而激发民族自尊、自强的信心,更好地发扬爱国主义精神。

其次,黄世仲的小说在艺术方面也进行了可贵的探索,既对传统小说有所继承与革新,又对当时流行的谴责小说有所借鉴与超越,因而形成了独树一帜的艺术风格,取得了较高的艺术成就,这对清末小说创作的繁荣与传统小说的近代化等起到了积极的推进作用。

1. 对传统小说的因革。他不像梁启超在"小说界革命"初期所做的那样,以"海盗海淫"之名将传统小说一笔抹煞,而是在总体上予以肯定,也有所批评,并能在小说创作实践中取其精华,弃其糟粕。如黄世仲在创作《廿载繁华梦》《宦海潮》时,就有意秉承了《金瓶梅》《红楼梦》通过描写主要人物的兴衰荣枯来揭批骄奢淫逸、抨击世态炎凉的传统,并且在揭批世态炎凉的同时,他还有意"隐寓国势盛衰"与"国家种族之感情"②,提升了作品的思想境界。另外,黄世仲也不像《金瓶梅》那样恣意渲染

---

① [俄]别林斯基:《别林斯基论文学》,上海:新文艺出版社1958年版,第29—30页。
② 黄世仲:《宦海潮·凡例》,杭州:浙江古籍出版社1995年版,第3页。

淫乱场景,侈谈因果报应。这些都是他借鉴《金瓶梅》而又有所突破与革新的地方。其他小说如《洪秀全演义》《吴三桂演义》《黄粱梦》《镜中影》等,对《三国演义》《红楼梦》《水浒传》等小说,也都有所继承与革新,因而体现了较高的思想艺术水平。

2. 对谴责小说的借鉴与超越。谴责小说是戊戌变法失败以后,一些具有改良主义思想的作家用以揭露时政弊恶、世风日下的小说,其创作特点是"揭发伏藏,显其弊恶,而于时政,严加纠弹,或更扩充,并及风俗"①,但其揭批不彻底,希望通过社会政治改良来救亡图存。受其影响,黄世仲的小说也涉笔官场、商界、华工等,也主张开启民智,但却有着明确的创作宗旨,即推翻清王朝的专制统治,实行资产阶级民主革命。例如,《宦海升沉录》在暴露官场黑暗腐败的同时,有意"把重心放在政治方面",极写清廷对汉族官员的防范排斥,这是"暴露得最有价值的,也是李伯元、吴趼人所不曾写到的"②。小说通过袁世凯宦海升沉的描写,"不仅是要表现'媚朝家而忘种族者,一旦冰山失势,其结局亦不过如斯',而且还要揭示清朝政府的所谓立宪之假,启发人们对立宪派,特别是对清朝政府假立宪应有正确认识而绝对不可抱有幻想"③。又如《宦海潮》写一帮王公大臣腐败无能,平时除了结党营私,只会谈些金石字画,对时事变幻一无所知,这自然是谴责小说的写法,但作者写这些不仅是为了暴露时政弊恶,而是意在与张任磐出使西洋时所见的先进科技文化相映照,表达其对国家安危的深重忧患:"当环球斗智时代,以若辈当国,安得不危?"另外,黄小配的小说不仅公开反对清王朝的专制统治,还通过艺术描写,展示了一幅未来中国的蓝图:仿效西方国家的"开明政体",发展先进科技,建立与西方列强平等互利的通商关系,与西方列强抗衡等。如在《洪秀全演义》中作者就把太平天国政权描绘成了"泰西文明政体"的雏形。因此,与当时著名的谴责小说相比,黄世仲的小说也许在文采、笔力方面略显逊色,但其思想先进,立意高远,更能顺应社会变革的时代潮流。

从艺术上看,晚清谴责小说多采用"集锦式""珠花式"等结构方式胪述社会怪现状和官场丑闻等,缺乏贯串全书的中心人物与主要事件,结构比较松散④。黄世仲的小说则采用纵式结构,善于通过一个主要人物的兴衰际遇来反映社会众生相和一些重要的政治历史事件的始末,并且该主要人物并不是旁观者,而是当事人或参与者。例如,《廿载繁华梦》主要写广东官场,"是和《官场现形记》同一类型的作品",但是

---

① 鲁迅:《中国小说史略》第二十八篇《清末之谴责小说》,上海:上海古籍出版社1998年版,第205页。
② 阿英:《晚清小说史》第十一章《官场生活的暴露》,北京:东方出版社1996年版,第156、159页。
③ 颜廷亮:《黄世仲革命生涯与小说生涯考论》,北京:人民出版社2012年版,第638页。
④ 参阅陈平原《二十世纪中国小说史》第五章《集锦式与片段化》,北京:北京大学出版社1989年版。

"结构和《官场现形记》不同,写一个整体故事"①。又如,《宦海升沉录》写北京上层官场,叙描"纵的史实","以袁氏为全书骨干","在组织上,他用了一个很强的干线,沿着干线的发展,写了晚清十余年的中国军事政治"②。其实,这种结构方式,明显取法于明清世情小说。像《金瓶梅》《红楼梦》等,就擅长以一个主要人物的命运浮沉来作为艺术表现的中心,以主要人物的活动作为贯串各色人物事件的线索,通过主要人物的社会交往来展开故事情节,这样就将纷纭错杂的人事勾连在一起,形成了一种自然而又严谨的叙事结构。《廿载繁华梦》《宦海潮》和《宦海升沉录》等,正是采用了这样的结构方式。从人物形象的塑造看,谴责小说由于旨在"揭发伏藏,显其弊恶",人物形象的塑造反而在不同程度上受到轻视,其作者往往喜欢用一件或几件怪状、丑闻来描述一个人物,写完了就换成另一个人物,因此性格鲜明、丰满的典型人物实不多见。而黄世仲的小说往往能够根据现实生活的逻辑,抓住主要人物(如周庸祐、张任磐、袁世凯等)一生的命运遭际,写出人物性格生成、发展、变化的历史,写出人物真假善恶的复杂性情,致使人物血肉丰满,具有较高的审美认识价值。

3. 黄世仲的小说创作活动因为是在粤港两地展开的,并且实绩显赫,影响甚巨,因而对清末广府地区小说创作的繁荣与发展,对广府地区政治历史民俗文化的艺术再现与弘扬等,都作出了不可磨灭的贡献。清末,广府人中从事小说创作并在国内外产生较大影响的小说家,主要有吴趼人、苏曼殊、黄世仲等人。如果以地域文化的眼光来看,黄世仲对广府地区小说文化的贡献无疑是最大的。因为吴趼人和苏曼殊固然写了不少小说佳作,但是其小说的创作与刊行主要在江浙等地,对广府地区的影响却较有限。黄世仲起初创办《粤东小说林》,便是鉴于上海等地说部繁兴,"惟吾粤缺如",因而"深以为憾","爱组织此社,特聘出色小说家多人"③,来共同推进粤地的小说创作。并且,他的小说多取材于粤港地区的真人真事,所写多为粤港地区极重要的政治历史人物,如洪秀全、张荫桓、周荣曜、康有为等;所叙多为粤港地区有重大社会影响的政治历史事件,如太平天国运动、陈开起义和黄花岗起义等;所绘又多为粤港地区的世态风情,带有浓郁的地域文化色彩和人文情调,因而深受粤港地区读者大众的喜爱。他的小说对于读者大众深刻地认识粤港人在近代社会政治文化变革中所起的极重要作用,了解当时粤港人的物质生活、精神风貌与民俗文化的魅力,促进粤港小说创作的繁荣,等等,可以说是厥功至伟。

4. 黄世仲的小说创作除了带有浓郁的广府文化色彩,同时他还能放眼看世界,自

---

① 阿英:《晚清文学丛抄·小说三卷·叙例》,北京:中华书局1960年版。
② 阿英:《晚清小说史》第十一章"官场生活的暴露",北京:东方出版社1996年版,第157—159页。
③ 黄世仲:《〈中外小说林〉之趣旨》,《中外小说林》1907年第一期。

觉地通过异域先进事物的描绘,表现其对中国社会政治和文化的反思,这使其小说呈现了比较突出的先锋文化意义。例如《宦海潮》写张任磐出使西方列国时,通过考察,就敏锐地觉察了中西文化的差距和本国文化的积弊,并由此悟到"这就是国势强弱的由来"。其见闻与反思,既揭示了中国科技之落后、文化之积弊,又表现出了一新天下耳目的新思想与新境界。

总之,黄世仲的小说无论在思想性还是在艺术性方面,都取得了令人瞩目的成就,其在中国近代政治、思想、文化、小说史上产生的重要影响,实不可低估。正因如此,研究者们对其小说的评价也越来越高。如李育中认为:"在晚清所有小说家中,论思想性与艺术性,他都达到当时的高水平","大可以与那些写谴责小说的名家角胜"[1]。许翼心更认为,"比起李伯元、吴趼人、刘鹗和曾朴等近代谴责小说四大家,黄世仲作品不仅在思想内容方面远胜一筹,在小说艺术成就方面也毫不逊色"[2]。颜廷亮也指出:"如果从岭南小说史研究的角度看,他的地位应当说是高于吴研人和苏曼殊的。加上他在报告文学、政论、谐文以至剧本等创作上的贡献,其在整个岭南文学史上的地位,恐是并无过之者的。因而,研究黄世仲,也就有了岭南文学史研究的重要意义。"[3]这些评价表明黄世仲的小说在近代文化史上特别是小说史上的确占有重要的一席之地,诚如杨世骥所说,黄世仲的"小说皆有所为而为者,宛若经天的虹彩,在近代文学史上放着瑰异的光芒"[4]!

---

[1] 李育中:《〈洪秀全演义〉作者黄小配》,《随笔》第一辑,广州:广东人民出版社1979年。
[2] 许翼心:《作为革命家和宣传家的黄世仲——近代革命派小说大家黄小配散论之一》,《香港笔荟》第11期,1997年3月。
[3] 颜廷亮:《黄世仲研究漫议四题》,《兰州教育学院学报》1998年第1期。
[4] 杨世骥:《文苑谈往·黄世仲》(第一集),参见《洪秀全演义》附录,北京:人民文学出版社1984年版,第577页。

第十四章 浪漫主义文学先驱苏曼殊

苏曼殊是清末民初一位颇具传奇色彩的文学家。他"亦僧亦俗,亦侠亦文",一生穿梭于革命、情爱、佛禅之间,放诞不羁、浪漫多情,并用诗文、小说书写其飘零、孤独、悲凉、哀伤等生命体验,激起了当时以及后来五四青年的强烈共鸣。这也使他成为20世纪中国文学浪漫主义开风气之先者,对中国文学的现代转型起到了重要的促进作用。

第一节 生平与创作活动

苏曼殊(1884—1918),名戬,字子谷,学名元瑛(亦作玄瑛),法号曼殊。广东香山(今中山)人。父亲苏杰生在日本横滨经商时娶日本女子河合仙为妾,又与河合仙之妹河合若子有私,生下曼殊。6岁时,曼殊被带回广东老家,入乡塾接受启蒙教育。在宗法意识和华夷观念严重的社会里,曼殊因身份特殊,备受歧视和虐待,这给他留下了难以弥合的身心创伤。不久,其父因经营亏本回国,曼殊寻父来到上海,师从西班牙庄湘博士学习英文,这为他日后从事欧洲文学翻译奠定了基础。

1898年初,曼殊随表兄林紫垣东渡日本求学。期间,经冯自由介绍,加入留日学生组建的革命团体"青年会",结识秦毓鎏、陈独秀等,眼界大开、文思突进。1903年,沙俄企图侵占我国东北,留日学生组织了规模浩大的"拒俄"运动。曼殊参加了拒俄义勇队,被林紫垣发现,断绝其经济资助,被迫辍学回国。

回国后,曼殊先任教于吴中公学,后往上海,在陈独秀主笔的《国民日日报》任英文翻译。同年底,在广东惠州削发为僧,法名"博经",自号"曼殊"。后不堪僧侣生活之清苦,辗转上海、香港,南游暹罗、锡兰、马来西亚等国,学习梵文,究心佛典,后经安南回国。

1906年,曼殊在上海结识柳亚子等人,这对其思想产生了积极影响。后与陈独秀东渡日本,探望其母河合仙。1907年,与刘师培夫妇在日本东京从事文化活动,在《民报》《天义》《河南》等报刊发表文章和画作,并编就《梵文典》八卷、抄编

《文学姻缘》，秋时返上海。1909年，曼殊自上海赴日本，结识日本艺妓百助，产生恋情，彼此来往甚密，写了大量缠绵、哀怨的诗篇，并继续翻译西方浪漫主义诗人拜伦、雪莱等人的诗作。这一年冬天，至印尼爪哇，经陶成章推荐任教于思班中华学校。

1911年10月，曼殊闻武昌起义成功和上海光复，异常兴奋，驰书柳亚子和马君武道："迩者振大汉之天声，想两公都在剑影光中，抵掌而谈；不慧远适异国，惟有神驰左右耳。"[1]1912年春，回国应聘为《太平洋报》笔政，与柳亚子、叶楚伧、朱少屏、李叔同等交往，加入南社。1913年8月，曼殊在《民立报》发表《讨袁宣言》，痛斥袁世凯倒行逆施、祸国殃民。由于对现实越来越失望，他的革命热情渐趋消极，便由此放浪形骸，甚至自我戕害，终于在1918年5月2日病逝于上海金神父路光慈医院，临终留下八字遗言："一切有情，都无挂碍！"这位"才如江海命如丝"的文坛奇人就这样离开了人世，终年仅35岁。

曼殊一生是短暂的、坎坷的，其足迹遍及日本和东南亚诸国，可谓"行脚万里，劬志一生；博通艺文，旁及语学"[2]。他是个文艺天才，工诗善画，擅长小说创作。他的小说共有6篇，即《断鸿零雁记》(1912年)、《绛纱记》(1915年)、《焚剑记》(1915年)、《碎簪记》(1916年)、《非梦记》(1917年)及《天涯红泪记》(1914年，未完成)。他精通英、法、日、梵多种文字，是我国最早的翻译家之一。他曾译介过拜伦、雪莱的诗作和雨果的《悲惨世界》，深受欧洲浪漫主义文学的影响。

第二节　苏曼殊与欧洲浪漫主义文学

苏曼殊是最早将欧洲杰出浪漫主义诗人拜伦、雪莱等翻译、介绍到中国的人，其译作结集成书的有《文学因缘》《拜伦诗选》《潮音》《汉英三昧集》等。他本人命运多舛、自由真率、放诞不羁、伤感多情，这与拜伦、雪莱的经历与性情等有不少相似之处。因此，他在阅读拜伦、雪莱的诗作时心有戚戚，赏叹有加。在《拜伦诗选自序》中，他说："比自秣陵遄归将母，病起匈膈，搦笔译拜伦《去国行》《大海》《哀希腊》三篇。善哉，拜伦以诗人去国之忧，寄之吟咏，谋人家国，功成不居，虽与日月争光，可也！尝谓诗歌之美，在乎气体；然其情思幼眇，抑亦十方同感，如衲旧译《炯炯赤墙靡》《去燕》

---

[1] 苏曼殊：《与柳亚子马君武书》，柳亚子编：《苏曼殊全集》（一），北京：当代中国出版社2007年，第143页。

[2] 诸宗元：《曼殊大师塔铭》，柳亚子编：《苏曼殊全集》（三），北京：当代中国出版社2007年，第99页。

《冬日》《答美人赠束发髶带诗》数章,可为证已。"①在英文《潮音自序》中,他还对拜伦、雪莱诗歌及其异同作了生动传神的阐释:"拜伦和雪莱,是英国最伟大的诗人中的两人。他们都以创造和爱情的崇高作为诗情表现的主题。不过,他们虽然大抵都写爱情、恋人们及其命运,但表现方式却截然相反……拜伦的诗像是一种使人兴奋的酒——饮得越多,就越感到它甜美、迷人的力量。他的诗里到处充满了魅力、美感和真诚。在情感、热忱和语言的直白方面,拜伦的诗是无与伦比的";而"雪莱虽然是一个热衷于爱情的人,但却是审慎的、沉思的。他对爱情热忱,从来不用强烈的爆发性的词句来表达。他是一个'哲学家式的恋人'。……他的诗,像是温柔、美丽而又梦幻般恬静的月光,在寂然、沉默的水面上映射着……"②可见,曼殊不仅翻译拜伦、雪莱之诗,还对二人之诗有一种心有灵犀般的神会。后来,曼殊在《断鸿零雁记》中还绘声绘色地描摹他在海上检阅欧西文学尤其是诵读拜伦之诗的体会:

> 斯时风日晴美,余徘徊于舵楼之上,茫茫天海,渺渺余怀。即检罗弼大家所贻书籍,中有莎士比尔,拜轮及室梨全集。余尝谓拜伦犹中土李白,天才也;莎士比尔犹中土杜甫,仙才也;室梨犹中土李贺,鬼才也。乃先展拜伦诗,诵《哈咯尔游草》,至末篇,有《大海》六章,遂叹曰:"雄浑奇伟,今古诗人,无其匹矣。"③

他别出心裁地拿英国的拜伦、莎士比亚、雪莱媲美中土的李白、杜甫、李贺,虽然未必尽当,但也确有会心独到的审美感悟。在致高天梅的书信中,他又对自己熟悉、喜爱的中西文学家作了进一步的比附:"衲尝谓拜伦足以贯灵均、太白,师梨足以合义山、长吉,而沙士比、弥尔顿、田尼孙,以及美之郎弗劳诸子,只可与杜甫争高下,此其所以为国家诗人,非所语于灵界诗翁也。"④这显示了他宽广的文学视野与自觉的文学比较意识。

曼殊对拜伦、雪莱等人诗歌的浸淫与神往,对他的人生追求与文学创作产生了相当深刻的影响。他对拜伦以自身的行动践行反专制的主张满怀崇敬,在《讨袁宣言》中说:"昔者,希腊独立战争时,英吉利诗人拜伦投身戎行以助之,为诗以励之,复从而吊之……衲等虽托身世外,然宗国兴亡,岂无责耶?"他的诗歌中就有"词客飘蓬君

---

① 苏曼殊:《拜伦诗选自序》,柳亚子编:《苏曼殊全集》(一),北京:当代中国出版社2007年,第86页。
② 苏曼殊:《潮音自序》(英文),柳亚子编:《苏曼殊全集》(一),北京:当代中国出版社2007年,第89—90页。此处译文摘自《苏曼殊传》,见柳无忌著、王晶垚译《苏曼殊传》,北京:生活·读书·新知三联书店1992年版,第95—96页。
③ 苏曼殊:《断鸿零雁记》,柳亚子编:《苏曼殊全集》(二),北京:当代中国出版社2007年,第165页。
④ 苏曼殊:《与高天梅书》,柳亚子编:《苏曼殊全集》(一),北京:当代中国出版社2007年,第136—137页。

与我,可能异域为招魂"(《题拜伦集》)的诗句。柳无忌指出曼殊"译拜伦痛哭希腊的哀歌,骂媚外的广东人(《呜呼广东人》),谈荷人待爪哇华人的苛虐(《南洋话》),写无政府主义的女杰郭耳缦的气焰(《女杰郭耳缦》)",都说明他绝不只是一个"作绮艳语,谈花月事的飘零者"①。

值得一提的是,曼殊还翻译过法国浪漫主义文学大师雨果的《悲惨世界》。1903年,他以《惨社会》之名在《国民日报》上连载其翻译的《悲惨世界》,次年出版单行本更名《惨世界》。不过,《惨世界》除了故事开头主人公因偷窃获罪,释放后无家可归被主教收留,反而再行偷窃等情节与原著一致外,后面有意增写了大量原著不曾有的情节,如小说中写一个姓明名白字男德的人,天生侠义,从报上看到华贱的悲惨遭遇,便代打不平,深夜持刀入狱,救出华贱,不料华贱却心生歹意,用刀捅伤男德,抢走其银两;后来,男德又杀死了欺诈百姓的恶霸满周苟,可被他拯救的女孩不但不感激,反而想乘机将男德交给官府,以得到五万赏银。这些情节,包括书中人名,全是曼殊自创,从金华贱(华人卑贱)、范桶(饭桶)、葛土虫(割土虫)、满周苟(满洲狗)等一干人名,就可以看出曼殊对华人自轻自贱的痛恨,对满清政府割地赔款的郁愤,对满洲政府走狗的不屑,对国人愚昧无知的鄙薄。另外,《惨世界》所涉及的地点,也是在法国与中国自由穿梭,法地巴黎、土伦、无赖村、色利栈、死脉路、忌利炉街,中国的"尚海"等,均充满寓意与暗示。明男德解救金华贱而反被劫杀的事件,暗示的就是革命者不被愚民理解的苦衷与沉痛。可见,《惨世界》名为译著,实为自创,其借题发挥以开启愚蒙、改造国民劣根性的意图是一目了然的。这也说明曼殊的文学译作与开启民智的时代主旋律是息息相关的。实际上,自梁启超倡导文学革命以来,梁启超、罗普、吴趼人、黄世仲、苏曼殊等广东籍作家,都是以文学改良群治的代表性人物,其中苏曼殊的小说、诗文堪称这场文学改良运动中的一个独特的存在。

第三节　苏曼殊诗歌的浪漫抒情

苏曼殊是一个混血儿和私生子,从小孤苦无依,寄人篱下,饱尝了人间的辛酸与漂泊的孤苦,后来干脆与家人断绝了关系。但他又是一个至情至性之人,虽然身披袈裟,却无法释解身世的困惑与儿女之情的困扰,"行迹放浪于形骸之外,意志沉湎于情欲之间"②。他从事诗文与小说创作,也是为了借文学抒写自己的人生追求与孤苦

---

① 柳无忌:《曼殊逸著两种后记》,柳亚子编:《苏曼殊全集》(三),北京:当代中国出版社2007年,第71页。

② 南怀瑾:《中国佛教发展史略》,上海:复旦大学出版社1996年版,第114页。

悲凉的生命体验。

先看曼殊的诗歌,就题材内容而言,曼殊之诗主要分为表现爱国主义、抒发儿女之情和描写自然景物三大类。曼殊表现爱国主义的诗篇约有二十三首,占其诗歌总数的五分之一,它们主要表现的是诗人真挚的家国情怀、昂扬的革命激情和反清的革命民主主义思想。如他在辛亥革命前所作的《以诗并画留别汤国顿》(两首):

蹈海鲁连不帝秦,茫茫烟水着浮生。国民孤愤英雄泪,洒上鲛绡赠故人。

(其一)

海天龙战血玄黄,披发长歌览大荒。易水萧萧人去也,一天明月白如霜。

(其二)

他慨然以义不帝秦的鲁仲连和奋不顾身刺秦王的荆轲自许,字里行间充溢着一种甘为革命献身、义无反顾的悲壮气概;当然,"茫茫烟水着浮生""一天明月白如霜"等,也分明流露出他孤身漂泊,感到前途渺茫无着的悲凉情绪。

辛亥革命失败后,苏曼殊意气消沉,但并没有完全放弃反帝反专制的民主革命思想。如"水晶帘卷一灯昏,寂对河山叩国魂"(《海上》之三);"相逢莫问人间事,故国伤心只泪流"(《东居杂诗》之二);"故国已随春日尽,鹧鸪声急使人愁"(《吴门》之十)等,尽管已是一种无可奈何的悲叹,但其故国之思、家国之痛是异常深沉的。

曼殊写的最多且最为人称道的,还是表现其儿女真情的爱情诗。他的爱情诗今存四十四首,约占其诗歌总数的二分之一。与传统的爱情诗不同,他的爱情诗都是其个人爱情生活与情感体验的真切写照。他一生真率重情、多愁善感,曾与不少妙龄女子结缘,其中既有金凤、百助、眉史、花雪南等歌姬,也不乏静子、雪鸿、玉鸾这样的闺秀。他对她们一往情深,并为她们写下了不少缠绵悱恻的爱情诗篇。如"罗襦换罢下西楼,豆蔻香温语不休。说到年华更羞怯,水晶帘下学箜篌"(《东居杂诗》之三),"异国名香莫浪偷,窥帘一笑意偏幽"(《东居杂诗》之五),"露湿红蕖波底袜,自拈罗带淡蛾羞"(《东居杂诗》之七),"酡颜欲语娇无力,云鬓新簪白玉花"(《东居杂诗》之十三),这些诗句就传神地勾画了其所爱女子羞怯、幽媚、娇弱等动人情态。"朱唇一相就,汋液皆芬香"(《译拜伦〈答美人赠束发毡带诗〉示调筝人》),"绿窗新柳玉台旁,臂上犹闻椒乳香"(《无题》之一),"兰蕙芬芳总负伊,并肩携手纳凉时"(《东居杂诗》之十九),则描写了与所爱女子缠绵缱绻带给他的温馨感受。"旧厢风月重相忆,十指纤纤擘荔黄"(《东居杂诗》之十五),"尽日伤心人不见,莫愁还自有愁时"(《集义山句怀金凤》),"日日思卿令人老,孤窗无那正黄昏"(《水户观梅有寄》),"一杯颜色和双泪,写就梨花付于谁?"(《本事诗》之四),主要写爱情带给他的回忆,特别是难以排遣的相思情愁。

曼殊由于以削发受戒的僧人身份出入于爱情的温柔之乡，因而他在歆享、体验美好爱情时，常常因爱情的不自由而黯然神伤，于是就有了这些哀感顽艳的诗句："偷尝天女唇中露，几度临风拭泪痕。日日思卿令人老，孤窗无那正黄昏"（《水户观梅有寄》）；"无量春愁无量恨，一时都向指尖鸣。我已袈裟全湿透，那堪重听割鸡筝"（《题〈静女调筝图〉》）；"袈裟点点疑樱瓣，半是脂痕半泪痕"（《本事诗》之三）；"还卿一钵无情泪，恨不相逢未剃时"（《本事诗》之七）……如何消解这种由禅心与爱情冲突导致的人生痛苦呢？曼殊的解脱之法是"忏尽情禅空色相，琵琶湖畔枕经眠"（《西京步枫子韵》），也即用禅宗的色空观破解对爱的执著，如《次韵奉答怀宁邓公》云："曾遣素娥非别意，是空是色本无殊"；《失题二首》之一亦云："禅心一任蛾眉妒，佛说原来怨是亲。雨笠烟蓑归去也，与人无爱亦无嗔。"至于他是否真能以"禅"制"情"，获得身心安顿，那就不得而知了。

曼殊热爱自然风物，一生"惟好啸傲山林"①，因而颇擅长通过山川风物的描绘，营造优美的意境，寄托其人生体验。如他在旅居日本期间就写了一些有关日本风土人情的诗。《淀江道中口占》云："孤村隐隐起微烟，处处秧歌竞插田。羸马未须愁远道，桃花红欲上吟鞭。"这是1909年夏秋间他往淀江探望义母河合氏途中所作。诗人目睹悠远恬淡的孤村，耳闻悠扬动听的插秧歌，一扫羁旅哀愁，顿觉精神焕发，欢悦之情溢于言表。又如《过蒲田》："柳阴深处马蹄骄，无际银沙逐退潮。茅店冰旗知市近，满山红叶女郎樵。"这首诗也是1909年秋诗人探母途经日本蒲田所作。诗人骑马穿行于柳阴道中，眺望海边退潮之后一望无际的银色沙滩，不禁心旷神怡。他看到不远处的茅店上方飘摇的卖冰旗子，心知市镇就要到了。让他惊艳的是，满山红叶之中居然有一群女孩子正在欢快地采樵。诗人触景生情，于是以清新明快的笔调，生动地描绘了一幅旷远清丽的蒲田秋景图。

曼殊之诗无论是表现爱国情怀，还是抒写儿女之情、寄兴山川景物，无不融合着他本人的身世之感、飘零之悲与伤感浪漫的个性精神气质。他的诗歌中频频出现"我"字，如"我亦艰难多病日，哪堪更听八云筝"（《本事诗》之一）；"华严瀑布高千尺，不及卿卿爱我情"（《本事诗》之六）；"我本负人今已矣，任他人作乐中筝"（《本事诗》之十）；"我再来时人已去，涉江谁为采芙蓉？"（《过若松町有感示仲兄》）；"生天成佛我何能？幽梦无凭恨不胜"（《柬金凤兼示刘三》）；"泪眼更谁愁似我，亲前犹自忆词人"（《东来与慈亲相会，忽感刘三、天梅去我万里》）；"近日诗肠饶几许？何妨伴我听啼鹃"（《西湖韬光庵夜闻鹃声柬刘三》）；"我已袈裟全湿透，何堪重听割鸡筝"（《题〈静女调筝图〉》）；"独向遗编吊拜轮，词客飘蓬君与我"（《题〈拜轮集〉》）；

---

① 飞锡：《潮音跋》，柳亚子编：《苏曼殊全集》（三），北京：当代中国出版社2007年，第26页。

等等。这些频繁出现的"我"都是诗人自指,表现的也是诗人对其情感、命运的自怜与关注,具有浓厚的主观抒情色彩。而这在传统诗歌中是极其少见的。究其影响之源,他的这种不同于传统诗歌的抒情方式,无疑与他受西方浪漫主义诗歌的沾溉密切相关。曼殊对拜伦其人其诗颇为推崇,他所译拜伦之诗中"我"字就屡屡出现,诸如"风波宁足惮,我心凉苦辛""我若效童愚,流涕当无算""而我薄行人,狂笑去悠然""我心绝凄怆,求泪反不得"(《去国行》),"而我独行谣,我犹无面目,我为希人羞,我为希腊哭"(《哀希腊》),等等。在拜伦诗的英文原文中,"I""MY"等第一人称的词出现频率极高,虽然这与英语的表述习惯相关,但这种突出自我的表述方式对苏曼殊诗作的影响是显而易见的。

曼殊之诗还频繁出现"孤""独""愁""泪""伤心""哀"等字眼,诗人无法摆脱孤独的阴影、愁情的缠绕,经常黯然神伤,潸然泪下。如"远远孤飞天际鹤,云峰珠海几时还"(《久欲南归罗浮不果,因望不二山有感,聊书所怀》);"孤灯引梦记朦胧,风雨邻庵夜半钟"(《过若松町有感示仲兄》之一);"契阔生死君莫问,行云流水一孤僧"(《过若松町有感示仲兄》之二);"独有伤心驴背客,暮云疏雨过阊门"(《吴门》之一);"此去孤舟明月夜,排云谁与望楼台"(《东行别仲兄》);"水晶帘卷一灯昏,寂对河山叩国魂"(《海上》之三)……无论是人在旅途,还是孤灯相伴,抑或暮云疏雨、月夜孤舟,孤独凄凉之感总是如影随形。身在异国他乡,他难遏故土之思,哀叹"故国已随春日尽,鹧鸪声急使人愁"(《吴门》之十),"相逢莫问人间事,故国伤心只泪流"(《东居杂诗》之二);与朋友分别,他也是"天南分手泪沾衣"(《束装归省,道出泗土,会故友张君云雷亦归》),"落花如雨乱愁多"(《寄广州晦公》);而与朋友相聚,他仍是"逢君别有伤心在"(《憩平原别邸赠玄玄》);告别情人时,他有"袈裟点点疑樱瓣,半是脂痕半泪痕"(《本事诗》之三)、"还卿一钵无情泪"(《本事诗》之七)的苦况;与佳人围炉烹茗,椒口吹笙时,他还是"语深香冷涕潸然"(《本事诗》之二)、"春水难量旧恨盈"(《本事诗》之六)、"沾泥残絮有沉哀"(《读晦公见寄七律》)。诗人如此孤独、悲哀,自然与其"遭逢身世,有难言之恫"[①]、生性浪漫多情有关,但主要还是由于他身处多灾多难的近代中国社会,找不到人生的出路与心灵的归宿导致的。因此,他的孤独苦闷、彷徨无依,不仅是他个人的,也是那个时代许多漂泊不定、进退失据的知识分子共有的一种时代情绪。也正因此,曼殊这些充满孤独、悲哀的诗篇才会引起近代青年的广泛共鸣。

曼殊之诗在艺术上颇有个性特色,其抒情真率自然,意境清新可喜,语言清丽隽永,毫无矫揉造作之态,读之沁人心脾。如《本事诗》之九:"春雨楼头尺八箫,何时归

[①] 飞锡:《潮音跋》,柳亚子编:《苏曼殊全集》(三),北京:当代中国出版社2007年,第25页。

看浙江潮？芒鞋破钵无人识，踏过樱花第几桥？"其辞脱口而出，写景清新脱俗，意境哀婉凄迷，音韵清谐和美，读之仿佛看到一个脚穿芒鞋、手持破钵的僧人，孑然踏过樱花飘零的小桥的身影，让人不由地受到他思念故土、满怀惆怅之情的浸染。又如，他写给陈独秀的《过若松町有感示仲兄》："契阔死生君莫问，行云流水一孤僧。无端狂笑无端哭，纵有欢肠已似冰。"其自抒怀抱，坦率真诚，一种自伤飘零、忧国愤世之情感人肺腑。

郁达夫曾在《杂评曼殊的作品》一文中指出，"他的诗是出于定庵的《己亥杂诗》，而又加上一层清新的近代味的。所以用词很纤巧，择韵很清谐，使人读下去就能感到一种快味"；并认为"他的诗里有清新味，有近代性，这大约是他译外国诗后所得的好处"①。杨联芬也说："从意象、用典看，苏曼殊是古典的；但从表现的真诚、大胆，感情的纯洁看，苏曼殊的诗是现代的，充满了拜伦式的热烈情怀，也散发着雪莱式的忧伤。"②这些话都比较准确地揭示了苏曼殊诗歌的艺术渊源及其展现的浪漫主义特色。

第四节　苏曼殊小说的诗意叙事

苏曼殊不仅喜欢用诗歌书写其身世飘零之感、幽愁别怨之情、自怜幽独之思、忧国愤世之慨，还写了一些小说来寄情遣怀、表现自我。

（一）哀感顽艳的爱情悲歌

曼殊的小说，在题材内容的选择与人物性格命运的刻画上，都与作者本身的生活经历、气质和性格息息相关。他的小说都以男女恋爱为题材，小说主人公或多或少带有作者本人的影子，如《断鸿零雁记》中的"三郎"、《绛纱记》中的"昙鸾"、《碎簪记》中的"庄湜"，身世、经历、习惯、性格、交友等，都与作者的人生经历相似；其他作品中的人物、故事，也有作者和亲友的影子以及他们一些经历的记述。

他的小说通过男女爱情纠葛的描写，表现了开始觉醒的青年人对爱情的渴望与追求，但他们的爱情与传统礼教、佛门戒律产生了冲突，导致其爱情均以悲剧收场，主人公要么出家为僧为尼，要么自尽，故事笼罩着一种无法言说的凄凉、感伤色彩。小说所描写的"这种爱情问题上的受压抑之苦，是有社会意义的，它反映了辛亥革命后

---

① 卢今、范桥编：《郁达夫散文》（下），北京：中国广播电视出版社2002年版，第106页。
② 杨联芬：《晚清至五四：中国文学现代性的发生》，北京：北京大学出版社2003年版，第232页。

到'五四'运动前,中国一部分知识分子在生活中所遇到的一个突出问题。"①

从情节建构来看,苏曼殊似乎很喜欢写三角恋爱,如三郎与雪梅、静子(《断鸿零雁记》),庄湜与灵芳、莲佩(《碎簪记》),海琴与薇香、凤娴(《非梦记》)。其小说中经常配套出现的女主人公,大致可分两类:一类是"古德幽光"的东方女性,如雪梅、薇香等,其主要特点是娴静、高雅、温柔、含蓄;另一类是文明开化的洋化女性,如静子、凤娴等,其主要特点是热情、执著、聪慧、果敢。② 这两类女性各美其美,其共同之处则是多情且专一,一旦认定某个男子就矢志不移,甚至为了所爱之人牺牲自我也在所不惜。这种女性形象的设计,显然与作者所持有的女性观密切相关。作者因为受到西方文化的影响,对那些经受欧风美雨洗礼的近代女性是心仪的;但是,其内心深处仍因袭着传统文化观念的重负,秉持女性贞节观,认为"女子之行,唯贞与节"③,"女必贞而后自由"④。因此,"他心目中的理想女性,是受过西方文明洗礼而又保持着东方女性文静、温顺、贞节等美德的女子"⑤。小说中的男主人公也都受过欧美文化的熏陶,有自由、平等、人道主义等思想意识,又并未把旧的封建道德观念抛除,内心深处时常交织着新旧思想的矛盾与斗争。他们才华出众、单纯真挚、多情浪漫、清高飘逸,看似从不缺美女的青睐,其实其思想性格软弱犹疑、自卑内向、孤独忧郁,面对家长专制、婚姻陋习的阻碍以及传统观念、佛门戒律的约束,他们极少进行必要的抗争,往往甘愿顺从家长的摆布,甚至认为"为人子侄,固当如是"⑥,往往在男女情爱与封建礼教、佛门戒律的夹缝中痛苦地挣扎,既想得到男女情爱又不敢越雷池半步,最后只能选择逃离或自杀,以消极、悲观的方式对待人生。

值得一提的是,小说中的长辈,除了三郎远在异国的母亲外,其他如《断鸿零雁记》中雪梅之父母、《绛沙记》中五姑之翁、《焚剑记》中眉娘之父亲、《非梦记》中海琴之婶娘,几乎都是传统礼教的维护者和势利小人,他们为门第、财产等现实因素驱使,拆散儿女姻缘,逼儿女走上绝路。这实际上反映了作者对传统婚姻观念根深蒂固之现实社会的清醒认识。

苏曼殊在描写男女恋爱故事时,还对"世积乱离,风衰俗怨"的末世乱象有一定程度的反映。如《断鸿零雁记》(第二章)中写"余"下乡化米,路遇强人,把"余"米囊夺去的社会风气;《绛沙记》中五姑之翁对"余"舅父的坑害;《焚剑记》中写孤独粲与

---

① 任访秋:《中国近代文学史》,开封:河南大学出版社1988年版,第345页。
② 陈平原:《在东西方文化碰撞中》,杭州:浙江文艺出版社1987年版,第12页。
③ 苏曼殊:《焚剑记》,柳亚子编:《苏曼殊全集》(二),北京:当代中国出版社2007年版,第243页。
④ 苏曼殊:《绛纱记》,柳亚子编:《苏曼殊全集》(二),北京:当代中国出版社2007年版,第234页。
⑤ 郭延礼:《中国近代文学发展史》,济南:山东教育出版社1993年版,第1859页。
⑥ 苏曼殊:《碎簪记》,柳亚子编:《苏曼殊全集》(二),北京:当代中国出版社2007年版,第266页。

阿兰、阿蕙路过"鬼村",此村遭乱兵抢杀,死亡过半,"有人于闸口潜窥,见生等形状枯瘦,疑为行尸;二女久不修容,憔悴正如鬼也",阿兰、阿蕙途中饥饿时向一个留学生似的军官乞食,那人却给他们一条人腿。这些描写在一定程度上反映了晚清和袁世凯时期真实的社会惨状,有积极的批判意义。但是,从总体上看,苏曼殊的小说题材狭窄,内容单一,与同时代的其他优秀小说相比,反映现实的力度明显不足,这显然与作者的人生阅历有关。

(二)浓郁的"自叙传"色彩

就叙事艺术而言,苏曼殊小说特别是其代表作《断鸿零雁记》,最动人心弦之处,就是它采用了第一人称主观倾诉的叙事方式,这样就很容易在叙述者与读者之间自然而然地建立起一种"倾诉"与"聆听"的亲密关系,使读者在聆听"余"所诉说的身世之悲、飘零之苦、情爱之缠绵凄恻与矛盾痛苦时产生强烈的情感共鸣。如姚雪垠就曾谈他阅读《断鸿零雁记》时产生的感受:"我读他的《断鸿零雁记》至今将近半个世纪,仍然印象很深,有些地方使我感动。他的《断鸿零雁记》是带有自传性质的作品,写法上已经突破了唐宋以来文人传奇小说的传统,而吸收了外国近代小说的表现手法。就艺术水平说,它比'五四'以来同类写爱情悲剧题材的白话小说要高明许多。其所以成为名作,并非偶然。"①

的确,在曼殊发表《断鸿零雁记》之前,中国古代文言小说中也偶有第一人称叙事的短篇,如唐传奇中王度的《古镜记》、张鷟的《游仙窟》,明末佚名的《痴婆子传》和蒲松龄的《聊斋志异·偷桃》等;清末白话小说则有吴趼人的《二十年目睹之怪现状》等。但总的看来,曼殊之前的中国小说非常缺少由"我"讲述的"我"自己的故事,更罕见像《断鸿零雁记》这样着重于描写"我"内心情绪的冲突、挣扎与复杂痛苦的精神体验的小说。由于作者在《断鸿零雁记》中采用了第一人称自我倾诉的方式来叙述其自身的经历,因而整篇小说简直就像"我"内心的独白,具有强烈的主观抒情特征。例如,第八章写"余"历尽艰辛到了日本,在去往母亲住所之途中的一段内心感想:

> 余既换车,危坐车中,此时心绪,深形忐忑,自念于此顷刻间,即余骨肉重逢,母氏慈怀大慰,宁非余有生以来第一快事?忽又转念,自幼不省音耗,矧世事多变如此,安知母氏不移居他方?苟今日不获面吾生母,则漂泊人胡堪设想?余心正怔忡不已,而车已停。

---

① 姚雪垠:《中国现代文学史的另一种编写方法》,《社会科学战线》1980年第2期。

在见到母亲之前,作者深感忐忑,时而倍觉欣慰,时而心生不安,时而想象如不获见将会带来怎样的痛苦……这种内心情绪流动、变化的真切描述,真可谓感人肺腑。第二十六章,写"余"与法忍夜宿枫林古寺的情景:

> 时暴雨忽歇,余与法忍无言,解袱卧于殿角。余陡然从梦中惊醒,时万籁沉沉,微闻西风振铎,参以寒虫断续之声;忽有念《蓼莪》之什于侧室者,其声酸楚无伦。听至"哀哀父母,生我劬劳"句,不禁沉沉大恸,心为摧折。

这是描绘"余"在特定情境中的内心感受,情与景、梦幻与现实浑然一体,把"余"的飘零之悲、孤穷之苦等渲染得无处不在。如果这种寄情于物的方式还不足以表达内心的强烈感受,那么"余"就干脆采取直抒胸臆的"独白",如:"苍天,苍天,吾胡尽日怀抱百忧于中,不能自弭耶?学道无成,而生涯易尽,则后悔已迟耳。"当然,"余"更喜欢面对读者进行互动交流式的诉说,让读者与"余"一起去见闻、感受、思索、体会。如小说写"余"遇乳媪后,日日走街串巷卖花,以筹措路费东归,一日路过未婚妻雪梅窗前,雪梅便遣丫鬟第二日约"余"见面,"余"于是忍不住对读者坦陈自己当时的心态:

> 读吾书者,至此必将议我陷身情网,为清净法流障碍。然余是日正心思念我为沙门,处于浊世,当如莲华不为泥污,复有何患?宁省后此吾躬有如许惨戚,以告吾读者。(第五章)

在收到雪梅给"余"的书信后,"余"又对读者这样诉说其内心感受:

> 嗟夫,读者!余观书迄,惨然魂摇,心房碎矣!(第五章)
>
> ……即余乳媪,以半百之年,一见彼姝之书,亦惨同身受,泪潜潜下。
>
> 余此际神经,当作何状,读者自能得之。(第六章)

叙述者"余"不时地以"告吾读者""读者试想""读者思之"等语,请求读者身临其境地体验"余"的心理波动,于是就在这样的互动交流中,读者与"余"的心灵沟通了,从而被"余"的各种情绪深深地感染了。

由于小说采用的是第一人称自我倾诉式的叙述方式,小说中所叙之内容皆经过"余"之意识的浸染,带上了"余"的感情色彩,因而叙事之中内心感受的描写自然会大量涌现。值得注意的是,作者还巧妙地以人物写信的方式,变相地进行第一人称倾诉式的叙事抒情。例如,第五章写雪梅"将泪和墨"写信给"余",自曝其心曲:"嗟夫,三郎,妾心终始之盟,固不忒也。若一旦妾身见抑于父母,妾只有自裁以见志。妾虽骨化形销至千万劫,犹为三郎同心耳……呜呼,茫茫宇宙,妾舍君其谁属耶?沧海流枯,顽石尘化,微命如缕,妾爱不移!"这样便把雪梅对"余"所说的话转化成了第一人称的自我倾诉,更为深切地揭示了雪梅内心的情思状态。小说第十九章"余"与静子诀别的信,以及《绛纱记》《碎簪记》里的人物写信,都有效地增强了叙事的感染力。

除了《断鸿零雁记》,《碎簪记》和《绛纱记》也是用"余"来叙述的,所不同的是,"余"在文中不再处于主人公的位置,而只是作为事件的叙述者和见证者出现。以《碎簪记》为例,先是"余"与庄湜同游西湖,第五日时有一女子(杜灵芳)寻找庄湜,但并没有直接介绍女子是谁。"余"就开始猜测那女子和庄湜的关系,这时候读者也跟着陷入迷惑,因我一直有"天下女子,皆祸水也"的思想,故没有告诉庄湜女子造访之事。后来庄湜忽然变得忧郁起来,"余反覆与言,终不一言",几日后又有一个女子造访,同样没有交待此女子的情况,于是"余"就大为疑惑起来:"庄湜曾言不愿见前之女子,今日使庄湜在者,愿见之乎?抑不愿见之乎?吾今无从而窥庄湜也。"因为作者采用的是第一人称限制视角的叙述方式,只限于叙述者所见、所闻之事,所以"余"对两个女子和庄湜之间的关系一概不知,不得不胡猜乱想,致使读者也跟着迷惑起来,促使读者读下去,急于了解事情真相,这正是第一人称见证者叙述的魅力所在。又如,一日早上莲佩约庄湜和"余"散步于草地,这时"余"看见四人击网球,技术很高,看了一会,就回去叫莲佩和庄湜同观,当"余"回到客室时:

> 则见庄湜犹痴坐梳花椅上,且注地毡,默不发言;莲佩则偎身于庄湜之右,披发垂于庄湜肩次,哆其唇樱,睫间颇有泪痕,双手将丝巾叠折卷之,此丝巾已为泪珠湿透。

这是从"余"的眼里看到的情况,从这段文字读者不难推想,在"余"不在跟前的那段时间里,莲佩和庄湜肯定是经历一场深度的交流了,至于交流了哪些实际内容就不得而知了,读者只能根据庄湜痴坐和莲佩泪湿丝巾的细节来加以揣测。在这里叙述者不再具备无所不知的神通,而只能给读者提供其耳目所及的一些侧面,其余则留给读者自己去想象了。

苏曼殊所采用的第一人称自我倾诉、限制叙事,与大量的心理描写相配合,使中国小说在人物性格心理的深度刻画上得到了空前的拓展,小说叙事的真实性、抒情性与感染力等,也达到了前所未有的程度。

(三)诗意化的叙事特征

苏曼殊本来是一个悲情的浪漫主义诗人,因此他很喜欢在小说叙事中穿插自作的或翻译的诗词。如《非梦记》中玄度作了一幅画,命"生"题了一首诗:"海天空阔九皋深,飞下松下听鼓琴。明日飘然又何处?白云与尔共无心。"这首题画诗就传神地写出了"生"的身世飘零之感。这样的例子在小说中屡见不鲜。饶有意味的是,作者在《断鸿零雁记》第七章中,还直接描写"余"在海轮上翻译拜伦的《赞大海》,译后"循环朗诵,时新月在天,渔灯三五,清风徐来,旷哉观也",他的心情也随之跌宕起伏,神思飞越。第二十一章"余"在春淙亭的墙壁上看到《捐官竹枝词》数章,然后便抄录了其中七章,这些诗与小说情节几无关联,删去也无伤大雅,只是作者不忍割爱罢了。

实际上,苏曼殊小说的诗化主要不在于诗歌的穿插,而是他所擅长的诗意化叙述与审美意境的营造。他很注重选择、描绘自然环境,借以寄托其内心的情思,因此书中随处可见一些情景交融的文字,如下述一段描写:

> 余在月色溟濛之下,凝神静观其脸,横云斜月,殊胜端丽。此际万籁都寂,余心不自镇;既而昂首瞩天,则又乌云弥布,只余残星数点,空摇明灭。余不觉自语曰:"吁!此非人间世耶?今夕吾何为置身如是景域中也?"(《断鸿零雁记》第十六章)

这是写"余"与静子月夜相遇的情景。在月色溟濛之下,"余"看到静子是那么端丽迷人,不由地心慌意乱,而弥布的乌云、空摇明灭的残星则又与"余"此时缭乱的心境相互感应,使"余"不禁产生了"今夕何夕,见此良人"的幻觉。像这样情景交融、意境幽美的诗意文字小说中比比皆是。而作者又往往着墨不多,寥寥几笔,就能营造出一种旖旎动人的情境。如第三章写乳媪告诉余之身世,余夜不成寐,郁悒无极,于是清晨"即起披衣,出庐四瞩,柳瘦于骨,山容萧然矣",表面上写柳写山,实际上是在映衬其形销骨立的清愁形象。

苏曼殊又工于绘画,其"所作之画,则大抵以心造境,于神韵为尤长"[1],画中多峰峦、危岩、孤松、垂柳、残月以及荒凉的城垣、幽远的庙宇、村边的茅舍、山间的断桥等意象,呈现的是一种空灵、萧疏、淡远的艺术境界。这对他在小说中如何描绘自然环境产生了一定的影响。如《断鸿零雁记》中开头:

> 百越有金瓯山者,滨海之南,巍然矗立。每值天朗无云,山麓葱翠间,红瓦鳞鳞,隐约可辨,盖海云古刹在焉。

大海、高山、葱翠的林木、鳞鳞的红瓦,彼此映衬,相得益彰,共同构成了一幅清旷、幽谧的深山古刹图。又如第八章写"余"辗转来到日本"逗子樱"时看到的情景:

> 久之,至一处,松青沙白。方跂望间,忽遥见松阴夹道中,有小桥通一板屋,隐然背山面海,桥下流水触石,汩汩作声。(第八章)

---

[1] 何震:《曼殊画谱后序》,柳亚子编:《苏曼殊全集》(三),北京:当代中国出版社2007年版,第17页。

松青沙白,松阴夹道,小桥板屋背山面海,流水汩汩,随意的几笔皴染,就展现出了一个远离尘嚣、古朴幽远的境界,令人神往。

黄昏之时,逗子樱又呈现出了一幅迷人的"古寺晚钟"图:

> 时正崦嵫落日,渔父归舟,海光山色,果然清丽。忽闻山后钟声,徐徐与海鸥逐浪而去。女弟告余曰:"此神武古寺晚钟也。"(第八章)

这样的描绘,可谓"诗中有画,画中有诗"。后来,"余"作画消愁,"既绘怒涛激石状,复次画远海波纹,已而作一沙鸥斜身堕寒烟而没",这与上述描绘的情景就有相似之处。《非梦记》里有一段写玄度作画:"明日,晨斋闭,生谒玄度。玄度粗衣垢面,而神宇高古,方伏案作画,画松下一老僧,独坐弹琴,一鹤飞下。"此处描绘的情景,与苏曼殊赠陈去病的《雁荡观瀑图》,在画面内容和意境上如出一辙。可见,其绘画与小说的交互影响。

有趣的是,作者还在《断鸿零雁记》中写"余"与静子在一起赏析绘画。当静子观看了"余"的画作之后说:"昔董原写江南山,李唐写中州山,李思训写海外山……今吾三郎得毋写厓山耶?一胡使人见则翛然如置身清古之域,此诚快心洞目之观也。"又说:"昔人谓画水能终夜有声,余今观三郎此画,果证得其言不谬。"当静子把自己的画作《花燕》呈现在"余"面前时,余"接而观之:莲池之畔,环以垂杨修竹,固是姨家风物。有女郎兀立,风采盎然,碧罗为衣,颇得吴带当风之致。女郎挽文金高髻,即汉制飞仙髻也。俯观花燕,且自看妆映,翛然有出尘之姿,飘飘有凌云之慨。"这就把画境直接植入小说,使之成为男女主人公之间心灵沟通、感应的媒介了。《非梦记》中也写到薇香的父亲是个画师,男主人公海琴从其学画,深得其真传,画师欲将薇香嫁给他,而薇香本身也是个善画的女子,因此两人志趣相投、甚相亲爱。

总之,苏曼殊的诗人气质、绘画修养,使其小说叙事颇富有诗情画意,从而在一定程度上丰富了小说的审美内涵,增强了叙事的感染力。

第五节　苏曼殊文学的影响

苏曼殊生活在清末民初社会大变革的时代,彼时西学东渐业已蔚然成风,中国传统文化遭受了前所未有的冲击,政治、思想、文化、文学领域充满了新与旧的斗争。处在这样的时代文化语境中,曼殊的诗文小说也明显带有新旧交替的特点。

苏曼殊身上既有传统思想的重负、传统清流才子的多情放诞,又不乏西方浪漫主义个性自由的因子。他的这种思想性格,鲜明地体现在其诗歌的自我抒情与小说中那些自叙性的主人公形象中,而"在写作方法上,则有传统的继承和域外的影响,并融合二者,形成自己的个性和风格,对后来的文学产生过一定的影响"①。这种影响主要表现在:

其一,对鸳鸯蝴蝶派小说的影响。苏曼殊的《断鸿零雁记》在1912年5月12日至8月7日连载于《太平洋报》之后,迅即产生轰动效应。同时代的邵盈午就这样说:

> 《太平洋报》的印数,因之陡然大增;而曼殊,一时间成为众口腾誉的走红人物。《断鸿零雁记》在当时的上海,成为热门话题;尤其是青年人,如果没读过《断鸿零雁记》,似乎便算不上是现代青年。不仅如此,就连当时的海外华侨,也纷纷来信,要求配齐《断鸿零雁记》,并希望将作者的照片公诸报端,与之神交。②

由于《断鸿零雁记》的风行,因而引起了一批小说作者的竞相效仿。在1912年后的两三年内,描述情场失意、鸳梦难温,哀叹才子"丰才啬遇,潦倒终身"、佳人"貌丽如花、命轻若絮"的言情小说蜂起潮涌。首先,在主题模式上,《断鸿零雁记》所写的三郎和雪梅、静子的三角关系,建立了言情小说的"三角恋爱"模式,这一模式随后又出现在《碎簪记》(庄湜和灵芳、莲佩)、《非梦记》(海琴和薇香、凤娴)中。这对鸳鸯蝴蝶派言情小说的情节模式的形成与定型造成了重要影响。其次,在表现手法上,苏曼殊小说采取了"自叙传"的方式叙事,这一点也被许多鸳鸯蝴蝶派小说所吸收,如包天笑的《牛棚絮语》等。再次,苏曼殊一变历史上言情小说常见的"大团圆"的结局模式,以悲剧收场,对读者造成极大的心灵震颤,这也为很多鸳鸯蝴蝶派小说家所借鉴,悲剧收场由此成为言情小说最常见的结构,这对中国文学审美意趣的现代转型起到了较有力的推进作用。

其二,曼殊的诗歌、小说开现代浪漫主义文学之先河。受欧洲浪漫主义文学的影响,苏曼殊喜欢以"自我"的私生活作为文学素材,并以个人的精神苦闷与独白倾诉作为主要内容,他善于"以老的形式"将传统文学的精髓与西方浪漫主义有机地融合起来,如他的诗既从龚自珍、陆游、陈师道等人的诗作中汲取了养分,又接受了拜伦、雪莱等浪漫主义诗人的影响,其诗歌中频繁出现的"我"以及"孤""独""愁""泪""伤心""哀"等,使其诗歌着染了浓厚的伤感浪漫主义色彩,具有一种"清新的近代味",深受五四浪漫派的喜爱。至于他的小说,在五四浪漫小说大规模产生之前,《断鸿零雁记》是唯一以主观抒情和表现为特征的浪漫小说,该小说所写的自叙性的主人公,"为20世纪中国文学贡献了一种独特的形象——热情的、叛逆的、孤独的、忧郁的飘零者形象";现代"浪漫小说中那些自叙性的主人公(往往是作者的自我想象),

---

① 任访秋:《中国近代文学史》,开封:河南大学出版社1988年版,第346页。
② 邵盈午:《苏曼殊传》,北京:团结出版社1998年版,第232页。

无论男女,都具有某种'零余者'特征"①。《断鸿零雁记》"完全颠覆了传统小说的叙事模式和理念……采用的是诗化的叙事,它的语言是主观表现的,追求的是对人物心灵的表现",因而"充当了中国小说叙事方式革命性变迁的先锋角色"②。新文学运动主将之一钱玄同曾致信陈独秀,说:"曼殊上人思想高洁,所为小说,描写人生真处,足为新文学之始基乎?"③尽管后来现代浪漫派小说大家郁达夫对苏曼殊的小说评价不高,但是受苏曼殊影响最深的也正是他。苏曼殊总是把男女恋情纯化、雅化到诗意的境界。郁达夫则毫无顾忌地展开灵肉冲突,把心灵中最隐秘、最卑微的欲念公之于世,甚至夸饰颓废,想象出种种变态的念头和举动。比如他的代表作《沉沦》把青春欲望受到压抑后产生的变态心理作为描写的重点,大胆暴露自我灵魂,丝毫不考虑感情的节制、情欲的掩饰。这种惊世骇俗的大胆,让许多伪道者无法忍受甚至愤怒,具有强烈的反封建性。他在暴露自我内心和身世感受方面比苏曼殊又进了一步。现代浪漫派的其他小说家也大都接受了苏曼殊敢于剖析自我的胆识和悲观感伤的风格,与苏曼殊的小说创作可以说是衣钵相传的。

其三,苏曼殊还是中国最早翻译拜伦、雪莱的人,也是中国最早介绍欧洲浪漫派的人之一。他对中国现代文学浪漫主义的贡献之一,就是他将欧洲杰出的浪漫主义诗人翻译和介绍到中国来。五四浪漫派对拜伦、雪莱的接受,主要就是从苏曼殊的翻译开始的。1923 年,张定璜在《创造》季刊第 1 卷第 4 期"雪莱纪年号"上发表《Shelley》一文,就这样强调苏曼殊《文学因缘》对他的影响:"我不记得那时候我是几岁,我只记得第一次我所受的感动,当时读'汉英文学因缘'我所受的感动……是他介绍了那位'留别雅典女郎'的诗人 Byron 给我们,是他开初引导了我们去进一个另外的新鲜生命的世界。"可见,五四浪漫一代最初正是通过苏曼殊的翻译了解西方浪漫主义文学的。

总之,苏曼殊的诗歌、小说以及译文,都因其浓厚的浪漫主义气息而与五四浪漫主义文学声息相通。诚如现代作家陶晶孙所指出的:"五四运动之前,以老的形式始创中国近世罗曼主义文艺者,就是曼殊。"④

---

① 杨联芬:《晚清至五四:中国文学现代性的发生》,北京:北京大学出版社 2003 年版,第 222 页。
② 杨联芬:《晚清至五四:中国文学现代性的发生》,北京:北京大学出版社 2003 年版,第 238—239 页。
③ 钱玄同:《寄陈独秀》,《新青年》第 3 卷第 1 号,1917 年 3 月 1 日。
④ 陶晶孙:《急忙谈三句曼殊》,《牛骨集》,上海:太平书局 1944 年版,第 81 页。

第十五章　戏曲说唱与革命运动

此阶段是广东文学史乃至中国文学史上的一个特殊时期,外来意识的植入、文学现代性观念的萌生、民间俗文学作品生产和发表形式的多元化,共同构建出非常独特的文化景观。

辛亥革命前后,整个广东剧坛掀起一股"新潮演剧"的风潮。以志士班的蓬勃发展以及志士班与一般戏班的合流为标志,是近代粤剧改良活动的发展和全盛时期,使粤剧演出了大批新戏,不仅积极配合了民主革命的宣传,而且还促进粤剧本体发生了一些重要革新。同时,广东其他地区也有各式各样的具有地方色彩的"新剧"迭出。

可以说,广东这一时期的文学作品、文学活动、文学刊物以及文学改革都是围绕着资产阶级民主革命进行的。在资产阶级民主思想的影响下,粤剧、潮音戏、外江戏等地方戏曲,以及粤讴、南音、龙舟和潮州歌等说唱曲艺在整个文化系统中的定位和地位都发生了改变,革命党人、爱国志士利用这些文学形式本身所具有的大众性和通俗性,将它们作为思想启蒙、革命宣传的工具,弱化其休闲娱乐功能而强调民间教化功用,创作出数量可观的"改良戏曲""文明新戏""时事班本""时事粤讴"和"社会龙舟"等作品。

第一节　志士班与广东戏剧改良

清末,在一批革命党人及报刊记者和文人的带动下,产生了不少新编广东戏本,囿于案头文本性质,这些戏本较少付诸排场演出,所以对传统戏曲的改良并不深入。真正对广东戏曲改革产生深刻影响,促使戏剧成为民主革命的舆论工具,促进广东粤剧在本土化改革道路上迈进一大步的,则是同盟会中一批革命家及其组成的新型戏班——志士班。①

---

① 赖伯疆:《广东戏曲简史》,广州:广东人民出版社2001年版,第200页。

一、志士班的初兴

1904年,革命党人程子仪建议创办戏剧学校,编写各种爱国剧本,招收年少学生,培养青少年演员,一则可进行爱国宣传,二则能"涤除优伶平时不良之习惯""一新世人耳目"。此建议得到陈少白、李纪堂的赞成,他们商定由陈少白提供剧本,李纪堂出资两万元,创办"天演公司",招收80名12至16岁的青少年,专门训练和教授戏剧表演技巧。同时,他们也团结了一批革命志士,如黄鲁逸、黄轩胄、欧明博、卢骚魂等,共同致力于倡导戏剧改良,并逐渐形成了由革命家和接受过新学思想教育的记者、编辑、学生、店员和工人等为主要成员的"志士班"。

经过一年的学习、排练,这群新生代演员组成"采南歌剧团",于1905年底在广东各乡及香港、澳门等地演出,所演剧目有《地府革命》《黄帝征蚩尤》《六国朝宗》《文天祥殉国》《侠男儿》《儿女英雄》等,"或破除迷信,或刺讽时政,或发扬忠义,或排斥异族,均为有益世道人心之作""所排新剧颇博世人好评,实开粤省剧界革命之先声"①。这所戏剧学校后因经济困难被迫解散,"采南歌剧团"也只存在了两年,但它开"志士班"之先声,而且培养出来的许多学生后来成为粤剧大班的名角,如靓云亨、扬州安、余秋耀、靓荣、冯公平等,为壮大粤剧人才队伍、发扬粤剧艺术做出了积极贡献。②

志士班的名称由来暂不可考。傅谨在《20世纪中国戏剧史》中猜测其可能是仿照日本"壮士芝居"的名称。③ 自"采南歌剧团"先声夺人,志士班如雨后春笋陆续涌现。1908至1909年间,志士班最多时可达二十多个,比较重要的有"优天影""振天声剧团""现身说法社""移风社""现身说法台""真相剧社""醒天梦剧团"等等。《广东戏曲简史》中罗列了辛亥革命前后十年间,在广州、香港、澳门和东莞等地先后出现过的三十多个志士班,并详细介绍了几个重要剧团。④

志士班的人员组成与传统戏班的最大差别主要在于同盟会成员及其他非专业人士是志士班的主力,他们曾被粤剧界戏称为"九和班"而被排除在"八和"之外。他们演出的戏一般叫做新戏、新剧,或改良新戏,是改良过的粤剧同话剧的结合。

---

① 冯自由:《革命逸史》(第二集),台北:台湾商务印书馆1953年版,第241—243页。
② 陈永祥:《清末粤剧改良与辛亥革命》,载广州市人民政府地方志办公室编《地方史志与广州城市发展研究》,广州:广州出版社2013年版,第224页。
③ 傅谨:《20世纪中国戏剧史》(上册),北京:中国社会科学出版社2016年版,第81页。
④ 赖伯疆:《广东戏曲简史》,广州:广东人民出版社2001年版,第201—205页。

二、志士班的戏剧创造

志士班一度雄踞广州有名的海珠戏院、乐善戏院等，形成与粤剧专业班争霸的局面。特别是他们改用广州方言演出后，观众激增，促使传统戏班开始采用广州方言并搬演志士班剧目，使粤剧亦成为深入民间宣传革命的载体。当时有一首粤曲描述了志士班的演出情况：

> （慢板）近年来，多感了，一般硕彦。提倡教育，挽救颓风，尤以改良戏剧为先。优天影，众同人，不惜粉墨登场排演。从此后，我优界，迥异从前。更有那，振天声，独出创见。用白话，配真景，把前时恶习一概洗湔。于是时，往观者，莫不称善。谁不道，我优伶，得见化日光天。于是乎，继起者，接踵相践……①

正如引文所讲，志士班"用白话，配真景"，可谓独出创见。他们志在以改良戏剧来"提倡教育，挽救颓风"。正如陈独秀在《论戏曲》中的所讲："戏园者，实普天下之大学堂也；优伶者，实普天下之大教师也。"②

志士班最早都是粤剧改良戏班，后来出现了不少白话剧社。根据1918年《梨影》杂志中刊载的《余之论剧》一文，志士班中的白话剧社有振天声、琳琅幻境、清平乐、达观乐、非非影、镜非台、国魂警钟、民乐社、共和钟、天人观社、光华剧社、啸闲俱乐部、霜天钟、仁风社、仁声社等。时人在报刊中曾如此评价当时的白话新剧，说："于是新剧之风，为之一变。而以新剧相号召者，数载之中，十有余次。学堂之暑假毕业，亦莫不以戏剧为游嬉，斯时新剧，可谓盛极。"③

不少志士班实际上是戏剧领域的革命组织，比如说改良粤剧社"优天影"的戏金收入绝大部分由同盟会做革命工作用途，可视为同盟会下属团体，早期的琳琅幻境社也是如此。④

在志士班的刺激和带领下，粤剧本地班也积极参与这场以戏曲、戏剧为号角的革命宣传队伍，全面开展粤剧改良活动，为辛亥革命运动进行了一场思想政治的大动员。他们竞相编演改良新戏，举凡辛亥革命前后国内省内发生的大事，几乎都在当时

---

① 转引自陆风：《试论粤曲唱腔的发展》，《戏剧艺术资料》1984年第10期，第3页。
② 三爱（陈独秀）：《论戏曲》，载《党史资料丛刊》1980年第4期。原文首次发表于《安徽俗话报》1904年第11期。
③ 进：《余之论剧》，《梨影》1918年第1期。
④ 林淑香口述、黄德深笔记：《辛亥革命前后的几个剧社》，载中国人民政治协商会议广东省广州市委员会文史资料研究委员会《纪念辛亥革命七十周年史料专辑》（下），广州：广东人民出版社1981年版，第174—175页。

的粤剧舞台上得到迅速的反映,一共编排、上演了四十多个新创剧目,其中著名的有《火烧大沙头》《温生才打孚琦》《云南起义师》《秋瑾》《徐锡麟行刺恩铭》《周大姑放脚》《剃头痛》《熊飞起义》《辛亥革命党人碑》《梁天来告御状》等,同时还改编了一批传统剧目。

下文将以《温生才打孚琦》为例,详细说明志士班剧目在内容和表演上的改革、创新,以及志士班在辛亥革命过程中的重要作用。

1911年,原籍广东梅县的爱国华侨温生才在广州刺杀将军孚琦,行动失败,温生才壮烈就义。他牺牲后数天,志士班出身的粤剧艺人冯公平与另一位粤剧演员豆皮元,及时根据此时事创作、编演了新剧《温生才打孚琦》,在香港演出后引发轰动。该剧本目前留存的印本只有崇德书局石印本,据说是当时一些读书人在现场观剧时笔录整理而成,与演出台本存在一定的差距,但不失为研究该剧目的最好文献。①

《温生才打孚琦》剧本前有一篇小序,极写当时社会暗杀风波四起之原因,革命志士满腔热血无处安放之无奈和反击。序言作者也透露了自己对革命志士的惋惜,认为虽然行刺之事能激起一时风潮,但终究是"以卵击石"。序曰:

> 呜呼,暗杀之祸,岂自今始哉。昔人以行刺起点,踵其辄者,有暗杀之恶潮,剧烈党出,揆厥原因,必有所激而成此举动。安重根之炸伊藤,徐锡麟之轰恩抚,类皆牺牲性命,视死如归。不转瞬间,又有温生才奋身继起,挥杀自如,睨政界若儿曹,仇满人为主义,余不知有何激愤,而与孚将军为难,但就目前报章,砌成班本四卷,为阅者一新眼帘,为同胞共明宗旨云尔,是为序。②

该剧共四卷,首卷"温生才行刺之原因",第二卷"温生才提讯之血胆",第三卷"孚将军刺后之感情",第四卷"张大帅接旨之办法"。全剧通过展现温生才行刺孚琦的原因、行刺过程、被捕和受审、就义的经过,歌颂了革命志士的爱国精神和自我牺牲的壮举。据粤剧研究专家谢彬筹所述,《温生才打孚琦》因为反映现实之迅速且直击民生之要害,轰动了香港社会,仅演出几场便被港英当局禁演,直到辛亥革命后,这出戏才在广东重新上演。③

剧中,温生才在面对家人、同伴的关心,以及审讯官员、狱卒的审问时,他多次表明自己的行为宗旨和革命立场,例如"我党人守宗旨与民除害,恼恨他专制毒满道狼

---

① 佚名:《温生才打孚琦》,载《中国近代文学大系》总编辑委员会编《中国近代文学大系(1840—1919)·戏剧集2》(卷17),上海:上海书店出版社2012年版,第1—25页。该书是张庚、黄菊盛主编《中国近代文学大系(1840—1919)·戏剧集2》1995年版的再版。
② 佚名:《温生才打孚琦》,《中国近代文学大系》总编辑委员会编《中国近代文学大系(1840—1919)·戏剧集2》(卷17),上海:上海书店出版社2012年版,第1—2页。
③ 谢彬筹:《清末民初的粤剧改良活动》,《学术研究》1982年第1期,第90页。

豸""为同胞伸义愤颅头不惜""排满宗旨,坚持不变,非是一人私仇""一人做事,怕死不来""我党人吖主排满宗旨,恨杀着个无用孚琦"等等①,使得一个心怀民族大义、凛然赴死的英雄形象跃然纸上。我们甚至可以借此想象当时演出此剧目的现场,舞台之上是志士班演员的激情演绎,舞台之下是民众的欢呼和掌声,台上台下同声共振、呼唤革命呼吁改变。

除了对温生才革命意志的直接面向描写,本剧另外通过描绘温生才的家庭生活以及他和狱卒之间的道义之交,侧面烘托他不可动摇的革命决心和人性关怀,将一个满怀救国救民革命精神的多重身份者的人情和义理表现得丰富细致、不单一化和简谱化。②

志士班改良新戏受到群众的欢迎和追捧,除了这些新戏大量采纳社会时事和贴近民生的事迹为编写题材,还因为在表演艺术上的巨大改革,主要体现在舞台语言、唱腔、表演艺术和舞台美术等等,使之较传统本地班粤剧更具有通俗、灵活和自然地反映民众生活的特点。而且,这些自文本至表演的广泛改革也很快地被本地班学习和吸纳。当时的本地班名班祝寿年班曾演出新剧《云南起义师》,由靓元亨和新白蛇主演,该剧致力于歌颂蔡锷而揭露、讽刺袁世凯的阴谋丑行,剧中有一段痛骂袁贼的曲词十分痛快淋漓,且亦能帮助我们一窥志士班粤剧改良的细节,曲文如下:

(中板)骂一声老奸贼你个泮塘皇帝,在此间洗干净对耳听吓本少爷把你的抵死事情逐件数齐。想当初满清个阵时咁样来待你可算得十分恩惠,你咁抵死啵巴结皇太后一味将光绪难为。点不知慈禧光绪一齐死咋摄政王想将你炮制,谁知你诈死脚痛辞职回归。到后来武昌起义师你就从中用计,逼走宣统仔算你有多少功来。孙中山估你系个忠厚智诚就推让位,点知道你一做总统就乱咁施威。买凶徒来暗杀宋氏教仁被无端枪毙,散国会杀议员乱作非为。同埋个一班杨度李燮和乌哩单刀就想做皇帝,重来整个嘅话国民公举卿分明是搵钉来咪。借埋的外债用城隍庙个个大算盘难以尽计,整到我中国真果是惨不堪啼。看将来你是个曹操再世,那奸谋和险诈件件皆齐。因此上本少爷用炸弹将你炮制,今日里你唔死系我死何用悲凄。大丈夫为国亡身无容多计,但只愿人人学我咁你就要立刻捞泥。③

可以看到,这一段唱词辛辣而又诙谐地揭露和讽刺袁世凯的不齿行径,有如滂沱瀑布

---

① 佚名:《温生才打孚琦》,载《中国近代文学大系》总编辑委员会编《中国近代文学大系(1840—1919)·戏剧集2》(卷17),上海:上海书店出版社2012年版,第3—12页。
② 张福海:《中国近代戏剧改良运动研究(1902—1919)》,上海:上海古籍出版社2015年版,第157—162页。
③ 转引自谢彬筹:《清末民初的粤剧改良活动》,《学术研究》1982年第1期,第91页。

般倏然流泻,激荡在读者、观者心中。行文大量使用了粤语方言词汇和语句,可以说通盘是以广府方言的表述逻辑来演绎。如此一段曲文,再辅以演员用方言来演唱表演,一定使得台下民众有大快人心之感。

除了上述二剧,还有其他多位著名粤剧艺人参演了时事题材的新剧。比如千里驹、小生聪合演了时装戏《小生聪拉车被辱》《千里驹演说傲夫》,紧密地配合了当时社会上发起的驱除"嫖、赌、饮、炊"四大害的运动。① 这些新编剧目的演出,不仅宣传了民族革命的思想、颂扬改革先驱的英雄事迹,更是自下而上地萌发、浇灌民众内心追求民主以及和平幸福生活的嫩芽,为广东近代民主革命的顺利开展奠定广大的群众基础。

三、志士班的影响与局限

《广东戏曲简史》总结志士班在辛亥革命时期所起到的作用时讲:"以志士班的戏剧改革实践为标志的广东戏曲改革,是资产阶级民主革命运动的派生物,它起了为辛亥革命运动摇旗呐喊、廓清道路的作用。"②

首先,继承和发扬了粤剧艺人忧国忧民、敢为天下先的优良传统。志士班和许多粤剧艺人都先后参加了兴中会和同盟会,如邝新华、靓雪秋、靓仙、金山佳、蛇王苏、陈非侬等等,他们团结一致地直接投入了辛亥革命伟大的实际斗争中,以时事新剧和改编旧戏为武器宣传革命思想,为辛亥革命运动的开展做充分的思想政治大动员。

其次,为宣传革命而创作、演出了不少新剧目,促进广东传统戏曲拓宽题材、提高思想。志士班兴起之后,广府剧坛上演的剧目题材几乎无所不包,其中尤以反映现实、抨击朝政、针砭时弊、反对封建、提倡宣扬民主自由、宣传爱国主义精神以及鼓吹资产阶级民主革命等主题和思想最为突出,给观众别开生面、耳目一新的感觉,在观剧的同时又能深受新思想、新主义之教育。

志士班对早期粤剧的刺激和影响是深远而有效的,是早期粤剧实现通俗化、地方化的最大助力。民国时期的《戏剧》杂志曾刊载过《怎样来改良粤剧》一文,文中这样描绘当时的剧坛:"经这一次的新运动,就稍稍变换了空气,那时一般人的革命思想已经潜滋渐长。见过新的戏,就感觉到旧戏不适用,不新鲜,这种空气促着戏剧本身起了变化。"③最直接的体现是旧式戏班逐步开始排演爱国新剧,且产生了一定的社会影响。冯自由曾评价旧式粤班编演新剧中最有力者,莫过于1909年人寿年班演出

---

① 赖伯疆:《广东戏曲简史》,广州:广东人民出版社2001年版,第207页。
② 赖伯疆:《广东戏曲简史》,广州:广东人民出版社2001年版,第207页。
③ 易健盦:《怎样来改良粤剧》,《戏剧》1929年第2期,第149页。

的《岳飞报国仇》一剧,由名角梁垣三(蛇王苏)饰演宋徽宗,豆皮梅饰梁若水,新白菜饰岳飞。该剧既配合了革命形势,又娴熟地运用了传统粤剧的排场和功架,加之演员的精湛表演技艺,演出获得极大的成功和反响。冯自由认为该剧在宣扬忠义爱国精神和唤起人民民族观念上"收效之速,较新剧团之宣传,有过而无不及"①,所以当时的《中国日报》也曾赠梁垣三等"石破天惊"的横帷,来彰显他们在民主革命伟业中的贡献。

第三,出于宣传革命的需要,志士班除了大量编演新剧外,还对粤剧的舞台语言、舞台布景、唱腔音乐、伴奏乐器、舞台设置等多方面做了全面的变革。

自志士班一开使用广州方言为舞台语言之先风,促进了粤剧本地班戏剧语言从戏棚官话到粤方言的转变,从而引发唱腔音乐的全方位改革,并吸纳木鱼、南音、龙舟和板眼等民间曲艺音乐进入粤剧唱腔体系,使早期粤剧更加大众化,加快了地方化进程。此外,在演员舞台表演方面,演员的台步、身形、做工姿态等等,打破了古典粤剧的范式规程,遵循现实主义法则,开始走向模拟生活的自然形态的表演路线。② 舞台设计、服装、化妆等方面也更趋向于写实化和现代化,在艺术表现形式上得到发展和提高。

第四,为广东戏曲培养了大批思想新进的人才。自采南歌班以来,各志士班培养了多位名伶,后来分配至各个粤剧戏班,诸如小生靓荣、扬州安、朱次伯、金山炳、白驹荣等;花旦余秋耀、肖丽湘、陈非侬等;老生新珠;小武靓元亨;丑生姜魂侠、叶弗弱等等。他们都日渐成长为粤剧界的顶梁柱。③

总之,志士班虽然存在时间不长,但它在宣传民主革命的同时,对早期粤剧发展所形成的全方位强大冲击是广泛而深刻的,直接影响并促成了近现代以来粤剧善改革、多元化以及包容性强的文化品格。④

在肯定志士班革命推手的重要影响同时,我们也要客观、辩证地看待志士班在近代戏曲改革过程中的不足之处。志士班改良新戏的目的在于鼓吹革命、宣传民主,他们采用传统戏曲这样的旧形式来展现新内容,虽然达到了直接、快速且直击人心的效果,但他们没有在根本上解决传统戏曲旧形式和新内容之间的矛盾,多是生搬硬套和粗糙处理,因此具有致命的不完备性。⑤ 随着政治局势的改变和民众革命热情的

---

① 冯自由:《革命逸史》(第二集),台北:台湾商务印书馆1953年版,第243页。
② 张福海:《中国近代戏剧改良运动研究(1902—1919)》,上海:上海古籍出版社2015年版,第163—164页。
③ 赖伯疆:《广东戏曲简史》,广州:广东人民出版社2001年版,第211页。
④ 有关志士班对早期粤剧的影响,也可参见黄伟《"志士班"与粤剧地方化》,《戏剧文学》2009年第3期,第62—68页。
⑤ 详见谢彬筹:《清末民初的粤剧改良活动》,《学术研究》1982年第1期,第89页。

衰退,志士班的演出大量减少,也呈现出剧目单一的缺陷,无法维持高密度的演出,也无法满足观众日益多元化的观剧需求,日渐走上消散的末路,仅剩下个别班社朝商业化转向。据陈非侬所述,后期志士班中的民乐社每年只演出两三次,琳琅幻境社也不过三四次。虽然琳琅幻境社"卖座率甚至比粤剧的三班头还高"①,但这更可能是出场次稀少的情况下造成的轰动效应。

据史料记载,1912年黄鲁逸曾在香港重组优天影剧社,但很快就陷于窘境而草草告终,这也标志着志士班的历史任务正式结束。虽然昙花一现,但志士班及其成员不仅完成了协助革命运动的作用,更是引发了早期粤剧的地方化大改革,并为粤语话剧的发展奠定了基础。②

第二节　粤剧本地班的发展蜕变

清末民初,广东早期粤剧发生了脱胎换骨的变化,在商业经济和民主革命的双重刺激、协助下,从乡野戏棚逐渐走进城市戏院,由乡村古腔戏剧向都市现代戏剧全面转型。在这期间,有很多戏班和演员都值得在粤剧史中浓墨重彩地书写,其中绝对不能略过的是人寿年班以及该班的大佬倌——千里驹。

一、省港第一班——人寿年班

人寿年班创立于清光绪后期,是晚清粤剧红船"四大名班"之一,宣统年间由香港宝昌公司接办,直至民国二十二年(1933)散班,历时三十多年,是粤剧全行少见的"长寿班",也是粤剧戏班中班牌最老、名气最大的一个,演员阵容强大,活动时间长,素有"省港第一班"之称。《中国戏曲志·广东卷》有该班专属词条,详细介绍了它的辉煌发展历程,并罗列了班中名角和名剧:

> 创建于清光绪后期,是宝昌公司属下的一个大型戏班,有"省港第一班"之称。清末以来,粤剧名演员如蛇王苏、肖丽湘、小生聪、风情杞、千里驹、白驹荣、薛觉先、马师曾、靓少凤、靓新华、嫦娥英、蛇仔利、新珠、靓荣、靓少佳、靓次伯、林超群、庞顺尧等都曾在人寿年搭班演戏。这些演员的成名戏如小生聪、肖丽湘的《游湖得美》,肖丽湘、风情杞的《再生缘》,小生聪、千里驹的《舍子奉姑》,白驹

---

① 陈非侬:《粤剧六十年》,香港:香港中文大学音乐系粤剧研究计划2007年版,第15页。
② 详见温方伊:《"志士班"白话剧演出考述》,《戏剧艺术》2020年第4期,第131页。

荣、千里驹的《金生挑盒》以及薛觉先的《三伯爵》,马师曾的《苦凤莺怜》等都是在人寿年班首演的。从民国元年(1912)前后起,由千里驹鼎力支撑十余年。民国十六年千里驹离开后,人寿年班景况渐不如前,后由靓少佳、蛇仔利、新珠、嫦娥英、赛子龙等人担纲演出《龙虎渡姜公》(连本戏)、《状元贪驸马》等戏,业务稍有起色。民国二十二年,班中发生丑生罗家权枪杀徒弟唐飞虎一案,班主何某怕受牵连,宣告散班。①

有学者称该班的历史是粤剧从乘坐戏船巡演于珠江三角洲的红船时代,到省港澳城市大戏院,再到非粤语地区的上海、海外唐人街的历史缩影。② 因此,近二十年来,人寿年班往往成为粤剧研究学人们考察粤剧从"红船班"演进为"省港班"的典型案例,以及探究粤剧戏班城市化的绝佳对象。③

在红船时代,人寿年班主要演出剧目包括《八仙贺寿》《天官贺寿》《六国大封相》《玉皇登殿》《天姬送子》《破台》《祭白虎》等传统例戏,以及"江湖十八本""大排场十八本"和各老馆的首本戏。组建之初,人寿年的演出大都在农村,较少进入广州、佛山、肇庆、惠州等城市演出。

据清末发行的娱乐报纸《真栏》所载,光绪二十九年(1903),广州的红船班共有36班,人寿年班位列其中第五位,阵容整齐,名角众多,尤其擅长小武和花旦戏。不久,以人寿年班为代表的"四大红船班"逐渐进入城市。此时的人寿年班仍然是以"戏棚官话"念唱为主,但已经开始掺杂广州方言演唱。直至民国初年,人寿年班实力依然不减,继续稳居36班前列。1918年出版《梨影杂志》曾登载有《卅六班子弟》排名,人寿年上升到了第四位,与周丰年班、庆丰年班、乐千秋班号称"四大名班"。④

限于第一手文献史料的匮乏,我们虽然无法完全再现人寿年班当初的"顶流"盛况,但依旧可以通过一些"二手"资料,比如报刊记载、时人回忆以及政府公报等,管窥清末民初人寿年班称霸剧坛之盛况。

黄纯在《晚清民国时期广州粤剧城市化研究》中曾参考以往研究以及近代报刊中的广告,统计出"1900—1916年人寿年班省港演出记录"表。⑤ 现引述如下:

---

① 《中国戏曲志》编辑委员会、《中国戏曲志·广东卷》编辑委员会:《中国戏曲志·广东卷》,北京:中国ISBN中心1993年版,第377—378页。
② 沈有珠:《从岭南小红船到国际大舞台——粤剧"人寿年班"的发展历程及其启示》,《戏曲研究》第98辑,2016年,第232页。
③ 例如黄伟《广府戏班史》(中国社会科学出版社2012年版)、黄纯《晚清民国时期广州粤剧城市化研究》(中山大学出版社2018年版)。
④ 《卅六班子弟》,《梨影杂志》1918年第1期。转引自沈有珠《从岭南小红船到国际大舞台——粤剧"人寿年班"的发展历程及其启示》,《戏曲研究》第98辑,2016年,第233页。
⑤ 黄纯:《晚清民国时期广州粤剧城市化研究》,广州:中山大学出版社2018年版,第49—50页。

时间	演员	剧目	演出场所	资料来源
1900年	靓少凤、靓新华等	《玉葵宝扇》《碧玉祭奠》《大破鸦阵》	香港高升戏院	梁沛锦：《粤剧研究通论》，香港龙门书店有限公司1982年版，第252—253页
1904年	小生聪、细明等	《玉箫琴》《良缘夙缔》	香港太平戏院	《太平戏院霓裳公司演人寿年第一班》，《广东日报》1904年2月19日第4页
1914年	肖丽湘、风情杞、蛇仔礼、公脚孝、仙花达、一定金、金山和、新苏仔	《义擎天》《烈女报夫仇》《铁案反成枯》《赌仔吊颈》《双凤栖桐》	广州西关乐善戏院	《西关乐善戏院》，《人权日报》1914年8月13日第7页
1914年	金山富、小生耀	《诸葛亮舌战群儒》《破连环火烧赤壁》《名妓从良》《瞒婚再娶》《临崖勒马》《双凤栖桐》	广州东关戏院	《广福公司东关戏院》，《人权日报》1914年9月21日第7页
1916年	不详	不详	香港九如坊新戏院	《人寿年禁演一星期》，《香港华字日报》1916年8月25日第1张第3页

可以发现，早在20世纪之初，人寿年班已经多次赴港演出。而当时的香港剧坛，尤其是同治年间先后落成的升平、重庆和高升戏院，都是以上演粤剧为主。再加上1904年建成营业的太平戏院。早在同治十三年(1874)《循环日报》就称："每逢演剧之时，灯火连宵，笙歌彻夜。往观者如水赴壑。"①

光绪后期，香港《华字日报》中刊登的戏院广告可以为我们提供更清晰的演剧资料。据新加坡国立大学容世诚教授统计，1900年到1910年之间在香港演出的戏班，按照班牌名字计算，最少有250个；曾前往香港戏园演出的戏班有人寿年、周丰年、琼山玉、琪山玉、周康年、周丰年、国中兴、祝尧年、祝华年、祝康年、普同春、华天乐、瑞麟仪、凤凰仪、寿丰年、寿康年、吉庆来，以及与革命志士关系密切的采南歌童子班等。这其中还会派分"第一班""第二班""第三班"，以及"爽台班"等。细分之下，这十年内，以"人寿年第一班""琼山玉第一班""周丰年第一班"三个班牌赴港演出最为频密，他们也是香港观众比较熟悉的广府戏班。②

---

① 转引自康保成主编、[新加坡]容世诚著：《海内外中国戏剧史家自选集·容世诚卷》，郑州：大象出版社2018年版，第279—280页。
② 康保成主编、[新加坡]容世诚著：《海内外中国戏剧史家自选集·容世诚卷》，第286—287页。

此外，来自澳门的粤剧戏迷汪容之女士曾回忆，在20世纪20年代初，澳门的清平戏院是天天有新班、新戏上演，且场场座无虚席，上演的都是省港"猛班"，其中令她印象最为深刻的要数人寿年班。她称这个班是"粤剧班中鼎盛中的鼎盛"，对看过的演出阵容和剧目数年后仍如数家珍，记忆犹新：

> 我姑且把曾经看过的、记得的该班的名剧背将出来：记得有千里驹担纲，白驹荣及其他名角拍演的《声声泪》《生死缘》《猩猩追舟》《燕子楼》《可怜女》《三十年的苦命女郎》《文姬归汉》《梅之泪》《柳如是》《再生缘》《猪笼浸女》《醋淹蓝桥》《阎瑞生》《佳偶兵戎》《苦凤莺怜》《裙边蝶》《风流天子》《大闹梅知府》《泣荆花》等。靓荣担纲演出的《岳武穆班师》《华容道》《夜困曹府》《狸猫换太子》等。薛觉先演出的《三伯爵》《沙三少》《宣统大婚》等。还有好些戏，我虽曾看过，但已忘记。一个戏班在两年左右时间，新戏这样多，也可算空前了。①

以上材料，都可以向我们展现出人寿年班在当时粤剧界的地位和影响，而且这种盛况还是其他戏班望尘莫及的。

至20世纪20年代，正是人寿年班发展之鼎盛时期，当时的各大报刊如《申报》《广州民国日报》《华字日报》《粤商公报》《公评报》《越华报》《伶星》等，一直有持续刊登人寿年班的演出广告。曾有时人署名"光磊室主"，在《申报》中发表《粤剧杂谈》一文，称1923年组建的19个省港班中，以人寿年、大中华和环球乐三班为最好，特别受当时粤人欢迎，评价人寿年班是"以角色胜，如千里驹、白驹荣、靓荣、靓新华等，皆属杰出者也"②。其中提到的演员千里驹，便是人寿年班得以蜚声剧坛的重要原因之一。

二、早期粤剧一代宗师——千里驹

千里驹(1888—1936)，生于顺德乌洲乡(今伦教乌洲永兴街)，原名区家驹，别字仲吾，出身于破落的读书世家，父亲是一个不得志的穷秀才。他从小性情纯良，事母极孝。由于父亲早早过世，他11岁时便投奔舅父的木器店做学徒，承担家庭重担。他从小就爱听戏、看戏，后经人介绍改学演戏，先跟随当时著名男花旦扎脚胜学习，后又拜惠州班的小生架架庆为师，并跟随他辗转四乡演出。在一次演出中因紧急救场反串花旦大获成功，得到观众和同行的认可，从此千里驹就开始专攻花旦。不久，宝

---

① 汪容之：《我记忆中的"人寿年"及其他》，载广州市政协文史资料研究委员会、粤剧研究中心合编《粤剧春秋》，广州：广东人民出版社1990年版，第63页。
② 光磊室主：《粤剧杂谈》，《申报》1924年7月28日。

昌公司老板何萼楼慧眼识珠，买下他和师父架架庆的师约，聘二人到公司下辖的凤凰仪班，很快又擢升至人寿年班，并最终挑起该班的大梁，成为人寿年班的"招牌钩"。所谓"招牌钩"，即若没有他，戏班便挂不起这块金字招牌，可见其艺术地位。①

千里驹的艺术鼎盛时期都是在省港第一班人寿年度过的。他的首本戏很多，例如《荡舟》《夜送寒衣》《可怜女》《舍子奉姑》《燕子楼》《泣荆花》和《金叶菊》等等，因为技艺超群而列群芳之首，被观众盛赞为"花旦王"。

千里驹最擅长演苦情戏，有"悲剧圣手"的美誉。他主张演戏要体验角色，感同身受，设身处地感受剧中人物的情感，所以演到情真意切时泪雨滂沱，悲痛欲绝，不能自已，格外牵动台下观众的心绪，并深深打动他们。千里驹在演首本戏《可怜女》中"哭尸"一段时，一句滚花未唱完，已经催人泪下，观众拍案叫绝。广府民间有民谚"若要哭，睇《金叶菊》"，该剧即是千里驹所演首本。《粤剧大辞典》在粤剧人物专栏中评价他是"淋漓尽致地表现主角的悲苦心情，演得情真意切，尤以念白动人，令观众为之落泪"②。

千里驹对待舞台演出十分严肃认真，力求完美，并追求进步。他曾得到梅兰芳的赏识，赞叹、评价他是"处处不肯放松，认真去做，毫无欺台之弊"③。囿于自身声线条件不够亮耳动人，他刻苦训练，琢磨出适合自己的"驹腔"——高低音切换自如，高音不刺耳，低音不含混。呈现出婉转动听、吐字清晰、声情并茂的演出效果，并因此成为粤剧旦行演唱的范本。千里驹也因此获得粤剧界"滚花王""中板王"的"双王"称号，也有观众和报刊媒体称他为"广东梅兰芳"。

最难能可贵的是，千里驹还十分爱惜人才，善于奖掖后进，成就他人。白驹荣、薛觉先、白玉堂、马师曾和靓少凤等在粤剧发展史上有名有姓的中坚力量，都曾得到过他的提携和帮助。在近代粤剧巨大转型、改革和发展的关键时期，千里驹正是其中的一盏"油灯"，既在舞台上燃烧自己、为粤剧艺术奋斗，又为粤剧从艺人员照亮前行的路，指引他们继续为粤剧艺术的发展而努力。

在1924年出版的《小说星期刊》第二期中，《剧趣》一栏有时人"招宝铿"发表了一篇评论千里驹的文章，题为《千里驹之技称于时》④，对千里驹的技艺、唱功以及成

---

① 有关千里驹的介绍，参见曾石龙主编、《粤剧大辞典》编纂委员会编《粤剧大辞典》，广州：广州出版社2008年版，第863—864页；吴英姿、唐艳等编著，《佛山历史文化丛书》编纂委员会编：《佛山历史文化丛书·第1辑佛山粤剧》，广州：广东人民出版社2016年版，第109—112页。
② 曾石龙主编、《粤剧大辞典》编纂委员会编：《粤剧大辞典》，广州：广州出版社2008年版，第864页。
③ 赖伯疆：《近代粤剧界一代宗师千里驹》，广州市政协文史资料研究委员会、粤剧研究中心合编：《粤剧春秋》，广州：广东人民出版社1990年版，第177页。
④ 招宝铿：《千里驹之技称于时》，《小说星期刊》第二期，1924年九月初六。

就做出实事求是、鞭僻入里的评价,现抄录如下:

> 近日社会人士之观剧心理,咸以少年色美四字为前提。反是,则虽具响遏行云之声,允文允武之技,极其量亦置诸中下班,不为时所重。此亦社会潮流所趋向,殊堪发叹也。然独人寿年班之千里驹,则不以色见长,而以技称于时。真百思莫明其妙,无亦驹伶做工之独到处,有以致之乎。考驹伶声虽略嘶,当属能唱。历久不倦,且露字玲珑,咬弦极紧,无格格不吐之弊。其腔口之优美处,目前旦角中,实无一人敢望其肩背。其做工老到,描倣剧中人物,任饰何人,莫不惟肖惟妙。然尤以演苦情戏为最佳,不愧执旦角一途牛耳。然其貌,则仅中人之姿,无韶秀之可言,但其斌媚之处,亦非尽减,不过逊人一筹耳。缘驹伶年龄渐高,故失其姿色,然此本自天赋,非人力所能强为。且驹伶亦不以貌之不扬,而低其声价。风闻该班主本年以二万四千金之重价购之云。

当然,人寿年班之所以能够成为粤剧界少有的"长寿班",不光依仗大佬倌"花旦王"千里驹这块金字招牌,宝昌公司老板何萼楼的商业化模式经营、善于发现人才和培养名角,以及擅长编剧的"坐舱"(经理)骆锦卿,都在该班发展过程的不同时期起到"挑大梁"的关键作用。是他们共同的努力,带领整个戏班积极改革,引领粤剧风云变化之浪潮。①

三、现存清末千里驹"首本戏"剧本情况

前文曾提到过"首本戏"或"首本",这是粤剧界的术语,指的是著名演员、大佬倌们经过舞台演出实践,能代表自己表演艺术水平的,受到观众欢迎、追捧而且深入人心的剧目。② 例如提到薛觉先,大家就会想到《胡不归》;想到马师曾就会想到《苦凤莺怜》;香港的任剑辉、白雪仙则以《帝女花》一剧长久地征服不同时期的观众。

作为清末民初时期的粤剧大佬倌,千里驹的首本戏有很多,前文已经罗列了《荡舟》《可怜女》《金叶菊》等剧目。现以《俗文学丛刊》③及《广州大典·曲类》④为剧本来源参考,详细介绍几种千里驹首本戏的现存剧本文献情况。

---

① 详见沈有珠:《从岭南小红船到国际大舞台——粤剧"人寿年班"的发展历程及其启示》,《戏曲研究》第98辑,2016年,第243—246页。
② 蔡孝本:《戏人戏语:粤剧行话俚语》,广州:广州出版社2015年版,第113页。
③ 台湾"中央研究院"历史语言研究所《俗文学丛刊》编辑小组编辑:《俗文学丛刊·戏剧 粤戏》,台湾"中央研究院"历史语言研究所、新文丰出版股份有限公司合作出版2002年版。
④ 陈建华、傅华主编:《广州大典·曲类》,广州:广州出版社2019年版。

(一)《荡舟》

该剧现存三个出版堂版本：

广州五桂堂机器板，广东省立中山图书馆有藏，索书号为 K/0.88/8881.2，原书封面及第一页残损严重，正文多处有虫蛀，《广州大典·曲类》第 23 册 467—506 页据此藏本影印；中山大学图书馆古籍部有藏，分散在编号 20753 的《俗曲》第一册和第二册之中。

广州以文堂机器板，现藏台湾傅斯年图书馆，索书号 A J10-08，《俗文学丛刊》140 册 219—308 页据以影印；

广州醉经堂机器板，现藏北京师范大学图书馆，索书号为 855.7933/664（第一册），阙卷一，以及 855.7933/664（第四册）。

这三种版本虽然发行者不同、封面图版有异，但内里行文、行款全同。卷一第七页有唱词"游学生别东洋，束装旋里"、"三年毕业转归期，自从祖国停科试，纷纷游历遍东西……"，可知该剧所演故事约在光绪三十二年（1906）之后，刻印出版自是在此之后。

（左图）：广东省立中山图书馆藏五桂堂板，卷一封面；
（右图）台湾傅斯年图书馆藏以文堂机器板，卷一首页。

本剧分五卷，各卷卷名为：途中遇救、湖中得美、难拯裙钗、香潮恶感、法场祭奠。各卷的封面所题同于卷端，唯有卷五封面所题不同，题为"生祭小生聪荡舟五卷"。版心题"千里驹荡舟"。

(二)《杀子奉家姑》

该剧现存三个出版堂版本：

广州以文堂机器板,台湾傅斯年图书馆藏,索书号 A J04-06,《俗文学丛刊》158册 337—426 页据以影印；

广州成文堂机器板,北京师范大学图书馆藏,索书号为 855.7933/664.6、858.6/664:11,《广州大典·曲类》第 22 册 454—477 页据此本影印；

广州五桂堂机器板,中山大学图书馆古籍部藏,编号 20514,仅存首卷。

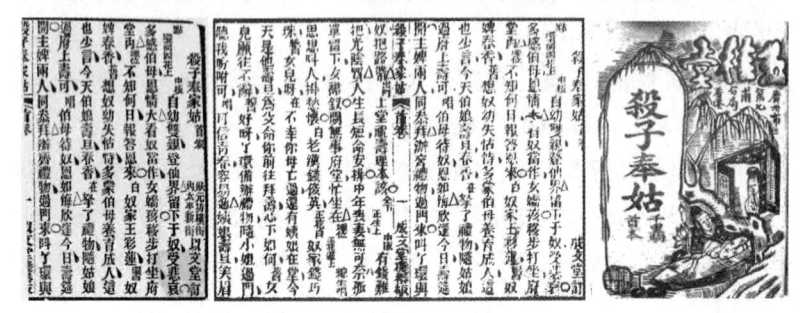

(左图)台湾傅斯年图书馆藏以文堂机器板,卷一首页；
(中图)北京师范大学图书馆藏成文堂机器板,卷一首页；
(右图)中山大学图书馆古籍部藏五桂堂机器板,卷一封面。

该剧共五卷,各卷卷名为：杀子奉家姑、抛珠引玉、贼劫三庄、割股调羹、误判孝妇。三种版本卷端所题及行款、行文全同。

有意思的是,在同班演员小生聪的首本戏《拉车被辱》剧本中,卷末有十分简短的以文堂出版预告："千里驹杀子奉家姑续出"。这是近代俗文学文献中常见的"副文本",对剧目整理、史料汇集以及剧本研究等都有重要作用。

(三)《小生聪偷鸡游刑》

该剧现存两个出版堂版本：

广州五桂堂机器板,广东省立中山图书馆有藏,卷六有残损,索书号为 K/0.88/8881,《广州大典·曲类》第 22 册 751—778 页据以影印；中山大学图书馆古籍部有藏,编号 20753《俗曲》第一册。

广州醉经堂机器板,北京师范大学图书馆藏,索书号 855.7933/664(第一册),仅存卷一。

二种版本现存卷次中,卷端所题及行款、行文全同。各卷卷名为：弱絮沾泥、乐极生悲、斯文扫地、当娼仗义、逼妓谐婚、缺月团圆。

此剧本虽然卷端题名为"小生聪偷鸡游刑",但第一卷封面题的是"千里驹\小生

广东省立中山图书馆藏五桂堂机器板,卷一封面和首页。

聪偷鸡游刑"。在以往粤剧史论述中或有关千里驹的研究中,并未见有提到过此剧。本书依据第一手文献所标注,将其亦作为名伶千里驹的首本戏之一。

(四)《可怜女》

现存广州五桂堂机器板,封面标有"千里驹、白驹荣首本"。中山大学图书馆古籍部藏,编号20514,《广州大典·曲类》第20册553—576页据此本影印;台湾傅斯年图书馆藏有,索书号 A J14-07、A J34-37,《俗文学丛刊》141册299—388页据以影印。

本剧分五卷,各卷卷名为:两小无猜、鸎妹殓亲、别母求名、拯美招尤、上诉鸣冤。

中山大学图书馆古籍部藏五桂堂机器板,卷二封面及首页。

以上四种剧目现存剧本情况,仅仅是现阶段可见千里驹在清末民初这一阶段的首本戏剧本。事实上,作为见证了粤剧省港班全盛时期的"一代宗师",现在还留存有大量千里驹在此时期的剧目和剧本,其中还有他个人的名曲会刊。今台湾傅斯年图书馆藏有一册名为《千里驹》(索书号:AJ38-066)的粤剧唱段合集,是合成公司印行的排印本剧本,《俗文学丛刊》第159册497—562页以及《广州大典·曲类》第40

403

册334—351页据此本影印。此书卷端题"粤东唯一旦角千里驹名曲汇刊",收录千里驹的拿手唱段六十三曲,这些唱段分别出自三十多种剧目,比如《玉锣金娥之饯别》《残霞漏月之哭棺》《残霞漏月之幻影》《醋淹蓝桥之哭灵》《梅之泪隔河会》《李香君守楼》等等。此等将著名演员的拿手唱段汇集成刊,是1920年代省、港、澳剧坛发展鼎盛的一种侧写,不仅满足了民众"追星"的需求,也顺势而为继续扩大名班的声望和名伶作品的传唱度,是推进粤剧史发展的重要出版物媒介。

可以发现,上述千里驹的首本戏剧本中几乎都是他在人寿年班鼎盛时期的剧目,再次证明了这个享誉多年的大佬倌和盛名绵延的人寿年班之间生息与共的关系。当然,人寿年班作为清末民初省港第一大班,留存至今的剧本远远不止千里驹一个演员的剧本,还有白驹荣、小生聪、靓荣、靓新华等多位演员参演的多部作品。就目前的剧本文献搜集来看,以《俗文学丛刊》和《广州大典·曲类》中收录的粤剧剧本来看,至少有30多种在封面或卷端处题"人寿年班"的剧本,其中以二十世纪二三十年代出版的排印本剧本为多,例如《一口女唇枪》《一语破情关》《仇敌鸳鸯》《甘违军令慰阿娇》《伏虎婵娟》《花心箭》《李师师》《近水楼台先得月》《苦凤莺怜》《佳偶兵戎》《穿花蝴蝶》《梨花依旧向阳开》等等,这些即是粤剧史中名班迭出、百花争艳的省港班时期的最好实证。

第三节　广东其他戏曲的因革

辛亥革命前后,除了粤剧本地班艺人直接参加革命斗争和改革戏曲外,其他剧种的艺人也有参加反清革命斗争或改革戏曲、利用戏曲做反清宣传。在资产阶级民主革命和思潮的影响下,潮剧、汉剧、琼剧、西秦戏、正字戏和木偶戏等民间戏曲都经历了一场内、外结合的改革和发展。

一、潮　剧

在近代广东戏曲改革浪潮中,潮剧产生了内容和形式各方面的改革。首先是得益于改良新戏的影响以及潮剧在东南亚的传播和交流,出现了不少新编的时事戏和时装戏,例如1902年改编自外国故事题材的《女英雄记》(又名《印度寻亲记》);以本地故事为素材的《龙船案》《龙井渡头》《滴水记》等新编剧;以及以《林则徐》《徐锡麟》为代表的反映现实的剧目。新编剧目的出现,引起了潮剧舞台艺术一系列的变化。主要表现在丰富和细化了表演行当和舞台程序,例如传统生旦为主的简单程序

"三步进三步退"得到多样化创造,演变为富有创意的丑旦为主的表演程序,更突出强调写意性和技巧性,加入了杂技和特技的表演;丑角中新兴出现了裘头丑、长衫丑和褛衣丑等,裘头丑和长衫丑通常扮演农民、城市贫穷者、市井商贩小民等中下层人物,褛衣丑则穿长衫套马褂或背心、留长辫,多是反面人物,他们的共同特点是表演程序比较自由,舞台上以多插科打诨的口白为主。这三类丑顺应清末民初文明戏的出现而诞生,多是清装戏人物,现在的舞台上已经不复存在了。①

此外,音乐唱腔方面,自从清末引入歌册曲调、西秦和外江戏的板式唱腔,潮剧也吸收了广府粤剧的声腔板式,和本地俚俗小曲融汇,形成特有潮音潮味的新曲调,还形成了固定的编剧、作曲制度,戏班中有专职的作曲先生;舞台装饰一改过去的三幅竹帘,而改用绣幕布帘;演员也开始以新颖的服装来招徕观众,潮绣在舞台美术中成为时尚。②

清末民初,电影被引进潮汕地区,当电影以其节奏明快、情节紧凑、手段新奇的面貌出现在潮汕的城镇,立刻受到逐奇猎趣的有闲一族,尤其是年轻人的青睐。宣统元年(1909),《图书新报》上就开始刊登上演电影的广告:"揭邑本初八晚,有广智公司电机影戏,在北门沟仔墘开演。戏套新奇,神技绝妙,足以广人耳目,开人智识。……"③因此,潮剧也清醒地认识到电影的冲击,他们则积极应对,也将观众喜闻乐见的一些潮剧剧目拍成电影发行,不仅加速了潮剧在粤东、台湾以及东南亚潮人族群的本土文化的认同,开拓了市场,同时也大面积争夺了潮梅外江戏的演出市场。④

这一时期的潮剧戏班多有名班,主要是承接清末光绪年间开始发起的"四大名班",从它们的起落浮沉中我们可以管窥清末民初潮剧的发展轨迹。现参考已有戏曲辞书、志书以及研究论著,逐一介绍潮剧"四大名班"。

首先是清光绪年间由澄海县外砂乡武举王立秀创办的老正顺香班。王立秀还创办了新正顺香班,他与当时潮属各乡镇的戏班班主一起,立下了"正"字班社严禁用女伶演戏的班规;以及在戏箱前面画八宝图、后面画太极图的行规,以此作为潮剧正统班社的标志。老正顺香班先后拥有名教先生晋元、良宗、芝开、徐乌辫等,名鼓师、乐师万丰、陈两福、王炳意,名丑乌必、阿倪、大目、振坤,名旦崇善等。曾演出过的较为出名的剧目有《扫窗会》《拒父离婚》《大难陈三》《大红袍》《小红袍》《秦雪梅吊

---

① 《潮剧志》编辑委员会编:《潮剧志》,汕头:汕头大学出版社1995年版,第231页;赖伯疆:《广东戏曲简史》,广州:广东人民出版社2001年版,第213页。
② 有关此时期潮剧在音乐唱腔、表演艺术及舞台服饰等方面的变化,详见《潮剧志》编辑委员会编《潮剧志》,汕头:汕头大学出版社1995年版,第13页。
③ 《图书新报》,宣统元年(1909)十二月初十日,"揭阳开演电机影戏"条。
④ 陈志勇:《广东汉剧研究》,广州:中山大学出版社2009年版,第79—80页。

孝》等。该戏班经历多次转卖、改革并一直延续下去,二十世纪五六十年代,其艺术骨干被抽调,成为组建广东潮剧团、汕头市潮剧团的中坚力量。

老源正班,清光绪三十三年(1907)由潮阳县下林黄乡人创建。该班曾多次易主经营,先后拥有名艺人徐乌辫、林贤、卢吟词、黄喜怀、吴汉文、林和忍等。演出过比较出名的剧目有《秦德避雨》《杨令婆剥壳》《回窑》《收浪子尸》等。当地有"老源正班,无看心头痛"的民谚,可见该戏班的演出在民间的受欢迎程度。中华人民共和国成立后改名为源正剧团,是潮剧戏曲改革重点剧团之一,后来亦并入广东潮剧院成为潮剧院二团。

三正顺香班,乃清末澄海县外砂凤窖乡班主陈家泽买入三玉堂戏班班底扩充组成。二十世纪三十年代该班曾先后到泰国、越南、香港和上海等地演出,收获不少好评。拥有过名编剧家谢吟,教戏先生林如烈、卢吟词、黄玉斗等。以演传统戏《大难陈三》和文明戏《人道》《妹妹的悲剧》《空谷兰》等著称,其中《人道》连演十年、《大难陈三》连演四十年不衰。连台本戏《樊梨花》也很受欢迎。和其他名班一样,三正顺香班于1958年并入广东潮剧院。

最后是老玉梨春班,由清末潮州彩塘金砂乡陈腾阳创办,民国初年曾卖给同乡陈和利。该班原来以乌衫戏出名,后来加强了花旦行。二十世纪三十年代,曾聘请福州京剧武功教师传艺,学习京剧武功,演出了一些武戏,颇受赞赏。该班在潮剧界较早采用机关,由谢良田绘制的布景当时颇有影响。戏班曾先后搭班编剧孙炎章、魏启光,教戏先生林如烈、马飞,演员李来利、马八、陈书厨、吴木龙、黄清城、翁全等。主要演出剧目有《木兰从军》《吴汉杀妻》《红鬃烈马》《桃花寨》《火焰山》《三气周瑜》《搜楼》《双喜店》等。二十世纪五、六十年代,先后并入广东潮剧院、汕头市潮剧团。[①]

二、汉　剧

宣统年间,潮梅地区外江戏演出了一批新剧目,如《闹龙舟》《打破锅》《锡呖案》等,反映了粤东地区客家人和东南亚华侨社会生活,因而也促进了表演艺术和唱腔音乐、舞台美术的丰富发展。

比如宣统年间出现女须生行当,开创了男女演员同台演出的先例。又如红生的出现及其唱腔的革新,陈隆玉把红净的发声和行腔与乌净区别开来,改为真假嗓结合。假嗓以鼻腔共鸣为主,低音区又略显原喉音色,因而使行腔顺畅,音域宽广,高亢

[①] 有关潮剧名班的介绍,参见《中国戏曲志》编辑委员会、《中国戏曲志·广东卷》编辑委员会编纂《中国戏曲志·广东卷》,北京:中国ISBN中心1993年版,第376—378页;《潮剧志》编辑委员会编《潮剧志》,汕头:汕头大学出版社1995年版,第272—277页。

亮丽，悠扬典雅，刚柔结合，成为外江戏富有特色的新行当新唱腔。

唱腔音乐也因吸收了粤东客家地区的民间音乐、祭祀音乐、中军班音乐而日益丰富，委婉动听。乐队的伴奏乐器也比以前丰富多样，如文场乐器从只有头弦、三弦、月琴，增加了古筝、琵琶、洋琴、椰胡、洞箫等管弦乐，音色更加丰富优美，表现能力也大为提高。

从光绪至民国初年，潮梅地区外江戏各个行当都先后涌现出了一大批演技精湛的名角，如四大花旦：张全镇、林辉南、李兴隆、丘赛花；四大正旦(青衣、蓝衫)：詹剑秋、詹吕毛、钟熙懿、黄桂珠；四大花衫：黄万权、庄巧兰、林贯权、陈庆祥；四柱小生：曾长锦、陈良、梁才、赖宣；四柱丑角：蔡荣生、苏长康、光头导、铁钉丑；四柱泰斗(公)：罗芝琏、盖宏元、沈可长、黄春元；四老"龙钟"(婆)：陈文铭、詹阿日、郑耀龙、杜小贵；四红头(红净)：张来明、陈隆玉、蓝光耀、萧娘传；四黑头(黑净)：姚显达、谢阿文、何开镜、许二娥。①

各个行当名角的出现，标志着外江戏形成了各自的表演艺术流派，形成自身独特的唱腔、绝技和代表剧目。如老生行，光绪年间就有"生罗死盖"之誉，前者指大埔人罗明惠，他的特点是嗓音浑厚，吐字清晰，做工细腻，善于抒发人物内心感情，他演《清官册》中的寇准有"顶帽转圈"的绝技；后者指潮安人盖宏元，以演死戏著称，演《南天门》中曹福有"腾空抢背"、《撞李陵碑》杨继业有"怒发冲冠"的绝技。

另外也有一些名艺人各有他们擅演的首本戏，如老生客仔的《分家》，老旦郑耀龙的《钓金龟》，红净陈隆玉的《送京娘》，青衣詹吕毛的《孝义流芳》，乌衣张富镇的《贵妃醉酒》，丑生笠四的《蓝继子哭街》，小生林美添的《罗成写书》，乌净林雨生的《五台山》等。② 足见这一时期"外江戏"在戏剧人才上达到顶峰，然而这也是广东汉剧在1949年之前最后的辉煌。

此时期，广东汉剧亦有"四大名班"。荣天彩班名列四大班之首，于光绪年间由普宁人李爱家创办。名角有乌净姚显达、红净陈隆玉、婆角郑耀龙、老生盖宏元、丑角唐冠贤、小生张全锦、青衣钟熙懿、花旦丘赛花等先后搭班，较有影响的剧目有《六郎罪子》《五台山》《钓金龟》《打洞结拜》《四进士》《落山别》《明公案》等，光绪末年以该班为主力，集中潮州外江戏名角赴上海演出，被认为是"与京皮簧及越剧相较，未曾逊色"。民国初年，该班还到过东南亚的新加坡、马来西亚、爪哇、暹罗(泰国)等地演出。抗日战争期间，由新班主丘少荣领班到闽南地区演出。由于未能履行演出合同，戏箱在东山的西埔、岱南被人扣下，终于散班。

---

① 陈志勇：《广东汉剧研究》，广州：中山大学出版社2009年版，第74页。
② 《中国戏曲剧种大辞典》编辑委员会编：《中国戏曲剧种大辞典》，上海：上海辞书出版社1995年版，第1326页。

老三多班是光绪十六年(1890)前由潮阳人创办。全班五十八人,先后搭班的知名艺人有沈克昌、蓝大目、罗芝琏、苏长庚、李兴隆、李德全、张松枝等,演出较著名剧目有《清官册》《刘金定》《罗成写书》《猎屠记》《打跛驴》《昭君出塞》《对绣鞋》等。抗日战争前夕,由班主李四舍领班,赴新加坡演出,战争爆发后,将全部行头箱囊押给张姓华侨,用所得押金打发艺人们回国,戏班遂告解散。

新天彩是清光绪十六年(1890)前由潮州人创办。全班六十一人,先后搭班的知名艺人有黄春元、丘赛花、涂大枝、梁良才、张来明、林南辉、赖裕宣、詹阿镜等。以演出《凤仪亭》《仕林祭塔》《贵妃醉酒》《三气周瑜》《击鼓骂曹》《骂阎罗》《法门寺》等剧目较著名。抗日战争初期,由班主陈二舍领班在潮州各县坚持演出,后因潮汕沦陷而散班。

最后一个戏班是老福顺班,光绪年间由澄海人创办。全班五十八人,先后搭班的知名艺人有曾长锦、张朝明、陈妈允、张金介、蔡荣生、李叠钉、邹进龟等。以演《洛阳失印》《珍珠衫》《打侄上坟》《蝴蝶梦》《王茂生进酒》《重台别》等剧目较著名。抗日战争期间,潮汕沦陷,戏班转入兴梅腹地演出。因为时局动荡,经济萧条,难以维持,遂由大埔人萧道斋出资承办,改称新老福顺,主要从事培训艺徒工作。①

随着舞台艺术日渐成熟,外江班也有意识地逐步拓展它的演出市场。光绪初年时,外江班中的荣天彩班就曾到泰国演出,喜获当地观众的欢迎。光绪三十三年(1907)六月,四大名班之一的老福顺班赴台南演出,是大陆最早去台湾省演出的戏班之一。之后,潮州外江班乐天彩班于宣统二年(1910)九月十六日抵达台南演出。与此同时,潮梅地区外江班也前往东南亚诸国演出,以宣统二年(1910)老三多班在新加坡、马来西亚、印尼等地的巡回公演最为轰动,历时三年,演出无数,受到当地华人的追捧。

粤东外江班在祖国大陆其他省份的演出最引人瞩目的一次,是光绪三十四年(1908)以荣天彩的番号聚集外江"四大班"的名角,冲击上海的戏剧演出市场。当时的演出情况没能留下太多的文献记载,但时人黄百川《潮戏班之分野——白子(字)班与外江班》的文章引起了我们的注意:

> 潮州戏剧之派别有二,一曰"白子(字)班",……其一则为"外江班",唱做服饰,殆与京剧同,其所串演,率是历史古戏,顾陈陈相因,不知改革。因艺员绝少学识,只日以唱做是求,而观剧者,又视看戏为悦目爽心之余事。……此外江班之"辕门斩子"一出,余不禁为之抚然而叹,堂堂大国之尊严,为一外人之女子

---

① 有关外江戏四大名班的创办、人员及演出详情,参见《中国戏曲志》编辑委员会、《中国戏曲志·广东卷》编辑委员会编纂《中国戏曲志·广东卷》,北京:中国ISBN中心1999年版,第376页;陈志勇著《广东汉剧研究》,广州:中山大学出版社2009年版,第80—81页。

所扫尽而无余也。①

显然,黄百川看待当时外江班的角度不同,有所贬抑,例如认为"惟此《辕门斩子》之神怪剧,则有损国体、乱纲纪、惑人心,有百害无一利者","编纂之失其当,则有贻害误社会者实非浅鲜",但他指出外江班"陈陈相因",已显露出其走向衰败的端倪。然而,《辕门斩子》须生黄春元、红净姚显达的高超演技也征服了上海观众,黄百川对此也高度评价:

> 顾外江班串演斯剧,诸多名角,起延昭者,为一红极而紫之"黄春元"须生。嗓音缥缈,响遏行云,执法时,屹然重如泰山,而威武不能屈其志。及见桂英,俨如大祸将临,神色颓丧,而或惭获惧,大有山雨欲来风满楼之势。"姚显达"起焦赞,亦该班净角中之翘楚,手足娴熟,花样特多,而一百零八之姿势,面面周到,处处生色,如观百象图,无一雷同者。其奚落延昭也,庄谐杂出,弄得满天星斗,使观众目不暇给。②

这段话说明当时粤东的"外江戏"的表演艺术已经达到一定的艺术水准,连大都市上海的观众也被打动了。但由于长期封闭自守、固步自封,也暴露出很多问题,例如关目陈旧、布景简单、服装简陋,"只可惜道具行头太不考究,致有'破袍戏'之讥"③。总之,上海之行虽然没有产生很大的影响,但却使粤东外江班的演职人员见了世面。

香港亦是粤东外江班多次登台上演的城市。光绪末年曾赴港演出的外江戏班,有荣天彩(1904、1905、1908)、新天彩(1904)、老三多(1905)和老福顺班(1908、1909)。潮音戏(潮剧)班老一枝香,在香港潮籍社群支持下,也曾数度在香港戏园演出(1904、1907、1908、1909)。④

清末民初,潮梅地区外江戏受到了异军突起的潮音戏的猛烈冲击,演出市场逐步被其占领。其他娱乐形式如文明戏、电影的兴起和冲击,也导致外江戏失去了粤东城镇的一部分演出市场。到20世纪30年代,外江戏仍然裹足不前,演出水平和技艺大不如前,流失观众和市场更为严重。⑤

---

① 黄百川:《潮戏班之分野——白字班与外江班》,载张古愚主编《十日戏剧》第一卷第十四期,1937年7月1日,上海:上海国剧保存社出版,第20页。
② 黄百川:《潮戏班之分野——白字班与外江班》,载张古愚主编《十日戏剧》第一卷第十四期,1937年7月1日,上海:上海国剧保存社出版,第20页。
③ 萧遥天:《潮州志·戏剧音乐志》,见《潮州志》第八册,第3673页。
④ 康保成主编、[新加坡]容世诚著:《海内外中国戏剧史家自选集·容世诚卷》,郑州:大象出版社2018年版,第288—289页。
⑤ 有关此时期外江戏面临的内部改革和外部竞争双重压力,详见陈志勇著《广东汉剧研究》,广州:中山大学出版社2009年版,第78—79页。

三、琼剧及其他戏曲

海南土戏有位艺人郑洪明,在舞台上演出揭露和抨击官府的剧目,宣传和发动群众,而且秘密组织"三点会",自认"会母",提出"红旗飘飘,人马征召,革命起义,推翻清朝"的革命纲领,开展武装斗争。1904年4月,他带领"洪明班"赴儋州演出时,秘密召开了会议,决定分东西两路策划武装暴动,并于次年3月攻破了万州城,开仓放粮,救济灾民。后来在转战陵水时,寡不敌众,被清军围困,突围不得而不幸被捕杀,年仅38岁。为了纪念他的革命精神和革命行动,当地人将其出生地"旧州铺仔"改名为"大茂市"(郑洪明原名大茂),即现在的万宁市大茂镇。

自清代光绪年间以来,海南土戏不断地接受广府大戏的剧目、音乐、表演艺术以及舞台美术等方面的影响而发生变化,在剧目上改编演出了不少广府粤剧的剧目,如《刘金定斩四门》《九更天》《六月飞霜》等等;在音乐唱腔上,吸收了粤剧的梆子、二黄曲调和板式,丰富了海南土戏的音乐表现形式。辛亥革命前后,海南土戏艺人们也积极吸取当地人民日常喜爱的地方音乐,提炼、加工其中的曲调而创作出了海南土戏的独特腔调——"海南腔"。①

白字戏受到潮剧、粤剧的影响,也发展以唱工为主的文戏,汲取潮剧的一些剧目,以及自编地方题材的剧目,丰富了自己的富有特色的剧目,如《剪月容》《铁剪刀》《稔山案》《一板打死江西王》,后两个戏是根据当地民间故事改编而成的,被称为是"白字反线戏",因为它的唱腔音乐与当时的音乐声腔已有很大差异,具有白字戏自己的音乐特点,如衬词"哎咿嗳"和唱腔结合形式的多样化,以及板式组合的多种形式等。行当分工也较细致,如白字戏的重要行当丑行,又分为衫头丑、老丑、丝巾丑、童丑、官袍丑等,与潮剧的丑角相比,同中显异,有鲜明的剧种特色。

西秦戏为了适应环境和观众的要求,也丰富和发展了一批纯科白或者科白夹唱的提纲戏,它的内容多涉及战争题材,武打表演甚多,为了营造雄壮而凄厉的环境氛围,伴奏乐器常常使用大锣大鼓、大唢呐、大钹等打击乐器和管弦乐器。这种剧目适宜于在广场中演出,又能为喜欢热闹的村镇观众所欢迎。由于国内处于动荡不安的环境中,有些西秦戏班如中顺泰戏班还到东南亚演出,并培养了一批女演员如亚玉、亚苏等人,结束男角扮女角、开始了女角演女角的历史。

正字戏在同治年间就有不少文戏,宣统年间为适应社会需要发展以武打为主的提纲戏,这些提纲戏多根据演义、小说改编,大多是只有提纲而没有剧本,除少许台词

---

① 赖伯疆:《广东戏曲简史》,广州:广东人民出版社2001年版,第212页。

与演义相同外,其余均由演员根据剧情发展自由发挥。代表性剧目有《长坂坡》《辕门射戟》《射郭槐》等。这一时期正字戏的角色行当增加到了十二个,即打面行(勾脸的):红面、乌面、白面和丑;网边行:正生、武生、旦、白扇、帅主;打头行(装饰头发):正旦、花旦、婆。其中白面、白扇、帅主是本时期新出现的行当。表演强调做工和武工,净行侧重面部肌肉功,武生侧重靠旗功,花旦侧重水袖功。各行当的唱腔也各有要求,如红面要亮如洪钟、乌面要像虎啸、白面喉音浑浊、正生苍凉清亮、帅主带有脂粉气等。武戏的音乐喧闹、雄浑、凄厉,文戏则低回婉转、悠扬动听。

木偶戏也有较大变化。剧目出现了不少文明新戏、历史公案戏、历史传奇戏、神话故事戏和民间传说戏等。演员由每班3—4人,增加到10—20人,以适应内容复杂的剧目的需求。唱腔音乐和乐器有所丰富发展,较有时代感和地方特色。舞台美术也有改进,把台正中的竹帘改为绣帘。木偶造型的体积、高度也较前有提升,有的角色如嘴巴也改进成可以活动的,舌头可以伸缩自如,头部体积也加大了,舞台艺术效果因此更为强烈。

总之,从辛亥革命开始的广东戏曲的变革转型的结果,使各个剧种从题材、思想到艺术形式、制作技术等,都更加丰富和提高,更贴近社会和人民群众,并受到人民群众的支持和欢迎。这种戏曲变革和转型,是在辛亥革命的时代风云中完成的,又为辛亥革命发挥了振聋发聩、鸣锣开道的重要作用。

第四节　宣传民主革命的说唱文学

近代城市报刊媒体的新兴和蓬勃发展,使得报刊在传播信息和文学创作平台等方面具有独特的文化意义,它们独立于官方和政府的社会舆论,拥有主要来源于报刊创办者、撰稿者等人自身知识结构、社会背景和行为模式的独立价值判断,拥有自主性和选择性。[①] 因此,在辛亥革命的历史进程中,以孙中山为代表的革命领袖异常重视利用报纸媒体制造公共舆论以及宣传革命思想。

据不完全统计,截至1911年辛亥革命前夕,革命志士创办的革命报刊有二十多种,在广州出版的有《平民日报》《群报》《珠江镜》《国民报》《二十世纪军国民报》《广东白话报》《岭南白话杂志》《南越报》《可报》《人权报》《天民报》《中原报》《齐民报》《时谐画报》《平民画报》等;在香港出版的还有《日日新报》《香港少年报》《东方

---

① 侯杰、王晓蕾:《报纸媒体与辛亥革命——以香港〈中国旬报〉为例》,《文学与文化》2011年第4期,第105—106页。

报》《社会公报》《人道日报》《新少年报》《真报》等。① 辛亥革命后五年内,广州相继出版了《大公报》(附刊《公余录》)、《民生日报》、《觉魂日报》、《华国报》、《华严报》、《广州共和报》和《声东报》等。这些报刊成为革命者乃至革命党人宣传自己政治主张、扩展社会权利、树立自身社会形象的工具,并具有说服、教化民众的功能。而各报刊中谐部各文体诸如小说、传奇、杂剧、粤剧班本、粤讴、南音、龙舟歌和板眼等民间文学作品,尤为辛辣生动、巧妙诙谐,字里行间透露着作者们的政治主张、民生理念,在嬉笑怒骂之间讽刺、批判封建专制,展现新思想、新主义,鼓舞革命气势。

因此,那些从事革命报刊编辑工作的革命志士,即后来的同盟会员,大都撰写过此类曲艺作品,尤其是短篇粤讴,题材内容不一而足。最具代表性且作品较多的作者有廖恩焘、黄鲁逸、郑贯公和陈树人等。此外,有名可考的作者还有朱执信、潘达微、何剑士、卢博浪、欧柏鸣、宋季缉、骆汉存、杨肖欧、吴少藕和谢缵泰等。②

一、辛亥革命期间的"社会龙舟"和"政治龙舟"

龙舟歌向来以"市井传唱"为主要流传方式,因此能发生较大的社会宣传作用。到辛亥革命前夜,龙舟歌便被有心人士采纳,向当时的资产阶级民主主义革命靠拢,创作新作品专门用来述评时局、抒发政见和鼓吹革命,因此当时便有所谓"社会龙舟"或"政治龙舟"的说法。

此中代表作必然要提到宋四郎所作的《社会龙舟庚戌年广东大事记》。此龙舟歌全歌共二十六章,长约一万三千字。作者以辛辣的笔锋直指辛亥革命前两年间发生在广东的政治事件,如抨击清廷的假立宪,揭发粤汉铁路经营的腐败,颂扬新军起义,讽刺议员包庇赌博,鼓动民众剪除发辫,等等,无所不包。

此歌首尾两章,着重宣扬广东新军起义,鼓吹武装斗争,颇有积极意义。歌中写道:"国会欲开休指望,除非革党赶尽佢胡人。"③这是直接地号召推翻清朝统治,在当时的文学作品中是极有革命性和颠覆性的。作为民间文学作品来看,它固然有一定价值;而作为研究辛亥革命前夕的广东社会面貌的资料,则更有参考价值。④

1912 年创刊的《民生日报》设有《龙舟》专栏,曾连载龙舟歌《民生十劝》,堪称一篇完整的民生大计专题报道。

---

① 参见邓毅、李祖勃:《岭南近代报刊史》,广州:广东人民出版社1998年版,第292—299页。
② 杨永权:《粤讴与辛亥革命》,载广州市人民政府文史研究馆编印《辛亥革命与广府文化论文集》,2011年,第162页。
③ 转引自陈永正主编:《岭南文学史》,广州:广东高等教育出版社1993年版,第935页。
④ 参见广东省戏剧研究室编:《广东省戏曲和曲艺》,内部资料,1980年,第208—209页。

《民生日报》也称《民生报》，由一批同盟会成员在广州创刊，发行人陈德芸、编辑陈仲伟都是陈少白的族侄，二人都曾在岭南大学、中山大学任教。经常为该报撰写文章的还有同盟会成员陈安仁。[1] 至1913年9月，该报和《中国日报》等报纸同时被袁世凯爪牙龙济光封禁。[2]

　　清末民初，革命党人在广东创办了不少报刊，但能留存到今天的并不多。《民生日报》则大部分都保存完好，现广东省立中山图书馆特藏部有藏。

　　《民生日报》开宗明义，在创刊号中即明确宣布办报宗旨是以宣传民生主义为己任。该报虽然仅存一年多，但发表了一系列的论说、短评、译文，其中还包括《共产党宣言》的第一部分中译本。此外，这份报纸的一大特色就是尤其擅长使用广东民间曲艺来宣传民生主义。

　　该报创刊号的文艺版，就以粤剧班本的形式发表《第一出头·民生日报出世》，向读者介绍办报宗旨和内容。文艺版中还有《粤讴》《龙舟》等专栏。最值得重视的是《龙舟》栏目中的《民生十劝》，从1912年5月4日到6月1日连载十一次。首次内容题为《劝世龙舟·民生十劝》，相当于"十劝"的纲目概要，言明当前革命成功，建立新民国，"民族民权，都以偿夙愿，独有民生两个字，尚要大费周旋"，因此，"待我暂把民生主义，个啲应为事，谱为歌曲，俾为世上箴规"。[3] 此后各次刊出的分别是"劝官场""劝军人""劝下啲乡先生[4]""劝学界""劝下富家翁""劝农夫""劝工界同人""劝行商""劝失业嘅平民""劝下女界娇英"。

　　第一劝"劝官场"[5]，要求官员明白自己的公仆身份，"尽心为治，保护百姓安康"，"切不可误认做官，系求利嘅伎俩，以官为市，一味挂住贪赃。咁样做官，实系惨过贼抢"；最后还警告如果官员对抗民生主义，"我地定要提起三千毛瑟，轰毙个种恶劣官场"。

　　第二劝"劝军人"[6]，指出"晓得保护民生为主义，方算系合格军人"。

　　第五劝"劝下富家翁"[7]，有曲词："富者霸得良田万千垄，贫者立锥无地，只剩得两手空空。富者握住个财权，唔到贫者毭动。要你为奴为隶，亦要勉强依从。……贫

---

[1] 广州市地方志编纂委员会编：《广州市志·卷十六：文化卷》，广州：广州出版社1999年版，第878页。
[2] 邱捷：《宣传民生主义的广东曲艺作品》，载广州市人民政府文史研究馆编印《辛亥革命与广府文化论文集》，2011年版，第13页。
[3] 支离：《劝世龙舟·民生十劝》，《民生日报》中华民国元年(1912)五月四日，第8页。
[4] 指在乡村管事的公局局绅。
[5] 《民生日报》中华民国元年(1912)五月六日，第8页。
[6] 《民生日报》中华民国元年(1912)五月七日，第8页。
[7] 《民生日报》中华民国元年(1912)五月十五日，第10页。

人耕作,富者就坐享成功。坐食者安享悠游,耕作者不免饿冻,想来天理难容";劝告富人"不可恃富欺贫,将人地作弄",要切实依从民生主义,否则就不能指望永久太平。

第六劝"劝农夫"①,感慨"富者买埋天咁阔嘅田土,贫者想话耕锄食力,可叹地全无"的现实情况,提出想要农业振兴的首要事务是"平均地权,乃系法理最高",然后"农业可以自由谋进步,何限好。平均地权主义,算系农业界第一良图"。

第七劝"劝工界同人"②,有歌词说:"……讲起资本个层,令我真正肉紧,分明系我地工界嘅专制魔君……佢抓住资本财权,将我地箍到紧,工银以外,其余溢利,都被佢兜吞……世界如斯,点叫得公允?……今日我地工界若然思发愤。可把民生主义细寻真……《民生日报》确系有益你地工界诸君,列位不妨多看几份……"

《民生十劝》龙舟歌触及官场腐败、贫富差距、农民、土地等问题,对如何解决这些则多是缺乏可行性的空想,并未提出切实的方法。尽管如此,我们应当充分肯定革命党人所作的努力,他们通过创办报刊、撰写通俗易懂的民间曲艺作品,来践行和宣传民主革命、民生主义以及共和思想,以期达到改造社会、造福民众的目的。

中山大学历史系教授邱捷在研究《民生十劝》龙舟歌时,从艺术性、社会性和革命性等方面对这部作品做出中肯客观的评价,而且颇能涵盖近代报刊中文艺作品的文学价值和现实功用,现引述如下:

> 以艺术性的标准看,缺陷是明显的,其中的政治语汇太多,文采不足,表现形式有些生硬。也许,作者本来就没有多少的创作广东曲艺作品的经验。但这些作品都用粤语写成,而且写得尽量口语化,显然,作者意想中的读者主要是广东文化水平不高的平民百姓。作品内容也尽量结合广东的现实,无论内容和形式都具有鲜明的广东特色,于此看来,《民生日报》这些曲艺作品的作者,在一定意义上也是'文艺为革命服务、为群众服务'的先行者。③

"文艺为革命服务、为群众服务",点明了此类"社会龙舟""政治龙舟"的创作目的本身便不在于龙舟歌作为民间曲艺文体的本体发展和深化,而在于以其民众喜闻乐见的形式和简单直接的表达来宣传资产阶级民主革命,倡导国民主义,实现民主共和的政治目标。

---

① 《民生日报》中华民国元年(1912)五月十八日,第8页。
② 《民生日报》中华民国元年(1912)五月二十日,第8页。
③ 邱捷:《宣传民生主义的广东曲艺作品》,载广州市人民政府文史研究馆编印《辛亥革命与广府文化论文集》,2011年,第16页。

二、辛亥革命期间广东报刊中的粤讴及其他曲艺作品

辛亥革命前后,粤讴这一题材文学仍在各大粤港报刊中占据重要位置。冼玉清曾评论粤讴的社会价值"即在于它能反映当时现实的生活和斗争,成为时代的史诗。而它的艺术价值,即在于它以生动活泼的语言,浅显形象的比喻,跌宕悠扬的声调,表达了人们的生活和斗争"。① 也曾有广东说唱研究者称民主革命时期的粤讴是"反帝反封建的匕首和投枪"。②

1911年3月29日,广州黄花岗起义失败,七十二名烈士英勇牺牲,葬身黄花岗。《南越报》刊发了一篇粤讴《黄花影》,凭吊烈士英魂:

黄花影,尚带住的血痕鲜。顾影知是英雄,且属美少年。试睇英姿潇洒,慷慨兼刚健;枝傲横秋,可见得佢骨节坚。秋风秋雨,日把黄魂练;不比春花妩媚,只系乞人怜。人见佢自由花放,个个心钦羡;须知有许多萌蘖,蹂损在春天。呢吓北顾燕云,重系多幻变;须整便,齐与金风战;待到凯歌高唱,痛饮在花前。③

作者以"春日黄花"为意象指代英勇就义的英雄少年郎,既表露出对他们的悼惜之情,同时也鼓舞人们重整旗鼓,赢取革命胜利,以此祭奠无数英魂。

这一时期粤讴题材广泛,内容丰富,涵盖社会世相,民俗风情。以革除陋习、倾向进步而论,如宣传戒除鸦片的作品,有哲的《破烟枪》、珠海梦余生的《鸦片烟》、指的《唔信有鬼》、林航苇的《真正丑死》等。破除迷信的作品,有铁苍的《唔好去咯》、风萍旧主的《主帅公》、梁华支女士的《唔好咁诈谛》、若明的《观音诞》等。提倡女权、唤起妇女觉悟的作品,有兰父的《冇乜好砌》(七夕乞巧)、佚名的《真正献世》(反对缠足)等。④

相较于篇幅短小的粤讴,近代报刊中的南音作品常有长篇连载的,更能完整地记叙事件、描述场景、抒发感想和表达论见,甚至有作者用虚构故事来撰写南音作品,以此宣传新思想、新主义,或抨击旧社会、旧文化,这是粤讴难以替代的。据李继明博士统计,1910年6月至10月间《南越报》谐部发表苦情南音《女贞花》,足足用了80多

---

① 冼玉清:《粤讴与晚清政治(上)》,《岭南文史》1983年第1期,第33页。
② 陈勇新:《民主革命中的粤讴》,载广州市人民政府文史研究馆编印《辛亥革命与广府文化论文集》,2011年,第60页。
③ 拍鸣:《黄花影》,《南越报》1911年十月初三日,第2页。
④ 杨永权:《粤讴与辛亥革命》,载广州市人民政府文史研究院编印《辛亥革命与广府文化论文集》,2011年,第163页。

期才全部连载完。①

1907年4月在广州创刊出版的《振华五日大事记》，是广东曲艺作品的发表重地之一。该刊由莫梓轮主办，五日一刊，振华排印所发行；以"改良社会，维持实业，共图公益"为宗旨，提倡新学，支持革命救国。同这一时期很多新创报刊一样，《振华五日大事记》也没有能够维持很久，于次年初停刊，共出版五十一期。②

《振华五日大事记》中有常设板块十多个，例如《论说》《群言》《学理》《史学》《格致》《专件》《世界大事》《中国大事》《本省大事》《浅说》等等，主要报道国内外大事，论说革命、政治及社会文化诸多问题；还有多个谐部栏目，如《谐文》《谐谈》《笑话》《寓言》《粤声》《班本》《词苑》《小说》等，其中《粤声》一栏专刊粤讴、南音、解心、板眼和龙舟歌等广东曲艺作品，据《中国近代期刊篇目汇录》中对该报篇目的收录，可统计出150多篇此类作品。③ 诸如亚魂所作的长篇连载南音《中国历史·巾帼魂》，自第一期开始陆续登载多达二十多次，他还撰写了多篇粤讴、班本；作者轩胄发表多篇粤讴，如《条路咁烂》《个条路数》《多情笔》《春去了》等等。他们二人几乎包揽了该刊《粤声》《班本》《小说》等栏目，是《振华五日大事记》中发表此类作品最多的两位作者。

除了上文详细介绍的《民生日报》《振华五日大事记》，本时期还有一本黄伯耀、黄世仲兄弟创办的《中外小说林》，刊登了较多的龙舟歌，将当时的社会热点，如禁烟、工商学界大事，一一调侃点评，产生了较大的影响。

三、清末民初粤东报刊与潮州歌的发展

清代咸丰以前的潮州歌册以在民间口头传唱为主，直到咸丰年间才有大量刊刻印行，并达到极盛时期。旧潮州歌册刻印商贾都集中在清末至民国时期的潮州府，刻印发行最多的当推李万利号及第二代子族的李万利老店、万利春记、万利生记，还有王生记、陈财利堂、吴瑞文堂、王有芝堂等。④

潮州歌册作为潮汕妇女的一种特有文化，在当地妇女群体中有极高的地位。相

---

① 李继明：《近代报刊广府唱本研究——以〈时事画报〉为例》，载《第三届"戏曲与俗文学"学术研讨会论文集（第四组）》，2019年，第31—40页。
② 参见郑天挺、荣孟源主编：《中国历史大辞典·清史卷》（下），上海：上海辞书出版社1992年版，第579页。
③ 上海图书馆编：《中国近代期刊篇目汇录》第二卷（中3），上海：上海人民出版社1981年版，第2163—2206页。
④ 广东老教授协会、广州市点对点文化传播有限公司组织编写，詹天庠主编：《潮汕文化大典》，汕头：汕头大学出版社2013年版，第259页。

传早时妇女出嫁,或者随夫漂洋过海谋生时,嫁妆与行囊中往往会带上几本心爱的歌册作为闺房文宝,寄情以传乡音。

清末民初,潮州歌继续广泛流行于潮汕、闽南、港澳及东南亚潮汕籍华侨聚居区,为广大劳动群众(尤其妇女群体为主)所欢迎,所以辛亥革命前后,有不少有识之士和革命文艺者利用这种形式进行宣传。比如就有人写《缓婚配歌》的歌册,反对包办婚姻和宣传早婚的害处;还有人写过《中国历史歌本》,普及历史教育;还有出版讴歌民主思想的《新中华》以及赞颂辛亥革命人物故事的《许友若》和《澎湃歌》。总之,内容注入了不少反对封建专制、提倡男女平等、提高妇女地位的新内容,一定程度上促进当地妇女解放思想、学习新知,积极参与社会实践斗争,为自身权益而努力奋斗。

在珠三角各城市兴办报刊热潮的同时,潮汕地区亦受到当时与其在政治、经济和文化多领域有密切联系的广州、香港甚至上海等城市的影响,1902年3月和5月,《鮀江辑译局日报》和《岭东日报》先后在汕头埠出版发行,它们成为汕头这所新兴城市报刊行业的先驱,开启汕头近代报刊业的滥觞。据统计,此后直至1911年,汕头先后出版发行了《潮州白话报》《汕头公报》《潮报》《觉民钟报》《潮声》《双日画报》《新中华报》《中华新报》《图画新报》《观潮报》《晓钟日报》《民苏报》《鮀江报》《岭东月报》等近20种报纸。① 这些报刊多是以宣传民主和革命为主旋律,敢于痛斥时弊,揭露封建丑恶,暴露愚昧和黑暗,具有华侨文化、商埠文化及地方文化特色。同时,以小说、戏曲或地方曲艺入报刊的潮流在这些报刊中也有体现,并成为辛亥革命和民主革命的重要宣传窗口。下文将以《潮州白话报》和《潮声》为对象,介绍两种报刊的创办始末及其所刊登的歌本情况。

《潮州白话报》创办于1903年12月19日(清光绪廿九年癸卯十一月初一),虽然在此前汕头已有《鮀江辑译局日报》和《岭东日报》等报纸,但他们都不是白话报,因此《潮州白话报》是粤东地区已知最早的潮语白话报纸。该报社址在外马路大峰庙(现存心善堂)后座,创办人曾杏村(1870—1933),总编辑杨守愚,编辑有庄一梧、赖淑鲁、曾练仙、蔡树云、钟楚白、蔡惠岩、王慕庵等,后来又增加了林伟侯、林少韩。②《潮州白话报》先后共出版了十一期(第十、十一期合刊),历时8个月,因为各种原因于1904年8月19日停办。该报设有《论说》《潮州新闻》《中外新闻》《教育》《传记》《曲本》《歌本》《小说》和《选述》等栏目。其中,《论说》是该报的重点栏目,刊登在此的文章常常代表该报的立场观点,内容涉及地方经济、时政、实业、教育和文化等方方

---

① 曾旭波:《汕头埠老报馆》,广州:暨南大学出版社2016年版,第10页。鲁本斯:《辛亥革命时期潮汕报刊一隅》,载政协汕头市委员会文史资料研究委员会编《汕头文史》(第一辑),政协汕头市委员会文史资料研究委员会编印,1983年,第62—64页。

② 曾旭波:《汕头埠老报馆》,广州:暨南大学出版社2016年版,第36页。

面面。《传记》《曲本》《歌本》《小说》和《选述》等栏目并不是每期都有,《曲本》是潮州戏曲脚本,《歌本》就是潮州妇女熟悉和喜欢的潮州歌册。

从刊登在《岭东日报》中的各期《潮州白话报》目录来看,有《豪杰姻缘》(第五期、第八至九期,以及十、十一期合刊)、《儿女英雄歌》(潮州新歌本第一)(第六期)、《新造儿女英雄歌》(第七期)、《经英国谈》(第十、十一期合刊)。① 这些歌本同传统歌册一样,都是七字一句,用潮州方言押韵,例如"自古英雄男子多,女子英雄有亦无,若有英雄个女子,姑娘好供俺说么。"(《儿女英雄歌》)

《潮州白话报》刊载的歌本和曲本,以通俗易懂的潮州方言讲述本地社会民生事迹或者古代英雄儿女故事,借古讽今,以唤醒国民和开通民智为己任。正是这些贴近民众生活,而且通俗易懂、朗朗上口的歌本和曲本,使得报纸颇受读者喜爱,有研究者称该报的每期销量多达2000多份②。

《潮州白话报》停刊后,曾杏村于1906年4月24日再次创办了白话报《潮声》。编辑有乙符、伟侯等。其版面设置有《论说》《时事》《潮纪》《历史》《传记》《地理》《教育》《实业》《调查》《时评》《丛谈》《小说》《歌谣》《军谈》《杂录》《告白》《谜解》等,每期视内容而调整栏目,逢月初一、十五出刊。目前可见的《潮声》报纸共有19期,自光绪三十二年(1906)四月初一至光绪三十三年(1907)十二月初一。创刊号中有两篇发刊词和一篇《叙例》,从中我们可以看到这份报纸的创办理念和追求:

> 无论男女以至小儿,人人皆能看报纸,皆好买报纸,报纸不止能报知一切新闻,亦能教人有本领,有志气。因此全国人人开通,人人有本领,人人有志气。③
>
> 文理浅,又易看。只个报的名叫做《潮声》,有二个意思:一个意思是报中所呾皆是白话,读起来正正潮州的声音;一个意思是潮州地方近海,日夜有潮声好入耳听着,会使好人动心。这是欲全潮的人惊醒魂梦,唤起精神。故此叫做《潮声》。④

《叙例》则罗列了报纸设置的各栏目及其内容旨要,比如"十二小说愈更奇,比旧古册尤新鲜。愿俺潮人易入目,看到五更还袂疲。……十四歌谣是唱歌,长长短短念得桃。愿俺潮人新快活,买个洋琴声相和。十五杂录报欲完,奇奇巧巧事多端。愿俺潮人看袂畏,人人相争买来观。"⑤

《潮声》和《潮州白话报》同为一人创办,而且都是用潮汕方言编写,《潮声》更是

---

① 曾旭波:《汕头埠老报馆》,广州:暨南大学出版社2016年版,第38—39页。
② 曾旭波:《汕头埠新闻业》,汕头:汕头市社会科学联合会2018年版,第72页。
③ 乙:《本报发刊辞一》,《潮声》第一期,1906年,第1页。
④ 梦:《发刊词二》,《潮声》第一期,1906年,第4页。
⑤ 梦:《叙例》,《潮声》第一期,1906年,第4页。

承继《潮州白话报》的办报理念、地方特色和革命属性,继续发扬并践行《潮州白话报》宣传科学和民主、揭露丑陋和愚昧、报道和歌颂新女性等精神。以潮音戏和潮州歌册为主要内容的曲本、歌本在本报依旧是最具地方性文学特色的作品。

《潮声》第一期封面及目录页

在《发刊词二》中,作者"梦"便称赞歌册在当地民间的受欢迎程度和教化作用,他说:"俺潮州不止男人好学习,就是妇人亦极好学习。不论贫家富户的妇女,闲的时候,人人手执一本歌册,唱到有花有字。因为歌册字义浅白,所以人人好看。"①综观《潮声》中刊登的歌本,主要出现在《历史》和《歌谣》两个栏目之下,比如"蕴"的《中国历史歌本》,连载于第一期、第四至六期、第八至十一期、第十四、第十六期、第十七期和第十九期;作者"屏"发表歌本两部,一是《亡国镜白话歌本》,连载于第二期和第三期中,二是第十期、第十一期连载的《缓婚配白话歌本》。

《中国历史歌本》,以民众喜闻乐见之歌册形式讲述中国自盘古开天辟地起的历史,朝代更迭,兴衰往复。以现在所能见到的《潮声》报纸,该歌本尚未连载完毕,第十九期连载到明成祖朱棣亲征北伐蒙古。该歌本开宗明义:"地球莽莽五大洲,声名文物知难周。聊将中史来演出,以便妇孺细讲求。"②欲以通俗语言讲述中国上下五千年之历史,可供教化妇女儿童。

《缓婚配白话歌本》如歌本名称一样,是旨在劝诫青少年勿要早婚早育,而要珍惜时光,强身健体,成就一番事业。歌本中直指中国民间"抱子就想抱孙儿""吾国自来早结婚,年才三十便抱孙"的不良风俗,告诫民众"早婚困弱命食短,缓婚强壮命齐

---

① 梦:《发刊词二》,《潮声》第一期,1906年,第3页。
② 蕴:《中国历史歌本》,《潮声》第一期,1906年,第7页。

全""夫妇五伦算一伦,非是人生免结婚。但欲结婚勿过早,过早就会害人群"①。在歌本最后还总结道:"尔看伊国有若强,缓婚有益理当然。近日若欲强中国,切将□□来改良。改到良来便胜伊,做知中国无好时。愿我少年齐旧志,三十而娶理当宜。"②可以说,此歌本通篇都围绕早婚有害而缓婚之宜这一主题来论说,条理清晰且举例论证,文辞简练而又直击人心。

  综上,无论是珠三角地区的省城广州、周边城市以及粤东的新兴商埠汕头,都在近代兴办报刊的浪潮中有所建树,革命党人和爱国志士争相发表时事论说和民生建议,更将新道德、新思想和新精神注入民间传统小说、戏曲,尤其是最具广东地方性文学特色的粤讴、龙舟歌、南音、潮州歌等粤调曲艺之中,为近代资产阶级民主革命在广东的顺利开展摇旗呐喊,并进行了广泛而有力的宣传准备。

---

① 屏:《缓婚配白话歌本》,《潮声》第十期,第16—17页。
② 屏:《缓婚配白话歌本》,《潮声》第十一期,1906年,第19页。

结　语

广东近代文学紧随反帝爱国、维新改良、民主革命的步伐，在疾风骤雨中匆匆走完了它的坎坷旅程。它像一道经天的彩虹照亮了中国近代文学的天空，不仅产生了像黄遵宪、丘逢甲、康有为、梁启超、吴趼人、黄世仲、苏曼殊这样堪称近代第一流的作家，而且以骄人的文学成就，有力地推动了当时中国社会的变革与进步，革新了中国传统的文学观念，促进了中国文学艺术的创新与发展，并由此开启了中国现代文学的先河。

一、推动了中国社会的变革与进步

广东近代文学作家是满怀拯时济世、舍我其谁的社会责任感与历史使命感来从事文学创作的。他们创作的诗歌、散文、小说、戏曲，无论是何种题材内容，几乎无不与反帝爱国、开启民智、维新变革以及民主革命等息息相关。

如果说晚清时期的中国人还多半缺乏国家思想与民族意识，"知有一己而不知有国家之弊，深中于人心"，"有能富我者，吾愿为之吮痈；有能贵我者，吾愿为之叩头，其来历如何，岂必问也"，以致英法"联军入北京，而顺民之旗，户户高悬"①，那么正是由于广东人民率先揭起了反帝爱国的大旗，率先倡导了维新变法，率先发动了民族民主革命，并且率先以文学为武器，发出了阵阵振聋发聩的呐喊，才逐渐唤醒了中国人的反帝爱国精神，激起了中国人的反封建意识，从而使越来越多的中国人加入到反帝反封建的斗争行列，并最终引爆了辛亥革命，终结了绵延两千余年的封建专制统治。

晚清中国面临的最主要矛盾，无疑是华夷矛盾。面对西方资本主义的军事入侵，以三元里群众为代表的广东人民揭竿而起，奋勇掀起了轰轰烈烈的保家卫国斗争，有力地激发了广东文人与部分外省士人的家国意识与爱国精神，促使他们以各种文学

---

① 梁启超：《新民说》，《梁启超全集》第二集，北京：中国人民大学出版社2018年版，第547—548页。

形式谱写了一曲曲反帝爱国的正气歌,揭开了中国文学反帝爱国的序幕,从此反帝爱国便成了中国近代文学的主旋律。面对欧风美雨的侵袭,敢当时代弄潮儿的康有为、梁启超等,不仅主张"师夷长技",而且大力倡导输入西方文明,"用夷变夏"。他们通过创办报纸,发表文章,竭力鼓吹维新变法。虽然变法失败了,但却开启了民智,使变法图存的观念、爱国保种的意识深入人心,同时也迫使清王朝不得不实施一些被动的改革,在一定程度上改良了群治。

本尼迪克特·安德森曾指出,西方18世纪兴起的两种想象形式——小说与报纸——为"民族"这个"想象的共同体"的形成提供了技术手段。揆诸中国,也是如此。维新派创办的《中外纪闻》《时务报》,特别是梁启超流亡日本创办的《清议报》《新民丛报》与《新小说》等,其发表的政论、诗歌、小说和戏曲作品,或"陈宇内之大势,唤东方之顽梦"①,或为了开民智、新民德、造新民,或旨在"发起国民政治思想,激厉其爱国精神"②,等等,无不为中国人构筑想象的"民族共同体"作出了重要贡献。如黄遵宪的诗歌"上感国变,中伤种族,下哀民生"③。梁启超的散文"开文章之新体,激民气之暗潮"④,小说也是"以稗官之异才,写政界之大势"⑤,"所论务在养吾人国家思想"⑥,如他在《新中国未来记》中说:"凡做一国大事,岂必定要靠着政府当道几个有权有势的人吗?你看自古英雄豪杰,那一个不是自己造出自己的位置来?就是一国的势力,一国的地位,也全靠一国的人民自己去造他,才能够得的;若一味望政府、望当道,政府、当道不肯做,自己便束手无策,坐以待毙了,岂不是自暴自弃,把人类的资格都辱没了吗?"⑦像这样的小说、这样的议论,显然有助于培养中国人的国家思想与爱国情怀。又如吴趼人创办《月月小说》,也为了借小说宣传教育之力,改良社会,开通民智,佐群治之进化。他的小说《痛史》,写汉民族亡于异族的悲剧,痛斥卖国求荣的汉奸,也旨在唤醒中国人的民族意识与爱国精神。

不过,梁启超等人在倡导维新变法、救国图存之时,并没有强化当时国家内部存

---

① 梁启超:《本馆第一百册祝辞并论报馆之责任及本馆之经历》,《梁启超全集》第二集,北京:中国人民大学出版社2018年版,第356页。
② 梁启超:《中国唯一之文学报〈新小说〉》,《梁启超全集》第三集,北京:中国人民大学出版社2018年版,第588页。
③ 康有为:《人境庐诗草·序》,黄遵宪著、钱仲联笺注:《人境庐诗草笺注》,上海:上海古籍出版社1981年版,第2页。
④ 梁启超:《本馆第一百册祝辞并论报馆之责任及本馆之经历》,《梁启超全集》第二集,北京:中国人民大学出版社2018年版,第356页。
⑤ 梁启超:《本馆第一百册祝辞并论报馆之责任及本馆之经历》,《梁启超全集》第二集,北京:中国人民大学出版社2018年版,第356页。
⑥ 梁启超:《本报告白》,《梁启超全集》第二集,北京:中国人民大学出版社2018年版,第460页。
⑦ 《梁启超全集》第十七集,北京:中国人民大学出版社2018年版,第19页。

在的满、汉矛盾斗争,尽管他们对满人执政带来的诸种政治和社会问题有所揭露与批判,但主要用意在于改良图治。可是,当戊戌政变、庚子国变相继发生,清政府进一步丧权辱国乃至国将不国时,不忍亡国灭种的汉族志士终于对清王朝的腐朽统治彻底失去了信心。于是,以孙中山为首的民主革命派掀起了"驱除鞑虏,恢复中华"的排满浪潮,大声疾呼"非革命无以救重亡","非先倒满洲政府"无以建立"平等""民治"的"国民的国家"。为此,革命派纷纷以报刊为载体,以文学为宣传之利器,大张旗鼓地宣传民族民主革命。如黄世仲不仅发表《论平满汉之难》《清廷拟派贵族出洋考察海中之感言》《袁世凯之前途》《袁世凯殆不能自安矣》《辨康有为政见书》等政论文,揭露清政府对汉臣的防忌与钳制,强调满汉矛盾不可调和,鼓励汉臣脱满自立、谋取光复,反对保皇立宪,并且还创作了《洪秀全演义》《宦海升沉录》《宦海潮》《大马扁》等小说,高扬种族革命的大旗,揭批晚清政府的专制、腐朽,抨击保皇派的"君主立宪"主张,宣传民族民主革命思想,有力地推进了资产阶级民族民主革命的开展。正如罗香林《乙堂札记》指出的:"黄氏预舆论外,特创作《洪秀全演义》等小说以协助中山先生排满革命运动,尤臻宣传于无形,以易思想变化,于革命成功,与有力焉。"①阿英也说:"黄小配(世仲)是辛亥革命时期最可称的小说作家。主要有宣传种族革命的《洪秀全演义》,抨击保皇党的《大马扁》,和揭露清官声腐朽的《廿载繁华梦》。这几部小说,在当时都收到了很大的政治宣传效果。"②

总之,广东近代文学作家不管是出于维新改良,还是宣传民族民主革命,其文学创作大都担负着开启民智、救国图存的时代使命,他们的作品传播的一些重要的新概念、新思想,如"维新""变法""改良""文明""立宪""自由""民权""民族""国家""民主""共和""革命""科学"等等,在一定程度上唤醒了中国人的家国情感、民族意识、民主思想、科学意识和反帝反封建的爱国精神,其思想启蒙之功实可视为五四运动"民主"与"科学"之声的前奏,有力地推动了中国近代社会的进步与发展。

二、促进了中国传统文学的变革与转型

广东近代文学作家出于维新改良、民主革命的需要,还对中国传统文学进行了划时代的变革。以梁启超为代表的一批具有启蒙和革新思想的广东知识分子,为了使传统文学更好地发挥"新民"救国的功能,积极借鉴西洋与日本文学改良社会的成功

---

① 郭天祥:《黄世仲年谱长编》,中国社会科学出版社2002年版,第228页。
② 阿英:《黄小配的小说——辛亥革命文谈之四》,《人民日报》1961年10月30日。

经验,发起了一场声势浩大的文学界革新运动。他们批评传统诗文创作陈陈相因,无关世运,强调诗文创作要"以旧风格含新意境","播文明思想于国民";他们抨击传统小说多半"诲淫诲盗",主张"欲新一国之民,不可不先新一国之小说",认为小说"浅而易解""乐而多趣","易入人""易感人","有不可思议之力支配人道",实为"文学之最上乘"①,从而极大地改变了中国文人一向贱视小说的传统,有力地促进了小说观念的革新与新小说创作的繁荣。

  虽然他们开展文学界革新运动,带有浓厚的政治功利色彩,主要局限在思想内容层面,是"革其精神,非革其形式"②,但正如鲁迅所说:"旧形式是采取,必有所删除,既有删除,必有所增益,这结果是新形式的出现,也就是变革。"③如黄遵宪不仅较早地书写了海外世界以及伴随近代科学而涌现的新事物,拓新了诗歌的题材领域,而且在广泛吸取前人成就以及民间歌谣的基础上,本着"善作"的精神,沿着"矜奇"的趋势,推陈出新,形成了自己的独特面目。康有为的海外诗开创了"异境"与"新声",在形式上也有不少突破与创新,其诗作中多有数百字乃至上千字的长篇,并多采用自由洒脱的歌行体,在句式、用语、格律方面不受旧形式的羁缚,明显带有"新派诗"的特征。梁启超则在扬弃古代散文艺术的基础上创造了一种"新文体",郑振铎曾从中国散文文体革新的角度指出梁启超散文"最大的价值,在于他能以他的'平易畅达,时杂以俚语韵语及外国语法'的作风,打倒了所谓恹恹无生气的桐城派的古文,六朝体的古文,使一般的少年们都能肆笔自如,畅所欲言,而不再受已僵死的散文套式与格调的拘束;可以说是前几年的文体改革的先导。"④梁启超的小说《新中国未来记》,虽然仍采用传统小说的"章回体",但在艺术上却表现了他的求新意识与探索勇气。他从日本小说那里受到启发,开篇即用倒叙手法,站在假定的"未来",先展示新中国无比强盛、万国朝贺的气象,然后再回叙中国自1902年以来六十年的发展史。这样的叙事,不仅可以提振人心,使读者对"未来"充满信心,而且对小说的叙事创新做了有效的示范。实际上,梁启超在强调小说的社会功用时,也曾阐析小说具有的"熏""浸""刺""提"的四种"神力"⑤,得到了时人的广泛认同。

----

① 梁启超:《论小说与群治之关系》,《梁启超全集》第四集,北京:中国人民大学出版社2018年版,第49页。
② 梁启超:《饮冰室诗话》,《梁启超全集》第三集,北京:中国人民大学出版社2018年版,第208页。
③ 鲁迅:《论"旧形式的采用"》,《鲁迅全集》第六卷,北京:人民文学出版社1981年版,第24页。
④ 郑振铎:《梁任公先生》,《郑振铎文集》第六卷,北京:人民文学出版社1988年版,第393页。
⑤ 梁启超:《论小说与群治之关系》,《梁启超全集》第四集,北京:中国人民大学出版社2018年版,第49页。

吴趼人则倡言"借小说之趣味之感情,为德育之一助"①。他非常善于借鉴西洋小说的叙事技艺,革新中国传统小说固有的叙事模式。如就叙事视角而言,他在传统小说的全知叙事外,就尝试采用了第一人称限制叙事(《二十年目睹之怪现状》等)、第三人称限制叙事(《上海游骖录》)和纯客观叙事(《查功课》),纵使手法还不够纯熟、严谨,但这样的突破还是产生了很大的影响,推动了中国小说叙事视角的转变。又如他汲取西洋小说处理叙事时间的经验,在自己的小说创作中大胆地尝试运用倒叙、补叙、插叙等多种技巧,从而有效地打破了中国传统小说以顺序为主的线性叙事模式,令人耳目一新。而在人物性格塑造方面,他又借鉴了西洋小说善于描写人物心理活动的艺术经验,很注重通过人物的心理描写来揭示人物的性格心理,表现人物性格的丰富性、复杂性与流动性。另外,吴趼人在小说文体方面也对中国传统小说有所变革,诸如取消传统小说中的"有诗为证"的程式和大量引录诗词曲赋的惯例、摒弃古代白话小说在对人物描绘时递相承袭的套语典故与陈词滥调等等,从而在一定程度上革新了小说文体。至于他对各种题材类型小说的尝试及其取得的不俗成就,也令人叹为观止。因此,他是学界公认的最富有开拓意识与创新精神的近代小说家。如陈平原所说:"在'新小说'家中,吴趼人无疑是最重视小说技巧的革新的。"②美国学者韩南在《吴趼人与叙事者》一文中也指出:"吴趼人是晚清小说家中在技巧方面最富实验精神者。他在时间顺序、结局,尤其是叙事者的位置、性格、身份方面最富创获。"又说:"吴趼人可能是体现中国小说从近代到现代发展过程的最佳范例……他的小说从19世纪90年代至20世纪头10年一直风行,这在所有晚清小说家中是绝无仅有的。"③

而作为资产阶级民主革命派小说家的杰出代表,黄世仲也颇重视小说的艺术性。他指出小说的艺术力量在于以情动人:"小说者,陶熔人之性灵者也";"小说之能事,不外道情。于己之情,体贴入微,即于人之情,包括靡尽。于一人之情,能曲以相近,即于普天下人之情,能平以相衡。其言事也,无一不以情传之"④。他还强调小说创作应立主脑,讲求结构布局与整体感,情节要有连贯性与曲折性,思想倾向要通过艺术描写自然而然地流露等,这些都是基于其创作实践而得出的经验之谈,已在一定程度上体现了现实主义小说的创作精神。他的小说创作,既对传统小说《三国演义》《金瓶梅》《红楼梦》等有所继承与革新,又对当时流行的谴责小说如《官场现形记》

---

① 吴趼人:《月月小说序》,陈平原、夏晓红编:《清末民初小说理论资料》(第一卷),北京:北京大学出版社2021年版,第191页。
② 陈平原:《中国小说叙事模式的转变》,上海:上海人民出版社1988年版,第83页。
③ [美]韩南:《中国近代小说的兴起》,上海:上海教育出版社2004年版,第169页。
④ 亚荛:《小说之功用比报纸之影响为更普及》,《中外小说林》1卷,第11期,1907年。

《二十年目睹之怪现状》等有所借鉴与超越,因而形成了独树一帜的艺术风格,取得了较高的艺术成就。

苏曼殊小说在叙事艺术上不仅继承了古代小说的某些传统(如善于讲故事,情节曲折,长于行动和对话描写),更善于吸收西方文学的叙事经验,如采用第一人称自叙传的方式叙事、频繁地运用心理描写展现人物的内心世界等,这使他的小说创作呈现出由传统小说向现代小说转型的艺术特征,对当时以及后来的小说创作产生了较大的影响。

总而言之,广东近代文学不仅强有力地革新了古代传统的文学观念,把文学当成了开启民智、变革社会政治的利器,极大地发挥了文学的社会功能,而且通过显赫的文学创作实绩,有力地推动了资产阶级的维新改良与民主革命运动;在艺术上,广东近代文学在借鉴西洋文学的艺术经验、革新传统文学的内容与形式、促进中国文学的近代化方面,也做出了突出的贡献,他们的文学堪称中国文学由传统向现代过渡的桥梁。

三、开启了中国现代文学的先声

从文学史的角度看,广东近代文学不仅是整个广东文学发展史的极重要一环,而且在中国文学现代化的过程中发挥了承前启后的关键性作用。钱理群在论及"五四"文学革命发生与发展的历史背景时客观地指出,"五四"文学革命在相当程度上利用了晚清以来文学变革的态势与思想资源,"早在上一世纪末,在维新运动的直接促助下,就出现了突破传统的观念和形式,以适应社会改良与变革要求的尝试,其中包括提出'我手写我口,古岂能拘牵'的新诗派、让诗歌'适用于今,通行于俗'的'诗界革命';将小说的政治宣传与思想教化功能极大提高,企求达到'改良群治'和'新民'目标的'小说界革命';以及要求打破桐城派古文的藩篱,推广平易畅达的'新文体'的'文界革命'",其所表现的"文学因时而变的信念和关注社会变革的使命感,其向传统文学观念与手法挑战的激进的精神,都为后起的文学革命所直接承袭"[①]。而他所说的这些,实际上主要是由广东近代作家贡献的。

"五四"文学革命的代表人物,就曾高度肯定广东近代著名文学家对中国现代文学的贡献,并直言不讳他们本人所受的启迪与影响。如钱玄同说:"梁任公先生实为

[①] 钱理群、温儒敏、吴福辉:《中国现代文学三十年》(修订本),北京:北京大学出版社1998年版,第4页。

近来创造新文学之一人。虽其政论诸作,因时变迁,不能得国人全体之赞同,即其文章,亦未能尽脱帖括蹊径,然输入日本文之句法,以新名词及俗语入文,视戏曲小说与论记之文平等……此皆其识力过人处。鄙意论现代文学之革新,必数及梁先生。"[1]他还指出:"曼殊上人思想高洁,所为小说,描写人生真处,足为新文学之始基乎。"[2]胡适也坦承:"我个人受了梁先生无穷的恩惠……我们在那个时代读这样的文字(按:指《新民说》),没有一个人不受他的震荡感动的。他在那时代(……)主张最激烈,态度最鲜明,感人的力量也最深刻。"[3]郭沫若也曾回忆梁启超对他和当时青年一代的影响:

> 平心而论,梁任公的地位在当时确是不失为一个革命家的代表。他是生在中国的封建制度被资本主义冲破了的时候,他负载着时代的使命,标榜自由思想而与封建的残垒作战。在他那新兴气锐的言论之前,差不多所有的旧思想、旧风习都好象狂风中的败叶,完全失掉了它的精彩。二十年前的青少年——换句话说:就是当时的有产阶级的子弟——无论是赞成或反对,可以说没有一个没有受过他的思想或文字的洗礼的。他是资产阶级革命时代的有力的代言者,他的功绩实不在章太炎辈之下。[4]

周作人也记述过鲁迅阅读梁启超主编的《新小说》大受影响的往事[5];鲁迅弃医从文,想从文艺入手改造国民性,翻译出版《域外小说集》,也无不透出梁启超思想的折光。至于"五四"文学革命提出的"为人生的艺术"的口号,也与梁启超的文学新民说一脉相承。周作人说他当年和鲁迅读了《论小说与群治之关系》颇觉震撼,认为梁氏"主张以文学来感化社会,振兴民族精神,用后来的熟语来说,可以说是属于为人生的艺术这一派的"[6]。而创造社的陶晶孙则指出:"在这个雅人办的五四运动之前,以老的形式始创近世罗曼主义文艺者,就是曼殊,而曼殊的文艺,跳了一个大的间隔,接上创造社罗曼主义运动。"[7]如他的《断鸿零雁记》,正是郁达夫自叙传式抒情小说

---

[1] 钱玄同:《通信·寄独秀》,《新青年》第3卷第1号,1917年3月。
[2] 钱玄同:《通信·寄独秀》,《新青年》第3卷第1号,1917年3月。
[3] 胡适:《四十自述》,欧阳哲生编《胡适文集》(一),北京:北京大学出版社1998年版,第65—66页。
[4] 郭沫若:《沫若自传第一卷——少年时代》,《郭沫若全集》第十一卷,北京:人民文学出版社1992年版,第121页。
[5] 周作人:《关于鲁迅之二》,周作人著、止庵校订:《鲁迅的青年时代》,石家庄:河北教育出版社2002年版,第125页。
[6] 周作人:《关于鲁迅之二》,周作人著、止庵校订:《鲁迅的青年时代》,石家庄:河北教育出版社2002年版,第125页。
[7] 陶晶孙:《急忙谈三句曼殊》,《牛骨集》,上海:太平书局1944年版,第81页。

的先驱。

　　此外,黄遵宪、梁启超等出于开启民智的需要,提出的文学语言通俗化与口语化的主张,也堪称"五四"文学革命大力倡导白话文之先声。黄遵宪针对传统诗文存在的言文分离、不通于庶人的弊病,指出:"语言者,文字之所从出也。语言与文字合,则通文者多;语言与文字离,则通文者少。"①因此,为了使诗歌"适用于今、通行于俗",他主张"言文合一",坚持"我手写吾口",倡导以"流俗语"入诗,这便首开了"五四新诗"之先河。胡适就认为,黄遵宪提出的"我手写我口"是关于白话文运动的一篇宣言书。梁启超则从文学进化的角度指出:"文学之进化有一大关键,即由古语之文学变为俗语之文学是也。各国文学史之开展,靡不循此轨道。"又说:"自宋以后,实为祖国文学之大进化。何以故?俗语文学大发达故。"②这些论述无疑对后来白话文运动的兴起产生了重要影响。

　　综上所述,全面、客观地评价广东近代文学的地位与影响,一是要将其置于清末民初特定的社会历史背景下,看它是否有力地推动了当时社会文化的变革与进步,二是要将其置于近代文学特别是文学史发展的流程中,看它是否有力地推进了中国文学艺术的创新与发展。持此以恒,广东近代文学不仅在开启民智、促进社会文化变革中发挥了引领时代风潮的重要作用,而且通过文学界革命的倡导,革新了中国传统的文学观念,并通过"新派诗""新文体""新小说"的实践,以辉煌的文学成就开辟了中国文学的新纪元,有力地推动了中国文学由古代向现代的转变,从而在中国文学史上产生了深远的影响。

---

① 黄遵宪:《〈梅水诗传〉序》,陈铮编:《黄遵宪全集》,北京:中华书局2005年版,第287页。
② 梁启超:《小说丛话》,《梁启超全集》第十七集,北京:中国人民大学出版社2018年版,第105—106页。

广东近代文学大事记

清宣宗道光二十年庚子(1840)
英国发动第一次鸦片战争,进攻虎门、广州。
林则徐组织编译《四洲志》,作《庚子岁暮杂感》诗以表达对时局的忧虑。

清宣宗道光二十一年辛丑(1841)
广州三元里民众武装抗击英军。张维屏作《三元里》诗纪其事,反帝爱国诗篇大量涌现。

清宣宗道光二十二年壬寅(1842)
中英签订《南京条约》,第一次鸦片战争结束。
郑观应生(—1922)。

清宣宗道光二十四年甲辰(1844)
洪秀全创"拜上帝会"。
胡曦生(—1907)。

清宣宗道光二十五年乙巳(1845)
洪秀全创作《原道救世歌》《原道醒世训》。

清宣宗道光二十六年丙午(1846)
洪秀全作《原道觉世训》。
邓廷桢卒(1775—),年七十二。著有《双砚斋词钞》等。
梁廷枏编纂《海国四说》。
谭宗浚生(—1888)。
本地班艺人勾鼻章(原名何章)生(—?)。

清宣宗道光二十七年丁未(1847)
魏源游广东,晤张维屏、陈澧、吴兰修等人,作《澳门花园听夷女洋琴歌》等诗作。

清宣宗道光二十八年戊申(1848)
洪仁玕完成《太平天日》。
黄遵宪生(—1905)。
招子庸卒(？—),著有《粤讴》等。

清宣宗道光二十九年己酉(1849)
王韬编订《蘅华馆诗录》。
粤剧八和会馆创始人之一——演员新华生(—1927)。

清宣宗道光三十年庚戌(1850)
魏源寄赠张维屏《海国图志》并诗一首,张维屏次韵答之。
林则徐卒(1785—),年六十六。著有《云左山房诗钞》等。

清文宗咸丰元年辛亥(1851)
洪秀全领导农民起义,建号"太平天国"。

清文宗咸丰二年壬子(1852)
洪秀全颁行《太平诏书》。
陈澧会试落第,途径高邮拜访魏源。

清文宗咸丰三年癸丑(1853)
英国传教士麦都思在香港创办《遐迩贯珍》。
太平军攻克南京,更名"天京",定都于此,颁布《天朝田亩制度》。

清文宗咸丰四年甲寅(1854)
梁廷枏撰写《夷氛闻记》。
太平天国开科取士。
李文茂领导广东梨园子弟发动反清农民起义,响应佛山天地会首领陈开。
清廷迁怒于广东本地梨园,禁止本地班演出。佛山琼花会馆被毁。

清文宗咸丰五年乙卯(1855)
许南英生(—1917)。
李文茂攻下广西浔州府桂平城,建都立国,号大成。
西秦戏顺太平科班在海丰县创办。

清文宗咸丰六年丙辰(1856)
英军炮击广州,挑起第二次鸦片战争。

清文宗咸丰七年丁巳(1857)
英法联军攻陷广州。
潘飞声生(—1934)。

清文宗咸丰八年戊午(1858)
康有为生(—1927)。
李文茂卒(？—)
李文茂率起义军久攻广西桂林不克,退至怀远山中病逝。
广东红船子弟投奔陈开,与清军继续鏖战。

清文宗咸丰九年己未(1859)
洪仁玕抵天京,封玕王,进《资政新编》。主持本年度科举,为"文衡正总裁"。
张维屏卒(1780—),年八十。著有《张南山全集》。
梁鼎芬生(—1919)。

清文宗咸丰十年庚申(1860)
英法联军入侵北京。《北京条约》签订,第二次鸦片战争结束。
清廷禁令名存实亡,本地戏班生发复兴态势。
本地班戏行组建吉庆公所。

清文宗咸丰十一年辛酉(1861)
洪仁玕发布《戒浮文巧言谕》。
谭莹主持纂修《南海县志》《广州府志》。
梁廷枏卒(1796—),年六十五。著有《藤花亭文集》等。

粤剧本地班艺人租赁公寓命名八和公寓,即八和会馆之前身。

清穆宗同治元年壬戌(1862)
京师同文馆成立。
林昌彝游广州,续作《海天琴思录》。
王韬入香港英华书院,协助理雅各翻译中国经典。
黄遵宪开始作诗。

清穆宗同治二年癸亥(1863)
容闳拜谒曾国藩。

清穆宗同治三年甲子(1864)
天京陷落,太平天国运动失败。洪秀全病逝(1814—)。洪仁玕就义(1822—)。
刘熙载任广东学政,作《四箴》教士。
丘逢甲生(—1912)。

清穆宗同治四年乙丑(1865)
黄遵宪挈家人避难至大埔三河墟,作《题南安寺壁》。

清穆宗同治五年丙寅(1866)
吴趼人生(—1910)。

清穆宗同治六年丁卯(1867)
王韬随理雅各赴英游历。
编剧家黎凤缘生(—?)

清穆宗同治七年戊辰(1868)
黄遵宪作《杂感》诗,提出"我手写吾口"的主张,开后来"诗界革命"的先声。
丁日昌在江苏巡抚任上发布禁毁小说、戏曲的"通饬"。

清穆宗同治八年己巳(1869)
革命报人,粤讴、粤剧作家黄鲁逸生(—1929)。
革命报人、粤剧编剧陈少白生(—1934)。

清穆宗同治九年庚午(1870)

王韬返港,撰《普法战纪》。

广州五经楼刊刻通俗小说《俗话倾谈》,邵彬儒撰。

清穆宗同治十年辛未(1871)

王韬完成《普法战纪》。

谭莹卒(1800—),年七十一。著有《乐志堂文集》《乐志堂诗集》。

志士班演员、编剧姜魂侠生(—1931)。

清穆宗同治十一年壬申(1872)

容闳、陈兰彬率第一批留美幼童启程赴美。

《申报》创刊于上海,郑观应发文多篇。

何日愈卒(1793—),年七十九。著有《存诚堂文集》《余甘轩诗集》。

黄世仲生(—1912)。

清穆宗同治十二年癸酉(1873)

容闳奉派往秘鲁调查华工情况。

陈兰彬奉派往古巴调查华工情况。

郑观应《救时揭要》刊行。

胡曦考取拔贡生。

梁启超生(—1929)。

黄节生(—1935)。

扎鲁特果尔敏写就《洗俗斋诗草》,有"广州竹枝词"一组,描绘其时广州本地班演出情形,词中以普天乐和丹山凤为"名班"。

清穆宗同治十三年甲戌(1874)

容闳在上海创办《汇报》。

王韬在香港创办《循环日报》。

清德宗光绪元年乙亥(1875)

扬州人士张心泰撰《粤游小识》,记述其在潮州所见所闻。

清德宗光绪四年戊寅(1876)

何如璋担任首任驻日大使,出使日本。

王韬辞《循环日报》编纂之职。

陈融生(—1956)。

清德宗光绪三年丁丑(1877)

何如璋作《使东杂咏》67首。

黄遵宪以参赞衔出使日本,开始职业外交官生涯。

廖仲恺生(—1925)。

清德宗光绪五年己卯(1879)

王韬游日本,与黄遵宪订交。

黄遵宪作《日本杂事诗》(1879年刊行,共154首,1890年重加增删定稿,共200首),草创《日本国志》(成书于1887年)。

康有为游香港。

胡汉民生(—1936)。

何香凝生(—1972)。

粤剧演员肖丽章生(—1968)、肖丽湘生(—1941)。

清德宗光绪六年庚辰(1880)

郑观应《易言》刊行。

朱次琦卒(1801—),年七十四。著有《大雅堂诗集》等。

清德宗光绪八年壬午(1882)

黄遵宪调任驻旧金山总领事。作《逐客篇》,反映美国排华事件。

陈澧卒(1810—),年七十二。著有《东塾读书记》《东塾集》《声律通考》等。

清德宗光绪九年癸未(1883)

吴趼人赴沪谋生。

汪精卫生(—1944)。

清德宗光绪十年甲申(1884)

中法战争爆发。

詹天佑任广东博学馆洋文教习。

王韬返沪任《申报》编撰。

苏曼殊生(—1918)。

清德宗光绪十一年乙酉(1885)
冯子材大败法军,取得镇南关大捷。《中法条约》签订,中法战争结束。

黄遵宪请假回国撰作《日本国志》。

朱执信生(—1920)。

古直生(—1959)。

粤剧演员蛇仔利生(—1963)。

清德宗光绪十三年丁亥(1887)
黄遵宪完成《日本国志》。

康有为再游香港,作《八月十四夜香港观灯》等诗。

丘逢甲入唐景崧幕。

清德宗光绪十四年戊子(1888)
谭宗浚卒(1846—),年四十二。著有《希古堂诗集》《荔村草堂诗钞》。

粤剧大佬倌千里驹生(—1936)。

清德宗光绪十五年己丑(1889)
黄遵宪获任驻英使馆二等参赞衔。

苏曼殊返香山原籍。

至晚于此年,八和会馆建成。

清德宗光绪十六年庚寅(1890)
许南英中进士。

广州富文斋刊行《日本国志》。黄遵宪赴英任驻英使馆参赞,作《伦敦大雾行》《今别离》等诗。

梁启超得陈千秋荐,师从康有为。

清德宗光绪十七年辛卯(1891)
黄遵宪在伦敦作《人境庐诗草·序》。不久调任驻新加坡总领事。

康有为创万木草堂,聚徒讲学,撰《新学伪经考》。
何如璋卒(1838—),年五十三。著有《使东述略》《使东杂咏》。
广州南关同乐戏院、河南大观园、西关广庆戏园相继落成并开台演戏。

清德宗光绪十八年壬辰(1892)
康有为撰《孔子改制考》。
粤剧演员白驹荣生(—1974)、朱次伯生(—1922)、靓元亨生(—1966)。

清德宗光绪十九年癸巳(1893)
郑观应《盛世危言》刊行。

清德宗光绪二十年甲午(1894)
七月,中日甲午战争爆发。十一月,孙中山在檀香山创立"兴中会"。
《日本国志》刻成,黄遵宪寄往巴黎,请薛福成作序。
粤剧演员冯镜华生(—1977)、新珠生(—1968)。

清德宗光绪二十一年乙未(1895)
四月,清政府与日本签订《马关条约》,中日甲午战争结束。五月,康有为、梁启超等人发起"公车上书"。成立"强学会",创办《中外纪闻》。
黄遵宪作《悲平壤》《哭威海》《马关纪事》《降将军歌》等诗。
丘逢甲组织义军抗倭守土,事败,潜渡回粤,作《离台诗》六首。
许南英迁居广东汕头。

清德宗光绪二十二年丙申(1896)
梁启超与谭嗣同、夏曾佑尝试作"新学之诗"。赴上海主持《时务报》,在该报发表《变法通议》等,"新文体"散文开始萌生。
丘逢甲奉旨"归籍海阳",定居潮州。
广州云梯阁刊刻通俗小说《昙花偶见》,岭南韬晦子少植撰。

清德宗光绪二十三年丁酉(1897)
《知新报》在澳门创刊。
黄遵宪署湖南按察使,配合湖南巡抚陈宝箴进行变法,联合梁启超创办时务学堂、南学会、《湘学报》等,在《酬曾重伯编修》诗中自称其诗为"新派诗"。

王韬卒(1828—),年七十。著有《蘅华馆诗录》《弢园文录外编》等。

吴趼人协办《字林沪报》,主办《采风报》《奇新报》《寓言报》等。

香港中华印务总局出版通俗小说《说倭传》,洪兴全撰,后易名为《中东大战演义》。

清德宗光绪二十四年戊戌(1898)

六月,光绪帝下诏变法。九月,守旧派反扑,诛杀谭嗣同、康广仁等"六君子",康有为、梁启超等流亡海外,黄遵宪等夺官回籍,"百日维新"失败。

黄遵宪《日本杂事诗》刊行。

梁启超在日本横滨创办《清议报》,继续宣传变法维新,并开始连载其翻译小说《佳人奇遇》,发表《译印政治小说序》。

广州《东华日报》开始连载小说《羊石园演义》。

广东名宿潘衍桐、黎国廉倡导创办《岭学报》,朱淇、谭汝俭主笔,附设日报《岭海报》。

广东最早的白话报刊——《广州白话报》《嘻笑报》刊行。

清德宗光绪二十五年己亥(1899)

黄遵宪作《己亥杂诗》组诗。

康有为作《己亥夏秋文岛杂咏十九首》等诗。

梁启超出游美、澳,撰《夏威夷游记》,提出"诗界革命""文界革命"口号。

香港书局出版通俗小说《林公中西战纪》,元和观我斋主人撰,后易名为《罂粟花》。

清德宗光绪二十六年庚子(1900)

义和团运动兴起,"八国联军"入侵京津,慈禧太后携光绪帝逃亡,史称"庚子事变"。

陈少白在香港创办《中国日报》,并任总编辑。

丘逢甲游香港,晤康有为、唐才常等,作《九龙有感》《澳门杂事》等诗。前往南洋探访侨情,晤容闳、丘菽园。返国,拜访黄遵宪。

黄遵宪至广州,回复李鸿章治粤策。过香港,晤潘飞声。

梁启超发表《少年中国说》《立宪法议》等文,风靡全国。

郑贯公等在日本横滨创办《开智录》,连载冯自由译著政治小说《女子救国美谈》,又名《贞德传》。

吴趼人在上海创办《奇新报》。
粤剧大师马师曾生(—1964)、演员曾三多生(—1964)。

清德宗光绪二十七年辛丑(1901)
清廷下令废科举八股,改试策论,改书院为学堂。《辛丑条约》签订。
吴趼人在上海创办《寓言报》,担任主笔。
康有为离开槟榔屿,往游印度,作《槟榔屿放歌》等诗。
梁启超远游返日,重主《清议报》笔政。
《国民报》在日本东京创刊,冯自由为主要作者,孙中山捐助一千元。
粤剧演员白玉堂生(—1994)。

清德宗光绪二十八年壬寅(1902)
康有为定居印度大吉岭,潜心著《论语注》《大学注》等,发表《公民自治篇》等。
梁启超在日本横滨创办《新民丛报》,发表《新民说》《少年中国说》等,标志"新文体"走向成熟;又在该报发表《饮冰室诗话》,将"诗界革命"推向高潮;另外又发表《劫灰梦》《新罗马传奇》等,开近代戏剧改良之先声。
梁启超在日本横滨创办《新小说》,创刊号发表梁启超《论小说与群治之关系》,倡导"小说界革命",并发表其《新中国未来记》,连载罗普的《东欧女豪杰》等。
邓实在上海创立"湖海有用文会"。
黄遵宪《人境庐诗草》定稿。建议《新小说》创设《杂歌谣》专栏。
苏曼殊入读早稻田大学预科,加入革命团体"青年会"。
香港中国华洋书局出版郑贯公《瑞士建国志》。
广州大观园戏院更名为"河南戏院"。
欧榘甲以"无涯生"为笔名发表《观戏记》,批评当时广东戏曲存在的弊端,呼吁戏曲改革。
资产阶级革命派在广州创办的第一家报纸《亚洲日报》在广州创刊,主编谢英伯。
吴趼人出版《吴趼人哭》五十七则。

清德宗光绪二十九年癸卯(1903)
梁启超远游美、加,撰《新大陆游记》。《饮冰室文集》由上海广智书局出版发行。在《新小说》开设《小说丛话》栏目。
吴趼人《痛史》《二十年目睹之怪现状》《电术奇谈》开始在《新小说》连载。

麦孟华撰《血海花》。

黄世仲任《中国日报》记者,发表《驳康有为政见书》。

郑贯公在香港创办《世界公益报》。

编剧、评论家麦啸霞生(—1941)。

广东音乐作曲家尹自重生(—1985)。

粤剧编剧陈天纵生(—1978)、粤剧演员廖侠怀生(—1952)。

钟宰荃在广州创办《羊城日报》,1923年停刊。

时敏书局附设日报《时敏报》在广州创刊,邓君寿、孔希伯等主持(1909年改名《时敏新报》)。

杨沅、何士果、温廷敬等在汕头创办《岭东日报》,温廷敬任笔政,1908年停刊。

清德宗光绪三十年甲辰(1904)
朱祖谋任广东学政。

孙中山发表《驳保皇报书》。

康有为寓居加拿大温哥华,撰《欧洲十一国游记》。

吴趼人《九命奇冤》开始在《新小说》连载、《瞎骗奇闻》开始在《绣像小说》连载。

革命党人程子仪、陈少白、李纪堂等在广州创办"天演公司",开设戏剧学校,招收青少年学徒。

"新广东武生"发表《(新串班本)黄萧养回头全套》,刊于《新小说》杂志1902年11月—1903年9月第1—7号,实则1904年1月以后出版。

粤剧演员薛觉先生(—1904)。

清德宗光绪三十一年乙巳(1905)
"中国革命同盟会"在日本东京成立,孙中山任总理。《民报》在日本东京创刊。

黄遵宪卒(1848—),年五十八。著有《日本国志》《人境庐诗草》等。

黄节、邓实在上海创办《国粹学报》。

郑贯公在香港创办《唯一趣报有所谓》,并开始连载黄世仲的《洪秀全演义》。

黄晦闻等在广州创办《美禁华工拒约报》,下设副刊《广州旬报》。

岭南派画家潘达微、高剑父、何剑士、陈垣等人在广州创办《时事画报》,并开始连载黄世仲的《廿载繁华梦》。

粤剧演员叶弗弱生(—1979)。

采南歌剧团成立,开启广东"志士班"先声。

"广东新小武"发表《(新串班本)易水饯荆卿》,刊于本年5月《新小说》第

16号。

梁启超创作班本《班定远平西域》，分三期连载于同年《新小说》杂志（第19—21号）。

清德宗光绪三十二年丙午（1906）
科举制正式废除。

黄世仲、黄伯耀在广州主办《粤东小说林》，并在该刊开始连载《黄粱梦》。

黄世仲在香港创办《香港少年报》，并在该报开始连载《宦海冤魂》。

吴趼人《中国侦探案》《恨海》由上海广智书局出版，《糊涂世界》由上海世界繁华报馆出版。

吴趼人等在上海创办《月月小说》。第一号发表吴趼人《〈月月小说〉序》《历史小说总序》《两晋演义》和短篇小说《庆祝立宪》《预备立宪》《大改革》《黑籍冤魂》等。

何言等在广州创办《珠江镜》日报。

杨杏帷、吴懿庄、魏季毓等在广州创办《赏奇画报》。

徐勤等在广州创办《国事报》，持立宪派立场，与革命派论争多年。

粤剧名角半日安生（—1970）。

编剧林仙根生（—1964）。

清德宗光绪三十三年丁未（1907）
胡曦卒（1844—），年六十三。著有《湛此心斋诗集》。

吴趼人在《月月小说》开始连载《上海游骖录》《劫余灰》《发财秘诀》《云南野乘》，并发表短篇小说《立宪万岁》《平步青云》《快升官》《查功课》等。

黄世仲将《粤东小说林》易名为《中外小说林》，迁至香港发行，在《外书》栏目刊载小说理论，并在该刊开始连载《宦海潮》。

黄世仲在《时事画报》开始连载《党人碑》。

莫梓轮在广州创办《振华五日大事记》，次年初停刊。

黄世仲、欧博明等在广州创办《广东白话报》，旬刊。

广东农工商总局主办《农工商报》，1908年12月改名《广东劝业报》。

何剑士、潘达微在广州创办《时谐画报》。

粤剧演员靓少佳生（—1982）。

黄鲁逸、黄轩胄在澳门组织第一个正式的"志士班"——优天影。

清德宗光绪三十四年戊申(1908)

苏曼殊译诗集《文学因缘》刊行。

梁启超手抄《南海先生诗集》影印出版。

沈宗畸主编《国学粹编》在北京创刊。

黄世仲在《世界公益报》开始连载《南汉演义》,在《时事画报》连载《野蛮怪状》。

粤剧编剧、乐师陈卓莹生(—1980)、徐若呆生(—1952)。

粤剧"四大名旦"谭兰卿生(—1981)、卫少芳生(—1983)。

"优天影"志士班成员陈铁军等部分社员另组"振天声剧团",演绎《熊飞起义》《博浪沙击琴》《剃头痛》《虐婢报》等改良新戏。

东莞石龙镇成立"醒天梦"剧团。

莫梓轮在广州主办《半星期报》(《振华五日大事记》之续刊)。

莫纪彭(侠仁)主编《东莞旬报》在广州创刊。

郑岸父在中山创办《香山旬报》,1911年改名《香山循报》。

粤东外江班荣天彩班聚集外江"四大班"名角,登陆上海戏剧舞台。

清宣统元年己酉(1909)

近代诗歌社团"南社"成立。发起人为陈去病、高旭、柳亚子,主要成员还有苏曼殊、马君武、宁调元、吴梅、黄节等,次年创办《南社丛刊》。

苏曼殊编译《拜伦诗选》。

容闳《西学东渐记》在美国纽约刊行。

丁惠康卒(1868—)。

吴趼人创作《近十年之怪现状》(又名《最近社会龌龊史》)20回。

苏棱讽主编《南越报》在广州创刊,并开始连载黄世仲的《朝鲜血》。

粤剧演员"金牌小武"桂名扬生(—1958)。

粤剧"四大名旦"之一上海妹生(—1954)。

粤剧编剧南海十三郎生(—1984)。

清宣统二年庚戌(1910)

吴趼人在《舆论时事报》连载《情变》,刊至7回,因病故而辍。

吴趼人卒(1866—),年四十五。

黄世仲《宦海升沉录》由香港《实报》社刊行。

梁启超《新中国未来记》刊行。

《平民日报》在广州创刊,发行人潘达微,总编辑李孟哲。

粤东外江班老三多班集百余名演员赴马来西亚、新加坡、印尼等地演出,历时三年之久。

清宣统三年辛亥(1911)
十月,辛亥革命爆发,清政府被推翻。
康有为自香港到日本,撰《救亡论》《共和政体论》等。
苏曼殊《潮音》刊行。
《国粹学报》停刊。
黄世仲在《南越报》开始连载《五日风声》,并在香港《循环日报》社出版《吴三桂演义》。
梁纪佩《七载繁华梦》《革党赵声历史》等出版。
陈少白、黄咏台等发起成立广东最早白话剧社——振天声白话剧社,标志广东话剧的诞生。上演剧目皆为陈少白编撰的新剧《自由花》《赌世界》《父之过》《夜未央》《格杀勿论》《鸣不平》等。

中华民国元年壬子(1912)
元月,中华民国在南京成立,孙中山就任临时大总统。三月,袁世凯在北京就任临时大总统。
伍廷芳《共和关键录》刊行。
苏曼殊任《太平洋报》主笔,发表《断鸿零雁记》。
黄世仲卒(1872—),年四十一。
丘逢甲卒(1864—),年四十九。著有《岭云海日楼诗钞》。
梁启超回国。
粤剧名角丁公醒生(—1999)。
同盟会主办《民生报》在广州创刊,次年被封禁。
基督教徒主办《觉魂日报》在广州创刊,欧阳寿石任主编兼主笔。
《华国报》《华严报》《共和报》《广东公报》《广州共和报》等报刊在广州创刊。

中华民国二年癸丑(1913)
丘逢甲《岭云海日楼诗钞》正式刊行。
苏曼殊发表《讨袁宣言》,撰《燕子龛随笔》。
梁启超出任熊希龄内阁司法部长,代拟《政府大政方针宣言书》。
康有为发表《大同书》甲乙二部。

中华民国三年甲寅(1914)

梁启超辞任司法总长。

中华革命党在日本东京成立,孙中山任总理。

苏曼殊《汉英三昧集》刊行。

陈少白、陈雁生、郑校之等在澳门组织"民乐社",是继《琳琅幻境》之后的又一个白话剧社,后迁回广州长堤海军俱乐部。

中华民国四年乙卯(1915)

袁世凯称帝,改国号"中华帝国"。

梁启超发表《异哉所谓国体问题者》,协助蔡锷起兵讨袁。

中华民国五年丙辰(1916)

梁启超至广东肇庆,护国军政府军务院在肇庆成立。

袁世凯被迫取消帝制,不久病死。黎元洪代理大总统。

梁启超、汤化龙等创办《晨钟报》。

梁启超《饮冰室全集》刊行。

《中华新报》《民主报》《新民国报》等在广州发刊。

中华民国六年丁巳(1917)

张勋复辟,仅20天而失败。康有为曾参与复辟活动,梁启超坚决反对。

梁启超应黎元洪之邀,商讨宪法、外交、内阁等问题。

蔡哲夫以"南社广东分社"名义谴责柳亚子驱逐朱鸳雏、成舍我事。

许南英病逝于南洋棉兰岛,年六十二。著有《窥园留草》。

中华民国七年戊午(1918)

《新青年》改用新式标点符号,发表鲁迅《狂人日记》。刊发胡适《建设的文学革命论》,提倡"国语的文学,文学的国语"。

孙中山发表《孙文学说》《革命缘起》。

苏曼殊卒(1884—),年三十五。

"志士班"停止活动。

参考文献

《张南山全集》(1—3 册)，张维屏著，陈献猷等校点。广州：广东高等教育出版社 1992—1994 年版。

《郑观应集》，郑观应著，夏东元编。北京：中华书局 2014 年版。

《弢园尺牍》，王韬著。北京：中华书局 1959 年版。

《弢园文录外编》，王韬著。郑州：中州古籍出版社 1998 年版。

《洪秀全选集》，洪秀全著。北京：中华书局 1976 年版。

《洪仁玕选集》，洪仁玕著。北京：中华书局 1978 年版。

《人境庐诗草笺注》，黄遵宪著，钱仲联笺注。上海：上海古籍出版社 1981 年版。

《黄遵宪全集》，黄遵宪著，陈铮编。北京：中华书局 2005 年版。

《丘逢甲集》(增订本)，丘逢甲著，黄志平、丘晨波主编，广州：广东人民出版社 2019 年版。

《张荫桓诗文珍本集刊》，张荫桓著，曹淳亮、林锐选编。上海：上海古籍出版社 2013 年版。

《康有为全集》，康有为著，姜义华、张荣华编。北京：中国人民大学出版社 2007 年版。

《梁启超全集》，梁启超著，汤志钧、汤仁泽编。北京：中国人民大学出版社 2018 年版。

《〈粤两生集〉校补》，潘之博、麦孟华著，夏令伟校补。广州：广州出版社 2020 年版。

《时谐新集》，郑贯公著。香港：中华印务有限公司承印，1906 年 9 月前出版。

《廖恩焘集》，廖恩焘著，闵定庆校注。杭州：浙江古籍出版社 2019 年版。

《粤讴采辑》，朱少璋编校。广州：广东人民出版社 2016 年版。

《苏曼殊全集》，苏曼殊著，柳亚子编。北京：当代中国出版社 2007 年版。

《孙中山全集》，孙中山著。北京：中华书局 1981 年版。

《革命逸史》，冯自由著。北京：中华书局 1981 年版。

《朱执信文存》，朱执信著，张磊主编。北京：中华书局 2018 年版。

《胡适文集》，胡适著。北京：北京大学出版社2013年版。

《吴趼人全集》，吴趼人著。哈尔滨：北方文艺出版社1998年版。

《俗话倾谈 俗话倾谈二集》，邵彬儒著。沈阳：春风文艺出版社1997年版。

《洪秀全演义》，黄世仲著。北京：人民文学出版社1984年版。

《廿载繁华梦》，黄世仲著。上海：上海古籍出版社1997年版。

《宦海潮》，黄世仲著。杭州：浙江古籍出版社1995年版。

《宦海升沉录》，黄世仲著。长沙：湖南文艺出版社1988年版。

《晚清文学丛钞》（小说卷），阿英编。北京：中华书局1960—1961年版。

《晚清小说期刊辑存》，王燕辑。北京：国家图书馆出版社2015年版。

《近代岭南报刊短篇小说初集》，梁冬丽、刘晓宁编。南京：凤凰出版社2019年版。

《俗文学丛刊·戏剧 粤戏》，台湾"中央研究院"历史语言研究所、新文丰出版股份有限公司合作出版2002年版。

《艺蘅馆词选》，梁令娴编，刘逸生校点。广州：广东人民出版社1981年版。

《近代诗钞》，钱仲联编著。南京：江苏古籍出版社1993年版。

《近代词钞》，严迪昌编著。南京：江苏古籍出版社1996年版。

《辛亥革命前十年间时论选集》（第一、二、三卷），张枬、王忍之编。北京：生活·读书·新知三联书店1960、1963、1977年版。

《晚清俗文学丛钞·小说戏曲研究卷》，阿英编。北京：中华书局1960年版。

《广东戏曲史料汇编》，中国戏剧家协会广东分会、广东省文化局戏曲研究室1963年编印。

《粤剧研究资料选》，广东省戏剧研究室1983年编印。

《粤剧春秋》，广州市政协文史资料研究会、粤剧研究中心合编。广州：广东人民出版社1990年版。

《中国戏曲志·广东卷》，《中国戏曲志》编辑委员会、《中国戏曲志·广东卷》编辑委员会编。北京：中国ISBN中心1993年版。

《潮剧志》，《潮剧志》编辑委员会编。汕头：汕头大学出版社1995年。

《潮汕戏剧文献史料汇编》，林杰祥编。广州：暨南大学出版社2018年版。

《清末民初小说理论资料》，陈平原、夏晓虹编。北京：北京大学出版社2021年版。

《中国小说史略》，鲁迅著。上海：上海古籍出版社1998年版。

《晚清小说史》,阿英著。北京:东方出版社1996年版。

《最近三十年中国之文学》,陈子展著。上海:上海古籍出版社2000年版。

《中国近代文学发展史》,郭延礼著。济南:山东教育出版社1990年版。

《中国近代文学发展史》,管林、钟贤培主编。北京:科学出版社2009年版。

《岭南文学史》,陈永正主编。广州:广东高等教育出版社1993年版。

《中国近代小说编年史》,陈大康著。北京:人民文学出版社2014年版。

《中国小说叙事模式的转变》,陈平原著。北京:北京大学出版社2010年版。

《被压抑的现代性:晚清小说新论》,王德威著,宋伟杰译。北京:北京大学出版社2005年版。

《晚清至五四:中国文学现代性的发生》,杨联芬著。北京:北京大学出版社2003年版。

《粤剧史》,赖伯疆、黄镜明著。北京:中国戏剧出版社1988年版。

《广东戏曲简史》,赖伯疆著。广州:广东人民出版社2001年版。

《粤剧六十年》,陈非侬著。香港中文大学粤剧研究计划2007年出版。

《广府戏班史》,黄伟著。北京:中国社会科学出版社2012年版。

《中国近代戏剧改良运动研究(1902—1919)》,张福海著。上海:上海古籍出版社2015年版。

敢为人先唱大风

——《广东文学通史》后记

2020年5月28日上午9时,广东省作协在广东文学艺术中心23楼召开《广东文学通史》编撰工作务虚会。省作协党组书记张培忠,省作协主席蒋述卓,中山大学中文系主任彭玉平,中山大学中文系教授林岗、谢有顺,华南师范大学中文系教授陈剑晖,暨南大学中文系教授贺仲明,广州大学文学院教授纪德君等出席会议。

我在主持时指出,为什么要编撰《广东文学通史》,主要基于三方面因素的考虑:从古代到当代,广东还没有一部贯通的文学史,着手编撰此书,是事业的需要、时代的需要;助力粤港澳人文湾区建设,满足学术界新期待,是工作的需要;建设广东文学馆,提供理论支撑,是展陈的需要。

怎么来编撰这部文学通史,指导思想、起止时间、编多少本、由谁来编、什么时候完成、需要多少经费,以及其他相关问题等,在务虚会上,大家围绕上述问题展开热烈讨论,畅所欲言,集思广益。

讨论的结果,决定由我和蒋述卓主席担任总主编,负责谋划、统筹、推进通史的编撰工作。初步考虑编撰五卷,包括古代一卷(清代以前)、近代一卷、现代一卷、当代前三十年一卷、后四十年一卷。

我在小结时强调,通史的编撰要以习近平新时代中国特色社会主义思想为指导,站位要高,要有新的史料的发现、新的观念的阐释、新的体系的构建,要成为一部集大成、标志性的成果;编撰要精,标准、体例、作者都要从严要求,要提出新的框架,形成新的理论,突出当代意识、全球意识和精品意识;推进要准,要摸清家底,分步进行,倒排工期,三年完成。

务虚会既务虚,又务实,颇有成效。此时新冠疫情正炽,正常工作、生活秩序受到严重影响,启动通史编撰工作并非合适时机,更大的难题在于无经费、无团队、无史料,如何开始这项浩大的工程?我们认为,文学通史撰写,事关全省文学事业大局,有条件要上,没有条件,创造条件也要上。

当务之急是解决没有经费的问题。疫情期间,财政紧缩开支,强调要过紧日子乃至苦日子,正常开支尚且要有所压缩,更遑论新增项目。无米下锅,计将安出?遂翻箱倒柜,努力挖潜,得悉香港知名实业家、全国政协原副主席霍英东先生曾于1996年慷慨捐资500万元用于支持广东省作家协会办公大楼筹建,后因省政府资金到位,仅使用部分经费用于购置设备和修缮;其后省作协曾致函征得家属同意,拟将捐赠剩余资金用于设立"英东文学奖",又因审批原因未能实施,存有港币400多万元由省作协保管至今。省作协遂致函霍英东先生二儿子、香港霍英东集团行政总裁霍震寰先生,协商启用霍英东先生捐助的资金,用于编纂出版《广东文学通史》,并每年推出《广东文学蓝皮书》,以填补广东文学史研究之空白,助力粤港澳大湾区人文建设。霍震寰先生随即复函表示支持,并肯定出版计划"既传承书香,亦惠泽后学,不仅能起到探源溯流,勾勒古今,阐幽发微之效,更有助今后地方文学事业之编修及发展,可谓意义非凡,贡献殊深"。

经费落实后,各项工作遂紧锣密鼓地开展起来。成立编委会,聘请学术顾问,确定总主编、执行主编、分卷主编,并委托分卷主编物色撰写人员,要求撰写人员原则上需由副教授及以上人员担任。

经过一年多的筹备,2021年7月21日,《广东文学通史》编撰工作会议在岭南文学空间举行。编撰团队全体人员出席,大家就该项文学工程的价值和意义、框架和体例、规范和要求进行深入讨论。以这次会议为标志,《广东文学通史》编撰工作正式全面启动。为保质保量完成广东史上第一部贯通的文学史撰写,会议强调:一是要坚持提高站位,切实增强撰写《广东文学通史》的责任感、使命感和荣誉感。盛世修史,在中华民族伟大复兴进程中编写这样一部通史,是时代的产物,也是广东文学发展的当下必须要做的一件事情,这是责任、使命,也是荣誉。二是要坚持正确史观,以习近平新时代中国特色社会主义思想,特别是习近平总书记关于文艺工作的重要论述指导通史的编撰工作。习近平新时代中国特色社会主义思想是21世纪马克思主义、当代马克思主义,它涉及治国、治党、治军,内政、外交、国防,思想深邃,内容丰富,博大精深,是全面建设中国特色社会主义的根本遵循和行动指南,也是指导文学创作和文学研究的强大思想和理论武器,我们要掌握这个武器,以此统率通史编撰工作,做到纲举目张。同时,要求撰写人员重温经典作家关于无产阶级文艺思想的重要论述,做到融会贯通。三是要坚持守正创新,努力构建富有岭南文化特色的中国文学话语和叙事体系。习近平总书记在2021年5月31日召开的十九届中央政治局第三十次集体学习会上指出,要加快构建中国话语和叙事体系,用中国理论阐述中国实践,用中国实践升华中国理论。撰写团队要有雄心和能力,坚持把马克思主义的基本原理同中国文学特别是广东文学的实际相结合,同中国优秀传统文化包括优秀的岭南文化相结合。积极学习、借鉴人类文明一切有益成果,包括先进的西方文论,为我所用,推陈出新,固本开新,守正创新,积极构建具有岭南文化特色的中国文学话语和叙事体系,使《广东文学通史》耳目一新、独树一帜,以厚重而又灵动的学术品格呈现于中国文学史著之林。四是要坚持对标最优最好,打造风格统一的有信息含量、有思想容量、有情感力量的通史力作。《广东文学通史》的规模是五卷200多万字,每卷的撰稿专家4人,加上总主编、执行主编、分卷主编,共20多人。专家各有所长,风格各异。但作为一部高质量的文学通史,要建立起一种机制,努力做到质量均衡、风格趋同。特别要体现共识,体现创新,体现政治性、学术性、科学性、独创性。五是要坚持倒排工期,挂图作战,按时保质保量完成《广东文学通史》编撰任务。按照计划,2022年10月拿出初稿,2023年5月正式出版。以此时间节点制定任务书、时间表、路线图,稳扎稳打、有章有法、有板有眼地推进,做到如期实现,务求全胜。

2021年8月20日,我在岭南文学空间主持召开《广东文学通史》顾问、主编工作会议,并代表省作协与各分卷主编签订撰写协议。会议强调:一是要贯穿一条红线。坚持以习近平新时代中国特色社会主义思想,特别是习近平总书记关于文艺工作的重要论述作为一条红线贯穿全书,并以此指导编撰工作;二是要构建一套话语体系,致力于打造融通中外、富有岭南特色的文学话语和叙事体系;三是要形成一套工作机制,确定每个月召开一次推进会,汇报前期工作,明确下一步任务,群策群力、扎实有效地推进编撰工作。

2021年9月30日,《广东文学通史》编委会工作会议在岭南文学空间召开。会议原则通过《广东文学通史》各卷提纲,明确要求各卷团队以此为依据抓紧开展撰写工作,并要求统筹好六种关系,即全国地位与地方影响的关系、统一体例与各卷侧重的关系、"史"与"论"的关系、"点"与"面"的关系、"里"与"外"的关系,以及政治立场与文学成就的关系,推动编撰工作顺利进行。

为使撰稿老师在搜集材料、开展研究、撰写稿件时有所遵循,总主编委托执行主编研究提出通史的编写体例、入史标准、结构类型,供各位撰稿老师参考。其中对入史作家作了明确规定:广东籍并长期在广东生活和工作的作家及其作品、长期居住广东的非广东籍作家及其作品(当代一般5年以上)、古代北方流贬到广东的作家诗人及其作品;入史的作家诗人,一般应有文集或专著问世,并在全国或全省有较大影响等。其他情形的则强调在地性,比如,唐朝文学家韩愈被贬潮州写的《祭鳄鱼文》、宋朝文学家苏轼应邀撰写的《潮州韩文公庙碑》,均属于广东作家作品;离开了广东,创作的也非广东题材,就不能算是广东作家作品。

岭南自古虽谓鴃舌蛮荒之地,却也最早得风气之先。其文学与大漠西北迥然有异,也极大区别于江南水乡。广东文学的脉络如何,特质如何,在全国大局上处于什么位置,这更是通史必须明确和把握的重大问题。为此,总主编、执行主编、分卷主编在2022年4月29日,又专门召开了一次务虚会,就广东的文化逻辑、文学逻辑、理论逻辑，进行了一次深入的探讨，初步厘清了广东文学从受容到包容到交融的发展历程、从边地到腹地到前沿的进取精神、从雄直之风到慷慨豪迈到勇于斗争的革命谱系、从海洋性到商业性到市民性的文学品格。这些品质是广东文学区别于别的地方的文学所独具的鲜明特色，必须尽量贯彻到通史各卷的撰写中。比如"海洋性"的特质，从唐朝诗人张九龄诗歌《望月怀远》的"海上生明月，天涯共此时"到当代作家杜埃长篇小说《风雨太平洋》等，无论是题材选择、主题呈现，还是艺术塑造，都一以贯之地彰显了这一基于地缘优势而格外丰厚的文学资源。又比如，革命谱系中的广东左联作家，在现当代革命文学中占有突出地位，其中"左联五烈士"之一的冯铿，是广东潮州人，牺牲时只有23岁，却创作了大量作品；左联成立时七常委之一洪灵菲，也是广东潮州人，他创作出版了包括长篇小说"《流亡》三部曲"在内的大量文学作品，总计200多万字，是无产阶级革命文学草创时期的优秀作品和重要收获。这些作品大部分散佚在外，撰稿老师在寻找文献、抢救文献、消化文献的过程，就是集腋成裘、提炼史观、形成评价的过程。其中洪灵菲的作品，写革命的流亡涉及潮人出国留洋，行文中经过不同的地方，伴随潮汕话、粤语、英文、南洋话，多种语言杂糅与异国风情形成的国际视野和革命叙事，便构成了近现代以来广东文学兼容并包的创作特色和开眼看世界的文学自信。

近两年，编撰团队共召开13次会议，凝聚共识，讨论提纲，切磋写法。在学术顾问的指导下、在编委会的支持下，编撰团队全力以赴、攻坚克难、夜以继日，终于按照规定时间完稿，并在分卷主编、执行主编、总主编三轮统稿后，将齐、清、定的全稿于今年二月底送人民文学出版社出版。

现将有关架构说明如下：

学术顾问：

陈春声　中山大学党委书记、中国史学会副会长、教育部历史学科教学指导委员会主任委员

黄天骥　中山大学中文系教授、中国古代戏曲学会会长

刘斯奋　著名作家、茅盾文学奖获得者、广东省文艺终身成就奖获得者

陈永正　中山大学中文系教授

总主编：

张培忠　广东省作家协会党组书记、专职副主席，中国报告文学学会副会长

蒋述卓　广东省作家协会主席、暨南大学教授、中国文艺理论学会副会长

执行主编：

彭玉平　中山大学中文系主任、教授，教育部长江学者特聘教授，《中山大学学报》主编，中国词学会副会长

林　岗　中山大学中文系教授、广东文艺批评家协会主席

陈剑晖　华南师范大学文科二级教授、广州大学资深特聘教授

现将撰稿情况说明如下：

总　序：林　岗

第一卷：主编　彭玉平

　　　　撰写　彭玉平

　　　　　　　徐新韵（星海音乐学院人文社科部副教授）

　　　　　　　史洪权（中山大学中文系副教授）

　　　　　　　李婵娟（佛山科学技术学院中文系主任、教授）

　　　　　　　翁筱曼（华南师范大学文学院副教授）

第二卷：主编　纪德君（广州大学岭南文化艺术研究院执行院长、中国俗文学学会副会长）

　　　　撰写　纪德君

　　　　　　　闵定庆（华南师范大学文学院教授）

　　　　　　　耿淑艳（广州大学人文学院副教授）

　　　　　　　周丹杰（广东技术师范大学图书馆馆员）

第三卷：主编　陈　希（中山大学中文系教授）

　　　　撰写　陈　希

　　　　　　　刘卫国（中山大学中文系教授）

　　　　　　　徐燕琳（华南农业大学人文学院教授、岭南文化与艺术研究中心主任）

　　　　　　　吴晓佳（中山大学中文系副教授）

　　　　　　　叶　紫（广州华联学院心理咨询中心主任、副教授）

　　　　　　　冯倾城（澳门中华诗词学会理事长，撰写第三卷旧体诗词章节）

第四卷：主编　贺仲明（广东省作协兼职副主席、暨南大学文学院教授、中国现代文学研究会副会长）

　　　　撰写　贺仲明

　　　　　　　龙其林（上海交通大学长聘副教授）

　　　　　　　杜　昆（嘉应学院副教授）

　　　　　　　黄　勇（暨南大学文学院副教授）

第五卷：主编　陈剑晖

  撰写 陈剑晖
    刘茉琳(广东技术师范学院文传学院副院长、副教授)
    黄雪敏(华南师范大学城市文化学院副教授)
    程 露(广州新华学院中文系副教授)
    杨汤琛(广东外语外贸大学文学院教授,撰写第五卷诗歌章节)
    马 忠(广东省清远市文艺批评家协会副主席,撰写第五卷儿童文学章节)
    刘海涛(岭南师范学院文学院教授,撰写第五卷小小说章节)
    申霞艳(暨南大学文学院教授,撰写第五卷邓一光章节)
  后 记:张培忠

  美国著名诗人卡尔·桑德堡曾说过:"任何事情开始时都是梦。"撰写广东史上第一部文学通史,曾经是一个遥远的梦想。如今梦想成真,可谓文学界、学术界一大盛事。在整个撰写过程中,省委宣传部给予高度重视和大力支持,学术顾问陈春声书记、黄天骥教授、刘斯奋老师、陈永正教授给予悉心指导、把关定向,总主编张培忠、蒋述卓和执行主编彭玉平、陈剑晖、林岗以及各分卷主编彭玉平、纪德君、陈希、贺仲明、陈剑晖统筹谋划、沟通协调、提出规范、督促落实,林岗老师自告奋勇承担撰写总序的艰巨任务,编委会登高望远、咨询指导,撰写团队知难而进,迎难而上,把不可能变为可能,工作团队陈昆、周西篱、林世宾、邱海军、杨璐临等事无巨细,不厌其烦,保障有力,人民文学出版社臧永清社长、李红强总编辑、责任编辑付如初主任等,积极配合,严格把关,加班加点,精编精印,确保高效率、高质量完成出版任务。尤为令人感佩的是,香港霍英东集团行政总裁霍震寰先生大力支持并慨然同意将霍英东先生生前捐助的资金用于通史的编撰出版工作,确保通史的编纂出版工作得以顺利推进。谨此代表省作协和编委会,对参与和支持通史编纂出版工作的单位和个人表示崇高的敬意和衷心的感谢!

  今年是广东省作家协会成立 70 周年。值此丰收之时和喜庆之日,通史的出版,可谓正当其时,意义重大。元宵节过后,通史执行主编、第一卷主编彭玉平教授发来其刚刚完稿的第一卷绪论,并附感赋一首。正如阅读其他各卷文稿一样,我迫不及待地先睹为快。其感赋如下:

撰《广东文学通史》第一卷绪论感赋
    粤文一卷费思量,唐宋明清气渐扬。
    百越古风深底蕴,融通南北自堂堂。

  彭玉平教授是学术大家和诗词名家。再三阅读其第一卷绪论和感赋,受到感染和触发，我也附骥拟古风草成一首，不拘格律，达意而已。诗云：

读彭公一卷绪论有感

彭公积厚自雕龙，化繁为简意葱茏。

追寇入巢溯源流，别具只眼识诸公。

山林皋壤时空换，涓滴巨澜赖有容。

系出一脉雄直气，敢为人先唱大风。

就其对事业的虔敬精神，以及对学术的穷理尽性，这首古风小诗虽因彭玉平教授缘情而发，其实也是为全体撰写团队诸君而作。由于任务繁重，时间紧迫，本通史是在"三无"状况下创造条件破空而出，加上撰写团队受到学术视野和各种因素的限制，特别是本人才疏学浅，通史疏漏不妥甚至谬误之处在所难免，敬祈学界方家和广大读者批评指正，并将宝贵意见反馈给我们，以便适当时候加以修订，俾使通史日臻完善，嘉惠学林。

张培忠

2023 年 4 月 2 日于广州